CATHERINE COULTER

STACHEL DER SEHNSUCHT

Aus dem Amerikanischen
von Christa von Hadeln

WILHELM HEYNE VERLAG
MÜNCHEN

HEYNE ALLGEMEINE REIHE
Nr. 01/10767

Titel der Originalausgabe
VALENTINE LEGACY

Umwelthinweis:
Das Buch wurde auf chlor- und säurefreiem
Papier gedruckt.

Printed in Denmark 1998
Umschlagillusttration: Pino Daeni/Agentur Schlück
Umschlaggestaltung: Atelier Ingrid Schütz, München
Satz: Buch-Werkstatt GmbH, Bad Aibling
Druck und Bindung: Nørhaven, Viborg

ISBN 3-453-14709-X

Kapitel 1

Bei Baltimore, Maryland
März 1822

MÖRDERISCHES HINDERNISRENNEN:
SAMSTAGSRENNEN. LETZTES RENNEN,
DISTANZ – EINE HALBE MEILE.

Er würde verlieren. Aber verdammt noch mal, das wollte er nicht, vor allem nicht gegen Jessie Warfield, diese gräßliche Göre. Er spürte Rialto direkt hinter sich, seinen festen und gleichmäßigen Hufschlag auf dem schwarzen, schlammigen Boden und die geballte, vorwärtsstürmende Kraft des sehnigen Pferdeleibes. Er blickte über die linke Schulter. Rialto war schneller als ein Mann, der aus dem Schlafzimmer einer Frau stürzt, um die Begegnung mit dem heimkommenden Ehemann zu vermeiden. Dieser verflixte Fünfjährige hatte mehr Ausdauer als ein kraftstrotzender Mann mit vier anspruchsvollen Frauen.
James streckte sich so weit vor wie möglich, um Tinpins Ohr ganz nahe zu sein. Immer redete er vor und während des Rennens mit seinen Pferden, um sie auf sich einzustimmen. Der gutmütige Tinpin hatte stets ein offenes Ohr für James. Tinpin war wie die meisten seiner Rennpferde ein wilder Kämpfer mit einem starken Herz. Der Hengst wollte genausogern gewinnen wie James. Nur einmal verpatzten sie ein Rennen, als ein Jockey Tinpin mit der Reitgerte schlug und James dermaßen in Wut versetzte, daß er diesen verdammten Burschen am liebsten vom Pferd gerissen und verprügelt hätte.

James spürte das schweratmende Pferd unter sich. Tinpin war in der Viertelmeilen-Distanz besser als bei einem Rennen über eine halbe Meile. Rialto war Tinpin gegenüber im Vorteil. Er war erfahren und ausdauernd. Das hier war erst Tinpins zweites Rennen über eine halbe Meile. James stieß Tinpin in die Flanken und raunte ihm immer wieder zu, daß er es schaffen würde, daß er seinen Vorsprung vor diesem miesen kleinen Braunen halten könne, daß er Rialto, nach einer dämlichen Brücke in Venedig getauft, mit Leichtigkeit abhängen könne. Jetzt oder nie! Er müsse sich nur richtig ins Zeug legen. James versprach Tinpin eine Extraportion Hafer. Er bekomme auch ein paar Spritzer Champagner in sein Wasser. Mit letzter Anstrengung legte das Pferd an Geschwindigkeit zu, aber es reichte nicht.

Er verlor – knapp um eine Pferdelänge. Tinpins Flanken zitterten. Sein Hals war schweißnaß. James führte ihn im Kreis herum und vernahm sowohl das Murren wie auch den Beifall der Zuschauer. Er tätschelte Tinpins klitschnassen Hals und versicherte ihm, was er für ein tapferes Rennpferd sei und daß er Sieger geworden wäre, wenn er, James, ihn nicht geritten hätte. Und wahrscheinlich entsprach dies auch der Wahrheit, verflucht und zugenäht! Und das alles trotz James' vielgerühmter Zauberhand im Umgang mit Pferden! Tja, am heutigen Tag hatte dieser Zauber wohl seine Wirkung verloren.

Um der Wahrheit die Ehre zu geben, er war heute nicht einmal Zweiter geworden. Er landete auf dem dritten Platz hinter einem braunen Vollblüter aus dem Warfield Stall, einem Vierjährigen mit dem Namen Perlentaucher, der Tinpin im Finish in letzter Sekunde um eine Nasenlänge überholt hatte.

Tinpin hatte keinen besonders starken Rahmen, und wie gesagt, in diesem Fall handelte es sich nicht um ein Vier-Meilen-Flachrennen. Das Rennen ging nur über eine halbe Meile, wobei dieses Kriterium keine Rolle spielte. Was hier den Ausschlag gab, war James' Körpergewicht. Mit einem leichteren Reiter auf dem Rücken hätte Tinpin gewonnen. Fluchend schlug James mit der Reitgerte gegen seinen Stiefel.

»Hallo, James, deinetwegen habe ich zehn Dollar verloren, du Mistkerl!«

James führte Tinpin, der den Kopf hängen ließ, zu seinem Stallburschen. Dann schüttelte er seine Niedergeschlagenheit ab und lächelte Gifford Poppleton, seinem Schwager, zu. Wie ein gebändigter Bulle, der nicht ein Gramm Fett zuviel besaß, kam der Mann mit der untersetzten, kräftigen Statur auf ihn zu.

Er mochte Giff und hatte nichts gegen die Heirat mit seiner Schwester Ursula im vergangenen Jahr einzuwenden. »Das wirst du wohl verschmerzen können, Giff!« rief er zurück.

»Das schon, aber darum geht es nicht.« Gifford ging mit ausholendem, gleichmäßigem Schritt neben ihm her. »Du hast es versucht, James, aber für einen Jockey bist du zu groß. Die anderen Jockeys wiegen 25 Kilo weniger als du. Das Übergewicht, das du auf das Pferd bringst, macht sich eben bemerkbar.«

»Donnerschlag, Giff, was du nicht sagst!« James stellte sich in Positur. »Das hätte mir bekannt sein müssen. Und ich dachte, das wüßten nur Fachleute.«

»Tja, ich weiß so einiges«, sagte Giff und grinste ihn an. »Teufel noch mal, ich hätte nicht auf dich gesetzt, wenn Ursula nicht so eisern darauf bestanden hätte.«

»Die Göre wiegt sogar noch weniger«, meinte James.

»Die Göre? Ach so, Jessie Warfield. Ja, das stimmt. Zu schade, daß sich der arme Redcoat im zweiten Rennen das Bein brach. Dabei fällt mir etwas ein. Diesen Jockey kennst du auch. Du hast ihn glänzend ausgebildet. Na, was wird er wiegen? An die hundert Pfund?«

»Neunzig Pfund bei Sonnenschein. Weißt du, warum er sich das Bein gebrochen hat? Ein Jockey hat ihn während des gestreckten Galopps nach dem Wassergraben gegen einen Baum gedrängt.«

»Es tat richtig weh, das mitanzusehen. Weißt du, James, wir müßten jemanden haben, der ein paar Regeln für diese Rennen aufstellt. Dieses wilde Durcheinander ist Wahnsinn. Ich habe gelesen, daß in Virginia ein favorisiertes Pferd in der Nacht vor dem Rennen vergiftet wurde.«

»Ja, es mag Wahnsinn sein«, antwortete James, »und manchmal auch lebensgefährlich, aber es macht Spaß, Giff. Lassen wir es dabei bleiben. Viel wichtiger ist, daß du in Zukunft beim Wetten vorsichtiger bist und dir genau überlegst, auf wen du setzt!«

»Als ob dich das etwas kümmert! Hallo, Oslow, wie geht's?«

Oslow Penny war der Leiter des Gestüts. An den Renntagen jedoch übernahm er die Rolle des verantwortlichen Stallburschen, der für das Wohl und die Pflege der am Rennen teilnehmenden Pferde zuständig war. Oslow war die reinste Fundgrube an Pferdegeschichten. James war jedenfalls dieser Ansicht, die er mit dem Jockeyclub von Maryland teilte. Oslow kannte den Stammbaum eines jeden Pferdes von South Carolina bis New York, jeden Zuchthengst und jede Stute, und wußte, wer wen in England oder Amerika gedeckt hatte.

Oslow kam auf die beiden Männer zu, murmelte etwas in seinen Bart und nahm dann behutsam Tinpins Zügel aus James' Hand entgegen. Er hatte Säbelbeine, war spindeldürr und besaß die kräftigsten Hände, die James je gesehen hatte. Das Gesicht war wettergegerbt und zerfurcht. Die braunen Augen zeugten von wachsamer Intelligenz.

Durch die helle Nachmittagssonne blinzelte er zu Gifford hinauf. »Guten Tag, Sir. Mir geht es so gut wie Lilly Lou beim Virginia High Ebb Rennen letzte Woche. Jedenfalls besser als Mr. James, das steht fest. Na, na, und wie geht es dir, mein Junge? Ganz außer Puste, hm? Nun, du hast dein Bestes gegeben, du warst viel besser als Dour Keg, dieser lahmarschige Zosse, den der alte Wiggins immer noch ins Rennen schickt. Verflixt, ich kann mich nicht einmal

mehr erinnern, wer sein Vater war, so undiskutabel ist der Gaul.«
»Haben Sie auf Mr. James gesetzt, Oslow?
»Nein, ich nicht, aber Mr. Poppleton«, erwiderte Oslow und streichelte mit der verarbeiteten Hand, auf deren Rücken dunkle Venen hervortraten, über Tinpins Hals. »Das hätte ich getan, wenn Redcoat ihn geritten hätte, der arme Kerl, aber nicht bei Mr. James. Mr. James ist zu groß und zu schwer geworden, wie Little Nell, die sich vor vier Jahren am liebsten in den Hintern gebissen hätte, weil sie bei dem Dickey Rennen in North Carolina mit Ach und Krach als Letzte über die Ziellinie trabte.«
Gifford lachte. »Glauben Sie, daß es mir besser als Mr. James gegangen wäre?«
Oslow spuckte gezielt über Tinpins linke Schulter. »Nicht mit Ihren Patschen, Mr. Poppleton. Tut mir leid, Sir, aber Sie haben nun einmal nicht die Wunderhände von Mr. James, der die Pferde bereits mit den Fingerspitzen verzaubert.«
»Vielen Dank, Oslow. Wenigstens etwas Gutes«, meinte James mit gespielter Erleichterung. »Komm, Giff, wir gehen jetzt zu Ursula. Ich nehme nicht an, daß du unsere Mutter mitgebracht hast?« Im Gehen streichelte er noch einmal Tinpins Hals.
»Nein, Gott sei Dank! Nein, sie wollte Ursula sogar davon abhalten, auch nur einen Fuß in dieses gottverlassene Nest zu setzen.«
James lachte. Er schmunzelte noch, als er bemerkte, wie die Warfield-Göre auf ihn zukam. Sie sah wie ein Junge aus und hatte die Reitkappe auf, unter die sie die widerspenstigen roten Haare gestopft hatte. Ihr Gesicht war von der Sonne gerötet und die Nase voller Sommersprossen. Eigentlich wollte er nicht stehenbleiben, aber er tat es. Und das ärgerte ihn. Für den Rest seiner Tage hätte er sie am liebsten wie Luft behandelt, aber er war nun einmal ein Gentleman. Verdammt.

»Ich gratuliere«, sagte er so gelassen wie möglich bei dem Versuch, nicht verbissen zu klingen. Sie hatte ihn, seit sie das Backfischalter erreicht hatte, mehrmals um eine Pferdelänge geschlagen. Und das brachte ihn immer noch zur Weißglut. Er konnte sich einfach nicht damit abfinden.
Jessie Warfield nahm keine Notiz von Gifford Poppleton, dem Präsidenten der Union Bank von Baltimore, als sie sich vor James aufstellte und erklärte: »Beim zweiten Sprung über den Graben hast du versucht, mich vom Pferd zu stoßen.«
Eine dunkelblonde Augenbraue wurde hochgezogen: »Tatsächlich?«
Sie stellte sich auf die Zehenspitzen. Die sommersprossige Nase war jetzt in Höhe seines Kinns. »Das weißt du sehr wohl. Zu lügen wäre zwecklos, James. Es war sehr knapp. Wäre ich nicht eine so verdammt gute Reiterin, hätte es mich erwischt. Ich habe mich aber wieder gefangen und dich abgehängt – eindeutig abgehängt!«
»Ja, ganz richtig«, sagte er leichthin und hätte ihr am liebsten eine schallende Ohrfeige verpaßt. Nur seine Fairneß hinderte ihn daran. Sie war ein Mädchen. Wenn sie ein Mann wäre, hätte sie gewußt, daß es sich nicht gehört, einem Verlierer die Niederlage unter die Nase zu reiben. Aber, schwor er sich im stillen, wenn ich das nächste Mal an dir vorbeipresche, stopfe ich dir dein freches Mundwerk. Dann landest du nämlich kopfüber im Wassergraben.
»Weißt du überhaupt, daß deine Lippen wie ein Reibeisen aussehen? Daß man die Sommersprossen auf deiner Nase kaum zählen kann?« Mit einem herausfordernden Tonfall begann er zu zählen. »Eins, zwei, drei, vier, du lieber Himmel, da ist ja ein Klecks neben dem anderen. Das dauert mir zu lange.«
Sie blieb ungerührt. »Versuche das nie wieder, sonst bekommst du meine Reitgerte zu spüren.« Sie leckte sich die aufgesprungenen Lippen und ließ den Peitschenstiel vor seinem Gesicht hin- und hertanzen. Dann nickte sie Giff

kurz zu, machte auf dem Absatz kehrt und ging mit schnellen Schritten davon.
Gifford wandte sich seinem Gegenüber zu und meinte ernst: »Es kam mir so vor, als ob du Tinpin absichtlich an ihr Pferd gedrängt hättest, James.«
»Ja, ganz richtig, das habe ich auch. Ich wollte sie auf mich aufmerksam machen. Das war nichts im Vergleich zu dem, was sie letztes Jahr beim Juni-Rennen in Hacklesford mit mir getrieben hat.«
»Na, was hat dieses furchterregende Geschöpf dir angetan?«
»Ich bedrängte sie. Nur ganz wenig. Nur um ihr eine Lektion zu erteilen. Aber dieses Balg kennt jeden schmutzigen Trick beim Rennen. Sie wich mit ihrem Pferd nur so weit aus, um mir einen kräftigen Tritt zu versetzen. Ich flog im hohen Bogen vom Pferd.«
Gifford lachte und dachte sich, daß James vorher bestimmt sehr unsanft mit dem Warfield-Mädchen umgegangen war. Die Frage nach dem Ausgang des Rennens konnte er sich nicht verkneifen: »Und hat Jessie Warfield gewonnen?«
»Nein. Sie wurde Letzte. Verlor das Gleichgewicht, als sie nach mir trat und verhedderte sich dermaßen mit einem anderen Pferd, daß die beiden Reiter erst einmal ihre Gliedmaßen entwirren mußten. Wahrscheinlich hätte ich mir vor Lachen den Bauch gehalten, wenn ich nicht mit einem Salto mortale auf dem Boden gelandet wäre und versuchen mußte, meinen Kopf vor den Pferdehufen zu schützen. Sieh dir doch nur ihren Gang an, Giff. Sie geht wie ein Kerl, man möchte kaum glauben, daß sie eine Frau ist.«
Giff war sich da nicht so ganz sicher, aber er konnte James' Zorn verstehen und meinte einlenkend, daß sie eine ausgezeichnete Reiterin sei.
»Ja, das muß man dieser Göre lassen, sie reitet verdammt gut. Wer ist das da neben Ursula?«
»Das ist auch eine Warfield-Tochter. Es gibt drei von dieser Sorte. Die Älteste und die Jüngste haben nichts mit diesem Balg gemeinsam. Beide sind bildhübsch, elegant und wohl-

erzogen. Und sehr damenhaft. Das dort ist Nelda, die Älteste. Sie ist mit Bramen Carlysle, dem Großreeder, verheiratet. Komm, ich stell dich vor. Ich nehme an, du bist ihnen noch nicht begegnet, denn beide Töchter lebten bis vor zwei Monaten bei einer Tante in Philadelphia. Ja, richtig. Du warst ja bis Ende Januar in Boston.«

»Bramen Carlysle? Großer Gott, James, die Carlysles sind älter als Fort McHenry. Er nahm an den Revolutionskämpfen teil, erlebte die Niederlage Cornwallis in Yorktown. Der ist älter als der Staub hier. Wie alt ist diese Nelda?«

»Vielleicht zweiundzwanzig.«

Gifford schnaubte kurz.

Ursula fühlte sich unbehaglich. Sie warf ihrem Mann einen hilfesuchenden Blick zu, um Nelda Carlysle loszuwerden. Mit dem Gehabe eines erfolgsgewohnten, reichen Bankiers, der er ja auch war, zog er galant den Hut. »Mrs. Carlysle, es ist mir ein Vergnügen, Sie endlich kennenzulernen«.

»Ich freue mich auch, Mr. Poppleton. Oh, James, entschuldigen Sie das mit Jessie. Sie hat den Sieg nicht verdient, darüber waren sich alle Damen in meiner Nähe einig. Dieses Kind benimmt sich unmöglich. Ich bin sicher, Vater wird sie sich heute vornehmen. Wie ungeschickt von ihr. Wie peinlich für uns alle.«

»Bestimmt wird Ihr Vater das tun, Nelda, aber nur, um mit seinem besten Champagner auf sie anzustoßen. Zerbrechen Sie sich deswegen bitte nicht den Kopf. Sie ist eine gute Reiterin. Sie sollten ihr ein Loblied singen.« Du lieber Himmel, was war er doch für ein durchtriebener Heuchler!

»Bestimmt nicht«, seufzte Nelda und blickte auf ihre Schuhspitzen. »Muß sie sich ausgerechnet auf dieser so rein männlichen Domäne hervortun? Als Jockey!« Es schauderte sie. »Glauben Sie mir, James, bei jedem Damenlunch spricht man mich darauf an ...« James dachte im stillen, daß Jessie eine ordentliche Tracht Prügel verdient hätte. Mit einem verlogenen Lächeln unterbrach er sein Gegenüber. »Sie ist eine ausgezeichnete Reiterin. Nelda, Sie sollten etwas toleranter sein. Sie ist eben anders. Man muß sie so nehmen, wie sie ist.«

»Vielleicht«, murmelte Nelda und tippte mit ihren behandschuhten Fingern auf seinen Unterarm. »Sie waren jedenfalls fabelhaft.«

»Nicht so fabelhaft wie die beiden Rennpferde aus dem Stall Ihres Vaters.«

»Der einzige Grund dafür ist doch, daß Sie von hoher, kräftiger Statur sind, James. Übrigens, es ist lange her, seitdem Sie mich das letzte Mal besucht haben, mein Lieber. Jetzt, als verheiratete Frau, bin ich vielleicht freier als früher, als ich noch keinen Ehering trug.«

Ursula räusperte sich. »Also, Nelda, tut mir leid, aber wir müssen jetzt nach Hause. Meine Mutter bleibt nur noch bis Montag bei uns.«

Seine Schwiegermutter. Gifford hätte es vorgezogen, erst gegen Mitternacht zurückzukehren. Seine Schwiegermutter Wilhelmina war ein Sonderexemplar. James hatte seine Mutter zur Erhaltung und Rettung seines Eigenlebens vor zwei Jahren aus seinem Haus in Marathon ausquartiert und in einer vornehmen Backsteinvilla am German Square nahe der Stadtmitte von Baltimore untergebracht. Sie besuchte Ursula und Gifford regelmäßig in dem weiträumigen, vierstöckigen Anwesen in der St. Paul Street, da sie in ihren eigenen vier Wänden, wie sie behauptete, von Zeit zu Zeit unter Depressionen litt. Trotzdem beklagte sie sich ständig, wenn sie im Hause ihrer Tochter war.

Nelda machte keinerlei Anstalten fortzugehen. Sie rückte noch näher an James heran. »Wilhelmina kann noch ein Weilchen warten. Mein lieber Mann sagte mir, daß Sie mit dem Gedanken spielen, sich in Baltimore niederzulassen.«

»Ja, ganz richtig. Ich habe nicht die Absicht, in diesem Jahr nach England zurückzukehren«, antwortete James höflich. »Candlethorpe, mein Gestüt in Yorshire, weiß ich in guten Händen. Marathon hingegen erfordert noch viel Einsatz.«

»Marathon?«

»Ich gab dem Gestüt den Namen zu Ehren dieses alten Griechen, der sich zu Tode rannte, um den Athenern den Sieg zu melden, den sie gegen die Perser bei Marathon errungen hatten. Wenn er eines meiner Pferde besessen hätte, wäre er danach nicht vor Erschöpfung tot zusammengebrochen.«

»Oh«, hauchte Nelda. »Trotzdem sollten Sie einen anderen Namen wählen, James, etwas Gediegeneres, etwas, das man sich besser merken kann. Marathon klingt so fremdländisch.«

»Ganz richtig«, warf Ursula ein, »und sogar etwas anstößig.«

»Oh«, rief Nelda plötzlich und winkte. »Da sind Alice und Allen Belmonde. Hier, hier sind wir, Alice.«

James zuckte zusammen. Er blickte zu Giff, der ihm zuzwinkerte und sagte dann: »Guten Tag, Alice. Du siehst bezaubernd aus. Belmonde«, setzte er kopfnickend hinzu und begrüßte den Mann an Alicens Seite. Er hatte sie des Geldes wegen geheiratet und versuchte nun, so viel davon auszugeben, wie sein Schwiegervater lockermachte, was in weiser Voraussicht nicht allzuviel im Jahr war. So versuchte Allen Belmonde Geld beim Rennen zu gewinnen, aber das war, wie James wußte, ebenso schwierig wie ein reiches Mädchen an Land zu ziehen, was ihm allerdings gelungen war. Am heutigen Renntag hatte er ein Pferd aus seinem Stall gestartet. Der Vollblüter war als sechster in einem Feld von zehn durchs Ziel gegangen. James blickte auf, als Allen ihn ansprach. »Ich möchte, daß Sober John eine meiner Stuten, Sweet Susie, deckt. Sie verlangen zwar einen hohen Preis dafür, Wyndham, aber vielleicht zahlt es sich aus.«

»Es liegt ganz bei Ihnen«, meinte James leichthin und dann zu Alice gewandt: »Dein Hut gefällt mir sehr. Rosa steht dir glänzend.«

Sie errötete. Sie konnte es auf Bestellung, und das beeindruckte ihn. Jedesmal wollte er sie wissen lassen, daß dies nicht sehr sinnvoll, ja sogar zwecklos sei, was ihn anbetraf.

Aber er kannte Alice von klein auf und mochte sie. So schmunzelte er nur, als sie mit einem süßen Lächeln erklärte: »Wie nett du immer bist, James. Es tut mir leid, daß du heute verloren hast, aber es freut mich für Jessie. Ist sie nicht herrlich? Ich sagte vorhin zu Nelda, wie sehr ich dieses Mädchen bewundere. Jessie macht, was sie will, und kümmert sich nicht einen Deut um Schicklichkeit oder langweilige Regeln.«
»Regeln sind zum Schutze der Damen da«, meinte Allen Belmonde und tätschelte die Schulter seiner Frau. Es war keine besonders zärtliche Geste. James bemerkte, wie Alice zusammenfuhr. »Damen sollten sich nicht über Anstandsregeln beschweren.«
»Nun ja, also Jessie wird tun, was ihr Spaß macht«, meinte Ursula. »Komm jetzt, James, wir müssen wirklich aufbrechen. Nelda, empfehlen Sie uns Ihrem Mann. Alice, dir und Allen einen schönen Tag. Wir sehen euch morgen in der Kirche.«
James grinste Nelda an, die noch näher an ihn herangetreten war. »Ich stinke nach Pferd. Kommen Sie mir lieber nicht zu nahe. Richten Sie Ihrem Vater bitte aus, daß ich heute abend mit einer Flasche seines Lieblingsclarets in seinem Stall auftauche. Ich bin sicher, er rechnet bereits damit. Er kann so viel trinken, wie er Lust hat.«
»Sie trinken immer noch mit meinem Vater zusammen?«
»Wenn ich ihn bei einem Rennen besiegt habe, reitet er mit einer Flasche Champagner nach Marathon.«
»In diesem Fall«, meinte Alice, »solltest du den Claret lieber zu Jessie bringen. Sie ritt vor dir durchs Ziel, nicht der Vater.«
»Das betrifft den Stall«, erklärte James und wünschte insgeheim, diese Göre wäre hier, dann könnte er ihre Sommersprossen zählen. Mit dieser Bemerkung vorhin hatte er ihr vorlautes Mundwerk wenigstens rasch zum Schweigen gebracht.
»Ich werde es Mutter ausrichten«, erwiderte Nelda. »Vater

bekomme ich kaum noch zu Gesicht. Jessie auch nicht mehr. Aber warum auch? Sie ist sehr eigenwillig, und ich bin durchaus nicht Alicens Meinung. Anstandsregeln sind für Damen da. Das macht die Zivilisation nun, sagen wir, zivilisierter. Wir brauchen nun einmal die charmanten Herren, damit sie uns beschützen, uns geleiten, uns mit Rat und Tat zur Seite stehen, uns …«

»Die Liste wird ja immer länger«, unterbrach Ursula sie und drückte ungeduldig den Arm ihres Mannes.

James, der Jessie für einen höchst unweiblichen Wildfang hielt, setzte rasch hinzu: »So übel ist sie gar nicht, Nelda. Und sie ist Ihre Schwester.« Er wandte sich zu Giff. »Ich sehe euch beide morgen.«

»Und Mutter siehst du morgen auch«, sagte Ursula mit Grabesstimme, während in ihren Augen der Schalk blitzte.

»Also, bis morgen«, verabschiedete sich James mit einem verschmitzten Lächeln und schlenderte durch die sich auflösende Menge.

»Also«, ließ Nelda Carlyse strahlend wie die Nachmittagssonne am Himmel vernehmen, »dann werde ich jetzt ebenfalls gehen. Ursula, ich hoffe, wir werden uns oft sehen, nachdem wir jetzt beide verheiratete Frauen sind. Vielleicht kann ich Ihnen in der Stadt einen Besuch abstatten? Es ist mir endlich gelungen, Mr. Carlysle davon zu überzeugen, wie sinnvoll so eine kleine hübsche Villa in der George Street ist. Das ist doch wohl in Ihrer Nähe, nicht wahr?«

»Sehr in meiner Nähe«, erklärte Ursula trocken und dachte im stillen, ›wenn du in die Stadt ziehst, Nelda, wohne ich lieber in Fells Point. Außerdem solltest du meinem armen Bruder nicht so plump und unverhohlen den Hof machen. Lieber Himmel, diese Nelda würde hier vielleicht ein Durcheinander anrichten, wenn es ihr gelänge, sich James an Land zu ziehen. Aber nein, mein lieber Bruder würde niemals in das Gehege eines verheirateten Mannes eindringen und ihm die Ehefrau streitig machen.‹

Ursula und Giff sahen, wie Nelda sich zu Alice herabbeugte, die Hand auf ihren Ärmel legte und ihr kurz mit dem Kopf zunickte. Von Allen Belmonde verabschiedete sie sich ebenfalls mit einem huldvollen Nicken, dem sie ein überaus freundliches Lächeln folgen ließ, obwohl sie ihn, wie Ursula wußte, nicht ausstehen konnte.
»Was geht dir gerade durch den Kopf, Urs?«
»Was? Oh, daß es sich in Fells Point angenehm leben läßt.«

Kapitel 2

WENN LORD DERBY 1780
NICHT BEIM MÜNZENWERFEN GEWONNEN HÄTTE,
WÜRDE MAN ES HEUTE WAHRSCHEINLICH
DAS KENTUCKY BUNBURY NENNEN.

– Historische Betrachtungen –

Es war Vollmond. Ende März war die Witterung mild. Nur eine leichte Nachtbrise strich raschelnd durch die ersten Frühlingsblätter der uralten Eichen, die die Auffahrt zur Warfield Farm säumten.

James pfiff ein englisches Liedchen, das die Duchess im Jahr davor verfaßte hatte. Sober John, ein Pferd so grau und unverwüstlich wie die Zinnschale in der Mitte seines Eßtisches, schnaubte leise, als er zu dem Anwesen hinaufritt. Der Duchess, eigentlich eine Countess of Chase aus der englischen Linie der Wyndhams, mangelte es nie an Einfällen für ihre frivolen kleinen Spottverse. Die Beschränktheit George IV. und seiner politischen Berater lieferte ihr genügend Stoff. James schmunzelte beim Gedanken an Marcus Wyndham, dem Earl of Chase und Ehemann der Duchess, der diese Liedchen aus voller Kehle in der Badewanne sang, so daß die Dienstmädchen kichernd vor der riesigen Zimmertür des ehelichen Schlafzimmers von Chase Park stehenblieben.

James tätschelte Sober Johns Hals. Der Hengst war zwanzig Jahre alt und die Säule von James' Gestüt. Sober Johns Spezialität waren die Vier-Meilen-Rennen. Von Massachusetts bis Kentucky hatte er sich siegreich hervorgetan.

Er war ein Vollblüter mit ausgesprochenem Standvermögen und einer Ausdauer, die er auf den verschiedensten Rennstrecken mehr als genug unter Beweis gestellt hatte. Er war jetzt, Gott sei's gedankt, ein begehrter Deckhengst geworden.

Das helle Mondlicht schien auf einen weißen Holzzaun, der sich neben den Stämmen der Eichen die Auffahrt bis zu dem großen Haus hinaufzog. Das Warfield-Gestüt und sein Rennstall waren erfolgreich und bestens geführt. Beiden galt James' uneingeschränkte Bewunderung. Insgeheim betete er darum, daß Marathon eines Tages genauso erfolgreich sein würde. Er mochte den langen weißen Holzzaun, der sich unter den ehrwürdigen Eichen dahinzog und allmählich in der Dunkelheit verschwand, und konnte sich nur eine ungefähre Vorstellung davon machen, was es kosten mußte, allein den makellos weißen Anstrich des Zaunes zu erhalten.

Als James Sober John vor den Stallungen anhielt, kam ein junger schwarzer Sklave herbeigeeilt, um die Zügel an sich zu nehmen. »Reib ihn gut ab, Jemmy«, sagte James und warf dem Jungen eine Münze zu.

»Verkauf mir Sober John.«

»Auf keinen Fall, Oliver.« James streckte seine Hand aus und schüttelte die des älteren Mannes. Sein Haar war röter als das der gräßlichen Göre, statt dessen war es mit grauen Strähnen duchwachsen und weiß gesprenkelt wie James' Haarbürste. Die Farbe seiner Augen war verwaschen blau, während die der Göre eher hellgrün war, wie feuchtes Moos am Rande eines trüben Tümpels. »Bei dem heutigen Rennen hattest du vier Gewinner, und alle stammen von Friar Tuck ab. Wenn sich diese kleine Zweijährige, Miss Louise, nicht den Hals oder sonst etwas bricht, wird sie dir auf Jahre hinaus einen Sieg nach dem anderen bescheren. Was willst du da noch mit Sober John?«

»Wenn ich Sober John im Stall hätte, könnte ich dich arbeitslos machen, mein Junge.«

»Hoffentlich raubt dir der Gedanke nachts den Schlaf.«
Oliver tat einen tiefen Seufzer. »Tja, daran ist nicht zu denken. Ich werde alt, mein Junge. Das Reißen und Ziehen in den Gliedern macht mir nachts genug zu schaffen. Meine Güte, wenn ich in deinem Alter wäre, würde ich dir Sober John unter dem Hintern wegstehlen, dich zu einem Duell fordern, oder dir eine Kugel in den Rücken jagen. Tja, und jetzt kann ich nur wie ein alter Hund winseln und knurren.«
»Aber ein alter Hund, der gerne Claret trinkt.«
Oliver Warfield grinste, wobei sich ein schwarzer Zahn in der Mitte des Gebisses zeigte, der bald gezogen werden mußte. »Du hast keinen Grund zur Klage. Schließlich hattest du drei Sieger. Nicht schlecht für einen jungen Kerl. Tja, du hast eine gute Hand mit Pferden. Du hättest noch besser abschneiden können, wenn sich Redcoat nicht das Bein gebrochen hätte.«
»Es hätte nicht dazu kommen müssen. Dieser Dreckskerl vom Richmond Rye Stall hat ihn mit der Reitgerte traktiert, so daß er am nächsten Baum landete.«
»Dann gib deinen Jockeys Pistolen, James – das tun bereits einige Pferdebesitzer. Aber komm jetzt herein, mein Junge, ich möchte meinen Claret trinken und spüren, wie er langsam die Kehle hinunterrinnt. Jessie hat mir aufgetragen, ein ernstes Wort mit dir zu reden, nachdem du sie heute beinahe vom Pferd gestoßen hast.«
»Das ist meines Erachtens ein Ding der Unmöglichkeit.«
»Wieso?«
»Jessie ist nicht aus dem Sattel zu werfen. Ich glaube, sie streicht Leim auf die Unterseite ihrer Hosen. Ich müßte sie also samt ihrem Sattel herunterstoßen.«
James folgte Oliver Warfield in das geräumige Comptoir, das er am Stallende angebaut hatte. Es wurde von vier Lampen erleuchtet. In der Luft hing der Geruch von Leder, Pferden, frischem Heu und Leinsamenöl. James holte tief Luft. Er liebte diesen Geruch. Sein ganzes Leben lang hatte

er ihn gemocht. Oliver wies ihm einen tiefen, schwarzen Ledersessel an. James nahm die Flasche, öffnete sie und schenkte zwei bereitstehende Gläser ein.

»Auf deinen Sieg«, erklärte James mit leicht belegter Stimme. Wie schwer gingen ihm diese besonderen drei Worte über die Lippen! Und Oliver, der alte Schuft, wußte das ganz genau.

»Mein Sieg.« Er stieß an James' Glas an, lehnte sich weit zurück und nahm einen großen Schluck. »War das Rennen heute sehr besucht? Ich mußte gleich wieder umkehren. Diese verdammte Gicht setzt mir von Jahr zu Jahr mehr zu.«

»Wenn du meine Meinung hören willst, dann glaube ich, daß Claret deiner Gicht nicht gerade bekömmlich ist.«

»Dann solltest du versuchen, öfter zu gewinnen.«

»Das ist ja die Höhe! Es ist also meine Schuld, wenn dich die Gicht plagt?«

»Sagen wir, dein Scheißclaret ist schuld.«

»Dann ist dies der beste Scheißclaret, den es gibt.«

Oliver Warfield grinste und hob erneut sein Glas. »Ich trinke auf meine gottverdammte Gicht und deinen ausgezeichneten Scheißclaret. Also, mein Junge, war bei den Rennen heute viel los?«

»Ziemlich viel. Auch die holde Weiblichkeit war in großer Zahl vertreten, was ein gutes Zeichen ist. Die Puritaner versuchen zwar mit allen Mitteln die Rennen abzuschaffen, aber ich glaube, daß sie hier bei uns keine Chance haben. Wir sind eben eingefleischte Sünder.«

»Da magst du recht haben. Oh, so ein Schlückchen tut gut. Ich fühle mich dann immer sofort besser. Dieser warme, sonnige Tag hat die Zuschauer angelockt. Schade, daß ich nicht bis zum Schluß dabeisein konnte.«

»Tja, für Unterhaltung war gesorgt. Es gab ein paar Knochenbrüche. Oliver, zu deiner Unterrichtung, ich habe Jessie nur leicht gestoßen«, meinte James, umschloß den Kelch des Glases mit den Handflächen und setzte sich ein wenig weiter nach vorn. »Ich habe nicht versucht, sie wirklich aus dem Sattel zu heben. Ich wollte nur, daß ihr das hämische Grinsen vergeht.«

»Jessie hat mir anderes berichtet. Du bist ihr ein Dorn im Auge, James. Es ist mir unerklärlich, warum dich das Mädchen nicht ausstehen kann. Sie ist nicht spröde. Nein, das ist meine Jessie ganz und gar nicht, aber sie konnte dich vom ersten Augenblick an nicht leiden. Wann habt ihr euch das erste Mal gesehen? Das muß sechs Jahre her sein. Da war sie noch ein kleiner Stöpsel.«

»Jessie war niemals klein. Bereits mit vierzehn bestand sie nur aus Beinen und einem riesigen Mundwerk.«

»Nun, was ihren Mund anbetrifft, so magst du recht haben«, erwiderte Oliver. »Jedenfalls ändert das nichts an der Tatsache, daß sie dich heute eindeutig geschlagen hat, mein lieber James.«

James füllte die Gläser wieder mit Claret. »Auf deinen Sieg«, sagte er noch einmal und wußte, daß sich der Trinkspruch den ganzen Abend lang wiederholen würde. Bei Gott, James würde an diesem Abend noch eine Menge Claret hinunterspülen.

»So viele Siege in all diesen Jahren«, meinte Oliver und lockerte sein Halstuch. Das Alter gab ihm das Recht, ab und zu ein wenig zu philosophieren, besonders bei James, der in seinen Augen noch zu jung und unbesonnen war. Gewinnen war allerdings besser als zu philosophieren. Aber beides zu tun, war alles, was ein Mann sich wünschen konnte. »Du weißt natürlich, daß es die Warfield-Ställe bereits seit ungefähr siebzehnhundertdreißig gibt, als mein Großvater sie erbaute. Er hatte sich in Bristol eingeschifft und ging hier, zu einer Bohnenstange abgemagert, an Land, da er Neptun während der Seereise ständig geopfert hatte. Sein einziger Besitz waren der Optimismus seiner Jugend und ein Rennpferd.« Oliver Warfield nahm einen kräftigen Schluck und seufzte. »Vom Vater auf den Sohn und wieder vom Vater auf den Sohn. Eine rein männliche Zuchtfolge.«

James lehnte sich tief in den Sessel und blickte den Älteren fragend an.
»Tja, nur ich habe versagt. Alles, was ich zuwege brachte, waren Mädchen. Drei Weiber. Genug, um einen Mann zum Heulen zu bringen.«
»Nun, vielleicht beginnt jetzt eine weibliche Erbfolge.«
»Hoffentlich nicht. Wozu taugen Töchter? Sie heiraten, gehen aus dem Haus, ändern ihren Namen und setzen Kinder und keine Fohlen in die Welt. Ein einziger Ehemann unter meinen drei Töchtern, und dazu noch einer, der älter ist als ich, James. Hast du die spindeldürren Beine gesehen und den Hängebauch? Wahrscheinlich hat er mehr Runzeln als eine zweijährige Kartoffel. Ich habe nur den Kopf geschüttelt. Als ich ihr sagte, sie habe wohl den Verstand verloren, meinte ihre Mutter, ich solle mich gefälligst um meine Angelegenheiten kümmern, um die Pferde. Der alte Bramen ist steinreich, das will ich gerne zugeben. Du siehst, James, was kann ein Vater schon ausrichten?«
»Nelda scheint glücklich zu sein«, wandte James ohne zu zögern ein und log bewußt. »Ich habe sie heute getroffen. Mach dir darüber keine unnützen Gedanken. Es war ihr eigener Entschluß. Freu dich deines Lebens, Oliver. Bald wird der nächste Schwiegersohn auftauchen. Glendas Mitgift kann sich sehen lassen, außerdem ist sie recht hübsch und wird heftig umschwärmt. Wieso zerbrichst du dir darüber überhaupt den Kopf?«
»Ich denke dabei mehr an Jessie.«
»Warum?« James trank noch einen Schluck Claret. Die Gläser waren sehr alt und am Rand an mehreren Stellen abgeschlagen, aber sie waren erstklassig geschliffen und hatten bestimmt einmal eine riesige Tafel geziert. »Laß ihr noch etwas Zeit, Oliver. Sie wird auch heiraten und Mutter werden wollen wie alle jungen Mädchen.«
»Armes Kind. Sie wäre besser als Junge auf die Welt gekommen. Sie ist wie ich, meine Jessie. Stolz, spöttisch und eigensinnig. Sie hat sogar mein rotes Haar. Und für die

Sommersprossen auf der Nase macht mich Mrs. Warfield verantwortlich. Sie wirft mir vor, ich hätte die kleine Jessie schon von Kind auf wie ein wildes Füllen auf der Koppel toben lassen.«
James widersprach nicht. Er und Oliver wußten, daß eine junge Dame keine Sommersprossen haben sollte. Und keine aufgesprungenen Lippen.
Oliver zog die buschigen roten Augenbrauen zusammen. »Jessie will nicht heiraten. Das hat sie mir letzte Woche verkündet.« James wurde noch einsilbiger. Er blickte auf die nahezu geleerte Flasche Claret und wünschte, er hätte eine zweite mitgebracht.
»Sie sagt, alle Männer seien Schweine, selbstsüchtig und kurzsichtig.«
»Das ist eine Menge, auch aus Jessies vorlautem Mund.«
»Jessie hat nie gelernt, sich zu beherrschen. Außer bei Pferden.«
»Ich habe mich nie für kurzsichtig gehalten.«
»Du bist jung. Natürlich bist du kurzsichtig. Darum hat Nelda den alten Bramen geheiratet. Sie war es leid, auf dich zu warten, aber das spielt nun keine Rolle mehr. Bramen besitzt mehr Geld, als du und ich zusammen jemals im Leben verdienen werden. Sieh dich vor, James. Mir kommt so einiges zu Ohren. Nelda hätte gern einen potenten jungen Mann im Bett, und sie hat es auf dich abgesehen. Was soll aus meiner Jessie werden? Ja, danke. Ich trinke noch gerne einen Schluck. Dein Keller ist vortrefflich, James. Das nächste Mal muß der Verlierer zwei Flaschen spendieren. Eine reicht uns heute nicht. Habe ich dir auch erzählt, daß Mrs. Warfield behauptet, Jessie wäre nicht normal, und daß ich daran schuld sei, weil ich ihr von Kind an erlaubte, in Reithosen zu reiten? Das konnte kein gutes Ende nehmen, meint sie. Außerdem wirft sie mir vor, ich würde Jessies Weiblichkeit unterdrücken. Jessie aber findet Röcke zu eng und findet es langweilig, sich wie eine Dame zu benehmen. Sie sagt, sie habe keine Lust, sich mit kleinen engen Schühchen herum-

zuquälen. Reitstiefel seien bequemer. Außerdem findet sie es abgeschmackt, einen Mann anzuhimmeln oder auf ein Podest zu stellen. Männer seien nichts Besonderes. Sie heiraten, werden fett und rülpsen nach dem Abendessen. Und sie seien tolpatschig und verstünden nichts vom Reiten. Ich weiß nicht genau, was sie damit meint. So ist sie nun einmal. Aber sie ist eine verdammt gute Reiterin. Glenda ist die Schönheit in Person und eine vollkommene Lady. Bist du nicht auch dieser Meinung, James?«

James trank wieder einen Schluck. Er kannte Glenda nicht so gut, aber nach Ursulas Augenaufschlag zu urteilen – bei aller gesellschaftlicher Rücksichtnahme natürlich – konnte er sich vorstellen, daß Glenda wahrscheinlich verwöhnt und langweilig ist, was man von Jessie nun wirklich nicht sagen konnte. Sie war nur eine gräßliche Göre, ein freches Balg. Glenda spielte Harfe, rezitierte Verse, die sie selbst verfaßt hatte. Die Gedichte waren ihm bis jetzt erspart geblieben, nicht aber die Harfe.

»Glenda würde jedem Mann eine reizende Frau sein. Nur süßes Lachen und Gezwitscher.«

James brummte etwas Unverständliches. Glenda war zierlich gewachsen und war mit einem wunderschönen Busen ausgestattet, den sie offener zur Schau trug als die anderen jungen Frauen seiner Bekanntschaft. Gelegentlich lispelte sie affektiert, wie man es neuerdings in der Gesellschaft von Baltimore zu tun pflegte. Außerdem hatte sie die beunruhigende Angewohnheit, unverhohlen auf das Geschlecht eines Mannes zu starren. Auf einer Gesellschaft im vergangenen Jahr war er hinter einer eingetopften Palme verschwunden, um sich vor ihren Blicken zu retten.

Er trank sein Glas aus. Der süße schwere Wein hatte seinen Magen wohltuend erwärmt. »Ich bin in der friedlichen Absicht gekommen, diese Flasche mit dir zu trinken, Oliver. Du solltest also nicht versuchen, mich mit einer deiner beiden noch ledigen Töchter zu verheiraten.«

»Richtig, aber ein Mann muß an die Zukunft denken. Wenn

du Glenda heiratest, kannst du das Warfield-Gestüt und die Rennställe mit deiner Marathon Farm zusammenlegen. Du könntest schlechter fahren, James. Wie groß ist eigentlich dein Gestüt in England?«
»Candlethorpe ist klein, halb so groß wie Marathon. Der Earl von Rothermere besitzt ...«
»Ich bin über die Hawksburys informiert, James. Eines der besten Gestüte im Norden Englands. Ich hörte, daß Philip Hawksbury eine Schottin geheiratet hat, die eine besondere Hand für Pferde hat.«
»Ja, Francis ist fabelhaft. Bei Pferden bewirkt sie Erstaunliches. Wenn ich nach Amerika fahre, beaufsichtigen beide mit meinem Stallmeister Sigmund das Gestüt. Sober John stammt von Ecstasy aus dem Rothermere-Stall ab, der in direkter Linie zu dem Araber Godolphin zurückführt.«
»Verkauf mir Sober John.«
»Vergiß es, Oliver.«
»Das könnte ich«, antwortete Oliver mit einem Schmunzeln, »aber ich werde trotzdem nicht lockerlassen. Vielleicht setze ich eine meiner Töchter auf dich an, um dich umzustimmen.«
»Aber bitte nicht Jessie. Sie würde mir eher ein Messer zwischen die Rippen stoßen, bevor sie ein Wort darüber verliert.« James streckte seine langen Beine vor sich aus und schlug einen Fuß über den anderen, dann schloß er die Augen, kreuzte die Arme vor der Brust und erklärte seelenruhig: »Du wirst mich nicht einmal mehr um eine Kopflänge schlagen, Oliver.«
»Was willst du damit sagen, junger Mann?«
»Du wirst es früh genug erleben, alter Herr. Du wirst schon sehen.« James öffnete die Augen wieder und hielt ihm das leere Glas hin.
Oliver Warfield gab ein rauhes Lachen von sich und goß den Rest des Clarets in James' Glas.
Das Krachen von Holz war zu hören, ein Schrei, ein dumpfer Aufprall.

Die beiden Männer waren sofort auf den Beinen und rannten zur Tür des Comptoirs, stürzten hinaus und blieben unmittelbar darauf stehen.
»Was zum Teufel ist hier los!« Oliver Warfield starrte auf seine Tochter, die in ihrer Jungenkleidung, das rote Haar unter einer Wollmütze versteckt, rücklings mit ausgestreckten Armen und Beinen in einem Trog lag, der zum Glück mit einem Heuballen gefüllt war.
»Jessie! Was in Gottes Namen machst du hier? Bist du am Leben, Kind? Hast du dir etwas gebrochen? So sage doch etwas!«
Ein leises, nicht sehr überzeugendes Stöhnen wurde hörbar. James blickte auf sie herab und wußte sofort, daß sie bei vollem Bewußtsein war, denn ihre Wimpern zuckten verdächtig. »Sie ist viel zu biestig, um sich weh zu tun. Ich werde dir sagen, was hier los war, Oliver. Diese Göre hat uns vom Dachboden belauscht. Sie lag flach auf dem Boden und drückte abwechselnd Augen und Ohren an die Ritze zwischen den Balken. Stimmt doch, Jessie, oder?«

Kapitel 3

»Sprich mit mir, Kind.« Oliver berührte behutsam ihre Wange. Erneut war ein leichtes Stöhnen zu hören, das James aber keinen Augenblick täuschte. In einem Tonfall, der von englischer Überheblichkeit troff, versuchte er Jessie zu reizen und aus der Reserve zu locken. »Ja, sag' etwas, Jessie. Dein Vater und ich wollen zu unserem Claret zurück. Diese Unterbrechung kommt äußerst ungelegen. Wenn du keine Anstalten machst, dich zu erheben, sehe ich mich gezwungen, diesen Kübel Wasser über dich zu schütten. Das wird dich wieder munter machen. Oliver, schimmert das Wasser etwas grünlich oder täusche ich mich? Könnte das, was auf der Oberfläche schwimmt, nicht Schleim sein?«

Jessie Warfield schlug widerwillig die Augen auf. Tapfer widerstand sie der Versuchung, James Wyndham den Wassereimer ins Gesicht zu schleudern. Am liebsten wäre sie jetzt im Erboden versunken, aber sie konnte sich nicht drücken.

»Mir ist nichts passiert, Papa. Ein häßlicher Sturz, weiter nichts. Ich war nur etwas benommen.« Sie blickte ihren Vater mitleidheischend an.

»Bei deiner Geburt warst du bereits etwas benommen«, murmelte James gerade noch hörbar und streckte seine Hand aus.

Sie ergriff sie und ließ sich aus dem Heuhaufen ziehen. Dann putzte sie sich etwas zu gründlich ab.

»Du hast uns belauscht?« fragte Oliver streng.

Sie putzte sich noch gründlicher ab.

»Raus mit der Sprache, Jessie. Natürlich hast du uns belauscht. Wahrscheinlich wolltest du wissen, ob ich deinem Vater geheime Renntips verrate.«

»Ehrlich gesagt«, erklärte Jessie und blickte James trotzig in

die Augen – wie erwartet biß sie sofort in den Köder, den er ihr ausgelegt hatte – »ehrlich gesagt, James, deine Tips können mir gestohlen bleiben. Über Rennen weiß ich mehr als du, mein Bester.«
»Übrigens, Jessie, James hatte nicht ausdrücklich bestritten, daß man ihm eine gewisse Kurzsichtigkeit nachsagen könnte. Aber er ist ja noch jung.«
»Was meinst du damit, Papa?«
»Erinnerst du dich nicht? Du erklärtest mir kurz und bündig, du würdest niemals heiraten, weil alle Männer selbstsüchtig und kurzsichtig und Schweine seien.«
»Nun, vorhin hast du ja alles mitgehört. Du streitest doch nicht ab, unsere Unterhaltung belauscht zu haben, also kannst du unserem Gedächtnis ein wenig nachhelfen. Haben wir über dich und deine zahlreichen Mängel gesprochen?«
Ihre Augen senkten sich, als er sie unverwandt anblickte, allerdings nicht sehr von oben herab, da sie unverschämt groß war. Ihre Beine waren fast so lang wie seine eigenen.
»Was zum Teufel hast du da in deinem Gesicht?« Oliver betrachtete seine Tochter aus der Nähe. »Ja, richtig, was für ein Brei klebt da auf deiner Nase?«
Jessie schlug die Hände vor ihr Gesicht und trat einen Schritt zurück. Dabei stieß sie mit den Kniekehlen an den Futtertrog und fiel erneut mit den Armen rudernd rücklings ins Heu.
James lachte schallend, verschränkte die Arme über der Brust und verkündete: »Ich glaube, Oliver, deine Tochter versucht, ihren Sommersprossen mit einer geheimen Mixtur den Garaus zu machen. Ich frage mich nur, was sie auf diese Idee gebracht hat.«
»James, laß dir das sagen, Jessie ist eine Frau. Das läßt sich nicht leugnen, und dabei fällt mir ein, daß sie vergangenen Monat nicht mitreiten konnte, weil sie …«
Oliver Warfields Stimme hielt plötzlich inne. Seine Tochter strampelte sich aus dem Trog hoch und rannte ohne ein wei-

teres Wort zu verlieren aus dem Stall. Ein sehr verlegener Vater und ein schweigender James blieben zurück.
»Ehm …« unterbrach Oliver die Stille, »erzähle mir etwas über den Earl und die Countess of Chase. Glaubst du, daß sie einmal nach Maryland kommen?«
James wirkte zerstreut, was er tatsächlich auch war. Jessies unerwarteter Sturz vom Heuboden hatte ihn erheitert, aber nun tat sie ihm doch ein wenig leid, da Oliver Warfield sie durch seine väterliche Hilfestellung nur noch mehr in Verlegenheit brachte. Und er, James, hatte sie mit dieser Schmiere im Gesicht ertappt. Sie roch nach Gurken.
»Wie bitte, Oliver? Ja, ach so. Meine englischen Verwandten. Sie haben jetzt alle Hände voll zu tun, nachdem die Duchess vor drei Monaten einem zweiten Sohn das Leben geschenkt hatte. Sie tauften ihn Charles James. Ich bin Pate. Der Kleine ist dunkelhaarig wie sein Vater, hat aber die tiefblauen Augen seiner Mutter. Jetzt, wo ich das sage, fällt mir ein, daß Marcus' Augen ebenfalls tiefblau sind und daß die Duchess auch so dunkles Haar wie er hat.«
»Duchess. Diesen Namen fand ich schon immer etwas merkwürdig.«
»Ihr Mann hat ihr diesen Spitznamen gegeben, als sie neun Jahre alt war und er vierzehn. Sie war schon damals sehr zurückhaltend und unnahbar. Das hat sie immer noch an sich, ausgenommen in Marcus' Gesellschaft, und er wiederum lacht und scherzt in ihrem Beisein für sein Leben gern, obwohl er sonst ein schweigsamer, in sich gekehrter Mann ist.«
»Sagtest du nicht, sie verfaßt Spottlieder? Obwohl sie wohlhabend und von Stand ist?
»Ja, dafür hat sie eine große Begabung.«
»Eigentlich eine Männersache.«
James sah erstaunt aus. »Möglich. Das habe ich nie so gesehen. Bei ihr ist es vollkommen natürlich, es sprudelt aus ihr heraus und keiner macht sich Gedanken darüber – jedenfalls jetzt nicht mehr.«

»Genau wie meine Jessie. Ihr Talent im Umgang mit Pferden ist angeboren«, setzte Oliver hinzu. »Die meisten finden an dieser Begabung nichts Besonderes.« Er schob James in das Comptoir zurück. »Wir müssen noch unsere Gläser austrinken.«
»In meinem Glas ist nicht mehr als ein Fingerhut drin«, meinte James betrübt. »Wozu in aller Welt sind Gurken eigentlich gut?«

Sober John deckte Sweet Susie zwei Tage später. Oslow beaufsichtigte die Stallburschen bei den Vorbereitungen. Die Stute war seit gut einer Woche rossig. »Höchste Zeit«, hatte Oslow erklärt. »Ich habe sie untersucht, sie ist so weit. Sober John steht bereit.«
Der Deckschuppen war geräumig und sauber und grenzte an den Stall. Jeder der fünf Stallburschen wußte, was er zu tun hatte. Sie umwickelten die Hufe von Sober John mit weichen Baumwollappen, um Sweet Susie zu schützen. Sie selber wurde behutsam festgehalten, während Oslow Sober John seiner Aufgabe zuführte. Erregt nahm Sober John ihren Geruch auf und versetzte ihr einige heftige Liebesbisse in die Kruppe. Einen Augenblick lang herrschte Aufruhr. Einer der Burschen hatte noch nicht genügend Erfahrung, und Sweet Susie stand nicht. Dann gelang es den Helfern, Sober John wieder an seine Pflicht zu erinnern, der er dann mit großer Begeisterung nachkam.
Oslow führte einen zitternden Sober John in die Box zurück und erklärte ihm, was für ein prächtiger Bursche er sei und daß ihm eine Extraration Hafer zustehe.
Dann ging er zu Sweet Susie, klopfte ihr den schweißnassen Hals und führte sie langsam auf den Abreiteplatz, um sie im Schatten von drei stämmigen Eichen trockenzureiben. Sie schnaubte und war noch etwas unsicher auf den Beinen. Er brachte ihr einen Eimer mit frischem Wasser und striegelte sie so lange, bis sie zufrieden in seine Handfläche pustete. Allen Belmonde hatte seine Stute endlich in

den Warfield-Stall gebracht und grollend die James zustehende Deckgebühr bezahlt. Allen hatte kurz nach seiner Verheiratung mit Alice einen kleinen Rennstall in der Nähe von Baltimore gekauft. Damals hatte er auch gleichzeitig Ursula den Hof gemacht und hätte sie gern geheiratet, aber Ursula war nicht an ihm interessiert. Vielleicht, so mutmaßte James, war Ursulas Mitgift Allen nicht groß genug gewesen. Wie dem auch sei, Mutter hätte Allen Belmonde gern als Schwiegersohn gesehen, so daß es zu mehreren heftigen Auseinandersetzungen im Familienkreis gekommen war.
Er hoffte für Allen Belmonde, daß Sweet Susie einen Sieger zur Welt bringen würde. Das würde Sober Johns Renommee und das seines Rennstalls erhöhen. James gab Sweet Susie eine Möhre, tätschelte ihren Bauch und sagte: »Das ist dein zweites Mal mit Sober John. Du wirst ein Fohlen haben. Ich weiß es einfach. Elf Monate, mein Mädchen, und du bist Mutter.« Da die Stute zum erstenmal fohlen würde, mußte man sie gut im Auge behalten, wenn ihre Zeit im Frühjahr des nächsten Jahres kam.
Langsam ging James zum Haus zurück, einem mächtigen Bau im georgianischen Stil, der von Apfel-, Pflaumen- und Kirschbäumen umwachsen war. An der Südseite standen die Obstbäume bereits in voller Blüte. Ein einstmals herrlicher Rosengarten nahm die ganze Westseite ein. Der große Gemüsegarten hinter dem Haus, den Butler Thomas mit Hingabe betreute, konnte sich jedoch sehen lassen.
James hatte das Haus vor drei Jahren von Boomer Bankes gekauft, der in dunkle Machenschaften um einen öffentlichen Wasserspeicher verwickelt war. Mit dem Haus übernahm James auch zwei Dutzend Sklaven, die er sofort freiließ, mit dem Ergebnis, daß sie alle bei ihm blieben. Mit dem restlichen Geld baute er Hütten für die verheirateten Leute und fügte oberhalb des Stalles eine große Schlafstatt für die Stallburschen hinzu. Zudem stellte er seinen Leuten Saatgut und Pflanzen für die Gärten und gutes Holz für die

Herstellung von Möbeln zur Verfügung. Dann blieb ihm kein Geld mehr übrig. Die zerschlissene grüne Tapete im Salon ärgerte ihn ständig, wie die ausgetretenen, rissigen Fußböden und die herausquellende Roßhaarfüllung der Polster auf Bänken und Stühlen. Die Küche war älter als die Ellison-Getreidemühlen am Patapsco River, aber Old Bess wußte mit ihren Tücken umzugehen. Die Latrine stank so bestialisch, daß man sich ihr nur mit zugehaltener Nase nähern konnte. James veranlaßte, daß sich seine Leute Tücher um Nase und Mund banden und die alte Latrine unter einer sechs Fuß hohen Erdschicht begruben. Dann wurde eine neue Senkgrube ausgehoben und der Boden reichlich mit Kalk versetzt, so daß man nichts von ihrer Existenz ahnte, auch wenn der Wind daraufstand.

Dann gab er der Farm den Namen Marathon, um mit seiner humanistischen Erziehung zu prahlen, wie Cousin Marcus scherzhaft bemerkte. Im vergangenen Jahr hatte James immer mehr Zeit in Baltimore verbracht und manchmal mit dem Gedanken gespielt, sein Gestüt in Yorkshire zu verkaufen, aber dann schüttelte er nur den Kopf über sich selbst. Er liebte Candlethorpe, liebte England und liebte seine englische Verwandtschaft. Nein, er würde keine seiner beiden Besitzungen aufgeben.

Er kam von der Ostseite der Ställe und überprüfte die Arbeiten, die er am Vormittag erledigt hatte und überlegte dabei, was er sich für den Nachmittag vornehmen könnte. Er blieb stehen, als er Oslows tiefen Baß vernahm. Diese Stimme zog jedermann in ihren Bann, und James' Ohren stellten sich augenblicklich darauf ein.

»Also, Diomed gewann ein Dreijährigen-Sweepstakes* in England, in Epsom. Das war 1780. Aber dann hörte man nichts mehr von ihm. Er gewann kein Rennen mehr, nichts.

---

* Rennen, in dem nur die Pferdebesitzer die Einsätze zahlen, aus denen dann die Preise gebildet werden.

Dann nahm man ihn für die Zucht her, aber auch da versagte er. Er war nicht mehr fruchtbar. Im Jahr 1800 kam er hierher. Es war reine Spekulation, daß man ihn gekauft hat, verstehst du. Und weißt du, was dann geschah, Miss Jessie? Unsere gute amerikanische Luft, das kräftige amerikanische Futter und unsere amerikanischen Stuten wirkten bei dem alten Hengst Wunder. Seine Zeugungskraft kehrte zurück, und man kann sagen, er deckte weit und breit fast jede Stute. Also, auf einen Mann bezogen, wäre er ein richtiger Casanova gewesen. Diomed ist der Stammvater des amerikanischen Rennpferdes. Er ist einzigartig, würde ich meinen. Und er wird einzigartig bleiben, glaube meinen Worten, Miss Jessie.«

»Ach ja, Oslow, ich erinnere mich noch, als er damals starb. Ich war ein kleines Mädchen, damals – wann war das eigentlich?«

»Im Jahr 1808. Ein majestätisches Pferd. In den alten Kolonien haben bei seinem Tod mehr Menschen um ihn getrauert als um George Washington.«

Jessie lachte ein klares, süßes, langes Lachen, beinahe so lang wie ihre schlanken Beine.

James ging um den Stall herum und entdeckte Oslow auf einem Holzfaß sitzend, und Jessie mit gekreuzten Beinen zu seinen Füßen. Sie kaute an einem Strohhalm. Ein alter Hut hing halb auf dem Hinterkopf und umrahmte das Oval ihres Gesichtes, soweit dies das widerspenstig hervorstehende rote Haar zuließ. Ebenso nachlässig war sie gekleidet. Sie sah aus wie ein Stallbursche vor dem Waschtag. Die Wollhosen waren alt und an den Knien ausgebeult. Die Sommersprossen auf ihrer Nase allerdings schienen sich weitgehend verflüchtigt zu haben. Auch waren ihre Lippen nicht mehr rauh und rissig.

»Also, Jessie«, fragte er ohne Umschweife, »was für eine Mixtur hast du benutzt? Ich glaube, es roch nach Gurken.«

»Mixtur?« fragte Oslow verständnislos und nickte James zur Begrüßung zu.

James schüttelte nur den Kopf. »Sie haben ihr also von Diomed erzählt?«
»Ich habe keine Mixtur genommen. Ich esse nur sehr gerne Gurken. Hast du Diomed einmal gesehen, James?«
»Ja. Als kleiner Junge. Mein Vater nahm meinen Bruder und mich zu einem Rennen mit, und da sah ich dieses große mächtige Pferd. Majestätisch stand er da, so wie Oslow ihn beschrieb. Wir gingen zu ihm und erwiesen ihm unsere Reverenz, wie einem König. Es war ein Schauspiel. Willst du mir weismachen, du schleppst ständig Gurken zu deiner Verpflegung mit dir herum?«
»Ja, ganz richtig. Manchmal.« Jessie stand plötzlich auf und klopfte sich den Staub ab. James bemerkte, daß die Wollhose ziemlich straff über ihrem Hintern saß. Auf seiner Stirn bildete sich eine steile Falte.
Jessie war die Veränderung in seinem Gesicht nicht entgangen, und sie erklärte hastig wie ein Kassierer, der bei dem Griff in die Ladenkasse ertappt wird: »Ich kam nur kurz vorbei, um Oslow zu besuchen. Keine Angst, ich spioniere hier nicht herum. Oslow sagte, daß Sober John Sweet Susie gedeckt habe.«
»Ja. Es ging gut.«
»Ich möchte Sober John gern kaufen.«
»Dafür hast du nicht genug Geld, Jessie. Dein Geld wird niemals dafür reichen.«
»Oh, doch! Wenn ich meinen eigenen Rennstall besitze, habe ich das nötige Geld. Ich werde einmal der berühmteste und reichste Rennstallbesitzer von Amerika sein.«
Oslow war jetzt auch aufgestanden. »Das würde mich nicht überraschen, Miss Jessie, nein, durchaus nicht. Also, mach's gut, meine Kleine. Erinnere mich daran, daß ich dir das nächste Mal von Grimalkin, der Katze, erzähle.« Oslow entfernte sich pfeifend.
»Seit wann besuchst du Oslow?«
»Ich kenne Oslow von Kindesbeinen an. Er ist mein Freund, und er weiß über jedes Pferd Bescheid, angefangen

von Byerly Turk und den Arabern Darley und Godolphin. Wußtest du, daß Sober John in einer rein männlichen Linie auf Godolphin zurückgeht?«

»Ja, das weiß ich. Hier habe ich dich noch nie gesehen. Wie oft besuchst du ihn?«

Sie scharrte mit einem Stiefel in der Erde.

»Jessie, ich verdächtige dich nicht, daß du hier herumschnüffelst oder Gift in die Haferkrippe streust.«

»Eher würde ich deinen Haferbrei vergiften als einem Pferd etwas anzutun. Also gut, ich komme schon seit Ewigkeiten hierher. Als Mr. Boomer Bankes noch hier wohnte, gab er mir immer ein Glas Claret mit Limonade verdünnt.«

»Du lieber Himmel, das klingt ja schauerlich.«

»Schmeckte auch so, aber er wollte nur nett zu mir sein. Er hatte keine Ahnung von Kindern. Der arme Mr. Bankes, er gab einen schlechten Verbrecher ab. Er war einfach zu nett.«

»Er war ein jämmerlicher Feigling, der auf Knien darum bat, daß ihn keiner zum Duell aufforderte. Er ging lieber ins Gefängnis, als sich einem der Männer zu stellen, die er betrogen hatte.«

»In meinen Augen war er kein jämmerlicher Feigling.«

»Dir hat er auch nichts gestohlen. Aber genug davon. Ich nehme wohl an, du hast den Sturz unversehrt überstanden?«

»Ja, bis auf ein paar Prellungen. Papa ließ gestern die Dachbalken auswechseln. Das verdammte Holz war an der Stelle, wo mein Knie lag, ziemlich morsch.«

»Dann nehme ich ebenfalls an, daß du daraus gelernt hast?« Wieder verfiel er in seinen aufreizend langgezogenen englischen Akzent, der sie jedesmal aus der Fassung brachte. Ihr Kinn zitterte, eine Schulter zuckte verdächtig, aber sie behielt den Kopf gesenkt. »Ja«, antwortete sie und blickte schließlich zu ihm hinauf. »Ich habe gelernt, daß ich mein Terrain erst einmal absichern muß, bevor ich einen Fuß daraufsetze.«

Er lachte. Er konnte nicht anders. »Möchtest du ins Haus auf ein Glas Claret kommen?«
Plötzlich sah sie wie ein Kind aus, dem man einen unerwarteten Vorschlag macht. Er versuchte, das Aufleuchten in ihren Augen zu übersehen. »Mit Limonade, natürlich.«
Jessie Warfield war sofort wieder die alte. Sie blickte an ihm vorbei auf den verwilderten Rosengarten. »Ich muß jetzt nach Hause. Vielen Dank für das freundliche Angebot. Der Garten sieht wüst aus, James. Du solltest einen deiner Leute damit beauftragen.«
Ohne seine Antwort abzuwarten, drehte sie sich um und schritt auf ihren langen Beinen den Kiesweg entlang, bis sie vor Rialto stand, diesem verdammten Gaul, der Tinpin geschlagen hatte. Er beobachtete, wie sie seinen Hals streichelte, den Sattelgurt überprüfte und sich dann graziös auf seinen Rücken schwang. Sie zog den alten Hut tief in die Stirn, drückte die Knie leicht in Rialtos muskulöse Flanken und ritt die Auffahrt hinunter. Sie blickte kein einziges Mal zurück. Eine lange Strähne des roten Haars hatte sich aus dem Hut gelöst und wehte wie ein lockender Wimpel hinter ihr her.
Wieder hätte er schwören können, daß sie nach Gurken roch. Vielleicht verstaute sie das Gemüse in ihren Jackentaschen. Ausgebeult genug waren sie.

Kapitel 4

Glenda Warfield starrte auf James Wyndhams Genitalien. Selbst wenn ein Mann sie nicht ansah, wie James im Augenblick, selbst wenn ein Mann in eine angeregte Unterhaltung vertieft war, wie James jetzt mit Allen Belmonde, dem schwarzhaarigen, dunkelhäutigen Mann, auf dessen Genitalien sie niemals starrte, weil ihr seine dunklen, glanzlosen Augen Furcht einjagten, konnte sie dieses Spielchen nicht lassen. Sie war nicht gut auf seine flatterhafte, zerbrechlich wirkende Frau Alice zu sprechen, die eine sonderbare Zuneigung für Jessie hegte und nicht aufhörte, deren Mut zur Unabhängigkeit zu bewundern und zu verteidigen, was Glenda ihr sehr verübelte.

Sie starrte James an. Wenn sie dieses Spiel nur lange genug fortsetzte, würde er sich umdrehen, und sie könnte das kurze Aufflackern in seinen Augen sehen und dann das Bedauern, da er sich rasch im klaren darüber sein würde, daß er seiner Lust keinen freien Lauf lassen konnte.

Aber James dachte nicht daran, sich umzudrehen. Er tat es erst, als sein Schwager, Gifford Poppleton, ihn begrüßte. Jetzt blickte er Glenda kurz in die Augen und nickte, wandte seine ungeteilte Aufmerksamkeit wieder Giff zu und lachte herzlich über dessen Bemerkung.

Glenda gefiel das nicht. Sie war achtzehn Jahre alt, schön, zierlich gewachsen und mit zwei schneeweißen, vollen Brüsten ausgestattet. Ständig war sie von jungen Männern umringt, die den Anblick ihres aufregenden Decolletés liebten. Die Stallburschen gerieten ganz aus dem Häuschen, wenn sie auftauchte. Bereits seit dem sechzehnten Lebensjahr hatte sie versuchsweise ihre Anziehungskraft auf die Männerwelt unter Beweis gestellt.

Warum zeigte James Wyndham kein Interesse? Er mußte doch eins und zwei zusammengezählt haben. Bei einer Heirat konnte er seine Marathon Farm um das Warfield- Gestüt vergrößern.
»Das reimt sich doch überhaupt nicht.«
»Was meinst du, mein Liebling?«
»Ach, Mutter, ich dachte gerade darüber nach, daß James Wyndham mir lieber einen Heiratsantrag machen sollte, anstatt mich zu übersehen.«
»Das ist richtig, mein Liebling«, antwortete Portia Warfield und zog bei so viel Ungerechtigkeit die Stirn in Falten. »Es ist mir unverständlich. Deine Corsage ist verrutscht, mein Liebling. Wir werden es in der Damengarderobe in Ordnung bringen. Du willst doch nicht, daß die anderen Damen schlecht von dir denken.«
»Ja, Mama«, erwiderte Glenda und verließ artig im Schlepptau ihrer Mutter den Salon der Poppletons.
Als sie die großzügige Kirschholztreppe in den ersten Stock hinaufgingen, erklärte Portia Warfield: »Das habe ich soeben aus deinem Vater herausgequetscht – James war mit einer Engländerin verheiratet. Dein Vater wollte mir nichts Näheres sagen, aber ich ließ einfach nicht locker, so daß er schließlich nachgab. James heiratete die Tochter eines Barons. Sie war sehr jung und starb im ersten Ehejahr im Kindbett. Es heißt, er hätte ihren Tod noch nicht überwunden, soweit ein Mann überhaupt fähig ist, unter dem Tod seiner Frau zu leiden. Sehr lange hatte sich das Paar ja nicht gekannt. Ein knappes Jahr. Das Kind starb mit ihr. Natürlich ist es für einen Mann furchtbar, den Erben zu verlieren, aber seitdem sind mittlerweile drei Jahre ins Land gegangen. Er sollte die Gleichgültigkeit ablegen, die er den schönen jungen Damen Baltimores entgegenbringt.«
»Er hat eine Mätresse. Er braucht die schönen jungen Damen im Augenblick nicht. Er wird sich die Schönste aussuchen und heiraten, wenn er einen Erben möchte.«

»Eine Mätresse?« Mrs. Warfields Atem stockte eine Weile, dann schob sie etwas beleidigt die Lippen vor. »Warum habe ich nichts davon gehört? Weißt du, wer es ist, Glenda? Obwohl dir solcherlei Dinge nicht zu Gehör kommen sollten, trotzdem, wer ist es?«
Glenda beugte sich vor. »Mrs. Maxwell.«
»Connie Maxwell? Du lieber Himmel! Sie ist mindestens fünfunddreißig und seit drei Jahren Witwe. Das hätte ich nie gedacht! Weißt du das auch genau, Liebling?«
»Oh, ja. Maggie Harmon hörte, wie ihr Papa ihrer Mama erzählte, daß er sie im Garten zusammen gesehen hätte. Sie hätten sich geküßt und gelacht und noch andere Dinge getan. Dann erzählte ihr Papa ihrer Mama, sie wären hinter einem großen Rosenbusch verschwunden, und das Lachen hätte aufgehört.«
»Interessant«, murmelte Mrs. Warfield. »Ich will Connie nicht nachsagen, daß sie eine alte Ziege ist, aber ein taufrisches Unschuldslämmchen wie du ist sie nun auch wieder nicht, mein Liebling. Sie hat ihre Figur behalten, das muß man ihr lassen. Und mit dem vollen blonden Haar und dem hellen Teint ist sie noch hübsch genug. Ihre Haut war früher makellos weiß, so daß ich sie am liebsten erschossen hätte. Und, nun ja, James ist ein Mann und kein Kostverächter, das überrascht mich nicht. Aber bald wird er sich eine Frau suchen müssen. Er geht auf die dreißig zu.«
»James ist siebenundzwanzig«, wandte Glenda ein. Es klang betrübt. »Vor drei Wochen war er noch sechsundzwanzig. Für einen Mann ist das nicht sehr alt, Mama.«
»Alt genug. Runzle nicht die Stirn, Liebes. Du bekommst nur Falten.«
»Wenn James beschließt, sich wieder zu verheiraten, so könnte es wieder eine Engländerin sein. Vielleicht kennt er sie schon. Sein Cousin ist ein Earl, wie du ja weißt, und das ist beinahe Hochadel. Er kann jede Frau heiraten.«
»Warum sollte er ausgerechnet wieder eine Engländerin

wollen? Die erste hatte es nicht einmal ein Jahr bei ihm ausgehalten. Er hat zwar einen sehr englischen Akzent, aber er ist nur zur Hälfte englisch, und das ist der Teil in ihm, der noch leidet, aber doch nicht so sehr, daß er auf die Vergnügungen eines Mannes verzichten möchte. Von deinem Vater habe ich erfahren, daß James das ganze Jahr über hierbleiben wird, Glenda. Aber laß es dir gesagt sein, mein Herzblatt, es gibt noch mehr junge Männer, die für dich in Frage kommen.«

»Wer, Mutter?«

»Nun, da ist zum Beispiel Emerson McCuddle. Ein sehr netter junger Mann mit einem sehr reichen Vater.«

»Sein Atem riecht schlecht.«

»Dann lasse ihn nur deine Wange küssen und halte dabei den Atem an.«

»Emerson ist Rechtsanwalt. Er hat kein Interesse an Rennen und Pferdezucht. Er hätte keine Hand für das Gestüt und die Rennställe.«

»Das ist richtig. Ich bin sicher, James Wyndham wird zur Vernunft kommen und dieser Connie Maxwell überdrüssig werden. Sie kommt bald in die Jahre. Du wirst heute abend mit ihm tanzen, also wollen wir deine Corsage doch nicht zu weit nach oben ziehen, einverstanden, mein Herzblatt?«

Jessie zog sich wieder hinter das Gebüsch zurück. Sie hätte schwören können, daß James sie erblickt hatte, aber das war ausgeschlosssen. Er stand direkt im Licht. Mehr als die schwarze Nacht und den Viertelmond links hinter den Apfelbäumen konnte er nicht sehen. Sie hörte, wie die vier Musiker am Ende des weitläufigen Salons einen Walzer anstimmten. Obwohl sie vom Tanzen keine Ahnung hatte, mochte sie die Walzerklänge und den mitreißenden Rhythmus, der in ihr den Wunsch weckte, sich in großen weiten Kreisen zu drehen und immer wieder vor Vergnügen zu lachen. Dann fand sie eine geeignete Stelle und spähte wieder

durch das Fenster. Sie entdeckte James, der sich über Glendas Hand neigte und sie dann im Takt der schnellen Musik durch den Saal wirbelte.
Sie sah, wie er sich leicht vorbeugte, um Glenda zuzuhören. Jetzt lächelte er. Jessie konnte sich nicht erinnern, aus Glendas Mund jemals etwas gehört zu haben, worüber man lächeln konnte. Dann entdeckte sie ihre Mutter, die sich neben Wilhelmina Wyndham, James' und Ursulas Mutter, stellte. Ursula und ihr Mann begaben sich jetzt ebenfalls auf die Tanzfläche. Sie lachten ausgelassen zu James hinüber. Giff rief ihnen etwas zu. Weiteres Lachen. Bald füllte sich der Parkettboden. Sogar Mr. Ornack, fett wie ein gefüllter Pfannkuchen, schwenkte seine kleine zierliche Frau durch die Gegend.
Mit den Fingerspitzen strich Jessie vorsichtig über die Wangen. Die Gurkenpaste war gut angetrocknet. Am Morgen hatte sie sich sehr genau im Spiegel betrachtet. Die Sommersprossenstraße auf ihrer Nase war heller geworden, das stand außer Zweifel. Sie zog die Luft durch die Nase. James hatte recht. Sie roch tatsächlich nach Gurken. Kein unangenehmer Geruch, aber unverkennbar.
Sie seufzte und beobachtete die Tanzenden weiter. Sie zählte die Schritte und wiegte sich im Takt der Walzerklänge. Als die Musik aufhörte, beobachtete sie, wie James Glenda zu ihrer Mutter führte, die sich immer noch mit Mrs. Wyndham unterhielt. Jessie wandte sich vom Fenster ab, als eine dunkle Wolke das Mondlicht verdeckte. Wenn man mit dem Wetter in Baltimore vertraut war, konnte man damit rechnen, daß es jeden Augenblick zu regnen anfing. Jessie stand auf und klopfte den Staub von Hosenboden und Beinen. Sie hörte Stimmen und erkannte James und seinen Schwager Gifford Poppleton, die durch die breite Verandatüre ins Freie traten.
»Ich sage dir, ich habe gesehen, wie sie ihre Nase am Fenster plattdrückte.«
»Das bildest du dir ein, Giff. Du hast zu viel von deinem ei-

genen Punsch getrunken. Da ist eine Menge Rum drin, stimmt's? Was zum Teufel hätte die Göre hier zu suchen?«
Jessie blieb wie angewurzelt stehen. Großer Gott, sie mußte hier schleunigst verschwinden. Jetzt gingen die beiden Männer die Terrassenstufen hinunter, die in den Garten führten. Geräuschlos bückte sie sich und kroch auf Händen und Knien zu den Rosenbüschen, die an dem Weg zum nahen Gartentor wuchsen. Kopf unten behalten und weiterkriechen, sagte sie sich. Aber dann hielt sie inne, als sie James sagen hörte: »Starrt Glenda Warfield auch so unverfroren auf deine Hose?«
Giff lachte auf. »Man sagt, sie blickt bei jedem Mann auf diese gewisse Stelle. Vor einem Jahr hat sie damit angefangen. Ursula erzählte es mir. Es war neu und sehr gewagt. Jetzt betreibt sie das Spielchen etwas diskreter, das heißt, sie sucht sich nur Männer aus, auf die sie es abgesehen hat. Heiratsfähige Männer. Dann wird sie dich ja mit lüsternen Blicken bombardiert haben!«
»Ja, ich empfand es als ziemlich störend.«
Giff lachte. »Hoffentlich wird Jessie das nicht ihrer Schwester nachmachen, nachdem sie es durch das Fenster beobachtet hat.«
»Ich glaube, du hast tatsächlich zu tief ins Glas geblickt, Giff. Sieh her, hier stehen wir und da ist das Fenster. Keine Jessie.«
»Sie muß uns gehört haben und ist weggerannt. Ja, und zwar durch das Gartentor. Es führt auf die Sharp Street. Ich wette, was du willst, daß sie dort ein Pferd stehen hat.«
»Na ja, das läßt sich jetzt nicht mehr beweisen. Sie ist längst verschwunden. Ich frage mich nur, was die Göre hier wollte, wenn sie überhaupt hier war.«
Ihre Stimmen verloren sich in der Dunkelheit, und Jessie wagte wieder zu atmen. Wenn James durch das Gartentor gegangen wäre, dann hätte er unweigerlich Benjie entdeckt, der direkt hinter dem Tor an einer Staude angebunden war. Es schauderte sie, als sie sich ausmalte, wie erniedrigend

eine Entdeckung für sie gewesen wäre. Das durfte sie nie wieder riskieren.
Geduckt lief sie zum Gartentor und ging hinaus.
James stand neben der Verandatür, die auf die Terrasse führte. »Großer Gott«, sagte er zu sich selbst, als er sich eine Cheroot anzündete, »Giff hatte recht, was hatte das Balg hier zu suchen?« Er fragte sich, ob sie wohl eingeladen war. Sicherlich. Aber er konnte sie sich nicht anders vorstellen, als in ausgebeulten Wollhosen, übergroßen Flanellhemden und zu weiten Joppen. Nein, sie würde keine Einladung annehmen, die sie zwang, sich als Frau zu verkleiden. Er trat seine Manilazigarre aus, drehte sich auf dem Absatz um und ging zu den Ställen.

»Dieser Weg hier muß dringend ausgebessert werden, bist du nicht auch der Meinung, Jessie? Lilac ist hier bereits ein paarmal gestolpert.«
Sie fiel fast von Benjie, so erschrocken war sie. Er mußte auf dem grasbewachsenen Wegrain geritten sein. »James? Was machst du hier?«
»Ich sah dich und folgte dir. Zuerst glaubte ich Giff nicht, als er mir erzählte, er habe gesehen, wie du deine Nase am Fenster plattgedrückt hättest, um alles genau zu beobachten. Dann trat ich auf die Terrasse und sah dich wie einen Schatten durch das Gartentor huschen. Warum bist du dagewesen, Jessie?«
»Ich war nicht da.«
Mehr kam nicht über ihre Lippen. Mit weit aufgerissenen Augen blickte sie über seine Schulter und machte den Mund auf. Als er sich im Sattel umdrehte, war sie bereits verschwunden. Sie ritt den zwölfjährigen Benjie, der gutmütig und langsam war, so daß Lilac sie umgehend einholte. James beugte sich ein wenig zur Seite und bemerkte: »Dein Hut müßte gleich davonfliegen, aber auf deinem zerzausten Haar bleibt er wahrscheinlich kleben.« Sie sah ihn nicht an, sondern tippte nur mit dem Zeigefinger gegen die Stirn.

»Das könnte einer von Oslows alten Hüten sein. Vielleicht hat er ihn dir überlassen, weil er so alt und abgetragen war, daß er ihn nicht mehr aufsetzen wollte?«
Sie blickte zu ihm hinüber und biß sich vor Wut auf die Lippen. Sie sah wütender aus als James an dem Morgen, als Grand Master ihn in die Schulter gebissen hatte, anstelle der Stute, die der Hengst decken sollte. »Scher dich zum Teufel. Ich muß nicht mit dir reden, James. Verschwinde.«
Benjie wurde langsamer. Jessie erlaubte es ihm. James wußte, daß sie den armen alten Kerl nicht mitten auf dem steinigen Weg laufen lassen würde. Bald gingen beide im Schritt. Benjie schnaubte ein wenig. Lilac schüttelte unwillig ihren Kopf und schnaubte geräuschvoll durch die Nüstern.
»Sie hört sich genau wie du an«, bemerkte Jessie spitz und blickte starr zwischen Benjies Ohren nach vorn. »Aufdringlich und überheblich. Hast du sie aus England mitgebracht?«
»Dir gefällt mein englischer Akzent nicht?« fragte er möglichst gedehnt und übertrieb die englische Aussprache schamlos.
»Du hörst dich wie ein Päderast an.«
James Zügelhand flog hoch, und Lilac kam vom Weg ab.
»Was hast du da eben gesagt?«
»Das hast du sehr wohl verstanden.«
»Woher zum Teufel kennst du dieses Wort? Eine sittsame Dame würde dieses Wort nicht in den Mund nehmen, geschweige davon Kenntnis haben.«
Sie drehte sich langsam nach ihm um. Der Mond stand hinter ihr und beschien den alten, zerfransten Hut und die kupferroten Haarsträhnen, die rechts und links an ihrem Gesicht herunterhingen. »Ich bin nicht von gestern. Ich lese sehr viel.«
»Fragt sich nur, was!«
»Alles. Und in diesem Fall gestehe ich dir zu, daß Pädera-

stie nichts mit einer Dame zu tun hat und ein reines Männerwort ist.«

Schlagfertig war das Balg auch noch! James schlug sich mit der Handfläche an die Stirn. »Nicht zu fassen! Es ist beinahe Mitternacht, wir sind in Baltimore, jeden Augenblick kann uns ein Sturzregen überraschen, und du sprichst von Päderasten. Ja, noch schlimmer. Du bezeichnest mich als einen.«

»Wenn du mit diesem dämlichen Akzent sprichst, hörst du dich so an. Und das tust du nur, um dich wichtig zu machen, um anders zu sein als wir Kolonisten. Du bist ein Heuchler, James.« Gerne hätte sie Benjie jetzt zum Galopp angetrieben, aber das war ihm leider nicht mehr zuzumuten.

»Ein Heuchler soll ich sein? Und was bist du, du Göre? Du mit deinen Männerklamotten, den zerzausten Haaren, die dir wie einer Windsbraut ins Gesicht hängen. Du siehst aus wie die Rabauken, die in Fells Point Steine durch die Fensterscheiben werfen. Nein, bei dir ist alles echt. Womöglich hat sich dein Vater geirrt, und du bist nur eine Frau, weil dir dein Körper das einmal im Monat weismacht.« Er überhörte ihr gezischtes Murmeln. »Also, nun sage mir, was du heute abend bei der Einladung meiner Schwester wolltest.«

Sie war so still wie die dunklen Wolken über ihren Köpfen. »Nun, um eine Antwort verlegen? Wie ist das möglich?«

Sie wich aus, und er drängte. »Ich wette, daß ich den Grund dafür weiß. Du hast ein Auge auf die Männer geworfen und dich nach einem umgesehen, der ungefähr deine Größe hat, um bei ihm einzubrechen und seine Kleider zu stehlen, weil deine Mutter dir verbietet, Männersachen zu kaufen. Habe ich recht, Jessie?«

Das saß. Sie hatte geschworen, daß sie ihm nicht auf den Leim gehen würde, aber nun war es ihm doch gelungen. Es gelang ihm immer, wenn er es darauf anlegte. Wütend setzte

sie sich im Sattel zurecht und schrie ihn an. Sie war außer sich. »Ich wollte dich sehen, du Holzkopf, verflucht noch mal! Hol dich der Henker, James Wyndham!«
Sie zitterte am ganzen Leibe und wußte im gleichen Augenblick, daß sie sich eine schreckliche Blöße gegeben hatte. Sie fühlte sich wund und nackt. Sie wartete auf den Hieb. Und wartete weiter.
Aber der Hieb kam nicht, statt dessen hörte sie James sagen: »Wie ulkig, kleiner Wildfang. Warum wolltest du ausgerechnet mich sehen? Weil Glenda hinter mir her ist? Wolltest du feststellen, ob ich ihr gewachsen bin? Sicherlich hast du gesehen, wie ich auf ihren Busen starrte, den sie so großzügig zur Schau stellt. Wahrscheinlich wolltest du dich davon überzeugen, daß ich mich zurückhalten kann.«
Sie starrte ihn immer noch an. Der vernichtende Hieb traf sie nicht mit der erwarteten spöttischen Bemerkung. Er verletzte sie tiefer, als es im Augenblick den Anschein hatte. James war ein Mann. Das war es. Er war ein Mann, und deshalb kurzsichtig und stumpfsinnig wie der Mops ihrer Mutter, Pretty Boy, den Jessie Halbidiot nannte, wenn es niemand hörte.
Sie starrte ihn weiter an, bis James stirnrunzelnd meinte: »Na, es geht dir doch um Glenda, nicht wahr?«
»Ja«, sagte sie. »Du hast es erraten. Ich reite jetzt nach Hause, James. Du brauchst mich nicht weiter zu begleiten. Gute Nacht.«
Sie trieb Benjie vorwärts. Zu ihrer Erleichterung folgte ihr James nicht. Gern hätte sie zurückgeblickt, aber sie zwang sich, es nicht zu tun.
James hing seinen Gedanken nach, während er mit Lilac zur Marathon Farm ritt und fragte sich, warum er ihr nachgeritten war. Bestimmt würde seine Schwester betrübt sein, daß er das Fest so früh verlassen hatte. Giff würde ihn necken und in die Rippen stoßen und mit einem zweideutigen Lächeln zu verstehen geben, daß er, James, besonde-

ren Vergnügungen nachgegangen wäre. Zum Beispiel einem weiblichen Wesen wie Connie Maxwell, die an diesem Abend nicht erschienen war. James hätte ihm sagen können, daß Connie Maxwells Sohn sie aus Harvard besuchte, und daß die beiden abwarten müßten, bis Danny wieder zur Universität zurückgekehrt war.
Ein Regentropfen landete auf seiner Nase. Verflixt. Er spornte Lilac an, und da die Stute Regen über alles haßte, galoppierte sie wie der Wind auf den heimatlichen Stall zu. Wenn Jessie sich darüber Gedanken machte, ob er für ihre Schwester Glenda einen guten Ehemann abgeben würde, sollte man annehmen, daß er sie mit besonderen Aufmerksamkeiten bedachte. Das war aber keineswegs der Fall. Er mochte Glenda nicht. Ihre unverhohlenen Avancen verunsicherten ihn, und ihr Geplapper über den englischen Frühling, die englische Gesellschaft und so weiter, langweilten ihn. Außerdem hatte sie ihm bei der Rezitation ihrer selbstverfaßten Verse die peinlichsten zwanzig Minuten seines Lebens beschert. Es schüttelte ihn bei der Aussicht, einmal stillschweigend ihrem Harfenspiel lauschen zu müssen.
Er spornte Lilac noch mehr an. Als er das Haus erreichte, war er klatschnaß und übel gelaunt.
Ein riesiger Aufruhr erwartete ihn.
Oslow und zehn Stallburschen rannten ungeachtet des starken Regens auf ihn zu. Es war offensichtlich, daß sie auf sein Kommen gewartet hatten. Die alte Bess hielt einen langstieligen gußeisernen Tiegel in der Hand. Wen wollte sie damit verteidigen? Thomas stand wie eine Statue breitbeinig und mit verschränkten Arme vor der offenen Einfahrt. Auch er schien nur auf seinen Einsatz zu warten. Unter dem überstehenden Dach der Stallung stand ein verärgerter Allen Belmonde. Es sah so aus, als ob jemand Sweet Susie aus der Box gestohlen hatte, während James die Einladung der Poppletons besuchte. Allen war umgehend nach Marathon geeilt, als einer von James Stallburschen zu

dem Fest geritten war, um James von dem Diebstahl zu benachrichtigen, aber nur Allen angetroffen hatte. Das, so dachte James, der von einem wild fluchenden Allen Belmonde und einer Schar durcheinander schreiender Stallburschen begrüßt wurde, war bei Gott ein höchst unliebsamer Abschluß dieses Abends.

Kapitel 5

Jessies Hut – ein Geschenk ihres Vaters, das er ihr vor Jahren gemacht hatte – schützte Gesicht und Haare vor dem prasselnden Regen. Der Rest aber wurde nasser als das Moos unterhalb Ezechiels Wasserfalls.

Sie ritt mit gesenktem Kopf. Sie fühlte sich elend und ärgerte sich über sich selbst. Zum Teufel mit diesem James! Aber weshalb eigentlich? Was hatte er ihr getan? Nichts, und deswegen wünschte sie ihm die Pest an den Hals.

Als sie das Wiehern und Hufgetrappel mehrerer Pferde auf sich zukommen hörte, hielt sie Benjie an. Es ist kurz vor Mitternacht, ging es ihr durch den Kopf. Wer zum Teufel außer mir ist bei diesem Sauwetter unterwegs?

Dann vernahm sie Männerstimmen. Sie stritten sich, schimpften über den Regen, fluchten über die Stute, die Billys Pferd nicht in Ruhe lassen wollte.

Billy brüllte: »Die gottverdammte Stute ist immer noch rossig. Verflucht noch mal! Hau ab, du Biest. Mein Gaul ist viel zu alt für dich, außerdem hast du blaues Blut, und das verträgt sich nicht mit dem Gemisch meines alten Jungen hier.«

Welche gottverdammte Stute?

»Halt die Schnauze, Billy!« schrie ein anderer Mann zurück. »Treib deinen Gaul an, sonst gibt's Ärger. Die bringen es fertig und paaren sich hier mitten auf dem Weg. Verfluchtes Kroppzeug!«

Jessie hörte das wilde Aufwiehern eines Pferdes, den lauten Aufschrei eines Mannes, dann ein dumpfes Aufklatschen. Allem Anschein nach hatte der Hengst seinen Reiter abgeworfen, um zur Stute zu kommen.

Geistesgegenwärtig stieß sie Benjie in die Weichen und lenkte ihn auf den grasbewachsenen Weg. An der nächsten Biegung hielt sie Benjie an.
Da stand Sweet Susie und keilte gegen ein Pferd, dessen Reiter mitten auf dem schlammigen Weg in einer großen Pfütze saß und gotteslästerlich fluchte. Der Kaltblüter, den Billy geritten hatte, versuchte alles, um die Stute zu besteigen.
Wenn Jessie sich nicht sofort zusammengereimt hätte, daß diese Männer Sweet Susie aus James' Stall gestohlen hatten und gefährlich waren, hätte sie beim Anblick der beiden Pferde lachen müssen, die sich gegenseitig mit rollenden Augen und fliegenden Mähnen in die Kruppen bissen. Und das bei Wolkenbruch und morastigem Boden.
Der andere Mann versuchte den Hengst von Sweet Susie fernzuhalten. Verzweifelt um Gleichgewicht kämpfend brüllte er Billy an, seinen Arsch zu heben und ihm zu Hilfe zu kommen. Er hatte kein Glück. Billys Pferd wollte unbedingt Sweet Susie bespringen und keine Macht der Welt würde ihn daran hindern, und die Stute schien damit einverstanden zu sein.
Das war die Chance. Jessie erkannte sofort, daß sie diese Gelegenheit beim Schopf packen mußte. Sie schrie, so laut es ihre Lungen erlaubten, trieb Benjie zu einem wilden Galopp an und lenkte ihn zwischen die beiden Pferde, wobei sie beinahe Billy übersehen hätte, der verzweifelt versuchte, auf Händen und Knien aus dem Schlamm zu kriechen. Sie sah, wie sich Billys Pferd von dem anderen Mann losriß, einen Graben übersprang und auf dem Acker davongaloppierte. Sie bekam Sweet Susies Zügel zu fassen und knallte ihre Hacken in Benjies Weichen.
Er schnaubte freudig und machte einen Satz nach vorne. Sweet Susie fand Gefallen an Benjie. Sie keilte nach hinten aus und galoppierte ihrem neuen Verehrer freiwillig hinterher.
Jessie hörte das Wutgebrüll der Männer. Sie sei ein Dieb. Sie solle das Pferd sofort zurückbringen. Jessie lachte nur.
Jetzt brauchte sie nur noch zur Marathon Farm zu reiten.

Sie wollte nicht lange darüber nachdenken, was mit ihr geschehen würde, falls die beiden Pferdediebe sie unterwegs einholten. Statt dessen schickte sie ein Stoßgebet zum Himmel. Wenn Billys Genosse auch nur einen Funken Kameradschaftsgeist besaß, würde er den anderen nicht im Stich lassen. Es würde eine Weile dauern, bis sie Billys Pferd eingefangen hatten, und sie hätte damit genügend Vorsprung gewonnen.

Sie war nur drei Meilen von Marathon entfernt. Wenn sie weiter dem Weg folgte, würden sie die beiden voraussichtlich einholen. Sie wartete bis zur nächsten Wegbiegung, lenkte Benjie vom Weg ab zu einem Ulmenhain und zwang Sweet Susie, ihr auf dem engen Pfad an den Gympson-Teichen entlang zu folgen, die bei dem starken Regen über die Ufer getreten waren. Es war gefährlich, aber sie führte die Pferde sicher durch diesen Engpaß dem offenen Gelände zu.

Der Gewehrschuß erschreckte Jessie dermaßen, daß sie fast vom Pferd fiel. Sie warf sich herum und entdeckte den Mann knappe fünfzig Yard hinter sich. Kein Billy. Verdammt.

Bevor sie sich auf Benjies Rücken so flach wie möglich machen konnte, ertönte ein zweiter Schuß, der sie zu ihrer großen Verwunderung traf. Sie spürte einen kalten Schauder an der Seite ihres Kopfes. Nicht mehr. Nur eine Kältewelle. Da sie keinen Schmerz verspürte, war es wohl nicht so schlimm. Wenigstens hatte dieser Dreckskerl sie angeschossen und nicht Sweet Susie. »Benjie, lauf wie der Teufel, lauf!« schrie sie aus Leibeskräften. Sie mußte im Sattel bleiben, durfte nicht ohnmächtig werden, sonst wäre alles verloren.

Mit einer Hand klammerte sie sich an Benjies Mähne fest, mit der anderen hielt sie Sweet Susies Zügel. Es fiel kein weiterer Schuß. Vermutlich fürchtete der Mann, er könne Sweet Susie treffen und damit wäre das Vorhaben der Diebe gescheitert.

Regen rann ihr über das Gesicht. Als sie ihn von den Lippen ablecken wollte, merkte sie, daß es kein Regen war. Es war eine süße, klebrige Flüssigkeit mit einem metallenen Beigeschmack. Es war Blut. Ihr Blut. Plötzlich wurde ihr übel, und eine merkwürdige Benommenheit überfiel sie. Im gleichen Augenblick, in dem ihr bewußt wurde, daß sie von einer Kugel getroffen und verwundet war, fühlte sie einen brennenden Schmerz an ihrem Kopf. Oh, nein! Ihre Kräfte durften sie jetzt nicht verlassen – nicht bis Marathon.

Vor ihr lagen die Koppeln von Marathon. Die dunklen Umrisse der Baumkronen wiesen ihr den Weg. Hinter sich hörte sie die wütenden Schreie des Mannes, der immer näher kam. Sie wußte, daß sie ihr Ziel nur erreichen würde, wenn sie durchhielt und nicht aufgab. Sie ritt Benjie bis vor James' Haustür und scheuchte mindestens ein Dutzend Leute auf. Mit größter Anstrengung hielt sie sich im Sattel, als James die breiten Stufen herunterrannte.

»Was zum Teufel machst du hier, Jessie?«

»Hallo, James. Ich bringe dir Sweet Susie.«

Sie schwankte im Sattel.

»Was zum Teufel ist los mit dir?« Er stand jetzt neben Benjie und blickte zu ihr hinauf. Dann nahm er die Zügel aus ihrer zur Faust geballten Hand und übergab sie einem Stallburschen. »Oslow, Sie kümmern sich persönlich um Sweet Susie. Also, was ist vorgefallen?«

Thomas brachte eine Laterne. Ein warmes gelbes Licht leuchtete durch den Regen.

»Großer Gott, was ist mit Ihrem Gesicht, Missie?« rief Thomas und stieß die Laterne in Benjies Rippen. Erschrocken warf das Pferd den Kopf auf, und Jessie purzelte aus dem Sattel.

James fing sie rechtzeitig auf und nahm sie auf seine Arme.

»Bringen Sie die Lampe, Thomas.«

»O mein Gott! Was ist mit ihrem hübschen Gesichtchen los?«

»Wie kommt Jessie Warfield zu meiner Sweet Susie?« Allen

Belmondes Stimme überschlug sich, als er aus dem Haus gelaufen kam. »Auch wenn sie ein Mädchen ist, ich bringe sie ins Gefängnis. Dieses aufmüpfige Biest! Sie hat Alice nur auf Gedanken gebracht, die sich nicht für eine Frau ziemen. Und jetzt seht euch an, was sie angestellt hat! Ein gemeiner Dieb ist sie! Wenn ihr verdammter Vater denkt, er könne seine Tochter mit der schmutzigen Arbeit beauftragen, dann ist er ...«

»Schweigen Sie, Allen«, unterbrach ihn James leise in einem Tonfall, den er nur sehr selten benutzte. Seine Stimme war messerscharf und duldete keinen Widerspruch. Jessies Kopf lehnte schwer an seiner Brust. Sie war noch bei Bewußtsein, gerade noch. Zu Allen Belmonde gewandt fügte er hinzu: »Ich glaube, man hat auf sie geschossen.« James überraschte es, daß er so ruhig sprach. Mein Gott, man hatte auf Jessie geschossen! »Gehen wir jetzt ins Haus. Wir wollen sehen, wie schlimm es ist. Sie wird uns erzählen, wie sie zu Sweet Susie gekommen ist.«

Er trug sie auf den Armen durch die breite Eichentür in die mit Kerzen beleuchtete Diele. Der alte Hut fiel Jessie vom Kopf. Vorsichtig hob er ihren Kopf ein wenig an. Als er im Salon stand, merkte er, daß ihm ein Dutzend Leute gefolgt war.

Die alte Bess jammerte und schlug die Hände zusammen. »Jesus und Maria! Mr. James, sehen Sie doch ihr armes Gesichtchen an. Das viele Blut! Armes kleines Mädchen! Wer hat ihr das angetan?«

Die alte Bess konnte sich nicht beruhigen. Er starrte auf Jessies Haaransatz an den Schläfen. Er war von Blut und Regen getränkt. Schmale, hellrote Rinnsale flosssen über Wange und Schulter hinab. »Thomas, lassen Sie sofort nach Dr. Hoolahan schicken. Jessie ist angeschossen worden. Bess, reichen Sie mir eine Wolldecke. Sie ist völlig durchnäßt.«

James stand immer noch mitten in seinem Salon und hielt Jessie in seinen Armen. So hatte er sich das Ende dieses

Abends weiß Gott nicht vorgestellt. Zuerst mußte er sich bei seiner Rückkehr Allen Belmondes Gezeter über die verschwundene Stute anhören. Und jetzt hatte er auch noch die Göre am Hals. Wie kam Jessie an Sweet Susie? Langsam ging er auf das Kaminfeuer zu.

»Ich kann stehen, James.«

»Mund halten. Obwohl du schwerer bist als du es sein dürftest, kann ich dich noch ein paar Minuten länger tragen.«

Sie versuchte, sich von ihm zu lösen.

»Laß das, verdammt noch mal! Ich will nicht, daß du meinen Teppich vollblutest.«

»Mr. James, hier ist eine warme Decke.«

Das würde nicht viel helfen. Sie war bis auf die Haut durchnäßt. Sie konnte sich eine Lungenentzündung holen. Sorgfältig hüllte er sie in die bereitgehaltene Wolldecke. Zu seiner Erleichterung bemerkte er, daß die Blutung nachließ. Gott sei Dank! »Kommen Sie, Bess, wir müssen ihr die nassen Sachen ausziehen, sonst wird sie uns noch krank, und ich bin am Ende schuld daran und bekomme einen Mordsärger. Ich glaube, wir können nicht auf Dr. Hoolahan warten.«

Unwillkürlich schlug er die Richtung zu seinem Schlafzimmer ein. Dann besann er sich, machte kehrt und brachte sie in sein bestes Gästezimmer.

»Ich kümmere mich um sie, Mr. James. Sie müssen sich auch umkleiden. Sie sind beinahe genauso durchnäßt wie die arme Miss Jessie. Ich werde mich gut um sie kümmern. Keine Sorge, Mr. James.«

Als James nach ungefähr sieben Minuten an die Tür klopfte, ließ die alte Bess ihn eintreten.

Jessie Warfield lag unter drei schweren Decken, die bis zum Hals hinaufgezogen waren. Sie trug eines seiner selten benutzten Nachthemden, das bis zum Kinn zugeknöpft war. Er fragte sich, wo die alte Bess es aufgetrieben hatte. Jessies Haar lag ausgebreitet auf dem Kissen. Vorsichtig betupfte die Alte die Wunde über der linken Schläfe. Dem Herrn sei

Dank, daß es nur ein Streifschuß war. Die Wunde stammte von einer Kugel. Er wußte es sofort. Im ersten Augenblick hatte ihn eine höllische Angst gepackt, da er fürchtete, sie würde ohnmächtig werden. Aber dann blieb sie bei Bewußtsein, und das war ein gutes Zeichen. Es hätte schlimmer ausgehen können. Der Gedanke daran ließ ihn schaudern. Erleichtert sah er, daß die Augen der Göre ihn klar anblickten und weder Schmerzen noch Benommenheit zeigten.

Jessie beobachtete ihn, wie er an das Bett trat. Das Haar war zerzaust, das Hemd halb zugeknöpft. Er wirkte besorgt. Ihretwegen? Wohl kaum. Wahrscheinlich Sweet Susies wegen.

»Ich werde Sie jetzt ablösen, Bess. Warten Sie unten in der Diele auf Dr. Hoolahan.«

»Ja, Sir, Mr. James.«

Jessie sah, wie die alte Bess sich beugte, den langen Stil einer gußeisernen Pfanne ergriff und das Zimmer verließ.

»Dieses Zimmer müßte dringend renoviert werden. Die Tapete ist so alt, daß sie – autsch!«

»Geschieht dir recht. Vielleicht hältst du jetzt besser für eine Weile dein vorlautes Mundwerk. Nicht bewegen, ich will nachsehen, wie schlimm es ist.«

Sie biß die Zähne zusammen und schloß die Augen.

»Es tut weh.«

»Ja, das kann ich mir denken, es ist doch kein Streifschuß. Die Kugel hat den Knochen verletzt. Verdammt noch mal, dumme Göre, halt doch mal still! Zieh nicht immer den Kopf weg. Und jetzt wage ja nicht einzuschlafen.«

Erst jetzt bemerkte er die Tränen, die unter den geschlossenen Lidern hervorquollen. Das gefiel ihm gar nicht. Was sollte er jetzt machen? »Entschuldige, Jessie. Ich werde nicht wieder hinfassen. Dr. Hoolahan müßte bald hier sein.«

Mit dem Zipfel eines Taschentuches wischte er ihre Tränen ab. Er fühlte sich völlig hilflos. »Bleib bitte ganz ruhig lie-

gen. So ist es brav. Bewege dich nicht, bleib liegen. Ganz ruhig. Und nicht einschlafen!«
Sie schlug die Augen auf und blickte ihn an. »Sweet Susie ist immer noch rossig. Sie wollte, daß Billys Pferd sie besteigt.«
»Das kannst du mir alles später erklären, Jessie, und ...«
»Ich weiß schon – und nicht einschlafen. Ich bin ja nicht dumm, James. Ich werde nicht einschlafen, nicht bei einer läppischen Kopfwunde.«
Wieder schloß sie die Augen, aber der Schmerz ließ nicht nach. Das stechende Pochen in ihrem Kopf wurde immer stärker, bekam einen eigenen Rhythmus und artete in einen rasenden Schmerz aus. Wie konnte sie da ruhig liegenbleiben? Am liebsten hätte sie geweint und sich in einen dunklen Winkel verkrochen.
»Idiotisch, auf mich zu schießen. Er hätte Sweet Susie treffen können. Deswegen hat er es auch aufgegeben, weil er Angst hatte, die Stute zu verletzen. Sweet Susie war wild auf Benjie. Du mußt sie von den Hengsten trennen, James.«
»Ja, Jessie.«
Sie seufzte tief, lächelte ihn etwas verzerrt an und wurde ohnmächtig. Sein Atem stockte. James erschrak zu Tode. Sie durfte nicht das Bewußtsein verlieren. Nicht jetzt! Gütiger Himmel, vielleicht war nicht nur der Knochen verletzt? Und wenn ... »Jessie? Jessie, wach auf! Das gefällt mir gar nicht. Komm schon, wach sofort auf!« Er packte sie bei den Schultern und schüttelte sie, aber der Kopf lag leblos auf dem Kissen. Er stieß einen lauten Fluch aus, befahl ihr, auf der Stelle aufzuwachen. Er fluchte wieder. Mit lauter Stimme verlangte er, daß sie endlich aufwache. Er fluchte immer noch, als sich die Tür öffnete und Dr. Hoolahan eintrat. Er ging nicht, er trippelte. Er bewegte sich nur mit kurzen kleinen Schritten fort. Dancy Hoolahan war dreißig Jahre alt, knapp einen Meter sechzig groß, hatte aschblondes Haar und blaue, schmale Augen. »Schnell, Dancy, jemand hat auf sie geschossen. Ein Streifschuß am Kopf. Sie blutet noch, wenn auch nicht mehr so stark. Vor ein paar

Minuten ist sie ohnmächtig geworden, und das ist kein gutes Zeichen. Oh, Jesus. Schnell.«

»Schon gut, James. Geh einen Schritt zur Seite. So. Mach mir ein bißchen mehr Platz.«

Dancy Hoolahan war klein und trippelte, aber seine Stimme war tief und beruhigend wie die von Bischof Morgan in Washington. Er hatte geschickte, feingliedrige Hände. James beobachtete, wie er die Wunde untersuchte, sich vorbeugte und den Kopf an Jessies Brust legte, wie er den Puls fühlte und die Augenlider hochzog, um ihre Pupillen zu sehen.

»Ah, jetzt wachen wir aber gleich wieder auf. Jessie? Na komm schon, Mädchen, wach auf. Du kannst deinen Gastgeber doch nicht in Angst und Schrecken versetzen.«

Sie stöhnte leise und öffnete mühsam die Augen. James sah, daß der Schmerz ihre grünen Augen verdunkelt hatte. »Kannst du ihr nicht etwas Laudanum verabreichen, Dancy?«

»Jetzt noch nicht. Kopfwunden haben ihre Tücken, das weißt du. Sie wird den Schmerz ertragen. Sterben ist schlimmer. Du bist sehr tapfer, Jessie. Kannst du mich hören?«

»Ja, natürlich. Ich bin nicht taub.«

Dr. Hoolahan lachte. Es war ein tiefes, heiteres Lachen, das eher zu einem Mann von James' Statur gepaßt hätte. »Du gefällst mir, Jessie. Jetzt muß ich dir leider das Haar an der Wunde abschneiden. Das gibt eine kahle Stelle, aber bei deinem dichten Haar fällt das nicht auf.« Er holte ein Rasiermesser aus seiner schwarzen Ledertasche. »Bess soll mir heißes Wasser bringen, James. Dann brauche ich weiße Tücher und Verbandszeug.«

Für James war es die längste Stunde seines Lebens. Jessie weinte, aber sie gab keinen Laut von sich. Sie lag nur da, die Augen fest geschlossen und die Hände zu Fäusten geballt. Als Dr. Hoolahan das Haar von der Wunde rasierte, zuckte James unwillkürlich zusammen. Jessie machte keine einzige

Bewegung. Die langen Strähnen des nassen, blutverklebten Haares landeten achtlos auf dem Fußboden. Sie hatte einen Schutzengel gehabt. Wenn der Kerl, der auf sie geschossen hatte, nur ein wenig mehr nach links gehalten hätte, wäre sie jetzt nicht mehr am Leben.

Und das alles nur, weil sie Sweet Susie gerettet hatte. Er nahm sich vor, sie höchstpersönlich zu erwürgen, weil sie sich in diese Gefahr begeben hatte.

Als Dancy den Verband um Jessies Kopf angelegt hatte, sah sie dermaßen mitleiderregend aus, daß es James bis ans Herz rührte. Dann hörte er, wie Dancy mit ihr sprach. Er fragte sie, wie viele Finger er in die Höhe hielt, wollte ihr Geburtsdatum wissen und fragte sie nach den Namen der Pferde, die sie in der vergangenen Woche geritten hatte. Bei jeder Antwort blickte er James fragend an und erwartete seine Bestätigung. Aber woher, zum Teufel, sollte er wissen, ob ihre Antworten richtig waren. Also nickte er nur.

»Ausgezeichnet«, erklärte Dr. Hoolahan schließlich. »Wir werden ihr jetzt etwas Laudanum geben, damit sie schlafen kann.«

Kurz bevor Jessie einschlief, sagte sie noch: »James, es waren zwei Männer. Einer hieß Billy. Beide ritten Füchse, mindestens zehn Jahre alt. Einer hatte einen weißen Stern auf der Stirn, der andere eine Blesse, die von der Stirn bis zum Maul verlief.«

Nach dem Aussehen der Männer fragte er nicht. Er bezweifelte, daß sie eine Beschreibung abgeben konnte. Sie sprach nur von den Pferden, bis ihre Stimme undeutlich wurde und verebbte. Dann schlief sie ein.

»Das genügt, Jessie. Schlaf jetzt. Wir sprechen am Morgen weiter.« James blieb noch eine Weile an ihrem Bett und wartete, bis sie gleichmäßig atmete. Er zog die Decken zu ihrem Kinn, blies die Kerzen aus und zog die Tür behutsam hinter sich zu.

Allen Belmonde, Dr. Hoolahan, Thomas, Oslow und die alte Bess warteten unten im Salon auf ihn. Die alte Bess sah

aus, als ob sie Allen Belmonde am liebsten eins mit der eisernen Pfanne über den Schädel gezogen hätte.
»Konnte Sie Ihnen sagen, was vorgefallen ist?« fragte Allen Belmonde. »Hat sie den Diebstahl zugegeben?«
»Da muß ich Sie leider enttäuschen. Törichterweise hat sie Ihre Stute vor zwei Dieben gerettet. Sie hat mir diese Kerle nicht beschrieben, aber ihre Pferde. Es waren Kaltblüter, beides Füchse. Einer hatte eine abgedrehte Kruppe, der andere war kurzrückig und muskulös. Kurz, der Hengst hatte Quarterhorse-Blut.«
»Sie wird sich an mehr erinnern«, meinte Oslow, »wenn ihr armer Kopf geheilt ist.«
»Teufelsmädchen«, bemerkte Belmonde. »Nicht zu fassen, daß sie es mit zwei Männern aufgenommen hat.«
»Sie können ihr morgen gebührend danken«, erwiderte James, »nachdem ich ihr eine Tracht Prügel versetzt habe.«
Thomas räusperte sich. »Ich habe einen Boten zur Warfield Farm geschickt. Du lieber Gott! Ich glaube, ich höre Mr. Oliver. In hellster Aufregung, wie mir scheint.«
Oliver Warfield polterte in den Salon, der bei dem dämmerigen Kerzenschein weniger schäbig aussah. Er hatte bereits genügend Einzelheiten über den Vorfall gehört, um vor Sorge um seine Tochter außer sich zu sein. »Wo ist mein kleines Mädchen? Verflucht noch mal, James, wo ist Jessie? Führ mich sofort zu ihr, damit ich ihr den Hintern versohlen kann. Wie konnte sie nur so leichtsinnig sein! Wieso kommt sie dazu, deine verflixte Stute zu retten, Allen! Kein Mensch schert sich darum!«
»Deine Tochter wird wieder gesund, Oliver«, beschwichtigte ihn James. »Wenn du mir nicht glaubst, frage Dr. Hoolahan.«
Dancy Hoolahan räusperte sich und ging mit gezierten Schritten auf Oliver Warfield zu. Mit seinem beruhigenden Baß erklärte er: »Sie schläft jetzt, Oliver. Regen Sie sich nicht auf. Eine Kugel hat sie am Kopf getroffen, aber die Schädeldecke zum Glück nur gestreift. Sie wird keinen bleibenden Schaden davontragen.«

»Also, wenn Belmonde nicht schuld ist, dann du, James. Verdammt noch mal, warum hast du Sweet Susie nicht besser bewacht? Mein kleines Mädchen hätte dabei umkommen können. Wie konntest du so nachlässig sein?«

Allen Belmonde gab seinen Senf dazu. »Oliver hat recht. Sie sind an allem schuld, Wyndham. Ihnen habe ich meine Sweet Susie anvertraut, und was geschieht? Eigentlich müßte man Sie einsperren. Vielleicht haben Sie diese Kerle angeheuert, um sie stehlen zu lassen!«

»Idiot! Wiederholen Sie diese Anschuldigung nie wieder! Niemals würde James jemandem etwas stehlen, höchstens den Sieg. Aber das würde jeder gute Jockey tun.«

Die Köpfe aller schnellten herum, als Jessie Warfield leicht schwankend in der Tür zum Salon stand. Sie hatte eine schwarze Wolldecke um sich geschlagen. Das rote Haar reichte in einem wirren Durcheinander bis zu den Schultern und wurde am Kopf von dem dicken weißen Verband in Schach gehalten, den Dr. Hoolahan angelegt hatte. James Nachthemd aus feinem weißem Leinen, das seine Mutter für ihn genäht hatte, reichte ihr gerade bis zu den Knien.

Kapitel 6

»Zum Teufel noch mal, was hast du hier zu suchen? Du gehörst ins Bett!« schrie James wütend und rannte auf sie zu, um sie aufzufangen, da sie jeden Augenblick zusammenbrechen konnte. Daran dachte sie aber nicht. Statt dessen gelang es ihr rechtzeitig, am Türrahmen Halt zu finden. »Ich hatte, nun, sagen wir, ich hatte etwas sehr Persönliches zu erledigen«, erklärte sie etwas benommen. »Ich öffnete die Schlafzimmertür und hörte das ganze Geschrei hier unten.« Sie richtete die Augen auf Allen Belmonde, der wie auf den Teppich genagelt neben dem durchgesessenen, verblichenen rosa Sofa stand. James mußte sich zusammennehmen, um nicht über ihren Gesichtsausdruck zu lachen. Sie versuchte einen Schritt in seine Richtung zu tun, unterließ es dann aber. Statt dessen hob sie ihre Faust und drohte ihm. »Wagen Sie es ja nicht, James zu verdächtigen, Allen Belmonde. Marathon ist das beste Gestüt in Maryland, abgesehen von dem unsrigen. Wenn ich die Stute nicht gefunden hätte, dann James. Vorher hätte er keine Ruhe gegeben. Nur ein Dummkopf würde James beschuldigen, Ihre verdammte Stute gestohlen zu haben. Ich habe Alice vor einer Heirat mit Ihnen gewarnt, aber sie wollte nicht auf mich hören.«

»Danke, Jessie«, sagte James halb erstaunt und halb belustigt. »Nachdem du alles gesagt hast, was du sagen wolltest, heißt es jetzt: Ab, marsch ins Bett mit dir!«

»James«, mischte sich jetzt Oliver Warfield ein und trat zwischen ihn und seine Tochter. »Jessie ist ein unverheiratetes Mädchen. Ohne mich kann sie nicht in deinem Haus bleiben. Verdammt, das heißt, daß ich hier übernachten muß. Hast du noch ein Schlafzimmer?«

»Das wird er auch renovieren müssen, Papa«, bemerkte Jessie wie ein naseweises Gör und mußte sich jetzt mit beiden Händen am Türrahmen abstützen. »Bei meinem ist es dringend notwendig, und es ist das beste. Die Tapete hängt in Fetzen herunter, und an den feuchten Stellen wirft sie Blasen.«
»Danke, Jessie«, sagte James, verspürte aber den Drang, ihr eine schallende Ohrfeige zu verpassen.
»Die Diskussion über den Zustand der Tapeten im Hause Wyndham interessiert mich nicht. Ich nehme Sweet Susie wieder mit«, verkündete Allen Belmonde mit verzerrtem Gesicht. »Ich möchte kein weiteres Risiko mehr eingehen.«
James sagte leichthin. »Sehr gut, Belmonde. Das steht Ihnen frei. Oslow, reiben Sie Sweet Susie vorher noch gut ab.«
»Davon würde ich Ihnen abraten«, erwiderte Oslow zu Allen Belmonde gewandt. »Sir, Sweet Susie ist immer noch rossig. Sie haben gehört, was Jessie sagte. Es wäre ein großer Fehler, sie in diesem Zustand fortzubringen. Solange sie hinter jedem Hengst her ist, könnte sie Schaden nehmen. In ihrer Box hier ist sie sicher.«
»So sicher wie heute nacht?«
»Ich werde der Sache nachgehen«, versicherte Oslow. »Heute werde ich die Wache persönlich übernehmen.«
»Machen Sie, was Sie wollen, Belmonde«, sagte James. »Es ist Ihre Sache.« Er packte Jessies Arm und zog sie in den Gang.
»Das wird überall die Runde machen, Wyndham!«
»So ein unverschämter Kerl! Der hat Prügel verdient, laß mich zu ihm«, bat Jessie und versuchte, sich von James loszureißen. James grinste und hielt sie eisern fest. »Es genügt schon, wenn er dich sieht. Allein dein Anblick ist zum Fürchten.«
»Sehe ich so schlimm aus?«
Verflixt, dachte er, als er ihr bleiches Gesicht sah und den dunklen Schatten, der sich wie ein Schleier über ihre Augen legte. Hatte er sie gekränkt? Ach was, doch nicht Jessie

Warfield. Sie war weder empfindlich noch eitel. Die Göre war nicht weiblicher als ein ... »Nein, so war das nicht gemeint. Du siehst abenteuerlich aus. Wie eine Piratin. Aufregend. Der Verband steht dir gut. Ich meinte nur, bei deinem zornigen Blick wäre er sofort verstummt.«

»Ich kann Allen Belmonde nicht ausstehen. Er behandelt Alice nicht gut, und er behandelt seine Pferde nicht gut. Gib ihm Sweet Susie nicht zurück. Kaufe sie.«

»Jessie, es ist sein Pferd. Vorsicht, du wirst gleich fallen. Ich werde dich tragen. Einverstanden?«

»Ich dachte, ich bin zu schwer.«

»Das bist zu auch, aber ich bin stark und halte einiges aus. Sei ruhig.«

»Ich komme gleich hinauf«, rief ihnen Dr. Hoolahan nach. »Ich gebe dir noch etwas Laudanum, Jessie. Oliver, Ihre Tochter kommt bald wieder auf die Beine. Auch wenn dies ein Junggesellenhaushalt ist, bei James ist sie gut aufgehoben. Also machen Sie sich darüber keine unnötigen Gedanken.«

Jessies Kopf lag an James' Schulter. Das dichte, zerzauste Haar bauschte sich vor seinem Gesicht auf und kitzelte ihn an der Nase. Er hatte nicht gewußt, daß ein Mensch so viel Haar haben konnte. »Bist du noch wach?«

Sie nickte an seiner Schulter.

Als er sie auf das Bett legte, breitete er ihr Haar auf dem Kopfkissen zum Trocknen aus, wie es Old Bess vorhin getan hatte. »Wie geht es dir?«

»Ich komme mir vor wie ein Stall, der eine Woche lang nicht ausgemistet wurde.«

»Dann geht es dir ziemlich schlecht. Danke, Jessie, daß du mich verteidigt hast.«

»Ich kann Allen wirklich nicht ausstehen. Es war ein Fehler von Alice, ihn zu heiraten, und jetzt ist es zu spät. Ich werde mir Allen vorknöpfen, wenn er Schlechtes über dich erzählt, James, das verspreche ich dir.«

»Vielen Dank«, sagte er noch einmal, und sie schloß die Au-

gen. Ihr Gesicht war sehr bleich, bis auf die Sommersprossen, die quer über ihre Nase liefen. Dr. Hoolahan erschien im Türrahmen.
»Sie schläft. Wir wollen sie nicht stören.« Er stand auf. »Sagen Sie mir, was ich für sie tun kann.«

Am folgenden Morgen stand James breitbeinig neben Jessies Bett, die Hände in die Hüften gestemmt. Seine Stimme klang leise und beherrscht. »Du wirst mir jetzt genau erzählen, was vorgefallen ist. Des weiteren wirst du mir erklären, warum du dich wegen eines dämlichen Pferdes in Gefahr begeben hast. Jessie, diesen Leichtsinn hättest du beinahe mit deinem Leben bezahlt.«
Er ist wütend, dachte sie und beobachtete, wie seine Zornesader am Hals anschwoll. Sie wunderte sich, wo er die eiserne Selbstbeherrschung hernahm, die er jetzt an den Tag legte. Für gewöhnlich brüllte er los, wenn ihm etwas nicht paßte. Warum war er gestern nacht so rücksichtsvoll gewesen? Sie schüttelte den Kopf. Sicherlich hatte er befürchtet, daß sie sterben könnte. Darum war er so ruhig geblieben.
»Antworte mir, verdammt noch mal! Und versuche mir nicht weiszumachen, daß du Schmerzen hast, und wenn ja, dann hast du sie verdient. Das weißt du sehr gut.«
»Sehr gut.«
»Sehr gut, was?«
»Ich antworte dir. Zum Nachdenken blieb mir keine Zeit. Ich sah Sweet Susie, erkannte meine Chance, als sie Billys Hengst anging und in seine Kruppe biß. Er hatte seinen Reiter bereits abgeworfen. Ich trieb Benjie zwischen die beiden. Billys Pferd sprang über einen Graben und verschwand im gegenüberliegenden Feld. Ich riß Sweet Susies Zügel an mich und hoffte, daß der zweite Mann versuchen würde, Billys Pferd einzufangen. Aber dem war nicht so. Statt dessen verfolgte mich dieser Kerl. Er schoß zweimal, bevor ihm klar wurde, daß er Sweet Susie treffen könnte.

Also hörte er auf. Das ist alles, James. Eine besonders interessante Geschichte gibt das nicht ab.«
»Du bist sehr tapfer aber auch sehr töricht gewesen, Jessie. Warum hast du das getan?«
»Das sagte ich ja. Ich wollte nur Sweet Susie retten. Und der Gedanke, daß der Mann bewaffnet sein könnte, kam mir nicht.«
»Du hättest nach Marathon reiten sollen, dann hätte ich mir ein paar Männer gegriffen und die Verfolgung aufgenommen.«
Sie starrte ihn an. Die Schmerzen im Kopf, die vor wenigen Minuten noch unerheblich waren, weiteten sich jetzt zu einem aufdringlichen Hämmern aus. »Aber was hätte ich dir berichten können, James?«
»Das weiß ich nicht, jedenfalls hättest du mich an die Stelle geführt, wo du die Kerle gesehen hattest.«
»Hättest du das zugelassen? Bei diesem starken Regen hättest du mir das nicht zugemutet und befürchtet, ich würde mich erkälten. Nein, ich glaube, du hättest mich nach Hause geschickt. Dann wärst du mit deinen Männern blind in der Gegend herumgeritten. Außer einem Schnupfen hättet ihr nichts nach Hause gebracht. Nein. Ich habe Sweet Susie gerettet. Gewöhn dich an diesen Gedanken, James.«
»Jessie, Mädchen, wie fühlst du dich? Bess und ich haben dir ein Frühstück gebracht. Dr. Hoolahan meinte, du müßtest heute halb verhungert sein. Sieh nur, was Bess für dich gemacht hat. Hafergrütze mit Eiern, das Gelbe ist noch ganz weich, so wie du es magst, Schinkenstreifen, knusprig gebacken, und ...« Olivers Stimme erstarb. Er blickte auf seinen Tochter, deren Augen fest geschlossen waren, dann zu James, der kerzengerade neben ihrem Bett stand. Er sah furchterregender aus als die Kupferschlange auf dem sonnenwarmen Felsen, der Oliver letzte Woche den Garaus gemacht hatte.
»Was zum Teufel ist hier los, James? Du schreist doch nicht etwa meine Tochter an, oder?«

»Ich habe meine Stimme nicht erhoben, sondern ihr in aller Ruhe erklärt, daß sie sich wie eine Närrin aufgeführt hat. Es ist doch nicht zu fassen, daß sie auf diese Pferdediebe losgaloppierte, nur um die Heldin zu spielen. Töricht und völlig unüberlegt ...«

»Aber erfolgreich. Also halt den Mund, James.«

»Das ist eben meine Tochter«, sagte Oliver gerührt und trat in das Schlafzimmer, um die alte Bess mit dem großen Silbertablett vorbeizulassen, dessen Köstlichkeiten zwei kräftige Männer gesättigt hätten. »Richtig, Jessie. Gib's ihm.«

»Mylady sind etwas gereizt?« warf James mit dem verhaßten Akzent ein und trat beiseite, so daß Bess Jessies Kissen aufschütteln und ihr beim Aufrichten helfen konnte.

»So, mein kleines Goldstück, jetzt wird anständig gefuttert, und kümmern Sie sich nicht um die beiden Männer. Was haben Männer schon zu sagen? Den lieben langen Tag stolzieren sie herum, teilen Kommandos aus und erwarten von einer jungen Dame wie Ihnen, daß sie Däumchen dreht und zu allem ja und amen sagt. Reden Sie nur, wie Ihnen der Schnabel gewachsen ist, Miss Jessie. Mister James ist es nicht gewohnt, daß man ihn zurechtweist. Also schießen Sie nur los.«

»Oh, du kommandierst mich den ganzen Tag herum, Bess«, widersprach James. »Ihr brauchst du keine Ratschläge zu erteilen. Sie unternimmt grundsätzlich alles, was sie lieber unterlassen sollte, auch wenn es über das Schickliche hinausgeht. Und wenn du sie kleines Goldstück nennst, kommt einem aufrechten Mann die Galle hoch.«

»Sei still, James. Du bist nur wütend, weil ich Sweet Susie gerettet habe und nicht du. Verzeih, wenn ich deine Eitelkeit verletzt habe.«

»Zum Teufel noch mal, Jessie! Das hat nichts mit verletzter Eitelkeit zu tun, das weißt du ganz genau.«

»Ha!«

»Bitte, Mister James, ich möchte nicht, daß unser kleines Goldstück Fieber bekommt.«

»Nein, du möchtest, daß sie hier Berge von Eiern mit Speck vertilgt und dick und fett wird. Dann kommt sie nicht mehr zur Tür hindurch und ist genötigt hierzubleiben, um nach Herzenslust an allem herumzunörgeln. Na, was fällt dir dazu noch ein, Jessie? So schlimm sieht die Tapete doch nicht aus, verdammt noch mal!«
Die alte Bess stellte das Tablett auf Jessies Schoß und lächelte sie an. »Nun essen Sie alles auf, was ich Ihnen gebracht habe, Miss Jessie. Sie werden sich gleich wohler fühlen und bekommen einen klaren Kopf.«
»Ein klarer Kopf mit einer kahlen Stelle«, bemerkte James trocken.
»Dich müßte man als erstes renovieren, James. Es tut mir leid, Bess, aber ich bin nicht sehr hungrig.«
»Sie hätten jetzt einen Mordshunger, aber dieser Mister James hat Ihnen mit seinem dummen Gerede den Appetit verdorben. Wenn ich die Herrn jetzt hinausbitten darf.«
Nachdem Oliver bereits auf dem Flur stand, meinte James über seine Schulter hinweg zwischen Tür und Angel: »Iß nur tüchtig, Jessie. Fett bist du mir lieber als die magere Göre, die sich die Nase an Fenstern plattdrückt.«
»Was hast du damit gemeint?« fragte ihn Oliver Warfield noch an der Tür.
Jessie schloß die Augen. Die Finger zerpflückten eine Scheibe Schinken. Sie hörte James antworten: »Eigentlich meinte ich die Balkendecke in deinem Comptoir und nicht Fenster und Ohren statt Nase.«
»Ach so«, erwiderte Oliver. »Du hast eine merkwürdig umständliche Art, dich auszudrücken.«

Als Mrs. Warfield und Glenda am nächsten Tag mit der Kutsche eintrafen, um Jessie abzuholen, hatte James sich vorgenommen, durch Abwesenheit zu glänzen. Dafür hatte er Vorkehrungen getroffen. Gypsem, Oslows rechte Hand, sollte bei ihrer Ankunft zweimal pfeifen. Das gab James genügend Zeit, um ungesehen mit Tinpin davonzureiten.

Aber der Plan schlug fehl. Wie angewurzelt blieb James auf der ersten Treppenstufe stehen, als Thomas Mrs. Warfield und Tochter die Haustür öffnete. Warum zum Teufel hatte Gypsem nicht gepfiffen?
»Mrs. Warfield.« Er begrüßte die Damen mit vollendeter Höflichkeit. »Sehr erfreut, Madame. Glenda.«
»Wir erlösen Sie von dem Quälgeist, James«, flötete Glenda und kam auf ihn zugesegelt, den hübschen Busen wie eine Gallionsfigur voraustragend. »Wir wollen Sie von Jessie befreien. Hat sie sich beschwert? Das tut sie doch immer. Ich bin überzeugt, Sie hatten es schwer mit ihr.«
»Oh, im Gegenteil. Jessie geht es heute schon etwas besser. Wollen Sie mich zu ihr begleiten oder möchten Sie lieber im Salon warten?«
»Oh, wir kommen gerne mit«, entgegnete Glenda und ging auf ihn zu, die Augen fest auf seinen Schritt geheftet. In der Höhe des Treppenabsatzes streifte ihr Busen seinen Arm. Mrs. Warfield strahlte beim Anblick der beiden. »Ja«, sagte sie, »wir wollen gemeinsam nach der lieben Jessie sehen.«
Die liebe Jessie fühlte sich nicht wohl. Der Kopf schmerzte furchtbar. James hatte ihr nicht erlaubt, die Federal Gazette zu lesen und meinte, davon würde sie nur noch mehr Kopfschmerzen bekommen. Sie langweilte sich. Schade, daß James nicht bei ihr war. Sie wollte mit ihm reden und mit ihm streiten oder ihn nur ansehen. Als er plötzlich in der Tür stand, schien ihr, als ob die Sonne aus einer schwarzen Wolkenwand hervorgetreten sei. Sie schenkte ihm ein strahlendes Lächeln. Dann sah sie Glenda und ihre Mutter rechts und links an ihm vorbeihuschen und auf sie zukommen. Als sich die Köpfe der beiden über sie beugten, verschwand ihr Lächeln hinter der Wolkenbank.
»Ach, meine geliebte Jessie«, rief Mrs. Warfield gerührt und blickte besorgt auf ihre Tochter.
»Schwesterherz, wie häßlich siehst du mit den verklebten Haaren und diesem übertriebenen Verband aus!«
James schloß kurz die Augen.

»Hallo, Mutter, Glenda. Es ist halb so schlimm wie es aussieht. Wo ist Papa?«
»Dein lieber Vater hatte keine Zeit, um dich abzuholen, Jessie. Mit deinem letzten Streich hast du ihm einen hübschen Schrecken eingejagt, mein Kind. Dein armer Vater mußte sogar in einem fremden Bett übernachten, um deinen guten Ruf zu wahren.«
Papa hatte ihr allerdings versprochen, sie persönlich abzuholen und ihr dabei verstohlen zugezwinkert. Das bedeutete, daß er ihr den Besuch der Mutter ersparen wollte. Anscheinend war dies schiefgegangen. Jessie seufzte, blickte sehnsüchtig auf die Teekanne in James' Hand und meinte: »Ich glaube, Papa hat es genossen, eine Nacht hierzubleiben, Mama. Er hatte mit James tausend Sachen besprochen, unter anderem, wie man dieses Haus hier verbessern könnte.«
»Ganz richtig, Mrs. Warfield. Ihr Mann war guter Dinge. Wir haben uns über Gott und die Welt unterhalten.« Und meinem Cognac sprach er dabei kräftig zu, dachte James.
Glenda schlenderte durch das kleine Gästezimmer, ohne sich nach etwas Besonderem umzusehen. James konnte sich keinen Vers auf ihr grundloses Hin- und Hergehen machen, bis ihm klar wurde, daß sie sich ihm von allen Seiten präsentieren wollte. Kein übler Anblick, stellte er unwillkürlich fest. Sie spürte seinen Blick und schenkte ihm ein süßes Lächeln.
»Mein lieber James, wollen wir nicht in den Salon gehen, bis Jessie abreisebereit ist? Mama wird ihr dabei helfen.«
»O je«, rief Mrs. Warfield, »nun habe ich vergessen, dir ein Kleid mitzubringen, Jessie. Jetzt mußt du wohl oder übel das anziehen, was du gestern getragen hattest.«
Jessie dachte an die alten Reithosen und wurde blaß.
James setzte die Teekanne ab und entgegnete rasch: »Es tut mir leid, Mrs. Warfield, der Regen gestern nacht hat Jessies Kleidung völlig ruiniert. Die alte Bess hat versucht zu retten, was zu retten war, aber umsonst.«
»Dein lieber Vater hat mir nicht erzählt, warum du im Re-

gen unterwegs warst, Jessie. Wie oft habe ich dir gepredigt, diese verrückten Eskapaden zu unterlassen und dich anständig zu benehmen. Also, was machen wir jetzt?«

»Wenn James mir dieses Nachthemd und einen Morgenrock leiht, kann ich damit nach Hause fahren.«

»Mein Nachthemd gehört dir, Jessie«, erklärte James mit einer leichten Verbeugung.

»James, gehen wir jetzt nach unten?« fragte Glenda, die eine Spur zu nahe bei ihm stand. Er konnte ihr Rosenparfüm riechen und unterdrückte einen Niesreiz.

»Ich glaube nicht, daß das nötig ist, Glenda«, brachte er etwas gepreßt heraus. »Mrs. Warfield, ich werde Jessie nach unten tragen. Das heißt, zuerst werde ich einen Morgenrock für sie holen. Jessie, rühr dich nicht von der Stelle, ich bin gleich zurück.«

Glenda sah dem hinausgehenden James nach. Dann wandte sie ihre Aufmerksamkeit wieder Jessie zu. »James sieht unverschämt gut aus. Hat er sich nach mir erkundigt?«

»Nicht daß ich es wüßte«, sagte Jessie.

»Das hat er sicher getan. Auf Poppletons Ball habe ich mit ihm getanzt. Er beugte sich tief über meine Hand, noch bevor ich ihn bemerkt hatte. Er konnte seine Augen nicht von mir nehmen. Er meinte, ich tanze sehr graziös.«

Jessie schüttelte nur den Kopf.

Glenda zog ihren Rock von einer feuchten Stelle an der Wand fort. »Ich kenne dich, Jessie. Du hast ihn gezwungen, sich um dich zu kümmern. Du hast die Schmerzen nur vorgetäuscht, damit du hierbleiben konntest. Ich wette, du hast sogar gestöhnt und weiter die Verletzte gespielt, so daß er nicht von deiner Seite wich. Er hat deine Hand gehalten, das hat er doch bestimmt getan? Das wollte er aber nicht, Jessie. Schließlich betrachtet er dich nicht als Frau, wie du ja weißt.«

»Das reicht jetzt, Glenda«, ermahnte sie Mrs. Warfield streng und blickte ihrer Tochter beunruhigt über die Schulter.

»Und jetzt zwingst du ihn sogar dazu, dich die Treppen

hinunter zur Kutsche zu tragen. Dich in seinen Armen zu tragen! Du solltest dich schämen, Jessie. Ich wette, deine Kleider hast du absichtlich ruiniert.«
»Jetzt ist Schluß, Glenda«, sagte Mrs. Warfield noch einmal streng, als sie bemerkte, daß Jessie erschreckend blaß geworden war. »Vielleicht geht es deiner Schwester wirklich nicht gut. Laß sie in Frieden. So ist es gut, geh nur, und schau aus dem Fenster. Ah, James, da sind Sie ja wieder.«
Ohne ein Wort zu verlieren, ging er zu dem Bett und wollte Jessie in den Morgenmantel helfen, als Mrs. Warfield nach Luft rang. »Oh, nein, James, das geht unmöglich. Nein, mein Guter, begleiten Sie Glenda für einen Augenblick aus dem Zimmer. Ich werde mich um Jessie kümmern. Gut so, Glenda, geh mit James hinaus.«
James trug Jessie in den Salon. Steif und abwehrend lag sie in seinen Armen, das spürte er. James hatte das meiste von Glendas Tiraden mitangehört und ließ seinen Schützling nur ungern nach Hause gehen. Er konnte sich nicht vorstellen, daß ihr Leben auf der Warfield Farm sehr angenehm war. Kein Wunder, daß sie die meiste Zeit bei den Pferden verbrachte. Sie mistete die Ställe aus, reparierte Zügel und Sattelzeug und nahm, sooft es ging, an den Rennen teil – und besiegte ihn, sooft es ging. Auf ihre Art versuchte sie so gut wie möglich mit ihrer Mutter und ihrer unbequemen Schwester fertig zu werden, und wenn es nicht mehr ging, nun, dann würde sie ausreißen.
Er trug sie zur Kutsche und setzte sie auf den Innensitz. »So, Jessie. Morgen komme ich, um nachzusehen, wie es dir geht. Und mach keine Dummheiten!«
Er lächelte Mrs. Warfield und Glenda zu. »Meine Damen, passen Sie bitte gut auf Jessie auf. Sie hat eine schlimme Nacht hinter sich.«
»Wieso?« fragte Glenda und starrte wieder auf diese bestimmte Stelle in James' Mitte.
»Das werden wir noch herausfinden,« meinte Mrs. Warfield und ließ sich von James in das Gefährt helfen.

»Rück etwas zur Seite, Jessie«, bat sie, als sie sich umwandte, um James zum Abschied zuzulächeln. »Haben Sie vielen Dank, daß Sie sich meiner Tochter so rührend angenommen haben.« Als ob er mich wie ein Hündchen vor dem Ertrinken gerettet hätte, ging es Jessie durch den Kopf. James blieb stehen und blickte der Kutsche nach, die sich langsam auf der breiten Auffahrt von Marathon entfernte. Unkraut wucherte auf dem Kies. Er würde jemanden mit Jäten beauftragen müssen, außerdem mußte der Kies ordentlich gerecht werden. Es war alles so kahl und schmucklos. Ein paar Blumenrabatten würden nicht schaden. Auch könnte er noch einige Bäume pflanzen lassen, überlegte er. Vielleicht Eichen und Ulmen. Er wollte, daß Marathon stattlich und reich aussah. Jessie hatte recht, die verdammte Göre. Hier gab es einiges zu renovieren und zu verbessern. Arme Jessie, dachte er wieder und mußte dann über sich selbst lächeln. Sie tat ihm leid – bis zum nächsten Renntag.

Kapitel 7

Die Sonne schien hell an diesem Dienstagmorgen, als James die Calvert Street bis zur Nummer siebenundzwanzig entlangging und dabei an unzähligen Buchläden und Verlagshäusern vorbeikam. Von klein auf hatte er seine Bücher bei Compton Fielding gekauft. Langsam betrat er den alten, ehrwürdigen Laden und ließ sich in der dunkelgetäfelten Enge in eine andere Welt versetzen. Die Wände waren an manchen Stellen vom Boden bis zur Decke von Buchrücken bedeckt. Bücher und alte Folianten stapelten sich in unordentlichen Haufen am Boden – Masons Lehrbuch über die Entwässerung von Sumpfland lag auf Richardsons »Pamela« – aber Compton Fielding wußte, wo jeder Band zu finden war. Es schien ein ruhiger Vormittag zu sein. Soweit James es beurteilen konnte, befand er sich allein im Laden, und das war günstig, da er ein paar Tage zuvor von Fielding erfahren hatte, daß die neuen Corneille-Stücke aus Paris eingetroffen waren. Er hatte die Bände mit Spannung erwartet und war neugierig, wie sein belesener Freund sie beurteilen würde.

Als er Compton Fielding nicht im vorderen Teil des Ladens entdeckte, ging er um eine Ecke herum und blieb wie gebannt stehen. Jessie Warfield stand in dem angrenzenden Nebenraum und war in eine Unterhaltung mit Compton vertieft. Was zum Kuckuck hatte das Balg hier zu suchen? Sie las doch nicht etwa Bücher, oder? Pferde waren doch das einzige, was sie interessierte.

Er grinste in sich hinein und trat ein wenig näher heran, um zu hören, worüber sie sprachen. Wenn sie ihn belauscht hatte, konnte er es genausogut.

»Mr. Fielding, das ist nun das dritte Mal, daß Sie mir eines dieser alten Tagebücher zum Lesen geben. Worum geht es in diesem hier?«

Compton Fielding, dessen fundiertes Wissen über Baltimores Grenzen hinaus außerordentlich geschätzt wurde, spielte außerdem vorzüglich Geige und wirkte bei öffentlichen Konzerten mit. Vorsichtig blätterte er in den dünnen Seiten. »Sehen Sie, Jessie, das Buch ist über hundert Jahre alt, aus dem achtzehnten Jahrhundert. Ich wünschte, der Verfasser hätte auch die Jahreszahl angegeben, aber das hat er leider versäumt. Die gute Elizabeth Bentworth riet mir, anhand von alten Kalendern eine Übereinstimmung von Daten und Ereignissen zusammenzusuchen. So ließe sich die genaue Jahreszahl ermitteln. Aber wer hat dazu schon die Zeit? Also, dieses wertvolle Tagebuch umfaßt drei Jahre, wobei sich der größte Teil davon in der Karibik abspielt. Was wissen wir von der Karibik im achtzehnten Jahrhundert, Jessie?«

»So gut wie nichts, Mr. Fielding. Vielleicht lese ich es doch. Die anderen beiden Bände mochte ich sehr, aber manchmal war es doch recht mühsam, einige Worte zu entziffern.«

»Aber der Mühe wert?«

»O ja, Mr. Fielding. Besonders der Band, der die frühe Kolonialzeit in Charleston beschreibt.«

»Ach ja, die Memoiren von Mr. Nestor. Er muß ein Sonderling gewesen sein, dieser Nestor, aber ich wußte, es würde Ihnen Spaß machen. Nachdem Sie nicht sicher sind, ob Ihnen die Schilderungen aus der Karibik gefallen werden, empfehle ich Ihnen, das Buch zu Hause anzulesen und wenn es Ihnen zusagt, kaufen Sie es.«

Jessie schlug einige Seiten in dem alten, vergilbten Tagebuch auf. »Hören Sie sich das an, Mr. Fielding: ›Wir erreichten Jamaika, wurden von Gewitterstürmen und schlechtem Rum begrüßt, der sich in die Eingeweide fraß. Dafür schlitzte ich Davie, dieser Ratte, mit meinem Dolch die Eingeweide auf.‹ Jessies Augen leuchteten. »Handelt das von Seeräubern? Mein Gott, das sind blutrünstige Gesellen!«

»Ich könnte mir vorstellen, daß der Bruder des Rumhändlers Pirat war oder Umgang mit diesen Männern hatte«, meinte Compton Fielding nachdenklich und nahm das Tagebuch wieder an sich. »Sie haben recht, Jessie. Für eine junge Dame könnte das etwas zu blutrünstig sein.«
»Ich nehme es«, antwortete Jessie rasch, und James hätte beinahe laut aufgelacht.
»Tja, also, wenn Sie meinen. Sie lesen es, und dann unterhalten wir uns darüber.«
James tauchte jetzt hinter seiner Ecke auf. »Guten Morgen, Jessie. Mr. Fielding. Was hatte es mit dem Unwetter und dem schlechten Rum auf sich? Was hast du da?«
»Du hast gelauscht«, sagte sie vorwurfsvoll und blickte dann gnädig auf ihre Fußspitzen.
»Ja, aber ohne abzustürzen und im Heu zu landen«, erwiderte James schlagfertig.
»James, Miss Jessie hält ein ungefähr hundert Jahre altes Tagebuch in der Hand. Über den Inhalt kann ich nichts Genaues sagen. Sie wird es lesen und mir darüber berichten.«
»Ich hatte keine Ahnung, daß du liest«, warf er etwas spöttisch ein.
»Was willst du damit andeuten, James Wyndham? Hältst du mich für einen Analphabeten?«
»Ich sah dich noch nie mit einem Buch und habe dich auch hier niemals angetroffen.«
»Das gleiche kann ich auch von dir behaupten, mein Bester. Also, was hast du hier verloren, James? Bisher hatte ich angenommen, deine Tätigkeiten beschränkten sich auf Ackerbau und Pferdezucht.«
Sie hatte gut pariert, und so behielt er für sich, was ihm durch den Kopf ging. »Schon als Junge besuchte ich Comptons Buchhandlung. Er hat mich mit französischen Romanen und Theaterstücken bekannt gemacht.«
Mr. Compton Fielding war für seine riesige Auswahl an französischer Literatur berühmt, aber nachdem Jessie kein

Wort dieser Sprache verstand, war ihr das nie aufgefallen. Sie hatte alle Neuerscheinungen gelesen, bis er sie auf die Tagebücher aufmerksam gemacht hatte. Sie waren interessant und bildend, aber nicht gerade spannend. In den meist trockenen Schilderungen gab es keine gutaussehenden Herren, die eine Frau betörten. O ja, sie mochte es, wenn die Handlung spannend war.

»Du bist Pferdezüchter und Reiter, James. Da sprichst du unmöglich französisch.«

»Irrtum. Ich habe längere Zeit in Frankreich gelebt.« Er blickte sie von Kopf bis Fuß an. »Du trägst ein Kleid. Wo zum Teufel hast du das her? Es ist zu kurz. Gelb steht dir nicht. Und über dem Busen beutelt es. Ah, ich verstehe. Das ist bestimmt ein Kleid, das Nelda oder Glenda abgelegt hat. Soll ich dir ein Paar Strümpfe von mir leihen? Damit kannst du das Oberteil ausstopfen.«

Compton Fielding räusperte sich. »Mr. James, wollten Sie nicht die Corneille-Bände sehen, die ich gestern bekommen habe? Sie wollten doch unbedingt Le Cid lesen. Der Band enthält außerdem Cinna und La Mort de Pompée. Mir selbst gefällt Le Cid am besten. Die anderen Stücke lesen sich schwer in ihrer klassischen Gestelztheit.«

James warf Jessie einen Blick zu, der noch einmal seine Mißbilligung über das scheußliche Kleid zum Ausdruck brachte, und folgte Mr. Fielding zu dem kleinen Tisch im rückwärtigen Teil des Ladens. Die Luft war geschwängert von dem Holzgeruch der Wandtäfelung, der alten Bücher und einer jahrealten Staubschicht, so daß James sich fragte, wie Compton Fielding in diesem Raum Luft in die Lungen bekam.

Als er einen Corneille-Band in Händen hielt, schlug er behutsam die erste Seite von Le Cid auf. Er las die erste Szene zwischen Elvira und Chimene.

»Und das verstehst du tatsächlich?« Jessie war ihm gefolgt, stand neben seinem Ellenbogen und blickte in das aufgeschlagene Buch. »Das reinste Kauderwelsch.«

»Ja. Ich würde mir den Band nicht kaufen, wenn ich ihn nicht lesen könnte.«
»Vielleicht willst du auch nur mit deiner Bildung prahlen, die uns ungehobelten Kolonisten fehlt? In deinen Augen sind wir doch nichts als ungebildete Einfaltspinsel.«
»Dafür habe ich dich nie gehalten, Jessie. Und ich ahnte ja nicht, daß du hier Kundin bist. Du liest Tagebücher, interessierst dich für historische Begebenheiten. Ich bin beeindruckt.«
»Bevor ich sie für Tagebücher begeistern konnte, las sie sämtliche Abenteuerromane, die ich für sie auftreiben konnte.«
»Das überrascht mich nicht«, bemerkte James schmunzelnd. Jessie sah aus, als ob sie ihm die Haut in Fetzen herunterreißen wollte, aber zu seiner Verwunderung machte sie nicht einmal den Mund auf.
In einem Anflug von Schuldbewußtsein versuchte er seine Bemerkung wiedergutzumachen. »Komm, Jessie, ich lade dich auf ein Eis in der Baltimore Street ein. Würde dir das Spaß machen?«
Obwohl ihre Augen vor Freude aufleuchteten, meinte sie gelassen: »Ja, ich denke schon.«
James bezahlte den Corneille und führte Jessie samt Tagebuch die Calvert-Straße hinunter. Zu seinem großen Erstaunen hielt sie einen Sonnenschirm in der Hand, den sie aber eher wie einen Schläger handhabte. Das kupferrote Haar war zu straff aus ihrem Gesicht gekämmt und wurde im Nacken von einem schwarzen Samtband zusammengehalten.
»Gehen wir zu Balboney?«
»Erraten. Übrigens, Mr. Balboneys Sohn Gray interessiert sich für Pferdezucht und möchte lernen, wie man ein Gestüt führt. Ich glaube, ich werde ihn einstellen.«
»Du lieber Himmel!«
»Du lieber Himmel was?«
»Da ist deine Geliebte, James, Mrs. Maxwell. Sie winkt dir zu.«

Es stimmte. Connie Maxwell stand auf der gegenüberliegenden Straßenseite vor Hezekiahs Niles' Redaktion und winkte. James winkte zurück und gab ihr ein Zeichen, auf ihn zu warten. Dann wandte er sich Jessie zu. »Donnerwetter noch mal, du dürftest nicht einmal wissen, was das ist.«
»Ich vielleicht nicht, aber Glenda weiß alles darüber. Ich hörte, wie sie mit Mutter über Mrs. Maxwell sprach. Glenda hat Angst, daß du Mrs. Maxwell heiratest, aber Mama meinte, dazu würde es nicht kommen. Mrs. Maxwell sei zu alt für dich. Schließlich möchtest du Erben in die Welt setzen, und dafür sei sie einfach zu alt. Mutter meinte auch, du würdest eine Jungfrau bevorzugen, die anpassungsfähig, unterwürfig und süß ist, und die Geld in die Ehe bringt. Jemand wie Glenda. Allerdings räumte sie ein, daß Mrs. Maxwell sehr gut aussehe, was auch stimmt. Sie ist reizend. Sie sieht überhaupt nicht alt aus.«
James blickte sie schweigend an. Es faszinierte ihn, was da völlig arglos über ihre Lippen kam. »Jessie, ich habe nicht die Absicht, deine Schwester zu heiraten.«
»Nicht?«
Da war es wieder: das erwartungsvolle Aufleuchten, wie bei einem Kind, dem man ein Weihnachtsplätzchen anbietet.
»Nein. Hast du wieder gelauscht?«
»Oh, nein. Also, vielleicht doch. Manchmal unterhalten sie sich vor mir, als ob ich nicht da wäre.«
»Aber dieses Mal nicht? Du hast gelauscht?«
»Ja. Aber diesmal fiel ich nicht herunter.«
»Jessie, du weißt, was eine Geliebte ist?«
»Das ist eine Frau, die du besteigen kannst, wann immer es dir Spaß macht.«
»Bei Pferden sagt man besteigen. Menschen schlafen miteinander. Weißt du überhaupt, um was es dabei geht?«
»Vermutlich ist es so ähnlich wie bei einem Hengst und einer Stute. Zuerst ein Aufruhr und ein wildes Durcheinander, dann kommen anscheinend die Schmerzen.«

»Schmerzen?«
»Die Stute brüllt und scharrt wie verrückt mit den Hufen, und der Hengst beißt ihr in den Hals und in die Kruppe. Aber sie bleibt stehen, also nehme ich an, daß es ihr gefällt. Sweet Susie hätte das jedem Hengst erlaubt, sogar dem alten Benjie.«
»Jessie, wenn ich bedenke, was du da alles von dir gibst, traue ich meinen Ohren nicht. Also, du gehst bitte schon zu Balboney voraus. Ich komme in wenigen Minuten nach. Einverstanden?«
»Ja. Oh, James, Mrs. Maxwell finde ich sehr nett. Sie ist hübsch und fröhlich und war immer freundlich zu mir, außerdem setzt sie beim Rennen immer auf mich.«
»Ich weiß, das erzählte sie. Du hast recht, sie ist wirklich sehr nett. Bis gleich, Jessie.«
Sie beobachtete, wie er sich seinen Weg durch Leiterwagen und Pferdekutschen bahnte, die andere Straßenseite erreichte und Mrs. Maxwell begrüßte. Sie reichte ihm kaum bis zur Schulter. Sie lächelte ihn an und legte eine behandschuhte Hand auf seinen Unterarm, dann beugte James sich herab, um ihr zuzuhören. Jessie wandte sich ab und drehte so heftig am Griff ihres Sonnenschirms, daß er mit einem dumpfen Knacken abbrach.
»Zum Teufel damit«, murmelte sie und marschierte zu Balboneys Eisdiele auf der Baltimore Street.
Jessie aß eine Portion Vanilleeis aus einer hübschen blauen Schale, als James sich zu ihr setzte und ebenfalls ein Eis bestellte. »Connie läßt dich grüßen. Sie meinte, ich solle dich höflich fragen, ob du mir ein paar Ratschläge für das nächste Rennen erteilen könntest.«
»Ich könnte dir einiges sagen, James, aber ich glaube, du würdest mir nicht einmal zuhören. Bei der geringsten Kritik handle ich mir eher eine Ohrfeige von dir ein. Abgesehen davon brauchst du keine Ratschläge. Du bist einfach zu groß, um Rennen zu reiten. Mir tut es leid für dich, aber daran läßt sich nichts ändern. Außerdem könntest du als echter Jockey

von einhundert Pfund Gewicht nicht so großtuerisch herumstolzieren. Wie geht es Redcoat? Wird er bei den Axminster-Rennen am Samstag teilnehmen können?«
»Nein, ich werde wieder reiten. Redcoats Bein braucht mindestens noch zwei Monate, bis es ausgeheilt ist. Ich habe viel mit Peter gearbeitet, aber der Junge ist noch nicht soweit. Den steckst du leicht in die Tasche, und die männlichen Jockeys würden ihn ohne mit der Wimper zu zucken im fliegenden Galopp in den Graben stoßen. Nein, bei Peter dauert es noch eine Weile, bis er mit allen Kniffen vertraut ist. Beim Axminster-Rennen hast du mich zum Gegner, Jessie. Wirst du Rialto reiten?«
»Nein, sein Sprunggelenk ist angeschwollen. Ich weiß nicht wieso, aber ich vermute, daß einer der Stallburschen unachtsam mit ihm umgegangen ist. Nein, nachdem es ein Quarter-Horse-Rennen ist, werde ich Jigg oder Bonny Black reiten. Die Viertelmeile ist für sie ein Kinderspiel. Und wen reitest du?«
»Tinpin. Diesmal schlägt er dich, Jessie. Du hast keine Chance. Ich habe die ganze Woche auf ihn eingeredet und ihm alles mögliche versprochen. Ich sagte ihm auch, daß du nur ein Mädchen bist, das nicht ernstzunehmen sei, und wenn er sich wieder von dir schlagen ließe, würde er von den Rennplätzen für immer und ewig verschwinden. Er riecht den Sieg bereits und sehnt den Kampf herbei.«
»Komm mir nur nicht zu nahe, James Wyndham. Wehe, du versuchst, mich abzudrängen oder in den Wassergraben zu stoßen. Einen Rat gebe ich dir, reite Console. Er ist kräftig und ausdauernd und hat mehr Kampfgeist als alle Pferde, die ich bis jetzt gesehen habe.«
Das überraschte ihn nicht. »Jessie, du hast recht,« sagte er nachdenklich. »Console ist etwas zu lang im Rücken, aber er ist ein Kämpfer. Eigentlich hatte ich immer Angst um ihn, wenn ich ihn länger als eine Viertelmeile ritt. Er reitet, bis er zusammenbricht, weil er siegen will. Der Junge ist einfach nicht zu bremsen.«

»Du würdest ihn nie antreiben. Darum bist du so ein ausgezeichneter Reiter. Nicht so gut wie mein Vater oder ich, aber gut genug. Ich habe es mir durch den Kopf gehen lassen, James, und bin zu dem Schluß gekommen, daß Connie Maxwell nicht wirklich deine Geliebte ist.«
»Da hast du wieder recht. Sie ist eine liebe Freundin, und wir sind gerne zusammen. Ein Mann bezahlt eine Frau dafür, daß sie seine Geliebte wird. Connie ist unabhängig. Sie kann mich aus ihrem Leben weisen, wenn sie meiner überdrüssig ist. Also, du bist unverheiratet und unberührt, und wir sollten dieses Thema lieber lassen. Glenda hätte nichts dagegen, aber bei dir liegen die Dinge anders. Iß dein Eis, sonst schmilzt es.«
»Es schmeckt köstlich. Ich möchte noch eins.«
»Gern, wenn ich dich nicht wieder tragen muß.«
»Meinst du, ich bin zu dick?«
»Um Himmelswillen, Jessie, du bist so mager wie das Tischbein hier. Ich mache doch nur Spaß.«
»Nelda und ihr Mann Bramen waren gestern abend zum Dinner bei uns. Bramen ist fett, James. Er frißt so viel wie Friar Tuck, und der futtert Berge in sich hinein. Ich glaube nicht, daß Nelda ihn besonders mag.«
»Friar Tuck oder ihren Mann?«
Jessie aß genüßlich einen Löffel von ihrer Eiskrem. »Nelda mag keine Pferde. Also paßt es auf beide. Glenda verkündete ihr, daß sie dich Ende des Sommers heiraten wird. Dann wärst du reif dazu. Mama war ganz ihrer Meinung, und bis dahin hättest du deinen Kummer überwunden, vorausgesetzt, daß du so etwas wie Kummer empfinden kannst, was sie bezweifelte, denn du bist ein Mann, und Männern liege so etwas nicht. Kummer weswegen, James?«
Seine Stimme hörte sich an, als ob sie aus einer fernen Wüste käme. »Ich war verheiratet. Meine Frau starb im Kindbett. Das ist drei Jahre her. Ich sagte dir, daß ich deine Schwester nicht heirate. Könntest du ihr das nicht während eurer Unterhaltung heute abend schonend beibringen? Ich

möchte sie nicht verletzen, Jessie, aber ich habe nicht die Absicht, sie zu heiraten.«
»Magst du mich?«
»Nein, nicht besonders. Du bist die Pest. Aber wenigstens bist du eine gute Reiterin. Sieh mich nicht so wehleidig an. Schön, manchmal mag ich dich. Ah, du hast aufgegessen. Möchtest du noch ein Eis?«
»Nein. Wenn ich meinen Busen damit vergrößern könnte, würde ich noch eine Portion essen. Glenda trägt immer ihren Busen zur Schau. Sie ist sehr schön.«
»Na und?«

Am folgenden Dienstag war Jessie ein wenig niedergeschlagen, als sie den Buchladen von Compton Fielding betrat. Wie vorausgesagt, hatte er sie am vergangenen Samstag beim Axminster-Rennen geschlagen. Er ritt um zwei gute Längen vor ihr und Jigg durchs Ziel. Sie hörte das enttäuschte Knurren ihres Vaters, der eine Flasche Cognac unter den Arm klemmte und nach Marathon ritt, um so lange auf James' Sieg anzustoßen, bis beide voll wie die Haubitzen waren.
Sie hatte James in ihr Abendgebet eingeschlossen und ihm einen bösen Brummschädel gewünscht, aber beim Sonntagsgottesdienst war er in Begleitung seiner Mutter, Ursula und Giff erschienen, um Winsey Yellot zu hören, der seiner Gemeinde vor allem Mäßigung bei den Freuden des täglichen Lebens predigte. An dieser Stelle hatte sie James mit einem unverschämten, schadenfrohen Grinsen bedacht.
Sie wartete geduldig, bis Mr. Fielding den Kunden vor ihr bedient hatte und ging dann mit dem Tagebuch in der Hand zu ihm.
»Was halten Sie davon, Miss Jessie?«
»Ich war fasziniert. Es war, als ob ich selbst dortgewesen wäre. Seine Beschreibungen waren ungeheuer eindrucksvoll und plastisch. Natürlich gab es auch ein paar flache

Stellen, aber ich konnte das Tagebuch nicht mehr aus der Hand legen.«
»Sie ziehen Ihre Stirn in Falten. Wieso?«
»Oh, mir fällt gerade ein, daß ich beim Lesen einige Male den Eindruck hatte, als ob ich mit allem vertraut wäre. Das ist töricht, ich weiß. Mr. Fielding, ich möchte das Buch kaufen. Haben Sie vielleicht noch ein zweites? Im Augenblick ziehe ich Tagebücher Romanen vor.«
Mr. Fielding verschwand einen Augenblick im Nebenraum und kam mit einem zweiten Tagebuch zurück. Diesmal bezahlte sie es sofort. Es war von einem englischen Seemann verfaßt worden, der zu Beginn des achtzehnten Jahrhunderts Piraten verfolgt und aufgehängt hatte. Compton Fielding begleitete seine junge Kundin zur Ladentür und trat mit ihr auf die Straße hinaus. »Nehmen Sie sich für dieses Tagebuch ein wenig Zeit, Miss Jessie. Dieser Seemann war nicht gerade mit Klugheit gesegnet und neigt zu Wiederholungen, aber trotzdem, Sie werden es sehr unterhaltend finden.«
»Ich hoffe ...« Die Worte blieben ihr im Halse stecken. Sie hörte und sah den herankommenden Wagen. Der Mann steuerte das Gefährt mit hoher Geschwindigkeit geradewegs auf sie zu. Die Pferde schnaubten und wieherten und versuchten auszubrechen. Es gab kein Entrinnen. Das mußte ein Verrückter sein. Ein Betrunkener. Irgendwie gelang es ihr, sich auf den Bürgersteig zu retten. Sie atmete schwer. Eine entsetzliche Furcht, die sie noch nie in ihrem Leben verspürt hatte, ließ sie wie erstarrt stehenbleiben. Dann fuhr der Wagen auf sie zu. Der Kutscher feuerte das Gespann mit gellender Stimme an, ließ die Peitsche auf die Pferderücken knallen und steuerte weiter unbarmherzig auf sie zu.
Compton Fielding packte sie in allerletzter Sekunde und warf sie buchstäblich gegen die Tür seines Buchladens. Sie schlug mit dem Kopf gegen den Türrahmen und verlor das Bewußtsein.

»Um Gottes Willen, Jessie, wachen Sie auf!«
Wenige Augenblicke später blickte sie Compton Fielding an, der weiß wie die Laken waren, die jeden Dienstag im rückwärtigen Garten der Warfields auf der Leine hingen.
»Mein Kopf schmerzt. Das war ein Verrückter. Er versuchte mich umzubringen.«
»Nein«, antwortete Compton Fielding langsam. »Nein, ich glaube, er war betrunken. Das war ein dummer Unfall. Machen Sie sich deswegen keine Gedanken, Jessie.«
»Aber warum fuhr er geradewegs auf mich zu?«
»Das kann ich nicht beantworten, aber ich werde der Sache nachgehen.«
»Vielleicht hatte er es auch auf Sie abgesehen, Mr. Fielding.«
»Das wäre eine Möglichkeit«, meinte Compton und lachte ein wenig. »Vielleicht wollte er zu mir zum Geigenunterricht kommen, und ich habe ihn abgewiesen.«
Jetzt mußte sie auch lachen, wenn auch sehr zaghaft.
Am gleichen Abend berichtete Jessie bei Tisch von diesem merkwürdigen Vorfall. Als sie geendet hatte, meinte ihre Mutter: »Niemand, der bei klarem Verstand ist, wird dich umbringen wollen, Jessie. Das war bestimmt ein Unfall, wenn auch höchst sonderbar. Vielleicht hat auch Compton Fielding recht, und jemand wollte ihm an den Kragen.«
Glenda aß ein Häppchen, leckte sich die Lippen und sagte: »Mutter hat recht. Wer könnte so viel Interesse an dir haben, um dich umzubringen. Das ist wirklich an den Haaren herbeigezogen. Wie deine ganze Geschichte.«
Jessies Vater, der bis jetzt kein Wort gesprochen hatte, fragte nachdenklich: »Hat sich alles so abgespielt, wie du es geschildert hast, Jessie? Schön. Dann werde ich mit Compton darüber sprechen. Vergiß es jetzt, mein Liebling. Iß deinen Teller leer. Ja, so ist es brav, mein Kleines.«
Oliver Warfield erwähnte den Vorfall nie wieder. Beim nächsten Pferderennen, beim dem sie James um Längen hinter sich zurücklassen wollte, hatte auch sie diese böse Geschichte vergessen, und das war gut so, denn sie brauchte

ihre ganze Geistesgegenwart, um sich einem Jockey aus Virginia zu widersetzen, der sie mit dem Ende seiner Reitpeitsche aus dem Sattel stoßen wollte. Es war ein wildes Rennen. Viele Jockeys wurden verletzt. Weder sie noch James hatten einen guten Tag.

Kapitel 8

Ein guter Vollblüter
ist für das Rennen geboren,
für den Sieg gezüchtet
und wird sich buchstäblich
zu Tode laufen.

Baltimore, Maryland
April 1822

Als James sie aus dem kleinen Modegeschäft heraustreten sah, war er erstaunt. Was hatte Jessie Warfield dort zu suchen? Er winkte ihr zu. Als er sie einholte, lud er sie in Baloneys Eisdiele ein. Er konnte sich sein Handeln nicht erklären. Vielleicht lag es daran, daß beide im letzten Rennen verloren hatten.

Und wieder war Jessies Freude über sein Entgegenkommen beunruhigend und unverhohlen. Sie unterhielten sich über das verpatzte Rennen und befanden sich zum erstenmal in einer ungewöhnlichen Lage: Sie bedauerten sich gegenseitig und sprachen sich Trost zu. James bestellte ihr eine zweite Portion Vanilleeis, enthielt sich aber dieses Mal einer bissigen Bemerkung.

In diesem Augenblick stürzte Mr. Parvis, langjähriger Journalist bei der Federal Gazette, in die Eisdiele und schrie: »Allen Belmonde wurde soeben durch den Mund erschossen aufgefunden!«

»O Gott!« rief Jessie aus, und dann: »Ist er tot, Mr. Parvis?«

»Oh, Jessie, Sie sind es. Ja, so tot wie eine Makrele aus dem Patapsco, die eine Woche lang im Trockenen lag. Den Hinterkopf hat es ihm weggeblasen. Seine arme kleine Frau fand ihn in einer Sattelkammer.«

»Großer Gott«, sagte James kurz. »Ich kann mir nicht vorstellen, daß Allen sich selbst erschossen hat.«
»Oh, nein, das hat er auch nicht getan«, erwiderte Mr. Parvis und rieb sich die Hände. »Jemand hat ihn kaltblütig ermordet.« Ach du lieber Himmel, dachte Jessie, die süße, hilflose Alice – zart und zerbrechlich und nicht besonders klug. Jessie mochte Alice gern, vielleicht auch, weil sie niemals ein kritisches Wort über ihre Reiterei oder Kleidung fallen ließ. Alice war es, die ihr den Rat mit den Gurken gegeben hatte, um die Sommersprossen zu bleichen. Sie stellte sich Allen Belmonde mit dem abgetrennten Hinterkopf vor und hätte sich beinahe über dem blauen Schälchen mit dem schmelzenden Vanilleeis erbrochen.

Oslow Penny trat besorgt auf sie zu. »Jessie, wegen der armen Alice Belmonde bist du so niedergeschlagen. Du wirst die Dame morgen sehen und kannst mit ihr weinen, so lange du willst. Aber jetzt will ich keine Tränen mehr sehen. So ist es schon viel besser. Kau auf deinem Strohhalm herum, zieh den Hut ins Gesicht, um deine hübsche helle Haut zu schonen, und hör dir jetzt die Geschichte von Grimalkin, der Katze, an.«
»Ich höre dir zu, Oslow.« Jessie schob den abgewetzten alten Lederhut über die Augen und lehnte sich an einen Strohballen, zog die Knie an den Bauch und ließ den Strohhalm zwischen den Lippen auf und ab wippen.
»Wie du dich erinnern wirst, stammen alle Vollblüter von drei, nur von drei Hengsten ab.«
»Ja. Das ist Byerley Turk, der Araber Darley und der Araber …«
»Godolphin. Richtig, Jessie. Der Araber Godolphin kam 1724 zur Welt. Dieser Godolphin hatte wie üblich einen Stallgenossen. Nur war das weder der Stallknecht noch der Besitzer oder ein Esel. Nein, es war Grimalkin, die Katze. Dieses getigerte Katzentier saß stolz und keck auf Godolphins Rücken, streckte den Kopf vor und beäugte die Welt

hoheitsvoll von oben, als ob sie ein richtiger Prinz wäre. Die Katze fraß bei ihm, fuhr mit den Krallen durch seine Mähne, um die Strohhalme zu entfernen, und schlief an seinen Hals geschmiegt. Niemand konnte sich einen Vers darauf machen, warum dieses Pferd und die verflixte Katze so unzertrennlich waren. Aber so war es nun einmal. Dann kam der Tag, an dem die Katze Grimalkin starb.

Der Hengst drehte durch. Tagelang fraß er nichts. Es sah aus, als ob er vor Kummer eingehen würde. Dann besserte sich sein Zustand wieder, aber das schien nur so. Er ließ keine Katze in seine Nähe. Ja, er versuchte sogar jede Katze, die er sah, zu töten. Er wurde einfach rasend, wenn sich irgendwo eine Katze zeigte. Als er starb, wurde er neben der Katze Grimalkin am Stalltor begraben.«

Jessie warf den Kopf zurück. »Die Geschichte ist einfach zu gut, Oslow. Du hast sie erfunden.«

»Nein, die hat er nicht erfunden.«

»James, du lieber Himmel, was machst du denn hier?«

»Peter hat mir gesagt, daß ich euch hier treffe.«

»Sie ist ganz außer sich wegen der armen Alice Belmonde. Ich weiß eigentlich nicht, warum, denn die Gute ist doch jetzt endlich ihren Mann, dieses Ekel, los. Ich wollte Jessie ein wenig auf andere Gedanken bringen. Das ist mir gelungen.«

»Gut. Bleib nur sitzen, Jessie. Das ist ein neuer Hut, oder?«

»Ja, ich fand ihn am Speicher in einem Koffer. Er muß nur gereinigt und etwas aufgearbeitet werden. Ich mag ihn.«

»Ja, er hat etwas Besonderes. Und hält die Sonne von deiner Nase ab. Kann es sein, daß ich hier Mottenpulver rieche? Wie alt ist dieses Ding, Jessie?«

»Ich glaube, der Hut gehörte meinem Großvater.«

James betrachtete die Kopfbedeckung eine Weile, schüttelte den Kopf und sagte: »Richter Gordon Dickens ist hier. Wegen Allen Belmonde. Anscheinend hatte er erfahren, daß es hier kurz vor Allens Tod einen ziemlichen Wirbel wegen Sweet Susie gab. Jessie, warum greifst du plötzlich an dei-

nen Hals? Dein Gesicht ist ja weißer als der Bauch meiner Stallkatze.«
»Ich habe ihn bedroht, James. In Gegenwart von Zeugen. Du mußtest mich mehr oder weniger von ihm wegreißen. Glaubst du, daß sie mich hängen wollen?«
»Nein. Habe ich dich wirklich von ihm losgerissen? Merkwürdig, daß ich mich nicht mehr daran erinnern kann. Also komm jetzt. Dancy Hoolahan ist hier – die volle Besetzung, könnte man wohl sagen.«
Gordon Dickens haßte Tee, seit seine Stiefmutter ihn gezwungen hatte, so viel davon zu trinken, daß er in die Hosen machte. Die passende Bestrafung für einen ungehorsamen kleinen Jungen, hatte sie selbstzufrieden erklärt, als er schließlich die Kontrolle verlor und es naß an seinen Beinen hinunterlief. Seit jenem Tage war es ihm unerträglich, wenn er jemanden dieses faulige Gebräu trinken sah. Er hatte dann das Gefühl, sich erleichtern zu müssen. Er konnte kaum an sich halten, als Jessie Warfield jetzt den gefürchteten Tee trank, aber er riß sich zusammen, schließlich war er hier, um seine Pflicht zu tun, und er mußte Augen und Ohren offenhalten. Jede Bemerkung, jeder Gesichtsausdruck war von Bedeutung. Sein Vater hatte ihm immer vor Augen gehalten, daß man das schlechte Gewissen im Gesicht eines Menschen ablesen konnte, wenn man ihn nur genau beobachtete und den wunden Punkt des Betreffenden kannte. Vor allem durfte er nicht wieder an seine verführerische Braut denken, die sich jetzt verschlafen und nackt im warmen Bett räkelte. Der Richter schluckte und zwang sich zur Ordnung und blickte von der teetrinkenden Jessie Warfield zu Dancy Hoolahan und James Wyndham hinüber. Dann räusperte er sich.
»Darf ich Ihnen ein Muffin anbieten, Gordon?«
»Nein danke, James. Ich möchte gern hören, was geschah, nachdem Jessie Warfield die Stute zu Ihnen zurückgebracht hatte. Thomas, kommen Sie bitte auch herein. In der bewußten Nacht hatten Sie ja auch an der Gesellschaft teilgenommen.«

»Als Gesellschaft würde ich es nicht bezeichnen, Mr. Dickens«, erwiderte Thomas steif, denn er wußte, daß er hier Rede und Antwort zu stehen hatte. »Die arme Miss Jessie war blutüberströmt, und Mr. James mußte sie stützen. Nein, das war gewiß keine Gesellschaft.«
»Das meinte ich nicht. Erzählen Sie mir, was geschah.«
Nachdem alle Tatsachen aus den Anwesenden herausgepreßt worden waren, strich sich Gordon Dickens den Schnurrbart glatt, blickte zu Jessie und sagte: »Ich habe gehört, daß Sie und James Wyndham Rivalen sind. Ich setze immer auf James, aber Sie schlagen ihn fast jedes zweite Mal, was wirklich nicht sein sollte. Ich habe gesehen, wie Sie Ihr Pferd an ihn herangedrängt, und wie Sie nach ihm getreten haben. Und ich habe mitangesehen, wie er versuchte, Sie in den Graben zu stoßen. Mr. Wyndham und Sie sind verfeindet. Aus welchem Grund sollten Sie ihn also vor Allen Belmonde verteidigen, sich in Gefahr begeben und eine Stute für ihn retten, die Ihnen nicht gehört?«
»Es wäre schade um Sweet Susie gewesen. Sie ist ein gutes Pferd, und ich mag sie. Ich kann wohl davon ausgehen, daß Sie die beiden Diebe, die es auf sie abgesehen hatten, noch nicht gefunden haben? Oder die Männer, die dafür angeheuert wurden?«
Als frischgebackener Ehemann genoß Gordon Dickens die Freuden des Ehebetts in vollen Zügen und ihm stand zur Zeit nicht der Sinn danach, sich allzu eingehend mit diesem Fall zu befassen. Er dachte an die frühen Morgenstunden und errötete leicht. Es schüttelte ihn ein wenig. Wen scherte ein dämliches Pferd, während Helen in zerwühlten Laken auf ihn wartete und ihm bei seiner Rückkehr lächelnd die Arme entgegenstrecken würde. »Noch nicht«, erwiderte er, und seine Stimme klang so kühl wie der Frühlingsregen in Baltimore. Wie kam dieses verdammte Mädchen überhaupt dazu, ihn danach zu fragen. »Sie haben meine Fragen nicht beantwortet, Miss Warfield.«
»Es war für mich nicht ausschlaggebend, daß Sweet Susie

Allen Belmonde gehörte, der kein besonders netter Mann war. Ich hätte immer versucht, Sweet Susie zu retten, auch wenn Mortimer Hackey, ein wirklich widerwärtiger Mensch, der Besitzer gewesen wäre. Jedenfalls legte sich Allen Belmonde an jenem Abend mit allen Anwesenden an. Er brüllte James an und beschuldigte ihn völlig grundlos. Am liebsten hätte ich ihm eine gelangt.«

»Nun, vielleicht haben Sie ihn statt dessen erschossen.«

James, der mit den Schultern an der Kaminbrüstung lehnte, war mit einem Satz bei Gordon Dickens und zog ihn am Kragen vom Stuhl hoch. Er schüttelte ihn. »Das ist wohl das Lächerlichste, was jemals aus Ihrem Mund gekommen ist. Sehen Sie sich Jessie Warfield an. Sie ist vor Angst aschfahl. Hüten Sie Ihre Zunge, oder Sie bekommen es mit mir zu tun.«

»Verstehen Sie mich richtig, James. Ich erledige hier meine Arbeit. Miss Warfield hat Allen Belmonde bedroht. Sie benimmt sich wie ein Mann und könnte eine Waffe wie ein Mann handhaben, und ...«

Um James abzulenken, der seine Faust am liebsten krachend auf Gordon Dickens Kinn gelandet hätte, sagte Dr. Hoolahan rasch: »Vermutlich ist Ihnen nicht bekannt, daß Allen Belmonde einmal Ursula Wyndham, James Schwester, heiraten wollte?«

James wirbelte herum und starrte ihn an, als ob ihm ein drittes Ohr gewachsen wäre. »Aber er hat Ursula nicht geheiratet, also hatte ich keinen Grund, ihn zu erschießen. Woher zum Teufel weißt du das, Dancy?«

»Mr. Belmondes Gattin wurde kurz nach der Hochzeit krank. Außerdem litt sie unter Depressionen. Sie war blaß und die ganze Zeit den Tränen nahe. Sie vertraute mir an, daß er sie mied und daß er sie öfters Ursula genannt hatte, wenn – wenn sie sich nahe waren.«

James blickte Dancy Hoolahan unverwandt an. Er ließ von Gordon Dickens ab, strich ihm die Vorderseite des Jacketts glatt und setzte ihn sanft auf den Stuhl zurück.

»Ich habe Alice abgeraten, ihn zu heiraten«, erklärte James. »Er heiratete dann Alice Stoddert aus reinem Trotz, nachdem Ursula Giff ihr Jawort gegeben hatte. Ich glaube, er wollte sie eifersüchtig machen, was freilich fehlschlug. Er konnte einfach nicht begreifen, daß sie Giff Poppleton den Vorzug gab. Leider glaubte mir Alice nicht.« Er blickte Gordon Dickens geradewegs in die Augen. »Das werden Sie alles für sich behalten, haben Sie verstanden? Und du auch, Dancy. Na ja, ich kann verstehen, warum du das jetzt aufs Tapet gebracht hast. Ich habe meine Fassung wiedergewonnen und werde Richter Dickens nicht an die Kehle springen, jedenfalls nicht in den nächsten zehn Minuten. Ich möchte aber alle Anwesenden darauf hinweisen, daß dies nichts mit dem Mord an Allen Belmonde zu tun hat.«

Gordon Dickens nestelte an seinem Halstuch. »Ich muß meine Pflicht tun, stimme jedoch mit Ihnen darüber ein, James, daß all dies nichts mit dem unglücklichen Tod von Mr. Belmonde zu tun hat.«

Jessie meldete sich zu Wort. »James, wer hat deiner Meinung nach Belmonde umgebracht?«

»Ich habe nicht die leiseste Ahnung, Jessie. Wie du schon sagtest, er war kein besonders netter Mann. Da fällt mir folgendes ein, Mr. Dickens, Allen Belmonde hatte zwei Geschäftspartner. Ich könnte mir vorstellen, daß es zwischen den drei Männern zu Reibereien kam. Haben Sie das überprüft?«

»Ja. Sie haßten sich wie die Pest. Sie bezichtigten sich gegenseitig der Veruntreuung, des Betrugs und gewalttätiger Handlungen.« Gordon Dickens erhob sich. Seine Miene war düster. »Ein wildes Durcheinander. Ich hatte gehofft, hier unter Ihnen den Schuldigen zu finden. Es hätte die Sache sehr vereinfacht.«

»Na, vielen Dank, Gordon«, entgegnete Dancy Hoolahan trocken.

»Da sind noch die Rennen«, erwähnte Oslow. »Mr. Belmonde schloß hohe Wetten ab, hat man mir erzählt. Und er zahlte nicht immer, wenn er verlor. Es gehen auch andere Gerüchte um. So soll er zum Beispiel dafür verantwortlich sein, daß Rainbow vergiftet wurde, ein vierjähriger Vollblüter, Sohn von Bellerton. Die Mutter war Medley. Das geschah beim Baltimore-Plate-Rennen im vergangenen Jahr. Das Pferd, auf das Belmonde gesetzt hatte, gewann einen hohen Betrag. Natürlich gibt es für diese Geschichte keinerlei Beweise.«

»Alles ist unbewiesen«, meinte Gordon Dickens und seufzte. »Die ganze Welt ist unbewiesen.« Er seufzte wieder und zog seine Weste glatt. Sie saß locker. Er hatte abgenommen. Ein angenehmes Gefühl. Er wußte, daß er dies der ungewohnten Betätigung verdankte, der er nachts und am frühen Morgen nachging. »Verdammter Belmonde«, murmelte er und blickte die Anwesenden der Reihe nach verdrießlich an. »Warum hat er sich nicht bei Millers Jump über die Klippen gestürzt? Dann hätte ich es als Unfall zu den Akten legen können.«

Mrs. Wilhelmina Wyndham hielt den Arm ihres Sohnes fest umklammert. »Wer wird jetzt die arme Alice besuchen? Es wird deine Aufgabe sein, ihr unliebsame Besucher vom Leibe zu halten. Jetzt wo wir hier sind, wollen wir die einzigen sein, die dem armen Kind ihr Beileid aussprechen. Leider haben manche Menschen das Benehmen von Nagetieren.«

James war zu dem Stadthaus der Belmondes in der St. Paul Street geritten, um Alice seine Unterstützung und Hilfe anzubieten. Und hier vor der Tür war seine Mutter mit dem schwarz glänzenden Landauer aufgetaucht, den er ihr vor drei Jahren geschenkt hatte. »Ah, mein lieber Junge«, hatte sie ihn begrüßt und ließ sich von ihm beim Aussteigen helfen. Von diesem Augenblick an hielt sie seinen Arm fest umschlossen und gab ihn nicht mehr frei.

»Hast du Alice wissen lassen, daß du sie besuchen kommst?«

»Natürlich nicht, aber das spielt doch keine Rolle. Melde mich bei ihr an, James.«
Er lächelte seine Mutter an. Nichts konnte sie von einem Vorsatz abbringen, den sie einmal gefaßt hatte. Höchstens ein Hurrikan. Nun, vielleicht nicht einmal ein Hurrikan!
Bei Alice waren Glenda und Jessie Warfield zu Besuch.
Eine magere Frau mit eingezogenen Schultern führte sie in den eleganten Salon der Belmondes. Glenda saß hübsch anzusehen auf dem Sofa in einem hellgelben Musselinkleid. Jessie stand neben Alice und hatte eine Hand auf den Arm der jungen Witwe gelegt. Wieder trug sie eines der abgelegten Kleider ihrer Schwestern, diesmal in hellgrauer Wolle, was ihr das Aussehen einer jungen Nonne verlieh, die von der Oberin eingekleidet wurde. Wie das vorhergehende Modell war es zu kurz und am Busen zu weit. James hörte sie sagen: »Alice, Mrs. Partridge hat mir erzählt, daß du so gut wie nichts ißt. Bitte, hier sind frische Scones. Soll ich dir eins mit Butter und Erdbeermarmelade bestreichen?«
Alice lächelte sie verloren an und weckte in James den Wunsch, sie in seine Arme zu nehmen. Jeder würde das bei Alice in diesem Augenblick getan haben, bis auf Jessie. »Jetzt ist aber Schluß, Alice. Wenn du nicht sofort das Brötchen ißt, stopfe ich es dir eigenhändig in den Mund.«
Das zauberte ein schwaches Lächeln auf Alice' blasses Gesicht. Ihre zarten Schultern hoben sich sogar ein wenig. Sie blickte auf, als Mrs. Partridge sich räusperte.
»Oh, Mrs. Wyndham! James. Kommen Sie doch herein.«
Alice sprang auf ihre Füße. Jessie wußte, warum jeder in Bewegung geriet, wenn Wilhelmina Wyndham im Anzug war. Diese Dame jagte ihr einen panischen Schrecken ein. Sonst war es ihr stets gelungen, Mrs. Wyndham zu meiden, aber heute gab es kein Ausweichen.
Wilhelmina blickte Alice an und sah die zwei hektischen roten Flecken auf den blassen Wangen der jungen Frau. »Sie haben drei Tage getrauert, Alice. Mehr als drei Tage hat Allen Belmonde nicht verdient, schon gar nicht, daß Sie zu-

dem keine Nahrung zu sich nehmen. Es ist der Schock, den Sie erlitten haben und nicht der Verlust. Und jetzt hätte ich gern eine Tasse Tee und eins der frischen Scones, von denen Jessie gesprochen hat.«

»Ja, Ma'am«, antwortete Alice und eilte aus dem Salon.

Etwas überrascht bemerkte Jessie: »Ich wußte nicht, daß Alice so flink sein kann. Gut gemacht, Ma'am.«

Wilhelmina sah Jessie kurz an, reckte das Kinn vor und wandte sich dann Glenda zu, die jetzt auf der Kante des Sofas saß und darauf wartete, inspiziert zu werden. »Du siehst gut aus, Glenda, aber dein Kleid ist zu tief ausgeschnitten. Du zeigst zu viel Busen. Hier, nimm das.« Wilhelmina reichte ihr ein weißes Taschentuch. Glenda nahm es an sich und blickte ratlos darauf. »Steck es über deinem Busen fest«, befahl Wilhelmina Wyndham.

»Nun, Jessie, ich mußte mich erst sammeln, bevor ich mich dir zuwenden kann. Du bist unverändert und keine Überraschung für mich. Wenigstens riechst du heute nicht wie ein Pferd. Leider habe ich keine weiteren Taschentücher bei mir, sonst würde ich dir zwei geben, damit du das Oberteil deines Kleides ausstopfen kannst. Ich werde mit deiner Mutter reden. Sie muß die Kleider für dich anfertigen lassen.«

James, der seine Mutter eigentlich nach so vielen Jahren kennen sollte, war trotzdem über ihre Bemerkungen schockiert. »Mama, nimm jetzt bitte Platz. Aha, da ist ja Mrs. Partridge mit deinem Tee und den Scones. Sehr schön, nimm zwei. Bitte, Alice, hör auf herumzuhuschen. Ich möchte mit dir sprechen. Am besten gehen wir in Allens Schreibzimmer.«

Allen Belmondes Schreibzimmer wirkte dunkel mit den schweren Ledermöbeln und dem faden braunen Axminster-Teppich. James war überzeugt, daß der verstorbene Hausherr nicht eines der Bücher in den Wandregalen aufgeschlagen hatte. James drückte Alice Belmonde sanft in einen Stuhl, kauerte sich vor sie hin und nahm ihre weißen

schlanken Hände in die seinen. »Meine Mutter ist entsetzlich taktlos, Alice. Aber letztendlich hat sie recht. Allen war ein unangenehmer Zeitgenosse. Vergiß ihn. Du mußt dich jetzt um deinen großen Besitz kümmern. Viele Menschen hängen von dir ab.«
»Ich bin eine Frau, James. Von diesen Dingen habe ich keine Ahnung. Allen hat nie Geschäftliches mit mir besprochen. Er verlangte nur, daß ich immer für ihn dazusein hatte. Das war meine einzige Aufgabe, dies, und Kinder in die Welt zu setzen. Jetzt, wo er nicht mehr da ist, komme ich mir wie gelähmt vor. Niemand sagt mir mehr, was ich tun soll.«
»Hast du ihn geliebt, Alice?«
»Das wollte ich, James. Du weißt es. Ich hatte mir eingebildet, ihn Ursula vergessen zu machen. Aber da irrte ich. Er hat oft gesagt, Ursula würde niemals so dumme Dinge von sich geben, wie ich es tue, und sie würde niemals jammern und sich beklagen und weinen wie ich. Nein, ich habe ihn nicht mehr geliebt. Und jetzt werde ich vermutlich zur Hölle fahren.«
»Nein, ich denke eher, du bist der Hölle entronnen. Du wirst es überstehen, Alice.«
»Seine beiden Partner waren bereits hier und klärten mich darüber auf, daß die Geschäfte nicht gutgingen. Es tue ihnen leid, aber für mich sei kein Geld da. Das macht mir wirklich nichts aus, denn mein Vater wird für mich sorgen. Meine Mitgift hatte er in jährlichen Beträgen an Allen ausgezahlt, und du kannst mir glauben, Allen ärgerte das über alle Maßen. Mein Vater hat mir bereits versprochen, den jährlichen Zuschuß weiterzuzahlen, und daß ich mich nicht wiederverheiraten muß, wenn ich nicht will.«
»Das freut mich, Alice. Also mach dir keine Sorgen wegen seiner Partner. Allens Anwalt Daniel Raymond wird sich dieser Gauner annehmen. Es mag sein, daß dich das Geld nicht kümmert, trotzdem muß es gerecht zugehen. Und nun zur Farm, Alice. Ich glaube, es wäre gut für dich, wenn du lernen würdest, das Gestüt selbständig zu führen.«

»Das hat Jessie auch gesagt. Sie meinte, sie würde es mir beibringen.«
Diese Bemerkung ließ ihn stutzen. Was zum Teufel heckte diese Göre da aus? »Ich wußte nicht, daß du mit Jessie so gut befreundet bist.«
»Oh, ja. Schon seit Jahren. Auch mit Nelda und Glenda. Mein Papa und meine Mama haben mich sehr behütet, und so habe ich Jessie immer bewundert. Sie war frei. Sie hat immer getan, was sie wollte. Es war ihr gleichgültig, ob ihre Mutter sie anschrie oder sie mit einer Woche Hausarrest bestrafte, wenn sie einen Sonnenbrand hatte, sich das Kleid zerriß oder von einem Pferd getreten wurde. Jessie war von Kind auf mutig und unabhängig. Sie hatte ihren eigenen Kopf. Ich war mehr oder weniger ein Feigling. Jessie sagte, das müsse nicht mehr so sein. Ich habe jetzt keinen Mann mehr, der mir Vorschriften macht. Ich kann tun und lassen, was ich will, und das Geld wird mir helfen, mich wieder frei zu bewegen.«
Alles das kam aus Jessies Mund? Hatte er sich womöglich in ihr getäuscht?
James hatte bisher geglaubt, daß Alice Stoddert Belmonde eine von den Damen war, die unbedingt einen Ehemann zu ihrem Schutz brauchten oder einen Bruder – eine Rolle, die er, James, übernommen hatte. Er konnte sie jetzt nur anstarren. Schwang in Alices bis jetzt tonloser, unauffälliger Stimme nicht eine gewisse Bestimmtheit und Kraft mit, die ihm vorher nicht aufgefallen war?
»Jessie ist nicht ganz so unabhängig, wie sie sich gibt. Erstens ist sie eine Frau und zweitens noch immer eine Tochter, die bei ihren Eltern lebt und von ihrer Mutter herumkommandiert wird.«
Ein dunkler Schatten huschte über Alices Gesicht. »Du denkst, sie kann mir nicht helfen, James?«
»Das habe ich nicht gesagt. Ich finde nur, man sollte nichts überstürzen. Daniel Raymond und ich werden uns anschließend mit Allens ehemaligen Partnern treffen. Ray-

mond wird später hierherkommen und dich um einige Unterschriften bitten. Ab heute wirst du dich bemühen, mehr zu essen. Du wirst neue Kraft schöpfen und die Fesseln abstreifen – so wie Jessie es gesagt hat.«
»Da kommt Mortimer Hackey«, murmelte Alice, und ein Schauder lief ihr über den Rücken.
Hackey besaß einen kleinen Rennstall westlich von Baltimore. Er war engherzig und unehrlich und machte die Rennen schlechter, als sie es waren. »Was hat dieser Schuft hier zu suchen?«
»Er will das Gestüt kaufen. Ich glaube, er möchte Allens Platz einnehmen. Seit Allens Tod erscheint er mindestens fünfmal am Tag. Er hält meine Hand viel zu lange fest. Neulich hat er mich sogar auf die Wange geküßt, James. Am liebsten hätte ich mich sofort übergeben. Er ist widerlich.«
»Bitte Mrs. Partridge, ihn nicht mehr vorzulassen. Ich werde mit ihm reden, Alice.«
Als sie in den Salon zurückkamen, hörte James die alles übertönende Stimme seiner Mutter. Bestimmt konnte man sie bis zum Ende der St. Pauls Street hören. »Es gibt nichts Bedauerlicheres als ein Mädchen, das es an Respekt gegenüber seinen Eltern fehlen läßt. Du, Jessica Warfield, wirst nicht mehr in diesem Ton mit mir sprechen. Ich weiß was wahr ist, und darum wirst du mir keine Widerworte geben.«
»Aber Ma'am, Nelda heiratete ihren Mann, weil sie es wollte. Sie irren sich, wenn Sie meinen, Mutter hätte sie veranlaßt, Bramen Carlysle zu nehmen. Und was Papa betrifft, so meinte er, sein Magen drehe sich bei dem Gedanken um, daß seine Tochter einen Mann heiratet, der älter ist als er selbst. Nein, Ma'am, das war Neldas ausdrücklicher Wunsch.«
Wilhelmina Wyndham schnaubte. Es war ein höchst unelegantes, aber sehr wirkungvolles Geräusch. »Du bist noch ein kleines Mädchen, Jessica. Du hast keine Ahnung, was

hinter den Kulissen abläuft. Ich kenne deine Mutter. Sie drückt gern ein Auge zu, und sie liebt es, Ränke zu schmieden. Darauf versteht sie sich ausgezeichnet, das muß der Neid ihr lassen. Sie hat viel von mir gelernt. Für Nelda wollte sie scheffelweise Geld, deswegen zog sie Bramen an Land. Nelda hatte dabei kein Wort zu melden. Jetzt widersprich mir nicht schon wieder. Oder soll ich deiner Mutter sagen, sie soll dich schärfer an die Kandare nehmen?«
Jessie sprang auf. »Glenda, wir müssen gehen. Ich möchte mich von Alice verabschieden.«
»Ich muß nicht gehen, Jessie. Sei Mrs. Wyndham gegenüber nicht so ungezogen. Wenn alles so kommt, wie es kommen soll, wird sie in unserem Leben eine berechtigte Rolle spielen.«
»Was soll das schon wieder heißen?« fragte Wilhelmina Wyndham und heftete einen furchtbaren Blick auf Glenda. »Ich weiß, was in dir vorgeht, Glenda Warfield. Du willst meinen Sohn haben. Nun, meine Gute, wenn du mir diese berechtigte Rolle einräumst und dich unter meine Fittiche begibst, dann ließe sich das einrichten. Ich erinnere ihn oft daran, daß seine unüberlegte englische Heirat nicht so tragisch geendet hätte, wenn er auf mich gehört hätte. Kurz, es wäre nie zu dieser Ehe gekommen.«
Von der Tür her ließ sich James' ruhige Stimme vernehmen. »Mutter, es ist Zeit, sich zu verabschieden. Alice ist müde und möchte sich ausruhen. Das heißt, vorher möchte sie noch zwei Scones mit Erdbeermarmelade essen. Komm jetzt bitte, Mutter.«
»Sofort, lieber James«, flötete sie und erhob sich. Sie ordnete die Locken um ihr noch immer ansehnliches Gesicht und reichte ihrem Sohn, der sie am liebsten erwürgt hätte, den Arm.
Jessie kochte innerlich vor Wut. Ein bis aufs Blut gereizter Kettenhund hätte einen Vergleich mit ihr ausgehalten.
Glenda summte vor sich hin und strich den Rock ihres Kleides mit schlanken weißen Fingern glatt.

»Möchtest du, daß ich dich nach Hause begleite, Jessie?« fragte James.
Glenda stand augenblicklich auf. Das Taschentuch, das Mrs. Wyndham ihr aufgenötigt hatte, rutschte aus dem Busen. »Das ist nicht nötig, James. Sie fährt mit mir. Auf Wiedersehen, Alice.«
Als sie das Haus der Belmondes verließen, fuhr Neldas Kutsche vor. Die Schwestern nickten sich nur zu.

Kapitel 9

Jessie betete inständig darum, daß es nicht regnen möge, obwohl sie nicht damit rechnete, von Gott erhört zu werden. Schließlich war das hier Baltimore, und Gott hatte es dem Himmel aus einer Laune heraus gestattet, seine Schleusen zu öffnen, wann immer es ihm gefiel, auch wenn die Sonne eben noch gleißend am Firmament gestanden hatte. Es war kühl und windstill und die Nacht schwärzer als die Geheimnisse eines Sünders. Jessie zog ihren Männermantel fest um sich und spähte im Schutz der Rosenbüsche in den großen Ballsaal der Blanchards. Sie entdeckte James fast augenblicklich. Er war größer als die meisten Männer. Wenn er lachte, warf er den Kopf zurück, und ein sonnengebräunter Hals wurde sichtbar. Sie fragte sich, worüber er wohl lachte. In ihrer Gegenwart hatte er das noch nie getan, jedenfalls nicht so unwiderstehlich ausgelassen und befreit. Zu diesem festlichen Ball hatten sie die Blanchards eingeladen, und sie hatte wie immer abgelehnt, aber dieses Mal nur, nachdem ihre Mutter sie von oben bis unten und von unten bis oben prüfend angesehen hatte und sie anschließend mit diesem dünnlippigen Lächeln bedachte, das bei Gott nichts mit Humor zu tun hatte. Oh, nein, Mutter war keinesfalls dagegen, daß sie sich auf einer Einladung amüsierte. Mrs. Warfield wußte nur, daß Jessie sich und die ganze Familie lächerlich machen würde, und, was noch mehr wog, als Mutter wäre es ihr peinlich gewesen mitanzusehen, wenn Jessie wie Glenda gekleidet versuchen würde, sich wie eine Dame zu benehmen und zu bewegen.

Nein, es war besser, sie blieb dieser Einladung bei den Blanchards fern. Mutter hatte ja so recht. Trotzdem seufzte Jessie und rückte näher an das Fenster. Sie wußte, dies war die

entscheidende Nacht. Sie hatte mitangehört, was Glenda und Mutter für diesen Abend geplant hatten.
Sie konnte es einfach nicht zulassen, daß man James auf eine derart plumpe Weise in die Falle lockte. Er hatte einiges verdient, aber nicht das. Sie konnte ihm nicht zumuten, für den Rest seiner Erdentage Glenda als Ehefrau ertragen zu müssen. Außerdem hatte er deutlich genug gesagt, daß er sie nicht heiraten wollte. Nein, sie würde nicht mitansehen, wie Glenda und Mutter ihn durch diese List einfingen.
Da war Glenda! Diese Ziege hatte nichts Eiligeres zu tun, als schnurstracks auf James zuzusteuern. Wie albern von ihr, auf seine Hüfte und nicht in sein Gesicht zu sehen.
Jessie beobachtete, wie James sich schließlich umwandte und Glenda ein Lächeln und ein Kopfnicken schenkte, bevor er sich wieder Daniel Raymond, dem Anwalt, zuwandte, der versuchte, der armen Alice Belmonde dabei zu helfen, Ordnung in ihr Leben zu bringen.
Aber Glenda, diese Klette, ließ sich nicht abhängen. Jessie erkannte sämtliche Anzeichen. Das Kinn reckte sich nach oben, und der Busen schob sich nach vorn. Da war auch wieder dieser Blick, der sich auf James' Hüfte heftete. Dann streckte Glenda eine weiche, weiße Hand aus und legte sie auf James' schwarzen Ärmel. Auf James' Stirn entstand eine steile Falte, als er sich zu ihr umwandte.
Kurz darauf nickte er Daniel Raymond zu und führte Glenda auf die Tanzfläche. Es war ein Walzer. Es war soweit!
Wie ein Schatten schlüpfte Jessie aus den Rosenbüschen und hastete zu der alten Ulme, die nicht allzuweit vom Haus entfernt im Garten der Blanchards stand. Flink erklomm sie den knorrigen Stamm und zog sich an einem kräftigen Ast entlang. Um nicht entdeckt zu werden, konnte sie die Beine nicht baumeln lassen und mußte sich der Länge nach bäuchlings auf den Ast legen.
Sie wartete.
Und sie wartete immer noch.
Der Walzer hätte bereits vor einer Ewigkeit aufhören müs-

sen. Glenda hatte mindestens ein dutzendmal die Gelegenheit gehabt, ohnmächtig zu werden. Geduldig hielt Jessie weiter in ihrer unbequemen Lage aus und hatte Angst, sich zu bewegen. Vielleicht waren sie schon im Garten, kamen aber nicht zu dem Baum, wo sie in das Geschehen eingreifen konnte! Dann säße sie in der Falle. Das wäre ein Reinfall!

Ihr linker Fuß schlief ein. Sie hob das Bein und streckte es, aber das nützte nicht viel. Zu allem Unglück merkte sie, daß sie rutschte. Sie preßte sich an den Ast und zerkratzte sich dabei die Wange.

Sie hörte Stimmen, klammerte sich noch fester an den Baum und wurde ganz starr. Großer Gott, sie standen genau unter ihr! Aber Glenda fehlte. Es waren zwei Männer, einer von ihnen war James.

Sie stritten sich.

»Hören Sie, Wyndham, ich werde den Besitz aufkaufen, und Sie haben dabei nichts zu melden.« Jessie erkannte Mortimer Hackeys tiefe, rauhe Stimme. Dieser Mann hatte einen unangenehmen Charakter, und es wurde gemunkelt, daß er auf unseriöse Art zu Geld gekommen war. Außerdem benutzten seine Jockeys rücksichtslos die Reitgerte, wenn ihnen ein Konkurrent beim Rennen in die Quere kam.

»Warum ich mit Ihnen herausgekommen bin, weiß ich nicht«, erklärte James ärgerlich. »Ich habe Ihnen nichts mehr zu sagen, Hackey. Sie wird lernen, das Gestüt selbst zu leiten, also vergessen Sie Ihr Vorhaben.«

»Sie Dreckhammel! Da werden Sie sich nicht einmischen. Ich könnte das kleine Ding ja auch heiraten, wer weiß? Allen meinte zwar, im Bett taugt sie nicht viel, aber das soll mich nicht stören. Mir kommt es nur auf das Gestüt an.«

»Zum letzten Mal, Hackey. Lassen Sie Alice aus dem Spiel. Wenn mir zu Ohren kommt, daß Sie Mrs. Belmonde weiterhin belästigen, dann prügle ich das letzte Quentchen Hirn aus Ihnen heraus.«

»Sie drohen mir? Sie verwöhntes Bürschchen mit diesem gottverdammten englischen Getue!«

Die vor Wut bebende Stimme jagte Jessie einen Heidenschrecken ein. Sie hatte schon einmal erlebt, wie er einen Jockey in diesem Ton angefahren und ihm mit der Reitpeitsche das Gesicht zerschnitten hatte. Vorsichtig zog sie die Pistole aus der Tasche des Männermantels. Dann schob sie sich auf dem Ast ein Stück rückwärts und setzte sich rittlings hin, damit sie die beiden Männer unter sich besser beobachten konnte. Der Anblick, der sich ihr bot, brachte sie fast um den Verstand.

Mortimer Hackey richtete den Lauf einer Pistole auf James und fuchtelte damit aufgeregt herum. »Kein Mensch weiß, daß Sie in den Garten gegangen sind, Wyndham. Ich hab' mich umgesehen. Hab' mich vergewissert, daß uns niemand beobachtet. Ich weiß alles über Sie und Alice Belmonde. Zum Beispiel, daß Sie mit ihr ins Bett gegangen sind, während es der gute Allen mit jeder Hure in Baltimore trieb. Aber Sie werden sich Alice aus dem Kopf schlagen! Und Sie werden mir nicht in die Quere kommen! Ich werde mich nicht mit Ihnen prügeln, Wyndham, nein, ich werde Ihnen Ihr Hühnerhirn rauspusten!«

»Was sind Sie doch für eine dreckige Ratte! Ich habe nicht mit Alice geschlafen.«

Hackey entsicherte die Waffe und riß sie hoch. Der Lauf zielte genau auf James' Herz. In diesem Augenblick sprang James ihn an, packte Hackeys Arm und drehte ihn um. Es kam zu einem wilden Handgemenge. Blätter und kleine Zweige fielen zu Boden.

Die beiden Männer rangen miteinander, wobei jeder versuchte, den Gegner durch einen brutalen Schlag außer Gefecht zu setzen. Mit weit aufgerissenen Augen sah Jessie, wie James, der größere und jüngere von beiden Männern, seine Faust auf Hackeys Magen krachen ließ. Hackey brüllte auf, sprang zurück und befreite sich einen Augenblick lang von seinem Widersacher, dann hob er die Pistole

und keuchte schwer, als er hervorstieß: »Du widerlicher, alberner Geck!«
»James, wo sind Sie, mein Lieber?« Das war Glenda.
James bewegte sich nicht. Hackey ließ sich kurz ablenken.
James schrie so laut er konnte: »Kommen Sie nicht näher, Glenda!«
Hackey hielt die Pistole wieder im Anschlag und lachte. »Du feiner Pinkel du, jetzt ...«
Jessie entsicherte ihre Pistole und drückte ab. Ein lauter Schrei, dann ein Stöhnen. Der unerwartet starke Rückschlag der Waffe warf sie zurück. Verzweifelt versuchte sie, sich an dem Ast festzuhalten, verletzte sich dabei an der Hand. Sie schrie auf, als sie zu Boden stürzte.
James hatte gerade noch Zeit, in Richtung des unbekannten Schützen nach oben zu blicken, bevor Jessie herabfiel und ihn zu Boden riß, so daß er rücklings im Gras lag. Mit ausgebreiteten Armen und Beinen landete sie auf ihm.
Mortimer Hackey stand über ihnen. Die Pistole hing in seiner Hand. »Verdammt, Jessie Warfield! Du hast versucht, mich umzulegen, du verfluchtes Biest! Du hast mich in den Fuß geschossen. Du verdienst jetzt eine ...«
James drohte bewußtlos zu werden, aber er gab nicht auf. Er sah Hackey über sich stehen. Der Gedanke, daß Hackey auf Jessie feuern könnte, jagte ihm eine panische Angst ein. Mit letzter Kraft versuchte er, sich schützend auf Jessie zu rollen. Dann vernahm er wieder Glenda. »James?«
Jetzt ertönte Mrs. Warfields Stimme, die laut scheltend sagte: »Also, mein Täubchen, du darfst dich hier draußen nicht mit dem lieben James herumtreiben. Weißt du nicht, was die anderen bereits munkeln? Du ahnst doch, was aus so etwas entstehen kann? Einen Augenblick, Glenda. Hier stimmt irgend etwas nicht. Wo ist denn der gute James?«
Mrs. Warfield war nur wenige Meter entfernt. Jessie schüttelte ihren Kopf, um wieder klar zu werden. James atmete zwar unter ihr, aber er bewegte sich nicht. Sie befürchtete, daß er durch die Wucht ihres herabstürzenden Körpers be-

wußtlos geworden war. Nur mit Mühe stieß sie hervor: »Mr. Hackey, machen Sie sich lieber aus dem Staub. Sie können uns nicht beide abknallen. Es werden gleich noch mehr Leute kommen. Und noch eins, ich wollte Sie nicht in den Fuß schießen. Eigentlich hatte ich auf Ihren Arm gezielt.«

Mortimer Hackey fluchte gotteslästerlich, trat kräftig nach James' Bein und in Jessies Rippen und schleppte sich dann knurrend zum hinteren Teil des Gartens fort.

Jessie stemmte sich ein wenig hoch und klopfte mit der flachen Hand auf James' Wange. »Komm, James, wach auf. Es tut mir leid, daß ich ausgerechnet auf dich gestürzt bin. Bitte, wach auf. Oh, hoffentlich hast du dir nicht weh getan?«

James blinzelte und öffnete die Augen. Jessie lag auf ihm, ihr Busen gegen seinen Brustkorb gepreßt, ihre Oberschenkel auf den seinen. Jessies Gesicht war ihm so nah, daß er ihren warmen Atem an seinem Mund fühlte. Wenn es nicht so dunkel gewesen wäre, hätte er die Sommersprossen auf ihrer Nase zählen können.

»Du hast mich zu Boden gerissen«, sagte er. »Hast du dich verletzt?«

»Ich glaube, ich bin nur etwas durcheinander. Laß mir eine Sekunde Zeit, dann roll ich von dir runter.«

»Du hast alle Zeit der Welt«, antwortete er und bewegte langsam einen Arm, um sie ein wenig zur Seite zu schieben. Sein rechtes Bein schmerzte«. Ihr weicher Körper lastete auf ihm.

»Du fühlst dich sehr weiblich an, Jessie.«

»Nun, das bin ich ja auch. Ach, du großer Himmel, jetzt versteh' ich, was du damit sagen willst …«

»Zier dich nicht wie ein kleines Mädchen. Rutsch einfach runter.«

»Vorhin habe ich die Stimmen von Glenda und meiner Mutter gehört.«

James hatte keine Zeit, Jessie auch nur einen Millimeter

weiterzubewegen oder von sich zu schieben, geschweige denn, sie vom Ort des Geschehens zu entfernen.
»Allmächtiger!« kreischte Mrs. Warfield. »Glenda, deine Schwester ist mit James zusammen und nicht du! Großer Himmel, sie liegt auf ihm! Wie konnte es dazu kommen?«
Eine zweite, sich überschlagende Stimme mischte sich ein. »James, kannst du mir das erklären? Jessie liegt auf dir, streichelt und küßt dich!«
James traute seinen Ohren nicht. Das kam aus dem Munde seiner Mutter. Und jetzt mischten sich noch weitere Stimmen ein. Mindestens ein halbes Dutzend. Er schloß die Augen. Das durfte nicht wahr sein.
Völlig aus dem Häuschen schrie Glenda: »Jessie Warfield, du verdammte Hexe! Gehst du von James runter! Auf der Stelle! James gehört mir. Den bekommst du nicht. Ich kann es einfach nicht begreifen, daß du dich ihm hingibst, hier im Garten. Und du hast nicht einmal ein Kleid an.«
»Also«, tönte Portia Warfield einigermaßen gefaßt und stemmte die Hände in die Hüften. »Hier scheint ein gewaltiges Durcheinander zu herrschen. Aber sorge dich nicht, mein Täubchen. Es wird alles wieder gut werden.«
»O Gott!« konnte James nur stöhnen.

Jessie war voller Schrammen und blauer Flecke, aber nicht so zugerichtet wie James, dachte sie. Sie hielt eine Teetasse in der Hand und trank schlückchenweise, um warm zu werden. James trank keinen Tee. Er trank Cognac und starrte schweigend vor sich hin.
Sie befanden sich in Mrs. Wyndhams Salon. Sehr geschmackvoll, dachte Jessie, bis auf die Aprikosenfarbe, in der alles gehalten war. Heller aprikosenfarbener Brokat auf dem Sofa, dunklere aprikosenfarbene Bezüge auf den Sesselchen. Überall Aprikosenfarbe. Mrs. Wyndhams Stadthaus lag neben dem der Blanchards und bot sich daher für diese Zusammenkunft an. Jessie wollte sterben! Wieder schaute sie zu James, der aber stur auf die Marmoreinfas-

sung des Kamins blickte und zu überlegen schien, ob er ein Stück herausbrechen und es auf Jessie schleudern sollte. Jessies Eltern und Schwester Glenda waren anwesend und schwiegen, was ungemein wohltuend war.
Mrs. Wyndham saß Jessie gegenüber auf dem Sofa. Sie sah aus, als ob sie tief und gründlich nachdachte.
Glenda spazierte graziös durch das Zimmer und ging dann neben James' Sessel in die Knie. »James, mein Lieber, Sie sollten sich von Dr. Hoolahan untersuchen lassen.«
»Nein«, lehnte James ab, ohne sie anzusehen. »Der kümmert sich jetzt wahrscheinlich um Hackeys Fuß. Dort hast du doch hingeschossen, Jessie?«
»Ja, ich glaube schon. Er hüpfte auf seinem linken Fuß herum und trat dich auch mit dem linken Fuß.«
»Dich hat er auch getreten. In die Rippen?«
»Ja. Tut aber nicht mehr weh.«
»Oliver, kann man jetzt mit dir reden?«
Oliver Warfield rieb sich das Kinn. »Ich weiß nicht recht, James. Mit eigenen Augen habe ich gesehen, daß Jessie auf dir lag und dich küßte.«
»Sie hat mich nicht geküßt.«
»Sie strich mit ihren Fingern über dein Gesicht. Alle haben es gesehen. Also gut. Sage mir, was du zu sagen hast.«
»Ich hatte eine Auseinandersetzung mit Mortimer Hackey. Er drohte damit, sich Alice Belmonde gefügig zu machen. Er will sie und das Gestüt. Und er verlangte, daß ich mich aus dieser Angelegenheit heraushalte. Unsere Debatte wurde hitziger. Ich wollte ihn einfach stehenlassen, aber dann bat er mich, mit ihm in den Garten hinauszukommen. Ich willigte ein, um kein Aufsehen bei den Gästen der Blanchards zu erregen. Vor allem sollte Alice nichts von diesem Streit erfahren. Sie hätte es als äußerst peinlich empfunden. Aus diesen Gründen folgte ich ihm in den Garten. Als er dann wutentbrannt eine Pistole auf mich richtete, sprang ich ihn an. Der Schuß ging los. Es kam zu einem Handgemenge. Er gewann die Oberhand, bis ich ihm einen Faustschlag in die

Magengrube verpaßte und er zwei Schritte zurückwich. Wieder richtete er die Waffe auf mich. In diesem Augenblick fiel ein zweiter Schuß, es knackte und raschelte in der Ulme über mir, und Jessie stürzte auf mich herab und riß mich zu Boden. Das ist die ganze Geschichte.«

Oliver Warfield seufzte.

Mrs. Warfield dachte noch eine Weile nach. »Jessie, ich verstehe nicht, was du im Garten der Blanchards wolltest. Du hattest ihnen abgesagt. Wieso trugst du eine Waffe bei dir? Was wolltest du auf dem Baum?«

Alle Augenpaare waren auf sie gerichtet. Auch James kannte kein Erbarmen. Sie starrte auf ihre zerschundenen Finger und wäre am liebsten mit der Aprikosenfarbe verschmolzen oder unter Mrs. Wyndhams Teppich verschwunden. Sie blickte zu James hinüber. In diesem Augenblick erkannte er, daß es jetzt nicht auf die Wahrheit ankam. Er wollte nicht wissen, warum sie mit einer Pistole auf dieser verfluchten Ulme saß, nicht vor dieser hier versammelten Gruppe. Er sagte deshalb rasch: »Ich wunderte mich, warum plötzlich so viele Menschen im Garten erschienen. Ich hörte Glenda nach mir rufen und Sie, Mrs. Warfield, als Sie Glenda fragten, wo ich sei.«

»Ach, das hat nichts zu bedeuten«, entgegnete Mrs. Warfield eilig und bat Wilhelmina Wyndham etwas zu schrill um eine weitere Tasse Tee.

»Das war also der Grund. Jetzt wird mir so einiges klar«, meinte Wilhelmina Wyndham gedehnt und starrte auf ihre Jugendfreundin, die sie immer bevormundet hatte. »Du hattest mich gebeten, in den Garten zu kommen. Mit meinen Freunden. Es gäbe eine herrliche Überraschung – besonders für mich. Grundgütiger! Du wolltest uns alle als Zeugen haben. Ich habe neulich zu Glenda gesagt, daß du Meisterin im Ränkeschmieden bist, Portia. Aber diesmal ist es dir nicht gelungen. Wir sollten Glenda und James in einer Umarmung sehen. Das war alles eingefädelt. Hinter meinem Rücken!«

»Nein!«

»Ja, Portia! Sieh dir nur Glenda an. Ihr Gesicht ist knallrot geworden und auf ihrer Stirn steht in Großbuchstaben SCHULDIG. Aber Hackey und Jessie haben alles über den Haufen geworfen. Jessicas Ruf ist ruiniert, und mein Sohn gerät in den Verdacht, Jungfrauen zu verführen, was ihn in den Augen törichter junger Mädchen begehrenswert macht. Ich wünschte nur, du würdest zugeben, daß du Glenda mit James durch diese üble Hinterlist verheiraten wolltest. Wenn du es doch nur mit mir abgesprochen hättest! Jetzt siehst du, was du damit angerichtet hast.«
Jessie hatte genug. Mühsam, ohne einen Schmerzenslaut von sich zu geben, stand sie auf. »Das ist lächerlich. Dadurch ist mein Ruf nicht ruiniert. Ich bin weiß Gott die letzte Jungfrau, die James verführen würde. Alle hier Anwesenden wissen, daß es nur ein dämlicher Zufall war. Ich möchte jetzt nach Hause gehen. Vater, kommst du mit?«
»Dein Gesicht ist zerkratzt«, bemerkte James und erhob sich langsam. »Wasch alles gut ab, damit es keine Entzündungen gibt.«
»Ja. Und mach dir jetzt keine Gedanken wegen Hackey, James. Beim Rennen morgen läßt er seinen Dreijährigen mit den krummen, verbeulten Beinen starten. Ich werde alles daransetzen, daß sein Jockey im Graben landet.«
»Jessie, das ist jetzt unwichtig, denke lieber an dich selbst. Also, hat hier jemand noch etwas zu vermelden?«
»Ich möchte wissen, was Jessie im Garten der Blanchards zu suchen hatte.« Mrs. Warfield saß steif aufgerichtet in einem gepolsterten Stuhl und blickte streng auf ihre Tochter. »Warum warst du dort, Jessie. Die Wahrheit, bitte.«
Im gleichen Augenblick war James auf den Füßen. »Ich bin dieses Hin und Her jetzt leid. Mich interessiert es nicht im geringsten, warum Jessie in dieser Ulme oder Eiche saß, aber ich bin froh, daß sie da war. Sie war mein Schutzengel. Mortimer wollte mich erschießen, und Jessie hat mich gerettet. Und jetzt, meine Damen, darf ich mich verabschieden. Oliver, gute Nacht.«

»Ich bin mir nicht sicher, ob das jetzt angebracht ist, James«, wandte seine Mutter ein. »Vielleicht solltest du noch einen Augenblick warten.«
»Ich gehe jetzt, Vater«, erklärte Jessie kurz und bündig und humpelte zur Tür, ohne auf die Einwände ihrer Mutter zu achten.
James war sofort neben ihr. »Komm, Jessie, ich bringe dich nach Hause. Das ist das mindeste, was ich als Dank dafür tun kann, daß du Hackey in den Fuß geschossen hast.«
Seite an Seite ritten sie die Sharp Street hinunter, überquerten die Waterloo Road und bogen in die Calvert Street ein. Es fing an zu regnen. Schwere dicke Regentropfen fielen aus dem pechschwarzen Himmel. Sie trugen beide Hüte, aber das war kein großer Schutz. Der inzwischen herabprasselnde Regen floß an ihnen hinunter, rann in den ungeschützten Nacken und durchnäßte die Mäntel. Ein plötzlicher Windstoß erfaßte Jessies alten Hut und ließ ihn irgendwo im Straßengraben landen. »Schade, das war der einzige, den ich in den Koffern finden konnte.«
Er reichte ihr seinen Zylinder.
Als sie unwillig den Kopf schüttelte, stülpte er ihn auf das zerzauste Rothaar.
Zitternd ritten sie beide nebeneinander weiter. Ab und zu fluchte einer von ihnen leise über den Regen oder sann darüber nach, an was der andere wohl in diesem Augenblick dachte. Schließlich unterbrach James das Schweigen. »Jessie, warum warst du in der Ulme?«
»Um dich zu retten.«
»Gut. Du hast mich gerettet. Aber warum warst du überhaupt dort?«
»Um dich zu retten.«
Er seufzte und bekam einen Regenschwall in den Mund. »Ah, das dachte ich mir doch gleich. Du wußtest also, was Glenda und deine Mutter vorhatten?«
»Ja. Ich habe sie belauscht – für dich, James. Also reiß mich nicht in Stücke.«

»Oh, bestimmt nicht. Wenn die Sache mit Hackey nicht dazwischengekommen wäre, das heißt, wenn du mich nicht vor ihm und damit möglicherweise vor meinem Hinscheiden gerettet hättest, was hättest du dann gemacht, Jessie? Wolltest du Glenda erschießen, wenn sie mir in gespielter Ohnmacht in die Arme gesunken wäre oder versucht hätte, die Knöpfe meiner Hose aufzureißen?«

»Ich hatte vor, neben euch in den Boden zu schießen. Glenda hat eine Heidenangst vor Waffen. Sie springt zehn Fuß hoch, wenn in ihrer Nähe ein Schuß losgeht. Sie hätte ihre Beine unter die Arme genommen und wäre in den Ballsaal zurückgerannt.«

»Warum wolltest du mich vor Glenda retten?«

Sie wandte sich ihm zu. Das Haar klebte im Gesicht. Wilde Strähnen hingen klatschnaß über Schultern und Rücken. Ihre Lippen waren blau vor Kälte. Sie sah so erbärmlich aus wie ihr zumute war.

»Ich mußte es tun«, sagte sie schließlich und stieß dann die Absätze ihrer Stiefel in Benjies Seiten. Das gute Tier setzte sich gehorsam in Trab. Abgesehen davon verlangte ihm nach Hafer und einem trockenen Stall.

James rief ihr nach. »Ich bin durchnäßt. Mir ist kalt. Ich habe Schmerzen. Ich weiß, dir geht es auch nicht besser. Ich mache dir einen Vorschlag, Jessie. Morgen nach dem Rennen treffen wir uns und versuchen Sinn in diese Geschichte zu bringen.«

»Nein.«

»Was hast du gesagt?«

»Da gibt es keinen Sinn, James. Vergiß alles. Ich möchte nicht gezwungen sein, dich erneut zu retten. Also paß morgen gut auf dich auf.«

Sie stürmte von ihm fort und verschwand in der wunderschönen, gepflegten Auffahrt zu den Stallungen der Warfield Farm, deren Name in eisernen Lettern über dem weißen Tor zu lesen war.

Er ließ Dimple, die gutmütige alte Stute aus seiner Kinder-

zeit, laufen. Sie liebte ein zügiges Tempo und mochte den Regen genausowenig wie ihr Reiter. Wenn sie ihre Beine stetig bewegte, würden sie bald zu Hause sein.
Wenn James nur die leiseste Ahnung gehabt hätte, was sich in den nächsten zwei Tagen abspielen würde, wäre er versucht gewesen, nach Norden zu reiten und nie mehr zurückzuschauen.

Kapitel 10

Wenn er ein Pferd wäre,
würde ihn keiner kaufen.

Walter Bagehot

Es regnete nicht, dem Herrn sei Dank! Aber die Strecke war voller Wasserlachen. Aus diesem Grund hatten sich heute wenige Damen auf dem Rennplatz eingefunden, aber die wetterfesten Herren waren in Scharen vertreten. Das naßkalte Wetter hatte der allgemeinen Wettleidenschaft zwar einen Dämpfer versetzt, trotzdem war aber genügend Erregung in der Luft. Die Quarter-Horse-Rennen erfreuten sich großer Beliebtheit. Sie waren schnell und hart.

Im dritten Rennen würde James Console reiten. Das Pferd drängte schon an den Start und warf ungeduldig schnaubend den mächtigen Kopf auf. Oslow tätschelte den grauen Hals und sagte beruhigend: »Warte noch ein bißchen, mein alter Junge, gleich kommt Mr. James und wird mit dir einen feinen Ritt hinlegen.«

»Ganz richtig«, erwiderte James und überprüfte den Gurt, den er fester anzog, als Console ausatmete. »Wir beide werden jetzt einen kleinen Spaziergang machen und uns eingehend unterhalten.«

James führte Console von der Zuschauermenge fort und sprach leise mit ihm. »Heute werden wir nicht versuchen, Jessie in den Graben zu drängen, hast du verstanden? Nächste Woche vielleicht wieder, aber heute nicht. Der Jockey von Mortimer Hackey steht allerdings auf einem anderen Blatt. Siehst du, dort kommt Mortimer, die Ratte, auf den Platz.« Console wandte den Schädel um und schnaubte verächtlich.

»Genau«, meinte James. »Dem wird heute noch so manches leid tun. Dafür werden wir beide sorgen.«

Console wieherte.

Diese kurze Strecke in dem offenen Gelände war gefährlich. Der Boden war morastig und von herabgefallenen Zweigen bedeckt, zwischen denen ab und zu das nackte Gestein hervortrat. James preßte sich an Consoles Hals und sprach wieder mit ihm. Ja, er verstand, was in dem Pferd vorging. Console war gelangweilt. Er war bereit. Er wollte fliegen.

Console stürmte an Jessie vorbei, die den dreijährigen Jigg ritt. Er bemerkte sie erst jetzt. Zwölf Pferde waren an den Start gegangen, und nachdem es jetzt das dritte Rennen war, hatte sich der Boden zu einem echten Hindernis entwickelt. Dreck und Steine wurden von den Hufen aufgewirbelt und flogen Pferden wie Reitern um die Ohren.

Console hätte jetzt einen Freudengalopp aufgeführt, wenn James es ihm erlaubt hätte. Er rannte sich das Herz aus dem Leibe und kümmerte sich nicht um den Felsbrocken mitten auf der Bahn. Er war bereit, jedes Pferd samt Jockey zu töten, falls es versuchen sollte, ihn aus dem Rennen zu werfen.

James bemerkte Mortimer Hackeys Pferd dicht an seiner linken Seite und flüsterte Console zu: »Da ist er. Den schnappen wir uns.«

Console schwenkte nach links und rammte seinen mächtigen Schädel in den Hals des anderen Pferdes, so daß das arme Tier das Gleichgewicht verlor, stolperte und seinen Reiter in einer flachen Pfütze landen ließ. Mit der Seligkeit eines Vikars, der das letzte Sünderlein seiner Gemeinde getauft hatte, galoppierte das Pferd über die Ziellinie.

Console gewann zweihundert Dollar. Er warf den Kopf

auf, atmete nicht einmal besonders schwer und wäre gern ein zweites Mal an den Start gegangen, aber James übergab Oslow die Zügel. »Geben Sie ihm eine Zusatzportion Hafer. Er hat Hackeys Pferd disqualifiziert.«
»Ich habe es gesehen. Das hast du gut gemacht, mein alter Junge.« Oslow klopfte den Hals des großen Grauen, der laut aufwieherte.
An diesem Tag waren noch bis drei Uhr nachmittags weitere Rennen geplant. Aber der Regen hatte wieder eingesetzt und trieb die Besucher auseinander. James gewann das fünfte Rennen und belegte beim sechsten den zweiten Platz. Bonny Black, von Jessie geritten, gewann das sechste Rennen. Tinpin wirkte verstimmt und unbeteiligt und belegte den dritten Platz. James wunderte sich, daß er so gut abgeschnitten hatte.
Oslow und die drei Stalljungen legten den Pferden Decken über, um sie den langen Weg nach Marathon zurückzuführen. In diesem Augenblick erschien Mortimer Hackey auf der Bildfläche. James grinste ihn an. »Wie geht es Ihrem Fuß, Hackey?«
»Dreckskerl! Sie haben Ihr Pferd absichtlich in meins geritten. Mein Jockey ist von dem Sturz noch völlig benommen. Hoolahan sagt, er braucht drei Wochen Ruhe, bis er wieder aufs Pferd steigen kann.«
James gähnte. »Sie haben versucht, mich niederzuschießen, Mortimer Hackey. Glaubten Sie, ich würde Ihnen die andere Wange hinhalten? Abgesehen davon ist dieser Jockey immer bereit, seine Reitgerte zu benützen. Er verdiente eine Lektion.«
»Kommen Sie nur einen Schritt näher, und ich schieße wieder auf Sie!«
Nach einem weiteren Gähnen schloß James den Mund. »Jessie, um Himmels willen! Mortimer führt nichts Böses im Schilde, jedenfalls nicht heute. Er ist nur ein wenig verärgert, weil sein Jockey im dritten Rennen stürzte.«
Mortimer Hackey knurrte wütend und drohte beiden mit

der Faust. Er stapfte davon und wäre beinahe in eine tiefe Pfütze getreten.

»Ich habe es gesehen. Gut gemacht.«

»Danke. Console hatte seinen Spaß dabei. Wenn es darauf ankommt, ist er ein ganz gemeiner Rempler. Wie geht es dir, Jessie?«

»Mir? Oh, mir geht es gut. Und dir?«

»Ich werd's überleben. Die Wyndhams sind aus hartem Holz und nicht umzubringen.«

Jessie nickte nur und ging davon. Sie trug keine Kopfbedeckung. Schwer und naß klebten die Locken an ihrem Kopf. Er wollte sie fragen, wie ihre Familie sie behandle, aber er unterließ es. Sie machte einen gefaßten Eindruck auf ihn. Sie hatte richtig gehandelt, als sie ihrem Vater erklärte, das Ganze wäre vollkommen lächerlich.

Der Regen hörte so plötzlich auf, wie er begonnen hatte. Es war nicht zu glauben. Hell und strahlend stand die Sonne am blauen Himmel. Leider fand jetzt kein Rennen mehr statt, und die meisten Teilnehmer machten sich bereits auf den Heimweg.

James pfiff vor sich hin, als er zu dem berühmten, mit weißem Segeltuch bespannten, blauweiß gestreiften Wagen von Luther Swann ging. Er ging um den Wagen herum und blieb wie angewurzelt stehen. Jessie lehnte an der Wagenseite. Luther, der im betrunkenen Zustand gemeiner als eine Schlange war, bedrängte sie. Er versuchte sie küssen, griff mit den Händen nach ihren Brüsten und preßte seinen Unterkörper gegen sie.

James brüllte und sprang auf ihn zu. »Laß sie sofort los, du Schweinehund!«

Warum wehrte sich Jessie um Himmels willen nicht? Warum stand sie reglos da und ließ ihn tun, was er wollte?

»Was? Ach, Sie sind es, James. Ich will nur ein bißchen Spaß. Wollte immer schon wissen, ob die kleine Warfield Feuer hat. Gottchen, die hat Brüste, zwei richtig feste Brüstchen.«

»Laß sie los, Luther! Sofort!«
»Sie wollen sie wohl selbst, oder? Ja, denk' ich mir. Gestern haben Sie sich ja mit der Kleinen in Blanchards Garten verlustiert. Die anderen haben zugesehen, und die kleine Warfield hatte nichts dagegen. Sie gehörte Ihnen, und der Vater hat sie Ihnen sang- und klanglos überlassen. Da kann ich sie mir jetzt auch nehmen.«
James packte Luther Swann beim Rockkragen und schleuderte ihn auf den aufgeweichten Boden, wo er wie ein winselnder Haufen liegenblieb.
Dann wirbelte er herum und sah, daß Jessie immer noch an der Wagenseite klebte. Sie war bleich und still. »Jessie, um Gottes willen, warum hast du ihm das erlaubt?«
Jetzt erst bemerkte er eine Blutspur an ihrem Hals. Er strich über den feinen Schnitt. »Er hat dich mit einem Messer bedroht und zum Stillhalten gezwungen.«
Sie wurde noch eine Spur weißer, wenn das überhaupt möglich war. Sie stand unbeweglich da. Ohne ihm die geringste Aufmerksamkeit zu schenken, starrte sie auf Luther Swann, der sich schüttelte und langsam wieder auf die Beine kam. Sie sah, wie er das Messer in die Tasche seines verschmierten Mantels steckte.
James drehte sich um, ergriff Luther bei den Aufschlägen, riß ihn hoch und schlug ihm mit der Faust ins Gesicht. Er schlug so lange blind auf ihn ein, bis der Widerling zu Boden ging. Dann zog er ihn wieder hoch und verpaßte ihm erneut einen Hagel von Schlägen, bis er fremde Hände spürte, die ihn von diesem Mann wegzogen. Wie aus einem Nebel ertönten Männerstimmen, die ihm sagten, er solle sich zusammenreißen und aufhören.
Schließlich begriff er, daß Luther bewußtlos zu seinen Füßen lag. James schüttelte den Kopf.
»Was ist hier los, James?« Oliver Warfield packte ihn bei den Schultern. »Warum zum Teufel hast du Luther so zusammengeschlagen?«
»Verdammt noch mal, Oliver! Und so was nennt sich Va-

ter! Er wollte ihr Gewalt antun. Sie konnte sich nicht wehren, weil er ein Messer an ihren Hals hielt. Frag sie selbst.«
»Das ist nicht möglich, James. Sie ist gegangen.«
Luther setzte sich stöhnend auf. »Ich hab' mir nur das genommen, was mir zustand, James«, keuchte er und jaulte auf, als James einen Schritt vortrat.
»Schluß jetzt, James. Sieh dir deine Hände an. Die Knöchel bluten.«
»Ja, ganz richtig, Mr. Warfield«, sagte Luther und erhoffte sich Hilfe von Jessies eigenem Vater. »Ihre Tochter ist wie ein Mann. Und sie trägt diese engen Hosen. Alle wissen, daß sie scharf darauf ist. Daß sie es haben möchte. Nun, und gestern nacht hat sie es schamlos mit Wyndham getrieben. Jetzt war ich dran, das ist alles. Und du, Sam, hast mir auch gesagt, daß du sie dir bei der nächsten Gelegenheit nimmst. Wir haben darum gewürfelt, wer sie zuerst kriegt.«
»Mein Gott«, murmelte Oliver Warfield und war aschfahl geworden. Dann wirbelte er herum und schlug mit beiden Fäusten auf Luther Swann ein. Mühsam gelang es James, ihn von dem Mann wegzuziehen. »Mein Gott«, sagte Oliver wieder. Dann schüttelte er den Kopf und ging davon.
James folgte ihm. »Oliver, warte. Verflucht noch mal, wir müssen irgend etwas unternehmen.«
Oliver blieb stehen. Er wandte sich um und blickte James an. Lange Zeit standen sich die beiden Männer schweigend gegenüber. Dann zuckte er die Achseln. »Du bist gestern nacht unbeschadet davongekommen und hast sie zurückgelassen. Was erwartest du von mir? Soll ich ein Dutzend Kerle verprügeln?«
»Ich weiß es nicht«, antwortete James langsam. Er fühlte sich hilflos und ausgeliefert wie damals, als ein großer, schwarzer Hengst ihn fünfzig Yards durch den Staub geschleift hatte. »Es war doch ein Mißverständnis, ein unsinniges Mißverständnis. Genau wie Jessie es gestern nacht bezeichnete. Verdammt noch mal, ich wäre doch nie im Traum darauf gekommen, auch nur ein einziger Mensch könne an-

nehmen, Jessie und ich hätten gestern im Garten der Blanchards etwas miteinander gehabt!«
»Die Leute gieren nach Skandalen. Sie stellen die Wahrheit auf den Kopf, zupfen und zerren so lange an ihr herum, bis sie zu einer Tatsache geworden ist und einer Person echten Schaden zufügen kann. Du hast zwar einen siegreichen Tag gehabt, James, und Jessie in drei Rennen geschlagen, aber wenn es dir nichts ausmacht, werde ich heute nicht wie üblich mit einer Flasche Claret nach Marathon kommen.«
Er drehte sich um und ging davon.
James starrte ihm nur nach. Er fühlte sich von Schuldgefühlen und Wut überrannt. An dieser Misere war er doch völlig unschuldig! Diese verdammte Glenda samt Mutter! Und auch Jessie war zu verdammen. Wenn sie nicht eingegriffen hätte, dann ... also, wenn sie nicht mit einer Pistole in der Ulme gesessen hätte, dann wäre er jetzt vielleicht tot und auch nicht viel klüger.

Glenda kam ohne anzuklopfen in Jessies Zimmer. Zunächst sah sie ihre Schwester nicht. Glenda betrat dieses Zimmer nur selten. Wahrscheinlich war sie seit drei oder vier Jahren nicht mehr hier gewesen. Damals war sie noch klein und betete ihre ältere Schwester an, bis sie merkte, daß Jessie ihren eigenen Kopf hatte. Glenda war die geborene Lady und war dazu erzogen worden. Sie konnte es sich nicht leisten, diesem sonderbaren Mädchen ihre ganze Aufmerksamkeit zu schenken, nur weil sie zufällig die gleichen Eltern mit ihr teilte. Das Zimmer war nicht sehr groß und sogar ein wenig kleiner als Glendas Schlafzimmer. Aber es besaß etwas, was Glendas vier Wänden fehlte: eine breite Fensterfront, die nach Westen ging. Klares Baltimore-Sonnenlicht fiel in das Zimmer. Es war so leuchtend hell, daß es die Augen blendete, wenn man hineinsah. Es gab keine Vorhänge, nicht einen einzigen, was natürlich nicht richtig war. Glenda fragte sich, ob Mutter wohl wüßte, daß Jessie die Vorhänge abgenommen hatte. Außer dem gleißenden Sonnenlicht waren nur ein Bett, ein großer Schrank und ein kleiner Schreibtisch vorhanden. Es gab keinen Frisiertisch. Glenda erinnerte sich daran, daß ein schmaler Spiegel in der Schranktür hing.

»Was willst du, Glenda?«

»Ah, Jessie, da bist du ja. Ich habe dich da drüben auf dem Fenstersims nicht bemerkt. Die Sonne blendet zu sehr. Ich wollte nur kurz mit dir reden.«

»Ja?« Jessie bewegte sich nicht. Sie war müde. Die vorangegangene Nacht hatte sie mitgenommen. Die blauen Flecken und Abschürfungen schmerzten, und zudem taten ihr sämtliche Knochen von den anstrengenden fünf Rennen weh, die sie heute geritten hatte. Der Messerschnitt an ihrem Hals pochte ein wenig. Sie hatte sich selbst einen Verband angelegt und lose ein buntes Tuch darum geschlungen.

»Mutter hat mich gebeten, dir zu sagen, daß du morgen nicht mit uns zur Kirche gehen sollst. Nicht nach dem, was heute passiert ist. Mutter meint, daß es nicht klug ist. Es wäre besser, du zeigst dich für eine Weile nicht in der Öffentlichkeit. Sie sagte, wenn die Männer hinter dir her sind, werden die Frauen dich schneiden.«

»Mich schneiden?«

»Ja. Mutter meint, die Frauen hacken auf ihrem eigenen Geschlecht herum, und das mit Freuden. Sie sagte, sie würden Haschee aus dir machen.«

»Mutter hat dich nicht zu mir geschickt, Glenda. Es mag sein, daß sie es nicht gern sieht, wenn ich mich morgen mit dir in der Kirche zeige, aber ich bin sicher, daß sie zu mir kommt, um es mir persönlich zu sagen. Also, was willst du?«

»Ich möchte, daß du zu Tante Dorothy nach New York City gehst. Wenn du Papa darum bittest, wird er dich zu ihr fahren lassen.«

Tante Dorothy, die jüngere Schwester ihres Vaters, war so umgänglich wie ein tollwütiger Hund und frommer als ein Anhänger der reformierten Kirche. Sie war die Witwe eines

Geistlichen und mit irdischen Gütern gesegnet. Die Warfield-Geschwister haßten sie von klein auf. Jessie hatte einmal gehört, wie ihr Vater ihrer Mutter gegenüber erwähnte, daß das Geld seines Schwagers wohl aus der Kollekte stammte, von der er jeden Sonntag die Hälfte für sich einstrich.

»Ich würde lieber sterben als zu Tante Dorothy zu gehen. Du weißt doch, was für ein Ekel sie ist, Glenda.«

»Ja, aber welche Wahl bleibt dir sonst? Wenn du dich außerhalb des Hauses zeigst, werden die Männer dich als Freiwild betrachten. Sie glauben, daß du eine Schlampe bist und daß du mit James geschlafen hast. Die Frauen werden mit dem Finger auf dich zeigen. Du bist ruiniert, Jessie. So liegen die Dinge nun einmal. Du mußt fort von hier.«

»Wenn ich erst einmal weg bin, wirst du mit Mutter erneut versuchen, James in eine Falle zu locken, damit er dich heiratet.«

»Das geht dich nichts an. Oh ja, ich weiß, daß du letzte Nacht auf dem Baum warst, um uns zu belauschen. Du wolltest mich von James fernhalten, aber ich verdiene James und ich werde ihn bekommen.«

»Aber er verdient dich nicht, Glenda.«

»Wenn er Ehre und Anstand im Leibe hat, wird er meiner wert sein. Aber er muß wissen, daß die Warfields ein Glückstreffer sind. Eine Heirat mit mir bringt ihn in den Besitz des Warfield-Gestüts.«

»Und was ist mit mir? Bin ich nicht auch an den Ställen beteiligt?«

Glenda lächelte ein wenig von oben herab, ging hinüber zu dem kleinen Stuhl vor dem Schreibtisch und setzte sich. »Natürlich wird Vater etwas für dich tun. Du bist ein siegreicher Jockey, und das bereits seit einiger Zeit. Ja, er wird für dich sorgen.« Als Jessie bei diesen Worten schwieg, fügte Glenda hinzu: »Ich werde dich mit ausreichend Geld für New York versorgen. Es sind meine gesamten Ersparnisse, aber ich gebe sie dir gern. Dreihundert Dollar.«

»Ein hübsches Sümmchen.« Jessie hatte selbst ungefähr eintausend Dollar gespart.
»Ja, aber du sollst das Geld haben, und ich werde nicht bedauern, es dir gegeben zu haben, falls dich das bedrücken sollte. Nimm das Geld, Jessie. Ich bin sicher, alles wird für dich gut ausgehen. Ich habe sogar zwei Kleider ausgesucht, mit denen du nach New York reisen kannst, und ich habe Tante Dorothy geschrieben, daß du kommst. Natürlich habe ich so getan, als ob der Brief von Mutter stammt. Du wirst doch einsehen, daß dies die beste Lösung für dich ist. Nicht wahr, Jessie?«
»Dreihundert Dollar?«
»Ja. Und zwei Kleider.«
»Zwei von deinen besten oder zwei abgelegte alte Fetzen?«
»Also gut. Ich gebe dir eins meiner besten Kleider und drei abgelegte.«
»Gut. Dann möchte ich auch noch den zitronengelben Umhang mit dem Samtfutter von dir haben.«
»Das ist Diebstahl.«
»Ja oder nein, Glenda.«
»Schwörst du, daß du wegfährst?«
»Ich schwöre.«
James ging zur Kirche. Er ging immer zur Kirche. Es machte seiner Mutter Freude, wenn er sie begleitete. Außerdem mochte er Winsey Yellot, den Geistlichen. Winsey war fest davon überzeugt, daß die Franzosen zu den Unerlösten gehören, was er mit Zitaten des scharfzüngigen Voltaires belegte. Bei ihren endlosen Debatten war James meist der Verlierer, weil er stets einen Lachanfall bekam, wenn Winsey mit seiner eigenartigen französischen Aussprache Voltaire zitierte.
An diesem Morgen war die Kirche überfüllt. Eigentlich nichts Neues, dachte er, als er seiner Mutter aus dem Wagen half. Er merkte, wie er unwillkürlich nach den Warfields Ausschau hielt. Sie saßen auf ihren angestammten Plätzen in der fünften Reihe. »Nicht zu nah an der Kanzel, so daß

ein kleines Nickerchen drin ist«, erklärte Oliver, »aber auch weit genug entfernt, damit Winsey nicht auf mir herumhackt.«

Jessie saß nicht auf ihrem gewohnten Platz. Er zog die Stirn in Falten, auch als er sich nach den Besuchern in den hinteren Sitzreihen umsah. Am liebsten hätte er diesen Gedanken verdrängt. Aber es ging nicht. Sie war nicht zum Gottesdienst gekommen, weil ihre Mutter wußte, daß man sie angaffen und über sie tuscheln würde, kaum daß sie auftauchte. Die Warfields hatten sie zu Hause gelassen. Er fühlte, wie eine kalte Wut in ihm aufstieg. Alle hatten ihm freundlich zugelächelt, ihn nach seinem Befinden gefragt, nach seinen Pferden und nach Marathon. Jessie mußte alles allein ausbaden.

Ungeduldig wartete er das Ende von Winseys Predigt ab. Heute sprach er über die Sklaverei. Baltimore hatte gerade darüber abgestimmt, daß in Zukunft kein Staat der Union Sklaverei erlauben durfte. James war von Herzen damit einverstanden.

Er wußte nicht, was er im Zusammenhang mit Jessie tun würde, aber er mußte etwas unternehmen. Als der Gottesdienst endlich vorüber war, stand er auf und bemerkte, wie Glenda wieder auf die bewußte Stelle seiner Hose blickte.

Erst Sonntagabend erfuhr er, daß Jessie fort war. Nach New York City hatte Glenda ausposaunt. Zu Tante Dorothy. Seit ihrem vierzehnten Lebensjahr hatte Jessie ihm hinter vorgehaltener Hand die übelsten Geschichten von dieser Tante erzählt. Er kam sich wie das gemeinste Scheusal auf Erden vor.

Kapitel 11

Mai 1822
Chase Park bei Darlington,
Yorkshire, England.
Haus der Wyndhams

»Mylord.«
Marcus Wyndham, der achte Earl of Chase, blickte zu seinem Butler Sampson auf, der die erstaunliche Fähigkeit besaß, völlig geräuschlos über fünfzehn Meter Eichenparkett zu gleiten.
»Schon wieder, verdammt noch mal! Wie bringen Sie das fertig, Sampson?«
»Wie meinen, Mylord?«
»Eines Tages werden sich meine Ohren hoffentlich auf Sie eingestimmt haben. Wenigstens habe ich mir angewöhnt, die Tür abzuschließen, wenn die Duchess und ich damit beschäftigt sind, uns … Nun ja, vergessen Sie es. Was gibt's?«
»Eine höchst merkwürdige junge Person steht draußen, Mylord. Eine Person dieser Art habe ich noch nie gesehen. Sie möchte Sie sprechen. Sie klopfte an der Tür. Sie erinnert mich ein wenig an meine liebe Maggie, wenn sie ein verwahrlostes Kind spielt, das den Herrn der Grafschaft aufsucht.«
»Wenn Sie den Eindruck haben, daß diese junge Person Arbeit sucht, schicken Sie sie zu Mrs. Emory.«
»Nun, Mylord, sie hat etwas Besonderes an sich … Man merkt ihr nicht nur an, daß sie aus den Kolonien stammt.«

»Was? Was Sie nicht sagen, Sampson. Aus den Kolonien?« Der Graf erhob sich und rieb sich die Hände. »Dann muß sie James kennen. Sie muß James' wegen gekommen sein. Sie sind doch sicher, daß es sich nicht um Tante Wilhelmina handelt, oder? Hat sie nach mir gefragt?«
»Nein, Mylord, um diese Dame handelt es sich nicht. Was diese junge Frau anbelangt, nun ja, so möchte sie eigentlich die Duchess sprechen, aber da Madam nicht ganz auf der Höhe sind, hielt ich es für ratsam ...«
»Ja, seit dem Mittagessen ist ihr unwohl. Wissen Sie was, Sampson, holen Sie die Duchess, und wir werden uns das junge Mädchen gemeinsam ansehen, das aus den Kolonien kommt und aussieht wie Maggie. Hat sie auch einen Namen genannt?«
»Jessica Warfield, Mylord.«
Ungefähr zehn Minuten später führte Sampson, seit fünfundzwanzig Jahren Butler auf Schloß Chase, ein blasses, sehr entschlossen aussehendes junges Mädchen in das Grüne Würfelzimmer. Dieser Raum hatte in seiner überwältigenden Pracht und Größe erst im vergangenen Monat einen Baron vollkommen sprachlos gemacht. Die riesige Decke war mit wundervollen Fresken bedeckt, die von alten Holzbalken unterbrochen wurden, in die reichverzierte, vergoldete geometrische Figuren geschnitzt waren. Die türkischen Teppiche waren mindestens einhundert Jahre alt, und doch leuchteten die Rot-, Blau- und Gelbtöne in der Nachmittagssonne noch kräftig auf. Die Gemälde an den Wänden waren sicherlich älter als die Kolonien.
Jessica war eingeschüchtert – mehr noch, sie hatte Angst. Sie war doch die größte Närrin auf diesem Erdenrund. Gehorsam folgte sie dem gutaussehenden Mann, der offenbar der Butler war, aber doch frei von jeglichem Dünkel. Nein, er war sehr sehr steif, aber doch sehr höflich gewesen. Sie erinnerte sich an James' Erzählungen von Sampson, der die rothaarige Maggie geheiratet hatte, eine arbeitslose Schau-

spielerin, die in die Dienste der Duchess getreten war. Sie hoffte, daß sie wirklich Sampson vor sich hatte, denn James schmunzelte immer, wenn er erzählte, wie der Butler als einziger mit seiner temperamentvollen, vorlauten Maggie fertig wurde und von Jahr zu Jahr mehr Geschick dabei entwickelte.

»Mylord, Mylady. Hier ist die junge Dame aus den Kolonien. Miss Jessica Warfield.«

Das waren also Marcus und die Duchess, dachte sie und zwang sich, auf die beiden zuzugehen. Marcus war groß, dunkel und sah so gut aus, daß sie am liebsten in Ohnmacht gefallen wäre – eine Vorstellung, die ihr in Gegenwart eines fremden Mannes völlig abwegig erschien. Sein dunkler Teint stand in merkwürdigem Gegensatz zu seinen himmelblauen, engelhaften Augen. Aber Engel lächelten, oder? Ihr Gegenüber lächelte nicht. Andererseits machte er aber auch kein böses Gesicht. Dann wanderten ihre Augen zu der Frau an seiner Seite. Die Duchess. Aus ihrer Feder stammten die gescheiten Spottlieder, die James manchmal vor sich hinsummte oder aus vollem Halse sang. Damit hatte sie sich ihren Lebensunterhalt verdient, bevor sie die Gräfin von Chase wurde. Aber eigentlich war sie viel zu schön, um auch noch klug und geistreich zu sein. Gott war nicht sehr gerecht, einen einzigen Menschen mit so vielen Gaben auszustatten. Wie ihr Mann hatte die Duchess ebenfalls dunkles Haar und tiefblaue Augen – und die hellste Haut, die Jessica jemals gesehen hatte. Im Gegensatz zu Marcus lächelte die Duchess sie an. Es war ein strahlendes, ungekünsteltes Lachen, das Jessica noch eine Spur unsicherer machte.

»Du lieber Himmel«, entfuhr es Jessica unwillkürlich, als sie von einem zum anderen blickte, »ich überfalle Sie hier vollkommen unangemeldet. Ich weiß, es ist ungehörig, und ich bitte um Entschuldigung. Aber verstehen Sie, James hat mir so viel von Ihnen und Chase erzählt – auch von Badger und Spears und Sampson und Maggie, daß ...«

Neugierig unterbrach sie der Earl of Chase. »James Wyndham? Mein Vetter?«
»Ja, beim Pferderennen ist er mein erbitterter Gegner, und ich habe ihn oft geschlagen. O je, das ist mir jetzt so herausgerutscht. Ich wollte es eigentlich nicht sagen. Jetzt werden Sie mir niemals glauben, daß ich eine Lady bin.«
Die Duchess trat auf sie zu und streckte die Hand aus. »Ich wußte doch gleich, daß mir Ihr Name irgendwie bekannt vorkam, Miss Warfield. James hat in den letzten Jahren oft von Ihrer Familie gesprochen. Willkommen in unserem Haus. Da Sie eine Freundin von James sind, sind Sie uns ein lieber und herzlich willkommener Gast. Bitte, setzen Sie sich. Sampson, bringen Sie uns Tee und Kümmelkuchen. Wenn Sie mir bitte Ihren Umhang reichen.«
Erleichtert gab Jessica der Duchess die Pelerine, die in einem häßlichen Senfgelb gehalten war – zumindest hatte sie aber daran gedacht, sich in ein unmißverständlich weibliches Kleidungsstück zu hüllen.
Der hübsche dunkelblaue Umhang und die abgelegten, aber eleganten Kleider hatten ihren Besitzer nicht wie vereinbart am Tag der Abreise gewechselt. Ihre Schwester hatte nicht Wort gehalten. Dieses Miststück. Die Duchess faltete das Kleidungsstück sorgsam zusammen, als wäre es eine kostbare Robe, und legte es über einen Stuhl, in dem bestimmt ein oder zwei Könige gesessen hatten. Der jetzige König George IV. war sehr beleibt. Hoffentlich würde er niemals Gelegenheit haben, sich auf diesem Stühlchen niederzulassen. Es bräche unweigerlich zusammen. Allerdings hatte auch sie wenig Lust, darauf Platz zu nehmen. Das zierliche Möbelstück würde sofort merken, daß sie ein Kind vom Lande war, und sich vor Entsetzen in seine Bestandteile auflösen.
»Nun«, sagte die Duchess und ließ sich anmutig in einem ungeheuer französisch aussehenden Sesselchen nieder, »wie geht es James?«
»Vergiß Tante Wilhelmina nicht, Duchess.«

Die Duchess seufzte. »Der Name kommt mir nur schwer über die Lippen, aber gut, ich schließe sie in meine Frage ein. Und Ursula? Wie geht es den amerikanischen Wyndhams?«
»Vor sechs Wochen ging es ihnen noch gut, Madam.«
Eine witzige Antwort, dachte die Duchess bei sich und lächelte wieder. »Bitte sagen Sie uns, was wir für Sie tun können, Miss Warfield.«
»Ja, wissen Sie, Madam, ich bin nicht hier, um an einem Pferderennen teilzunehmen, weil ich ja weiß, daß die Frauen in England besonders vornehm sein müssen und daß es sehr undamenhaft ist, Hosen zu tragen und wie ein Jockey zu reiten ...«
Der Graf hob die Hand. »Wie alt sind Sie, Miss Warfield?«
Diese Frage verwirrte Jessica, aber sie brachte es fertig, gelassen zu antworten. »Ich bin zwanzig, Sir. James ist siebenundzwanzig und ...«
»Sind Sie allein von Baltimore nach England gereist?«
Jessica wußte, daß Engländer in diesen Dingen bestimmte Vorstellungen haben und log schnell – wie sie hoffte, auch überzeugend: »Ich hatte eine Zofe bei mir, aber an Bord des Schiffes wurde sie entsetzlich seekrank. Bei stürmischer See ging sie an Deck und übergab sich, dabei beugte sich meine arme Drusilla unglücklicherweise zu weit über die Reling und ging über Bord. Ab Plymouth mußte ich die Reise wohl oder übel allein machen.«
Die Duchess blickte ihren Mann an. Er war kurz davor, in Lachen auszubrechen. Schnell wandte sie sich wieder ihrem ernsten und scheuen Gast zu. »So etwas geschieht leider. Ein tragisches Ende, das Ihre arme Drusilla nahm – zum Glück haben Sie aber das Kunststück fertiggebracht, heil bei uns anzukommen.«
»Nun, nicht ganz, würde ich sagen. Mir passierte eine furchtbar unangenehme Sache. In der Nähe einer Stadt names Hayfield wurde die Postkutsche von drei maskierten Männern überfallen, die uns ausrauben wollten. Ich hatte

mein Geld unter meinem Kleid versteckt – oh Gott – na ja, jedenfalls gab ich ihnen meine fünf Dollar, und sie starrten das Geld nur an. Der Anführer spuckte darauf und meinte, dieses fremdländische Zeug wolle er nicht haben. So habe ich es jedenfalls verstanden. Er sprach einen sehr merkwürdigen Dialekt.«

Jessie hielt plötzlich inne. Ihr Gerede war ja widerlich. Bestimmt hielten die beiden sie jetzt für eine dumme, schwatzhafte Gans ohne Sinn und Verstand. »Verzeihen Sie. Ich rede viel zu viel. Es ist normalerweise nicht meine Art, aber ich habe einfach zu große Angst.«

Die mühsam verdrängten Ereignisse der vergangenen zwei Monate brachen plötzlich hervor. Sie barg ihr Gesicht in beiden Händen und schluchzte dann hemmungslos.

Plötzlich blickte sie auf und wischte sich über die Augen. »Bitte entschuldigen Sie. Es ist nicht meine Art, mich zu ängstigen. Ich weiß nicht, was in mich gefahren ist.«

»Ah, da ist Sampson. Sie brauchen jetzt eine Tasse Tee.«

»James sagt immer, in England löst Tee ein jedes Problem.«

»Nun, da hat er wahrscheinlich recht«, antwortete die Duchess, schenkte eine Tasse Tee ein und reichte sie Jessica. »Trinken Sie. Sie werden sehen, gleich geht es Ihnen besser.«

Jessie nahm einen großen Schluck und atmete tief durch. »Dieser Tee ist stärker als der Whiskey, den der alte Gussie in seiner Destille braut. Ist das tatsächlich nur Tee? Ganz harmloser Tee?«

Der Graf erhob sich und tätschelte die Schulter seines jungen Gastes. Wie mager sie ist, dachte er. Die sechswöchige Reise nach England war wohl sehr anstrengend gewesen. Einige Wochen auf See, dann die Fahrt mit der Postkutsche von Plymouth nach Darlington. Allein die Vorstellung verursachte ihm Gänsehaut. Marcus reichte ihr ein Stück von Badgers berühmtem Kümmelkuchen. Gierig verschlang Jessie das Stück mit zwei Bissen – und fühlte sich unter den Augen dieses reizenden Ehepaares sofort wie eine verrohte Wilde.

»Nehmen Sie noch ein Stück«, meinte die Duchess lächelnd. Jessica bemühte sich diesmal, die Köstlichkeit mit drei Bissen zu verzehren. Es fiel ihr schwer.
»Wann haben Sie zum letzten Mal etwas gegessen, Miss Warfield?« fragte Marcus Wyndham betont beiläufig.
»Nun – gestern wohl. Sehen Sie, ich hatte mein amerikanisches Geld in meinem ... ehm ... Unterkleid verborgen, aber natürlich nicht, während ich schlief. Irgend so ein Spitzbube mußte sich in mein Schlafzimmer geschlichen haben. Jedenfalls war am nächsten Morgen mein ganzes Geld verschwunden. Ich besitze nur noch einen einzigen Dollar, den ich in der Spitze meiner linken Stiefelette versteckt hatte.«
»Nun, ich bin erleichtert, daß man Sie erst überfallen hat, nachdem Sie sich bereits in unserer Nähe befanden.« Der Graf stand auf und blickte auf ihr dichtes, rotgelocktes Haar, das in widerspenstigen Strähnen überall unter einem häßlichen Strohhut hervorquoll. Ja, die Haarfarbe erinnerte an Maggies Kupferrot. Es war sogar noch eine Spur leuchtender.
»Seit wann kennen Sie James?«
»Seit ich vierzehn bin. Er weiß nicht einmal, daß ich noch lebe. Das heißt, er weiß sehr wohl, daß ich lebe, aber es ist ihm ziemlich gleichgültig. Und das tut weh. Ach Gott, jetzt habe ich schon wieder zu viel geplappert. Wirklich, Sir, es ist nicht meine Art, aus dem Nähkästchen zu plaudern.«
»Bitte, halten Sie sich unseretwegen nicht zurück«, antworte Marcus rasch. »Sie müssen doch sehr müde sein. Sie sind unser Gast, Miss Warfield. Ich denke, wenn Sie sich ausgeruht haben, sieht alles nicht mehr so schwarz aus. Ich werde den Koch bitten, Ihnen ein kräftiges Mahl zu servieren.«
Das konnte Jessie nicht zulassen. Mit einem Satz sprang sie auf, trat auf den Saum ihres Rockes und fiel über das Beistelltischchen mit dem silbernen Teeservice, das zweifels-

ohne schon Prinzen, Fürsten und Grafen gedient hatte. Marcus stützender Arm verhinderte, daß sie der Länge nach hinschlug. Er lächelte sie an, als er sie wieder auf die Beine gestellt hatte. »Alles in Ordnung, Miss Warfield?«
»Ja, Sir, aber ich kann Ihre Gastfreundschaft unmöglich in Anspruch nehmen. James weiß nicht, daß ich hier bin. Keiner weiß es. Ich bin von zu Hause fortgelaufen, weil die Situation für mich unerträglich geworden war, und daran wird sich nie mehr etwas ändern. Ich kann also nicht mehr zurück. Ich möchte für Sie arbeiten. Ich weiß, daß es in England für mich ein Ding der Unmöglichkeit ist, als Jockey an Rennen teilzunehmen. Frauen gehören hier nicht auf den Rennplatz. Aber ich liebe Kinder, und James erzählte mir, daß die Gräfin gerade ihren zweiten Sohn bekommen hat und daß er sein Pate ist. Ich würde gerne Kindermädchen bei Ihnen sein. Wahrscheinlich sind die beiden Kinder noch etwas zu klein, um mit mir auszureiten und sich von mir alles Wissenswerte über Vollblüter erklären zu lassen, vor allem über die Stammhengste. Mein Liebling ist Byerly Turk, den man 1688 in Buda einfing.«
»Für Byerly Turk ist unser Jüngster wirklich noch zu klein«, pflichtete der Graf ihr bei. »Aber er ist ein kluges Kerlchen, und ich wage zu behaupten, daß er noch vor seinem ersten Geburtstag den ersten Proberitt absolvieren wird. Nun, meine liebe Duchess, was sagst du dazu? Sollen wir Jessica als …«
»Wenn ich mir den Einwand erlauben darf, Mylord, in den Kolonien heiße ich Jessie. Ich weiß, es klingt etwas provinziell, aber so werde ich genannt.«
»Ein hübscher Name.«
Der Graf war angetan von diesem liebenswerten Geschöpf, das da so unerwartet in Chase Park aufgetaucht war.
»Also bleiben wir bei Jessie. Nun, was meinst du, Duchess?«

Die Duchess erhob sich, ging mit leichten, anmutigen Schritten zu Jessie hinüber und ergriff ihre Hand. Mit einem liebevollen, aufrichtigen Lächeln sagte sie: »Charles hat es faustdick hinter den Ohren, wie sein Vater. Ich nehme an, er wird Sie vom ersten Augenblick an bewundern, vor allem Ihr schönes volles Haar. Sie werden aufpassen müssen, daß er es Ihnen nicht büschelweise ausreißt. Willkommen auf Chase Park, Jessie.«
»Mein Haar ist doch nicht schön. Das sagen Sie nur aus Höflichkeit. James erzählte mir, Sie wären unendlich freundlich.«
»Sie haben tatsächlich wundervolles Haar. Sagen Sie danke, Jessie.«
»Danke, Madam.«
Bald darauf wurde Jessie wieder von Sampson begleitet, der ihr ohne Scheu erzählte, daß er schon lange davon träume, die Kolonien zu besuchen. Er habe noch nie einen echten Indianer gesehen und wolle sich gerne für seine Frau ein paar Farben ausleihen, die sie dann für ihre eigene Kriegsbemalung verwenden könne. Es würde ihr sicherlich Spaß machen.
Unterdessen unterhielt sich die Duchess im Grünen Würfelzimmer mit Marcus über den Neuankömmling.
»Eine interessante Geschichte, Marcus. Was ist deiner Meinung nach zwischen ihr und James vorgefallen, daß sie so Hals über Kopf zu uns geflüchtet ist? Dieses Unternehmen war sehr leichtsinnig.«
»Mach dir jetzt keine Gedanken darüber. Wir werden es herausfinden. Ich bin neugierig, wie Maggie reagieren wird, wenn sie einer Frau begegnet, deren Haare noch roter sind als ihre.«

Maggie, seit sechs Jahren Ehefrau von Sampson, war einfach hinreißend. Jessie starrte sie immerfort an und zog ihren abgewetzten Morgenmantel noch fester um sich. Wenigstens war sie jetzt sauber und lag in einem prunkvollen

Bett, das mit goldenen Brokatvorhängen und vier hohen, kunstvoll geschnitzten Bettpfosten ausgestattet war. Sie schloß die Augen. Die Matratze war mit Gänsefedern gefüllt – wenn sie nicht alles täuschte –, denn sie schien in himmlischen Wolken zu versinken. Aber der Schlaf wollte sich nicht einstellen. Angst und Erleichterung lagen zu nahe beieinander und verwirrten sie. Das Kleid, das Maggie trug, als sie zu Jessie hereinkam, war noch prächtiger als das der Duchess. Aber das kupferrote Haar war einfach atemberaubend.

»Feuerrot wie die sündige Leidenschaft«, bemerkte Maggie zufrieden, als Jessie die Augen nicht von ihr ließ und ihrer Bewunderung Luft machte. Sie strich sich stolz über die leuchtende Haarpracht und lächelte verschmitzt. »Ihr Kopfschmuck ist auch nicht zu verachten, Miss Jessie. Vielleicht nicht so rein im Farbton wie mein Haar, aber durchaus beachtlich. Sie haben diese widerspenstigen Löckchen, die sich nicht zähmen lassen, also werden wir ...« Maggie hielt mitten im Satz inne und nahm eine nachdenkliche Haltung ein.

»Ach, bitte, nennen Sie mich doch Jessie. Ich bin keine Miss. Sie haben recht, mein Haar macht wirklich, was es will. Übrigens werde ich bei dem kleinen Charles Kindermädchen sein.«

»Ja, Sampson erzählte bereits, daß Sie Charles über Rennpferde und Vollblüter und einen Burschen namens Byerly Kirk aufklären wollen ...«

»Nun, der Kerl heißt Byerly Turk und ist ein Pferd und kein Mann.«

»Wie schade. Mit Männern hat man mehr Spaß als mit Pferden – aber ich nehme an, daß man da unterschiedlicher Meinung sein kann. Sie werden gewiß das Richtige tun, gleichgültig, ob Mann oder Pferd. Nun wollen wir doch einmal sehen, was wir mit diesem hübschen Köpfchen anfangen können. Sie werden heute mit der Duchess und dem Grafen zu Abend essen. Wie ich sehe, haben Sie Ihren Schopf gründlich mit Seife gewaschen, vorhin im Badezimmer, nicht wahr?«

»Oh ja. Es war furchtbar schmutzig«, antwortete Jessie wahrheitsgemäß. Sie setzte sich an die Frisierkommode und erblickte im Spiegel eine hoffnungslos wilde Masse roter Locken.

»Nur keine Aufregung, Jessie. Die Duchess meinte, Sie würden meine Hilfe brauchen, und wie ich sehe, hat sie recht. Sie möchte, daß ich wieder einen zivilisierten Menschen aus Ihnen mache. Ein Glück, daß ich so talentiert bin. Habe ich schon erwähnt, daß ich Schauspielerin war, bevor ich Mr. Badger in Plymouth das Leben gerettet habe? Ach ja, Mr. Badger und Mr. Spears haben Sie noch gar nicht kennengelernt. Das kommt noch.«

»James hat mir so viel von Ihnen allen erzählt, auch, daß Sie so auffallend schön sind.«

James hatte tatsächlich erklärt, daß Maggies Auftauchen ihm jedesmal die Sprache verschlagen hatte, seitdem sie ihm ein paar freche Klapse auf das Hinterteil versetzt hatte, als er kaum zwanzig Jahre alt gewesen war.

»Nun, James ist ein reizender Mann. Er hat sich gut entwickelt, und wir sind alle stolz auf ihn. Seine grünen Augen können einem durchaus die sieben Sinne verwirren, finden Sie nicht auch? Und haben Sie seine dichten Wimpern bemerkt? Man könnte ins Träumen kommen. Und das dichtgelockte, helle Haar? Tja, weiß Gott, unser James ist ein ungeheuer gutaussehender Mann. Und er ist vollendet gewachsen und fast so groß wie der Graf. So, und jetzt bleiben Sie ruhig und entspannt sitzen und schließen die Augen. Ich werde jetzt meinen Zauberstab schwingen.«

»Ja, James hat wirklich wundervolle Augen«, bestätigte Jessie mit einem ungewollten Seufzer. Ihre Augen waren geschlossen, und ihr entging, daß Maggie bei dieser Bemerkung wissend lächelte. Zu ihrer Überraschung machte sich Maggie nicht sofort an das störrische Haar, sondern rieb ihr

das Gesicht mit einer sehr wohlriechenden Creme ein. »Fühlt sich das nicht gut an? Die Duchess erzählte, daß Sie fast sechs Wochen auf See waren. Die Salzluft ist nicht gut für den Teint. Diese Creme wird Ihre Haut wieder weich und glatt machen. Wir werden sie jetzt täglich auftragen, und Sie werden sich nach jedem Bad gründlich damit einreiben. Ja, für ein Mädchen aus den Kolonien haben Sie eine erstaunlich gute Haut. So, und nun wollen wir mal sehen, was wir mit Ihrem Haar anstellen.«
Jessie kam sich ziemlich affig vor und wollte ihr Schlafzimmer, das noch viel aufwendiger ausgestattet war als das ihrer Mutter zu Hause, nicht verlassen. Maggie hatte erzählt, daß es das Herbstzimmer genannt wurde, wegen des unnachahmlich warmen Goldtons der Tapeten und der Tagesdecke. Ein solches Prunkgemach teilte man dem zukünftigen Kindermädchen zu?
Sie fürchtete sich, den langen breiten Korridor allein entlangzugehen, in dessen Wandnischen griechische Statuen standen, die auf eine endlose Reihe von Ahnenbildern blickten.
Außerdem fürchtete sie sich davor, wieder auf den Saum des traumhaften Kleides zu treten, das die Duchess ihr hatte bringen lassen, und unter einem dieser ehrwürdigen Vorfahren auf der Nase zu liegen.
Als es an ihrer Tür klopfte, geriet sie wieder in panische Angst, so daß sie zitterte.
Sie öffnete die Tür und sah sich einem hochgewachsenen älteren Herrn gegenüber, der formvollendet gekleidet war. Noch nie hatte sie einen derart eleganten Mann gesehen. Sein volles schwarzes Haar war mit feinen Silberfäden durchzogen. Dunkle Augen musterten sie aufmerksam.
Die eindrucksvolle Persönlichkeit lächelte sie an. »Ich bin hier, um Sie zu begleiten, Miss Warfield. Die Duchess war der Meinung, Sie würden sich an meinem Arm vielleicht wohler fühlen, wenn Sie die lange Reihe der Wyndham-

Ahnen abschreiten müssen. Diese Bilder bringen die Galle in Aufruhr, pflegt sie immer zu sagen.«

»Danke, Sir.«

Behutsam schob sie ihren Arm unter den seinen.

»Ich heiße Jessie.«

»Die Amerikaner sind herrlich unkonventionell. Charmant, in der Tat. Kopf hoch. So ist es besser. Ich nehme an, Mr. James ist sehr in Sorge um Sie.«

»O nein. Ihm ist es völlig gleichgültig, ob ...«

»Ja, tatsächlich?«

»Entschuldigen Sie, es hat Sie überhaupt nicht zu interessieren, ob James weiß oder nicht weiß, daß ich noch unter den Lebenden bin. Vielleicht ist er ein wenig beunruhigt, denn schließlich war er an meinem Absturz nicht unmaßgeblich beteiligt.«

»Es interessiert mich durchaus. War Ihr Absturz gesellschaftlicher oder finanzieller Natur?«

Da brach Jessie plötzlich in schallendes Lachen aus. Sie lachte und lachte, bis sie kaum noch Luft bekam, und der vornehme ältere Herr lächelte gütig, als sie sich wieder gefaßt hatte.

»Wissen Sie, ich glaube, ich habe seit zwei Monaten nicht mehr so gelacht. Ach, das tat gut!«

»Nun, ich hoffe, Sie werden morgen noch mehr Grund zum Lachen finden, wenn Sie ausreiten.«

»Reiten? Wie bei mir zu Hause? Aber nein, Sir, der Graf und die Gräfin werden es ihren Bediensteten bestimmt nicht gestatten, und das bin ich ja schließlich. In Amerika wäre ich eine Angestellte, aber hier bin ich sicherlich nur ein unbedeutender Dienstbote.«

»Sie werden naturlich mit dem Grafen und der Gräfin fürstlich speisen.«

»Aber das hat einen anderen Grund. Sie wollen sich mit mir über James unterhalten und alles über ihn erfahren. Sie vermissen ihn.«

»Ja, James ist ein guter Mensch. Er hat so sehr, sehr viel

durchgemacht, aber er hat überlebt und er ist daran gewachsen.«
»Ja, ich weiß. Er hat seine junge Frau und sein Kind verloren.«
»Das war einer der Schicksalsschläge, die ihn getroffen haben. Vorsichtig jetzt. Diese Stufen können für Damen gefährlich werden. Für die Herren auch, wenn sie zu viel flüssigen Geist zu sich genommen haben.«
Jessie schwieg, bis die vornehme Erscheinung mit den silbergrauen Schläfen sie die große Eichentreppe sicher hinuntergeleitet hatte und sie wieder auf dem ebenen schwarzweißen Marmorboden der Eingangshalle stand, die weiträumiger war als das gesamte Erdgeschoß ihres Elternhauses.
Sie kam sich wie eine Landpomeranze vor. Das Lachen war ihr längst wieder vergangen. Sie blickte sich um und spürte wieder diese unerklärliche Beklemmung in sich aufsteigen, wie vor wenigen Stunden, als sie das erste Mal durch die große Doppelpforte getreten war, die einer Kathedrale würdig gewesen wäre.
»Nicht im Traum hätte ich mir ein so riesiges Haus vorstellen können.«
»Sie werden sich daran gewöhnen. Als Kind hat die Duchess diese alten Mauern gehaßt. Sie empfand dieses Gemäuer als kalt und übermächtig groß, aber heute ist sie sehr stolz darauf. Kommen Sie, wir wollen den Grafen und die Duchess nicht warten lassen. Sie speisen heute in dem kleinen goldenen Zimmer. Mr. Sampson meinte, an Ihrem ersten Abend würden Sie sich hier vielleicht wohler fühlen.«
»James hat mir einmal erzählt, daß der Earl seiner Frau den Spitznamen Duchess gab, als sie neun Jahre alt war.«
»Ja, das ist richtig.«
»Sind Sie zu Besuch hier, Sir? Sind Sie ein Graf oder gar ein Herzog?«
»Das ist mir nicht bekannt. So, und jetzt möchte ich, daß Sie hocherhobenen Hauptes in den kleinen Salon gehen. Hal-

ten Sie die Schultern gerade und lächeln Sie. Betragen Sie sich wie die Königin von Amerika, die sich zu einem Besuch herabläßt. Versprochen?«

Jessie schluckte. »Gut, ich will es versuchen. Kommen Sie denn nicht mit?«

»Heute abend nicht. Ich sehe Sie morgen wieder.«

»Ich danke Ihnen, Sir.«

»Mir war es ein besonderes Vergnügen.«

Kapitel 12

All das war ein wenig zuviel für Jessie. Hier saß sie nun in einem unersetzlichen, kostbaren Sessel, der mehrere hundert Jahre alt war und stocherte mit dem schweren Silberbesteck in den jungen Erbsen herum, die auf einem goldenen Teller herumrollten. Wenn man die Eheringe sämtlicher Paare in Baltimore eingeschmolzen hätte, wäre bestimmt nicht ein Teller von dieser Größe entstanden, dachte Jessie, als ihre Gedanken abschweiften.
Ihr war bewußt, daß sie sich keineswegs in einem Bankettsaal für Staatsgäste befand, sondern in einem eher gemütlichen Speisezimmer, das den Ausmaßen des Salons in ihrem Elternhaus in Baltimore entsprach. Die Wände waren hellgelb gestrichen. Die Längsseite bestand aus einer einzigen Fensterfront. Die zurückgezogenen Vorhänge gaben den Blick frei auf den gepflegten Rasen vor dem Hause, der sich im Hintergrund in einem Eichenwäldchen verlor. Plötzlich vernahm sie merkwürdig durchdringende Laute. Erschrocken ließ sie die Gabel fallen.
»Keine Angst«, beruhigte sie die Duchess. »Das ist nur Fred.«
»Fred?«
»Der Pfau. Im Augenblick ist er hoffnungslos in Clorinda verliebt, die leider nichts von ihm wissen will. Sie ist eine kokette Pfauendame, die sich den Hof machen läßt. Prahlerisch stellt er seine Schwanzfedern auf und schlägt ein Rad, um sie mit schillernder Pracht zu betören, aber es scheint sie nicht zu beeindrucken, und darüber beschwert er sich jetzt bei uns. Überhören Sie ihn einfach.«
»Gut.« Einen verliebten Pfau überhören? Nun ja, immerhin befand sie sich in England. Sie würde sich wohl an ei-

nige sonderbare Dinge in diesem Lande gewöhnen müssen.
»Gefällt Ihnen die Frisur, die Maggie Ihnen gezaubert hat?« fragte der Graf.
Verlegen tastete sie nach den dicken Zöpfen, die kunstvoll miteinander verschlungen ein prächtiges Geflecht an ihrem Hinterkopf bildeten. »Und jetzt noch ein paar Korkenzieherlocken«, hatte Maggie verkündet, »das schmeichelt Ihrem niedlichen Gesicht. So. Ziehen Sie die Locken einfach aus der Frisur und lassen Sie sie fallen, wie sie wollen.«
»Eigentlich habe ich das Gefühl, daß ich nicht mehr ich bin«, gab Jessica etwas verlegen zur Antwort.
»Vom männlichen Standpunkt aus betrachtet sehen Sie entzückend aus«, bemerkte der Graf und schob sich genüßlich einen Bissen rosa Lammfleisch mit Weißweinsauce in den Mund und schloß dabei die Augen. »Sie müssen mir vergeben, Miss Jessie«, sagte er und lächelte. »Heute abend hat Badger gekocht. Zu Ihrer Begrüßung wollte er uns ein ganz besonderes Menü zubereiten.«
Eifrig widmete sich Jessie dem zarten Lammrücken mit jungen Karotten und Erbsen. Es schmeckte köstlich. »James erzählte mir, daß Badger den Chefkoch des Königs in den Schatten stellen würde.«
»Jetzt probieren Sie mal das Entenragout«, ermunterte sie die Duchess. »Ja, James behauptete immer, ein von Badger zubereitetes Mahl versetze ihn in den siebenten Himmel.«
»Aha.« Jessie schloß die Augen wie vorhin Marcus Wyndham. »Wie schaffen Sie es beide, trotzdem so schlank zu bleiben?«
Jessie glaubte zu bemerken, daß der Graf die Duchess schmunzelnd anblickte, als ob er der Gattin des Vikars einen Kuß geraubt hätte. Seine Frau warf ihm einen tadelnden Blick zu und antwortete: »Für uns kocht Badger nicht jeden Tag so opulent.«
»Ja, das ist richtig«, stimmte der Graf ihr zu. »Aber was halten Sie von Maggie und ihren Talenten?«
»Oh, Maggie meinte, ich sehe großartig aus.« In Jessies

Stimme schwang so viel Ungläubigkeit und Verwirrung mit, daß der Graf und die Duchess lachen mußten.
»Sie hat recht«, stellte er fest. »Probieren Sie jetzt die Forelle à la Genua. Ich muß sagen, auch das Kleid steht Ihnen großartig. Ja, dieses Smaragdgrün ist wie geschaffen für Sie.« Jessie fand keine Worte und blickte Marcus Wyndham nur erstaunt an.
»Erwähnten Sie nicht, daß Sie Jockey sind?«
»Ja, ich gebe es zu, nachdem ich mich bereits verplappert habe. Die Engländer haben hervorragende Jockeys – die auch dem richtigen Geschlecht angehören«, fügte sie etwas stockend hinzu.
»Die Arbeit eines Kindermädchens hat mit dem Leben eines Jockeys nicht mehr viel zu tun«, gab die Duchess zu bedenken. »Sind Sie sicher, daß Sie sich um Charles kümmern wollen?«
»Er sabbert furchtbar, Jessie«, warnte sie der Graf. »Nur bei Spears reißt er sich zusammen. Auf mich hat er es im Augenblick besonders abgesehen. Er zahnt, und es macht ihm einen Riesenspaß, mich in das Kinn zu beißen.«
»Er beißt in alles, was in seine Reichweite kommt.«
»Ich freue mich schon darauf, ihn zu sehen. Es ist nur schade, daß ich kaum etwas mit kleinen Kindern zu tun hatte. Aber ich habe schon mehrere kleine Fohlen aufgezogen. Sie sind einfach allerliebst. Ich spiele mit ihnen, striegle sie, tobe mit ihnen auf der Koppel herum und unterhalte mich mit ihnen ...«
»Nun, das beruhigt mich. Dann hat unser zukünftiges Kindermädchen ja doch einige Erfahrungen gesammelt, meinst du nicht auch, Duchess?«
»Oh, durchaus, würde ich sagen«, versicherte seine Frau und nickte. »Aber trotzdem möchte ich Sie warnen, Jessie. Charles' Bruder Anthony ist gerade sechs Jahre alt geworden. Er wird eifersüchtig sein, wenn Sie sich um den Kleinen kümmern, daher werden wohl beide an Ihren Rockschößen hängen.«

Jessies Augen leuchteten auf. »Reitet Anthony?«
»Wie ein kleiner Zentaur«, antwortete die Duchess voll mütterlicher Liebe. »Vielleicht könnten Sie ihm Reitunterricht geben.«
»Ja«, setzte der Graf hinzu. »Sie könnten ihm alles Wissenswerte über die Pferdezucht und den Reitsport beibringen.«
»Oh, ja!« rief Jessie begeistert aus und vergaß dabei das exquisite Mahl und die Tatsache, daß sie eine Fremde aus den Kolonien war, die hier auf Schloß Chase dem Hochadel gegenübersaß. »Das wäre einfach wundervoll! Und Sie haben nichts dagegen?«
»Durchaus nicht«, erklärte der Graf. »Ah, da kommt Badger, um sein verdientes Lob zu hören. Badger, das ist Jessie Warfield, geradewegs aus den Kolonien angereist. Sie ist eine Freundin von James.«
Er war häßlich, dieser Hüne, mit riesigen Pranken, einem dichten weißen Haarschopf und einem breiten Lächeln. Er war wie ein Gentleman gekleidet, der zufällig eine große weiße Küchenschürze aufgegabelt und sie sich zum Spaß umgebunden hatte.
»Sie sind Badger?«
»Allerdings. Hat Ihnen das Gemüse à la Julienne geschmeckt?«
»Oh, ja.«
»Und das gedünstete Lamm in Weißweinsauce?«
»Sie hat jedes Gericht probiert. Was haben Sie noch auf Ihrem Menüplan stehen, Badger?«
»Nesselrode Pudding, Mylord.«
Er servierte den Pudding, während drei Diener schnell und geräuschlos die Teller abräumten und neue brachten – diesmal mit einem breiten Goldrand verziert.
Als der Nachtisch serviert war, erklärte Badger: »Wir werden uns morgen über alles Weitere unterhalten. Anthony brennt darauf, Sie kennenzulernen, Miss Jessie. Es könnte sehr gut möglich sein, daß er einen Veitstanz auf Ihrem Bett

vollführt. Es liegt natürlich daran, daß Sie Amerikanerin sind. Er wird Sie von Kopf bis Fuß mustern, um sich zu überzeugen, daß Sie weder elf Finger noch vier Ohren haben. Gute Nacht, Mylord. Gute Nacht, Duchess.«

Und schon war er verschwunden, ebenso die Diener. Gute Nacht wünschte nun auch Sampson. »Vergessen Sie nicht, was Mister Badger gerade gesagt hat – Master Anthony ist wirklich ein kleiner Wildfang.«

»Ich werde es mir merken«, erwiderte Jessie lächelnd und blickte Sampson nach, als er den kleinen Speiseraum verließ. Sie war sicher, das Echo seiner Schritte zu hören.

»Und jetzt, meine Liebe«, sagte der Graf, »erzählen Sie uns, was zwischen Ihnen und James vorgefallen ist, und warum Sie Hals über Kopf die Flucht ergriffen haben. Anschließend werden wir uns in den Salon zurückziehen und Badgers unübertroffenen Kaffee zu uns nehmen.«

Jessie blickte von einem zum anderen, und dann sprudelte es aus ihr heraus. »Ich wollte nicht zu Tante Dorothy nach New York. Sie ist die jüngere Schwester meines Vaters, und sie ist kleinlich und böse und bigott und erwartet, daß man auch noch einen Kniefall macht, wenn sie einem sagt, was für ein schlechter Mensch man ist.«

»Dort würde ich auch keinen Tag länger als notwendig bleiben«, stimmte ihr die Duchess zu. »Sie scheint ebenso unangenehm zu sein wie James' Mutter.«

»James' Mutter ist ein Alptraum. In ihrer Gegenwart möchte ich am liebsten unter dem Teppich verschwinden. In Baltimore hält mich nichts mehr. Verzeihen Sie, wenn ich so einfach an Ihre Türe geklopft und Unruhe in Ihr Leben gebracht habe.«

»Nun, ein bißchen Chaos im Leben kann nie schaden«, antwortete Marcus gelassen. »Man wird mit der Zeit zu behaglich und selbstzufrieden. Stiften Sie also nach Herzenslust Unruhe, Jessie. Was hat sich zwischen Ihnen und James abgespielt?«

»Oh, das ist eine kuriose Geschichte. Alle haben gesehen,

wie ich im Garten der Blanchards auf ihm lag. Aber ich habe ihn nicht geküßt. Wirklich nicht. Ich wollte nur sichergehen, daß er bei Bewußtsein war. Also verpaßte ich ihm ein paar kleine Klapse auf die Wangen. Vielleicht kam mein Gesicht dem seinen dabei zu nahe, das kann ich jetzt nicht mehr beurteilen. James hat nun einmal einen verlockenden Mund. Aber das spielt nun keine Rolle mehr. Verstehen Sie, in Baltimore bin ich durch dieses dämliche Mißgeschick erledigt. Mein Ruf ist ruiniert. James kam mit heiler Haut davon. Er ist ja ein Mann. Was blieb mir anderes übrig? James will mich nicht. Keiner will mich, außer diesem gräßlichen Saufkopf auf der Rennbahn, der mich angegriffen und betatscht hat. Zum Glück tauchte James auf und rettete mich in letzter Sekunde, denn dieser Mistkerl hielt mir sein Messer an die Kehle, so daß ich ihm hilflos ausgeliefert war. James schlug ihn zu Boden und war furchtbar wütend, aber dabei ist es geblieben. Tja, und nun bin ich bei Ihnen gelandet.«

»Ich kann Sie verstehen«, erwiderte die Duchess mit ihrer wohlklingenden Stimme. »Aber vielleicht könnten Sie uns erklären, aus welchem Grunde Sie auf James lagen?«

Jessie holte tief Luft und berichtete dann von der unglücklichen Verkettung der Ereignisse.

»Und damit war Ihr guter Ruf ruiniert«, faßte der Graf zusammen.

»Ja, und es ist ungerecht, daß ein Mann unbeschadet davonkommt.«

»Nun, im Grunde genommen wäre der Mann verpflichtet, die Frau zu heiraten, da beide in einer verfänglichen Situation überrascht wurden. Dieser Meinung wärst du doch auch, Duchess?«

»Wenn die Dinge so liegen, ja.«

»Nun, vielleicht hätte er sich dazu bereit erklärt. Aber ich weiß, daß James mich nicht leiden kann, und deshalb würde ich ihm das niemals antun.«

»Ich verstehe.« Die Duchess blickte Jessie in die Augen. Es waren bildschöne klare Augen, deren tiefes Grün jetzt von

Schmerz überschattet wurde, der für ein so verletzbares, zartes Geschöpf wie Jessie Warfield nur schwer zu ertragen war. Dieses junge Mädchen bot einen äußerst erfreulichen Anblick, als sie in der Tür des Eßzimmers erschienen war. Sie wirkte stolz und doch wieder schüchtern, sinnierte die Duchess weiter. Dieses junge Mädchen war bereit, ihre Schönheit zu zeigen, doch ohne Anmaßung und Prahlerei, und als sie ihr gesagt hatte, wie hinreißend sie aussah, hatte Jessie sie erstaunt und ungläubig angesehen. Das sollte kein Hindernis sein. Sie wollte das Selbstvertrauen ihres neuen Schützlings aufbauen. Vielleicht brauchte sie nur das – Selbstvertrauen und ein wenig Schliff. Die Duchess wollte sie gern reiten sehen. Maggie hatte gute Arbeit geleistet. Jessie war gewiß keine klassische Schönheit, aber aus diesen grünen Augen sprach Intelligenz, und die nach oben gezogenen Mundwinkel zeugten von Humor. Sie besaß wunderbar weiße Zähne, und ihr Kinn war noch energischer als das von James. Die Haut war herrlich weiß, und die winzigen Sommersprossen auf der Nase wirkten entzückend. Was war mit James los? Trauerte er noch um Alicia? Aber seit ihrem Tod waren drei Jahre vergangen.

Jessie machte nur ein Auge auf und blickte in ein tiefblaues Augenpaar, das ungefähr drei Zentimeter von ihrem Gesicht entfernt war.
Sie schrie auf.
»Schscht«, ertönte eine sehr junge Knabenstimme. »Wenn du nicht still bist, kommt Spears und nimmt mich unter den Arm und trägt mich fort. Ich wollte dich nicht erschrecken.«
Dieses Kind sprach ebenfalls mit diesem steifen, gekünstelt wirkenden Akzent, der überall in diesem merkwürdigen Land zu hören war. »In Ordnung«, erwiderte Jessie. »Ich werde still sein. Ich begreife nicht, wieso ich mich so erschrocken habe. Ich kann schreiende Menschen nicht ausstehen.«

»Ich auch nicht.«
»Du bist ziemlich schwer, Kleiner. Könntest du ein wenig zur Seite rücken?«
»Ja, natürlich. Ist es so bequemer für dich?«
Jessie konnte wieder atmen. Wahrscheinlich war sie mit einem Schrei aufgewacht, weil er ihr die Luft abgedrückt hatte. »Ja, jetzt ist es besser.«
»Du klingst so komisch wie Onkel James, wenn er nach Hause kommt, bis er wieder gelernt hat, ordentlich zu sprechen. Papa sagt, das liegt daran, daß er aus einem wilden Land kommt und daß wir ihn zivilisieren müssen. Ich bemühe mich dann immer, Onkel James wieder ein anständiges Englisch beizubringen.«
»Du bist Anthony.«
»Ja. Ich wurde nach Anthony Welles benannt, dem Earl of Clare. Das war ein guter Freund von meinem Großpapa. Ich habe beide nicht kennengelernt, aber der Earl of Clare muß ein ganz feiner Gentleman gewesen sein, der ein halbes Jahr in England und das andere halbe Jahr in Italien verbrachte.«
Jessie war nun vollkommen wach und hingerissen von dem vertrauensvollen Entgegenkommen des kleinen Jungen, der eines Tages mindestens so gut aussehen würde wie sein Vater. »Dein Papa hat mir erzählt, daß du wie ein Zentaur reiten kannst.«
»Hat er das wirklich gesagt? Ein Zentaur? Bist du sicher, daß du ihn nicht mißverstanden hast, weil du doch eine Amerikanerin bist?«
»Ich schwöre, daß er es gesagt hat. Also, Anthony, ich heiße Jessie. Ich werde Charles' Kindermädchen sei, und dir werde ich Reitunterricht erteilen, weil ich nämlich auch wie ein Zentaur reite und schon viele Rennen gewonnen habe.«
»Wirklich? Mama hat gesagt, daß Tante Frances die einzige Dame ist, die manchmal Rennen reitet.«
»Du nennst viele neue Namen, die ich noch nie gehört habe. Laß mir etwas Zeit, um mich zurechtzufinden, Anthony,

und dann kannst du mir jeden Tag einen neuen Namen auftischen, samt Familiengeschichte, einverstanden?«
»Ich hätte wissen müssen, daß du die arme Jessie jetzt schon quälst.«
»Papa!« Anthony rollte vom Bett herunter und sauste mit wehendem Nachthemd auf seinen Vater zu, der in Reithosen und blankpolierten Lederstiefeln in der Tür stand. Er bückte sich, fing den Jungen in seinen Armen auf und gab ihm einen herzhaften Kuß. »Deine Mama hat bereits vermutet, daß du Spears entschlüpft sein könntest. Du bist eben ein wendiges Bürschchen.« Er blickte zu Jessie hinüber, die sich bemühte, ihre Decke bis ans Kinn zu ziehen. »Wir haben schon überlegt, ihn nachts ins Burgverlies zu sperren, aber dann wendet er einen alten Trick an: Er läßt sein Kinn jammervoll erzittern, und die Dienerschaft fällt prompt jedesmal darauf herein. Keiner würde es übers Herz bringen, ihn dort außer Gefecht zu setzen. Also, was sollen wir machen? Aber ich habe ihn ja da gefunden, wo seine Mutter ihn vermutet hat. Anthony, heraus mit der Wahrheit, du hast doch wohl die arme Jessie nicht aufgeweckt, oder?«
»Oh nein«, gab Jessie schnell zurück. »Ich bin von allein aufgewacht, und da stand Anthony in der Tür – mucksmäuschenstill – und wartete darauf, daß ich die Augen öffnete.«
Anthony schenkte ihr einen dankbaren Blick und meinte: »Sie spricht so lustig wie Onkel James. Kann sie mit uns ausreiten, Papa? Sie sagt, sie sei eine gute Reiterin. Ich habe ihr von Tante Frances erzählt, aber sie meinte, zu viele Namen auf einmal könne sie sich nicht merken.«
»Eine gute Idee. Geh jetzt zu Spears. Er soll dir beim Ankleiden helfen.«
Anthony schlang noch einmal seine Ärmchen um den Nacken seines Vaters und rutschte an ihm herunter. »Ich sehe dich beim Frühstück, Jessie«, rief er und schlüpfte an seinem Vater vorbei zur Tür hinaus.

»Er ist wirklich Ihr Ebenbild, Mylord«, bemerkte Jessie. »Wenn er erwachsen ist, werden die Frauen reihenweise vor ihm in Ohnmacht fallen.«
»Ich bemühe mich, nicht zur Kenntnis zu nehmen, daß Ihr Euch im Schlafzimmer einer Dame befindet, Mylord.« Die Duchess trug ein entzückendes, dunkelblaues Reitkostüm und einen kecken kleinen Reithut aus Velours. Eine vorwitzige Straußenfeder bog sich wippend zu ihrer Wange hinunter. Noch nie in ihrem Leben hatte Jessie eine so schöne Frau gesehen. Jetzt, als sie die beiden nebeneinander stehen sah, fiel ihr auf, daß sie einander wie Geschwister ähnelten. Aber es waren nur Cousins.
»Guten Morgen, Jessie. Wie haben Sie geschlafen?«
»Wie ein Stein«, antwortete Jessie und gähnte unwillkürlich.
»Ich werde jetzt meinen Ehemann aus diesem Zimmer entfernen, damit Sie baden und sich ankleiden können. Hier kommt bereits Ned mit der Wanne und dem heißen Wasser. Wir treffen uns unten.«
»Im Gegensatz zu seinem Bruder hat Charles noch nicht richtig mitbekommen, daß Sie nun für ihn da sind«, erklärte der Graf lächelnd. »Daher ist es ihm im Augenblick vollkommen gleichgültig. Er hat ungerührt sein Bäuerchen gemacht, nachdem die Duchess ihn fast eine Stunde trinken ließ.«
Zwanzig Minuten später betrat Maggie das Schlafzimmer, nachdem Jessie sich das Haar geflochten hatte. Sie hoffte, daß es ihr so gelungen war wie Maggie am Abend zuvor. Maggie hielt ein dunkelgrünes, samtenes Reitkleid über dem Arm und musterte Jessie eine Weile schweigend und meinte dann: »Setzen Sie sich bitte noch einmal hin, Jessie. Ich glaube, Sie haben den Bogen fast schon heraus.«
Jessie gehorchte.
»Nun, meine Kleine, Sie wollen doch gewiß nicht ständig so schön aussehen wie ich. Mein gutes Aussehen bin ich dem Haus und meinem Mann schuldig. Ich bemühe

mich, tagsüber eine Perle, abends und nachts aber ein Diamant zu sein – nun, das braucht Sie noch nicht zu interessieren. Jessie, Sie sind nicht wie ich. Sie wollen doch nicht jeden Tag Zöpfe flechten, feststecken und wieder lösen. Sie wollen nicht zu viel Aufwand treiben, Sie wollen es bequem haben und sich wohl fühlen. Deshalb sollten umständliche Zopffrisuren dem Abend vorbehalten bleiben. Wie wäre es mit einem Pferdeschwanz für den Vormittag? Sehen Sie, so macht man das. Jetzt drehen wir das ganze Haar zusammen und binden es am Kopf fest. Es ist ganz einfach. Und nun lockern wir es an den Seiten noch ein wenig auf.« Maggie musterte das straff zurückgekämmte Haar, griff zum Kamm und zog an den seitlichen Haaransätzen einzelne gelockte Strähnen – die bekannten Korkenzieher – hervor, die Jessicas Gesicht schmeichelnd umrahmten. Die eine Locke hinter dem Ohr kitzelte Jessie, aber sie beschloß, sich daran zu gewöhnen. Sie starrte ihr Spiegelbild an und war sprachlos.

»Sehen Sie, viel mehr braucht man nicht zu tun. Morgen werden Sie es allein versuchen, und ich sehe Ihnen dabei zu.«

»Danke, Maggie! Ich kann kaum glauben, welchen Unterschied diese vielen kleinen Dinge bewirken. Oh, und jetzt werden Sie noch mein Gesicht einsalben?«

»Ja, und heute werde ich Ihnen die Creme dalassen. Benutzen Sie sie morgens und abends. Nun, wenn Sie verheiratet wären, müßten Sie sie natürlich auftragen, bevor Ihr Gemahl das Schlafzimmer betritt. Mein Sampson sagt immer, wenn Badger der Creme noch ein wenig Vanille hinzufügen würde, könnte er sie mir von Hals und Wangen lecken ... Ja, ehm ... lassen wir das beiseite. Nun wollen wir doch einmal sehen, wie Ihnen das Reitkleid steht. Die Farbe sollte Ihre grünen Augen noch deutlicher zur Geltung bringen.«

»Ich kann doch nicht zulassen, daß mir die Duchess ständig Kleider borgt.«

»Oh, dies hier gehört ihr nicht. Es ist meins. Sie wollte Ihnen ein Reitkostüm von sich geben – aber darin hätten Sie furchtbar ausgesehen. Meterweise aprikosenfarbener Samt, wie langweilig. Nein, nein, dieses hier ist genau richtig für Sie. Ich reite nicht, aber Sampson wünscht, daß ich für alle Gelegenheiten gerüstet bin. Manchmal steige ich auf eines der Pferde und reite in schönster Positur eine Runde. Nur ihm zuliebe.«
Als Jessie kurze Zeit später ihr Schlafzimmer in Maggies Reitkleid und den Stiefeln der Duchess verließ, wurde sie bereits wieder von jenem gutaussehenden großen Herrn erwartet. Er lächelte ihr freundlich zu.
»Entzückend und verführerisch«, begrüßte er sie und reichte ihr seinen Arm.«
»Meinen Sie das tatsächlich so, Sir?«
»Wenn Sie noch eine weitere Woche die Wahrheit über sich selbst und die kleinen Dinge des Lebens erfahren, wird Ihr Selbstvertrauen dem der Duchess und des Earls in keiner Weise nachstehen. Nun, vielleicht ist dies nicht so zuträglich für Sie. Ich werde darüber nachdenken. Erlauben Sie mir jetzt, Sie ins Frühstückszimmer zu geleiten.«
Frohgemut folgte ihm Jessica an seiner Seite. Sie war überzeugt, es mit einer berühmten Persönlichkeit zu tun zu haben, die es amüsant fand, ihr Beschützer zu sein. An der Tür zum Frühstückszimmer verließ er sie.
»Werden Sie nicht mit uns essen, Sir?«
»Heute nicht. Ich habe bereits mein Frühstück zu mir genommen. Viel Vergnügen bei Ihrem Ausritt, Miss Jessie. Und lassen Sie Master Anthony nicht zu den Klippen von Monmouth reiten. Sie liegen südlich von Fenlow Moores.«
»Ich werde darauf achten.«
Er lächelte ihr noch einmal zu, drehte sich vornehm auf dem Absatz um und schritt den Korridor entlang. Sie kam nicht dazu, die Tür zu öffnen. Ein Lakai in einer makellosen dunkelblauen Livrée mit unzähligen Goldknöpfen war lautlos herbeigetreten und hielt ihr die Tür auf.

Das also nannte man in diesem Hause eine Mahlzeit en famille, dachte sie und bemühte sich, ruhig stehenzubleiben, als der Lakai ihren Stuhl zurechtrückte.
Anthony war bestens gelaunt, wickelte ein Stück Speck um die Gabel und erzählte von seinem Pony.
»Mein Gott«!
Bei diesem höchst überraschenden Tonfall des Grafen hob Jessie den Kopf.
»Mein Gott!« wiederholte er. »Sieh sie dir doch an. Entzückend sieht sie aus!«
»Ja, Marcus, das läßt sich nicht leugnen. Oh, Jessie, meinen Mann überfallen Lustgefühle, wenn er rotes Haar sieht.«
»Mama, was sind Lustgefühle?«
»Eine neue Futtersorte für Pferde«, antwortete sein Vater und lachte. »Deine Mutter ist der Meinung, daß sie sehr bekömmlich ist und daß sie sie selbst versuchen will.«
Die Duchess warf eine Scheibe Toast nach ihrem Mann, zum Glück noch ungebuttert. »Jessie ist noch nicht verheiratet, Mylord. Hüte deine Zunge, oder es ergeht dir schlecht!«
Mit vertraulich gesenkter Stimme wandte sich der Graf an Jessie. »Heute war es nur ein Toastbrot, vorgestern dagegen ein Teller samt Eiern und Speck. Glücklicherweise ist ihre Treffsicherheit seit unserer Heirat einigermaßen bescheiden geblieben.«
»Was haben Sie verbrochen, Mylord, um mit einem vollen Teller beworfen zu werden?«
»Jessie, nennen Sie mich Marcus. Was ich getan habe? Nichts! Rein gar nichts! Das Geschoß traf mich aus heiterem Himmel.«
»Ich werde dich später daran erinnern, mein Liebster«, bemerkte die Duchess sanft und beobachtete ihren kleinen Sprößling, der seinen Vater mit aufgerissenen Augen anstarrte.
Jessie fragte sich, ob der Teller dabei zu Bruch gegangen war. Sie wollte es nicht wünschen. Wahrscheinlich war er

ein kleines Vermögen wert gewesen. Ihre Blicke wanderten von Marcus zur Duchess. Die Duchess tadelte ihren Sohn, weil er seinen Porridge wie ein unzivilisierter Wilder in sich hineinstopfte. Was seinen Vater betraf – so verschlang er seine Portion auf ähnliche Art.

Sie konnte sich glücklich schätzen, mehr als glücklich. Das sollte aber nicht heißen, daß Jessie Wunder von ihrem Schicksal erwartete und eine Kehrtwendung zum Besseren.

Kapitel 13

An diesem Freitagabend – Jessie weilte nun schon anderthalb Wochen auf Chase – gaben der Graf und die Gräfin eine Abendgesellschaft, und Jessica war als ihr Gast eingeladen und nicht als Charles' Kindermädchen oder Anthonys Reitlehrerin.

Jessica hatte begeistert zugesagt, als sie die Vorfreude in den wunderschönen Augen der Duchess erblickte, und als ihr der Graf eine Abendrobe aus feinster hellgelber Seide mit großem Decolleté und langen, enganliegenden Ärmeln schenkte, wäre sie fast in Freudentränen ausgebrochen. Nie zuvor hatte sie ein so wundervolles Kleid auch nur aus der Nähe gesehen. Sie bezweifelte, ob man sich in Baltimore überhaupt etwas derart Erlesenes vorstellen konnte. Maggies geschickten Hände zauberten eine Frisur aus drei miteinander verflochtenen Zöpfen. Den Rest ihres Haares schlang sie um das kunstvolle Gebilde am Hinterkopf und ließ es dann in wohlgeordneten Locken auf die Schultern fallen. Wieder umrahmten bezaubernde Korkenzieher Hals und Gesicht. Sie saß einfach da und starrte auf ihr Spiegelbild.

»So, und jetzt noch etwas Farbe auf die Lippen.«

»Du lieber Himmel, da würde meine Mutter einen Schlaganfall erleiden.«

»Oh, wie schön, daß Ihre Mutter nicht hier ist.«

»Maggie, wie ist das möglich? Sind die Sommersprossen wirklich alle verschwunden?«

»Nein, da ist noch dieser kleine Streifen – wie Soldaten marschieren sie in Reih und Glied über Ihr Näschen. Es sieht reizend aus. Ich bin ziemlich sicher, daß die anderen jungen Damen, die heute abend hier erscheinen, sich diese kleinen

Pünktchen nachmalen werden. So, und jetzt zu diesem Kleid. Ihr Busen ist sehr hübsch, aber ich habe trotzdem einige Taschentücher mitgebracht, um vielleicht da und dort ein wenig nachzuhelfen. Spears meinte zwar, wir sollten den Brustansatz nicht zu sehr betonen, aber er sollte sichtbar sein. Ja, so würde es ihm gefallen. Keine Sommersprossen auf den hübschen Schultern. Beinahe so weiß wie meine, nur daß meine Haut eine Spur weicher ist – so bin ich geschaffen worden –, aber Ihre ist auch nicht schlecht. So, Jessie, nun sind Sie fertig.«
»Maggie ... Ich kann nicht tanzen.«
»Wie bitte?!«
»Ach du meine Güte. Wieviel Zeit haben wir noch?«
»Nicht genug.«
Maggie dachte angestrengt nach. »Ich habe eine Idee«, erklärte sie schließlich. »Gehen Sie schon einmal hinunter, Jessie. Zerbrechen Sie sich jetzt deswegen nicht Ihr hübsches Köpfchen. Sie sollen sich heute amüsieren.«
Wieder stand er vor ihrer Zimmertür, um sie hinunterzubegleiten. Er sah umwerfend aus in seinem Abendanzug. Sein Halstuch war schneeweiß wie seine Zähne. Der vertraute Begleiter musterte sie eingehend. Sie ertappte sich dabei, daß sie den Atem anhielt, weil sie sein Urteil kaum erwarten konnte. Mit seinen schlanken Fingern hob er ihr Kinn und meinte schließlich: »Ja, doch, unsere Maggie hat es gut gemacht. Jetzt können Sie sich getrost all unseren illustren Nachbarn vorstellen lassen. Ich möchte, daß Sie Ihr reizendes Nuscheln behalten und daß Sie es, wenn möglich, sogar noch betonen. Sie müssen den englischen Gästen zeigen, daß Sie anders sind und höchstwahrscheinlich mehr taugen als alle zusammen. Wollen Sie das versuchen, Jessie?«
Sie betrachtete diesen Mann, der mindestens ein Herzog sein mußte, und stellte die Gegenfrage. »Glauben Sie, daß es mir gelingt, Sir?«
»Davon bin ich überzeugt. Reichen Sie mir jetzt Ihren Arm, und lassen Sie uns hinuntergehen.«

Dieses Mal fragte sie nicht, ob er am Abendessen teilnehmen würde. Am Fuß der großen Treppe lächelte sie einfach zu ihm und sagte: »Ich danke Ihnen, Sir.«

»Nun«, erklärte der Graf lächelnd und legte seine Arme um sie, »werden wir Walzer tanzen. Uns bleibt noch ein wenig Zeit zum Üben, bevor die Gäste kommen. Maggie meinte, Sie sind gescheit und werden schnell lernen.«
Sampson saß am Klavier. Er spielte so, daß immer der erste Schlag im Takt stark betont und besonders gut zu hören war. Jessie hatte panische Angst, empfand aber gleichzeitig großes Vergnügen dabei, sich im Takt der Melodie zu wiegen. Natürlich berührten ihre Füße kaum den Boden, weil der Graf sie mehr oder weniger trug und ihr das Gefühl gab zu schweben. Noch bevor der Walzer zu Ende war, hatte sie das richtige Gespür dafür bekommen.
»Sie müssen einfach ganz locker bleiben und sich Ihrem Partner anvertrauen«, riet er, runzelte aber sofort die Stirn. »Vertrauen ist vielleicht ein wenig zu viel gesagt. Viele der Herren sind ausgemachte Trampel und werden Ihnen oft auf die Füße treten. Dann gibt es auch ein paar Halunken, die Ihnen nur Avancen machen wollen. Ich werde Ihnen sagen, mit wem Sie tanzen können, einverstanden?«
Jessie nickte. Das festliche Abendessen fand im großen Bankettsaal statt. Die Gästeschar bestand aus zwölf Paaren. Des weiteren gab es zwölf livrierte Bedienstete, die die köstlichsten Speisen auftrugen. Noch nie zuvor hatte Jessie eine solche Vielfalt und Üppigkeit von Speisen gesehen. Sie saß zwischen dem Earl of Rothermere, der bereits James' Gestüt in Amerika besucht hatte, und einem gewissen Mr. Bagley, Kurator der Grafschaft. Seine ganze Liebe galt der Kathedrale von Darlington. Nachdem gedünsteter Lachs in Hummersauce und gebratenes Lamm serviert worden waren, neigte sich Philip Hawksbury, der Earl of Rothermere, zu ihr. »Allein der gedünstete Lachs! Exquisit. Ein Segen, daß Badger heute abend gekocht hat. Ich habe

darum gebeten! Jeden Preis habe ich ihm geboten, damit er zu mir nach Rothermere kommt. Aber er lehnt es hartnäckig ab. Es ist ein Jammer. Und wenn ich ihm erkläre, daß meine Frau und ich klapperdünn seien, schmunzelt er nur und bietet mir eine Kostprobe der neuesten, von ihm kreierten Köstlichkeit an. Letztes Mal war es eine Art Pastete aus geräucherten Austern. Ein Glücksmoment für meinen Gaumen!«

Sie lachte. Aber das Lachen war gekünstelt und unecht. Sie kam sich etwas fehl am Platze vor. Verstohlen beobachtete sie die Duchess und versuchte ihre Gesten und ihre Mimik nachzuahmen. Aber alles an ihr war voller natürlicher Grazie, Klarheit und Ruhe. Sogar die Art, wie sie die Gabel zum Munde hob, war von vollkommener Anmut. Es war einfach unmöglich, so zu sein wie sie – es war ihr angeboren.

Sie atmete auf, als sich die Duchess erhob und die Damen in das Grüne Würfelzimmer bat. Nun wurde Jessie allen Damen vorgestellt. Keine wußte so recht, wie sie mit ihr umgehen sollte. Da die Duchess sie jedoch als eine Freundin aus den Kolonien bezeichnete, begegnete man ihr zwar höflich, aber doch ziemlich reserviert. Jessie betonte ihre amerikanische Aussprache soweit sie es wagte, aber sie konnte nicht herausfinden, ob man ihren Akzent amüsant fand oder einfach nicht zur Kenntnis nahm. Bald darauf betraten die Herren den Raum. Die Musiker nahmen Aufstellung und stimmten ihre Instrumente.

Während des ersten Walzers saß Jessie neben der Frau des Kurators. Mit dem Fuß wippte sie im Takt mit. Den zweiten Walzer tanzte sie mit dem Grafen. Er mußte sie nur dreimal kurz vom Boden heben, um einen kleinen Zusammenstoß zu vermeiden. Dann gab er ihre Hand dem Earl of Rothermere.

»Paß gut auf sie auf, Hawk. Das ist der dritte Walzer, den sie in ihrem Leben tanzt.«

»Noch eine blutjunge Anfängerin«, bemerkte dieser und

schenkte ihr ein betörendes Lächeln. Er war energischer als Marcus Wyndham und wirbelte mit ihr über die Tanzfläche, bis sie lauthals lachen mußte und um Luft rang. »Marcus sagte mir, er würde achtgeben, daß ich nicht an Trampeltiere oder Lüstlinge gerate. Aber von einem Vulkan erwähnte er nichts, Mylord.«

»Das kann ich mir denken«, grinste Philip Hawksbury. »Sie machen das sehr gut, Jessie. Sehr gut.«

Einige Zeit später ging sie hinauf, um Anthony ein Schälchen mit Gefrorenem zu bringen. Er saß auf der obersten Treppenstufe, neben einer Nische, in die er sich sofort versteckte, wenn eine der Damen das Badezimmer aufsuchen wollte. Als er Jessie sah, erklärte er ziemlich streng: »Du siehst ganz anders aus, Jessie. Und dein Gesicht ist rot.«

»Dein Papa brachte mich beim Tanzen ganz außer Atem. Diesen Nachtisch schickt dir Badger. Das ist aber die letzte Portion. Du hättest bereits vier gegessen, sagt Badger.«

»Komisch, daß Badger sich verzählt hat. Dies ist bereits meine fünfte Portion, aber die vorhergehenden waren viel kleiner. Wie kann er sich nur verzählen – das ist ihm noch nie passiert.« Anthony machte ein verwirrtes Gesicht.

Als sie wieder aus ihrem Zimmer kam, leckte er sich gerade die Lippen ab. »Ein herrlicher Abend, Anthony. Und jeder ist so nett zu mir«, erklärte sie ihm.

»Das müssen die Gäste auch sein, sonst würden Mama und Papa sie vor die Tür setzen.«

Jessie lächelte bei seinen Worten. »Ich muß jetzt aber wieder hinuntergehen. Ist es nicht Zeit für dich, schlafen zu gehen?«

»Noch nicht. Spears hat mir erlaubt, eine halbe Stunde länger aufzubleiben. Außerdem soll ich die Herren gut beobachten und ihm morgen berichten, was sie alles verkehrt gemacht haben.«

»Glaubst du, dein Papa wird auch irgend etwas sagen oder tun, was deiner Meinung nach verkehrt ist?«

»Das habe ich Spears auch gefragt, aber er meinte, mein Papa sei einmalig und machte alles richtig.«
Anthony bekam einen Gutenachtkuß. Auf dem Weg nach unten hörte sie den Türklopfer und beobachtete, wie Sampson mit gemessenen Schritten die Halle durchquerte. Er sah heute blendend aus in seinem Abendanzug. Er öffnete. Vor der Tür stand James – barhäuptig. Sein Mantel bauschte sich im kalten Nachtwind.
»Endlich sind Sie eingetroffen, Master James«, begrüßte ihn Sampson erleichtert.
»Ist diese gräßliche Göre hier, Sampson?«
»Welche gräßliche Göre?«
»Reizen Sie mich nicht, Sampson! Ist das Balg hier, ja oder nein?«
Als eine Antwort ausblieb, sprach er mehr oder weniger zu sich selbst. »Natürlich ist sie hier. Wo sollte sie denn sonst sein?«
Dann erst blickte er zu der geschwungenen Treppe hinauf und entdeckte eine junge Dame. Ungerührt wandte er sich wieder Sampson zu. »Geben Marcus und die Duchess heute eine Gesellschaft?«
»Ja, aber Ihre Ankunft wurde sehnlichst erwartet. Mr. Badger hat sicherlich eine köstliche Mahlzeit für Sie vorbereitet – das tut er nun schon seit drei Tagen. Wir haben uns über das Dilemma unterhalten und kamen zu dem Schluß, daß Sie spätestens nach einer Woche begreifen würden, daß sie zu uns gekommen ist.«
»Und jetzt möchte ich nur noch von Ihnen hören, daß es der Göre gutgeht.«
In diesem Augenblick ertönte Jessies Stimme. »James!«
Er blickte in ihre Richtung, schüttelte den Kopf und wandte sich wieder ab. »Wer zum Teufel ist das?«
»James!«
Nun ging er einige Schritte auf die Treppe zu und blickte wieder zu ihr hinauf.
»Jessie?«

»Ja.«
»Sie sind nicht Jessie. Sie sehen nicht einmal aus wie Jessie, nur die Stimme paßt. Wo habt ihr Jessie versteckt?«
Langsam schritt sie die Stufen hinunter. Ihr blieb keine andere Wahl, wenn sie nicht über ihr Kleid stolpern und sich das Genick brechen wollte. Am liebsten wollte sie rennen, ihm um den Hals fallen, die Arme um ihn schlingen und ihn nie wieder loslassen, nicht einmal für Badgers köstliches Abendessen.
Endlich war sie auf der untersten Treppenstufe angelangt. Er war ihr entgegengekommen und blieb wie angewurzelt stehen. Er starrte sie wortlos an.
»Hallo, James. Eine Überraschung, dich hier zu sehen.«
Eine weitere, endlos lange Minute stummen Starrens verstrich. »Himmel noch mal! Das glaube ich einfach nicht! Sieh dich doch selbst an! Was hast du denn mit dir angestellt? Ich weiß. Maggie hat dich in die Finger bekommen!«
»Ja«, hauchte sie stolz. Sie fühlte sich wie eine Königin, wie eine Frau, die auch ein James Wyndham bewundern oder sogar begehren konnte – so wie er Connie Maxwell begehrte.
»Oh, mich haben viele in die Finger bekommen.« Sie war sich ihrer neu erschaffenen Weiblichkeit voll bewußt. Sie zeigte ihr Decolleté, das den weißen, wohlgerundeten Brustansatz ausreichend zur Geltung brachte. Das einst so struppige Haar war zu einem kunstvollen Geflecht gebändigt worden, aus dem weiche Kaskaden über die Schultern fielen. Wippende Korkenzieherlocken umrahmten das zarte Oval ihres Gesichtes. Sie hatte ein wenig Rouge auf die Lippen gelegt. Nur ein schmaler Streifen Sommersprossen zog sich quer über ihre Nase. Vorhin in ihrem Zimmer hatte sie sich im Spiegel betrachtet. Sie wußte, daß sie ebenso entzückend aussah wie all die walzertanzenden Damen im Ballsaal. Sogar ihre Hände waren weiß und glatt dank Maggies Zaubercreme.
»Du siehst einfach lächerlich aus.«

Sie schnapppte nach Luft. »Wie bitte?«
Blitzschnell trat Sampson dazwischen. »James verfällt manchmal in die etwas sonderbare Sprechweise seiner lieben Mutter, Miss Jessie. Ich glaube, er wollte Ihnen sagen, daß Sie *ravissant* aussehen, um es mit den Franzosen zu halten.«
»Das war nur ein schwacher Abklatsch, Sampson. Damit können Sie meiner Mutter nicht das Wasser reichen. Halten Sie sich da lieber raus. So, Mädchen, und nun zu dir. Was zum Donnerwetter bildest du dir eigentlich ein? Du siehst aus wie eine Göre, die in einen Farbtopf gefallen ist. Warum mußt du dir die Lippen so rot beschmieren. Und deine Brüste fallen fast aus dem Ausschnitt heraus. Brüste, von denen ich nicht einmal etwas wußte. Oder hast du vielleicht mit Taschentüchern nachgeholfen? Deine Sommersprossen sind weg? Wieso? Du hast dich wohl tagelang in einer dunklen Kammer eingeschlossen, nicht ohne vorher ein Gurkenbeet abgeerntet zu haben. Und dann dieses alberne Kleid! Du kannst ja kaum laufen vor Angst, über den verdammten Saum oder deine feinen Schühchen zu stolpern! Dein Haar sieht aus, als wolltest du in einem Theaterstück auftreten, das im Mittelalter spielt. Ich wette, du kannst nicht einmal den Kopf bewegen, weil du dann alle Haarnadeln verlierst! Herrgott noch mal! Du und Haarnadeln, ausgerechnet du! Was soll das alles!?«
Sie war wie am Erdboden zerschmettert. Die Illusion der anmutigen Schönheit lag in Scherben zu ihren Füßen, die ein wenig schmerzten, weil die Satinschuhe, die ihr die Duchess geliehen hatte, zu eng waren. »Ich kann mich sehr wohl bewegen, ohne daß meine Frisur auseinanderfällt.«
Er fuhr sich mit den Fingern durch das Haar, packte sie bei den Oberarmen und hob sie von der letzten Treppenstufe auf den Marmorboden der Diele herunter. »Das ist alles Unsinn. Vergiß, was ich gesagt habe. Ich habe einen Augenblick lang den Kopf verloren. Anderes ist viel wichtiger. Ich bin erleichtert, dich hier zu wissen. Du bist wohlauf und in Sicherheit. Ich habe inständig gehofft, daß Marcus und

die Duchess dich aufnehmen. Du hast manchmal etwas verdammt Hilfloses an dir. Ich war ziemlich sicher, daß sie dich nicht abweisen würden.«

»Ich bin nicht hilflos, zumindest jetzt nicht mehr, ich habe mich damit abgefunden, daß ich für dich nur eine gräßliche Göre bin, die du obendrein noch häßlich findest. Zum Kuckuck noch mal, James, ich bin schön. Marcus hat das gesagt und Maggie auch.«

»Tatsächlich? Nun, sie kennen dich ja auch nicht als vierzehnjähriges Mädchen. Sie haben dich nie in deinen entsetzlichen Männerklamotten gesehen, mit deinem zerbeulten Filzhut, mit knallrotem Gesicht und aufgesprungenen Lippen, und sie kamen nie in den Genuß, dein Gurkenparfüm zu riechen.«

»Was hat das damit zu tun? James, was hat es damit zu tun, daß ich jetzt schön bin? Verflixt, sieh mich an!«

»Was ich sehe, reicht mir. Ich werde dir auch gar nicht zu nahe treten, sonst könnte sich deine schimmernde, künstliche Weiblichkeit in Nichts auflösen. Was sagt Spears zu alledem?«

»Ich habe Spears noch nicht kennengelernt.«

»Das ist aber merkwürdig. Normalerweise ist Spears der Rädelsführer dieser ganzen Sippschaft hier, die ihre Nase immer in alles stecken muß. Wo zum Teufel steckt er, Sampson?«

»Er ist hier, Master James. Er steht uns im Augenblick nicht zur Verfügung, wenn Sie verstehen, was ich damit sagen will. Aber er hält sich im Hause auf, wie es sich gehört und wie er es wünscht.«

Wieder strich sich James durch das Haar, das nunmehr senkrecht vom Kopf abstand. »Ich verliere immer wieder den Faden, dabei hatte ich mir jedes Wort zurechtgelegt, was ich dir sagen wollte, sieben Wochen lang. Jetzt bekomme ich es nicht mehr zusammen, und das ist alles deine Schuld, weil du plötzlich so verändert bist. Ich hatte hier die Jessie erwartet, die ich kenne – nicht dieses sonderbare weibliche Wesen, das ich mir nicht einmal im Traume vorgestellt hätte. Wahrscheinlich trägst du sogar Strümpfe.«

Ohne zu zögern hob Jessie die gelbseidenen Röcke ihres Kleides hoch und zeigte ihm die blaßgelben Seidenstrümpfe.

Sein Blick verschleierte sich. »Ordne dein Kleid, und streich den Rock glatt. So deutlich hättest du es mir nicht zu zeigen brauchen, ein einfaches Ja hätte vollauf genügt. Du hast überhaupt keinen Anstand. Also, Jessie, warum bist du weggelaufen? Ja, das war überhaupt die erste Frage, die ich dir stellen wollte. Gott sei Dank fällt mir das wieder ein. Warum, Jessie?«

»Das ist eine dumme Frage. Du weißt sehr gut, daß ich mehr oder weniger geflohen bin, weil mein Ruf ruiniert ist. Glenda hat mir dreihundert Dollar gegeben, damit ich abreise. Und sie hat mir ein paar Kleider und ein Cape versprochen, aber die Sachen habe ich nie bekommen. Sie dachte, ich würde zu Tante Dorothy nach New York gehen. Das habe ich aber nicht getan.«

»Ja, das hat sie tränenreich verkündet. Du habest dich unmöglich betragen und warst abgereist, um deiner Familie nicht noch mehr Schande zu machen. Ich habe keine Sekunde daran geglaubt, daß du bei Tante Dorothy Zuflucht suchen würdest. Dieser alte Drachen verspritzt wahrscheinlich noch mehr Gift als meine liebe Mutter. Du bist zwar eine Närrin, Jessie, aber für dumm habe ich dich nie gehalten. Ich bin sofort zum Hafen geritten und habe mich nach den Schiffen erkundigt, die nach England segeln. Die *Flying Buttress* hatte sich am Morgen eingeschifft, und du warst verschwunden. Einer der Hafenarbeiter erinnerte sich an dich. Er kannte dich von den Pferderennen. Er erzählte mir, du hättest versucht, dich als Mann zu verkleiden – allerdings ohne Erfolg. Zum Donnerwetter, Jessie, du hast dir nicht einmal die Mühe gemacht, mir eine Nachricht zu hinterlassen oder deinem Vater. Ich habe deinem Vater versprochen, daß ich nach England reisen und dich zurückholen würde. Ich mußte ihm versprechen, daß ich dich wieder zu ihm bringe. Ich weiß zwar nicht warum, aber so ist es.«

»Papa würde mich gern wieder zu Hause haben. Aber Glenda hat recht. Für mich gibt es nach diesem unglückseligen Abend kein Zuhause mehr.«

»Das ist blanker Unsinn und unwahr. Wenn wir wieder in Baltimore sind, ist längst Gras über diese dämliche Geschichte gewachsen. Kein Mensch denkt mehr daran, daß du auf mir gelegen hast, meine Wangen gestreichelt hast und daß unsere Lippen nur ein paar Millimeter voneinander entfernt waren.«

»Nun, Master James«, mischte sich Sampson ein und bewegte sich einen halben Schritt auf Jessie zu, »Mr. Spears, Mr. Badger, Maggie und meine Wenigkeit haben diesen Fall eingehend besprochen und sind zu dem Schluß gekommen, daß Miss Jessies Ruf keinesfalls wiederhergestellt ist. In den Kolonien wird man sie gesellschaftlich schneiden. Zumindest in ihrer jetzigen Situation.«

»Da gebe ich Ihnen vollkommen recht, Sampson. Wenn sie in ihrer jetzigen Situation, das heißt in diesem Aufzug, in den Kolonien erschiene, würde sie zahllose Anträge bekommen. Die Männer verlören bereits bei ihrem Anblick den Kopf.«

Wenn Jessie nicht irrte, war dies nicht als Beleidigung aufzufassen. »Was für Anträge?«

»Halt den Mund, Jessie. Sampson, Sie ziehen sich jetzt zurück. Zumindest gehen Sie drei Schritte zurück. Ich werde Sie nicht erwürgen – zumindest jetzt noch nicht. Danke. Also, Jessie, das war das Dümmste, was du jemals in deinem kurzen Leben getan hast. Nein, warte, du hast schon Dümmeres verbrochen: Bei einem unserer letzten Rennen wolltest du mich um jeden Preis schlagen. Um Zeit zu gewinnen, hast du versucht, die offizielle Strecke abzukürzen. Leider versperrte dir ein entwurzelter Baum den

Weg. Dein Pferd schaffte den Sprung nicht, und du flogst in hohem Bogen in ein Sumpfloch.«

»Ja, ganz richtig, lieber James. Damals ritt ich Abel. Ich sehe noch heute, wie du dir vor Lachen den Bauch gehalten hast. Ich erinnere mich, daß du dein Pferd angehalten und das Rennen nicht einmal beendet hast. Du standst vor mir und hast gelacht und gelacht ohne Ende.«

Er erinnerte sich aber auch daran, daß er große Angst um sie ausgestanden hatte – bis sie prustend, mit den Armen rudernd, aus dem Schlammloch auftauchte. Erst dann war er in Gelächter ausgebrochen. Erst dann.

»Nun, das war einmal, James. Und jetzt möchte ich gerne wissen, warum du hier bist.«

»Es ist mir gleichgültig, was dein Vater und die anderen sagen. Mich trifft jedenfalls keine Schuld, daß dein Ruf geschädigt wurde, Jessie.«

»Natürlich nicht. In diesem Fall bin ich ganz deiner Meinung, und das habe ich auch meinem Vater zu verstehen gegeben.«

»Aber er akzeptiert es nicht. Er machte mir die Hölle heiß und weckte die schlimmsten Schuldgefühle in mir. Mir blieb keine andere Wahl, als dir nachzureisen, um dich wieder nach Baltimore zu bringen. Deswegen mußte ich Marathon sich selbst überlassen und die arme Alice, die sich hoffentlich den widerlichen Mortimer Hackey vom Leibe halten kann. Und Connie Maxwell ist auch allein. Alles nur deinetwegen! Nur weil du Mortimer Hackey unbedingt in den Fuß schießen mußtest, weil du vom Baume fielst und weil du dir meinen Bauch als Landeplatz ausgesucht hattest!«

»Ich habe dir das Leben gerettet, du Ekel! Und dich aus Glendas Klauen befreit.«

»Das mag ja alles stimmen, ist aber in diesem Fall unbedeutend. Wichtig ist nur, daß ich erst zum Jahresende nach England fahren wollte. Und nun bin ich vorzeitig hier gelandet, um dich auf die Bitte deines Vaters hin abzuholen und nach Baltimore zu bringen.«

»Dort bekommen mich keine zehn Pferde mehr hin. Es hat sich nichts geändert, James, überhaupt nichts. Ich kann nicht wieder nach Baltimore zurück.«

»Dieser Meinung sind wir auch, Master James«, kam ihr Sampson zu Hilfe.

»Nach diesem Vorfall gibt es für Miss Jessie kein Zurück mehr.«

»Er hat recht, James. Niemand ist an meiner Rückkehr interessiert, außer diesem Kerl, der mich an der Rennbahn belästigt hat.«

James stampfte aufgebracht mit dem Fuß auf. »Du wirst gefälligst das tun, was ich dir sage!«

»Du brauchst mich nicht anzubrüllen. Mir kannst du nichts befehlen.«

»Betrachte mich als Stellvertreter deines Vaters. Er will, daß du so schnell wie möglich nach Hause kommst. Ich bin sein Abgesandter.«

»Ha, ha! Vergiß es, James. Ich werde tun, was mir paßt, und mir paßt es hierzubleiben. Ich arbeite hier. Ich habe eine verantwortungsvolle Stellung in diesem Hause angenommen. Also wage es ja nicht, mich in irgendeiner Form herabzusetzen, James Wyndham!«

»Ach ja? Und worin, bitte, besteht deine verantwortungsvolle Tätigkeit, wenn ich fragen darf?«

»Ich bin Charles' Kindermädchen und Anthonys Reitlehrerin.«

»O mein Gott, das ist ja schlimmer als ich dachte. Jetzt höre mir bitte gut zu, Jessie. Charles hat sicherlich ein Kindermädchen, wahrscheinlich auch noch ein Ersatzkindermädchen, das hier irgendwo herumgeistert. Anthony hat einen Vater und eine Mutter, zudem noch Lambkin und jede Menge Stallburschen, die ihm alles Wissenswerte über Pferde beibringen könnten. Marcus und die Duchess behalten dich nur hier, weil sie Mitleid mit dir haben. Das Ganze ist einfach lachhaft, und ich werde es nicht zulassen.«

Sampson räusperte sich. »Master James«, sagte er so leise wie möglich.
Langsam wandte James sich um. Marcus und die Duchess standen in der Halle und starrten ihren Freund an.
»Willkommen zu Hause, James«, sagte Marcus, ging auf seinen Freund zu und umarmte ihn. Dann schob er ihn auf Armeslänge von sich und musterte ihn.
»Du siehst fürchterlich aus. Hast du denn überhaupt geschlafen? Mager wie ein alter Ziegenbock bist du. Wohl aus Sorge um Jessie? Waren wohl ein paar schlimme Wochen, wie? Nun, jetzt hast du sie ja persönlich in Augenschein genommen. Sie ist gesund und munter. Und bildschön. Sieh sie dir an.«
»Vielen Dank, daß du mich darauf hinweist. Hallo, Duchess. Verzeih, daß ich zu so später Stunde hereinplatze und euer Fest störe, aber wegen dieser Göre bin ich schnurstracks hierher gekommen. Und ich bin beruhigt und erleichtert, daß sie tatsächlich hier ist. Aber warum habt ihr zugelassen, daß sie sich wie eine Londoner Kurtisane herausputzt?«
»James, lieber Freund«, bemerkte die Duchess mit ihrer angenehmen, melodischen Stimme, »wir freuen uns, daß du da bist. Wir haben dich erwartet. Darf ich dir aber den Rat geben, die Zunge etwas zu zügeln. Jessie sieht hinreißend aus. Sie stellt alle anderen Damen, die heute abend anwesend sind, ausnahmslos in den Schatten. Das Wort Mitleid, das du vorhin erwähntest, trifft in keinster Weise zu. Sie hat in unserer Familie Verpflichtungen übernommen, die sie mit Eifer und Hingabe erfüllt.«
»Ha!«
»Herrgott, James, was ist denn in dich gefahren?«
»Jessie, du hältst dich da auf jeden Fall raus. Ach, zum Teufel! Ihr habt ja recht. Ich werde jetzt heimreiten. Nach Candlethorpe.«
»Nicht bevor Sie gegessen haben, Master James. Ein zweistündiger Ritt liegt noch vor Ihnen. Sie werden heute nacht

hierbleiben. Mrs. Emory hat bereits das Blaue Zimmer für Sie vorbereitet. Wenn Sie mir jetzt bitte folgen würden. Badger erwartet Sie bereits. Duchess, Mylord, Jessie, Sie widmen sich wieder den Gästen. Ich werde mich um Master James kümmern.«

Jessie tanzte bis drei Uhr morgens.
»Ich glaube, jetzt kann ich es wirklich gut.« Sie strahlte Marcus an, der den letzten Walzer mit ihr tanzen wollte.
»Ja, allerdings.«
Er gähnte verstohlen.
»Jessie, Sie sind einfach zu jung für mich. Das Tanzen hat mich erschöpft. Sogar meine geliebte Duchess scheint etwas flügellahm zu sein. Ich denke, den nächsten Tanzunterricht verschieben wir auf morgen. Sampson macht es sehr viel Freude, Volkstänze auf dem Klavier zu spielen.«
Eine halbe Stunde später kletterte Jessie in ihr hohes Pfostenbett, nachdem sie sorgfältig sämtliche Haarnadeln entfernt hatte. Es war ein angenehmes Gefühl, das Haar wieder offen und locker am Kopf zu spüren. Die Nadeln waren doch eine ziemliche Tortur gewesen. Kurz nach Mitternacht hatte sie sich ihrer Schuhe entledigt und sie unauffällig unter einen Stuhl geschoben. Danach waren ihre wundervollen, hellgelben Strümpfe bald ruiniert, aber es hatte sich gelohnt. Mit ihrem Verdienst von zwei Pfund pro Woche konnte sie es sich leisten, sie der Duchess zu ersetzen.
In dieser Nacht träumte sie ausschließlich von James und mußte nicht wieder diesen schrecklichen Alptraum durchleiden, der sie in den letzten Monaten viermal heimgesucht hatte – von jenem toten Seemann, der sie aus einem entsetzlich stinkenden Mund beschuldigt hatte, sie hätte ihm seine Schatztruhe gestohlen. Nein, in diesem Traum gab es nur James. Er war nicht böse auf sie, im Gegenteil. Er hielt sie an sich gedrückt und küßte sie. Sein Mund war feucht und warm.
Als sie schließlich erwachte, saß Anthonys kleiner Spaniel

Damper auf ihr und leckte ihr hingebungsvoll das Gesicht ab.

Lachend schob sie ihn weg und wischte sich mit dem Handrücken über die Wangen. »Du freches kleines Biest! Hat Anthony dich in mein Zimmer geschmuggelt?«

»Nein, das war ich.«

Kapitel 14

James sah fabelhaft aus. Das Haar war vom Ausritt windzerzaust, die Reithose saß ebenso knapp wie die Saffianlederhandschuhe an Maggies schlanken Händen. Sein Haar war seit ihrer überstürzten Abreise aus Baltimore heller geworden. Hellblonde Strähnen durchzogen es, und er trug es länger als üblich. Es gefiel ihr, aber seine Augen waren durch nichts zu übertreffen. In diesem tiefen klaren Grün konnte man versinken.

»Was starrst du mich so an?«

Es kam ihr nicht in den Sinn zu schwindeln. »Nun, ich betrachte dich eingehend. Das muß man dir lassen, du siehst sehr gut aus. Mir gefallen all die blonden Streifen in deinem Haar.« Jetzt erst zog sie die Decke ganz oben bis an das Kinn und setzte sich im Bett auf.

Das beruhigte seine Nerven ein wenig, aber nicht sehr lange. »Du siehst immer noch verändert aus. Aber dein Haar hat wieder etwas von einer wilden Mähne bekommen.« Er trat näher und schubste Damper mit dem Fuß sanft zur Tür hinaus. »Ich bin schon heute morgen mit Marcus ausgeritten. Er sagte, du hättest ihn gestern beim Walzertanzen bis zur völligen Erschöpfung strapaziert, so daß er dich flehentlich um eine Ruhepause bat. Ich habe ihm natürlich kein Wort geglaubt. Es wird Zeit, daß du aufstehst. Ich reite jetzt nach Candlethorpe. Möchtest du mitkommen?«

»Du lädst mich in dein Zuhause in England ein?« brachte sie möglichst langsam hervor. Sie war so aufgeregt, daß sie kaum ihre Stimme beherrschen konnte. Aber sie wollte sichergehen, daß sie ihn richtig verstanden hatte. Er sollte nicht merken, daß sie vor Freude am liebsten einen Satz bis an die Decke gemacht hätte, wenn das tatsächlich eine Einladung war.

»Ja, begleite mich. Ich traue dir nicht über den Weg. Du bringst es fertig und entwischst mir wieder, wenn ich dich hier zurücklasse.«

»Ach so ...« Der Sprung bis an die Decke erübrigte sich.

»Wie lange brauchst du, um dich anzukleiden?«

»Eine Stunde.«

»Eine Stunde? Die Jessie von früher war innerhalb von zehn Minuten gewaschen und gekämmt und stieg in ihre Hosen.«

»Ist dir die alte Jessie lieber?«

»Ja. Nein. Zum Donnerwetter, was soll das. Beeil dich bitte.«

»Einen Augenblick, James. Ich bin als Angestellte hier. Ich muß die Duchess um Erlaubnis fragen, ob ich mir einen Tag freinehmen darf.«

»Das ist nicht nötig. Sie selbst hat den Vorschlag gemacht, daß du mit mir nach Candlethorpe reiten könntest. Du hättest all deine Zeit den Kindern gewidmet, so daß sie um dein seelisches Gleichgewicht fürchtet. Also, nun mach schon ...«

Er verließ ihr Zimmer. Jessie blieb auf der Bettkante sitzen und wünschte sich, er hätte nichts von dem gesagt, was sie gerade vernommen hatte. Ein einfaches Nicken hätte genügt. Sie seufzte und läutete nach dem Mädchen.

Als sie schließlich fertig war, waren fast eineinhalb Stunden vergangen. Wieder stand diese beeindruckende Person vor der Tür, um sie in die Halle zu begleiten, und lächelte sie an.

»Guten Morgen.« Er bot ihr seinen Arm. »Ich habe gehört, daß Sie gestern bei der Abendgesellschaft das Ereignis schlechthin waren. Eine kleine Sensation, wenn Sie so wollen. Seine Lordschaft und die Duchess erzählten, Sie wären äußerst charmant gewesen.«

Die kleine Sensation des Abends seufzte bedrückt. »Ja, das war gestern. Haben Sie heute morgen James gesehen, Sir?«

»Oh ja, wir haben gemeinsam gefrühstückt. Er hatte wenig Appetit. Verständlich, nach Badgers köstlichen Speisen gestern abend. Und dann verlangte er Aufklärung über alles, was hier vor sich geht.«

»Was haben Sie ihm erzählt?«

»Ich berichtete ihm, daß Sie zu unserem Haushalt gehören, und daß Sie eine außergewöhnlich tüchtige junge Dame seien.«

»Darüber hat er bestimmt gelacht, nicht wahr? Oder einen gotteslästerlichen Fluch ausgestoßen? Das wäre wohl eher zutreffend. Er kann mindestens drei Minuten hintereinander fluchen, ohne sich einmal zu wiederholen – genau wie der Earl neulich, als Clancy ihn gebissen hatte.«

»Wenn ich ihn recht verstanden habe, so kam nur ein kurzes Brummen über seine Lippen.«

»Und dann schlug die Duchess vor, er solle mich nach Candlethorpe mitnehmen«, fügte sie trocken hinzu. Ihr Blick fiel auf ein Porträt einer längst verblichenen Wyndham. Sie trug eine hohe weiße Perücke, die mit drei exotischen Vögeln und einem dazugehörigen Nest verziert war.

»Spears, was zum Teufel haben Sie mit Jessie zu schaffen?«

»Nun, ich bin der Begleiter der jungen Dame.«

Jessie wirbelte herum und starrte ihn fassungslos an. »Sie sind Spears? *Der Spears*?«

»Ja. Und ich habe die Ehre, Ihnen stets zur Verfügung zu stehen.« Spears lächelte leicht und verbeugte sich formvollendet.

»Schwören Sie, daß Sie kein Earl oder Herzog sind?«

Von unten herauf drang wieder James' ungeduldige Stimme. »Spears, haben *Sie* ihr etwa gesagt, sie soll sich über eine Stunde lang wie ein Flittchen herausputzen? Überzeugen Sie sich doch selbst! Dieses Reitkleid gehört der Duchess. Ich erkenne es wieder. An Jessie sieht es doch einfach lächerlich aus. Sie ist Amerikanerin, schlicht und ungebärdig. Sie ist eine wilde Range. Zu ihr paßt nicht ein so ausgefallenes ...«

»Ich glaube, Master James«, unterbrach ihn Spears mit

fester Stimme und geleitete Jessie weiter die Treppe hinunter, »wenn Sie diesem Thema nicht sogleich eine andere Wendung geben, begeben Sie sich auf eine gefährliche Gratwanderung, bei der Sie unweigerlich abstürzen würden. Schlichter ausgedrückt, Master James, Sie würden gehörig ins Fettnäpfchen treten.«

James biß auf seine Unterlippe. Er fluchte und meinte dann seufzend: »Nun ja, vielleicht haben Sie nicht so unrecht. Und du, Jessie? Wußtest du nicht, daß dieser Mann hier Mister Spears ist?«

»Nein. Ich habe ihn für einen Earl oder Herzog gehalten, der hier zu Besuch ist und Mitleid mit mir hat und mir deshalb hilft, mich hier zurechtzufinden.« Sie senkte die Stimme und kicherte. »Wir sollten uns einen anderen Treffpunkt aussuchen, James – nicht immer ausgerechnet im Treppenhaus.«

»Jetzt redest du wieder wie eine rotzfreche Göre. Schön, wieder dein altes unverschämtes Gekichere zu hören. Es wird Zeit, daß wir nach Hause fahren, bevor du dich zu einem völlig anderen Menschen entwickelst.«

Am Ende der Treppe gab Spears Jessies Arm frei und tätschelte ihre Hand. »Ich würde sagen, Master James, daß Jessie sich hervorragend an die neuen Umstände und die neue Umgebung anpaßt. Und nun wird sie ihr Frühstück einnehmen.«

»Aber James möchte doch sofort nach Candlethorpe reiten, und ich ...«

»Ihr Frühstück, Jessie.«

»Ja, Spears.«

Candlethorpe war ein schmucker, gepflegter Besitz, kleiner als Marathon, aber doch beeindruckend in seiner Anlage inmitten des hügeligen Landes. Der Betrachter hatte den Eindruck, als gehörte das Haus genau dorthin, wo es stand, als ob Stein und Holz mit der Landschaft längst eins geworden waren.

Das Gebäude war mindestens zweihundert Jahre alt. Rechteckig, drei Stockwerke hoch, aus rotem Backstein. Es war nicht besonders groß. Die Stallungen waren frisch gestrichen und bestanden aus einem flachen, langgestreckten Gebäude, das auf beiden Seiten von einem umzäunten Sattelplatz eingerahmt wurde, was zu dieser Zeit als sehr fortschrittlich galt.

Malerische kleinere Baumgruppen aus Eichen und Ulmen belebten das Bild. Die Bäume waren knorrig und ehrwürdig. Jessie hätte es nicht verwundert, wenn sie noch aus der Römerzeit stammten.

»James, waren die Römer hier in Yorkshire?«

»Ja. Hier in der Nähe liegt der hübsche Marktflecken Aldborough, der ursprünglich einmal eine römische Siedlung war. Man macht zwar nicht viel Aufhebens davon, aber immerhin gibt es dort zwei wunderschöne, gut erhaltene Mosaikfußböden. Vielleicht findet man in Zukunft noch weitere Überreste aus dieser Zeit. Warum fragst du?«

»Es sind die Bäume, die mich darauf gebracht haben. Sie müssen uralt sein. Wahrscheinlich hatten sie hier schon Wurzeln geschlagen, als die römischen Zenturien vorbeimarschierten. Eine sehr romantische Vorstellung, findest du nicht auch?«

James hörte das Wiehern eines Pferdes und schmunzelte. »Das ist Bellini, der schönste Araber, den ich je gesehen habe. Marcus hat ihn mir letztes Jahr geschenkt. Er hat bereits zwei Stuten und drei Hengste gezeugt. Komm, ich zeige sie dir.«

Bellini sei schwarz wie die Sünde und ebenso klug wie sein Herr, lobte Jessie ihn, als sie den prächtigen Kopf des Tieres streichelte. »Er ist schön.«

»Das finden die Stuten auch. Letzten Winter, kurz bevor ich nach Baltimore zurückfuhr, hat eine von Rothermeres Stuten den armen Bellini besprungen, und als ein Stallbursche sie wegziehen wollte, versetzte sie ihm einen wüsten Tritt.«

»Das hast du erfunden.«

»Nein, das war tatsächlich so. Komm, ich will dir die Leute vorstellen.«
Sie begrüßte den Stallmeister Sigmund, der vorher beim Croft-Gestüt angestellt war und dann zu ihm wechselte. Dieses Gestüt war berühmt für seine direkte Zuchtlinie zu Byerley Turk.
»Trödle nicht so herum, Jessie«, brummte James, als er sah, wie Jessie jedes einzelne Pferd streichelte, es mit einem freundlichen Wort begrüßte und jedes mit Karotten fütterte, die sie in einem Sack vor dem Stall entdeckt hatte.
»Es fällt mir schwer, einfach so an ihnen vorbeizugehen«, erklärte sie und lächelte ihn an. James erstarrte. Er stand da, vollkommen reglos, unfähig auch nur einen Ton von sich zu geben. Durch die offene Stalltür drang ein breiter Sonnenstrahl, der ihr Haar umrahmte. Das kupferne Rot erstrahlte plötzlich wie bei einem Sonnenuntergang in Westirland, den James einmal vor Jahren erlebt hatte. Und dann dieses unbefangene Lächeln. Das krause Haar – zu einem einfachen Zopf geflochten – veränderte sie. Unzählige kleine weiche Kringel umrahmten ihr Gesicht. Er wandte sich ab und war plötzlich uneins mit sich und der Welt, und das gefiel ihm ganz und gar nicht.
»Das hier ist Caliper, unser Großvater. Er hat mehr erlebt als jeder andere Hengst in Yorkshire.«
Caliper bekam zwei Karotten und mehr Streicheleinheiten von Jessie, als er verdiente.
»Wir wollen ins Haus gehen.«
Es war offensichtlich, daß die Duchess hier mitgewirkt hatte, um das Innere von Candlethorpe bewohnbar und anheimelnd zu gestalten. Sie wünschte, sie könnte James sagen, daß sie in Marathon Wunder vollbringen könnte, wenn er nur ... nun ja, diesen Gedanken wollte sie lieber nicht weiterspinnen.
Sie schüttelte den Kopf und strich mit der Hand über die Lehne eines Sessels, der mit einem kostbaren, dunkelblauen Brokatstoff bezogen war. Einem sehr neuen, dunkelblauen

Brokat. Zwei Abusson-Teppiche zierten den Boden eines geräumigen Salons, der mit verschiedenen Sitzgruppen aus Polsterbänkchen, Sesseln und Sofas eingerichtet war. An den Wänden hingen einige Landschaftsbilder. Im Gegensatz zu Chase Park war hier aber kein einziges Familienporträt zu entdecken. Die Wände waren frisch gestrichen, in einem blassen Gelbton, der den Raum licht und freundlich wirken ließ.
Sie wurde auch mit Mrs. Catsdoor und ihrem Sohn Harlow bekannt gemacht, die sich während James' Abwesenheit ebenfalls um Candlethorpe kümmerten.
Mr. Goodbody, der Gärtner, begrüßte sie, ebenso sein Gehilfe Carlos, den das Meer vor etwa fünf Jahren bei Scarsborough an Land gespült hatte. Er sei Spanier, erklärte er in gebrochenem Englisch. Mehr war nicht von ihm zu erfahren.
»Ich liebe französische Gärten«, rief Jessie aus, als sie durch die Verandatüren in den östlichen Teil des Gartens hinausging. Die Anlagen waren nicht annähernd so groß wie die von Chase Park, aber jetzt in ihrer sommerlichen Blumenpracht wunderschön anzusehen. Hortensien, Strauchrosen und Gladiolen standen in voller Blüte. »Die Duchess wollte es unbedingt so haben«, erklärte James etwas obenhin.
»Das hört sich an, als ob du diesen prächtig angelegten Garten nicht mögen würdest. Ist es vielleicht unmännlich, die Schönheit eines blühenden Gartens zu bewundern?«
»Die Duchess ist Gärtnerin aus Leidenschaft, und ich lasse ihr freie Hand«, erwiderte James, ohne auf ihre Frage einzugehen. Plötzlich blieb er stehen und wandte sich zu ihr um. »Was gefällt dir besser – Candlethorpe oder Marathon?«
»Ich beneide dich um beide. Beide Güter haben ihren eigenen Reiz. Du wirst doch nicht eins von beiden verkaufen, James?«
»Nur wenn ich fiananziell in die roten Zahlen komme. Möchtest du ein Glas Limonade?«

»Eigentlich würde ich jetzt am liebsten auf Bellini ausreiten.«
Er lächelte unwillkürlich. »Vielleicht bei deinem nächsten Besuch. Er ist ein Teufel. Sein Charme ist nur Tarnung. Trägst du eigentlich auch unter diesem verführerischen Reitkostüm Strümpfe?«
Ohne zu zögern hob sie den weiten Rock und zeigte ihm die makellos weißen Strümpfe, die in dunkelbraunen Reitstiefeln verschwanden.
»Die Duchess wird noch bankrott gehen, wenn sie dich ständig neu einkleidet.« Er blickte mürrisch zur Seite – warum, war ihr nicht klar. Es sollte eine scherzhafte Bemerkung sein, aber anscheinend hatte James seinen Sinn für Humor verloren.
»Nein, keine Sorge. Ich verdiene zwei Pfund pro Woche. Ich werde morgen Einkäufe machen und ihr die geborgten Sachen zurückgeben.«
»Zwei Pfund die Woche? Da wirst du ja einmal steinreich! Aber ich bitte dich, Jessie, was soll das? Du weißt doch, daß du nicht in Chase Park bleiben kannst, bis du alt und klapprig bist.«
Sie entfernte sich einige Schritte von ihm und berührte die Blüte einer dunkelroten Rose. »Ich weiß«, antwortete sie, ohne ihn anzusehen, dann beugte sie sich vor und atmete den Duft der Rose ein.
»Also, was wirst du tun?«
Jetzt wandte sich Jessie um und blickte den Mann an, den sie seit ihrem vierzehnten Lebensjahr liebte. Damals war er der Held ihrer Träume gewesen, den sie verehrte. Ja, das war ihr jetzt bewußt geworden. James war ein Gott für sie gewesen. Er war vollkommen in jeder Beziehung. Von einem Podest strahlte er auf sie herab, schenkte ihr ein Lächeln oder blitzte sie ungnädig an. Aber dann war sie herangewachsen und hatte erkannt, daß ihr Gott ein Mann war. Seltsamerweise waren ihre Gefühle für ihn noch stärker geworden. Sie hatten sich zu einem festen Bestandteil ihres

Lebens entwickelt und waren tiefer geworden als der große Speichersee in ihrer Heimat.
Aber das alles zählte nicht. James betrachtete sie immer noch als das vierzehnjährige Mädchen, als die gräßliche Göre, die sich im Augenblick verkleidet hatte. Nein, es führte zu nichts. Sie mußte sich ihre Träume aus dem Kopf schlagen.
»Ich denke, daß ich einige Jahre im Hause Wyndham Dienst tun werde. Meinen Verdienst werde ich sparen. Dann kehre ich nach Hause zurück und kaufe mir mein eigenes Gestüt, und dann werde ich mein Leben als siegreiche Rennreiterin bestreiten.«
Zu ihrer Überraschung lachte er nicht, und sie war ihm dankbar dafür. Sie hätte seinen Spott jetzt nicht ertragen. Was er nun sagte, klang auch in keiner Weise überheblich.
»Dazu braucht man eine Menge Geld, Jessie. Zwei Pfund die Woche ergeben ungefähr vierzig Dollar im Monat. Selbst wenn du jeden Penny sparst, wirst du nach zwei Jahren nicht einmal tausend Dollar in der Hand haben.«
»Das weiß ich. Aber es wird reichen. Mein Vater wird mir gewiß einen oder zwei Hengste und eine Stute zu einem günstigen Preis überlassen. Ich brauche nur die nötige Starthilfe, und dann werde ich Erfolg haben – wie du.«
Wieder wandte er sich von ihr ab und blickte in die dichten Kronen der Ahornbäume über ihm. »Ich hatte mehr Hilfen zur Verfügung, als du ahnst, Jessie. Ich habe ein Mädchen mit einer großen Mitgift geheiratet. Ich hatte viel, viel mehr als nur tausend Dollar zur Verfügung, als ich dieses Gestüt aufbaute. Tatsache ist, daß Alicias Vater uns Candlethorpe zur Hochzeit schenkte. Nur dadurch hatte Marathon die Chance, sich zu einem erfolgreichen Gestüt zu mausern. Ich hatte genügend Reserven, um die Verluste der ersten beiden Jahre aufzufangen.«
»Wieviel Geld hattest du insgesamt, James?«
»Alicias Mitgift betrug fast zwanzigtausend Pfund.«
Jessie rechnete schnell nach. »Du lieber Himmel, James, das sind ja viel mehr als hunderttausend Dollar, das sind fast ...«

»Ja, ich weiß. Ich bin ein reicher Mann, weil ich mich zufällig in ein Mädchen verliebte, dessen Vater ein wohlhabender Landedelmann war. Sie war sein einziges Kind. Er liebte sie über alles. Er bittet mich ständig, ihn zu besuchen. Er betrachtete mich als seinen Sohn, obwohl ich das weiß Gott nicht verdiene, aber er machte mir niemals Vorwürfe wegen Alicias Tod, obwohl er den Verlust seiner Tochter niemals überwinden wird.«
»Warum sollte er dir Vorwürfe machen?«
»Sie trug unser Kind unter ihrem Herzen. Bei der Geburt des Kindes starb sie und das kleine Wesen mit ihr. Wir waren kaum ein Jahr verheiratet.«
»Ich verstehe.«
»Oh nein, das kannst du nicht. Wirklich nicht. Du bist so jung, Jessie. Männer waren für dich bisher immer unliebsame Konkurrenten beim Pferderennen. Du kannst unmöglich wissen, wie es ist, wenn man ... aber lassen wir das jetzt lieber. Also, du siehst, finanziell sind viele Hürden zu nehmen.«
»Wieso machst du dir wegen ihres Todes Vorwürfe?«
»Der Arzt war unfähig, die richtige Entscheidung zu treffen. Sie lag viel zu lange in den Wehen. Die Schmerzen peinigten sie so sehr, daß ich das Zimmer verlassen mußte. Das sei Frauensache, hieß es. Und ich Idiot gehorchte. Als ich zurückkam, hörte ich wieder ihre qualvollen Schreie. Dann verlor sie das Bewußtsein. Der Arzt ließ sie sterben, weil er einfach nicht wußte, was er tun sollte. Seitdem habe ich mich intensiv mit Geburtshilfe befaßt. Ich habe mit Ärzten in London gesprochen. Heute weiß ich, daß man sie hätte retten können. Wenn ich die Sache ernster genommen hätte, könnte Alicia heute noch leben und unser Kind auch.«
Tränen rollten über Jessies Wangen, aber sie gab keinen Laut von sich. James sah, wie ihre Schultern zuckten und drehte sie zu sich um. »Tränen, Jessie? Ich glaube, ich sehe dich zum ersten Mal weinen. Seitdem sind drei Jahre ver-

gangen. Ich hätte es dir nicht erzählen sollen. Verzeih. Und höre jetzt bitte auf zu weinen.«
Aber das gelang ihr nicht. Sie bedeckte das Gesicht mit den Händen und weinte noch mehr. James fluchte im stillen und zog sie an sich. »Schsch ... Jessie. Schon gut, ist ja schon gut. Es ist lange her. Der Schmerz von damals hat seinen Stachel verloren. Er ist ein Teil der Vergangenheit geworden. Hör jetzt auf, Jessie, sonst bekommst du häßliche rote Augen.«
Sie hob den Kopf und blickte ihn an. Langsam hob sie die Arme und schlang sie um seinen Hals. »James«, hauchte sie nur.
Er wußte nicht warum, aber er tat es. Er senkte den Kopf und küßte ihren Mund, ihren geschlossenen Mund. Er war weich und warm. Ein Gefühl des Begehrens schoß durch seinen Körper. Die Empfindung war stark und ließ ihn erzittern. Begierde? Bei Jessie Warfield? Lächerlich. Seine Zunge wanderte über ihre Unterlippe. Leise flüsterte er: »Öffne den Mund ein wenig, Jessie. Ja, so ist es gut.«
Eine ungekannte, unerwartete Lust erwachte in ihm und drohte ihn zu überwältigen. Als er ihr Gesäß mit den Händen umfaßte, sie in die Höhe hob und an sich preßte, fürchtete er, den letzten Rest seiner Beherrschung zu verlieren. Mit erschrocken aufgerissenen Augen starrte sie ihn an – wie der Hase den Fuchs.
In diesem Augenblick gab er sie sofort frei und schob sie heftig von sich.
»Es tut mir leid, Jessie. Bitte verzeih mir.«
Sie betrachtete die Knöpfe seines Reitrocks, als ob sie sie abzählen wollte. »Du hast mich erschreckt. So etwas hat noch niemand mit mir gemacht. Vielleicht hättest du mich nicht so schnell loslassen sollen. Vielleicht hättest du mir mehr Zeit geben sollen, damit ich mich an deine Hände auf meinem Hinterteil gewöhne. Vielleicht ...«
»Ach, sei still, Jessie. Verdammt. Das hätte nicht passieren dürfen. Es tut mir leid. Trotz deiner neuen Aufmachung bist du immer noch die alte Jessie Warfield aus Baltimore,

und es war nicht richtig von mir, dich einfach so zu überfallen.«

»Aber dieser Überfall war sehr angenehm. Könntest du mich vielleicht noch einmal küssen?«

»Nein«, knurrte er barsch und zog sie wieder an sich und küßte sie nicht gerade sehr sanft. Es war ein Kuß voller Begierde, heiß und feucht, und sie kicherte in seinen Mund hinein. Er ließ von ihr ab und mußte unwillkürlich schmunzeln. »Habe ich die kleine Warfield zum Lachen gebracht?«

»Ja, und ob du es mir glaubst oder nicht, heute nacht habe ich von dir geträumt. Du gabst mir einen warmen, feuchten Kuß und drücktest mich fest an deine Brust. Als ich aufwachte, saß Damper auf meinem Busen und leckte mir das Gesicht ab.«

In gespielter Enttäuschung sanken seine Hände herab. »Also tauche ich nur in deinen Träumen auf, wenn ein Köter dir die Wangen leckt. Nun weiß ich ja, wie ich mich einzuordnen habe.«

»Oh nein. Ich kann mir nicht vorstellen, daß du auf meiner Brust thronst.« Sie betrachtete seinen Mund und schluckte. »Noch einmal, James, bitte?«

»Nein«, gab er heftiger als beabsichtigt zurück. »Es ist Zeit zum Lunch. Komm jetzt. Mrs. Catsdoor hat für uns bestimmt eine Kleinigkeit vorbereitet.«

Kapitel 15

Er hatte das Gefühl, vor einem Tribunal zu stehen. Den Richtern fehlten nur noch die weißen Allonge-Perücken und die langen spitzen Nasen. Er fragte sich, ob Maggie sich dazu bewegen ließe, ihre rote Haarpracht unter einem dieser künstlichen Gebilde zu verstecken. Wahrscheinlich nur, wenn es wichtig genug war. Nun, er saß natürlich nicht auf einer Anklagebank, sondern in seinem eigenen Salon auf einem mit Gold gefaßten Stuhl – übrigens ein Geschenk der Duchess – und trank Mrs. Catsdoors Tee. Über die Tassenränder hinweg starrte das Tribunal ihn an. Das Silbertablett mit den sorgsam zubereiteten Gurkensandwiches und Zitronenkuchenscheiben blieb unberührt. Er wußte, daß Mrs. Catsdoor diese Köstlichkeiten mit besonderer Aufmerksamkeit angerichtet hatte, um Badger zu beeindrucken, zu dem sie in Ehrfurcht aufsah. Er fragte sich, ob Spears wohl wußte, daß Mrs. Catsdoor Badger über die Maßen bewunderte – allerdings keineswegs aufgrund seiner Kochkünste. Die kleine Versammlung starrte ihn immer noch unentwegt an. Er kam sich wie ein Verbrecher vor.

»Also gut, raus mit der Sprache«, brach James das Schweigen. »Warum seid ihr hier? Was habe ich denn verbrochen?«

In aller Seelenruhe stellte Spears seine Teetasse ab und räusperte sich. »Master James, wir sind heute nach Candlethorpe gekommen, weil wir die Sachlage gründlich besprochen haben und zu einer Entscheidung gekommen sind.«

»Und Marcus und die Duchess wurden bereits von dieser Entscheidung unterrichtet?«

»Nein, Sie erfahren es zuerst«, antwortete Badger feierlich.

»Von welcher Sachlage sprechen Sie, wenn ich fragen darf?«

Maggie glättete ihren leuchtend grünen Satinrock und holte tief Luft. »Nun, Sie sind jetzt zu einem stattlichen Mann herangewachsen, das habe ich auch Jessie erklärt, und ich meine es ernst. Wir sind alle sehr stolz auf Sie, Master James. Aber für Sie ist nun der Zeitpunkt eingetreten, sich an die Kandare zu nehmen und *das Richtige* zu tun.«

»Das Richtige?«

»So ist es, Master James.« Ohne Zweifel führte Sampson bei diesem Tribunal den Vorsitz. »Wir sind einstimmig der Meinung, daß Sie zuerst von unserer Entscheidung erfahren sollen, da es in erster Linie Sie betrifft, nicht die Duchess oder den Earl. Natürlich sind sie in gewisser Hinsicht auch davon betroffen, aber nicht so sehr wie Sie.«

»Und bitte, was ist nun *das Richtige*, wenn ich höflichst anfragen dürfte?« James hatte sich erhoben und schlenderte zu dem sauber ausgeräumten Kamin hinüber. Es verschaffte ihm ein flüchtiges Gefühl der Freiheit, in seinem eigenen Salon herumzulaufen. Betont gelassen lehnte er sich an den Sims und verschränkte die Arme über der Brust – ein schwieriges Unterfangen mit der Teetasse in der Hand. »Also, Spears, schießen Sie los.«

»Master James.« Spears nickte und stand als gestrenger Richter zur Verkündigung des Urteils auf. Würdevoll entfernte er sich drei Schritte von seinem Stuhl und wandte sich dann seiner Zuhörerschaft zu. Ein Verfassungsrichter hätte es nicht besser machen können. »Wir sind der Ansicht, daß Sie Jessie heiraten sollten.«

James starrte ihn an. Er hatte es bereits geahnt, was mit diesem *das Richtige* gemeint war, aber er hatte es nicht wahrhaben wollen. Nun war es also heraus. Bisher hatte er es vermieden, sich damit auseinanderzusetzen – das hatte höchstens in einer verborgenen Windung seines Gehirns stattgefunden, kurz, es war ihm erfolgreich gelungen, einen derartigen Gedanken zu verdrängen. James wurde unruhig. Endlich antwortete er: »Das geht Sie alle nichts an. Jessie hat weder mit einem von Ihnen noch mit mir etwas zu tun. Hat sie Ihnen vorgejammert, ich hätte ihren guten Ruf zerstört? Das habe ich nicht! Ich bin völlig unschuldig in diese peinliche Verwicklung geraten. Und als ich ihrem Vater erklärte, daß nicht ich Jessies Ruf ruiniert hätte, ließ er trotzdem nicht locker und fing immer wieder mit dieser leidigen Sache an. Immerhin war es Jessie selbst, die diesem Hin und Her ein Ende gesetzt hat. Sie hat jetzt anscheinend die Tonart gewechselt. Sie will nicht nur meine Haut, sondern auch meinen Namen.«

Maggie betrachtete ihren Daumennagel, spielte mit ihrem Ehering und erklärte sehr ernst: »Das ist so ungefähr das Dümmste, was ich je von Ihnen gehört habe, Master James. Jessie ist unschuldig. Sie ist äußerst verletzlich. Sie ist hier in einem fremden Land. Sie ist unerfahren und weiß nicht, was gut für sie ist. Jessie wird Sie bis an ihr Lebensende in Schutz nehmen und Ihnen niemals die Schuld an ihrer mißlichen Lage geben. Sie hat keinesfalls die Tonart geändert. Ich glaube nicht einmal, daß Jessie Sie heiraten will.«

»Also bitte, dann hatte ich doch recht. Ich bin ihr vollkommen gleichgültig.«

Badger räusperte sich. »Maggie wollte eigentlich folgendes sagen: Jessie will von einer Heirat mit Ihnen nichts wissen, weil sie annimmt, daß Sie sie nicht mögen. Wenn ich Ihre Bemerkung richtig verstanden habe, Miss Maggie, die Sie gestern abend bei meinem Dessert aus gedünsteten Birnen auf Biskuitboden machten.«

»Verdammte Schnüffler! Soll ich Ihnen die Wahrheit sagen? Na schön. Ich mag sie nicht sehr. An fünf Fingern kann ich die Gelegenheiten aufzählen, wo ich sie nur halbwegs mochte.«

Spears war wieder an der Reihe. Er wartete, bis das allgemeine Gemurmel abgeklungen war und aller Augen auf ihm ruhten.

»Wir haben Miss Jessie darauf angesprochen, aber sie zeigte sich verschlossen wie eine Auster. Wir konnten ihr nur die Feststellung entlocken, daß ihr Candlethorpe sehr

gut gefalle. Diese Bemerkung fanden wir sehr vielsagend.«
»Was zum Kuckuck soll das wieder heißen, vielsagend? Das besagt doch nur, daß sie Augen im Kopf und einen winzigen Verstand hat. Candlethorpe ist ein ansehnlicher Besitz. Warum sollte sie keinen Gefallen daran finden?«
Sampson und Maggie tauschten Blicke. Badger studierte die Scheibchen des Zitronenkuchens. Er nahm eines, steckte es in den Mund und kaute lange mit geschlossenen Augen, dann nickte er schließlich billigend. In der Zwischenzeit war Spears Gesichtsausdruck noch strenger geworden.
»So kommen wir nicht weiter«, stellte Badger trocken fest. Der Zitronenkuchen war schon vergessen. James konnte sich nicht erinnern, daß seine Stimme jemals so kalt geklungen hatte. »Hören Sie, Mr. Spears, lassen Sie uns doch die Karten offen auf den Tisch legen. James, Sie müssen Miss Warfield heiraten, und zwar umgehend. Eine andere Möglichkeit gibt es nicht; andernfalls wird sie nie wieder mit erhobenem Haupt nach Amerika zurückkehren können. Auch wenn Ihre Rolle bei diesem Spiel bedeutungslos ist, so richten sich alle Vorwürfe ausschließlich gegen Sie. Wenn Sie ein Gentleman sind, werden Sie die Angelegenheit bereinigen. Auf der Stelle bereinigen.«
»James«, ließ sich Maggie zögernd vernehmen, während sie mit ihren herrlichen Smaragdohrringen spielte, »Jessie hat Sie schon geliebt, als sie noch ein kleines Mädchen war. Sie wird Ihnen eine wunderbare Frau sein.«
»Da irren Sie sich aber gewaltig, Maggie. Für mich hat sie genausowenig übrig wie ich für sie.«
Sampson hustete leicht. »Irren wir in der Annahme, daß Sie nicht mehr um Ihre verstorbene Gemahlin trauern?«
»Wenn wir uns in diesem Punkt getäuscht haben«, erklärte Badger stirnrunzelnd, »dann haben wir in der Tat Schwierigkeiten.«
»Nein, ich trauere nicht mehr um Alicia. Sie ist seit über drei Jahren tot, und ich habe gelernt, ohne sie zu leben. Sie wissen alle, daß ihr Verlust lange Zeit sehr schmerzhaft für

mich war. Mein Leben geht weiter, aber ich will keine neue Frau. Ich möchte keine Amerikanerin an meiner Seite, die sich zuerst wie eine wilde Range benimmt, mich auf Teufel komm raus beim Rennen besiegt, und die sich dann plötzlich um hundertachtzig Grad dreht und sich wie ein Modedämchen aus der Londoner Gesellschaft benimmt, kaum daß sie die heiligen Hallen von Chase Park betreten hat.«

»Sie ist bildschön.« Maggie war ebenso kühl wie die Pfauendame Clorinda bei einem unerwarteten Annäherungsversuch ihres Verehrers Fred. »Ihr fehlt nur ein wenig Schliff. Und wie eine Modepuppe sieht sie bei Gott nicht aus. Das ist sehr ungerecht von Ihnen, Master James!«

»Sie hat mit sich selbst keine Ähnlichkeit mehr. Bei der alten Jessie wußte man, was man zu erwarten hatte. Das ist jetzt nicht mehr der Fall. Neulich trug sie einen Zopf, aber nicht glatt und schlicht nach hinten gekämmt wie früher. Sie haben ihr beigebracht, sich diese lächerlich koketten Löckchen ins Gesicht hängen zu lassen. Mit diesen aufgedonnerten Kringeln könnte sie niemals an den Start gehen!«

»Diese Kringel heißen Korkenzieher«, belehrte ihn Maggie.

»Wir sind weit vom Thema abgekommen«, mischte sich Spears wieder ein. »Sie werden Miss Jessica Warfield heiraten, James. Das ist unumgänglich. Möchten Sie, daß sie für den Rest ihres Lebens Angestellte im Haus seiner Lordschaft und der Duchess bleibt? Das wäre ein Schandfleck für Ihren guten Namen. Außerdem wäre es nicht sehr edel, seiner Lordschaft und der Duchess diese lebenslange Verantwortung aufzubürden. Soll Miss Warfield auf Chase Park alt und grau werden? Sie hat Besseres als ein solches Schicksal verdient. Sie verfügt über Witz und Temperament, und sie hat einen gesunden Menschenverstand. Heiraten Sie Miss Warfield!«

»Jawohl. Sie werden Miss Jessie heiraten.«

»Hört, hört.«

»Wie wäre es nächste Woche? Die Duchess und ich könn-

ten die Vorbereitungen treffen. Ach, ich habe schon das passende Hochzeitskleid vor meinen Augen! Es würde Ihnen sehr gut gefallen, Master James.«
»Ich bin sicher, die Hochzeit wird wundervoll, mein Liebling«, sagte Sampson und küßte die zarte weiße Hand seiner Frau.
Badger aß eines der Gurkensandwiches. Dieses Mal runzelte er fast unmerklich die Stirn.
James schleuderte die Teetasse an die Wand.

Mit dem kleinen Charles auf dem Arm betrat Jessie das Kinderzimmer. Sie erklärte ihm flüsternd, daß er die Frauenherzen brechen würde, wenn er später weiter an allem herumknabbere, was in seine Nähe kam. In diesem Augenblick wäre sie beinahe mit James zusammengestoßen, der hinter der Tür stand und sie mit unverhohlener Abneigung musterte.
»James! Was machst du denn hier?«
»Wo bist du gewesen?«
»Charles wollte die Rosen sehen. Sie sind einfach wunderschön, besonders die roten. Sie sind wie Samt und ...«
»Laß das jetzt, Jessie. Du weißt genau, warum ich hier bin. Verdammt noch mal!«
Charles blickte von einem zum anderen. Sein Kinn begann zu zittern, und das Mündchen verzog sich nach unten. »Nicht so laut«, zischte Jessie streng und wiegte den Kleinen in ihren Armen. »Ist ja gut, mein kleiner Liebling, alles ist gut. Dein Cousin James kocht manchmal über wie ein Vulkan, aber dann beruhigt er sich wieder. Das Abkühlen ist kein Problem, aber das andere ...«
»Halt den Mund, Jessie«, knurrte er und streckte die Arme nach dem kleinen Charles aus. Das Gesicht des kleinen Kerlchens hellte sich auf. Strahlend wechselte er die Fronten.
»Das ist nicht fair. Hat er schon einmal Bäuerchen bei dir gemacht? Hat er schon einmal auf dein Hemd genäßt?«

»Ja, einmal.« James schaukelte Charles. »Er wollte sofort auf meinen Arm, weil er mich als Mann erkennt. Er weiß, daß ein Mann sein Leben selbst in die Hand nehmen sollte, daß er seine Entscheidungen eigenständig trifft, außerdem weiß er auch, daß ich das leider nicht kann. Deswegen hat er Mitleid mit mir und tröstet mich auf seine Weise. Er reißt mir ein Büschel Haare aus und sabbert meine Schulter voll.«

»Wieso kannst du dein Leben nicht selbst in die Hand nehmen? Das verstehe ich nicht. Du besitzt Marathon und Candlethorpe. Was willst du mehr? Du bist doch dein eigener Herr. Wahrscheinlich hast du auch hier in England eine Connie Maxwell. Das ist doch richtig, nicht wahr, James? Wie heißt die englische Dame? Hör auf, den Kopf zu schütteln – ich glaube dir sowieso nicht. Meine Mutter sagte immer, Männer würden sich ständig nach neuen Frauen umsehen, weil sie von Natur aus unstet sind. Also, wovon redest du überhaupt, James?«

»Das Kleid, das du trägst, sollte dich eigentlich wieder zu der alten Jessie machen, die ich kenne, aber das tut es nicht.«

»Weil es wie angegossen paßt. Es ist weder zu kurz, noch zu weit.«

»Die Farbe gefällt mir an dir. Ich hätte nicht gedacht, daß dir Grau so gut stehen würde. Schlicht und bescheiden, zumindest vom Hals abwärts. Diese lächerlichen Korkenzieher in deinem Gesicht ...«

»Du hast mit Maggie gesprochen?«

»Ja. Sie meinte, das seien keine Kringel, sondern Korkenzieher.«

»Und was ist damit?«

In diesem Augenblick wurde ihm klar, daß sie fürchtete, er werde sich über ihre Frisur lustig machen. Das war auch seine Absicht. Außerdem wollte er ihr sagen, daß sie eine gräßliche Göre sei, eine Landplage, daß er nicht daran dächte, sie zu heiraten, und sich wünschte, ihr niemals begegnet zu sein. Hätte er damals vor sechs Jahren nur nicht an dem vertrackten Rennen in Weymouth teilgenommen, das er beim dritten Durchgang verlor, nur weil sie ihn mit List und Tücke in den Graben gedrängt hatte. Hätte er dieses Balg nur nicht aus dem Schlamm gezogen! Und wäre sie nicht vom Baum gestürzt und auf ihn gefallen, dann hätte sie jetzt noch einen tadellosen Ruf und wäre niemals nach England geflohen.

So erklärte er nur: »Die Korkenzieher sind reizend. Beim Pferderennen wird der Wind sie dir in die Augen blasen. Du wirst vorsichtig sein müssen.«

»Die Locken gefallen dir wirklich, James?«

Sie blickte ihn mit erwartungsvoll geöffneten Augen an und schien ein Ja von seinen Lippen zu lesen. Einen Augenblick lang drückte er Charles zu fest an sich und löste einen kräftigen Rülpser bei ihm aus. James tätschelte den Rücken seines Patensohns, der gehorsam ein zweites Bäuerchen von sich gab.

»Die Duchess hat ihn gerade gefüttert. Du machst das sehr gut.«

»Ich mag Kinder. Möchtest du mit mir im Rosengarten der Duchess spazieren gehen?«

Zufrieden lutschte der kleine Charles an seinem Däumchen und schlief in seiner Wiege ein, als die beiden hinausgingen. Es war schwül an diesem Nachmittag, und die ersten dunklen Wolken zogen auf.

»Der Regen wird Erfrischung bringen«, bemerkte James. Es fiel ihm nichts Besseres ein. Jessie ging mit gesenktem Kopf neben ihm her, den Blick fest auf ihre Schuhspitzen geheftet.

»Der Regen ist sehr nützlich. Er ist gut für die Landwirtschaft«, fuhr er fort und schielte vorsichtig zu ihr hinüber. Da blickte sie ihn voll an. »Was willst du, James?«

»Haben Spears, Badger, Maggie und Sampson dir gegenüber nichts angedeutet?«

»Nein. Einmal haben sie mich allerdings in der Küche angetroffen und mich mit tausend Fragen gelöchert, bis sich mir der Kopf drehte.«

»Eine Spezialität dieser Bande. Darin sind sie meisterlich, und, alle Wetter, sie haben gute Augen. Und meistens sogar recht, auch wenn man sie am liebsten erschießen möchte! Ihre Pfeile treffen immer. Man geht mit sich zu Rate, verbringt schlaflose Nächte.«

»Sie haben mit dir gesprochen?«

Er beschloß, daß sie von dem Überfall dieser vier in seinem eigenen Salon in Candlethorpe nichts zu wissen brauchte. Wenn sie erfuhr, daß sie ihn regelrecht gejagt und eingekreist hatten, um ihn vor den Altar zu schleifen, würde es sie maßlos verletzen. Verdammt, das würde ihr weh tun, und aus irgendeinem Grunde wollte er das unter allen Umständen vermeiden.

»Sie nehmen mich ständig ins Gebet«, erwiderte er leicht gereizt. »Schon seit sieben Jahren versuchen sie an mir herumzuerziehen und mich zu bessern.«

»Ist es ihnen gelungen?«

»Die Rosen der Duchess sind wirklich eine Pracht.«

»Ja, alles, was die Duchess anfaßt, wird vollkommen – bis auf Marcus. Aber das stört sie nicht, im Gegenteil, seine Frechheiten hielten ihren Geist in Schwung, meint sie.«

»Warum sind hier alle so nett zu mir, James?«

Er blickte auf und sah, daß der Himmel seine Schleusen gleich öffnen würde. Um nicht von einem Platzregen überrascht zu werden, beeilte er sich und faßte sich kurz: »Weil sie mich mögen und weil sie dich mögen und weil sie glauben, daß wir heiraten werden.« So, nun war es heraus. Er stürmte voran. »Willst du meine Frau werden, Jessie?«

So, jetzt war auch das geschafft. Nur fiel das Ergebnis nicht ganz so aus, wie er es erwartet hatte. Sie zuckte zusammen, als ob er sie getreten hätte. Dann schloß sie die Augen, öffnete sie langsam, als ob sie aus einem Traum erwachte. Plötzlich machte sie eine Kehrtwendung, ging drei Schritte, hielt inne, raffte die Röcke und rannte los. Sie war ganz die alte Jessie. Sie flog beinahe über den Kiesweg. Die Unterröcke flatterten um die Knöchel. Entzückende weiße

Söckchen und Schuhe wurden sichtbar. Bisher hatte er diese Füße nur in klobigen, häßlichen Stiefeln gesehen.
»Jessie! Verdammt, warte doch!« Er setzte ihr nach. Der tiefhängende Ast einer Ulme schlug ihm ins Gesicht. Er verwünschte den Baum und das Mädchen und rannte weiter. Am Weiher hatte er sie endlich eingeholt. Sie hatte die Arme um eine alte Trauerweide geschlungen und verbarg ihr Gesicht an ihrer Rinde.
»Jessie«, keuchte er, als er wieder Luft hatte. »Warum zum Teufel bist du davongerannt? Du wirst dir noch das Gesicht zerkratzen, wenn du es weiterhin an den rauhen Stamm preßt.«
Sie rührte sich kaum, schmiegte sich nur noch fester an diesen albernen Stamm.
»Willst du mich nicht heiraten? Ist das der Grund, Jessie?«
Sie schwieg weiter. Er spürte, wie der Zorn in ihm aufstieg.
»Warum nicht, zum Donnerwetter! Ich kenne dich seit deinem vierzehnten Lebensjahr. Du sahst aus wie ein schlaksiger Bengel aus dem Dorf und warst nur an deiner leuchtend roten Mähne zu erkennen, die sich nicht einmal unter eine deiner zerschlissenen, hutähnlichen Kopfbedeckungen stopfen ließ. Ich kenne dich so gut, daß ich sogar weiß, wann du lügst. Ich weiß, daß du kaum Busen hast, zumindest bildete ich mir das bis jetzt ein, aber nachdem ich dich in diesem lächerlichen Ballkleid gesehen habe, aus dem deine Brüste beinahe herausgefallen wären, muß ich noch einmal darüber nachdenken. Du kannst so schnell wie Oslow ein Pferd striegeln und einen Stall ausmisten. Du reitest fast so gut wie ich. Auch beim Pferderennen schneidest du fast so gut ab wie ich.«
»In den vergangenen sechs Jahren habe ich dich regelmäßig besiegt, James.«
»Aha, das ist wohl dein wunder Punkt, wie? Da du jetzt die Freundlichkeit hast, mir dein Gesicht zuzuwenden, frage ich dich ein zweites Mal: Willst du meine Frau werden?«

»Du willst mich heiraten, weil du weißt, wann ich lüge und weil ich alte Hüte trage?«
»Es gibt noch andere Gründe. Wir würden ein gutes Gespann abgeben. Wir haben ähnliche Pläne und Ziele. Wir wollen Rennen reiten und Pferde züchten. Ich besitze bereits ein gutgehendes Gestüt, und durch die Heirat würdest du Teilhaber werden.«
»Das sind erbärmliche Gründe, James.« Mit diesen Worten wandte sie das Gesicht wieder der Trauerweide zu. »Geh weg. Ich habe dir nichts mehr zu sagen. Du bist nicht schuld an meiner Lage. Du bist nicht für mich verantwortlich. Ich habe dir bereits gesagt, wie ich mir meine Zukunft vorstelle. Ich werde ein eigenes Gestüt samt eigenem Rennstall haben. Ich werde es schaffen.«
»Die Möglichkeit, Erfolg zu haben, ist genauso gering wie die Aussicht, daß Charles innerhalb der nächsten Woche sämtliche Zähne wachsen. Mach dir doch nichts vor, Jessie!«
»Jetzt fällt es mir wie Schuppen von den Augen«, sagte sie langsam und blickte ihn offen an. »Spears und Konsorten haben dich aufgesucht, nicht wahr? Sie haben dir gesagt, daß du mich heiraten sollst. So war es doch, oder?«
»Nein.«
»Das war deine Idee?«
»Ja.« Ablenken, dachte er, ich muß sie ablenken. Zum Glück hatte er ein wirksames Mittel dabei. Schließlich war er im Lügen genausowenig geübt wie Jessie. »Ich habe hier einen Brief von deinem Vater.«
Der erste Donner grollte über ihnen, und der Himmel hatte sich verfinstert.
Das Manöver gelang. »Ein Brief von Papa?«
»Ja, er hat ihn mir für dich mitgegeben. Möchtest du ihn lesen?«
»Hast du ihn gelesen?«
»Nein, natürlich nicht. Er ist an dich gerichtet.«

Mit gerunzelter Stirn öffnete sie den Umschlag und entnahm ihm einen zusammengefalteten Bogen Papier. Sie las:

Meine liebste Jessie!
Ich hoffe, James hat Dich gefunden, und Du bist wohlauf und in Sicherheit. Ich kann nicht in Worte fassen, wie sehr ich in Sorge um Dich bin. Du mußt James heiraten und so schnell wie möglich nach Hause zurückkehren. Wenn der gute James nicht von allein zur Vernunft gekommen ist, mußt du ihm einen Antrag machen. Er ist ein Gentleman. Er wird ihn annehmen. Komm nach Hause, Jessie!

Dein dich liebender Vater
Oliver Warfield.

Stumm reichte sie James den Brief. Sie blickte ihn nicht an, während er las. Sein angewidertes Gesicht hätte sie nicht ertragen können. Der Himmel war jetzt dunkelgrau. Sie würden das Haus nicht mehr erreichen, bevor das Unwetter losbrach und der Regen sie durchnäßte. Sie stieß sich vom Baum ab und machte sich in Richtung Chase Park auf den Weg.

James holte sie ein. Er wirkte eher nachdenklich als verärgert. »Hättest du mir einen Antrag gemacht, Jessie, wenn ich es unterlassen hätte?« fragte er schließlich.

»Nein.«

Er schüttelte den Kopf, nahm ihre Hand und sagte: »Laß uns schneller gehen. Deine Korkenzieher überleben das Unwetter sicher nicht.«

Wieder schürzte Jessie ihre Röcke und rannte neben James her. Sie lachte sogar, als der erste schwere Tropfen auf ihre Nase fiel. Etwas außer Atem liefen sie durch den Park auf das Haus zu und entdeckten Fred, der Clorinda rücksichtslos bedrängte, so daß ihre Federn an der Sandsteinmauer des Hauses emporstanden.

»Fred, du Lüstling!« rief Jessie empört. »Laß sie in Frieden.«
Auch James mußte lachen, als Fred sich ihnen aufgebracht zuwandte und einen lauten, langgezogenen Schrei ausstieß, der das Grollen des ersten Donners übertönte. James ergriff Jessies Arm und zog sie mit sich. »Vorsicht, er könnte auf uns losgehen, vor Wut, daß wir sein Tête-à-tête gestört haben. Komm schon, wir sind gleich an der Tür.«
So waren sie kaum naß geworden, als sie endlich durch die Verandatüren die riesige Bibliothek von Chase Park betraten.
»Der Brief!«, rief Jessie aus. »Wo ist der Brief?«
»Ich habe ihn in meine Tasche gesteckt, damit er nicht naß wird.« Beide fuhren zusammen, als ein lauter Donnerschlag die Erde erbeben ließ. Ein Blitz durchschnitt die schwarzen Wolken, und ein heftiger Platzregen setzte ein.
»Das war ja knapp«, meinte Jessie und betastete eine Locke, die über ihre Wange hing. »Ich glaube, die Korkenzieher haben überlebt.«
»Ja, allerdings.« Er wickelte eine Locke um seinen Finger. Das Haar fühlte sich angenehm weich an, obwohl es feucht war. Als er die Strähne losließ, fiel sie träge über das Ohr zum Nacken herab. »Paß auf deine Korkenzieher auf, wenn du Maggie nicht verärgern willst.«
»Findest du tatsächlich, daß ich wie ein leichtes Mädchen aussehe, wenn ich Kleider trage, die mir passen?«
James fuhr sich mit der Hand über die Stirn. Schweiß und Regen, dachte er. Jessie konnte schon immer schnell laufen.
»Jessie«, fragte er schließlich, »hast du schon einmal ein leichtes Mädchen gesehen?«
Sie dachte angestrengt nach. Er führte sie zum Kamin, in dem ein gemütliches Feuer prasselte. »Wärme dich ein bißchen auf«, sagte er und rieb sich die Hände.
Sie strich ihr Kleid glatt und meinte schließlich: »Nein, ich glaube nicht, daß ich schon einmal ein leichtes Mädchen ge-

sehen habe. Sieht es so aus wie ich, wenn ich mich zurechtgemacht habe?«
»Nein, diese Mädchen sehen grell und aufgetakelt aus. Geschmacklos. Sie wollen auffallen. Ihre Kleidung ist zugleich eine Aufforderung an die Männer.«
Sie schluckte und entdeckte in ihrem Rock noch Falten und Knitter, die unbedingt glattgestrichen werden mußten. Sie widmete sich dieser Tätigkeit länger als notwendig und vermied es, ihn anzublicken.
»Nein, mit einem Mädchen dieser Sorte hast du nichts gemein«, seufzte er. »Wirst du mir jetzt einen Heiratsantrag machen, wenn ich sage, daß der meine nicht echt war?«
»Nein, das würde ich dir niemals antun.«
»Warum nicht?«
Sie ließ sich auf den Teppich vor dem Kamin nieder und streckte die Hände zum Feuer hin. »Das ist kein großes Geheimnis, James. Du liebst mich nicht. Ich werde nur einen Mann heiraten, der mich liebt, wie ich bin, der die neue wie die alte Jessie liebt. Mein Vater liebt mich, aber das steht auf einem anderen Blatt. Für ihn bin ich unter anderem eine tüchtige Kraft im Gestüt, die er nicht zu bezahlen braucht. Ich beanspruche nur ein Dach über dem Kopf, einen Schlafplatz und mein tägliches Essen.« Sie rückte ein wenig vom Kamin fort und breitete ihre Röcke um sich aus.
»Ich finde, du drückst dich sehr hart aus.«
»Mag sein. Aber das ändert nichts an den Tatsachen. Ich muß mir einfach vor Augen führen, was ich haben kann und was nicht.«
»Möchtest du Kinder haben?«
»Ja, aber dieser Wunsch wird mir wahrscheinlich nicht erfüllt werden. Dazu bedarf es nämlich eines Ehemannes.«
Da bemerkte sie plötzlich, daß er wütend geworden war. Es überraschte sie. »Verflixt noch mal, warum hältst du so wenig von dir selbst? Sieh dich doch an! Du bist eine bezaubernde junge Frau – auf deine schlichte Art, natürlich ...« Er brach ab.

»Ich weiß.«
»Dann hör doch auf, dich wie ein geprügelter Hund zu betragen. Hör auf, so vernünftig zu sein, so überaus bescheiden und anspruchslos. Warum willst du mich nicht zum Opferaltar schleppen, um dein Leben wieder ins reine zu bringen? Hier stehe ich. Greife zu. Ich habe dich gerade darum gebeten, mein Opfer anzunehmen.«
Ohne eine Antwort abzuwarten, sank er auf die Knie, packte sie bei den Armen, drückte sie zu Boden und beugte sich über sie.

Kapitel 16

Jessie war im Ringkampf geübt. Mit einem kräftigen Schwung rammte sie ihm die Beine in den Rücken und hieb mit den Fäusten auf Schultern und Brust ein. Aber James dachte nicht daran aufzugeben. Er legte sich der Länge nach auf sie, packte sie beim Zopf und versuchte, sie zu küssen.

Blitzschnell warf sie den Kopf zur Seite. Er traf zunächst nur das Kinn, dann die Nasenspitze und dann endlich ihren Mund.

»Hör sofort auf, James! Du reißt mir die Haare aus!«

Eine günstige Gelegenheit, um mit der Zunge Einlaß in ihren Mund zu bekommen. Zum Glück gelang es ihm in letzter Sekunde, sie heil wieder herauszuziehen. Diese Göre ist wirklich verrückt, dachte er, wenn sie so weit geht, mir die Zunge abzubeißen. Er wollte nichts erzwingen und richtete sich auf, um sie anzusehen.

»Dein Haar duftet nach Lavendel und Regen.«

»Scher dich zur Hölle, James! Das ist doch dämliches Geschwätz. Ich weiß nicht, was du wirklich willst, aber ...«

Schnell beugte er sich wieder über sie und küßte sie, drückte ihre Beine auseinander und sogar durch die vielen Röcke hindurch konnte er ihre Erregung spüren. Er preßte sich an sie, und sie stöhnte.

»Willst du mich vielleicht in dieser verdammten Bibliothek vergewaltigen, du Idiot?«

James schüttelte belustigt den Kopf. »Nein, aber ich werde deinen guten Ruf jetzt endgültig zerstören. Es ist besser, wenn der Mann obenauf liegt und versucht, sich einen Kuß zu rauben. Ja, das ist genau der richtige Weg, die Unbescholtenheit einer Jungfrau in Verruf zu bringen. Das hätte mir eher einfallen können. Du fühlst dich angenehm an, Jessie. Stört es dich, wenn ich dich umarme? Spürst du mich?« Er wußte, daß es so war. Er war härter als das vergoldete Stuhlbein vor seiner Nase.

»Ja. Ich muß sagen, du fühlst dich sonderbar an. Ungewohnt. Bei dir ist es jetzt so wie bei einem Hengst, nicht wahr?«

»Mehr oder weniger. Aber danke Gott, daß ich nur wenig Ähnlichkeit damit habe. Also, Jessie, willst du mich heiraten?«

»Nein. Daran hat sich nichts geändert. Im Augenblick fühlst du nichts weiter als Lust. Meine Mutter hat uns Töchter über die Männer und ihre Begierden aufgeklärt. Sie sagte, die körperliche Lust eines Mannes könne sich eine kluge Frau zunutze machen, um ihren Willen durchzusetzen. Außerdem würden Männer in kurzen, regelmäßigen Abständen Lust verspüren und gingen auch nach der Eheschließung auf Abwege, um ihre Bedürfnisse zu befriedigen.«

»Deine Mutter sollte man erschießen.«

»Hat sie vielleicht die Unwahrheit gesagt?«

»Ja. Gut, ein Körnchen Wahrheit mag dransein. Warum wohl zeigt Glenda ihre Brüste fast vollkommen entblößt? Nein, hör auf, dich zu wehren. Ich versuche schon, nicht mit meinem ganzen Gewicht auf dir zu liegen. Wenn du wieder Anstalten machst, mich zu kratzen, presse ich dich flach auf den Boden. Willst du wissen, was Glenda noch so treibt, um die Lust der Männer zu erregen? Sie starrt den Männern ungeniert auf die Hoden. Ja, diesen Teil meines Körpers hat sie mit ihren Blicken verschlungen. Er interessierte sie mehr als alle anderen Hoden in ganz Baltimore. Also hör auf mit dem Gerede, daß alle Männer wie Raubtiere auf Beutefang gehen.«

»Also hat Mama sich geirrt?«

»In gewisser Weise ja.« Er drängte sich noch mehr an sie, weil er sich kaum beherrschen konnte. »Wo ist der verdammte Klingelzug?«

Geistesgegenwärtig nutzte sie die Gelegenheit und versetzte ihm einen Fausthieb auf das Kinn. Nicht sehr fest, aber doch ausreichend, um ihn aus der Fassung zu bringen. Jetzt packte er ihre Arme und drückte sie an seinen Körper.
»Es hat wenig Sinn, dich in Verruf zu bringen, wenn uns keiner dabei erwischt. Wie komme ich nur an die verflixte Kordel!«
»Das wird wohl nicht mehr nötig sein, Master James. Ich bin Zeuge, ebenso Mr. Badger, Mr. Sampson und Maggie. Wir sind mit diesem Anblick höchst zufrieden.«
Jessie blickte auf und entdeckte einen Kreis von Gesichtern, die freundlich auf sie herablächelten.
»Sie dürfen jetzt nicht von ihr ablassen, Master James«, bemerkte Badger seelenruhig. »Es ist vollbracht.«
»Nein, ich glaube Miss Jessies Ehre ist noch nicht hinreichend befleckt. Könnte jemand die Duchess oder Marcus zu uns bitten?«
»Ich werde sie beide holen«, erbot sich Sampson. »Rühren Sie sich nicht von der Stelle, James. Es verläuft alles nach Plan.«
»Das ist nicht zu fassen! Was steht ihr hier alle herum? James erdrückt mich beinahe mit seinem Gewicht, und keiner eilt mir zu Hilfe. Er küßte mich und versuchte sogar seine Zunge in meinen Mund zu stecken. Warum tut ihr nichts dagegen!?«
»Aber Miss Jessie, wir tun doch alles, was wir können«, entgegnete Badger mit einem strahlenden Lächeln auf seinem häßlichen Gesicht. »Für das Festessen heute abend habe ich Kabeljau in köstlicher Austernsauce vorbereitet.«
»Ich habe davon gekostet«, bestätigte Maggie. »Mr. Badger hat sich wieder einmal selbst übertroffen.«
»James, zum Teufel noch mal, laß mich endlich aufstehen!«
»Jessie, Ihre Ausdrucksweise entspricht bestimmt nicht den Vorstellungen Ihres zukünftigen Ehemannes«, tadelte Maggie und brachte ihren Satinrock vor James' Stiefeln in Sicherheit. »Glenroyale, das ist Mr. Sampsons Vorname, ist

der Meinung, ein kräftiges Schimpfwort, zur rechten Zeit bei allerhöchster Anspannung ausgesprochen, ist akzeptabel. Ein solcher Anlaß besteht aber im Augenblick nicht.«

»Nein, in der Tat nicht«, pflichtete Spears ihr bei. »Ah, ich glaube, die Duchess und der Graf nähern sich der Bibliothek. Vielleicht könnten Sie die Szene noch ein wenig deutlicher gestalten, James?«

James grinste Jessie unverschämt an und küßte sie auf ihren geschlossenen Mund. Er war noch damit beschäftigt – mit wachsender Begeisterung –, als Sampson mit der Duchess und Marcus im Schlepptau das Zimmer betrat.

»James, mein Lieber«, bemerkte die Duchess, als sie sich zu dem Zuschauerkreis gesellte, »ich weiß nicht recht, ob Jessie noch atmet.«

»Du solltest zwischen euren Lippen ein wenig Abstand lassen, James«, riet Marcus. »Ich kann mich noch gut erinnern, daß ich der Duchess diesen kleinen Trick beim Küssen beibringen mußte. Ich wäre sonst hoffnungslos erstickt. Es dauerte eine Weile, bis sie es begriff, aber jetzt beherrscht sie diesen Kunstgriff meisterhaft.«

James stützte seinen Oberköper auf den Ellenbogen ab und blickte auf Jessie hinunter. »Nun, Jessie, bist du jetzt hinreichend kompromittiert?«

»Ich bringe dich um, James! Oh, es ist alles so entsetzlich peinlich!«

»Marcus, sie atmet!«, rief James aus und senkte den Kopf wieder zu ihr hinab. Vergeblich versuchte sie ihm auszuweichen. Er fand ihren Mund und blieb dort.

»Anscheinend atmet sie jetzt durch die Nase«, stellte Badger trocken fest. »Wir haben James erklärt, daß sie aus gutem Holz geschnitzt ist«, fügte er zur Duchess gewandt hinzu. »Sie wird ihm eine gute Ehefrau sein.«

Jetzt lief Jessie rot an, nicht weil ihr die Atemluft ausging, sondern weil eine unbändige Wut in ihr aufstieg. Zu James' Überraschung wehrte sie sich aus Leibeskräften. Er war so hingerissen von ihr, daß er alle Vorsicht vergaß. Sie bekam einen Arm frei und hieb mit ihrer Faust mitten auf sein Ohr. Er schrie auf und sank zur Seite.

In Sekundenschnelle stand sie auf den Beinen und starrte mit geballten Fäusten auf ihn hinab. Im letzten Augenblick zog sie ihren Fuß zurück, mit dem sie zutreten wollte. »Du ekelhafter Lügenbeutel! Du hast gesagt, du hättest darüber nicht mit ihnen gesprochen. Sie haben dich in die Enge getrieben, auf dein schlechtes Gewissen gesetzt, um mich damit in die Rolle der bemitleidenswerten, entehrten Frau zu drängen, der kein anderer Ausweg bleibt, als sich über die Klippen ins Meer zu stürzen. Verdammt noch mal, James, du hast mir feierlich erklärt, es sei allein deine Idee gewesen!«

»Du lieber Himmel«, seufzte Badger und rollte die Augen. »Es tut mir leid, Master James. Manchmal sind unvorsichtige Äußerungen des Teufels. Ich hoffe nur sehr, daß mein Kabeljau nicht in der Austernsauce vertrocknet.«

»Der Weg zur wahren Liebe sollte sowieso nicht mit Rosenblättern bestreut sein«, bemerkte Maggie weise. »Erinnert euch bitte an die Duchess und Marcus seinerzeit.«

»Damals hätte ich gegen ein zwei Rosenblätter nichts einzuwenden gehabt, Maggie«, entgegnete die Duchess lächelnd, worauf sich sofort ihr Mann einschaltete: »Eigentlich eine herrliche Idee, liebste Duchess. Ich stelle mir vor, wie du unser Schlafzimmer bar aller störenden Hüllen auf einem Teppich duftender Rosenblätter betrittst. Was meinst du dazu?«

»Ich meine, Mylord, daß Ihre Leichtfertigkeit in diesem Augenblick erschreckend ist. James steckt in ernsten Schwierigkeiten, die Badger durch seine unschuldige Bemerkung heraufbeschworen hat, und Jessie ist unglücklich.«

James stützte sich auf Hände und Knie. »Maggie, was für eine abgedroschene, klischeehafte Vorstellung! Wahre Liebe und Rosenblätter? Und bei dir, Marcus, fehlt es bei Gott an Taktgefühl, wenn du sofort ins Schlafzimmer ab-

wanderst. Wahrscheinlich würdest du die Rosenblätter anknabbern, die der Fuß deiner Duchess berührt hat. Und deinetwegen, Jessie, summt und brummt es jetzt in meinem Schädel.« Vorsichtig hob und senkte er den Kopf und rieb sich das Ohr. »Was hast du dazu zu sagen?«
Jessie erhob sich langsam und wich vor den Umstehenden zurück. »Ich gehe jetzt. Das hier ist ein Tollhaus. James will mich nicht heiraten. Geht das nicht in eure Köpfe hinein? Offensichtlich habt ihr uferlose Schuldgefühle in ihm geweckt, daß er sich gezwungen sah, um meine Hand anzuhalten. Ich lehnte seinen Antrag ab, um ihn vor sich selbst zu schützen. Da warf er sich kurzentschlossen auf mich und hielt mich fest. Ja, er überwand sich sogar dazu, mich zu küssen, bis ich mich nicht mehr wehrte.«
»Verdammt noch mal, Jessie, glaubst du vielleicht, mein Glied wäre hart wie Eisen gewesen, wenn du mir gleichgültig bist?«
»Um Ihren Kabeljau tut es mir leid, Badger.« Damit wandte Jessie sich um, stieß die verglasten Verandatüren auf und verschwand in Sturm und Regen.
»Zum Teufel noch mal, jetzt muß ich sie wieder einfangen. Sie ist sogar in Kleid und Unterröcken schnell wie der Wind. Badger, stellen Sie heißen Tee bereit. Sie hat nur diese dünnen Schühchen an den Füßen, und die sind wahrscheinlich bereits durchgeweicht.«
Der Graf sah zu, wie jetzt auch sein amerikanischer Cousin in das Unwetter hinausstürzte. »Nasse Kleider«, bemerkte er, »und deren Entledigung führen oft zu sehr vergnüglichen Nachmittagsbeschäftigungen.«
»Abwarten, Mylord«, bemerkte Spears. »Mr. Badger, lassen Sie uns einige Laken besorgen und einen Tee bereiten. Hoffentlich erkrankt keiner der beiden bei derart heftigen Gefühlsausbrüchen.«
»Jessie wird sich ihre Frisur ruinieren«, seufzte Maggie und strich sich besorgt über ihre eigene, vollendet sitzende Lockenpracht.

Bei dem Versuch, Clancy zu satteln, stellte er sie in den Stallungen. Das Problem war nicht der Sattel selbst, sondern die Tatsache, daß Clancy ein Stockmaß von einem Meter neunzig hatte. Sie schaffte es einfach nicht, den Sattel so hoch zu stemmen. Sie ließ ihn fallen, stampfte mit dem Fuß auf und fluchte gotteslästerlich. Clancy dagegen, dieser Satansbraten von einem Hengst, der den Grafen bereits ein dutzendmal abgeworfen hatte, nagte an Jessies Schulter und benahm sich wie ein liebestrunkenes Hausschwein. James war überzeugt davon, daß er sogar in die Knie gehen würde, damit Jessie ihn besser streicheln und tätscheln könnte. Nur reichte sein Verstand nicht dazu aus.
»Du bleibst hier, Jessie. Warum muß es ausgerechnet Clancy sein? Er ist ein Teufel und könnte dich umbringen, wenn ihm danach ist. Und du kannst ihm noch nicht einmal den Sattel auflegen. Sieh dir doch an, was du mit ihm angestellt hast! Du hast seinen Willen gebrochen! Er würde dir das Gesicht ablecken, wenn ihm das einfallen würde. Streichle ihn noch einmal zum Abschied, und dann laß uns ins Haus zurückgehen.«
»Nein.«
»Jessie, du wirst tun, was ich dir sage. Ich bin es leid, dir ständig nachzurennen. Ich hatte ganz vergessen, daß du schnell wie eine Bergziege bist. Laß dieses theatralische Gehabe und komm mit ins Haus.«
»Haus, haha! Wohl eher ein Schloß. Es hat mehr Zimmer als eine ganze Häuserzeile in Baltimore.«
Verwirrt starrte er sie an.
»Und Clancy ist kein Teufel. Er ist lammfromm und lieb.«
»Ja, das sagt die Duchess auch von Marcus. Oh, mein Gott, du hast doch nicht versucht ihn zu reiten, oder?«
»Natürlich. Wir haben zusammen herrliche Ausritte unternommen. Er hat mir die Umgebung hier gezeigt.«
»Soll das etwa heißen, Marcus hat es dir erlaubt?«
»Er weiß nichts davon. Lambkin meinte, schlafende Hunde solle man nicht wecken.«

»Jessie. Du bist völlig durchnäßt. Ich auch. Du kommst jetzt mit mir ins Haus.«

»Willst du wieder versuchen, mich auf den Boden zu werfen?«

»Nein, nicht auf den Boden. Das nächste Mal wird es ein Bett sein.«

Sie hob den Sattel auf und schleuderte ihn in James' Richtung. Er flog allerdings nur ein kurzes Stück durch die Luft und landete bald wieder mit einem dumpfen Aufprall am Boden.

James lehnte an einer Boxenwand und vermied es, Clancy noch mehr aus der Ruhe zu bringen. Beim Anblick des fliegenden Sattels hatte er bereits wild mit den Augen gerollt.

»Sieh dir doch an, was aus dir geworden ist. Kaum trägst du Röcke, verlassen dich deine Kräfte. Deine Löckchen kleben dir am Kopf, und dein Mieder klatscht an deinem Busen. Übrigens ein aufschlußreicher Anblick. Vielleicht sollte ich dich hier an die Wand drücken.«

Er ging einen Schritt auf sie zu und blickte sie mit wild aufleuchtenden Augen an. Jessie duckte sich rasch unter Clancy und kam auf der anderen Seite des Hengstes zum Vorschein.

»Mein Gott, bist du von allen guten Geistern verlassen? Clancy könnte dich niedertrampeln. Komm auf der Stelle aus der Box raus. Hast du gehört? Sofort!«

Diese Entscheidung hatte sie bereits getroffen. Clancy mochte sie, darüber bestand kein Zweifel, aber manchmal erschienen ihm menschliche Verhaltensweisen äußerst verwirrend. Sein Schweif peitschte unruhig hin und her. Jessie tätschelte beruhigend seinen Hals, küßte ihn zwischen den Nüstern und schlüpfte vorsichtig an ihm vorbei aus der Box heraus. James erwischte ihren Arm, bevor sie wieder davonrennen konnte.

»Genug.« Er zog sie an sich. Sie zitterte – sicherlich vor Nässe und Kälte. Mit seinen großen Händen strich er ihr über den Rücken. Von der ehemaligen Bohnenstange war

nichts mehr zu spüren. Beunruhigend. Auch die Rundungen an der Vorderseite wollten nicht zu einer Bohnenstange passen.
James atmete ihren Duft ein, berührte ihr Ohrläppchen mit den Lippen und bekam eine der Korkenzieherlöckchen zwischen seine Zähne. »Heirate mich, Jessie. Sage doch einfach nur ja.«
Sie weinte. Deshalb zitterte sie so sehr. Er legte den Finger unter ihr Kinn und hob ihr Gesicht zu sich hoch. »Warum?«
Sie gab keinen Laut von sich. Ihre Augen flossen vor Tränen über, die in schmalen Rinnsälen über die Wangen liefen. »Du weinst sehr überzeugend, Jessie, aber sage mir doch bitte, warum. Gibst du vielleicht auf? Betrachtest du es mir gegenüber als ein Verlieren? Dabei gewinnen wir doch beide, wenn du nur einmal gründlich darüber nachdenken würdest.«
Sie lehnte den Kopf an seine Schulter. Als sie ganz still stand, wußte er, daß sie zu weinen aufgehört hatte. Leise murmelte sie in sein nasses Hemd: »James, du bist der einzige Mann, der mich geküßt hat.«
Er grinste, als er seinen Mund auf ihren nassen Schopf drückte. »Ich werde dich küssen, bis wir beide aus den Schuhen kippen, wenn du mich läßt.«
Da trat sie einen Schritt zurück und sah ihn an: »Ich werde dich lassen. Aber vorher möchte ich, daß du dich mit einigen Dingen einverstanden erklärst.«
Er schwieg eine Weile und ahnte, daß ihm das folgende nicht gefallen würde und fragte doch: »Einverstanden womit?«
»Du bist wie ein Hund, der einen Knochen im Maul hält. Du wirst ihn nicht hergeben. Für dich spielt es jetzt keine Rolle mehr, ob du das Richtige tust oder nicht. Darüber bist du hinaus. Ich hätte sofort ja sagen sollen. Wahrscheinlich wärst du weiß wie ein Laken geworden, hättest herumgestottert und mir erklärt, du habest einen furchtbaren Fehler

gemacht, und dann hättest du dich erleichtert davongestohlen. Leider habe ich nicht sofort ja gesagt. Ich habe abgelehnt, und das konntest du nicht ertragen.«

»Zum Donnerwetter noch mal, worauf willst du hinaus, Jessie? Womit soll ich mich einverstanden erklären?«

Sie holte tief Luft, strich sich das wirre Haar aus dem Gesicht und sagte: »Ich betrachte die Ehe als einen lebenslangen Bund. Ich weiß, daß Männer diese Ansicht teilen, trotzdem aber unfähig sind, einer Frau treu zu bleiben, in diesem Falle ihrer Ehefrau. Da du mich nicht liebst, wirst du meiner schnell müde werden und zu Connie Maxwell zurückkehren oder dich nach einer neuen Liebschaft umsehen. Und nun höre mir gut zu: Ich bin bereit, dir diese Freiheit zuzugestehen, solange du mir die gleichen Rechte einräumst. Wenn ich deiner überdrüssig werde, nehme ich mir einen Liebhaber. Ich möchte zwischen uns keine Lügen haben.«

»Das ist schwerer Tobak, Jessie. Laß uns beim wichtigsten Punkt anfangen. Du kannst dir nicht einfach so einen Liebhaber nehmen. Im Gegensatz zu einem Mann kannst du schwanger werden. Ich denke nicht daran, das Kind eines anderen als mein eigenes aufzuziehen.«

»Oh, daran habe ich nicht gedacht. Gibt es keine Möglichkeit, eine Schwangerschaft zu vermeiden?«

»Doch. Es gibt verschiedene Möglichkeiten.«

»Nämlich?«

»Das verstehst du nicht, auch wenn ich es dir erklären würde.«

»Also willst du damit sagen, daß die Frauen, mit denen du dich vergnügen würdest, Erfahrung haben, wie man das macht?«

»Ja, aber Mißgeschicke sind nie ausgeschlossen.«

»Aber der in Frage kommende Liebhaber würde doch die gleichen Bedenken haben und vorsichtig sein, oder? Man sollte doch annehmen, daß ein Mann, der seine Frau betrügt, keine Bastarde mit seiner Mätresse in die Welt setzen möchte.«

»Du wirst dir keinen Liebhaber nehmen, Jessie.«
»Wie du mir, so ich dir.«
James fuhr sich mit den Fingern durch das Haar. »Verflucht, das glaube ich einfach nicht. Clancy hat mich gerade gestupst. Er hält mich für vollkommen verrückt, mir hier im Stall den Unsinn anzuhören, den du von dir gibst. Nein, halt den Mund, Jessie. Laß mich etwas zu Connie Maxwell sagen. Sie würde niemals meine Geliebte sein, wenn ich verheiratet wäre. Überrascht dich das?«
»Ja, ich denke schon. An ihrer Stelle könnte ich dich wahrscheinlich nicht einfach so sang- und klanglos aufgeben.«
Das war nun doch zu viel. Er schnappte nach Luft, als ob ihm jemand einen Schlag in die Magengrube versetzt hätte.
»Sei still. Ich kann es nicht mehr hören. Wir sind beide naß bis auf die Haut. Eine Lungenentzündung hätte uns gerade noch gefehlt. Laß uns jetzt ins Haus zurückgehen.«
Sie lief schweigend neben ihm her, den Blick nach vorne gerichtet. Der starke Regen war in ein feines Nieseln übergegangen. Dichter Nebel quoll jetzt wie aus unterirdischen Kochtöpfen aus dem Boden und hüllte die Stallungen und den Park in einen weichen, grauen Schleier.
Sie hörten, wie Fred ein gedämpftes Gackern von sich gab, das er wahrscheinlich für einen gelungenen Lockruf hielt. Es klang wie das Krächzen eines verschlafenen Bussards.
Jessie lachte.
James blicke sie an, sagte aber nichts. Er nahm ihre Hand. So gingen sie weiter zurück zum Haus. Hand in Hand.

Keiner der beiden erkältete sich. Als sie in die Küche kamen, wartete das Tribunal bereits in Habachtstellung.
»Da sind Sie ja«, begrüßte sie Badger. »Wir haben gehofft, daß Sie in die Küche kommen würden. Wir haben Bademäntel vorgewärmt. Jessie, Sie gehen jetzt in die Speisekammer und ziehen die nassen Sachen aus. Dann Sie, James. Dann serviere ich einen starken, heißen Tee und Ap-

fel à la Portugaise, ein Rezept, das mir letzte Woche ein Meisterkoch aus Rouen zuschickte.«

»Anschließend werden wir die Hochzeitsfeierlichkeiten besprechen«, unterbrach ihn Spears. »Der Graf wird noch mit unserem Kurator, Mr. Bagley, sprechen. O Gott, wir müssen ja noch das Aufgebot bestellen, und das dauert drei Wochen! Solange wollen wir doch nicht warten.«

»Mit der Hilfe des Grafen bekommen Sie sicher eine Sondererlaubnis, James«, schlug Badger vor.

»Mit der Duchess habe ich bereits über Ihr Hochzeitskleid gesprochen, Jessie«, erklärte Maggie strahlend.

Sampson steckte den Kopf zur Küchentür herein. »Ich habe dem Grafen und der Duchess Bescheid gegeben, daß Sie beide hier sind.«

Der Graf tauchte hinter Sampson auf. »Na, sollen wir Mr. Bagley holen?«

»Ja«, sagte James.

»Ja«, sagte Jessie.

»Vielleicht erzählst du mir, wie du den Tag doch noch gerettet hast, James?« wollte Marcus voller Neugierde wissen. »Hast du alle Register gezogen, um sie für dich zu gewinnen?«

James ging nicht auf die Frage des Freundes ein. »Eine Sondererlaubnis«, kam es statt dessen nur kurz über seine Lippen. »Sage mir nur, was ich zu tun habe, Marcus, und ich kümmere mich darum.«

Spears hob die Hand. »Während Sie und Jessie sich umziehen, werden wir besprechen, was zu tun ist.«

James warf sein Handtuch nach ihm, was er höchst entrüstet zur Kenntnis nahm.

Der Graf lachte. »Badger, ich habe Hunger. Haben Sie noch ein paar Johannisbeerknödel vom Lunch übrig?«

Kapitel 17

Vollblüter und Ehemann:
beide sollten über alle Masse ausdauernd,
kraftvoll und geduldig sein
und ein grosses Herz besitzen.

(Spruchweisheit)

»Ja, ich will«, sprach James und blickte erwartungsvoll auf Jessie, die überraschend blaß war, trotz der smaragdgrünen Robe, die ihre Schultern in einer Weise aufschimmern ließen, die er nie für möglich gehalten hätte. Smaragdgrün. Eine wunderbare Farbe für sie. Sie ließ ihr Haar noch mehr leuchten. Ihm wurde bewußt, daß ihm während der letzten fünf Tage Dinge dieser Art immer häufiger aufgefallen waren.

Er hatte ihr ein Paar weiße Schuhe geschenkt, ähnlich denen, die bei den verschiedenen Fluchtversuchen vor ihm im Regen ruiniert worden waren. Er erinnerte sich noch an ihre Reaktion, als er ihr die Schuhe in Geschenkpapier eingewickelt überreicht hatte. Vollkommen sprachlos hatte sie die wunderhübschen Schuhe betrachtet. »Sie werden dir passen«, hatte die Duchess versichert. »Maggie und ich haben Maß bei deinen alten Schuhen genommen.« Jessie hatte immer noch geschwiegen. Dann hatte sie ihn angeblickt, und er hätte schwören können, daß sie sich vor irgend etwas fürchtete, was überhaupt nicht ihre Art war. Wovor wohl? »Ich danke dir, James«, hatte sie gemurmelt. Dann war sie einfach davongegangen.

Mit einem Seufzer hatte die Duchess erklärt: »Sie ist wieder bei Charles. Er ängstigt oder verunsichert sie nicht, ver-

stehst du.« James hatte darauf keine Antwort gewußt, sich abgewandt und ebenfalls das Zimmer verlassen.
Jetzt sah er sie an, während der selbstherrliche Bischof von York die Braut salbungsvoll ermahnte, ihrem Gemahl gehorsam zu sein. Er hatte dem einflußreichen Grafen von Chase die Bitte, die Zeremonie durchzuführen, nicht abschlagen können. Wenn es nach James gegangen wäre, hätte er Mr. Bagley vorgezogen, aber Marcus hatte entschieden, daß einer der höchsten Würdenträger die Trauung vollziehen sollte. Zwei winzige Löckchen kringelten sich um Jessies Ohren. Weiße, zarte Öhrchen. Niemals hätte er sich vorstellen können, daß Jessica Warfield weiße, zarte Öhrchen besaß.
Soviel hatte sich seit jenem Tag verändert, und doch so wenig. Sie hatte sich zu einer Jessie gewandelt, die sogar mit der neuen Jessie nichts mehr zu tun hatte. Sie hatte sich zurückgezogen. Sie schwieg, wenn man nicht das Wort an sie richtete – und das war weder bei der alten noch bei der neuen Jessie der Fall gewesen. Vielleicht versuchte sie die Duchess nachzuahmen, aber das gelang ihr nicht, falls es wirklich der Fall war. Nachdem er ihr die Schuhe geschenkt hatte, war sie James aus dem Wege gegangen, hatte soviel Zeit wie möglich mit Charles und Anthony verbracht. James zerbrach sich aber darüber nicht groß den Kopf. Er war so sehr mit seinen Pferden in Candlethorpe beschäftigt, daß er im Grunde erleichtert war, nicht eine gekränkte Jessie vorzufinden, wenn er in jenen Tagen den Einladungen der Duchess zum Essen folgte und nach Chase Park ritt. Er konnte sich einfach nicht als werbender Bräutigam benehmen, nicht bei einem Mädchen, das er bei jedem Pferderennen, in dem sie als Gegner angetreten waren, am liebsten vor Wut in den Boden gerammt hätte. Wahrscheinlich konnte Jessie ihn sich auch nicht in dieser Rolle vorstellen. Sie würde nicht von ihm erwarten, daß er jeden Abend den langen Weg nach Chase Park auf sich nahm, um ihr dann Liebesworte ins Ohr zu flüstern. James hatte ein einziges

Mal romantische Gefühle entwickelt, als er um Alicia warb. Das wollte er nicht wiederholen. Damals war er ein anderer gewesen. Er war bis über beide Ohren verliebt, so sehr, daß es ihm kaum gelungen war, in ihrer Gegenwart einen vollständigen Satz zu sprechen. Und er hatte sie so begehrt, daß es schmerzte. Er konnte an nichts anderes denken, wenn er in ihrer Nähe war, als sie zu umarmen und unter sich zu haben. Mehr als einmal geriet er in eine peinliche Lage, wenn er plötzlich hart wie Stein wurde. Das geschah bereits, wenn er nur ihre Hand berührte.

James zwang sich, den bischöflichen Worten Aufmerksamkeit zu schenken, dessen Stimme zum Mezzoforte angeschwollen war, als er die Verbindung pries, die seine Lordschaft, der Graf von Chase, herbeigeführt hatte. James fragte sich, ob Jessie überhaupt mitbekam, daß der Bischof mit diesem Wortschwall nichts weiter sagen wollte, als daß sie beide im Grunde zwei Barbaren waren, die durch das gütige Eingreifen eines Mitglieds aus dem Hochadel zur Vernunft gebracht wurden. Wahrscheinlich kochte Marcus innerlich vor Wut über diesen Unsinn, oder er mußte sich das Lachen verkneifen. James hörte nicht weiter zu. Am liebsten hätte er die lange spitze Nase des Bischofs mit seiner Faust verbreitert.

Wenn er recht darüber nachdachte, konnte er sich Jessie nicht als schmachtende, sehnsuchtsvolle Maid vorstellen, die in elegischer Pose im Rosengarten der Duchess auf ihn und albernes Liebesgeflüster wartete. Und sich selbst sah er schon gar nicht in dieser Rolle. Er erschrak beinahe, als er Jessie plötzlich sagen hörte: »Ja, ich will.« Ihre Stimme klang leise und zart und erinnerte ihn an ihre Seidenstrümpfe, die er kurz vor der Trauung erspäht hatte.

Zuvor war ihm nie bewußt geworden, was der Anblick von Seidenstrümpfen an einem schönen Bein bei einem Mann auslösen konnte. Pure Lust entzündete in ihm eine lodernde Flamme.

Der Bischof segnete das junge Brautpaar und erklärte dann

dem Grafen von Chase – nicht etwa dem Bräutigam: »Die Trauung ist vollzogen, Mylord. Die beiden mögen sich nun umarmen, wie alle Jungvermählten es tun, um die Zeremonie zu beenden. Nachdem ich sie unter Gottes Schutz und Segen gestellt habe, soll diese zarte Geste den glücklichen Beginn der ehelichen Gemeinschaft zur Freude der Anwesenden ankündigen.«
Sanft hob James das Gesicht seiner jungen Frau mit dem Zeigefinger zu sich empor. Zart berührten seine Lippen ihren Mund. Ihre Lippen waren kalt, so kalt wie die Karottensuppe, die Badger gestern im Trubel der Vorbereitungen zum Hochzeitsmahl aus Versehen gekühlt servierte. Niemand hatte ein Wort darüber verloren.
»Alles wird gut werden, Jessie«, sagte er leise und küßte sie ein zweites Mal. »Vertraue mir. Alles wird gut. Komm, gib mir jetzt einen Kuß. Zur Freude der Anwesenden.«
Sie blieb stumm, blickte nur zu ihm auf und fragte sich, ob sie träumte. Nun war sie mit James verheiratet. Davon hatte sie sechs Jahre lang geträumt, seit jenem Tag in Weymouth auf dem Rennplatz, als er ihr zum ersten Mal begegnet war. Mit kräftigen, ausholenden Schritten hatte er ein Rennpferd am Zügel geführt und gleichzeitig mit Oslow und dem Pferd gesprochen. Er redete dem Mann und dem Pferd ein, daß sie unschlagbar seien. Sie erinnerte sich noch sehr gut, daß er sie im zweiten Durchgang dann tatsächlich abhängte – wie er es dem Pferd und dem Trainer vorausgesagt hatte. An diesem Tag war der Himmel in Weymouth klar und wolkenlos gewesen, aber sie glaubte, der Blitz hätte sie getroffen – und sie hatte bereits geahnt, daß dieser Blitz sie von nun an begleiten würde bis an ihr Lebensende.
Sie küßte ihn. Nicht leidenschaftlich, obwohl sie das gerne getan hätte. Ihr Schamgefühl verbot es ihr, auch wenn der Bischof die Erlaubnis gegeben hatte. Zu viele Menschen waren um sie. Das zweite Mal küßte sie ihn nur, um ihr Glück ein wenig zu kosten. Er lächelte sie an und tätschelte ihre Wange.

»Das hast du brav gemacht. Jetzt wollen wir uns um unsere Gäste kümmern.«
Mister Bagley war mit seiner Frau gekommen. Ein netter Mann, dachte Jessie. Sie hatte ihn bereits auf der ersten Gesellschaft kennengelernt, die die Duchess für sie auf Chase Park gegeben hatte. Der arme Kerl sollte seine dünnen blonden Haarsträhnen nicht so vergewaltigen, dachte sie. Er kämmte sie von einem Ohr zum anderen und klebte sie mit Pomade am Kopf fest. Die Duchess hatte darauf bestanden, daß Marcus sich mit dem Bischof unterhielt, da er ihnen kurzfristig die Sondererlaubnis zur Heirat erteilt hatte. Der Hausarzt ihrer Gastgeber, George Raven und seine junge Frau aus York, zählten auch zu den Gästen.
Der Bischof von York wäre sehr enttäuscht gewesen, wenn er gewußt hätte, wie wenig es die anderen wunderte, daß das gräfliche Kindermädchen einen Wyndham aus der amerikanischen Linie heiratete. Andeutungsweise, wie es seine Stellung gebot, hatte er dem Grafen gegenüber eine Bemerkung über diese, in seinen Augen unpassende Verbindung gemacht. Dieser hatte mit edlen schlanken Händen an seinem Halstuch gezupft, bis er sich so weit in der Gewalt hatte, um den Pfaffen nicht sofort vor die Tür zu setzen.
Frances Hawksbury, Countess of Rothermere, gratulierte James und wandte sich dann Jessie zu. Lächelnd legte sie ihr die Hand auf die Schulter. »Nun haben Sie ihm das Zaumzeug angelegt, meine Liebe, lassen Sie ihm seinen Kopf, wenn er auf die Trense beißt und zügeln Sie ihn sanft, aber bestimmt.«
»James«, mischte sich Marcus mit einem frechen Grinsen ein, »wie ich sehe, betrachtet man dich mit Vorliebe als schäumendes, wildes Roß.«
»Das paßt ganz gut auf ihn«, antwortete Jessie und lächelte der Gräfin zu.
»Und ich werde sie in den Hals beißen, damit sie gefügig bleibt«, gab James schlagfertig zurück. »Vielleicht versetze

ich ihr auch den einen oder anderen Stoß in die Weichteile, damit sie die Richtung nimmt, die ich einschlage.«

»Ihr zwei seid gräßlich«, scherzte die Duchess. »Gott sei Dank ist es jetzt überstanden. Der Bischof trinkt den ersten Schluck Champagner, und Badger bereitet das Hochzeitsfrühstück vor, auf das sich alle gleichzeitig stürzen werden.«

»Entweder sie stürzen sich auf das Buffet oder auf Badger, um ihn zu entführen.«

»Ich verstehe nicht, wie du so schlank bleibst«, seufzte Jessie.

»Tja, das ist das verdammte Zaumzeug«, antwortete Marcus mit gespielter Verzweiflung. »Ich schlage und wehre mich ständig dagegen, aber die Duchess lächelt nur und treibt mich weiter. Ein gelegentliches Zügeln sei gut für meine Männlichkeit.«

Nach einem halben Dutzend Toasts mit dem sehr trockenen Champagner aus der gräflichen Kellerei warf James einen Blick auf seine frisch angetraute Gemahlin und pfiff leise durch die Zähne. »Jessie, du bist beschwipst. Dabei fällt mir ein – du bist nicht an Alkohol gewöhnt, stimmt's?«

Mit einem leichten Schluckauf bat sie um ein weiteres Glas.

»O je«, sagte die Duchess, »wollt ihr tatsächlich noch heute nach Candlethorpe, James?«

»Ja. Ich möchte nach Hause.«

»Komm mit mir, Jessie«, sagte die Duchess mit ihrer klaren, eindringlichen Stimme, der keiner widerstehen konnte, und führte sie nach oben. Da Jessie noch nach Candlethorpe reiten wollte, halfen ihr die Duchess und Maggie beim Umkleiden. Die Duchess hatte ihr ein wundervolles Reitkostüm aus goldbraunem Samt nähen lassen. Die Schulterpassen waren dunkel abgesetzt und die Taille gut herausgearbeitet. Der Saum war mit einer breiten Bordüre verziert. Jessie sah zauberhaft aus. Die Haut schimmerte wie Perlmutt, und das Haar leuchtete wie ein Sonnenuntergang.

Als Jessie fertig angekleidet war und Maggie liebevoll die letzte Korkenzieherlocke zurechtgezupft hatte, setzte die Duchess ihr den Reithut auf und trat einen Schritt zurück. Die Straußenfeder am Hut ringelte sich in der richtigen Höhe an Jessies Wange.

»Du bist wunderschön.«

»Hoffentlich meint James nicht wieder, ich sehe aus wie ein Straßenmädchen«, wandte Jessie zaghaft ein.

»Wenn er das tut, ist er ein Tor«, entgegnete Maggie kämpferisch. »Dagegen gibt es ein einfaches Mittel. Sie beißen ihn. Männer lieben diese kleinen Liebesbisse zur Bestrafung. Mein Sampson schnurrt dann immer wie die verflixte Katze seiner Lordschaft, wenn ich an seiner Schulter knabbere, und dann ...«

Die Duchess räusperte sich. »Maggie, würdest du bitte nachsehen, ob James reisefertig ist.«

Maggie begriff sofort, winkte Jessie zu und sagte beim Hinausgehen: »Sie sehen einfach entzückend aus, Jessie. Wirklich. Ich möchte, daß Sie jeden Mann ansehen, wenn Sie wieder herunterkommen. Sie werden bemerken, daß jedem einzelnen bei Ihrem Anblick die Augen aus dem Kopf fallen.«

»Maggie hat recht«, sagte die Duchess, als Maggie fort war. »Sage mir Jessie, möchtest du mich vielleicht etwas fragen?«

»Dich etwas fragen? Oh, du meinst, was Mann und Frau miteinander tun?«

»Nun ja, betrachte mich einfach als deine ältere Schwester.«

»Ich glaube, ich weiß alles, Duchess. Immerhin bin ich mit Pferden großgeworden. James wird auf meinen Rücken steigen und sich in mich hineinbohren. Mehr gibt es da nicht.«

Die Duchess lächelte sie aufmunternd an. »Vielleicht wirst du noch die eine oder andere Überraschung erleben. Aber ich bin sicher, du kannst dich James voll anvertrauen. Er wird das Richtige tun.«

»Gewiß.« Jessie wandte sich ab und ging zu den hohen Fenstern hinüber. Lange blickte sie in den Park hinunter. Sie fragte sich, wo Fred und Chloe sich versteckt hatten, heute, an ihrem Hochzeitstag. »Er war schon einmal verheiratet«, erklärte sie ruhig. »Er weiß, wie man mit Ehefrauen umgeht.«
»Jessie, bedrückt dich das?«
Sie hob nur die Hand, als ob sie düstere Gedanken verscheuchen wollte, dann drehte sie sich zu der Duchess um. »Nein, das wäre sehr dumm. Es fiel mir nur gerade ein. Er hatte eine Frau, und daher weiß er über dieses Thema Bescheid ... Duchess, war sie schön?«
»Alicia? Nun, ja, doch, sie war eine Schönheit. Zierlich und blond wie ein Engel auf einem alten Gemälde. Ihre Augen waren tiefblau. Aber nun genug von Alicia. Das arme Mädchen starb vor Jahren. Ihr Tod war eine Tragödie, keine Frage, aber sie hat nichts mit dir zu tun, Jessie.«
»Ging sie James in Candlethorpe zur Hand?«
»Wenn du damit die Pflege der Pferde, das Zureiten oder Stallausmisten meinst, nein. Das wäre ihr nie in den Sinn gekommen.«
»Also hat sie ihre Zeit im Salon verbracht, Tee getrunken und Gäste unterhalten? Konnte sie wenigstens reiten?«
Der Duchess war die Schärfe in Jessies Ton nicht entgangen. »Denke nicht mehr an sie. Und jetzt laß uns hinuntergehen. Dein Mann wartet bestimmt schon auf dich.«
Der Bischof von York betrachtete Jessie wie einen exotischen Vogel aus einer anderen Welt, als sie in ihrem geschmackvollen und aufwendigen Reitkostüm auftauchte. Ob er in ihr wohl noch die Braut erkannte, nachdem er dem Champagner ausgiebigst zugesprochen hatte?
»Ich nehme an«, ließ er mit sonorer Stimme verlauten, »daß dieses güldenfarbene Gewand ein Musterbeispiel der amerikanischen Mode darstellt? War Mylady mit diesem, äh, auffallenden Kostüm einverstanden?«
»Aber gewiß doch«, antwortete die Duchess, nahm Jessies

Hand und zog sie mit sich fort. Jessie verabschiedete sich von den Gästen und wandte sich dann an die Duchess. »Du warst sehr gütig zu mir. Ich weiß nicht, womit ich das verdient habe. Darf ich wiederkommen, um Charles und Anthony zu besuchen?«
»Du bist hier jederzeit willkommen«, sagte Marcus und nahm Jessie in die Arme. »Und jetzt wollen dir unsere aufsässigen vier Zuchtmeister noch Lebewohl sagen.«
»Ja, komm jetzt, Jessie.« James faßte sie bei der Hand und führte sie zu den vieren hinüber, die in Reih und Glied vor ihr standen und ein strahlendes, unschuldiges Lächeln aufgesetzt hatten.
Badger überreichte ihr einen riesigen Korb. »Ich habe ein paar Lammkoteletts und Gurkensandwiches eingepackt und James' Leibspeise, gesottene Kalbsfüße, außerdem noch ein Schälchen Apfelpudding. Auf dem weiten Weg werden Sie Durst bekommen. Also sind da noch zwei Flaschen Champagner. Er kommt frisch aus dem Eis. Trinken Sie ihn bald!«
»Ein Töpfchen Gesichtscreme für Sie, Jessie.« Maggie trat einen Schritt vor. »Aber vergessen Sie nicht, daß Sie sich jetzt nicht mehr vor dem Zubettgehen damit einreiben dürfen. Das würde Ihren Gemahl entweder zum Lachen oder zum Weinen bringen – je nach Laune.«
»Ich möchte Ihnen gerne diese Ohrgehänge schenken, Jessie.« Feierlich überreichte Sampson ein Päckchen. »Meine Maggie meint, sie werden an Ihren kleinen weißen Ohren entzückend aussehen.«
»Du lieber Himmel, Sampson! Das sind ja Saphire!«
»Ja. Meine Maggie hat sie sich angehalten. Wir wollten ganz sicher sein, daß sie Ihnen stehen. Nun, was sagen Sie dazu, Mr. Badger?«
Badger musterte den Schmuck sorgfältig. »Ich würde meinen«, erklärte er langsam, »daß sie nicht zu dem Goldton des Kleides passen. Ja, dafür ist das Blau einfach zu kräftig und zu leuchtend. So wie ich zum Beispiel niemals Kartof-

feln mit Blaubeeren servieren würde, sollten Sie diesen Schmuck niemals mit diesem Kleid tragen.«

»Ich finde, daß sich die Farben sehr gut ergänzen«, mischte Spears sich ein und schob Badger sanft zur Seite. »Aber in einem Punkt stimme ich Ihnen zu: Kartoffeln ist es in keinster Weise zuträglich, wenn man sie mit Blaubeeren anrichtet.«

»Nun, ich kann sie nicht zurücknehmen. Sampson hat sie Ihnen bereits geschenkt«, lenkte Maggie ein. »Was sagen Sie dazu, James?«

»Ich mag ihre Ohren nackt.«

Badger machte ein Gesicht, als ob ihm gerade das Soufflé zusammengefallen war.

Spears sah aus wie ein erzürnter Richter.

Und Sampson heftete die Augen auf die Ohren seiner Frau und grinste schamlos.

Maggie tätschelte Jessies Hand und riet ihr, mit den Ohrringen zu verfahren, wie es ihr beliebe. »James wird die Garderobe aussuchen, zu denen der Schmuck paßt.«

Spears Stirn war noch immer in strenge Falten gelegt. Jessie bemerkte, daß er James nicht aus den Augen ließ.

»Danke, Spears«, sagte sie.

»Sie werden gut auf James achtgeben«, sagte er.

»Ja, ich werde es versuchen, Spears.« Bei diesem Gedanken mußte sie insgeheim lachen.

»Sie werden achtgeben, daß er auf dem richtigen Weg bleibt.«

»Was für einen Weg meinen Sie, Spears?« fragte James und nahm den Korb zur Abwechslung in den anderen Arm. »Der verdammte Korb wiegt soviel wie der Sattel, den ich Jessie gekauft habe.«

»Was für ein Sattel?«

»Vergiß es. Versprichst du, ganz überrascht zu sein, wenn ich ihn dir schenke?«

»Ja. Versprochen. Was meinen Sie mit dem richtigen Weg, Spears?«

Ein Lächeln überzog sein Gesicht. »Sie werden den Weg erkennen, wenn Sie ihn begehen, Jessie. Wenn Sie Hilfe brauchen, lassen Sie uns eine Nachricht zukommen. Wir stehen Ihnen zur Verfügung und eilen nach Candlethorpe. Versprechen Sie mir das?«

»Ja, das verspreche ich.« Sie stellte sich auf die Zehenspitzen und hauchte einen Kuß auf seine Wange. »Sie riechen so gut, Spears. Benutzen Sie auch Maggies Creme?«

Badger brüllte vor Lachen. Maggie kicherte, und Sampson verschlug es die Sprache. Spears jedoch blieb ungerührt. Braut und Bräutigam lachten mit und winkten noch lange, als sie endlich die beeindruckende Auffahrt von Chase Park hinabritten. James saß auf Bertram, einem grauen Berber mit weißer Blesse aus dem Croftschen Gestüt, Jessie auf Esmeralda, einer grauen Byerly-Turk-Stute aus dem Gestüt der Rothermeres.

Der Nachmittag zeigte sich warm und sonnig, mit kleinen weißen Wolken am klaren blauen Himmel. Nach kaum einer Viertelstunde bat Jessie: »James, könnten wir jetzt einen Schluck Champagner trinken?«

Er blickte sie aufmerksam an. Seit sie Chase Park verlassen hatten, war nicht ein einziges Wort über ihre Lippen gekommen. Sie hatte sich vollkommen auf Esmeralda konzentriert. Er kannte diesen entschlossenen Ausdruck auf ihrem Gesicht von den zahllosen Rennen, die sie miteinander, oder besser gegeneinander, bestritten hatten. Aber warum jetzt? Ihr Gesicht war vom Ritt leicht gerötet, die langen Locken wehten unter dem frechen Reithütchen hervor, dessen gebogene Feder ihr gerade bis zu den Wangen reichte.

Er zeigte auf einen weißen Zaun am Weg, der eine junge Ahornpflanzung vor dem Wild schützen sollte. »Hinter diesem Wäldchen ist eine kleine Wiese.«

Mit einem federnden Satz übersprangen beide den Zaun. Jessie folgte James auf einem schmalen Pfad, bis sich plötzlich vor ihnen das Halbrund einer saftig grünen Wiese auf-

tat, die sich mit den leuchtenden Farben der Sommerblumen schmückte. Am Rande der Lichtung fand James einen flachen, moosbewachsenen Felsen, auf dem beide sitzen konnten. James verbeugte sich vor Jessie und machte eine einladende Handbewegung: »Ich möchte die Blumen nicht zerdrücken. Das Moos kann es vertragen.«
Gemeinsam breiteten sie eine Tischdecke zwischen sich aus und bauten Badgers Köstlichkeiten auf. James ließ den Korken knallen, fischte die beiden Gläser aus dem Korb und schenkte ein. Er lachte, weil er zu schwungvoll eingegossen hatte und das Glas überlief. Geschickt schlürfte er an dem Glas, um das kostbare Naß zu retten.
»Hier, Jessie.«
Er füllte sein Glas und stieß mit ihr an. »Warum wolltest du den Champagner trinken?«
»Ich dachte mir, wenn ich jetzt die ganze Flasche austrinke, könntest du es ein für alle mal hinter dich bringen.«
»Was soll ich hinter mich bringen?«
»Du weißt genau, was ich meine.« Sie hielt ihm das Glas zum Nachschenken hin.
»Ach, ich verstehe. Du willst dein Bewußtsein betäuben. Und wenn du dann nichts mehr wahrnimmst oder begreifst, werde ich anrüchige Dinge mit dir treiben. Wenn du wieder zu dir kommst, ist die Ehe vollzogen, und du brauchst dir keine Gedanken mehr zu machen. Ist es so?«
»Genau. Du hast den Nagel auf den Kopf getroffen, nur hätte ich es gefälliger umschrieben.«
»Ich bin ein Mann. Umschreibungen liegen mir nicht. Warum hast du Angst davor, mit mir zu schlafen? Du kennst mich seit einer Ewigkeit, kennst mich durch und durch, meine schlechten Angewohnheiten – die meisten zumindest. Du weißt nur noch nicht, ob ich schnarche.«
Sie wollte ihn nicht anblicken. Eingehend musterte sie die Glockenblumen, die zu ihren Füßen wuchsen, und leerte das Glas. Gehorsam füllte James das Glas wieder zur Hälfte auf.

»Glockenblumen sind schön«, bemerkte er und staunte, wie sie auch dieses Glas in einem Zuge leerte und es ihm wieder auffordernd entgegenhielt.
»Ja.« Es war zu komisch, wie diese blauen Blüten jetzt vor ihren Augen tanzten und verschwammen.
James hatte nichts gegen ihr Zögern einzuwenden. Im Gegenteil, ihre Keuschheit kam wie gerufen. Zumindest für den Augenblick. Für ihn war es ebenfalls ein schwieriges Unterfangen, schließlich war sie für ihn lange genug die gräßliche Göre gewesen, die ihn ärgerte und bis zur Weißglut reizen konnte, so daß er ihr am liebsten gehörig den Hintern versohlt hätte. Wie aus heiterem Himmel war sie jetzt seine Frau geworden. James erkannte, daß sie scheu war wie ein junges Pferd. Betrachtete sie ihn als älteren Bruder? Oder als einen Gegner, mit dem sie konkurrieren mußte?
Er konnte es sich im Moment einfach nicht vorstellen, wie er sich ihr nähern sollte. Jessie lieben, Jessie die Rotzgöre, was für ein abwegiger Gedanke! Allerdings mußte er davon absehen, daß er in der vergangenen Woche so manches an ihr in einem anderen Licht gesehen hatte.
Er holte tief Luft und schickte ein Stoßgebet zum Himmel. »Jessie, ich kenne dich schon sehr, sehr lange. Ich gebe zu, daß mir die alte Jessie vertrauter ist als die neue, aber als Feigling habe ich dich nie erlebt. Stimmt etwas nicht?«
»Du kennst mich auch nicht als verheiratete Frau. Das stimmt hier nicht. Du und ich, James, wir haben nur geheiratet, weil ...« Sie hielt inne und hob die Schultern. »Es ist müßig, diese furchtbare Geschichte wieder aufzurollen. Sie hat dir ebensoviel Kummer gebracht wie mir. Willst du mich tatsächlich besteigen, James?«

Kapitel 18

»Dich besteigen?« Er sah sie im Geiste hüllenlos vor sich, wie sie ihn leicht vornübergebeugt über die Schulter anblickte, während er zu ihr trat. Er schüttelte unwillig den Kopf. Zu lange hatte er nicht mehr bei einer Frau gelegen. Bei jedem weiblichen Wesen, das ihm diese Frage gestellt hätte, wäre die gleiche Bildfolge vor ihm abgelaufen.

»Vielleicht«, sagte er schließlich und trank noch einen Schluck Champagner. Jessie hatte recht. Der Champagner war eine glänzende Idee – wahrscheinlich die einzige Möglichkeit, um die Geschichte sang- und klanglos hinter sich zu bringen.

»Ich bin nicht Alicia. Verzeih, aber ich mußte die Duchess über sie befragen. Sie sagte, sie wäre eine Schönheit gewesen, sehr zierlich, blond und blauäugig. Du hast sie geliebt. Einem Vergleich mit ihr halte ich nicht stand, und du liebst mich nicht. Ich weiß nicht, was aus uns werden soll.«

»Wir werden es überstehen«, entgegnete er und behielt ihr Glas wachsam im Auge, um ihr sofort nachzuschenken, wenn sie es geleert hatte. Er selbst fühlte sich nicht im geringsten beschwipst, hoffte aber inständig, daß der Champagner seine Wirkung bei ihr nicht verfehlt haben würde.

»Badger hätte wissen müssen, daß Braut und Bräutigam einen größeren Bedarf an geistigen Getränken haben als gewöhnliche Menschen. Er hätte noch eine Flasche einpacken sollen.«

Jessie kramte in Badgers Korb. »Das hat er«, sagte sie und zog eine zweite, in Leinen gewickelte Flasche hervor.

James sprach ein stilles Dankesgebet, das nicht nur himmelwärts, sondern auch an die Küche von Chase Park gerichtet war. »Badger ist ein ausgezeichneter Mann. Tja, warum nicht? Betrinken wir uns doch hier in dieser herrlichen Wiese. Es ist warm. Keine Wolke ist am Himmel zu sehen. Wenn du zu berauscht bist und nicht mehr merkst, was ich vorhabe, werde ich deinen Reitrock hochziehen, meine Breeches öffnen und dir deine Jungfräulichkeit nehmen. Wenn wir alles hinter uns gebracht haben, reiten wir nach Candlethorpe und schlafen uns richtig aus. Morgen früh ist alles vergessen, und wir können Seite an Seite Ställe ausmisten, Pferde striegeln und ausreiten. Vielleicht pfeifen wir dann vergnügt vor uns hin oder singen eines der Spottliedchen der Duchess. Was hältst du davon, Jessie?«

Sie erwiderte kein Wort. James erhoffte ein Lächeln, oder wenigstens den Anflug davon. Es hätte ihn ungemein erleichtert, aber ihr Gesicht blieb ausdruckslos. Vergeblich versuchte sie den Korken der zweiten Champagnerflasche zu öffnen. Als er nicht einen halben Millimeter nachgeben wollte, nahm sie ihn kurz entschlossen in den Mund und versuchte ihn mit den Zähnen herauszuziehen.

James lehnte sich zurück. Er genoß die Sonne auf seinem Gesicht, sog den würzigen Duft der Blumen ein und lachte. Sie war wieder die alte Jessie, das gräßliche Gör, das an einem Strohhalm kaute, sich mit der Zunge zuckerverklebte Finger abschleckte oder, wie jetzt, an einem Champagnerkorken nagte. All das paßte zu ihr. Als der Korken knallte, nahm er nur sein Glas und hielt es ihr entgegen.

Nach dem vierten Glas Champagner fing Jessie an zu kichern, dem Allmächtigen sei Dank! Als sie mit der Hand eine Biene verscheuchte, warnte James sie: »Vorsicht, Jessie, beinahe hättest du den Champagner verschüttet.«

Sie stellte die Flasche zwischen ihre Knie. »So, hier kann sie nicht umfallen.«

Er blickte auf die Flasche. Er mußte handeln, bevor er selbst zu beschwipst war. »Meinst du, du bist jetzt so berauscht, daß du dich ins Gras legst und von mir küssen läßt?«

Sie starrte ihn an. Ihr Gesicht spiegelte Ablehnung und Bereitschaft wider und die Furcht des Sünders vor der Strafpredigt des Pfarrers. »Ja«, sagte sie entschlossen, »wir küssen uns jetzt.«

»Stell die Flasche hier her. Ja, gut so. Und jetzt sei ganz locker und entspannt, Jessie.«

»Nur noch ein kleines Glas, James«, wisperte sie, schenkte sich ein und trank den Champagner in einem Zug aus. Sie lächelte ihn etwas dümmlich an und lag auf dem Rücken ausgestreckt vor ihm. Die Hände hatte sie über der Brust gefaltet, als ob sie tot sei. Am liebsten hätte er ihr jetzt eine Glockenblume zwischen die Finger gesteckt.

Er beugte sich über sie, küßte ihre geschlossenen Lippen und flüsterte lächelnd: »Mach sie auf, nur ein wenig. Stell dir vor, jetzt käme ein Löffelchen mit Badgers köstlicher Mousse au Chocolat.«

Sie öffnete den Mund. James durchfuhr es heiß und kalt. Sie schmeckte nach Champagner – damit hatte er gerechnet –, aber sie schmeckte auch süß und sonderbar exotisch, und er wollte mehr. Sie schmeckte durchaus nicht nach Göre. Er achtete darauf, daß er die Hände auf ihren Oberarmen behielt, daß die Zunge nicht in ihren Mund drang und daß er nicht die Beherrschung verlor. Er fürchtete, daß er sie ein zweites Mal küssen könnte und alles seinen natürlichen Lauf nehmen würde, aber dann wäre sie plötzlich wieder die Vierzehnjährige – das Mädchen, nicht die Frau.

Er hielt einen Augenblick inne und setzte sich auf. Ihre Augen waren geöffnet, wie ihr Mund. Sie blickte ihn an.

»Was ist?«

Zu seiner Überraschung und Belustigung errötete sie. Tatsächlich, sie lief rot an und senkte die Augenlider.

»Raus damit! Ich bin dein Mann, und du kanntest mich schon, als du kaum reiten konntest.«

»Der Champagner ist köstlich, aber ich habe ein Problem.«

»Ja?«

»Tu nicht so dumm, James. Ich muß austreten.«

Er versuchte, nicht zu lachen. »Schön. Ich werde hier warten, Jessie. Hinter den Ahornbäumen dort drüben stehen ein paar dichte Büsche.«

Langsam stellte sie sich auf die Beine, strich die Röcke glatt und schritt übertrieben steif in Richtung Ahornbäume, ohne sich auch nur einmal nach ihm umzublicken.

Er legte sich auf den sonnenwarmen Felsen zurück und summte eines der Spottliedchen der Duchess, er summte ein zweites, ein drittes, goß sich ein Glas Champagner ein und zog dann die Stirn in Falten.

Er richtete sich auf, hielt die Hände trichterförmig an den Mund und rief: »Jessie? Fehlt dir auch nichts?«

Keine Antwort, nur das leichte Rascheln der Blätter im Sommerwind.

»Jessie!« Besorgt sprang er auf und stellte überrascht fest, daß er nicht sehr standfest war. Er schüttete den restlichen Champagner auf ein Büschel Wollgras und hoffte, es würde nicht eingehen. Dann ging er auf die Bäume zu.

Zusammengerollt auf der Seite liegend entdeckte er sie im hohen Gras, das Gesicht auf die Hände gebettet. Sie schlief fest wie ein Murmeltier.

»Tja, tja«, murmelte er und ergab sich in sein Schicksal. Jetzt würde er wieder von vorne anfangen müssen. Das Gör wird sich krank und elend fühlen, wenn es aufwacht. Bestimmt hatte Badger nicht vorausgesehen, daß sein großzügiges Geschenk diese Wirkung haben würde.

Jessie wollte sterben. Sie wollte sich von keinem verabschieden. Sie wollte nur ihren letzten, langsamen, tiefen Atemzug tun und dann sanft entschlafen. Sie öffnete die Augen kurz. Das stechende helle Licht setzte in ihrem Kopf bösartige kleine Hämmer in Betrieb, und der Magen verschlang sich zu riesigen Knoten. Jetzt wußte sie, daß das Ende nicht mehr fern war.

»Das ist ein Kater, Jessie. Hier, Mrs. Catsdoor hat dir eine besondere Brühe gekocht, die dir helfen wird. Ich werde deinen Kopf ein wenig heben. So ist es brav. Und jetzt trinke alles aus.«

»James? Du bist bei mir?«

»Ja. Trinke.« Es gelang ihm, ihr die Brühe einzuflößen. Jessie schien sich danach aber noch kränker zu fühlen. Sie würgte und hielt sich den Magen. Es war ein übles Gebräu. Er wußte es, denn er hatte es selbst schon einmal getrunken. Aber nach einer Weile würde es helfen.

»Arme Jessie«, bedauerte er sie und legte ein kühles, feuchtes Tuch auf ihre Stirn. »Nein, nein. Halte Mund und Augen geschlossen. Du bist in Candlethorpe, in deinem Schlafzimmer. Mir gelang es, uns beide auf Bertram nach Hause zu befördern, obwohl es ihm überhaupt nicht paßte, diesem eigennützigen Gaul. Den ganzen Heimweg maulte er und schlug mir den Schweif an die Stiefel. Du hingst mit herabhängendem Kopf wie eine knochenlose Masse in meinem Arm. In der linken Hand hielt ich Esmeraldas Zügel, die den Weg nach Candlethorpe als eine Art Abenteuer betrachtete und Bertram verliebte Augen zuwarf.«

Jessie befeuchtete die trockenen Lippen mit der Zunge, war aber klug genug, um nicht die Augen zu öffnen. Sie mußte unbedingt die Wahrheit wissen. Der Tod würde nicht mehr lange auf sich warten lassen. Sie mußte die Frage stellen. Sie mußte es wissen. »Hast du mit mir geschlafen, James? Ist jetzt alles vorbei? War alles richtig? Ich habe mich doch nicht zu dumm angestellt, oder? Du wirst mich doch in guter Erinnerung haben, wenn ich nicht mehr auf Erden bin?«

Er war so überrascht, daß er sie nur wortlos anstarrte und das feuchte Tuch tiefer zog, um ihre Augen zu bedecken. Er konnte genauso schlecht lügen wie sie und schon gar nicht, wenn sie ihn dabei ansah. Was sollte er jetzt antworten?

»O je, so schlimm war es?« Sie stöhnte auf und sprach weiter. »Du kannst mir die Wahrheit sagen. War es furchtbar für dich? Möchtest du, daß ich dich verlasse? Aber das wird nicht nötig sein, weil mein Ende naht und ich dann sowieso gehe.«

»Nun, ich will nicht behaupten, daß es schlimm war – nein, nein, durchaus nicht. Hab keine Sorge, Jessie, ich werde deiner immer in Liebe gedenken.«

»Das ist eine Lüge. Du hast mich mehr beschimpft als deine Pferde.«

»Vielleicht, aber der Tod verschönt die Erinnerungen. Nach deinem Hinscheiden werde ich ein halbes Jahr oder so trauern und mich gerne an die schönen Stunden mit dir erinnern.«

»Wie konntest du mit mir schlafen, wenn ich sämtliche Kleider anhatte?«

»Das würde ich nicht als schwierig ansehen. Du warst sehr fügsam, sehr entgegenkommend. Wie du weißt, wolltest du, daß alles möglichst schnell vonstatten geht, damit zwischen uns wieder normale Verhältnisse herrschen.«

»Das letzte, an das ich mich erinnere, waren die leuchtenden Blütenkelche der Storchenschnäbel. Ich habe noch nie ein so leuchtendes Rosa und Rot gesehen. Danach kann ich mich an nichts mehr erinnern. Und jetzt ist es zu spät. In meiner Vorstellung werde ich als Jungfrau sterben, wenn auch nicht im Fleisch.«

»Du bist eine sehr nette Jungfrau.«

»Was meinst du mit ›bist‹?«

»Nun, das meinte ich natürlich gemäß deiner Vorstellung.«

»Und war mein Abgang aus der Welt der Jungfrauen einigermaßen annehmbar, James?«

»Wie bereits gesagt, du warst sehr fügsam, Jessie. Ich habe mein ganzes Geschick aufgeboten, um alles schnell über die Bühne zu bringen und dann sofort nach Candlethorpe zu reiten.«

Er sah, wie sie die linke Hand hob und mit den Fingern ihr Nachthemd berührte. »Du hast mir die Kleider ausgezogen? Du hast mich ausgezogen und mir das Nachthemd angezogen?«

»Nun, jemand mußte es dir bequemer machen. Wir sind verheiratet, Jessie.«
»Du lieber Himmel! Das alles gefällt mir nicht, James. Ich kann mich nicht an die Geschehnisse auf der Wiese erinnern, auch nicht daran, daß du meinen Rock ausgezogen hast. Hast du mir auch Stiefel und Strümpfe ausgezogen? Wie hast du es überhaupt fertiggebracht, daß ich auf Händen und Füßen stehenblieb, damit du mich besteigen konntest? Eigentlich hätte ich doch zusammenklappen müssen wie ein morscher Stuhl.«
»Nun, man braucht sich nicht immer seiner gesamten Kleidung zu entledigen. Stiefel kann man zum Beispiel anbehalten. Das hat einen gewissen verführerischen Reiz, wie Strümpfe und Strumpfhalter. Und noch etwas, Jessie. Männer besteigen die Frauen nicht. Nicht immer. Schließlich sind Männer und Frauen keine Pferde.«
»Ich glaube, ich sollte dir dankbar sein, daß du alles so geschickt erledigt hast und daß ich mich an keine Einzelheiten erinnern kann.«
Wenn er sich nicht täuschte, verfärbte sich ihr Gesicht plötzlich grün. Dieses Anzeichen kannte er. Er brachte die Schüssel noch rechtzeitig. Sie krümmte sich und würgte, während er sie stützte und achtgab, daß der Zopf nicht in ihr Gesicht fiel. Als die Krämpfe endlich vorbei waren, sagte er: »Arme Jessie, es tut mir leid. Komm, spüle den Mund aus. Jetzt wird es dir besser gehen, glaube mir.«
Sie legte sich in die Kissen zurück und hielt sich stöhnend den Magen.
»Laß mich jetzt sterben. James, bitte. Geh. Ich möchte meinen letzten Atemzug allein tun. Grüße Esmeralda bitte von mir. Du wirst doch gut auf sie aufpassen?«
»Ja, das schwöre ich.«
»Lebe wohl, James. Es tut mir leid, daß du zum zweiten Mal Witwer wirst, aber so ist es am besten.«
Er legte das feuchte Tuch wieder über ihre Augen und faltete die Hände über ihrer Brust. Sie seufzte tief, als er auf-

stand. Er blieb noch am Bett, bis ihr Atem tief und regelmäßig ging.
Mrs. Catsdoor wartete im Flur auf ihn. »Wie geht es ihr, Master James?«
»Sie will allein sterben.«
»Aye, das ist die Dunkelheit vor der Morgendämmerung, genau wie bei dem geheimen Gebräu meiner Großmutter. Sie meinte, mein Großvater würde nicht mehr als ein Gläschen Rum vertragen. Leider sei aber sein Wille zu schwach, und wenn sie ihren Mann länger als ein Jahr bei sich behalten wolle, müsse sie sich etwas einfallen lassen, um ihn vom Alkohol zu kurieren.«
»Behielt sie Ihren Großvater länger als ein Jahr?«
Mrs. Catsdoor blickte nachdenklich zum Himmel. »Ja, tatsächlich, Master James. Er ist jetzt zweiundsiebzig, keine Zähne, trinkt wie eine durstige Ziege. Wir haben meine Großmutter vor zweiundzwanzig Jahren zu Grabe getragen. Von ihrem Gebräu haben wir mehrere Gallonen im Keller gefunden. Die letzte hat er vor ungefähr fünf Jahren geleert.«
»Wenn die Geschichte eine Moral hat, dann stimmt irgend etwas nicht, Mrs. Catsdoor.«
Sie seufzte auf. »Das habe ich auch immer gedacht, Master James. Ihre neue Braut ist nicht an Alkohol gewöhnt?«
»Nein, aber ich bin überzeugt, daß die anderthalb Flaschen Champagner, die meine Frau heute getrunken hat, sie gute zehn Jahre von geistigen Getränken fernhalten werden.«
»Das hat sich mein Großvater stundenlang wie ein Mönch vorgebetet, wenn er sich bessern wollte. Sein Schwur hielt nie bis zum Abend.«
James nahm sich vor, diesen Großvater kennenzulernen. »Wir lassen sie die Nacht durchschlafen, Mrs. Catsdoor. Und wenn sie aufwachen sollte und hungrig ist, könnten Sie ihr bitte eine kleine Mahlzeit bereiten, die ihr Magen behält?«

James selbst war nicht nach Essen zumute, aber Mrs. Catsdoors Porridge mit Honig schlug er nicht aus. Er aß eine Schale, bevor er sich seiner Kleidung entledigte und in das Bett zu seiner tiefschlafenden Frau schlüpfte.
Er beugte sich einen Augenblick über sie und hielt das Ohr an ihre Brust. Jessies Herz schlug ruhig und gleichmäßig.
»Noch bist du nicht tot, Jessie.«

Kapitel 19

Ich bin am Leben, dachte Jessie überrascht, und als sie merkte, daß sie nicht mehr sterbenskrank war, überkam sie ein unbeschreibliches Gefühl der Erleichterung. Versuchsweise hob sie einen Finger, dann den ganzen Arm.

Sie trug das Nachthemd, das James ihr am Tag davor angezogen hatte. War es immer noch gestern? Helles Sonnenlicht schimmerte durch die gebauschten Mousselinvorhänge. Mrs. Catsdoors Brühe fiel ihr wieder ein. Wie ungerecht, dachte sie, einen Menschen mit diesem gräßlichen Geschmack auf der Zunge sterben zu lassen. Aber sie war ja nicht gestorben, und James wußte, daß sie nicht sterben würde. Sie hatte einen Narren aus sich gemacht, und James hatte sie gewähren lassen. Es war Morgen. Das erkannte sie jetzt.

Und James hatte alles vollbracht, was von einem Ehemann erwartet wurde, und sie hatte keine Erinnerung daran. Auch gut, sinnierte sie weiter, als sie ein merkwürdiges Schnauben vernahm. Erschrocken fuhr sie hoch. Neben sich entdeckte sie ihren Bräutigam. Er lag auf dem Rücken, ein Arm über dem Kopf, den anderen auf dem Bauch, der nur spärlich mit dem Laken bedeckt war. Nach zwei weiteren leisen Schnarchtönen verstummte er.

Tief in ihrer Brust stieg ein warmes Gefühl für den Mann auf, der an ihrer Seite schlief. Er war ihr Mann. Dickes goldenes Haar wuchs in kleinen Kringeln auf seiner Brust. Der Oberkörper war schlank und muskulös und von der Arbeit im Freien leicht gebräunt. Sie wünschte sich nichts sehnlicher, als das Laken nur ein wenig weiter hinunterzuschieben. Sie wollte sich nur ein Bild davon machen, inwieweit er mit einem Hengst zu vergleichen war, um so viel-

leicht ihr Erinnerungsvermögen ein wenig auf die Sprünge zu bringen.
Sie bewegte die Beine. Nichts schmerzte. Sie dachte an die Stuten, die nach der Paarung auf ihren vier Beinen hin- und herschwankten. Ihrer Meinung nach würde sie einwandfrei stehen können. James mußte sehr vorsichtig mit ihr umgegangen sein. Sie schlüpfte aus dem Bett, bevor die Versuchung zu groß wurde, das Laken zurückzuziehen, und ging zur Kommode. Sie schwankte kein bißchen.
Vergnügt pfiff sie vor sich hin, ließ das Nachthemd fallen und wusch sich mit kühlem Wasser aus einer himmelblauen Porzellanschüssel. Immer wieder drehte sie sich zum Bett um. James hatte sich keinen Millimeter gerührt. Nun, vielleicht war das Laken doch etwas tiefer gerutscht. Sie machte einen Schritt auf das Bett zu, blieb stehen und reckte den Hals so weit wie möglich vor. Das Laken war tiefer gerutscht. Sie erblickte einen schmalen Streifen goldener, geringelter Haare. Nicht genug, dachte sie und verwünschte das Bettuch. Sein Bauch war flach, aber das wußte sie bereits. Seine Haut war hier viel weißer, und das faszinierte sie, obwohl sie nicht sagen konnte, warum.
Immer noch pfeifend zog sie sich rasch an, warf James einen letzten Blick zu und verließ mit leichtem Bedauern das Schlafzimmer.
»Mrs. Catsdoor?«
»Allmächtiger! Mrs. James, wie sehen wir jetzt aber hübsch aus! Wie eine Rosenknospe, die auf die Sonne wartet, um zu erblühen.«
Jessie dachte an die Glockenblumen und lächelte. »Ihre Brühe war ausgezeichnet. Haben Sie vielen Dank. Ich dachte, Champagner wäre eine Köstlichkeit, und das war er ja auch, aber am Ende hat er mich doch kleingekriegt. Es tut mir leid, wenn ich bei meiner Ankunft gestern nicht ganz bei mir war. Du lieber Himmel, ich bin am Verhungern!«
»Natürlich«, bemerkte Mrs. Catsdoor schmunzelnd, als sie

daran dachte, wie Master James seine Braut in den Armen nach oben getragen hatte. Schlaftrunken, aber trunken war wohl passender. »Ich habe Ihnen einen Porridge zubereitet. Master James meint, dieser Porridge wäre der beste von ganz England und den Kolonien. Mein Honig gibt den Ausschlag, verstehen Sie. Ich ernte den Honig eigenhändig, und keiner weiß, wo die Bienenstöcke sind. Es sind nur drei, und der Honig ist nur für mich. Setzen Sie sich jetzt bitte, Mrs. James. Ich bringe Ihnen das Frühstück.«

James wachte stirnrunzelnd auf. Er hatte von einer jungen Frau geträumt, die unter seinen Küssen stöhnend flüsterte, wie wunderbar er sei, wie sehr er ihr gefalle, wie sehr sie es genoß, wenn er sie berührte und in sie drang, und daß er so groß wäre und so ... James schüttelte unwillig den Kopf. Der übliche Männertraum. Nichts als ein dämlicher Traum. Irgend etwas stimmte nicht. Er lag in seinem Bett, aber er schlief nicht auf der linken Seite. Es war die rechte Seite. Nie schlief er auf der rechten Seite. Das hatte er sich angewöhnt, weil er auf der rechten Seite schlecht träumte, obwohl der jetzige Traum durchaus nicht schlecht war. Dann fiel ihm ein, daß er Jessie dorthin gelegt hatte. Wie ein volltrunkener Seemann war sie eingeschlafen, in der Überzeugung, sterben zu müssen, und er hatte neben ihr geschlafen. Das Kissen war noch eingedrückt und das Laken zerknittert.
Sie war fort.
»Wenigstens ist sie nicht gestorben«, sagte er zu sich selbst, stieg aus dem Bett und streifte seinen Morgenmantel über. Eine Stunde später entdeckte er sie im Stall.
Sie striegelte Esmeralda, plauderte mit Sigmund, als ob sie ihn von klein auf kannte. Sie trug keine Reithosen wie die alte Jessie, sondern ein blaßblaues Kleid, das allerdings sehr schlicht und zweckmäßig aus festem Baumwollstoff geschneidert war. Das war also die neue Jessie in ihrer Arbeitskleidung.

Sie hatte das Haar zu einem dicken Zopf geflochten, und wieder fielen aufregende Korkenzieherlocken über ihre Ohren. Gerne hätte er gewußt, ob sie ihren alten Lederhut nach England mitgenommen hatte.
»Guten Morgen«, sagte er.
»Einen schönen guten Morgen, Master James«, kam es aus Sigmunds Ecke, während er sich weiter mit Bertrams linkem Vorderhuf beschäftigte. »Er hat da einen Kieselstein drin. Ah, jetzt habe ich ihn. Widerliches Ding. Hast du dir gestern bei deinem langen Ritt eingehandelt, mein Guter. Braver Junge, jetzt stört er dich nicht mehr.«
»Guten Morgen, Jessie. Die Ausschweifungen von gestern scheinst du gut überstanden zu haben.«
Jessie hatte dem Augenblick der Wahrheit mit Bangen entgegengesehen, und James hatte erklärt, wenn es einmal getan war, würde der Alltag wieder unverändert seinen Lauf nehmen, und alles bliebe beim alten. Daran wollte sie sich halten. Sie lächelte ihn an. »Sieht Esmeralda nicht großartig aus, James? Sie ist für den Ausritt fertig. Möchtest du mich begleiten?«
»Nein, der gute Bertram kommt mir nicht in Esmeraldas Nähe«, wandte Sigmund ein.
»Sie hat ihn gestern gnadenlos gereizt«, bemerkte James.
»Heute will sie zwar nichts von ihm wissen«, fuhr Sigmund fort, »scheint nicht mehr rossig zu sein. Hat den armen alten Bertram bereits fürchterlich gebissen, nur weil er freundlich zu ihr war.«
»Frauen«, sagte James und schüttelte den Kopf. »Jessie, ich kann nicht mit dir ausreiten. Ein Mr. DeWitt hat sich für heute morgen angesagt. Er bringt eine Stute mit, um sie von Minotaurus decken zu lassen.«
Sie schüttelte nur den Kopf, sattelte Esmeralda und trabte davon. James blickte ihr wortlos nach.
»Keine Bange, Master James. Mrs. James weiß, was sie tut. Ich hab mit ihr die Runde gemacht und sie ein zweites Mal vorgeführt. Sie sprach mit jedem, gab jedem ein Zucker-

stück und ein paar freundliche Klapse. Nein, Master, machen Sie sich keine Sorgen. Ich schwör's Ihnen, sie haben sie wiedererkannt. Hab noch nie ein Frauenzimmer mit so viel Pferdeverstand erlebt. Sie hat einfach eine gute Hand. Keins der Pferde verdreht bei ihr den Kopf, so wie sie es immer tun, wenn sie mißtrauisch sind.«

»Sie sollten Sie mal bei Rennen erleben.«

Sigmund sperrte den Mund weit auf. »Das ist wohl ein Witz. Rennen sagen Sie? Dieser blaßhäutige, rote Wuschelkopf reitet bei Pferderennen? Sie nehmen mich auf den Arm, Master James. Schön, sie hat Erfahrung in der Pferdepflege und scheut vor keiner Arbeit zurück, aber Rennen reiten? Dieses süße kleine Dämchen?«

»Sie haben ja keine Ahnung«, brummte James, schlug Sigmund auf die knochige Schulter und ging zur Box von Minotaurus.

»Wir haben sechs Hengste und drei Stuten«, erklärte James und reichte Jessie eine Schüssel mit Stachelbeerkompott, das ebenfalls eine Spezialität von Mrs. Catsdoors war. In einem schwachen Augenblick – als es den vier Getreuen gelungen war, James schließlich doch vor den Altar zu schleifen – hatte Badger ihr das Rezept verraten, und seit drei Tagen gab es dieses Kompott. »Minotaurus hat DeWitts Stute gedeckt, eine zierliche Byerley Turk aus dem Croftschen Gestüt.«

»Ich habe mir das Gestütsjournal angesehen. Mein Gott, James, hier wird ja wirklich alles aufgeschrieben.«

»Eigentlich ist es mehr oder weniger ein Stammbaum. Bei der Zucht haben sich diese Aufzeichnungen als sehr nützlich erwiesen. Auf den Rennplätzen von Baltimore habe ich mich mit vielen Fachleuten unterhalten, und keiner von ihnen hielt es für wichtig, Aufzeichnungen darüber zu machen. Meistens geben sie sich mit mündlichen Erklärungen zufrieden. Du könntest Oslow vorschlagen, alles niederzuschreiben, was er weiß.«

»Gute Idee. Schmeckt dir das Stachelbeerkompott?«
»Danke, sehr gut. Badger hatte es einmal zubereitet. Leider machte jeder ein recht säuerliches Gesicht.«
James schmunzelte, als er das Thema wechselte. »Ich bin froh, daß du nicht gestorben bist, Jessie. Du bist mir stets eine zu gute Freundin und ein zu großes Ärgernis gewesen, um schon jetzt ins Gras zu beißen.«
»Du wußtest, daß ich nicht sterben würde. Ich habe mich wie eine Närrin benommen, und du hast es zugelassen.«
»Ja, verzeih mir, aber du warst vollkommen davon überzeugt, dein letztes Stündlein hätte geschlagen. Ich schwöre dir, ich habe nicht einmal gelacht.«
»Du hast mit mir geschlafen, James.«
»Nun ja. Es ist mein Bett.«
»Esmee, die Katze des Grafen, schlief auch einmal mit mir. Aus Versehen rollte ich auf sie. Sie jaulte auf, fauchte mich an und verließ mich auf Nimmerwiedersehen.«
»Sie schläft gerne auf Marcus' Brust. Manchmal wacht er vor Schreck mit einem Schrei auf.«
Jessica spielte mit einer grünen Erbse auf dem Teller und ging dann wieder zu ihrem Kompott über. »Was machen wir jetzt?«
Er hob eine Braue fragend in die Höhe. »Du kannst Sigmund und mir heute nachmittag im Stall zur Hand gehen.«
»Natürlich mache ich das, aber das meine ich nicht. Ich meine – also, was machen wir mit dem anderen Mal?«
»Welches andere Mal?«
»James, ich werde nicht zulassen, daß du dich wieder über mich lustig machst. Du weißt sehr wohl, wovon ich spreche. Ich kann mich weder erinnern, daß ich bestiegen wurde, noch entdecke ich Spuren davon. Als ich heute morgen aufwachte, war ich weder wund, noch gaben die Knie unter mir nach, und ein Blick in den Spiegel sagte mir, daß ich genauso aussehe wie immer.«
»Oh, das.« Prüfend betrachtete er seinen Daumennagel. An der linken Seite hatte sich eine kleine Schwiele gebildet.

Nach einer Weile wanderten die Augen wieder zu ihr. In diesem Augenblick sah sie wieder wie die neue Jessie aus, und eine angenehm drängende Lust stieg in ihm auf. Als sie heute morgen von ihrem Ausritt zurückgekehrt war, hatte sie sich allerdings wieder in die alte Jessie verwandelt. In wilden Strähnen hing das Haar in ihr Gesicht. Das freche Reithütchen hatte sie mit den Bändern am Sattel aufgeknüpft, auf dem sie rittlings saß. Auf die anmutige Pose im Damensattel hatte sie verzichtet. Gleichzeitig redend und lachend erzählte sie ihm in allen Einzelheiten, was sie unterwegs gesehen und mit Esmeralda erlebt hatte. Als er versucht hatte, diesem Mischmasch von Wortfetzen und Lachen aus ihrem Munde zu folgen, dachte er, daß es unmöglich sein würde, mit diesem jungen Ding zu schlafen, das er jahrelang mehr oder weniger wie eine jüngere Schwester betrachtet hatte. Aber jetzt war sie in sich gekehrt wie die Duchess. Sie sah damenhaft aus. In seiner Erinnerung hatte sie nie damenhaft ausgesehen. Er wollte ihr dieses Kleid vom Leibe reißen.
»Es ist schon gut, James«, sagte sie leise. »Ich habe volles Verständnis, wirklich. Du bist zu wohlerzogen und freundlich, um mir zu sagen, daß du es begrüßt, wenn ich mich von dir fernhalte.« Sorgfältig faltete sie ihre Serviette zusammen, strich sie glatt und legte sie neben den Tellerrand. Sie erhob sich. »Ich werde jetzt mit Mrs. Catsdoor die Haushaltsabrechnungen durchsehen. Richte Sigmund bitte aus, daß ich erst später zu den Pferden komme.«
Sie war bereits an der Tür, als sie hinter sich seine Stimme vernahm. »Geh nicht, Jessie.«
Sie spürte seine Hände auf der Schulter, seine Wärme, seine Kraft. Sie öffnete den Mund und schloß ihn sofort wieder, als sie gewahr wurde, daß sich etwas verändert hatte. Seine Hände lagen nicht rein zufällig auf der Schulter. Seine Finger gruben sich in ihr Fleisch und kneteten es leicht. Sie empfand diese Berührung als sehr angenehm.
»Dreh dich um.«

Sie kam seiner Aufforderung nach und fragte sich, was er wohl vorhatte.
»Sieh mich an.«
Sie blickte ihn mit einem fragenden, neugierigen Ausdruck an. Ihre Lippen teilten sich ein wenig. Und er beugte sich zu ihr und küßte sie. Er küßte sie tief und lange, da er jetzt die neue Jessie vor sich hatte. Alles, was ihn an eine gräßliche Göre, eine Schwester oder eine Landplage erinnerte, war vergessen. Jessie war seine Frau. Eine sonderbare Vorstellung, die jetzt Wirklichkeit geworden war, nur mit dem feinen Unterschied, daß sie irrtümlich glaubte, er hätte die Ehe vollzogen, während sie im Vollrausch ihre Sinne verloren hatte. Beinahe hätte er laut aufgelacht.
Sie hob die Hände und legte sie flach an seine Brust. Sie spürte seinen Herzschlag. Sie spürte den Druck seiner Lippen, schmeckte einen Hauch von Stachelbeeren. Sie hatte sich einen Kuß nie so schön vorgestellt, obwohl sie oft davon geträumt hatte.
Sie stand auf Zehenspitzen, legte die Arme um ihn und zog ihn mit aller Kraft an sich, und er lachte in ihren Mund. »Langsam, langsam. Wir haben alle Zeit der Welt.«
»Nein.«
»Vielleicht hast du recht.« Er streckte die Hand aus und zog die Tür zum Eßzimmer zu. Mit einigem Geschick gelang es ihm, den Schlüssel im Schloß umzudrehen, dann legte er seine Arme um ihren Rücken und drehte sie zur Seite, bis er den Eßtisch im Blickwinkel hatte.
Ein schneeweißes Leinentuch. Die Teller ließen sich beiseite schieben. Er hob sie hoch, ohne sie oder ihre Lippen auch nur eine Sekunde freizugeben und trug sie zum Tisch. Vorsichtig setzte er sie ab und stellte ihre Füße auf einen Stuhl. Dann schob er sie langsam zurück, nachdem er vorher rasch eine Platte mit Meeräschen aus dem Wege geräumt hatte.
Ihre Augen waren immer noch voller Neugier, als sie ihn belustigt anblickte. »James, was machen wir hier?«

»Wir werden uns jetzt wie Menschen benehmen, nicht wie Pferde.«
Jetzt erschrak sie doch ein wenig. »Ich liege auf dem Tisch, James. Neben meinem rechten Ellenbogen befindet sich eine Terrine mit Juliennesuppe.«
Er brachte die Terrine und die beiden benachbarten Brotteller außer Reichweite. »So ist es besser. Jetzt räume ich den Stuhl weg. Laß deine Beine solange herunterhängen. Ja, gut so.«
Er stellte sich zwischen ihre Beine, beugte sich vor und küßte sie wieder. Augenblicklich schlang sie die Arme um seinen Nacken und zog ihn an sich.
»Mein Gott, James, ich habe das Gefühl ...«
Weiter kam sie nicht. Er preßte sich gegen sie. Sofort zog sie die Hände von ihm ab und stützte sich rechts und links auf der Tischplatte ab.
»Das bin ich, Jessie. Nein. Versuche jetzt nicht, dich mir zu entziehen. Gewöhne dich an mich und das neue Gefühl. Halte still.« Er drang etwas weiter ein und schloß die Augen. Seine Finger hielten sie bei den Hüften fest und hoben sie an. Er konnte ihre Hitze spüren. Seine Finger zitterten. Er wollte sie berühren, sie liebkosen.
»Hast du das gestern gemacht?«
»Nein. Wir haben auf einer Felsplatte gesessen, nicht auf einem Tisch.« Er stöhnte, als sie sich kurz aufbäumte. »Leg deine Beine um meine Hüfte, Jessie. Nein, sieh mich nicht an, als ob ich den Verstand verloren hätte. Vertraue mir. So ist es richtig. Verschränke die Knöchel hinter meinem Rücken. Ah, das ist gut.« Jetzt lehnte er sich vor und küßte sie wieder. Ihr wunderschönes Kleid war an der Vorderseite geknöpft. Dem Himmel sei Dank! Er küßte sie weiter, als er eines dieser verflixten Knöpfchen nach dem anderen aus der Schlaufe löste. Verdammt noch mal, es müssen an die zweihundert sein! Die Geduld verließ ihn und er riß die letzten Knöpfe ab. Er beugte sich tiefer und öffnete das Kleid. Maggie hat wieder zugeschlagen, dachte er über-

rascht und zugleich über alle Maßen erregt, als er das pfirsichfarbene Seidenhemdchen erblickte, das mit heimtückischen kleinen Spitzenschleifchen verziert war, die mehr freigaben als bedeckten und die den Busen, ihren neuen Busen, verführerisch umrahmten.

Seine Hand verharrte mitten in der Bewegung. Ihre Brüste hoben und senkten sich und sahen so einladend und weiß aus wie der Zuckerguß auf der Hochzeitstorte, die Badger noch zu mitternächtlicher Stunde gebacken und verziert hatte. Mit den Fingerspitzen berührte er leicht ihre linke Brust. Er schloß die Augen und ließ den Finger über ihre Haut, ihre warme Haut, warme Jessiehaut, gleiten. Natürlich hatte sie früher nicht so ausgesehen. Nicht so weiß und rund und weich. Und sie hatte ihn auch nicht mit diesen Augen angesehen. Plötzlich, und ohne Vorwarnung, sah er sie wieder vor sich, an jenem längst vergangenen Abend im Schreibzimmer ihres Vaters, als er mit einer Flasche Portwein angetreten war, um den Rennsieg des alten Herrn zu feiern. Mit verschränkten Beinen hatte sie in einem wackeligen Stuhl neben dem väterlichen Schreibtisch Platz genommen. Sie trug ein scheußliches altes Hemd und die schäbigsten Reithosen, die ihm je unter die Augen gekommen waren. Das Schuhwerk fehlte und wurde durch ein Paar schwarzer Socken ersetzt, die bestimmt zerlöchert waren. Das Haar klatschte an ihrem Kopf und war hinten zu einem festen Zopf zusammengezurrt worden. Dann ertönte ihre aufsässige, freche Stimme: »Papa meinte, ich könne einen Augenblick hierbleiben, um den Verlierer zu begrüßen. Ich hab' dich heute um Längen geschlagen, James. Im zweiten Rennen warst du völlig unkonzentriert. Vor Schreck wärst du beinahe vom Pferd gefallen, als dieser Jockey versuchte, nach dir zu treten. Noch nie habe ich so lachen müssen, und ich habe natürlich wieder gewonnen.« Dann war sie aufgestanden und hatte ihn weiter unverschämt angegrinst. »Und ich werde dich wieder besiegen, James. Das ist dein Los.«

Dann stolzierte sie wie die Arroganz in Person aus dem Zimmer, während sich ihr Vater über diese Bemerkung krank lachte. James stand schweigend daneben und hätte sie am liebsten geknebelt und gefesselt in die Fluten des Patapsco geworfen.

Seine Finger unterbrachen die zärtliche Wanderung über die weiße Haut.

Kapitel 20

»James? Was ist los? Habe ich meine Beine zu fest um dich gelegt? Tue ich dir weh?«
»Oh, nein.«
Sie preßte die Knöchel fester zusammen.
»Das ist ein wenig zu fest, Jessie. Ja, ein wenig, aber laß es so.« Er spürte ihre Fersen in seinem Rücken, die ihn näher an sie heranzogen. Mit den Fingerspitzen folgte er dem verführerischen Spitzenbesatz auf dem Satinhemdchen. Der seidige Stoff fühlte sich fast so weich an wie ihre Haut.
»Du hast mich noch nie an dieser Stelle berührt. Es ist sehr angenehm. Gefällt dir das Hemd?«
»Es verändert dich sehr«, sagte er und blickte auf seine dunklen, schwieligen Finger, die sich wieder liebkosend auf ihren Brüsten bewegten.
»Vielleicht liegt es daran, weil ich mich jetzt auch verändert habe.«
»Vielleicht ist es auch Maggie, die versucht, dich ihren Formen anzupassen.«
»Ihren Formen würde ich mich gerne anpassen. Das Hemd war ihr Hochzeitsgeschenk an mich.«
»Sehr geschmackvoll. Und jetzt, Jessie, sei ruhig. Weißt du nicht, was ich hier mache? Wie kannst du vor dich hinplappern, wenn ich deine Brüste berühre?«
Sie wandte ihr Gesicht von ihm ab und befand sich jetzt in Augenhöhe mit einer Platte Kalbsgeschnetzeltem. Sie blickte auf das in Butter gegarte Fleisch und sagte kaum hörbar: »Ich habe Angst.«
»Du hast Angst, und ich werde die Vorstellung nicht los, ich begehe Inzucht, wenn ich dich liebe. Verdammt noch mal, da haben wir beide ja einiges gemeinsam!«

»Was meinst du mit Inzucht?«
»Sechs Jahre, Jessie – sechs Jahre lang warst du wie eine kleine Schwester für mich. Wie oft habe ich mich über dich geärgert. Wie oft habe ich dich beschützt. Erinnerst du dich, wie oft ich dich an den Zöpfen zog oder dir das Haar zerzauste? In diesen Momenten hätte ich dich natürlich am liebsten verprügelt, aber das durfte ich nicht, denn schließlich warst du ein Mädchen. Auch als du im Garten der Blanchards flach auf mir lagst, habe ich dich nicht als weibliches Wesen betrachtet. Du warst einfach nur Jessie, die Göre in Reithosen, die immer stört und im Wege ist.«
»Zum Donnerwetter, ich bin nicht deine Schwester, James. Gestern hast du doch nicht an diese dämliche Inzucht gedacht, oder?«
»Nein, aber heute liegen die Dinge anders.«
Er beugte sich vor und küßte sie. »Gestern warst du beschwipst. Die lustigen gedrehten Locken wippten hin und her, und du mußtest immerfort kichern.«
»Ich muß mir also einen Rausch antrinken, damit du mich als deine Frau und nicht als deine Schwester betrachtest?«
»Nein, darum geht es nicht. Verdammt noch mal, Jessie, wenn du die Wahrheit wissen willst, es ist nichts passiert. Glaubst du, ein Mann möchte mit einer bewußtlosen Frau intim sein? Du schnarchtest sogar, als ich dich zu den Pferden trug, und das ist Liebesgefühlen bei Gott nicht zuträglich.«
»Es ist nichts passiert?« Sie stieß ihn von sich, so daß er jetzt aufrecht zwischen ihren Beinen stand, mit denen sie ihn immer noch umschlungen hielt. Ihre Brüste waren noch vom Hemdchen bedeckt. Mit einer raschen Bewegung riß er das Hemd auf und zog es ihr vom Leib. Erschrocken hielt sie die Luft an und versuchte die Brüste mit den Händen zu bedecken, aber er war schneller, packte ihre Handgelenke und hielt sie über ihrem Kopf fest. Dann beugte er sich über sie, küßte sie, legte ihre Hände ohne sie loszulassen wieder an ihre Seite auf die Tischplatte zurück.

»Mir ist nie aufgefallen, wie hübsch du bist, Jessie, oder ist seit deiner Ankunft in England einiges hinzugekommen?« Nicht nur die festen kleinen Brüste, dachte er und war unfähig, die Augen von ihnen zu nehmen. Wunderschöne Brüste. Die kleinen Knospen lockten mit einem zarten, warmen Rosa. Er wollte sie streicheln und küssen, beherrschte sich aber.

»Nach jedem Bad salbe ich mich mit Maggies Creme ein, das ist alles.«

»Eine Zaubercreme. Erstaunlich. Du hast weder auf den Schultern noch auf dem Busen Sommersprossen.«

»Nein, es ist nur der Streifen über meiner Nase.«

»Deine Haut ist schneeweiß.« Seine Stimme klang gequält, aber Jessie ließ nicht locker und war einem Zornesausbruch nahe. »Du hast gestern wirklich nichts mit mir gemacht?«

»Nicht die kleinste Kleinigkeit.«

»Du hast mir die Kleider nicht ausgezogen, als wir hier waren?

»Nein, Mrs. Catsdoor übernahm das.«

»Also siehst du mich heute zum ersten Mal unbekleidet?«

»Ja.«

Er ließ eine ihrer Hände los, weil er ihre Brust berühren mußte. Kaum war eine Hand frei, ballte sie die Finger zur Faust und verpaßte ihm einen mächtigen Kinnhaken, daß sein Kopf zurückflog. Mit einem wütenden Fluch fing er ihre Hand wieder ein.

Sie versuchte sich aufzusetzen, kam aber nicht gegen sein Körpergewicht an, fiel wieder auf die Tischplatte zurück und keuchte und schrie. »Du Mistkerl! Du hast mich belogen. Du hast mir vorgegaukelt, es wäre alles vorbei und erledigt, und ich müßte mir deswegen keine Gedanken mehr machen. Und was ist jetzt? Körperlich und seelisch bin ich noch Jungfrau, während du zwischen meinen Beinen stehst. Du hast mein schönes Hemdchen zerrissen, das mir Maggie zur Hochzeit geschenkt hat, und du starrst auf meinen Busen. Und du hast mich in dem Glauben gelassen, es sei das zweite und nicht das erste Mal, damit es mir nicht so peinlich erscheint. Ich hasse dich, James. Hol dich der Henker! Laß mich jetzt los.«

»Nein«, sagte er, beugte sich über sie und küßte ihre linke Brust. »Du bist nicht meine aufsässige, lästige Schwester, nein, nicht mit diesen Brüsten.« Er preßte sich an sie, versuchte sich freizukämpfen. Sie nahm ihre Beine herunter und ließ sie über den Tischrand hängen. In dieser Lage rutschte sie ein wenig auf ihn zu, und ihr Körper drängte sich jetzt mit aller Macht gegen den seinen, daß er zu sterben glaubte, wenn er nicht sofort in sie eindrang.

Es war mehr, als ein Mann ertragen konnte. Er küßte ihre andere Brust, schnellte unbeherrscht zurück, schob ihre Röcke hoch und blickte wie berauscht auf ihre langen Beine in den weißen Baumwollstrümpfen, die in der Mitte der Schenkel mit pfirsichfarbenen Strumpfbändern gehalten wurden. Ihm schien sogar, daß sie die Farbe des Hemdchens hatten. Unwillkürlich erfaßte ihn ein leichter Schauer.

Es dauerte einen Augenblick, bis ihm auffiel, daß sie sich nicht mehr wehrte. Sie lag einfach da und sah zu, wie er sie betrachtete.

»Du trägst keine Unterhose«, bemerkte er. Sie hatte nur ihr Satinhemd an, das bis zu den Oberschenkeln reichte. Er war entrüstet. Sogar Connie trug leichte Mousselin-Pantalonetten, die mit hübschen schmalen Bändchen kurz unter dem Knie zusammengebunden wurden. Natürlich reich mit Spitzen besetzt, aber es waren immerhin Unterhosen, die alles bedeckten. Es hatte ihm stets Vergnügen bereitet, an ihren Beinen hinaufzuküssen, die Schleifchen mit den Zähnen zu lösen, um dieses letzte Bollwerk der Sittsamkeit langsam zu entfernen.

»Nein«, entgegnete sie mit dünner Stimme, während sich auf James' Stirn die ersten Schweißperlen bildeten. »Maggie sagte mir, ich solle nach unserer Hochzeit dreißig Tage lang keine Unterhosen tragen. Sie sagte, es würde dich wahnsinnig machen, wenn du weißt, daß ich unter meinem Reitrock oder meinen Kleid nackend bin.«

»Warum gerade dreißig Tage?«

»Sie sagte, nach dreißig Tagen solle ich es nur ab und zu einmal tun, damit du nie weißt, ob ich unter meiner Kleidung nur mein Hemdchen trage oder nicht. Es würde dich wenigstens sechs Monate lang wahnsinnig machen.«

»Und nach sechs Monaten?«

»Dann solle ich sie ganz weglassen, nur als Belohnung. Sie meinte, ein Mann würde nach sechs Monaten seine wahren Farben zeigen und müsse dann mit mehr Raffinesse behandelt werden. Ich antwortete ihr, daß ich deine wahren Farben bereits kenne. Ich hätte gesehen, wie du einen Stallburschen geschlagen hast, der neben einem deiner Pferde eingeschlafen war, nachdem er eine Flasche Gin getrunken hatte, und daß ich dein Gebrüll gehört hätte, wenn beim Rennen ein geschickter und besserer Reiter vor dir durchs Ziel ging. Ich erzählte ihr sogar, daß ich dich rülpsen gehört hätte. Aber das war nur einmal, und du wußtest nicht, daß ich in der Nähe war.«

»Großer Gott«, murmelte er. Nur ein Paar Reithosen trennten ihn von ihr. Ihre Brüste waren halb entblößt, und sie redete ihm die Ohren voll. Er mußte wieder die Oberhand gewinnnen, wenn nicht, würde er etwas Törichtes tun.

»Jessie, sei jetzt einen Augenblick still. Wir werden uns später über Maggies Unterwäschestrategie unterhalten. So wie die Dinge jetzt liegen, und du ganz und gar nicht mehr wie die alte Jessie aussiehst, möchte ich in dich eindringen und es hinter uns bringen. Wärst du damit einverstanden?«

»Du siehst mich dabei an.«

»Ja. Deine Schamhaare sind so rot wie das Haar auf deinem Kopf. Es ist unbeschreiblich, wirklich, dazu die weiße Haut deines Bauches. Das und noch vieles mehr verdoppelt die Lust eines Mannes. Ich weiß nicht, wohin ich zuerst schauen soll. Du wirst doch nicht wieder zuschlagen, wenn ich deine Hände freigebe, um deine Brüste zu küssen?«

»Nein, aber vielleicht später, wenn ich mehr Zeit habe, um gründlich über alles nachzudenken.«
Er ließ ihre Hände los, beugte sich über sie und nahm eine Brustwarze in den Mund. Sofort strömten Lust und Wärme durch seinen Körper. »Gefällt es dir?«
Sie antwortete nicht, nahm sein Gesicht zwischen die Hände und zog ihn wieder zu sich hinab. Er widmete sich ausgiebig ihren Brüsten, auch als seine Finger ihren Schenkel hinaufstrichen, hörte er nicht auf, sie zu küssen. Sie zitterte. Gewiß ein gutes Zeichen. Als seine Finger ihr Fleisch berührten, bäumte sie sich so heftig auf, daß sie ihn beinahe von sich geschleudert hätte.
»Du lieber Himmel, soll das so sein, James? Noch nie hat mich jemand an dieser Stelle berührt. Nur ich, wenn ich bade.«
»Ja, wenn du willst, berühre ich dich hier jeden Tag, vielleicht viermal am Tag. Jedenfalls werde ich das mit der neuen Jessie tun. Versprichst du mir etwas?« Zart glitt er mit seinen Fingern über ihre Scham und bemerkte ihren verschleierten Blick.
»Was?«
»Du mußt die neue Jessie bleiben, zumindest, wenn wir uns lieben.«
Sie schloß die Augen, bog sich ihm entgegen und stöhnte. Das hatte die alte Jessie noch nie getan.
Er setzte seine Liebkosungen fort und spürte, wie sich ihre Knöchel wieder hinter seinem Rücken verschränkten. Er streichelte sie stärker, spürte ihre wundervolle Wärme, ihr weiches Nachgeben, ihr leichtes Aufbäumen, und dann, als er ihren Bauch berührte, in den roten Löckchen verweilte und sie fand, hätte sie ihn beinahe wieder abgeworfen.
»Ja«, hauchte sie. Ihr Atem war heiß, als er ihren Mund berührte. Sie keuchte, und er wartete nicht länger. Kurz entschlossen entledigte er sich seiner Breeches und drang langsam in sie ein.
»James! Jetzt beginnt der Teil mit dem Hengst.«

»Halte still, Jessie. Halte still. Ich werde ganz vorsichtig in dich hineinkommen. Bleibe ganz locker. Das tut doch nicht weh, oder?«

Sie starrte ihn an und sah den schmerzvollen, verinnerlichten Ausdruck seiner schönen Augen. Unwillkürlich zog sie ihre Beine fester zusammen, und das brachte ihn weiter in sie hinein.

Plötzlich stöhnte sie auf. »O Gott, hör auf, James. Das ist nicht mehr gut.«

»Das ist dein Jungfernhäutchen, Jessie.« Er keuchte. Seine Stimme tönte wie eine knarrende Tür, die geölt werden mußte. Die Hände zitterten. Er war in ihr, aber nicht weit genug, noch nicht weit genug. »Habe Vertrauen, Jessie. Jede Frau hat es. Damit meine ich nicht Vertrauen, sondern das Jungfernhäutchen.« Er blickte an sich hinunter und wußte, daß er nicht innehalten würde, er konnte es nicht, nicht ohne zu sterben. Und wenn er aufhörte und nicht starb, dann würde er sich umbringen.

Er lächelte sie an, bewegte sich nicht, bis sie sich beruhigt hatte und ihn ebenfalls anlächelte. Dann stieß er fest zu.

In diesem Augenblick schrie sie markerschütternd auf. Hoffentlich würde Mrs. Catsdoor nicht aufgeschreckt an der Tür klopfen. Sie schrie weiter, und er betete insgeheim, sie würde damit aufhören. Sie war schmal, er hatte ihr weh getan, aber jetzt war es endlich überstanden, und er hatte nicht das Gefühl, als hätte er seine Jugendgespielin geschändet. Nein, sie war seine Frau, und er war in ihr.

»Ich bewege mich nicht. Bitte, bleibe du auch ganz ruhig liegen. Als Mann empfinde ich in dieser Situtation anders. Das erkläre ich dir später einmal. Also, nicht bewegen, Jessie.«

Er beugte sich vor und küßte ihren Mund, ihren Hals, dann ihre Brust. »Ist das besser? Läßt der Schmerz nach?«

»Ein wenig. Die Duchess hat mir nichts davon erzählt. Ist das so üblich?«

Die Duchess hatte mit ihr über die Liebe gesprochen? In

diesem Augenblick bewegte sie sich, und er wußte, daß jetzt alles vorbei war. Er bäumte sich über ihr auf, spürte die Erleichterung, die ihn durchspülte und einen heftigen Schauer, der ihn wie einen Fieberkranken packte.
»Oh, Jessie«, sagte er und sank über ihr zusammen. Sie schlang ihre Arme um seinen Rücken und drückte ihn fest an sich. Ihr Haar fiel über seine Wangen. Als er merkte, wie ihre Umarmung fester und drängender wurde, erbebte er vor Freude. Bewegungslos blieb er auf ihr liegen, bis er wieder atmen konnte.
»Ist das alles, James?«
Er war in Jessie Warfield, dieser neugierigen Göre, die ein Gespräch zwischen ihm und ihrem Vater belauscht hatte, durch die Decke des väterlichen Comptoirs brach und in einer Staubwolke vor ihm auf dem Hosenboden landete. Irgendwie gelang es ihm, sich aufzurichten. Er blickte an sich hinunter. Er war ein Teil von ihr geworden. Er sah ihre weiße Haut, das sündige rote Haar. Nur mühsam konnte er seinen Blick von ihren Brüsten lösen, um ihr Gesicht zu betrachten. Sie starrte ihn verwirrt an.
»Was ist mit dir?«
»Das soll alles sein?« fragte sie und ließ ihre Beine sinken.
Er lächelte. Mit den Fingern berührte er kurz die weiche Schwellung ihrer Weiblichkeit, die er mit seinem Samen benetzt hatte.
»Nein, aber im Augenblick ist das tatsächlich alles. Bevor ich dich verlasse, Jessie, was hat die Duchess dir erzählt?«
»Ich solle sie als meine ältere Schwester betrachten und sie alles fragen, was ich über Sex wissen möchte. Ich antwortete ihr, ich wisse bereits alles. Alles über das Besteigen und so. Sie meinte daraufhin nur, das sei lange noch nicht alles, daß ich aber fürs erste genug wisse und gut zurechtkommen würde. Sie hat mir nicht gesagt, daß es weh tun würde. Und sie hat mir auch nicht gesagt, daß du mit meiner intimsten Stelle derart frei und ungeniert umgehen würdest.«
»Jetzt tut es doch nicht mehr so weh, oder?«

Sie dachte darüber nach. »Nein, nicht mehr so sehr.«
»Dann bleibe liegen, damit ich dich abwischen kann.« Als er seine Breeches wieder zumachte, wurde er sich erst richtig bewußt. was er getan hatte. Er hatte seine Frau auf dem Eßzimmertisch entjungfert. Für einen Moment schloß er beschämt die Augen. Kein zärtliches Werben, um ihr Zeit zu lassen sich auf ihn vorzubreiten. Aber sie hatte ihn beinahe zweimal abgeworfen. Natürlich war sie für ihn bereit gewesen. Er schüttelte den Kopf, goß ein Glas Wasser auf eine Serviette und preßte sie gegen ihre Scham.
Während er sie wusch, blickte er sie an. Sie hielt die Augen geschlossen und hatte das Gesicht von ihm abgewandt.
»Arme Jessie«, murmelte er. »Ich war ein ungehobelter Klotz. Verzeih mir.«
»Ich frage mich«, sagte sie ohne die Augen zu öffnen, »ob Hengste sich jemals bei ihren Stuten entschuldigt haben.«
»Oh, doch, das tun sie.«
Sie riß die Augen auf. »Du lügst. Nichts weißt du! Oh, du lieber Himmel, James, kannst du mir bitte aufhelfen?« Jetzt bemerkte sie, daß ihre Brüste frei waren, und als sie ihr Kleid rasch zuknöpfte, entdeckte sie, daß ihr unterer Teil ebenfalls nackend war. Mit einer schwungvollen Bewegung schlug sie die Unterröcke und den Rock wieder an Ort und Stelle zurück.
»Laß dir helfen.«
Nun machte er sich an die schier endlose Aufgabe, diese verdammten Knöpfchen zu schließen. »Ich mag dieses Kleid nicht«, brummte er, nachdem er drei oder vier dieser kleinen Knöpfe in die dazugehörigen Löcher verfrachtet hatte. Versprich mir, daß du dieses Kleid nie wieder trägst.«

Jessie begegnete James' Schwiegervater an einem Nachmittag, als sie gerade nackend in dem kleinen Teich schwamm, der kaum fünfzig Yard vom Ostflügel des Hauses entfernt war. Das kleine Gewässer war von Wasserlilien, hohem Schilf und mehreren alten Trauerweiden umgeben.

»Wer zum Teufel sind Sie?«
Beim Ertönen der barschen Männerstimme verschluckte Jessie einen Mundvoll Wasser, schnellte herum und hoffte, daß das Wasser sie bis zu ihrem Hals verbarg. Höflich antwortete sie: »Ich bin Jessie. Wer sind Sie?«
»Sie sind James neue Braut?«
»Ja. Und Sie, Sir?«
»Lyndon Frothingill, Baron Hughes. Ich bin Alicias Vater. James ist mein Schwiegersohn.«
»Oh«, brachte sie hervor. Die Füße versanken bereits im Schlamm, und sie wollte so schnell wie möglich aus dem Teich heraus. »Würde es Ihnen etwas ausmachen, Sir, jetzt zu gehen? Ich möchte gerne an Land.«
Der Störenfried machte nicht die geringsten Anstalten, ihrem Wunsch zu folgen. »Sie sind Amerikanerin. Sie sollten sich sprechen hören. Wie ein Kretin. Und sehen Sie sich an. Niemals würde eine englische Lady auf den Gedanken verfallen, in einem Teich zu schwimmen, geschweige denn im Evaskostüm. Mit der roten Haarmähne sehen Sie wie ein Flittchen aus. Sie sind schwanger, nicht wahr? Hat James Sie deswegen geheiratet? Das mußte er ja nun wohl, schließlich ist er ein Gentleman.«
Jessie überlegte, ob sie von dem einen Mal auf dem Eßtisch schwanger geworden sein konnte. Ihren nachdenklichen Ausdruck verstand der Mann am Teichrand als Eingeständnis ihrer sündigen Tat. Er trat einen Schritt näher, ballte die Faust und hielt sie drohend in die Höhe. »Verdammtes kleines Luder, du hast ihn eingefangen, bevor ich einschreiten konnte. Er sollte genügend Zeit haben, um Alicia zu vergessen. Er liebte sie mehr als sein Leben. Nach ihrem Tod war ich in großer Sorge um James. Ich wollte ihm drei Jahre geben, um sich von seinem Schmerz zu erholen. Dann hätte ich ihm Alicias liebe Cousine, die Tochter meines Bruders, – Laura – zugeführt. Sie sollte ihn heiraten und nicht so ein rothaariges Flittchen aus den Kolonien.«

»Bitte, Sir. Mir wird langsam kalt. Wären Sie so freundlich, sich jetzt zu entfernen?«

Baron Hughes stand am grasbewachsenen Ufer und stemmte die Hände in die mageren Hüften. Sein Gesicht hatte einen verschlagenen Ausdruck angenommen. »Haben Sie keine Hemmungen und kommen Sie heraus. Ich möchte sehen, was sich James mit seiner zweiten Frau eingehandelt hat.«

Jessie hatte einen verbitterten und bösen Mann vor sich, den das Leben vorzeitig altern ließ. Gewiß war er nicht viel älter als ihr eigener Vater, aber nach außen hin schien es so. Tiefe Falten hatten sich wie Runen rechts und links von seinem Mund eingegraben. Die Augen wirkten hinterhältig und verschlagen. Die Lippen waren schmal wie Striche. Wie mochte er wohl vor dem Tode seiner Tochter ausgesehen haben?

»Es tut mir sehr leid, daß Sie Ihre Tochter verloren haben, Sir. Ich weiß, daß James sie sehr geliebt hat. Ich habe ihn nicht eingefangen, Sir, jedenfalls nicht auf die Art und Weise wie Sie meinen. Und ich bin kein Flittchen, ich bin Rennreiterin.«

Einen Augenblick lang ging der hinterhältige Ausdruck seiner Augen in unverhohlenes Erstaunen über. »Eine gute Lügnerin sind Sie wohl nicht?«

»James meint das auch. Bitte, Sir, ich möchte jetzt aus dem Wasser. Wollen Sie nicht gehen?«

»Nein. Da Sie schwanger sind, werden Sie vielleicht nicht mehr lange auf Erden weilen, obwohl lasterhafte Frauenzimmer wie Sie nicht unterzukriegen sind. Nur süße Engel wie meine Alicia rafft der Tod dahin. Ich bete zum Himmel, daß Sie im Kindbett sterben wie meine arme Alicia.«

»Wenn das eintreten sollte, wollen Sie dann weitere drei Jahre abwarten, um James Ihre Nichte vorzustellen?«

»Das ist nicht nötig. James wird Sie bereits nach drei Monaten vergessen haben. Ich behaupte sogar, daß er eine Wiederverheiratung wünscht, bevor Gras über Ihr Grab gewachsen ist.«

»Das ist bei Gott keine nette Bemerkung, Sir. Gehen Sie jetzt bitte. Ich bin freundlich zu Ihnen, weil ich mir vorstellen kann, daß Sie den tragischen Tod Ihrer Tochter noch nicht verwunden haben. Aber es war nicht meine Schuld, Sir. James ist jetzt mein Ehemann, eine Tatsache, an die Sie sich gewöhnen müssen. Wenn Sie mich jetzt nicht allein lassen, bin ich gezwungen etwas zu tun, was Sie nicht billigen werden.«

»Was kann das schon sein, verdammter Grünschnabel?«

»Nun ...«

»Ehrlich gesagt, Sir, meine Frau würde es sehr zu schätzen wissen, wenn sie jetzt allein wäre.«

»James!« Der Baron drehte sich überrascht um und sah sich seinem ehemaligen Schwiegersohn gegenüber.

»Sie hat nicht gelogen und sie ist kein Flittchen. Sie ist Rennreiterin. Komm jetzt, Lyndon, du brauchst einen Brandy. Jessie ...« fügte James zu seiner Frau gewandt hinzu, »trockne dich gründlich ab. Ich möchte nicht, daß du dich erkältest.«

Der Baron warf ihr einen bösen Blick zu, zuckte mit den Achseln und folgte James.

Als sie die Bänder ihrer Sandalen zuband, war Jessie nicht so sicher, ob sie den Vater der toten Alicia wiedersehen wollte.

Mit einem fröhlichen Liedchen auf den Lippen ging sie zu den Ställen und verbrachte die nächste Stunde bei Selina, eine der arabischen Stuten, die James bei den Rennen in York geritten hatte.

Kniend ölte sie Salinas Hufe ein, striegelte und bürstete ihr Fell und war schließlich selbst schmutzig und staubig wie ein Stallknecht. Sie hielt kurz inne, als sie einen Schatten bemerkte und blickte überrascht an James hochgewachsener Gestalt empor. Er trug schwarze Reitstiefel, enganliegende dunkelbraune Hirschlederhosen und ein weißes Leinenhemd, das am Hals offentstand. Er sah braungebrannt, wohl und frisch aus, so verlockend wie Mrs. Catsdoors Caramelpudding. Jessie starrte ihn eine Weile mit offenem Mund an.

»Ist das dein letzter Huf?«

»Mein letzter was? Oh, ja, richtig. Ja.« Sie tätschelte Selinas Bein. »Eine Schönheit ist sie, James. Wie alt ist Selina?«

»Sieben. Janus hat sie gedeckt. Sie brachte zwei Hengstfohlen zur Welt, beides Rennpferde. Es ist schon spät, und du mußt dringend in die Badewanne. Du siehst aus wie die alte Jessie. Das möchte ich nicht mehr. Ich komme mir sonst wie ein Kinderschänder vor.« Er schwieg kurz und kniete sich dann neben sie. Mit einem verschmitzten Lachen wickelte er eine Lockensträhne um den Finger. »Sogar die Korkenzieher sind verschwitzt.«

»Die alte Jessie hatte keine Korkenzieher.«

»Nein.«

»Versuch das endlich in deinen Kopf zu bekommen, James. Die alte Jessie hatte auch kein pfirsichfarbenes Satinhemd.«

»Entschuldige, daß ich es zerrissen habe.«

»Mrs. Catsdoor will es für mich ausbessern, weil sie meint, mit Nadel und Faden könne ich nicht sehr geschickt umgehen, da ich aus den Kolonien sei und mein ganzes Leben mit Pferden zu tun gehabt hätte.«

»Da hatte sie recht.«

»Ich trage jetzt aber keine Unterwäsche«, sagte sie lachend, raffte die Röcke zusammen und lief geschwind aus dem Stall, während James verdattert und steif wie ein Zaunpfahl an der Box lehnte und ihr nachsah.

Kapitel 21

»James?«
»Hmmmm?«
»Sterben viele Frauen im Kindbett?«
Er hob den Kopf, den er an ihren Nacken geschmiegt hatte und lehnte sich in den Sessel zurück. Mit geschlossenen Augen meinte er nachdenklich: »Ja, zu viele. Aber nicht du, Jessie, das schwöre ich dir. Ich erzählte dir ja, daß ich nach Alicias Tod jedes Buch gelesen habe, das ich über Schwangerschaft und Geburt finden konnte. Ich habe mich ausführlich mit George Raven unterhalten. Wenn er rechtzeitig zu ihrer Niederkunft hiergewesen wäre, dann hätte sie nicht sterben müssen. Sei unbesorgt.«
»Vielleicht werde ich nicht schwanger. Vielleicht kann ich keine Kinder bekommen, weil ich mein Leben lang geritten bin.«
»Wo hast du denn diesen Unsinn aufgegabelt? Nein, sage es mir nicht. Von deiner Mutter hast du es gehört, richtig?«
»Ja. Sie meinte, ich hätte meine weiblichen Organe höchstwahrscheinlich für immer beschädigt.«
»Immerhin hattest du ein intaktes Jungfernhäutchen.«
»Ja, das hatte ich, nicht wahr?« Mit dieser Antwort schien sie so zufrieden zu sein wie Fred, dem es mit List und Tücke gelungen war, Clorinda zärtlich mit dem Schnabel zu picken. »Das beruhigt mich. Vielleicht ist dann auch alles andere in Ordnung. Hoffentlich. Denn ich mag Fohlen sehr und Charles und Anthony.«
Die Erinnerung an den Augenblick, in dem er die kleine Barriere durchbrochen hatte, ließ ihn vor Lust erzittern. Er spürte wieder das drängende Begehren, das er nur mit Mühe zügeln konnte. Es hatte nicht viel gefehlt, und sein Samen

hätte sich vorzeitig ergossen. Er zog sie näher an sich und bedeckte ihren Nacken mit kleinen hingehauchten Küssen. Sie saß in dem ausladenden, weichen Sessel auf seinem Schoß. Im Schlafzimmer. Es sei ihr gemeinsames Schlafzimmer, hatte er ihr verkündet, als sie nach dem Abendessen hinaufgingen. Sie solle nicht allein im angrenzenden Zimmer schlafen. Das schätze er ganz und gar nicht.
Jessie, die sich mit den nächtlichen Gepflogenheiten unter Eheleuten nicht auskannte, nickte feierlich. »Es macht mir nichts aus, mit dir zu schlafen. Ich habe vorher noch nie mit jemandem in einem Zimmer geschlafen. Es ist neu für mich. Wie ein Abenteuer.« Sie legte ihre Stirn in kurze, krause Falten. »Weißt du James, ich glaube nicht, daß Mama und Papa zusammen in einem Bett geschlafen haben.«
»Jetzt plapperst du wieder, Jessie.«
»Entschuldige. Ich bin nervös, James. Ich bin im Nachthemd, und du weißt, daß ich nichts darunter trage. Du bist im Morgenmantel, und ich weiß, daß du nichts darunter trägst. Das ist doch sehr beunruhigend.«
Er lächelte und küßte sie wieder. »Du hast völlig recht. Es ist äußerst beunruhigend. Bisher hatte ich auch nichts anderes mit dir vor. Ich trachtete einzig und allein danach, dich auf dem Rennplatz zu besiegen. Wenn ich jetzt diese Schleife aufgebunden habe, kann ich meine Hand unter dein Nachthemd schieben und deine Brust berühren. Ah, du bist so weich wie Selinas Bauch nach dem Bürsten. Weißt du, Jessie, heute auf dem Eßzimmertisch habe ich nicht viel von dir zu sehen bekommen, nur die strategisch wichtigen Punkte. Ich will das Nachthemd aufmachen.«
Er zog die restlichen Schleifen auf und schob den feinen Batist beiseite. Das Hemd glitt über ihre Schultern zu ihren Füßen hinab. Er betrachtete sie. Er tat nichts anderes, als sie schweigend und ausgiebig zu betrachten. Dann legte er eine Hand sanft auf ihre Hüfte, drehte sie zu sich und küßte sie. Er war überrascht und über alle Maßen erfreut, als er merkte, wie sie seinen Morgenmantel öffnete. »Ja«, flüsterte

er in ihren warmen Mund, »ich möchte deine Brüste auf mir spüren. Mein Gott, Jessie, das ist unbeschreiblich schön.«
Ja, das ist es, dachte sie und erbebte, als sich ein sonderbares, fremdes Drängen in ihrem Leib bemerkbar machte, auch als sich ihre Brüste fest an seinen Oberkörper schmiegten. Sie bewegte sich ein wenig, und beide stöhnten.
Er lachte. Das mußte er, denn schließlich war er hier derjenige, der Erfahrung hatte. Eigentlich durfte er das Ruder nicht aus der Hand geben, sich von seiner Lust treiben lassen und wie ein Hund sehnsüchtig den Mond anbellen, nur weil ihre Brustwarzen die Haare auf seiner Brust streiften.
»Deine Beine gefallen mir«, bemerkte er und blickte auf seinen braunen Handrücken, der über ihre weißen Schenkel strich und das sehnige Fleisch fühlte.
»Danke. Kann ich auch deine Beine sehen, James?«
»Ja, gleich. Lange stehe ich das nicht mehr durch, Jessie.«
Er hob sie mit seinen Armen hoch und trug sie zum Bett. Neben dem Bett stellte er sie auf ihre Beine und zog ihr Nachthemd aus, dann legte er die Hände auf ihre Schultern und drückte sie hinunter, bis sie auf dem Rücken lag. Sie blickte ihn an. Sie war verwirrt, das wußte er, weil ihre Wangen sich beinahe so rot wie ihr Haar gefärbt hatten. Sein Morgenmantel fiel zu Boden. Er war fest entschlossen, dieses Mal behutsamer mit ihr umzugehen, aber sein Fleisch war schwach. Er schaffte es nicht. Voller Begehren kam er über sie und legte sich mit seinem ganzen Gewicht auf sie. »Kein Jungfernhäutchen mehr, Jessie – nur das reinste Vergnügen für dich.« Er streichelte und erforschte sie. Als sie ihre Hände auf seinen Rücken legte, ihre Finger in seine Schultern grub, sie zu seiner Brust wandern ließ, fragte er sich, wie ein vernünftiger, besonnener Mann von einem Augenblick auf den anderen so fordernd werden konnte.
Er wußte, daß sie für ihn bereit war und konnte seine Liebkosungen einfach nicht mehr länger fortsetzen. Er konnte es einfach nicht. Er kam schnell in sie, stieß fest zu und

spürte, wie ihr Fleisch ihn aufnahm, aber es war noch zu eng, so unglaublich eng, daß er seinen Kopf verlor.
Die Erleichterung war machtvoller und überwältigender als mittags am Eßzimmertisch. Er war immer der Meinung gewesen, ein Mann erlebe einen derart heftigen Höhepunkt nur einmal in seiner Ehe, wenn er seine Braut entjungfere. Aber das stimmte nicht. Sein Herz tobte und pochte so laut, daß er bezweifelte, auch nur den kleinsten Laut hören zu können. Er spürte ihre Hände auf seiner Haut, die mit rauhen Handflächen – ebenso rauh wie die seinen – erregt über seinen Rücken strichen.
Er hatte ihr kein Vergnügen bereitet. Wieder nicht.
Nicht schon wieder, dachte er, ich will mich nicht schon wieder bei ihr entschuldigen. Zumindest würde er ihr versprechen, das nächste Mal rücksichtsvoller zu sein. Aber, stellte er bereits schläfrig fest, als die Müdigkeit ihn übermannte, sie würde ja nicht begreifen, wovon er sprach. Was wußte sie über Vergnügen und Lust?
Nicht einen Deut verstand sie davon. Er murmelte einen Fluch, rollte von ihr herunter und riß Decke und Laken mit sich, als er auf dem Rücken neben ihr einschlief.
Jessie lag noch sehr lange da, starrte zur Zimmerdecke hinauf, die in dem gleichen warmen Weiß gestrichen war wie die Wände. Ein schmückender Fries aus Weinreben, Trauben und kleinen Putten lief unterhalb der Decke an den Wänden entlang. Heute war sie zwei Tage verheiratet. James lag wie ein gefällter Baum neben ihr, schnarchte ab und zu und beanspruchte obendrein den größten Teil der ehelichen Liegestatt. Seine Füße waren recht hübsch, dachte sie, und stieg vorsichtig aus dem Bett. Die Schenkel spannten, als sie zur Kommode mit der Waschschüssel ging. Nachdenklich schritt sie zu den hohen Fenstertüren, schob die geschmackvollen, kostbaren Seidenvorhänge zurück und blickte hinaus. Das fahle Mondlicht reichte nicht aus, um den Park zu beleuchten. Er wirkte jetzt dunkel und drohend. Sie ging wieder zum Bett zurück, blieb einen Augen-

blick stehen und betrachtete ihren Ehemann. Wo sollte sie jetzt schlafen? Ihre kurze Abwesenheit hatte sie ihren ohnehin beschränkten Platz im Bett gekostet. Mit weit ausgebreiteten Armen und Beinen beanspruchte er jetzt die gesamte Fläche. Unwillkürlich mußte sie lächeln. Er hatte es genossen, was er mit ihr gemacht hatte, dessen war sie sich ziemlich sicher. Und sie war glücklich darüber. Sanft tippte sie mit dem Finger auf sein Kinn, seine Nase, sein Ohrläppchen. Er war der erste und einzige Mann, dessen Körper sie gesehen hatte, der in ihr gewesen war. Sie würde ihm alles geben, was er wollte.

»Jessie, warum bist du nicht im Bett?«

Sie erschrak so sehr, daß sie einen Satz zurückmachte. »O Gott, du bist wach, James? Natürlich, das sehe ich ja. Ich liege nicht an deiner Seite, weil kein Platz mehr ist.«

»Du hast recht. Zu dumm, ich habe das ganze Bett beschlagnahmt. Komm her, Jessie. Ich möchte dich küssen.«

Er hatte noch ganz andere Dinge mit ihr vor. Abwarten. Sie liebte ihn.

Das undurchdringliche Dunkel der Nacht hüllte sie ein. James erkannte rechtzeitig genug, daß Jessie in der Dunkelheit weniger schamhaft und zurückhaltend war. Dieses Mal würde er seine Sache gut machen. Dieses Mal würde sie ihren Spaß haben. Als er ihren Bauch küßte, erzitterte sie, stemmte die Fersen in die Matratze und wühlte mit den Fingern in seinem Haar. Kurz hob er den Kopf und ermahnte sie. »Jessie, ich möchte dich küssen und lieben, bleibe also ganz ruhig und entspannt.«

»Ja«, sagte sie und zuckte zusammen, als seine Zunge ihren Nabel umrundete. Dann strichen seine Finger ihren Leib hinab und suchten ihr warmes, weiches Nest zwischen den Schenkeln. Alle Scham war vergessen. Sie hob ihre Hüften, fühlte seinen heißen Atem auf ihrer Haut und drängte sich ihm entgegen. Er redete auf sie ein, während er sie küßte, flüsterte ihr Koseworte und Ermunterungen ins Ohr. Sie verstand kaum etwas von dem, was er sagte, aber es erregte sie ungemein, vor allem die Art, wie er die Worte aussprach. Die Gefühle, die er in ihr weckte, kamen einer Offenbarung gleich. Mit einer unerwarteten Heftigkeit brachen sie über sie herein. Sie wollte, daß dieser Taumel niemals endete. Sie hörte sich aufschreien. Es ging weiter und weiter, schraubte sich wie eine Spirale in die Höhe. Sie wußte nicht, daß sie keuchte, an seinem Haar riß, ihre kurzen Nägel in seine Schultern grub – aber James.

James verschaffte ihr alle Wonnen, die er ihr geben konnte. Als er merkte, daß die Leidenschaft nachließ, verlangsamte er den Rhythmus, beruhigte sie, ließ sie zu Atem kommen. Es war wundervoll. Sie gehörte ihm jetzt ganz.

Er lächelte sie in der Dunkelheit an. »Wie war es?«

Sie stöhnte. »Ich sterbe. Ich habe keine Knochen mehr. Ich werde nie mehr gehen können, mich nicht einmal mehr bewegen können.«

»Gut, genau das möchte ein Mann von seiner Frau hören.«

Dann kam er über sie, glitt in sie hinein. Sie war feucht und warm und legte ihre Arme um ihn, und dann war es für ihn in wenigen Augenblicken vorbei.

»Ich bin ein guter Ehemann«, murmelte er, bevor er Kopf an Kopf neben ihr einschlief.

»Tja«, sagte Jessie in die Dunkelheit hinein, »das ist etwas, was ich niemals erwartet hätte.« Sie küßte sein Ohr, sein Kinn. Sie rutschte unter ihm hervor und schmiegte sich an seine Seite. Das war gut, dachte sie, wirklich sehr gut. Gemeinsam schlummerten sie ein.

Auch ein Bombardement aus mehreren Kanonenrohren hätte ihn nicht aufwecken können, das glaubte James jedenfalls, aber er befand sich im Irrtum. Jessies Schrei drang durch sein Hirn. Im gleichen Augenblick pochte sein Herz wie wild. Jessie schrie erneut auf. Es war weniger ein Aufschrei, mehr ein Schrei aus Schmerz und Furcht. Er schüttelte den Kopf und beugte sich über sie. Sie träumte. Er packte sie bei den Schultern, versuchte sie zu wecken, hielt aber sofort inne, als sie die Augen öffnete und gellend

schrie: »Nein! Gehen Sie weg! Nein, Mr. Tom. Fassen Sie mich nicht da an. Nein, nein, hören Sie auf!« Sie schrie wieder. Diesmal aber leise und weinerlich. Dann saß sie senkrecht im Bett.
»Jessie, wach auf, du hast schlecht geträumt.« Er schüttelte sie, aber sie wurde nicht wach. Sie stöhnte wieder, wimmerte, und versuchte sich von ihm zu befreien. »Wach auf, Liebes, du hattest einen Alptraum.«
»James?«
»Ja, hör auf zu zittern, du hast nur schlecht geträumt. Es ist jetzt vorbei.«
»Ja, es ist vorbei«, sagte sie und ließ sich in die Kissen sinken. Er war sich nicht ganz sicher, ob sie tatsächlich wach geworden war. Jedenfalls hatte er sie von diesem furchtbaren Traum befreit. Er öffnete ihren Zopf und fuhr mit den Fingern durch die drei dicken gerippten Stränge und breitete sie auf dem Kopfkissen aus. Sie rührte sich nicht. Ihr Haar war dicht und schwer und lockig.
Ja, sie hatte wunderschönes Haar. Bei der alten Jessie, die er nun so lange kannte, war ihm das nie aufgefallen. Eigentlich kannte er sie viel zu lange, sinnierte er weiter, um sie als ein verführerisches weibliches Wesen zu betrachten, als die Frau, die er im Augenblick um mehr als alles auf der Welt begehrte. Aber er mußte warten. Vielleicht würde er sie morgen nach dem Mittagessen lieben, so daß sie wieder vor Lust schrie.
Kurz bevor der Schlaf ihn wieder einholte, fragte er sich verwundert, wer dieser Mister Tom wohl sein mochte. Was hatte er ihr angetan?

»Jessie, wach auf.«
Mit einem Aufstöhnen entzog sie sich der Hand auf ihrer Schulter und der aufdringlichen Stimme.
»Komm, du mußt aufwachen. Es ist schon spät. So lange hast du noch nie geschlafen. Wach auf.«
Sie zog die Bettücher über den Kopf.

Er zog sie wieder weg. Sie bemerkte, wie das Bett nachgab, als er sich neben sie setzte. »Jessie«, sagte er und küßte ihre Wange und strich ihr die wilden Locken aus der Stirn.
Endlich schlug sie die Augen auf und blickte ihn an. Was war er schön! Was liebte sie ihn! Es war nicht zu ertragen. Natürlich konnte sie es ertragen. Sie dachte an die ungeahnten Wonnen, die er ihr im Dunkel der Nacht bereitet hatte. Jetzt, da das Tageslicht durch die Fenster schien, fiel es ihr schwer, ihn anzusehen, nach allem was vorgefallen war.
James lächelte sie an und konnte seine männliche Genugtuung, ja seinen Triumph, nicht verbergen. Er fühlte sich wunderbar. Er war ausgeruht, befriedigt und gesättigt. Mit der Fingerspitze fuhr er zärtlich ihre Augenbrauen entlang. »Heute, im Laufe des Tages, werde ich dich wieder lieben. Was hältst du davon? Hast du nichts zu sagen? Schon gut, Jessie. Ich will dich nicht schon wieder in Verlegenheit bringen.«
»James.«
Er beugte sich vor und küßte sie. »Guten Morgen«, sagte er und küßte nun ihre Nasenspitze, ihr linkes Ohr, ihr Kinn. »Willst du immer noch nicht aus den Federn steigen? Habe ich dich so erschöpft? Du solltest dich jetzt voller Kraft und Tatendrang fühlen, Jessie, und nicht im Bett liegenbleiben, bis der halbe Tag vergangen ist.«
Sie lächelte ihn an. Die neue Jessie hatte sich wieder gefangen. »Nachdem du mir alles beigebracht hast, was eine verheiratete Frau wissen muß, werde ich auch einiges bei dir wagen.«
»Es gibt noch viel zu lernen, Jessie. Es wird mehr Zeit brauchen, als du denkst, um dir die feinsten Nuancen und Bewegungen zu zeigen, die neue Wonnen schaffen.«
Sie schielte beinahe. »Oh«, brachte sie nur hervor.
»Ich habe dich angelogen. Der halbe Tag ist noch nicht vergangen. Ich wollte nur mit dir frühstücken und besprechen, was wir heute machen. Es ist erst sieben Uhr. Ich habe be-

reits gebadet und bin fertig angezogen. Harlow bringt dir heißes Wasser herauf. Möchtest du, daß Mrs. Catsdoor dir hilft?«

Keiner außer James sollte ihr helfen, aber sie brachte es nicht fertig, ihn zu bitten, ihr den Rücken mit dem Badehandschuh zu schrubben. Im Türrahmen drehte er sich um.

»Oh, Jessie, wer ist Mr. Tom?«

Sie starrte ihn an. Sie wiederholte den Namen so leise, daß er sie kaum verstand. »Mr. Tom?«

»Ja, wer ist das?«

Plötzlich schien Jessie weit entfernt zu sein. Ihre Augen blickten ins Leere, und James hatte den Eindruck, daß ihre Gedanken in die Vergangenheit zurückkehrten. »Ich weiß es nicht«, antwortete sie langsam mit seltsam veränderter Stimme. »Ich weiß nur, daß ich früher immer wieder von ihm träumte, aber dann hörten diese Träume auf. Sonderbar, James. Seit Jahren habe ich nicht mehr von Mr. Tom geträumt. Warum habe ich ausgerechnet in dieser Nacht von ihm geträumt?«

Darauf wußte er keine Antwort. Er kannte sie seit sechs Jahren. Weder sie noch ihre Familie hatten jemals einen Mr. Tom erwähnt.

Der Vormittag zog sich endlos dahin. Eine Minute reihte sich träge an die nächste. Warum ließ der Nachmittag so lange auf sich warten? Insgeheim kannte James den Grund: Er konnte es kaum erwarten, wieder mit ihr zu schlafen.

Die heiße Mittagssonne stand über ihnen, und Jessie wischte sich die Schweißperlen von der Stirn. Jedesmal, wenn sie zu ihrem Ehemann hinübersah und er ihren Blick erwiderte, ahnte sie, an was er dachte. Schließlich wußte er, daß sie nicht einmal einen Hauch von Unterwäsche unter ihrer Kleidung trug. Mit verstärktem Schwung striegelte sie das Pferd weiter.

Als sie James' Lachen hörte, drohte sie ihm mit der Faust. Jeden Morgen übernahmen sie gemeinsam die Pflege der Pferde. Beide waren den Umgang mit Pferden gewohnt und

fühlten sich in der vertrauten Umgebung des Stalles wohl. Jeder wußte, wie er sich zu verhalten hatte und was getan werden mußte. Sie waren sich auf kameradschaftliche Weise nahe, so wie sie es immer gewesen waren, bevor sie ein Liebespaar wurden. Jessie summte ein Liedchen.
Nie wäre sie dem Gedanken verfallen, James liebte sie nur, weil er Spaß daran hatte, mit ihr zu schlafen. Nein, entscheidend für sie war, daß sie eine echte Freundschaft verband. Darauf konnte sie bauen. Sie dachte an das bevorstehende Rennen in York. James hatte beschlossen, Bertram in zwei Durchgängen zu reiten.
Vor dem Mittagessen ritt Jessie mit Selina aus und ließ sie eine Weile galoppieren. Die gleichbleibende Geschwindigkeit und die untadelige Ausdauer des Pferdes überraschten sie. Vermutlich hatte die Stute nicht nur arabisches Blut. Ein reinrassiger Araber hätte niemals Selinas Kondition.
Als Jessie zu den Stallungen zurückkehrte, war ihr klar, daß James am Sonntag kein Rennen bestreiten würde. Er saß am Boden und schickte gotteslästerliche Flüche gen Himmel. Mit einer Hand hielt er sich den Knöchel und mit der anderen drohte er Clothilde, einer honigbraunen Stute.

George Raven traf zwei Stunden später auf Candlethorpe ein. Mrs. Catsdoors Sohn, Harlow, hatte ihn geholt.
»Hallo, Jessie. Was ist mit James passiert? Aus Harlow habe ich keinen zusammenhängenden Satz herausbekommen.«
»Sein Knöchel. Ich glaube nicht, daß er gebrochen ist, aber ich wollte ganz sicher sein, schließlich sind Sie der Arzt.«
Er bedachte sie mit einem hinreißenden Lächeln. George Raven war schlank und sehnig, kleiner als Jessie, und der schönste Mann, dem sie je in ihrem Leben begegnet war. Kein Wunder, daß Marcus es nicht sehr gern sah, wenn er die Duchess aufsuchte.
»Hat ihn ein Pferd getreten?«
»Ja, Clothilde. Ich werde den Eindruck nicht los, daß sie ihn

auslachte, als er fluchend am Boden saß. Sie hatte so einen spöttischen Ausdruck in den Augen.«
»Dann wollen wir mal sehen, wie es ihm geht.«
James weigerte sich, in sein Schlafzimmer zu gehen. Er lehnte in einem zierlichen, blauen Brokatsofa im Salon, und der schmerzende Fuß thronte auf einem mittleren Kissenberg. Der Herr des Hauses war äußerst schlecht gelaunt, wütend und niedergeschlagen zugleich. Jetzt war es endlich Nachmittag geworden, und er saß mit einem höllisch schmerzenden Knöchel im Salon. Die Aussichten, mit Jessie ins Bett zu gehen, schwanden dahin. Hol's der Geier!
»Ich hätte mir ja denken können, daß Jessie außer sich vor Sorge ist und Sie holen läßt. Warum hast du mich nicht vorher gefragt, Jessie? Ah, keine Antwort, hm? Weil du wußtest, ich würde dir sonst eins hinter die Ohren geben. Verdammt noch mal!«
»Wenn man ihn hört, scheint ihm nicht viel zu fehlen. Also, James, lassen Sie jetzt die arme Jessie in Frieden. Sie sind erst drei Tage verheiratet. Sie hat richtig gehandelt. Und jetzt wollen wir sehen, was Clothilde mit Ihnen angerichtet hat.«
»Verflixte Stute. Ich mußte ihr eine Arznei einflößen. Sigmund hielt sie am Zügel, während ich in die Offensive ging. Sie riß sich von Sigmund los und attackierte mich.«
»Clothilde war ziemlich aufgebracht?«
»Sie hat nicht einmal eine Warnung von sich gegeben, bevor sie auf mich losging. Nein, sie trat mit dem Huf aus und erwischte mich voll. Sigmund hat mir soeben ausrichten lassen, daß ihre Kolik überstanden ist. Anscheinend hat sich ihre Galle durch den Tritt wieder beruhigt. Verdammtes Biest! Au! Seien Sie vorsichtig, Sie Quälgeist!«
»Entschuldigung. Jessie hatte recht. Der Knöchel ist nicht gebrochen, danken Sie dem Herrn. Mein guter James, in den nächsten Tagen werden Sie dem Nichtstun frönen müssen. Belasten Sie den Fuß nicht. Sitzen Sie soviel wie möglich, und legen Sie das Bein hoch. Hier ist noch eine Salbe, mit der Jessie den Knöchel einreiben kann. Gegen die

Schmerzen wird das Mittel nicht viel ausrichten, aber es verschafft Ihnen ein Wohlgefühl.«
»Am Sonntag habe ich ein Rennen.«
»Nein, diesen Sonntag bestimmt nicht. Ausgeschlossen. Beschweren oder jammern hilft nichts. Schonen Sie Ihren Knöchel, und laufen Sie so wenig wie möglich. Jessie, wird es Ihnen gelingen, ihn an den Stuhl zu fesseln?«
»Gewiß, auch wenn seine Flüche die Grundmauern erzittern lassen.«
George Raven zog eine Augenbraue hoch. Jessie konnte sich Marcus lebhaft vorstellen, der den Arzt jetzt am liebsten so schnell wie möglich zur Tür hinaus befördert hätte.
»Nach drei Tagen Ehe fluchen Sie bereits in Gegenwart Ihrer Frau?«
James schnaubte. »Sie hätten hören sollen, wie sie mit vierzehn Jahren fluchte!«
»Er hat recht«, wandte Jessie ein. »Eines Tages hörte ich ihn fluchen und bewunderte seinen Einfallsreichtum und seine Wortgewalt. Von da an habe ich mir jedes Schimpfwort gemerkt, das ich von den Stallburschen aufschnappte. Und mein Vater, das muß ich gestehen, trug nicht unerheblich zu meiner Sammlung bei.«
»Und deine Mutter?«
»Werde nicht schnippisch, James, nur weil du schlecht gelaunt bist. Ah, Mrs. Catsdoor, Sie kommen wie gerufen.«
George Raven gab drei Tropfen Laudanum in ein Glas Limonade und reichte es James. »Trinken Sie es ohne zu murren aus. Sie werden nicht einschlafen, aber die Schmerzen in Ihrem Knöchel werden nachlassen.«
James trank das Glas mit einem Zuge leer, wischte sich mit der Hand über den Mund und meinte trotzig: »Ich merke nichts von der Wirkung. Es tut immer noch weh.«
Jessie zog es vor, ihn nicht zu beachten. »Was meine Mutter betrifft«, meinte sie zu George Raven gewandt, »so hat sie mir andere Dinge beigebracht.«
»Zum Beispiel?«

Dr. Raven blickte von einem zum anderen. Sie waren kratzbürstig wie zwei Kinder. Natürlich war James im Augenblick etwas angeschlagen, aber von Jessie, der frischgebackenen Ehefrau, hätte er Händeringen oder leises Wehklagen erwartet, zumindest liebevolles Tätscheln und Streicheln – aber nein, diese beiden benahmen sich wie zwei Menschen, die sich schon lange kennen und nicht gerade in heißer Liebe zueinander entbrannt sind. Er fragte sich, wie die beiden wohl zueinander standen. Weder der Earl noch die Duchess hatten ihm gegenüber oder seiner neuen Frau, Rowenna, Einzelheiten über das junge Paar berichtet. Er lächelte, als er sich aufrichtete. Rowenna hätte ihn liebevoll getröstet, wenn er verletzt gewesen wäre.
»Gehen Sie jetzt, George.«
»Gut, James. Jessie, Sie achten bitte darauf, daß er nicht herumläuft. Er soll sitzen bleiben oder das Bett hüten – nun, letzteres ist nicht unbedingt wörtlich zu nehmen. Jedenfalls, keine Walzer, keine Ausritte. Am Sonntag sehen wir uns wieder. Nicht am Rennplatz in York. Sondern hier.«
»Kommen Sie doch zum Mittagessen, Dr. Raven. Vielleicht in Begleitung von Rowenna?«
Als Jessie wenige Minuten später in den Salon zurückkehrte, musterte James sie von oben bis unten und zog die Stirn in Falten. »Ich sage das nur einmal, Jessie. Du wirst dich nicht wie ein Mann anziehen und Bertram am Sonntag reiten.«
Sie lächelte ihn wie ein Sünderlein an, das aus dem Opferstock ein paar Münzen stiebitzt hatte. »Ich könnte einiges für uns gewinnen, James. Candlethorpe ist innen wie außen sehr hübsch ausgestattet, aber für Marathon brauchen wir Geld. Das Haus hat sehr viel Ähnlichkeit mit einer verwahrlosten Scheune. Wieviel könnte ich in York gewinnen?«
»Nicht genug. Vergiß es.«
»Vielleicht genug, um den Salon neu zu tapezieren?«
»Jessie ...«

»Du siehst höchst eindrucksvoll aus, James. Wie ein elegischer Poet – wie Shelley. Das aufgestützte Bein, die müde Haarlocke auf deiner Stirn, der entrückte Blick ...«
»Versprich es mir. Ich will nicht, daß Sigmund außer sich in den Salon stürmt, weil du samt deiner Reithosen und Bertram verschwunden bist.«
»Ich würde Sigmund mitnehmen. Schließlich weiß ich nicht, wo ich hin muß. Verstehst du?«
»Willst du, daß ich dich an diesen Stuhl fessele? Ich tu es, wenn du es mir nicht sofort hoch und heilig versprichst. Schwöre, daß du am Sonntag nicht nach York gehst.«
Sie lächelte unverschämt. Das unverschämte Lächeln der alten Jessie. Er wollte jetzt nichts dringender, als mit ihr schlafen. Seine Lenden schmerzten mehr als dieser verdammte Knöchel. Bis jetzt war ihm nicht klargeworden, daß die neue Jessie unter den Kleidern die alte Jessie war.

Kapitel 22

Der verrenkte Knöchel verschaffte eine ungewollte Ruhepause. Jessie wußte, daß er mit ihr schlafen wollte – du lieber Himmel, gleich nach dem Essen! Das hatte er ihr mit einem verschmitzten Lachen angekündigt. Aber es sollte nicht sein. Wenn er es jetzt trotzdem auf irgendeine ausgefallene Weise versuchte, würde sie wahrscheinlich bis zu den Zehenspitzen schockiert sein. Sie blickte James aus den Augenwinkeln an. Nein, er würde nicht so weit gehen, sie darum zu bitten. Eigentlich schade, aber auf lange Sicht gesehen, war es für seinen Knöchel besser.

Da James sie zu gut kannte, seufzte er nur tief, drückte ihre Hand und seufzte ein zweites Mal. »Mein Knöchel wird bald verheilt sein«, erklärte er.

»Das will ich auch hoffen.«

»So spricht meine Jessie.« Aber er wollte das, was er an Boden gewonnen hatte, zementieren. Wenn zu viel Zeit verstrich, würde sie ihn vielleicht wieder verwirrt und erstaunt anblicken. Er wollte nicht, daß ihre Gefühle für ihn abkühlten und sie sich ihm entzog und ihn abwies. Verdammt! Sigmund und Harlow hatten ihm die Treppen hinaufgeholfen. Es war Harlows Bitte gewesen, sein Kammerdiener zu werden, und er zeigte sich sehr geschickt, als er ihm beim Auskleiden half und ihn zu Bett brachte.

Jessie hatte sich für diese Hilfeleistung nicht angeboten, und er wollte sie auch nicht darum bitten. Wahrscheinlich war sie überhaupt nicht auf diesen Gedanken gekommen. Mit einem Mann nach den entsprechenden Vorbereitungen ins Bett zu gehen, war einfacher als ihn mit einem Knöchel, der so dick angeschwollen war wie eine Darlington-Melone, zu entkleiden.

Der Knöchel pochte, und sein Magen war mit Mrs. Catsdoors Versuch, eine Suppe aus Zuckererbsen à la Badger zu kreieren, höchst unzufrieden, und zu all dem langweilte er sich. Kurz, er war ein schlechtgelaunter, ungehaltener Patient.
Als er endlich bis zum Hals zugedeckt im Bett lag und Harlow das Schlafzimmer verlassen hatte, rief er: »Du kannst jetzt kommen, Jessie. Ich bin in Decken und Laken verpackt, alles Hervorstehende ist zugedeckt, bis auf meinen verdammten Fuß.«
Sie trat durch die Verbindungstür ein. Er wußte, daß sie im Nebenzimmer auf seine Aufforderung gewartet hatte. Ihr Morgenmantel war ziemlich schlicht, wahrscheinlich gehörte er der alten Jessie.
Er versuchte, einen Funken Interesse in ihrem Gesicht zu erspähen. »Willst du hier mit mir schlafen?«
»Ich habe Angst, ich könnte dich im Schlaf an den Knöchel stoßen.«
»Ich aber nicht. Ich möchte, daß du bei mir schläfst.«
Sie überlegte kurz und wollte den Kopf schütteln, aber er kam ihr zuvor. »Ich könnte dich während der Nacht brauchen.«
Nun nickte sie langsam. Er schloß die Augen, als sie ein weiteres Kissen vorsichtig unter sein Bein schob und mit den Fingern seine große Zehe berührte. »Ist das besser?«
»Besser als was?«
Sie seufzte. »George sagte mir, du würdest schwierig sein. Als Papa vor Jahren eine Verletzung am Schienbein hatte, war ich die einzige, die ihm die Zeit vertrieb. Mutter meinte, er könne in seinem Selbstmitleid ertrinken, es wäre ihr gleichgültig.«
»Das möchte ich nicht. Wieso trägst du diesen gräßlichen Morgenrock?«
»Ich will dich nicht quälen, James. Wenn ich ein Negligé anziehe, das Maggie mir besorgt hat, dann … nun, dann brichst du dir vielleicht den Knöchel, weil du mich haben

willst, und das möchte ich auf keinen Fall auf dem Gewissen haben.«
Er schluckte schwer. »Soll ich dir eine Geschichte erzählen?«
»Nein. Ich bin sehr müde. Ich möchte schlafen. Oh, beinahe hätte ich es vergessen. Dr. Raven sagte, du solltest noch ein Glas Limonade mit Laudanum trinken.«
Etwas anderes würde ihm wohl nicht übrigbleiben. Mit einem Kopfnicken gab er sein Einverständnis. Er wollte nicht wach im Bett liegen, die höllischen Schmerzen spüren und Jessie neben sich atmen hören – nur eine Armlänge entfernt. Nein, lieber der Rückzug ins Vergessen.
Er schlief die Nacht durch. Jessie hatte einen leichten Schlaf und wachte mehrmals auf, aber er gab keinen Schmerzenslaut von sich.

Am darauffolgenden Tag war die Schwellung bereits zurückgegangen. »Vielleicht«, meinte er beim Frühstück zwischen einem Bissen Toast und Schinken, »werde ich morgen Bertram reiten können.«
»Auch nicht in deinen wildesten Phantasien. Nein. Das lasse ich nicht zu, James.«
»Ich bräuchte erst gegen Mitternacht aufzubrechen. Frances, die Countess of Rothermere, hat sich vor ein paar Jahren mit einem Architekten zusammengetan und ein Transportgefährt für Pferde erfunden. Damit kommen die Pferde ausgeruht am Rennplatz an.«
»Das ist genial!« rief Jessie und ließ die Gabel fallen. Sie war Feuer und Flamme. »Wie sieht dieses Gefährt denn aus?«
»Ein geschlossener, schmaler Wagen, der von zwei Pferden gezogen wird. Die Zügel des Pferdes werden rechts und links an einer Halterung festgebunden, das Tier hält still, und ab geht die Post. Der hintere, obere Teil des Wagens ist offen. Für genügend Frischluft ist also gesorgt.«
»Mein Gott, das würde ich gerne sehen. Eine Frau, die Countess of Rothermere, hatte die Idee, sagst du?«

»Ja. Im Gegensatz zur allgemeinen Meinung hatte ihr Mann durchaus nichts dagegen, daß sie diesen glorreichen Einfall hatte und nicht er. Ich habe bereits einige dieser Transporter gesehen.«
»Wenn ich klüger wäre, dann hätte ich vielleicht diese Erfindung gemacht.«
»Du bist klug genug. Sei still. Ich trage mich mit dem Gedanken, selbst ein oder zwei Wagen zu bauen. Dann könnte ich an Rennen teilnehmen, die, sagen wir, in North Carolina stattfinden oder Washington City.«
»Oh, James, das wäre phantastisch! Ich weiß noch, wie wir als Kinder an den Ponyrennen bei Ocracoke teilnahmen. Das war ziemlich weit entfernt. Komisch, seit damals war ich nicht mehr in Ocracoke. Ich glaube, Papa konnte Mutters Klagen über die Mücken nicht mehr mit anhören, die sie ständig stachen. Glenda haben sie auch immer gestochen, aber Nelda und mich nie. Ist das nicht merkwürdig?«
»Es heißt, Mücken beißen nur in saftiges Fleisch.«
»Ich glaube, die Duchess hätte Marcus jetzt die Erbsen mitten ins Gesicht geschleudert, wenn diese Bemerkung aus seinem Munde gekommen wäre.«
Er mochte es, wenn ihre gelockten Strähnen bis zum Kragen ihres blaßgelben Morgenrocks fielen. Die neue Jessie war an diesem Morgen in vollster Blüte.
»Trägst du heute Unterwäsche, nachdem ich nicht in der Lage bin, mit dir diesbezüglich etwas zu unternehmen?« Er hatte sich so vorsichtig wie möglich ausgedrückt.
Die Gabel stieß klirrend an den Tellerrand, als sie auf das hellgelbe Häufchen Rührei blickte. »Nein.«
Er schielte beinahe. Das Klopfen in seinem Knöchel war nichts gegen den plötzlichen Drang in seinen Lenden.
»Du folterst einen kranken Mann.«
Sie neigte den Kopf zur Seite – die Lockensträhne fiel jetzt über ihre Wange – und lächelte ihn an, ein verführerisches Lächeln, ein Lächeln, das Glenda hemmungslos kopiert hätte, wenn sie in den Genuß gekommen wäre, es zu sehen.

»Ich habe darüber nachgedacht, mit was man dir heute eine Freude machen könnte und beschlossen, mit dir eine Spazierfahrt im Landauer zu machen. Wir werden mit der Duchess und Marcus zu Mittag essen. Was hältst du davon?«
Er dachte an seinen armen Knöchel, der zwei Stunden lang bis Chase Park durchgeschüttelt würde und dann wieder weitere zwei Stunden auf dem Rückweg nach Candlethorpe, und nickte gottergeben.
»Gut«, sagte sie, warf die Serviette auf den Tisch und stand auf.
Eine Stunde später saß James gemütlich im Landauer. Sein Bein lag auf einem Kissenstapel und war wie er selbst mit dicken Schnüren rechts und links vom Sitz festgebunden. Vom Durchschütteln war nichts zu merken.
»Frances' Pferdetransportwagen hat mich auf die Idee gebracht. Du weißt doch noch, das Pferd wird mit den Zügeln vertäut, damit es ruhig stehenbleibt?«
Ein leichtes Kopfschütteln war die Antwort, während Jessie Phantom, seinen prächtigen grauen Berber, mit Zungenschnalzen antrieb. Der Hengst wieherte freudig auf und fiel in einen gleichmäßigen Trab.
Aber an diesem Morgen fuhren sie nicht nach Chase Park. Sie waren kaum eine halbe Stunde von Candlethorpe entfernt, als zwei Reiter in Sicht kamen. Es waren die Duchess und Marcus, die dem verletzten Master von Candlethorpe einen Krankenbesuch abstatten wollten.
Inmitten des lauten Lachens über die zufällige Begegnung, der Fragen nach James' Knöchel und der lauthals vorgebrachten Bewunderung über Jessies Erfindungsreichtum, James vor einer holprigen Fahrt zu schützen, bäumte sich Phantom plötzlich wiehernd auf, schüttelte sein mächtiges Haupt und hätte Jessie beinahe die Zügel aus der Hand gerissen.
Geistesgegenwärtig packte James ihre behandschuhten Hände und nahm die Zügel an sich. Halb stehend führte er eine Reihe von höchst sonderbaren Manövern durch,

lenkte Phantom zuerst scharf nach links, dann zog er ihn mit einem Ruck nach rechts. Das wiederholte er dreimal. Schließlich gab Phantom einen großen Seufzer von sich und blieb brav stehen.
»Was sollte das? Wie kannst du es wagen, James, mir die Zügel aus der Hand zu nehmen? Warum? Was war los?«
Marcus beugte sich vor und tätschelte Phantoms Hals. »So ist es brav«, beruhigte er das Tier, und meinte dann zu Jessie gewandt: »James hat Phantom für einen Apfel und ein Ei gekauft. Für ein Paar Handschuhe zahlt die Duchess mehr.«
»Ja«, wandte die Duchess ein, »er hat Phantom seinem Onkel regelrecht abgeluchst, der das Pferd erschießen wollte, weil es seinen Neffen um ein Haar getreten hätte, einen ungezogenen Knirps, dem diese Lektion nicht geschadet hätte.«
James lachte. »Armer alter Phantom! Leider sieht er alles doppelt. Als Marcus und die Duchess ihre Pferde vor uns anhielten, sah Phantom vier Pferde und vier Reiter und meinte, nun sei es an der Zeit umzukehren. Ich habe einiges ausprobiert und fand die Lösung. Ich halte seinen Kopf entweder nach rechts oder links geneigt. Auf diese Weise sieht er Roß und Reiter nicht und kann sie nicht verdoppeln.«
»Es wirkt«, stellte Marcus fest. »Nachdem die Duchess und ich bereits bis hierher gekommen sind, könnten wir gemeinsam nach Candlethorpe reiten und den Tag gemeinsam verbringen.«
»Ihr wußtet von James' Knöchel?« fragte Jessie und ließ James nicht aus den Augen, als er Phantom wendete. Marcus und die Duchess ritten jetzt nicht vorneweg, sondern hielten sich rechts und links vom Landauer.
»George Raven kam gestern nach Chase Park. Anthony hatte sich eingebildet, Marcus' Katze Esmee würde sich gut als Schlafkamerad für Charles eignen und legte sie neben seinen kleinen Bruder. Esmee, die als Mittagsmahl eine ganze Forelle vertilgt hatte, kringelte sich zufrieden neben meinem schlafenden Sohn zusammen. Charles wachte auf und schrie

sich die Lungen aus dem Leib, als er Esmees Kopf nur einen Inch entfernt vor sich sah. Sein Kindermädchen, Molly, stürzte erschrocken zu ihrem Schützling, stolperte, schlug mit dem Kopf auf und blieb bewußtlos liegen. Es geht ihr wieder gut, sie hat nur schlimme Kopfschmerzen. Marcus sah sich gezwungen, Anthony zu bestrafen.«
»Und was hast du gemacht, Marcus?« fragte James interessiert.
Der Earl blickte seine Frau von der Seite an und murmelte: »Er bekam eins auf den Hintern, mußte sich bei Molly entschuldigen, und dann habe ich ihn in sein Schlafzimmer geschickt und Spears aufgetragen, daß er in den nächsten vierzehn Stunden weder essen noch spielen dürfe.«
»Dann haben wir das Haus verlassen. Also kann Spears jetzt Anthonys Strafe nach seinem Gutdünken mildern«, sagte die Duchess. »Das war ein kluger Schachzug von dir, mein Liebster. Ich vermute, sogar Spears war von deiner erzieherischen Härte beeindruckt.«
»Ich bin froh, daß ich nicht erlebe, was Anthony jetzt macht«, gab der Earl lachend zu.
»Und, mein lieber James, wie kam es zu deiner Verletzung?«
»James versuchte Clothilde eine Arznei einzuflößen, und das fand sie gar nicht komisch.«
»Kein Mann oder Tier mag das«, erklärte Marcus. »Es geschieht dir recht, James.«
Die Duchess nahm rasch ihren Reithut ab, ein keckes Etwas mit einem breiten roten Band, und schlug damit nach dem Arm ihres Mannes. »Und du glaubst, eine Frau würde die Medizin mit Freuden nehmen?«
»Ich meinte die Menschen im allgemeinen, und dazu gehören auch die Frauen.«
»Ha!«
Die Bällchen flogen noch eine Weile hin und her, und James stellte erstaunt fest, daß er seinen schmerzenden Knöchel vergessen hatte.

An diesem Abend blieben die Duchess und Marcus in Candlethorpe. Nach dem Abendessen hätte es Mrs. Catsdoor fast die Sprache verschlagen, als die Gäste ihre geschmorten Kalbsfüße und ihren mit Pflaumen gefüllten Vol-au-vent über alle Maßen lobten. Anschließend sangen sie eines der Spottliedchen der Duchess und spielten Whist.
Als James in dieser Nacht auf dem Rücken in ihrem gemeinsamen Bett lag – wobei sein Fuß wieder vorsorglich auf einem Berg aus vier prallen Kissen ruhte – und Jessie gerade die Kerzen ausblasen wollte, stützte er sich soweit es ging auf und sagte: »Jessie, möchtest du einmal etwas anderes versuchen?«
»Was?«
»Vielleicht möchtest du mich ein wenig küssen?«
»Ich weiß nicht recht, James«, meinte sie besorgt, blickte ihn aber aufmerksam an. »Es wäre vielleicht nicht sehr ratsam. Du neigst dazu, die Beherrschung über deine Hände zu verlieren, wenn du mich küßt.«
Er klang verzweifelt. »Ich weiß, aber ich hoffte, du würdest dich vielleicht an meine Anweisungen halten, und wir würden noch einiges mehr tun als uns zu küssen. Du könntest, also, genaugenommen könntest du auf mir sitzen und ...«
»Auf dir sitzen? Warum im Himmel sollte ich auf dir sitzen, James?«
»Nicht nur sitzen. Damit würde nichts erreicht, es sei denn, du liest ein Buch, aber das will ich nicht. Nein, du würdest mich in deine Hände nehmen und ...« Sie sah ihn an, als ob er sie federn und vierteilen wolle. Er verstummte. Das war zu viel für seine Nerven.
Wenn sie doch nur wüßte, was sie tun sollte. Er wollte, daß sie auf ihm sitzt? Noch nie hatte sie eine Stute auf einem Hengst gesehen. Ein faszinierender Gedanke, das mußte man ihm lassen, aber doch nicht mit dem verletzten Knöchel. Nein, das mußte warten. Sie summte vor sich hin, löschte die Kerzen aus und stieg zu ihm ins Bett. Sie wünschte, das Bett wäre breiter. Sie konnte seine Wärme,

jede seiner Bewegungen spüren. Als seine Hand ihre Seite berührte, zuckte sie zusammen.

»Halte meine Hand, Jessie«, sagte er, und sie tat es.

Beim Einschlafen streichelte sie seine rauhen Finger.

James lag länger wach, als ihm recht war. Irgendwie hatte er sich vorgestellt, Jessie würde sich bereitwilliger zeigen, neue Liebesmethoden zu versuchen. Bei Gott, sie war wagemutiger und selbstsicherer, als es für eine Frau gut war. Stets war sie neugierig auf neue Erfahrungen und Abenteuer, sie neckte ihn, machte sich über ihn lustig und, verdammt noch mal, auf dem Rennplatz war sie rücksichtsloser als er, und – sie war mutig genug gewesen, ihm die aufdringliche Glenda vom Leibe zu halten.

Aber sie war keinesfalls bereit gewesen, sich auf ihn zu setzen. Dumm war sie nicht. Gewiß konnte sie sich vorstellen, was sie zu tun hatte. Nie hätte er gedacht, daß eine scheue Jessie ihm einmal Probleme machen würde.

Sein Knöchel pochte. Zum Glück setzte langsam die Wirkung des Laudanums ein und erleichterte ihm das Einschlafen. Dafür war er dankbar.

Am Nachmittag des folgenden Tages traf Badger mit einem Kutschwagen ein, der genug Nahrungsmittel enthielt, um das Dorf Tugleigh einschließlich Candlethorpe zu verpflegen.

Anstatt bescheiden im Hintergrund zu bleiben, tat Mrs. Catsdoor so, als ob ein König ihr die Ehre seines Besuches erwies. Sie schrie entzückt auf und preßte die Hände an ihren wallenden Busen ob all dieser kulinarischen Köstlichkeiten. »Oh, Mr. Badger, wenn dies nicht Ihr unbeschreibliches Entenragout ist! Und dazu Ihre unnachahmliche Zwiebelsauce. Riechen Sie den herrlichen Duft des frischen Basilikums! Ah, und der Pudding aus schwarzen Johannisbeeren, einer von Master James' Lieblingsdesserts! Oh, Sie sind wunderbar, Sir, ein Genie, ein Meister, ein ...«

»Bitte, Mrs. Catsdoor«, unterbrach der Earl die Lobeshymne, »Badger ist bereits Chef der Küche auf Chase Park. Ich bin froh, wenn ich ihn nicht auch noch zum Chef des Hauses befördern muß.«
Badger erlaubte sich die höfliche Bemerkung, daß er an dieser Beförderung nicht im geringsten interessiert sei, obwohl er einige Vorschläge hätte, die Mr. Crittaker, der Sekretär des Earls, beherzigen sollte. Mrs. Catsdoors überschwengliches Lob nahm Badger gelassener entgegen. Als James in die Diele humpelte, sagte er: »Ich habe mir erlaubt, Ihnen etwas ganz Besonderes mitzubringen, Master James. Ein Wickel, der Ihren Knöchel innerhalb von einer Stunde wieder zur normalen Größe schrumpfen läßt. Dr. Raven versteht sich ausgezeichnet aufs Knochenflicken und das Auskurieren von Magenschmerzen, aber er versteht nichts von Tinkturen, die Entzündungen abschwellen lassen. Setzen Sie sich, Master James. Mylord, wenn Sie bitte sein Bein festhalten, damit ich den Wickel umlegen kann ...«
Der Earl hob eine Augenbraue und blickten seinen Koch fragend an. Zu James gewandt meinte er: »Was tue ich nicht alles für dich, James ... Ich hoffe, du weißt es mir zu danken.«
Die dickflüssige Mixtur roch überraschend süß und erinnerte an Zucker, der mit Eiern und Sahne verschlagen war. James lehnte sich zurück, schloß die Augen und sagte: »Wenn diese Paste eine Stunde lang auf meinem Knöchel lag, Badger, bringen Sie mir dann bitte einen Löffel?«

Kapitel 23

Am darauffolgenden Morgen war die Schwellung an James' Knöchel so weit abgeklungen, daß er Badger behilflich war, die geleerten Töpfe, Terrinen und Schüsseln des üppigen Mahls, das der geniale Koch nach Candlethorpe gebracht hatte, wieder in den Wagen zu laden. Formvollendet half er der Duchess beim Aufsitzen und gab ihr mit einem gewinnenden Lächeln einen Handkuß, wobei er insgeheim auf das eifersüchtige Grollen seines Freundes wartete. Und das kam dann auch. Fast im gleichen Augenblick zischte ihm Marcus zu, er werde ihn erwürgen, wenn der Fuß wieder ganz verheilt sei.

Jessie und er winkten den Freunden noch lange nach, bis sie hinter den ehrwürdigen Buchen am Ende der Auffahrt verschwunden waren. James rieb sich die Hände. Er war voller Kraft und Tatendrang. Die verlorenen zwei Tage mußten nachgeholt werden. Überrascht stellte er fest, daß er Jessie beim Frühstück wie ein Wolf beäugt hatte, der einen Winter lang nichts gefressen hatte.

Sie plauderte dahin und schien seine zunehmende Lust nicht zu bemerken. James konnte nicht länger warten. Jetzt wußte er, was heute an erster Stelle auf seinem Tagesplan stand.

»... Was hältst du davon, wenn wir uns auch ein Pfauenpärchen zulegten, James? Ein Pfau wie Fred wäre doch lustig. Stell dir vor, er versucht ebenso verzweifelt seine Angebetete zu erobern.«

»Jessie, du kannst vierzehn Freds haben, wenn du willst. Aber sei jetzt still, iß dein Frühstück auf, und kümmere dich dann um mich.«

»Was kann ich für dich tun?« fragte sie unschuldig.

Sie sah verdammt verführerisch aus mit den roten Korkenziehern, die auf- und abwippten, wenn sie den Kopf zur Seite neigte.
»Das wirst du noch sehen. Bist du jetzt fertig?«
Sie legte die Serviette auf den Tisch und lächelte ihn an. »Ja, ich bin fertig.«
»Dann folge mir nach oben.«
Zu ihrem gemeinsamen Schlafzimmer rannten sie um die Wette. Natürlich war sie schneller, da er mit seinem verletzten Knöchel nicht fest auftreten konnte. Sie stand bereits in der Mitte des weiträumigen Zimmers, als er hereinkam, die Tür zuschlug und den Schlüssel im Schloß umdrehte. »So«, sagte er und blickte sie mit grimmiger Entschlossenheit an.
Zitternd hielt sie ihm die Handflächen entgegen, als ob sie ihn abwehren wollte. »O Gott, James. Es ist Vormittag! Es regnet nicht einmal, um das Zimmer dunkler zu machen. Die Sonne scheint. Du hast doch keine fleischlichen Gelüste, oder? Dein armer, armer Knöchel muß dir doch höllisch zu schaffen machen!«
»Ja, du Hexlein«, knurrte er und nahm ihr Gesicht in seine Hände. »Na, und?«
Sie blickte ihn an und lächelte wie eine Frau, die genau weiß, was sie tut, und die weiß, daß sie es gut machen wird.
Er küßte sie und ließ sie los. »Jessie, du bist verführerisch. Im Vergleich zu dir kann dir Glenda nicht das Wasser reichen. Du bist unbeschreiblich aufregend. Es fehlt nicht viel, und du bringst mich um meinen Verstand. Du weißt sehr wohl, daß ich seit Clothildes Tritt an nichts anderes mehr denke, als dir das Kleid vom Leibe zu reißen und dich zu küssen, bis du aufschreist und die Fersen in die Matratze stemmst.
Ah, das hat dich getroffen? Dann bist du doch nicht so kühl wie du denkst! Zwei Tage hattest du nicht das Vergnügen, von mir geliebt zu werden, und heute bin ich fest entschlossen, dich zum Äußersten zu bringen, bis du

stöhnst und nicht mehr weißt, ob es Tag oder Nacht ist. Kein Geplänkel mehr. Zieh dich aus.«

Das Herz schlug gegen ihre Rippen. Sie liebte ihn, und es war ihr gleichgültig, wenn er nicht so tief und innig empfand wie sie für ihn. Er beobachtete sie, und sie spürte ein warmes, fremdes Drängen, das sich in ihrem Leib ausbreitete. Daß es für die Menschen – für Frauen wie Männer – so etwas Angenehmes gab, hätte sie nicht für möglich gehalten. Sie hatte bisher geglaubt, Männer seien schlecht, weil sie gewissenlos waren. Aber sie mußte sich eingestehen, daß sie sich im Augenblick gewissenloser als ein Mann mit drei Mätressen vorkam.

Er wollte sie. Der Rest war belanglos. Es war Vormittag, und er wollte, daß sie sich auszog. Gut.

Die Dinge nahmen ihren Lauf. Scheu trat sie ein paar Schritte zurück. Sollte er denken, daß sie schüchtern sei. Mit zitternden Händen zog sie das Kleid aus – und das hatte nichts mit Schüchternheit zu tun. Sie stand vor ihm, bis er sie an sich zog und sie küßte. Dann führte er sie zum Bett. Er schien tausend Hände zu haben. Sie streichelten ihre Brüste, umschlossen ihre Taille, strichen über Schenkel, Arme und Bauch. Dann küßte er ihren Nabel und wanderte mit den Lippen zu dem weichen, rot gelockten Dreieck zwischen ihren Schenkeln. Unwillkürlich schrie sie auf.

Und das war erst der Anfang. Er drang in sie ein, tiefer und tiefer, und ein wildes Heben und Senken riß sie unaufhaltsam mit. Sie keuchte und stöhnte, biß und kratzte und verlor sich in dem Strudel der Gefühle, in den er sie hineinzog. Die alte Jessie und die neue Jessie – sie kannte den Unterschied nicht. War das noch wichtig? Als das Feuer in ihrem Leib sie zu verzehren drohte, bog sie ihm unwillkürlich ihre Hüften entgegen. Genau darauf hatte er gewartet. Jessie verschränkte die Knöchel hinter seinem Rücken. Sie wollte ihn so tief in sich haben, daß sie nicht mehr wußte, wo sie anfing und er aufhörte. Dieses Mal war er sehr beherrscht

und brachte sie an den Rand des Wahnsinns. Sie rief seinen Namen, preßte ihn an sich und hörte ihn lachen und stöhnen.
Endlich erleichterte sich James. Sein Kopf fiel zur Seite, sein Atem ging hart und stoßweise. Nachdem er sich ein wenig erholt hatte, blickte er in ihre verschleierten Augen. »Verdammt noch mal, Jessie, du wirst mich noch unter die Erde bringen, bevor ich dreißig bin.«
»Ein Versprechen?« fragte sie scherzend und schmiegte sich an ihn. Ihr Kopf ruhte an seiner Schulter, ihre Hand auf seinem Bauch. »Ich möchte dir etwas gestehen«, fuhr sie fort und atmete warm an seiner Haut. »Es war wunderschön, James. Ich habe mich wie ein Stern gefühlt, der am Himmel explodiert. Du hast mich zur Frau gemacht, James. Ich bin erfüllt und unendlich glücklich.«
Er rollte sie auf den Rücken, strich das wirre Haar glatt und wickelte eine Haarsträhne um den Finger. »Ein Stern, der am Himmel explodiert? Habe ich richtig gehört?«
»Ja, mit weißen, sprühenden Funken und süßen, sündigen Gefühlen. Ich habe mich nach dir gesehnt, James, und du hast mir alles gegeben.«
»Ich habe dich zur Frau gemacht? Dich erfüllt? Unendlich glücklich gemacht?«
»Oh, ja. Du bist ein wunderbarer Liebhaber, James. Du bist männlicher als jeder Mann, der mir begegnet ist, was natürlich nicht heißt, daß ich vor dir einen Mann näher gekannt habe. Ich bin sehr glücklich.« Sie lächelte ihn selig an.
Mit einer sanften Bewegung strich er über ihre Stirn und ihre Wangen, ließ seine Fingerspitzen den Hals hinabgleiten und berührte ihre Brust. Ihre Haut war schneeweiß. Genußvoll wanderten seine Augen ihren schmalen schlanken Körper entlang, ruhten auf dem flachen Bauch, den süßen roten Löckchen zwischen den Schenkeln, den langgestreckten Beinen. Flüchtig kam ihm die alte Jessie in den Sinn, und er lachte über sich. Dann schloß er seine Hände

um ihr Kehle und drückte spielerisch zu. »Du bist ein verführerisches Hexlein, Jessie Wyndham. Tatsache ist, daß ich dich zum Toben und Schreien gebracht habe und daß deine Hände und dein Mund nette Dinge mit mir getrieben haben, aber das ist nicht genug. Du bist noch eine Anfängerin auf diesem Gebiet, aber sehr gelehrig. Mein Gott, du begreifst schnell wie ein aufmerksamer Schüler. Aber Schluß damit. Auch wenn du jetzt müde bist und so tust, als ob es Nacht wäre, stehen wir jetzt auf. An die Arbeit, meine Liebe. Es gibt genug in den Ställen zu tun.«
Während er in seine schwarzen Reitstiefel stieg, plante er bereits das Thema für die nächste Unterrichtsstunde.

»Mehr Salz, bitte, Mrs. Catsdoor. Ja, so schmeckt es besser. Das müßte reichen.« James legte den Suppenlöffel aus der Hand. Die Schinkensuppe war gut gewürzt.
»Aber ich verstehe nicht, Master James, ich ...«
»Ich möchte meiner Frau das Essen servieren, Mrs. Catsdoor. Sie und Harlow können jetzt zu Tisch gehen.«
Auf seinem Weg in das Eßzimmer salzte James die Suppe noch kräftig nach. »Ah, da bist du, Jessie. Betrachte mich als deinen ergebensten Diener. Suppe, meine Liebe? Mrs. Catsdoor hat sich große Mühe gegeben. Ja, eine volle Schale für dich. Dazu ein Glas von meinem besten Port. Er ist stark, ich weiß, aber er paßt vorzüglich zu der Schinkensuppe. Übrigens ein Rezept von Badger.«
Er beobachtete sie, als sie den Löffel zum Munde führte.
»Sie ist ziemlich gesalzen«, bemerkte sie, nahm ihr Weinglas und trank einen kräftigen Schluck. »Gibt Badger tatsächlich so viel Salz hinein?«
»Oh, ja. Er meint, der Schinken entwickle dadurch sein typisches Aroma. Noch etwas Port, Jessie?«
Fünfzehn Minuten später hatte sie vergessen, daß er kaum etwas von der Suppe zu sich genommen hatte. »Mein Magen verträgt keinen Schinken«, hatte er als Erklärung angegeben.

Er lehnte sich im Stuhl zurück, verschränkte die Hände über dem Bauch und sah zu, wie sie abwechselnd die Suppe löffelte und am sündig roten Port nippte, während er Wasser trank und einen Kanten warmes Brot verspeiste.
»Habe ich dir schon erzählt, wie ich Margaret Tittlemore einen Kuß raubte? In der elterlichen Scheune, mit einem Kalb zu meinen Füßen?«
»Magaret Tittlemore? Du lieber Himmel, James, sie ist jetzt verheiratet und hat vier Kinder! Du hast sie geküßt?«
»Wir waren beide vierzehn, und das muß man ihr lassen, Jessie, sie hatte einen hübschen Mund, rosenrot mit vollen Lippen. Jedenfalls, nach dem Kuß verpaßte sie mir eine Ohrfeige, nicht sehr fest, weil sie den Kuß wollte, aber kräftig genug, um mich aus dem Gleichgewicht zu bringen. Ich fiel auf das Kalb, das Kalb blökte laut und brachte die Kuhmutter auf den Plan. Diese wiederum stieß mich in den Bauch und beförderte mich rücklings in einen Heuhaufen. Unglücklicherweise hatte einer der Stallknechte versäumt, die Gabel wegzustellen, und das hatte wiederum zur Folge, daß ich mitten auf den Zacken landete. Zwei Monate lang zierten vier nicht sehr ruhmvolle Löcher mein Hinterteil.«
Sie lachte herzlich, trank noch einen Schluck Port und hatte nichts dagegen, als James das leere Glas wiederauffüllte. Sie trank auch dieses Glas aus. »Und was hat Margaret gemacht?«
»Das gute Mädchen stand daneben und bog sich vor Lachen. Ich mag Margaret trotzdem. Sie ist eine gute Ehefrau geworden und hat gesunde, wohlgeratene Kinder zur Welt gebracht.«
Jessie konnte nicht mit dem Lachen aufhören. Sie trank noch mehr Port, und er schaute zufrieden zu und zählte die Gläser, die sie bereits getrunken hatte. Dieses Mal wollte er aber auf keinen Fall, daß sie am nächsten Tag einen Kater hatte. James erhob sich, ging um den Tisch herum und zog ihren Stuhl ein wenig zurück und legte rechts und links von ihr eine Hand auf die Armlehne. Dann beugte er sich über

sie und legte die Lippen auf ihren Mund. »Wie fühlst du dich, Jessie?«
»Himmlisch. Oh, James, deine Zunge kitzelt mich an meiner Oberlippe. Mach es noch einmal.« Sie kicherte, und ihr warmer Atem raubte ihm die Sinne. Sie seufzte tief, als er sie erneut küßte und diesmal die Zunge zwischen ihre Lippen gleiten ließ.
Als er sie die breite Treppe hinauftrug, küßte er ihr Ohrläppchen, auch wenn er wußte, daß Mrs. Catsdoor sie beobachtete. »Wie fühlst du dich, Jessie?«
»Ich möchte dich küssen«, hauchte sie und hielt sich plötzlich an seinen Schultern fest, um sich aufzurichten. Die unvorhergesehene Gewichtsverlagerung ließ ihn schwanken, und er hätte beinahe wieder das Gleichgewicht verloren.
»In einer Sekunde kannst du alles tun, wonach dir gelüstet«, erklärte er und nahm zwei Stufen auf einmal, schließlich mußte er das Eisen schmieden, solange es heiß war.
Als er sie entkleidet hatte und sie auf dem breiten Bett lag, entledigte er sich rasch seiner eigenen Kleidung und kam zu ihr. Der warme, weiche Körper und ihre zarte Umarmung gaben ihm ein Vorgefühl der kommenden Wonnen.
»James«, flüsterte sie und schloß in süßer Erwartung die Augen. Er küßte sie, legte sich auf sie und preßte sich an ihren Bauch.
»Langsam, langsam.« Sie liebte es, wenn er ihre Brüste küßte und seine stopplige Wange an ihrer weichen Haut rieb. Sie lachte hell auf und biß ihn übermütig in den Hals. Lachend bog er ihren Nacken zurück und bedeckte ihren Hals mit kleinen Küssen und Bissen. Sie quietschte, kicherte und juchzte vor Vergnügen. »Ich will, daß du wieder die sprühenden Funken siehst. Daß du aufschreist und mir sagst, du wärst eine Frau und hättest einen Zipfel des Himmels erhascht.«
»So viel soll ich sagen?«
»Ja.«
Sie betrachtete ihn mit einem Augenzwinkern, küßte ihn

und flüsterte in seinen Mund: »Ich weiß, ich hätte dir wahrscheinlich nicht erzählen sollen, wie wunderbar du bist, aber es ist wahr. Du bist fabelhaft, James, einfach umwerfend. Tief in meinem Bauch schmerzt es, sehnt es sich nach dir, und ich möchte, daß es nie aufhört. Liebe mich wieder, James, liebe mich so wie das letzte Mal. Ah, sehe ich da schon die ersten Funken?«

»Schrei, Jessie, schrei.«

Er küßte ihren Mund, ihre Brüste und drang in sie ein, ohne seine Küsse zu unterbrechen. Als sie sich ihm mit einem Aufschrei entgegendrängte, wußte er, daß er der glücklichste Mann unter der Sonne war. Sie tobte vor Lust, schlang die Beine um ihn, klammerte sich mit jeder Faser ihres Leibes an ihn, als ob sie ohne ihn verloren wäre. Er gab ihr alles, was er ihr geben konnte, und als er sich in ihr ergoß, stöhnte sie und flüsterte: »Du bist für mich geschaffen, James. Nur für mich.«

Er stimmte ihr zu, konnte aber nicht lange darüber nachdenken. Die Lust riß ihn mit sich fort, spülte ihn in sie hinein, daß er wie ein waidwundes Tier aufstöhnte. Als es vorbei war, sank er auf ihr zusammen.

»James?«

Er war halbtot. Er wollte nicht reden. Er wollte nicht denken. Er wollte Atem schöpfen, um am Leben zu bleiben. Er war wild und ungestüm gewesen, und ihr hatte es gefallen. Ihre Stimme war jetzt einschmeichelnd und voller Zärtlichkeit. Er dachte an die leisen, gurgelnden, keuchenden Laute, die er ihr entlockt hatte und kostete die erlebten Wonnen nach. Beide hatten sie ihren Verstand verloren. Der Port hatte Wunder gewirkt und seine kühnsten Träume übertroffen.

Er hatte Jessie für selige Augenblicke die Welt vergessen lassen. Er konnte sich glücklich schätzen.

»James?«

Wie brachte sie es fertig, jetzt ein Wort zu reden? Er hatte seinen Verstand noch nicht zurückgewonnen, und sie lag unter ihm und sprach seinen Namen aus, als ob es das Einfachste der Welt wäre. Vermutlich erwartete sie jetzt eine Antwort von ihm, aber ein leises Grunzen war das einzige, was er zustande brachte.

Sie kicherte. »Ich fühle mich himmlisch. Was ist mit dir los? Habe ich dich zu sehr strapaziert, hm? Ah, James, hast du die hellen Funken gesehen? Fühlst du dich als Mann erfüllt? Wirst du mich ein Leben lang verehren?«

Er stöhnte, versuchte sich auf die Arme zu stützen, um sie von seinem Gewicht zu befreien, sank aber wieder zusammen.

»Ich muß darüber nachdenken. Laß mir etwas Zeit.«

Sie schlang die Arme um ihn und sagte: »Ich bin beschwipst, nicht beschwipst wie an unserem Hochzeitstag, aber beschwipst genug, um dir zu sagen, daß ein Hengst, der eine Stute gedeckt hat, nicht so viel Spaß daran hat wie ich, wenn ich dich in mir fühle. Ah ... also, wenn ich noch ein Glas Port – oder auch zwei – getrunken hätte, würde ich mich jetzt deutlicher ausdrücken.«

»Du hast dich deutlich genug ausgedrückt. Deine Mutter würde dich schelten, und Glenda würde dir eine Ohrfeige geben. Und meine Mutter, nun, ich weiß nicht, was sie tun würde.«

»Du redest«, kommentierte sie und lachte, als sie sein Ohr küßte.

»Du redest wie ein Wasserfall. Dein Herz schlägt nicht mehr so schnell, James.«

»Also werde ich am Leben bleiben. Ich war dem Tode nahe, aber nun bin ich ziemlich sicher, daß ich ihn überwunden habe.«

Endlich gelang es ihm, sich auf den Ellenbogen abzustützen. Er blickte in ihr Gesicht, das er seit sechs Jahren kannte. Es gehörte einmal einem kleinen Mädchen, aber das hatte sich geändert. Sie war eine Frau geworden. Sie war seine Frau.

»Dein Gesichtsausdruck hat mir ungeheuer gefallen, Jessie, in dem Augenblick, in dem du deinen Höhepunkt hattest. Du hast verwundert, ängstlich und zugleich begierig ausgesehen, und schienst dir zu wünschen, daß das, was wir erleben, immer wieder und wieder geschehen möge. Und das wird es, Jessie. So wird es immer zwischen uns sein.«

»Und du hast auch nicht dagelegen wie ein toter Hund, James. Wahrscheinlich hast du ebensoviel Spaß gehabt wie ich.«

Er küßte sie. »Bin ich ein guter Liebhaber?«

»Der beste. Und bin ich deine beste Geliebte?«

Kaum waren die Worte ausgesprochen, bereute sie, daß sie ungebeten über ihre Lippen gekommen waren. Töricht, sie war überaus töricht. Jetzt würde er lügen oder ihr die Wahrheit sagen, und letzteres war bestimmt schlimmer. Sie dachte an Connie Maxwell, an die unzähligen Frauen, die er gekannt hatte, einschließlich seiner ersten Frau Alicia. Warum konnte sie ihren Mund nicht halten?

Er blickte sie nachdenklich an und legte sich etwas bequemer zurecht. Er war immer noch in ihr. Die Haare auf seiner Brust kitzelten sie. »Das ist schwierig zu beantworten«, meinte er ernst und knabberte verspielt an ihrem Ohrläppchen. »Du weißt noch nicht sehr viel, aber deine Begeisterung ist ohrenbetäubend. Mein Trommelfell vibriert immer noch, aber deine Schreie haben mir gefallen.«

»Ich kann mich nicht erinnern, daß ich geschrien habe.«

»Du bist eine schlechte Lügnerin, Jessie. Laß es lieber. Ich spüre dich gern. Jeden Tag, jeden Abend, vielleicht auch nach dem Tee, oder vor dem Mittagessen ...«

Der Anfang konnte nicht besser sein, dachte sie. »Du hast mich absichtlich beschwipst gemacht, nicht wahr?«

»Du wirst mir viel zu schnell nüchtern. Ja, ich wollte, daß du unter mir zerschmilzt, Jessie, und so war es auch. Es läßt sich nicht leugnen, daß ich gleichzeitig mit dir geschmolzen bin, und das bedeutet wiederum, daß wir gut zueinander

passen. Ich höre dich gern kichern und lachen. Die Liebe sollte Spaß machen. Ich möchte, daß du immer Spaß daran hast.«
»Du hast die Schinkensuppe versalzen.«
»Ja.«
»Wird mir morgen wieder sterbenselend sein?«
»Nein, dieses Mal hast du nicht so viel getrunken. Ich habe aufgepaßt.«
»Du bist noch in mir.« Zärtlich schlang sie die Arme um seinen Hals und küßte ihn.
James wurde wieder hart und bewegte sich in ihr. Sie hob ihre Hüften, so daß er tiefer in sie kam.
»Jessie, willst du mich noch einmal?«
»Ich glaube schon, James. Denn morgen, mein Lieber, wird es dir leid tun, daß du mich überlistet hast.«
»Wenn du mich morgen bestrafen willst, dann schenke mir die Nacht«, murmelte er, senkte den Kopf und küßte sie. Er küßte sie weiter, auch als er sich in ihr bewegte. Wieder ging ein wahrer Funkenregen über das Paar nieder. Selbstvergessen versanken sie in einen seligen Schlaf.
Ein markerschütternder Schrei weckte ihn auf. Er schnellte im Bett hoch und schüttelte sich. Noch ein Schrei. Es war Jessie, die wieder einen Alptraum hatte. »Jessie«, rief er und packte sie sacht bei den Schultern. Die Dämmerung war bereits hereingebrochen, und er konnte ihr angstverzerrtes Gesicht sehen. Sie schrie wieder.
»Jessie, wach auf!«
Ihre Augen blieben geschlossen. Ruckartig bewegte sich der Kopf auf dem Kissen hin und her. Dann sagte sie klar und deutlich: »Nein! Gehen Sie weg. Aufhören, Mr. Tom! O Gott, nein, tun Sie das nicht!«
Aber das war nicht Jessies Stimme. Nun, es war ihre Stimme, aber die Stimme aus ihrer Kindheit, die wie in der ersten Nacht entsetzt und angstvoll klang.
»Jessie!«
Er schüttelte sie, bis sie die Augen öffnete. Sie blickte ihn

an, aber sie erkannte ihn nicht, sondern versuchte ihm auszuweichen.

»Nein, Jessie, ich bin es. Alles ist vorbei. Du hattest einen Alptraum. Es ist alles wieder gut. Ich bin bei dir. Ich bin James.«

»Natürlich bist du James. Glaubst du, ich bin dumm?«

Das war seine Jessie. Gott sei Dank!

»Du hast wieder diesen Traum geträumt. Nein, bleib wach, Jessie. Wir müssen uns darüber unterhalten. Wer war dieser Mr. Tom? Du hörtest dich wie ein kleines Mädchen an, dem man etwas antut. Wollte er dich vergewaltigen, Jessie?«

»Oh, James«, flüsterte sie und war im nächsten Augenblick tief eingeschlafen. Er blickte auf sie hinab, strich ihr über die Stirn und küßte ihren weichen Mund.

»Morgen«, sagte er drohend, »morgen möchte ich alles über diesen Mistkerl wissen.«

Aber am kommenden Morgen versetzte Bertram der Stute Esmeralda einen bösen Tritt, weil sie ihn in die Kruppe gebissen hatte. Lautes Wiehern, Hufgetrampel und berstendes Holz hatten die Stallknechte alarmiert.

In Sekundenschnelle steckte James in den Stiefeln und raste zu den Stallungen, während Jessie noch mit ihren Kleidern kämpfte.

Jessie traute ihren Ohren nicht. »Wer ist hier, Mrs. Catsdoor?«

»Baron Hughes, Mrs. James. Eine junge Dame ist in seiner Begleitung.« Die Haushälterin sagte dies mit einem warnenden Ton in der Stimme, und Jessie ahnte, daß Verdruß im Anzug war.

»Ich glaube, uns bleibt keine andere Wahl. Führen Sie die beiden herein, Mrs. Catsdoor. Ist Master James in der Nähe?«

»Ich schicke Harlow nach ihm. Ich werde Tee und ein paar Scheiben von Mr. Badgers Zitronenkuchen servieren.«

Baron Hughes stand in der Tür zum Salon und blickte sie an, als ob er sie standrechtlich erschießen wollte. Mit einer angedeuteten Verbeugung begrüßte er sie. »Guten Tag, Mrs. Wyndham. Ich möchte Ihnen meine Nichte, Laura Frothingill vorstellen, die Tochter meines jüngeren Bruders.«
Laura Frothingill musterte sie eingehend.
»Sie kommen aus den Kolonien«, sagte sie mit abfälligem Unterton.
»Ja, genau wie James.«
»James hat feinstes englisches Blut in den Adern. Unter seinen Vorfahren gibt es keinen dubiosen Mischling«, ließ sich der Baron herablassend vernehmen.
»Stört es Sie nicht, Sir, sich mit einem Mischling im gleichen Raum zu befinden?«
»Versuchen Sie nicht, mit mir Schlitten zu fahren, Missie!«
»Wie Sie meinen. Möchten Sie nicht eintreten und mir verraten, warum Sie Ihre Zeit dafür opfern, nach Candlethorpe zu kommen?«
Ich möchte Laura vor Augen führen, *was* den Platz meiner geliebten Alica eingenommen hat.«
Der Baron erinnerte sie jetzt an einen Vollblüter ihres Vaters, dem das Blut in die Augen schoß, wenn ihm ein anderes Rennpferd zu nahe kam.
Sie war also ein Was und kein Wer. Und wenn schon.
Sie lächelte und reichte Laura Frothingill ihre gebräunte Hand. Nun, Jessies Hände waren nicht weiß wie Lilien, aber Miss Frothingill starrte auf diese Hand, als ob sie aussätzig sei.
Jessie zog die Hand zurück und sagte statt dessen freundlich: »Sie sehen entzückend aus, Miss Frothingill.«
»Wenn James Laura vor Ihnen kennengelernt hätte, wäre sie jetzt seine Frau.«
»Das bezweifle ich«, sagte Jessie in unverändert freundlichem Ton. »Bestimmt nicht, wenn er vorhin diesen Ausdruck in Miss Frothingills Gesicht gesehen hätte.«
»Was meinen Sie damit? Ich bin schön!«

»Nicht in dem Moment. Sie sahen aus wie eine bissige Stute, die vor Wut in einen Zaun gerät, sich das Bein bricht und erschossen werden muß.«

»Halten Sie den Mund, Sie verdammtes Flittchen!«

»Oh, diese Geschichte kam mir gerade in den Sinn.« Jessies Stimme klang unverändert freundlich, als sie fortfuhr: »Das ist mein Haus. Ihr Benehmen ist unverschämt. Ich wünsche, daß Sie jetzt beide gehen.«

»Nicht bevor James meine liebe Laura gesehen hat.«

»Ah, das ist also der Grund Ihres Besuches. James soll es bedauern, daß er mich geheiratet hat?«

»Das wird er, zum Teufel noch mal! Und er wird sich Ihretwegen etwas einfallen lassen.«

»Nun, angenommen, Sie haben recht, Sir. Was sollte er mit mir machen? Sich scheiden lassen? Oder mich erwürgen?«

Der Baron knirschte buchstäblich mit den Zähnen. Laura Frothingill blickte plötzlich etwas betreten drein.

»Onkel Lyndon«, piepste sie und zupfte ihn am Ärmel, »laß uns bitte bitte gehen. Sie hat recht. Wir können hier wirklich nichts ausrichten.«

»Verdammt noch mal, du sollst ihn nicht haben, du mieses Flittchen! Das lasse ich nicht zu, hast du mich verstanden? Ich bringe dich eigenhändig um!«

Mit ausgestreckten Händen stürzte er sich auf sie. Laura schrie gellend auf. Jessie sprang zur Seite, war aber nicht schnell genug. In meinem eigenen Salon, dachte sie, als sich seine Hände um ihre Kehle schlossen, in meinem eigenen Salon werde ich erwürgt. Für sein Alter war ihr Gegner ziemlich kräftig, aber Jessie gab nicht so schnell auf. Laura ließ den nächsten spitzen Schrei los.

Jessie bekam nur noch schwer Luft. Der furchtbare Druck auf der Kehle ließ nicht nach. Mit letzter Kraft hob sie die Handflächen und ließ sie auf seine Ohren klatschen. Er gab einen gurgelnden Laut von sich und preßte seine Hände an die Ohren. Bevor er zurücktaumelte, schlug er mit der Faust zu. Der Hieb traf Jessie an den Schläfen und schleu-

derte sie gegen den Kamin. Jessies Kopf schlug an der steinern Umrandung auf.
James vernahm drei schreckliche Schreie, einer lauter als der vorhergehende. Dann hörte er Mrs. Catsdoors zornige Stimme, die vom Salon herkam. »Seien Sie still, Sie dummes Ding! Was haben Sie mit meiner jungen Herrin gemacht?«
Was für eine junge Herrin? Um Gottes willen, Jessie!

Kapitel 24

James stürzte in den Salon und sah, wie Mrs. Catsdoor eine ihm völlig unbekannte junge Frau ohrfeigte und sich dann mit hochrotem Kopf dem Baron zuwandte. Was zum Teufel hatte sein Schwiegervater hier zu suchen? Wer war die junge Frau, die sich die Lungen aus dem Leibe schrie? »Und Sie, Sir«, brüllte Mrs. Catsdoor und hielt ihm ihre Faust vor das Gesicht, »Sie sind dafür verantwortlich. Ich hätte keinen von Ihnen in das Haus lassen dürfen. Sie sind böse, Sir, einfach böse. Meine Herrin kann nichts dafür, daß Ihre Tochter gestorben ist, überhaupt nichts dafür, und trotzdem geben Sie ihr die Schuld und attackieren sie. Allmächtiger, sehen Sie sich meine arme Missie an! Hoffentlich haben Sie meine kleine Herrin nicht umgebracht!«

Die Stimme des Barons zitterte vor Wut und vor Schmerz. »So ein verdammtes Luder! Hat mich tätlich angegriffen. Ein gemeiner Trick von ihr, gleichzeitig auf beide Ohren zu schlagen, aber das hätte ich mir denken können, schließlich ist sie keine Dame. So etwas wissen nur liederliche Frauenzimmer, die aus der Gosse kommen. Also, ich werde ...«

James sah Jessie zusammengekrümmt vor dem Kamin liegen, rannte zu ihr, kniete sich neben sie und tastete die anschwellende Beule an ihrem Hinterkopf ab. Mit zwei Fingern fühlte er den Puls am Hals. Kräftig und gleichmäßig, dem Herrn sei Dank! Dann befühlte er fachmännisch ihre Beine und Arme. Es war nichts gebrochen.

Für einen Augenblick schloß er die Augen, sammelte sich und versuchte, eins und eins zusammenzuzählen. Seine Frau lag bewußtlos vor dem Kamin; sein ehemaliger

Schwiegervater blickte haßerfüllt auf Jessie. Langsam erhob er sich. Mrs. Catsdoor, Gott segne ihr treues Herz, stand dem Baron gegenüber. Nur das kostbare Silbertablett – ein Hochzeitsgeschenk des Barons an seine Tochter, eines von vielen, wie auch Candlethorpe – trennte die beiden voneinander.

»Halten Sie den Mund, wer immer Sie sein mögen«, fuhr James die junge Dame an, die gerade zum nächsten Schrei ansetzte und sich die Wange hielt, auf der Mrs. Catsdoors Ohrfeige eine brennend rote Spur hinterlassen hatte. Die leise, aber drohend ausgesprochene Aufforderung verfehlte ihre Wirkung nicht. Augenblicklich schloß sie den Mund und starrte ihn angstvoll an.

»Sie hat versucht, Onkel Lyndon umzubringen.«

»Ohne Erfolg, wie ich sehe. Und jetzt kein Wort mehr. Wer immer Sie sind, Sie setzen sich jetzt dort auf den Stuhl und rühren sich nicht von der Stelle.« Dann wandte er sich an seine Haushälterin. »Mrs. Catsdoor, ich bedanke mich, daß Sie diese Herrschaften in die Schranken gewiesen haben. Harlow soll sofort nach York reiten und Dr. Raven holen. Mrs. Wyndham hat sich am Kopf verletzt. Der Puls geht regelmäßig, und sie scheint sich nichts gebrochen zu haben. Die Beule am Kopf ist allerdings erheblich.«

»James, es war nicht meine Absicht, daß sie zu Schaden kommt«, erklärte Baron Hughes und trat einen Schritt zurück, als er Wut in den Augen seines ehemaligen Schwiegersohns aufflackern sah. Er hatte James noch nie wütend gesehen. Es war ein Schlag für ihn, daß der Gatte seiner verstorbenen Tochter wegen dieser kleinen Schlampe so außer sich geraten konnte, dieser verdammten Amerikanerin, die ein Nichts war, weniger als ein Nichts.

»Natürlich wolltest du ihr etwas antun«, sagte James und war froh, daß er so ruhig und beherrscht blieb. »Jetzt höre mir gut zu, Lyndon. Du trauerst um Alicia. Das tue ich auch. Sie fehlt dir und sie fehlt auch mir. Ihr Tod war tragisch, aber wir konnten nichts tun, um ihn zu verhindern.

Sie ist tot, Lyndon, und niemand kann sie wieder lebendig machen. Es sind jetzt mehr als drei Jahre vergangen, und ich habe mich wiederverheiratet – mit einer Frau meiner Wahl –, und damit mußt du dich abfinden.«
»Es gehen Gerüchte um, James, daß du sie heiraten mußtest, weil sie dich verführt hat. Sie ist nichts wert. Sie ist ein Flittchen. Ich habe Laura für dich ausgewählt. Sieh dir das Mädchen an, James. Sie ist eine Schönheit. Sie ist die Tochter meines Bruders, sie heißt Laura Frothingill. Ihre Mitgift kann sich sehen lassen. Sie ist liebenswert – schau sie dir wenigstens an. Es ist die junge Frau, die der alte Drache geohrfeigt hat. Ich habe sie für dich bewahrt. Du mußt sie kennenlernen. Sie ist eine Dame.
Sie würde dein Heim zieren, dir Erben schenken, dich mit Witz und Geist unterhalten – das versicherte mir jedenfalls ihre Mutter.
Die Frau, die dort am Boden liegt, hat dich nicht verdient. Vergleiche sie mit der wunderschönen Laura. Sieh dir doch das scheußlich rote Haar an. Es sieht billig und vulgär aus. Lauras Haar hingegen ist fein und glatt. Außerdem ist sie nackend im Teich geschwommen. Nein, nein, nicht meine Laura, sondern die dort. Nur ein Flittchen tut so etwas, nur ein Flittchen kann wissen, daß man jemanden mit einem kräftigen Schlag auf die Ohrmuscheln außer Gefecht setzt.«
James wurde plötzlich sehr betrübt. »Ich glaube, mehr gibt es nicht dazu zu sagen.« Er seufzte tief, trat einen Schritt vor und ließ seine Faust auf die Kinnlade des Barons krachen.
Baron Hughes sackte lautlos in sich zusammen. Laura kreischte wieder, hörte aber sofort beim hohen C auf, als Mrs. Catsdoor wie eine Furie in den Salon stürmte.
Laura wimmerte leise, als sie ihn fragte: »Haben Sie ihn umgebracht, weil er Ihre Frau geschlagen hat?«
»Seien Sie nicht töricht, Laura. Sie haben doch nichts dagegen, wenn ich Sie Laura nenne. Miss Frothingill wäre unter

diesen verrückten Umständen wohl etwas zu theatralisch, finden Sie nicht auch?«

»Ich bitte sogar darum, daß Sie mich so nennen. Wenn wir geheiratet hätten, würden Sie mich sowieso mit Laura anreden. Die meisten Männer reden ihre Ehefrauen doch mit dem Vornamen an, nicht wahr? Verzeihen Sie, wenn ich so zimperlich war, aber Gewalttätigkeiten schockieren und ängstigen mich. Glauben Sie mir, ich war nicht darauf gefaßt. Alles kam völlig überraschend für mich. Mein Onkel bat mich, ihn nach Candlethorpe zu begleiten, zu einem kurzen Besuch, meinte er, und ich willigte ein. Alicia hat es hier nicht gefallen, und daher war ich neugierig auf Candlethorpe. Außerdem wollte ich wissen, wie Sie hier leben, das ist alles, das schwöre ich. Ich hatte keine Ahnung, daß mein Onkel Ihre Frau umbringen wollte.«

»Es ist gut. Lassen wir es dabei bleiben. Vermutlich werde ich Sie nie wiedersehen, Laura.« Er nickte ihr kurz zu und wandte sich dann an seine Haushälterin. »Danke, Mrs. Catsdoor. Sie haben uns sehr geholfen. Ich werde Jessie jetzt hinauftragen und zu Bett bringen.«

»Und ich werde die beiden Herrschaften hinauskomplimentieren, sobald sich der Baron erholt hat. Und Miss Frothingill bitte ich, sich um ihren Onkel zu kümmern, damit sie etwas Nützlicheres zu tun hat, als das ganze Haus zusammenzuschreien.«

Was hatte Laura Frothingill gemeint, fragte sich James, während er Jessie die breite, geschwungene Treppe hinauftrug, als sie sagte, Alicia hätte es in Candlethorpe nicht gefallen? Alicia schien hier glücklich gewesen zu sein, bis sie ihm sagte, daß sie ein Kind von ihm erwarte, wenige Wochen nach ihrer Hochzeit, zu wenige Wochen ... Aber jetzt wollte er nicht weiter darüber nachdenken.

Jessie wog schwer in seinen Armen. Kopf und Gliedmaßen hingen leblos herab. Nach dem Sturz waren kaum zehn Minuten vergangen. Warum wachte sie nicht auf?

James tupfte Jessies Gesicht mit einem kühlen, feuchten Leinentuch ab. Nun waren fast fünfundzwanzig Minuten vergangen, und sie war immer noch nicht bei Bewußtsein. Etwas stimmte nicht. James erinnerte sich an einen Jockey, der vor zwei Jahren bei einem Rennen in York am Kopf verletzt wurde. Sein Puls war kräftig und gleichmäßig wie bei Jessie, und jeder war erleichtert. Nur wachte er nie wieder auf. James' Magen zog sich schmerzhaft zusammen. Er hatte plötzlich Angst.
Schließlich erhob er sich vom Bett, reckte sich und ging zu den Fenstern hinüber. Kein Zeichen von Dr. Raven. Eine Stunde würde mindestens noch bis zu seinem Eintreffen verstreichen. Dunkle Wolkenberge zogen von Osten her auf. Es würde bald regnen. Er drehte sich zum Bett um und sah, daß Jessie die linke Hand bewegte. Sie ballte sie zur Faust.
»Jessie?« Seine Erleichterung war unbeschreiblich. Ein tonnenschwerer Stein fiel von seinem Herzen. »Jessie?« rief er wieder und beugte sich über sie.
Ihre Augen blieben geschlossen, und der Kopf bewegte sich auf dem Kissen unruhig hin und her. Dann sagte sie klar und deutlich: »Ich habe furchtbare Kopfschmerzen. Es ist alles so unangenehm, und dieser Mann ist ein Brechmittel.«
»Ja, da hast du recht.« Sie schloß die Augen wieder. Er lehnte sich über sie und schrie ihr ins Gesicht.
»Jessie!«
Er schüttelte sie wie ein Wahnsinniger, bis sie die Augen öffnete. Sie blickte ihn an. Er schien sehr weit weg zu sein. Sonderbar verschwommen schwebte seine Gestalt über ihr. Die Umrisse waren unscharf, nur das blonde Haar war deutlich zu erkennen. Es ringelte sich in blonden Locken um seinen Kopf. Wie ein Engel im strahlenden Himmelslicht, dachte sie. War sie gestorben? War sie im Himmel? Aber seine Augen waren so grün wie das Moos, das neben den Teichen hinter den Stallungen ihres Vaters wuchs. Je-

der Mensch weiß, daß Engel blaue Augen haben. Ausgerechnet dieser Engel hatte grüne Augen. Augen, die den Betrachter wie Magnete anzogen, ihn unbeschreiblich glücklich machten und ihm Frieden verhießen. Ja, die Augen dieses Engels waren grün. Sie waren sanft und weich und tief. Sie kniff die Augen zusammen und versuchte ihn klarer zu sehen. »James? Bist du es? Nein, das kannst du nicht sein. Ich bin gestorben, und du bist ein Engel. Darum schwebst du über mir. Du bist ein wunderschöner Engel, aber sterben möchte ich trotzdem nicht. Nie würde ich James deinetwegen verlassen, außerdem habe ich furchtbare Kopfschmerzen.«

»Wenn du Kopfschmerzen hast, dann bist du nicht tot. Das siehst du doch ein?«

»Ja.« Sie versuchte die Hand zum Kopf zu bewegen, brachte es aber nicht zustande. Zwei dicke Tränen quollen aus ihren Augen und rollten die Wangen hinunter. »Du sprichst nicht wie ein Engel, aber du bist trotzdem hier mit deinen blonden Haaren und den grünen Augen, und ich weiß nicht, was ich davon halten soll.«

»Dann bin ich im Vorteil. Nein, nicht bewegen, Jessie. Ich weiß, es tut weh, Liebling. Bleib bitte ganz ruhig liegen. Kannst du mich jetzt deutlicher sehen?«

»Ja, besser. Du bist kein Engel, aber du hast Liebling zu mir gesagt. Ich glaube nicht, daß Engel so persönlich werden dürfen. Liebling. Das finde ich schön. Liebling hat noch nie jemand zu mir gesagt.«

Er legte das feuchte Tuch auf ihre Stirn. Wieder zog sich sein Magen schmerzhaft zusammen. Noch keiner hatte Liebling zu ihr gesagt? Das ergab keinen Sinn. Sie war freundlich, gut und liebenswert … »Nein, ich bin kein Engel. Wenn du mir nicht glaubst, frage meine Mutter. Ich sage Liebling zu dir, und wenn du willst, sagte ich das zu dir, so lange du lebst. Hilft das ein wenig?«

»Ja«, wisperte sie und schloß die Augen wieder.

James kannte sich aus und wußte, daß sie jetzt nicht ein-

schlafen durfte. »Jessie, komm, Liebling, du darfst jetzt nicht einschlafen.«
Mit einem Löffel flößte er ihr Tee ein, um sie wach zu halten. Nach der halben Tasse wurde ihr übel. Er hielt ihren Kopf, während sie sich übergab.
»Spüle deinen Mund aus. So ist es gut. Besser?«
Sie nickte schwach. Die Schmerzen wurden unerträglich. Ein schwerer Hammer schien ihre Schädeldecke zu bearbeiten.
»Habe ich diesen schrecklichen Baron zu Boden gestreckt?«
»Nicht ganz. Du hast ihm zwei ordentliche Schläge verpaßt, aber ich mußte noch ein wenig nachhelfen, und so ließ ich meine Faust auf seinem Kinn landen. Der Arme ging auf unserem wunderschönen Axminster-Teppich zu Boden, ein Hochzeitsgeschenk der Hawksburys. Hoffentlich hat Mrs. Catsdoor Sigmund gebeten, die beiden vor die Türe zu setzen.«
»Er ist ein sehr unglücklicher Mensch.«
»Das mag sein, aber das gibt ihm nicht das Recht, dich anzugreifen.«
»Er hat mich gewürgt. Ich habe einen Trick angewandt, den Oslow mir einmal beigebracht hat. Ich schlug ihn mit beiden Handflächen kräftig gegen die Ohren.«
»Du hast ihm gehörig weh getan. Es sah aus, als ob er weinen wollte. Das hast du gut gemacht, Jessie. Es tut mir leid, daß ich nicht eher zur Stelle war.« Er würde ihr später erzählen, daß der Baron sie eine vulgäre Person genannt hatte, weil es ihr gelungen war, sich aus seinem Würgegriff zu befreien.
»Ist er verheiratet?«
»Ja. Im letzten Frühjahr habe ich seine Frau in Tutleigh getroffen, sie kaufte meterweise Bänder bei der Putzmacherin. Sie schien erfreut, mich wiederzusehen. Sie war immer nett zu mir. Ich bin sicher, daß sie nichts von seinem Vorhaben wußte.« Er redete Unsinn, aber irgendwie mußte er

ihre Aufmerksamkeit erregen, damit sie nicht einschlief. »Ich glaube, sie hat nur grünes Band gekauft. In der Farbe meiner Augen, meinte sie.«
»Du hast wirklich selten schöne Augen, James. Die Duchess erzählte mir, die bedeutenden Wyndhams wären alle blauäugig gewesen, bis auf dich. Sie meinte, deine grünen Augen brächten endlich einmal etwas Abwechslung ins Spiel.«
»Die Abwechslung habe ich immer geliebt. Wenn du erlaubst, werde ich bis an unser Lebensende für Abwechslung sorgen.«
Das klang verdächtig nach Beständigkeit, aber Jessie wollte jetzt nicht länger darüber nachdenken, da sie ihre vier Sinne noch nicht beisammen hatte. »Als Mrs. Catsdoor die beiden hereinführte, wußte ich, daß es Ärger geben würde. Entschuldige, James.«
»Ich bitte dich, Jessie, das ist doch nicht dein Fehler. Meinst du, du kannst dich wach halten und wirst nicht einschlafen? Nun? Ich glaube, dann werde ich dir lieber eine Geschichte erzählen, die ich von Oswald gehört habe.«
»Wahrscheinlich kenne ich sie bereits.«
»Dann wirst du sie ein zweites Mal hören. Halte die Augen offen, am besten, du hältst sie fest auf mein Engelsgesicht geheftet. Ich werde dir sogar mit meinen grünen Augen zuzwinkern. Paß auf, wenn ich zu schweben anfange. Also, das erste Vollblut, das von England nach Amerika ging, war Bulle Rock. Wußtest du das?«
»Für wie dumm hältst du mich? Natürlich weiß ich das.«
»Aha, aber weißt du, von wem Bulle Rock abstammt?«
»Oh, du lieber Himmel, die Kopfschmerzen sind furchtbar, James, so schlimm, daß ich alles Gelernte vergessen habe.«
Er küßte ihre Nasenspitze. »Ich weiß, daß dir der Kopf weh tut, aber im Augenblick dient dir das als willkommene Entschuldigung. Mir kannst du nichts vormachen. Bulle Rocks Vater war der berühmte Darley Arabian, der 1700 zur Welt kam und einer der drei Stammväter ist.«

»Das glaube ich dir nicht. Du hast dir das ausgedacht.«
»Nein. Siehst du, wie schnell du dich verunsichern läßt? Nein, mach jetzt nicht die Augen zu, Jessie. Warte, noch eine Frage. Wußtest du, daß Charles I. – bevor er enthauptet wurde – Newmarket 1634 den ersten Gold Cup stiftete? Jessie, verdammt noch mal, schlaf nicht ein!«
»Gold Cups sind schön. Ich besitze mehr als du, James. Also, zumindest mein Papa.«
»Aber höchstens ein paar mehr, und glaube ja nicht, daß sie alle aus Gold sind. Ehrlich gesagt, keiner ist es, jedenfalls keiner von meinen.«
»Vor einigen Jahren ließ Mutter einen Pokal einschmelzen, um einen finanziellen Engpaß zu überbrücken.«
»Oh«, sagte James trocken. »Wer hat ihn für euch eingeschmolzen?«
Leider hatte Jessies Gedächtnis hier wieder einen kleinen Ausfall. Geschickt umging sie seine Frage. »Vielleicht hat Nelda deswegen Bramen Carlysle geheiratet. Sie hatte Angst, wieder arm zu sein, und er ist sehr vermögend.«
Als Dr. Raven eintraf, zählte Jessie gerade die Finger, die James hochhielt.
»Sie kann alles wieder deutlich erkennen«, begrüßte ihn James. »Sie hat sich erbrochen, aber der Magen hat sich wieder beruhigt. Ihre Gedanken schweifen manchmal noch ab, aber auch das hat sich gebessert.«
»Ausgezeichnet«, sagte George Raven, gab James ein Zeichen sich zu erheben und nahm seinen Platz ein. »Hallo, Mrs. Wyndham«, begrüßte er seine junge Patientin, während er ihre Lider hochschob. Dann tastete er vorsichtig den Hinterkopf ab. »Eine anständige Beule. Harlow erklärte mir, Sie hätten sich den Kopf an der Kamineinfassung verletzt?«
Sie nickte.
Mit geschlossenen Augen umrundete er mit den Fingerspitzen die Verletzung. »Es wird eine Weile dauern, bis die Schwellung zurückgeht, Mrs. Wyndham.«

»Sagen Sie doch bitte Jessie zu mir. Alle tun das, auch Anthony. Die Pferde würden es sogar tun, wenn sie die Sprache der Menschen beherrschten.«
»Da wir von Anthony sprechen, er hat gerade sein erstes Liedchen verfaßt. Seine Mutter hat es mir stolz erzählt. Es ist wirklich sehr witzig und klug und handelt von seinem Vater, der eine Rede vor dem Oberhaus hält, bei der ein Lord nach dem anderen einschläft.«
»Marcus fand den Text vermutlich nicht so klug und witzig wie die Duchess?« fragte James.
»Schwer zu sagen«, meinte Dr. Raven. »Er nahm Anthony unter den Arm und erklärte ihm, er werde ihn jetzt in den Teich werfen. Also, Jessie, das werden Sie jetzt in den kommenden drei Tagen beachten ...«

»Ich mag es nicht, James.«
»Ich weiß. Trink es.«
Widerwillig schluckte sie den braunen Sud hinunter, der laut Mrs. Catsdoor nach einem Rezept von Mr. Badger zubereitet worden war, und ließ sich mit einem ergebenen Seufzer in die Kissen sinken. »Das schmeckt ja grauenvoller als die Brühe, die ich bei meinem Kater trinken mußte.«
»Mr. Badger sagte, er verabreiche es dem Grafen, wenn er gereizt und nervös ist«, erklärte Mrs. Catsdoor. »Er sagte, seine Lordschaft sei dann für wenigstens eine Stunde fromm und sanft wie ein Lamm. Und jetzt werden Sie ein leichtes Süppchen essen, Mrs. James.«
Jessie löffelte artig ihre Suppen, gähnte ausgiebig und schlief an jenem Abend punkt acht Uhr an James' Seite ein. Um acht Uhr fünfundvierzig zuckte James erschrocken zusammen, als er ihre Finger auf seinem Bauch spürte. Erstaunt blickte er zu ihr hinüber und legte sein Buch beiseite. Ihre Augen waren geschlossen. Sie schien tief und fest zu schlafen. Trotzdem wanderten ihre Finger jetzt ein wenig tiefer zu seinen Lenden. James stieß pfeifend die Luft aus. Sie berührte ihn und strei-

chelte ihn. Und das tat sie mitten im Schlaf? Trotz ihrer Verletzung? Nun, sie hätte einen heftigen Schlag auf den Kopf bekommen, das war es. Sie wußte nicht, was sie tat. Schließlich konnte sie nicht ahnen, was sie damit anrichtete ... Er stöhnte auf. Es war nicht mehr auszuhalten. »Jessie, du mußt damit aufhören. Mein, Gott, das ist wunderbar.«
»Dann höre ich nicht auf.«
Beinahe hätte es ihn aus dem Bett gerissen. Der Schock, unvermutet ihre Stimme zu hören, ließ ihn zusammenfahren.
»Jessie, du kleines Hexlein.«
»Ja, vielleicht. Darauf habe ich schon länger gewartet, James. Gefällt es dir?«
»Du bist krank. Mein Gott, es ist himmlisch. Du mußt dich schonen. Du solltest mich jetzt nicht verrückt machen, Jessie. Oh, Jessie, hör nicht auf. Hör nicht auf.« Er stöhnte.
»Nein, ich höre nicht auf. Meine Kopfschmerzen sind nicht mehr so schlimm, nicht schlimm genug, um tatenlos neben dir einzuschlafen.«
»Trotzdem, du bist krank, Jessie. Hör auf. Ich werde zu dir kommen, und dann brauchst du nicht aufzuhören, oh, Jessie.«
Er packte sie bei den Hüften und zog sie auf sich. Es war mittlerweile neun Uhr geworden, und das junge Paar liebte sich unter einem funkensprühenden Himmelszelt.
Befriedigt und satt lag sie auf ihm und atmete warm an seinem Hals. Er war noch in ihr.
»Du bist krank«, brachte er nach einer Weile hervor, als er drei Worte aneinanderreihen konnte.
»Ja, aber mir geht es jetzt viel besser.«
»Du warst wunderbar, Jessie. Es war unbeschreiblich schön.«
»Ja«, sagte sie und küßte die kleine Mulde unterhalb seines Halses, murmelte seinen Namen und schlief ein.
Er lag noch lange wach, streichelte ihren Rücken und ihren Po.

Die alte Jessie, die neue Jessie – was spielte das für eine Rolle. Sie war seine Jessie.
Er wußte nicht, wann er eingeschlafen war, aber es schien, als ob nur drei Sekunden vergangen waren, als er durch einen markerschütternden Schrei aufschreckte.
Verdammt, war Laura zurückgekommen?
Es war Jessie, die mit den Armen um sich schlug und gellend schrie. Dann schluchzte und wimmerte sie und gab furchtbare, gurgelnde Laute von sich, die sein Blut erstarren ließen.
Als sie von ihm heruntergliitt, packte er sie bei den Schultern und schüttelte sie, bis sie still war. »Jessie«, sagte er, küßte sie und schüttelte sie wieder.
Endlich öffnete sie die Augen, starrte ihn verängstigt an und schrie wieder.
»Nein, nein, ich bin es doch, James. Alles ist gut.«
»James«, hauchte sie. Großer Gott, dachte er, sie sprach wieder mit dieser dünnen hohen Kinderstimme. Er merkte, wie sich die Haare an seinem Hinterkopf aufstellten. Diese Kinderstimme sagte jetzt: »Ich kenne keinen James. Wer bist du? Warum bist du hier?«
»Ich passe auf dich auf. Du bist schwer gestürzt und hast dich am Kopf geschlagen.«
»Oh, du bist ein Arzt?«
»Ja, vielleicht bin ich das im Augenblick.« Erkannte sie ihn nicht? War das Kind in sie geschlüpft und wollte in ihr bleiben?
»Dr. James. Das hört sich komisch an.«
»Kannst du mir sagen, was du letzte Nacht geträumt hast?« Er versuchte langsam und sehr liebevoll wie ein Vater zu sprechen, der sein verängstigtes Kind beruhigen und trösten möchte.
Plötzlich riß sich Jessie von ihm los. Sie schlug auf seine Brust ein und zerkratzte seine Wangen, bevor er ihre Arme zu fassen bekam und an den Seiten festhielt. In ihren Augen stand die Angst eines Menschen, der in die Enge getrieben

wurde. »Nein, nein«, wimmerte sie immer wieder. »Lassen Sie mich los! Tun Sie das nicht, es ist schrecklich, aufhören, aufhören.« Diese flehende Kinderstimme erschütterte ihn. Allmählich hatten sich seine Augen an die Dunkelheit gewöhnt. Er sah Schatten und Umrisse. Langsam sagte er: »Dir ist etwas Furchtbares zugestoßen, Jessie. Hat es mit Mr. Tom zu tun?«
Sie wich ihm aus und blickte ihn an, als ob er sie schlagen oder umbringen wollte. Er gab ihre Hände frei. Sofort kreuzte sie die Arme schützend über ihrem Kopf, rutschte bis an den äußersten Bettrand, zog die Knie an die Brust und kauerte sich zusammen, um sich klein und unsichtbar zu machen.
»Es ist gut«, sagte er leise und beruhigend. Es überraschte ihn, daß er zu ihr wie zu einem Kind sprach, nicht wie zu einer Frau.
»Es wird alles wieder gut. Schlaf jetzt. Ich bin bei dir und lasse dich nicht allein. Schlaf jetzt.«
Schluchzend, die Faust halb in ihrem Mund, schlief sie ein. Er wagte es nicht, sie zu berühren oder aufzuwecken. Wenn sie aufwachte, würde sie dann sie selbst sein oder das verängstigte Kind?
Er wartete, bis sie in einen tiefen Schlaf versunken war, dann zog er sie dicht an sich heran. In dieser Nacht suchte sie kein Alptraum mehr heim, jedenfalls keiner, der sie in das schreckliche Erlebnis ihrer Kindheit zurückversetzte. Ihm fiel auf, daß sie diesen schrecklichen Traum jedesmal träumte, nachdem sie sich geliebt hatten.

Als Jessie am nächsten Morgen aufwachte, einem trüben Morgen, an dem der Regen gegen die Fenster klatschte und der Wind die Äste der alten Eichen gegen die Hausmauer peitschte, öffnete sie die Augen und erkannte James, der neben ihr saß und gar nicht wie ein Engel aussah, sondern wie ein übernächtigter, besorgter Mann. Aber Jessies Gedanken befaßten sich jetzt mit anderen Dingen. Zum ersten Mal hatten ihre Alpträume ihr Gedächtnis erreicht. Sie saß aufrecht im Bett und wandte sich ihrem Mann zu. »James, Mr. Tom war ein bösartiger Mensch. Aber ich träume nicht nur von ihm, James. Es ist Blackbeard. Ich träume von diesem schwarzbärtigen Piraten.«

Kapitel 25

»Spears«, fragte der Earl of Chase seinen Kammerdiener, der den schlafenden Charles wohlwollend betrachtete, »was halten Sie von diesem Unsinn über Blackbeard? George Raven konnte herzlich wenig dazu sagen. Schön, er kannte die Vorgeschichte nicht, aber ich glaube, es mangelt ihm auch an Phantasie. Er hat sich ausgiebig über diesen Schurken ausgelassen, nur um dann die bereits bekannte Tatsache festzustellen, daß Jessie die Erinnerung an ihn zehn Jahre lang verdrängt hatte.«

Spears räusperte sich: »Der Seeräuber Blackbeard, wie er sich selbst nannte, hieß mit richtigem Namen Edward Teach. Offensichtlich trat er im Vorfeld der gegenwärtigen Sachlage in Erscheinung, wenn Sie wissen, was ich damit meine.«

»Nein, das weiß ich nicht, aber für Sie war das nie ein Hinderungsgrund, mit Ihren Behauptungen fortzufahren. Reden Sie weiter, Spears.«

»Ja, Mylord. Ich habe mich ausführlicher mit Dr. Raven unterhalten. Allem Anschein nach hatte Jessie keine Vision, sondern erinnerte sich an eine schreckliche Begebenheit, die sich tatsächlich in ihrer Kindheit ereignete und die sie später aus ihrem Gedächtnis verbannte. James war der einzige, dem sie sich anvertraute. Gleich nach diesem entsetzlichen Erlebnis wurde sie krank. Als sie wieder gesund war, erinnerte sie sich an nichts mehr. Mr. Badger teilt meine Meinung. Er glaubt, daß ein Kind verdrängt und vergißt, um unbelastet weiterleben zu können. Miss Maggie ist da anderer Auffassung. Sie glaubt, daß Jessies Fieber wie ein Schlag auf den Kopf wirkte und sie alles vergessen ließ. Der erneute Schlag auf den Kopf, so meint Miss Maggie, brachte die Erinnerung wieder zurück.«

»Was hält Sampson davon?« fragte die Duchess und legte ein weißes, liebevoll besticktes Hemdchen beiseite. Es würde durch Charles' entsetzliches Sabbern innerhalb weniger Minuten vollkommen verschmutzt sein, hatte der Graf erklärt.
Nach seiner Ansicht gefragt, meinte Mr. Sampson, er glaube nicht, daß eines von beiden eine Rolle spiele. Viel wichtiger sei, daß Miss Jessie mehr über Blackbeard erzähle, und warum ihm diese Bedeutung zukomme, und inwiefern er in diesen schrecklichen Vorfall aus ihrer Kindheit verwickelt sei. Wie Mylord wissen, umgeht Mr. Sampson stets ablenkendes Beiwerk und kommt schnurstracks zum Kern der Sache.
Die Duchess bewegte nicht einmal ein Augenlid, als Esmee, die Katze, auf ihren Schoß sprang, sich gemütlich niederließ und sich die Pfoten leckte.
Sie streichelte Esmee, die daraufhin so laut schnurrte, daß Charles aus dem Schlaf aufschreckte, zuerst seinen Vater und dann Spears ansah und brüllte.
»Ich glaube, der junge Herr wünscht seine Nachmittagsmahlzeit«, bemerkte Spears.
»Ein eigensinniges Kerlchen«, sagte Marcus. »Duchess, ich werde dir das Katzentier abnehmen, wenn du dich um deinen Sohn kümmern möchtest.«
»Da bleibt mir wohl nichts anderes übrig«, meinte die Duchess scherzhaft beim Aufstehen. »Die amerikanischen Wyndhams kommen bald zu Besuch, Spears, und dann werden viele unserer Fragen beantwortet werden.«
Die Katze war jetzt auf Marcus' Schoß übergesiedelt und wetzte ihre Krallen versuchsweise an seiner Hose.
»Tja, Katzen und Frauen«, sinnierte er vor sich hin, kraulte Esmee zwischen den Ohren und blickte auf die gegenüberliegende Wand, »sind scharf besaitet. Meistens kann ich ihre Kratzer nicht voneinander unterscheiden.«
Er hatte Glück. Die Duchess blieb ihm diesmal die Antwort schuldig. Lächelnd drückte sie ihren Sohn an die Brust und verließ den Salon.

Badger reichte Jessie einen Teller aus feinem Sèvres-Porzellan. »Ihre köstlichen Scones, Badger, mit dicker Sahne. Wunderbar. Wenn ich noch Kopfschmerzen hätte, würden sie jetzt auf der Stelle verfliegen.«
»Dieses Gebäck ist für seine heilende Wirkung bekannt«, bemerkte Badger und nickte Jessie zu, bevor er den nächsten bediente. Die Duchess schenkte Tee ein. James blickte zu Maggie hinüber, die an diesem Nachmittag ein eierschalenes Kleid trug, in dem sie so zart und duftig aussah wie Badgers geschlagene Sahne. Sampson stand hinter ihr und hatte die Hand auf ihre Schulter gelegt.
»Das heißt«, fuhr Jessie fort und warf ihrem Mann einen scheuen Blick zu, »James ist natürlich die allerbeste Medizin. Verzeihen Sie, Badger, aber so ist es.«
James verschluckte sich, und Sampson klopfte ihm auf den Rücken.
»Mehr brauchen wir darüber nicht zu erfahren«, lenkte Spears ein.
Neben Maggie sah Jessie heute wie eine exotische Blume aus. Sie trug das rote Haar offen, da ein straffer, schwerer Zopf oder Knoten sie am Kopf geschmerzt hätten. Wilde Locken umrahmten ihr Gesicht, das immer noch sehr blaß war. James hatte sich besorgt darüber geäußert, aber sie hatte ihn so inständig gebeten, mit ihr nach Chase Park zu reiten, daß er nachgab. Sie würde sonst so träge wie die Gänsefedern in ihrem Kopfkissen werden, hatte sie gemeint.
»Da nun jeder für die kommenden Enthüllungen gestärkt ist«, sagte Marcus, nachdem er den letzten Bissen seines Gebäcks verspeist hatte, »sind wir bereit, mehr über diesen Blackbeard zu erfahren, Jessie. Auch dem armen George hast du nicht ein Wörtchen davon erzählt.«
»Mylord haben völlig recht«, stimmte Spears ihm würdevoll zu und wirkte dabei königlicher als der König selbst. »Dr. Raven ist ein guter Arzt, aber es fehlt ihm an Phantasie.«

Der Graf brummte etwas Unverständliches.
Spears räusperte sich leise. »Ich würde sagen, er geht den Dingen nicht auf den Grund. Jessie, erzählen Sie uns jetzt alles.«
Jessie blickte in die Runde dieser lieben Menschen, die sie mit Wärme aufgenommen und in ihr Herz geschlossen hatten. Es war zu viel. Sie konnte nicht anders und brach in Tränen aus.
»Jessie!«
James wurde blaß und sprang erschrocken auf. Gewiß hatte sie sich übernommen und war den Schreckensbildern ihrer Kindheit nicht gewachsen. Sofort war er bei ihr und setzte sich neben sie, was bei der schmalen Sitzgelegenheit, auf der sie Platz genommen hatte, schwierig war, und zog sie an sich. »Schsch, mein Liebling, es ist ja gut. Das ist nur dein Kopf, nichts weiter, und diese grauenhaften Erinnerungen. Du brauchst nichts zu sagen, wenn du nicht möchtest.«
»Jessie«, erklärte Badger feierlich, »braucht etwas Alkoholisches. Mr. Sampson, hätten Sie die Freundlichkeit, ihr einen doppelten Brandy einzuschenken? Er wird ihren Magen beruhigen und erwärmen.«
James nahm das Glas aus Sampsons Hand, das mit dem ältesten Brandy seiner Lordschaft gefüllt war, und hielt es an Jessies Lippen. »Komm, trinke das aus. Wenn Badger sagt, du bräuchtest diesen Zuspruch, dann stimmt es auch.«
Sie nahm einen ordentlichen Schluck und dachte zuerst, sie müsse wie ein Feuerschlucker Flammen speien. Sie hustete, bis ihr Gesicht so rot wie ihr Haar wurde und brachte schließlich keuchend hervor: »Oh, du lieber Himmel, Badger, das ist ein gefährliches Zeug. Wie können Männer so viel davon trinken und überleben, um noch mehr davon zu trinken?«
»Männer«, belehrte sie Spears und blickte den Grafen kurz an, »besitzen eine erstaunliche Anpassungsfähigkeit, die sie überleben läßt, wenn der Verstand nicht mehr richtig

arbeitet. Trinken Sie jetzt noch einen kleinen Schluck, Jessie.«

Sie nippte am Glas und empfand die aufsteigende Wärme als sehr angenehm. Sie seufzte.

»Sind Sie jetzt bereit, uns von diesem längst vergangenen Sommer zu erzählen?«

Sie nickte. »Ich war damals noch ein kleines Mädchen, höchstens zehn Jahre alt. Meine Eltern hatten ein Haus auf Ocracoke, einer Insel im Riffgürtel vor der Küste von North Carolina, den Gürtel nennt man die Outer Banks oder Barriere-Inseln, weil sie das Festland vor den Stürmen des Atlantiks schützen. Im Sommer ein Paradies, sonnig, mit weißen Stränden und verhältnismäßig kaltem Wasser, in dem man aber durchaus schwimmen kann, wenn man abgehärtet ist. Wildpferde zogen die Outer Banks entlang. Es wird vermutet, daß sie von einer sinkenden spanischen Galleone irgendwann im sechzehnten Jahrhundert an Land geschwommen sind. Die Einheimischen haben einige von ihnen eingefangen und gezähmt.

Im Sommer achtzehnhundertzwölf verbrachte ich jeden Tag am Strand. Ich grub nach Muscheln, schwamm so lange im Meer, bis meine Haut schrumpflig wurde und mir meine Mutter androhte, mich tagsüber ans Bett zu fesseln.

In einem baufälligen Schuppen am Strand lebte ein Mann, den alle Old Tom nannten. Ich sagte Mr. Tom zu ihm. Ich weiß nicht, ob er wirklich so alt war, aber da ich noch sehr jung war, erschien er mir wie ein Greis, der bereits einen Fuß im Grabe hatte.«

»Das ist ja schön und gut, Jessie«, ertönte Anthonys Stimme vom Pianoforte her, das in einer Ecke des Salons stand, »aber was ist mit Blackbeard?«

»Anthony«, sagte seine Mutter mit ruhiger fester Stimme, »du gehst jetzt bitte zu deinem Vater, der seine Hand über deinen Mund legen wird, damit du Jessie nicht mehr unterbrichst.«

»Papas Hand ist riesig, Mama.«
»Er wird achtgeben und deine Nase nicht zuhalten, damit du nicht erstickst. Du wirst doch vorsichtig sein, Marcus, nicht wahr?«
»Schließlich habe ich ihn auch nicht in den Teich geworfen, obwohl ich Grund dazu hatte.«
Anthony eilte zu seinem Vater und blickte Jessie erwartungsvoll an.
»Tja, Anthony, es stellte sich heraus, daß Old Tom ein Urenkel von Blackbeard war. Blackbeard sei ein abgefeimter Halunke gewesen, erzählte mir Old Tom immer wieder, denn er war stolz auf Blackbeard. Er war beutegierig, grausam und böse wie kein Pirat zuvor. Er war der Schrecken der Karibik. Auch vor den Siedlungen an den Flußmündungen und der Küste hatten er und seine Spießgesellen nicht haltgemacht und die Bewohner ausgeplündert.«
»Wurde dieser Plage nicht ein Ende gesetzt?« ließ sich Spears vernehmen.
»Ja, offensichtlich unterzeichnete Blackbeard im Jahr siebzehnhundertachtzehn ein Schriftstück, in dem er sich verpflichtete, seine Raubzüge einzustellen. Er zog nach Ocracoke. Im Dorf gibt es jetzt noch eine Burgruine, die Blackbeard Castle genannt wird. Eigentlich besteht sie mehr oder weniger nur noch aus Felstrümmern und den Grundmauern. Ob das wirklich einmal eine Burg war? Ich weiß es nicht. Dann gibt es noch Teachs Hole, ein Kanal in unmittelbarer Nähe des Ortes. Man nimmt an, daß Blackbeard seine Schiffe von da aus ins Trockendock brachte.«
»Jessie, was bedeutet Trockendock?«
Maggie meldete sich zu Wort. »Master Anthony, wenn du ein Schiff ins Trockendock legst, ziehst du es ans Land, um Ausbesserungsarbeiten am Rumpf durchzuführen und es gründlich zu reinigen und zu überholen.«
Sampson warf seiner Frau einen erstaunten Blick zu. »Woher weißt du das, meine Liebe?«
Mit einem schelmischen Augenzwinkern antwortete sie

ihm demütig wie eine Nonne. »In Plymouth habe ich mich mal mit einem Matrosen unterhalten, kurz bevor ich Mr. Badger das Leben rettete. Er, ehm, brachte mir einiges über Schiffe und die Seefahrt bei.«

»Dergleichen vermutete ich«, sagte Sampson. »Meine Frau«, verkündete er den Anwesenden, »hat unergründete Tiefen.«

»Ja.« Anthony mußte unbedingt seinen Senf mit einem Blick auf Sampson dazugeben, der Maggie die Hand küßte. »Erzähle weiter, Jessie. Jetzt wird es langsam spannend.«

»Also schön. Nachdem er das Schriftstück unterzeichnet hatte, lebte er eine Weile auf der Burg, trank seinen Vorrat an Rum aus und schikanierte seine Männer. Aber auch das hatte ein Ende, und er langweilte sich zu Tode, so daß er wieder in sein altes Fahrwasser abglitt und die wenigen Bewohner von Ocracoke drangsalierte.

Das brachte die Briten auf den Plan, und sie schritten entschlossen gegen ihn ein. Ein Lieutenant Maynard stellte ihn. Der Kampf soll über drei Stunden gedauert haben. Der Brite brachte ihm zwanzig Dolchstiche bei, einer davon hätte ihm fast die Kehle aufgerissen, aber Blackbeard war nicht kleinzukriegen. Auch noch mit fünf Kugeln im Leib kämpfte er weiter, bis er keinen Tropfen Blut mehr in sich hatte. Entschuldige, Anthony. Sie hieben ihm den Kopf ab und ließen ihn an den Haaren vom Bugspriet baumeln.«

Spears räusperte sich. »Mister Daniel Defoe berichtete, daß seine Leiche über Bord geworfen wurde und daß der kopflose Rumpf dreimal um die Schaluppe schwamm, bis er im Meer unterging.«

»Hat er auch Menschenfleisch gegessen, Jessie?«

»Ich glaube nicht, Anthony, aber er beging viele Greueltaten. Da gibt es eine Geschichte, die dir gefallen wird. Einmal geriet ihr Schiff, die ›Queen Annes Rache‹, in eine Windstille. Die Seeleute langweilten sich. Weit und breit war kein Schiff zum Entern und Plündern in Sicht. Blackbeard, vom Rum betrunken, grölte: ›Männer, wir machen uns unsere eigene Hölle und sehen, wie lange wir es in ihr aushalten können!‹ Sie setzten sich unter Deck auf Steine, die sich als Ballast an Bord befanden, schlossen die Luken und entzündeten Blechschalen mit Schwefel. Blackbeard hielt es am längsten aus. Einer seiner Männer rief ihm zu, er sehe wie einer aus, der gerade vom Galgen käme. Brüllend soll Blackbeard ihm geantwortet haben, daß sie das nächste Mal Aufhängen spielen würden. Wer am längsten ohne zu ersticken am Strick hin- und herschwingen könne, sei Sieger.«

»Woher wissen Sie von diesen Geschichten?« fragte Badger. Jessies Augenlider zuckten. Der Blick wanderte ins Leere.

»Sie stehen in Blackbeards Tagebüchern. Ich habe sie Old Tom oft vorgelesen. Sie sind mir jetzt wieder eingefallen.«

»Erzähle uns noch mehr von diesen Geschichten, Jessie«, rief Anthony und rutschte vom Schoß seines Vaters herunter, gesellte sich zu Jessie und lehnte sich an ihre Schulter.

»Später erzähle ich dir noch mehr Geschichten, Anthony, aber jetzt möchte ich nicht zu weit abschweifen. Old Tom war überzeugt, daß Blackbeard einen Schatz besaß und daß die Hinweise zu dem Versteck in Blackbeards Tagebüchern verborgen waren. Old Tom ließ mich nur bestimmte Seiten aus den beiden Tagebüchern Blackbeards vorlesen, die sich in seinem Besitz befanden, und zwar nur die Stellen mit den Geschichten, nichts anderes. Er zeigte mir auch die beiden Tagebücher, die sein Vater Samuel Teach geschrieben hatte. Aber er traute mir nicht, und ich durfte keines davon lesen. Dann gab es noch ein anderes Tagebuch, das sehr alt war. Die Seiten waren so vergilbt und brüchig, daß ich Angst hatte, darin zu blättern. Er sagte, Blackbeards Urgroßmutter hätte es geschrieben, aber da es von einer Frau verfaßt war und dazu noch lange vor Blackbeards Geburt, maß er ihm keine Bedeutung bei. Mir gelang es, das Buch an mich zu bringen und es zur Hälfte zu lesen, bevor es geschah. Es war faszinierend geschrieben, hatte aber nichts mit dem

Schatz zu tun, obwohl es ein anderes Geheimnis enthielt. Ich werde euch später davon berichten. Tja, und dann geschah es.«

Sie hob das Kinn und sprach mit klarer, deutlicher Stimme. »Er versuchte mich zu vergewaltigen. Es gelang mir, mich von ihm loszureißen. Als er mich ein zweites Mal von hinten anfiel, hielt ich einen Stein in der Hand. Damit versetzte ich ihm einen kräftigen Hieb auf den Schädel. Der Schlag war tödlich. Eine Weile war ich vor Schreck wie gelähmt, dann raffte ich die Tagebücher zusammen, wickelte sie in eine Ölhaut und vergrub sie. Sie müßten noch in ihrem Versteck sein. In den ersten Jahren danach habe ich jede Nacht davon geträumt. Dann hörten die Alpträume auf und kehrten erst wieder, als James und ich heirateten und wir ...«

»Anscheinend«, kam James ihr zur Hilfe, »hat unsere eheliche Zweisamkeit die Träume wiederaufleben lassen. Ein untragbarer Zustand, wenn auf Vergnügen furchtbare Erinnerungen folgen.«

»Ein Schatz, Jessie?« fragte Anthony atemlos und riß seine tiefblauen Wyndhamschen Augen auf. »Ist das wirklich wahr, Jessie?«

»Ja, ein Schatz.« Jessie entging nicht, daß aller Augen auf sie gerichtet waren, bis auf Anthonys, der das Gesagte noch verdauen mußte. Sie nickte zögernd. »Blackbeard hatte noch ein drittes Tagebuch geschrieben, das aber in den Besitz eines Mannes mit Namen Red Eye Crimson gelangt war. Old Tom begegnete ihm in Montego Bay auf Jamaica. Red Eye Crimson hatte ihn nach längerer Suche ausfindig gemacht und berichtete ihm von dem dritten Tagebuch. Wenn sie alle drei in ihrem Besitz hätten, würden sie auch wissen, wo Blackbeard seinen Schatz vergraben hatte.

Offensichtlich hatte Old Tom die Tagebücher nicht bei sich, also verabredeten sie ein Treffen in Ocracoke, um die drei Tagebücher zu vereinen. In jener Nacht schlich sich Old Toms Freund Red Eye Crimson in das Haus meines Vaters in Ocracoke, um mich zu entführen. Er mußte gesehen haben, wie ich Old Toms alte Hütte am Strand verließ. Er mußte auch gewußt haben, daß ich Old Tom umgebracht und seine Tagebücher vergraben hatte. Er konnte also nur mit meiner Hilfe in den Besitz der Tagebücher gelangen und versuchte, mich in seine Gewalt zu bringen. Mein Hund rettete mich. Leider stieß ich dabei mit dem Kopf an einen Balken und wurde ohnmächtig. Als ich drei Tage später wieder zu mir kam, erzählten mir meine Eltern, daß ich wieder dieses hohe Fieber gehabt hätte und beinahe gestorben wäre. Ich konnte mich an nichts mehr erinnern.«

»Glauben Sie nicht, daß Maggie mit ihrer Vermutung recht hatte? Ein Schlag auf den Kopf ließ Sie alles vergessen, und der zweite brachte die Erinnerung wieder zurück«, meinte Badger.

»Nein. Unser Zusammensein im Bett war der Auslöser. Ich möchte diesen Zustand so bald wie möglich beenden, sonst wird Jessie nicht mehr mit mir schlafen wollen.«

Anthony ließ nicht locker. Er trippelte von einem Fuß auf den anderen und wartete darauf, daß die Erwachsenen einen Augenblick schwiegen. »Ich bin froh, daß du diesen abscheulichen Mann umgebracht hast, Jessie, aber das ist nicht wichtig. Viel wichtiger ist Blackbeards Schatz. Ich war noch nicht auf der Welt, als Papa und Mama den anderen Schatz vom Vermächtnis der Wyndhams fanden.«

»Das wird unsere erste gemeinsame Schatzsuche sein, Anthony. Ich bin fest davon überzeugt, daß es diesen Schatz gibt. Wahrscheinlich liegt er in der Nähe von Teachs Hole begraben. Wir müssen dorthin fahren, Blackbeards Tagebücher ausgraben und herausbekommen, wo der Schatz versteckt ist. Es könnte natürlich sein, daß uns einige Hinweise fehlen werden, da wir das dritte Tagebuch nicht haben. Mein Vater sagte mir, daß der Mann, der mich entführen wollte – Red Eye Crimson –, bis zu seinem neunzigsten Lebensjahr im Gefängnis sitzen muß. Also werden wir uns mit den beiden Tagebüchern begnügen müssen.«

Spears erhob sich. »Ich habe einiges über diesen Blackbeard gelesen, nachdem wir seinen Namen von Dr. Raven erfuhren. Ich fand heraus, daß ein Theater in Boston achtzehnhundertelf das Stück ›Blackbeard, der Pirat: ein Drama zur See‹ aufführte. Es war natürlich alles Unsinn. Viel Glaubhaftes über ihn konnte ich darin nicht entdecken, nur daß die Engländer ihn für einen Schotten hielten und die Schotten für einen Engländer. Aber in einem stimmen wir alle mit Jessie überein: Dieser Old Tom war ein schlechter, ruchloser Mensch, ein Sünder, und die beiden Tagebücher, die Jessie gesehen hatte, befanden sich in seinem Besitz.
Jetzt wissen wir genau, was wir tun werden. Wir haben uns gründlich mit der Sache auseinandergesetzt, und da die Duchess bereits seit längerem eine Reise machen möchte, wäre dies doch die beste Gelegenheit. Wir könnten nach Ocracoke reisen und Blackbeards Schatz suchen.«
»Goldrichtig.« Maggie ergriff das Wort. »Seit sieben Jahren waren wir nicht mehr auf Schatzsuche. Es ist Zeit, daß wir unseren Verstand wieder schärfen und den nächsten Schatz finden. Ich glaube, dieses Mal würde ich mich für ein Collier aus Rubinen entscheiden. Was meinen Sie, Mr. Sampson?«
»Rubine würden Ihnen ausgezeichnet stehen, meine Liebe.«
»Ich könnte nach Art der Eingeborenen kochen«, meinte Badger begeistert. »Soviel ich weiß, bereiten die Köche in dieser Küstenregion Conch Powder zu, eine Spezialität, die mit Kartoffeln und Karotten ergänzt wird. Ein einfaches Gericht, das aber bei sorgfältiger Zubereitung ein wahrhafter Gaumenkitzel sein dürfte. Ich werde es Ihnen servieren, wenn wir in Ocracoke sind.«
»Oh, Marcus«, begeisterte sich die Duchess und richtete sich in ihrem Stuhl auf, »wie schön! Eine Schatzsuche und Badgers Conch Powder. Mit Fisch, Badger?«
»Nein, mit Meeresschnecken, Duchess. Man zieht das Fleisch der Mollusken heraus, schneidet es in Streifen und gart es in einem Wurzelsud.«

»Ich habe einige Gehäuse davon«, sagte Jessie zu Anthony, »du kannst in sie hineintuten wie in ein Horn.«
Zu aller Freude verkündete die Duchess nun: »Wir werden nach Amerika reisen. Wir werden James' Marathon besichtigen und Jessies Eltern kennenlernen. Oh, du lieber Himmel, und wir werden James' Mutter begegnen!«
»Es tut mir leid, Duchess, aber das ist unumgänglich.«
»Eine Landplage«, stimmte Marcus zu. Dann erhob er sich und ging vor dem Kamin auf und ab. »Duchess, du weißt, daß dies keinesfalls eine Angelegenheit von drei Tagen ist. Wir müssen mindestens drei Monate einplanen. Und ganz ungefährlich ist es auch nicht. Eine Reise über den Ozean hat ihre Tücken. Was machen wir mit den Kindern?«
»Wir werden dafür sorgen, daß ihnen nichts geschieht«, erklärte Spears. »Charles und Anthony müssen uns begleiten.«
Anthony gab einen lauten Juchzer von sich und rannte vor Freude brüllend durch den Salon.
»Master Anthony«, ermahnte ihn Spears, »Erwachsenenohren sind für diese Lautstärke zu empfindlich.«
Anthony flitzte zu seinem Vater, der am Kaminsims lehnte, und stellte sich neben ihn. Wie sein Vater blieb er ebenfalls regungslos stehen. Als Marcus seine Wanderung vor dem Kamin wiederaufnahm, folgte ihm Anthony wie ein Schatten und versuchte, mit ihm Schritt zu halten.
»In der vergangenen Woche hast du doch mit Alec Carrick gesprochen, Marcus«, meinte die Duchess, »wir könnten mit einem seiner Schiffe nach Baltimore fahren.« Zu Jessie gewandt fügte sie eine kurze Erklärung hinzu: »Baron Carrick heiratete vor drei Jahren die Tochter eines Schiffbauers aus Baltimore. Alec hat eine Tochter aus erster Ehe. Sie heißt Hallie. Er und Genny haben einen gemeinsamen Sohn, Dev James. Vielleicht kennst du die Paxtons?«
»Gewiß. So viel ich weiß, wollte Genny Paxton die Reederei seines Vaters übernehmen. Und wenn ich mich recht erinnere, war da auch von einem Engländer die Rede.«

»Das ist Alec. Sie hielten sich mehr in England als in Amerika auf. Genny ist eine tüchtige Person. Anstatt freche Gassenhauer zu verfassen und meine Erwachsenenohren damit zu plagen, kann Genny Schiffe bauen.«
Die Duchess lächelte ihn süß an. »Eine Schatzsuche, Marcus.«
»Dieses süße Lächeln habe ich seit dem vergangenen Jahr nicht mehr auf deinen Lippen gesehen. Du hast mir damals ein ganz besonderes Geburtstagsgeschenk gemacht. Erinnerst du dich noch?«
Die Duchess veränderte nie ihren Gesichtsausdruck, aber dieses Mal wurde ihr Lächeln eine Spur weicher. »Ich erinnere mich an alles, Marcus. Ich vergesse nie etwas.«
Der Graf sah die Augenpaare dieser kleinen Runde erwartungsvoll auf sich gerichtet und blickte in das Gesicht seines Sohnes. »Vielleicht sollten wir noch ein Jahr damit warten. Was meinst du, Anthony?«
»Papa! Bitte nicht!«
Er lachte und drückte seinen Sohn an sich. »Also gut. Reicht es, wenn wir in einer Woche aufbrechen?«
»Das hatte ich gehofft«, sagte James erleichtert. »Ich begeistere mich ebenso für die Schatzsuche wie du, aber wichtiger ist mir, daß Jessie nach Ocracoke zurückkehrt und die Erinnerungen an Mr. Tom verarbeitet. Ich möchte, daß sie sich den alten Schuppen am Strand genau ansieht und sich wieder an jede Einzelheit erinnert, damit sie alles vergessen und endlich einen Schlußstrich ziehen kann. Ich wünschte, Maggie hätte recht mit ihrer Theorie. Ich kann Jessie vor weiteren Schlägen auf den Kopf beschützen, aber gegen Alpträume und böse Erinnerungen bin ich machtlos. Ich möchte, daß sie von mir träumt und nicht von diesem Teufel. Ich möchte, daß Jessie und ich wieder ...« Er blickte in Anthonys Richtung. »Nun, ihr wißt, was ich meine.«
»Natürlich wissen wir das«, sagte Marcus schmunzelnd. »Das wäre bei Gott nicht zu ertragen, meinst du nicht auch, Duchess?«

»Vergnügen und dann die Qual? Einfach unerträglich.«
»Obwohl«, bemerkte Marcus mit einem frechen Funkeln in den Augen, »manche diesem Konzept huldigen, und ...«
»Das reicht, Marcus.«

Kapitel 26

COPENHAGEN WAR DAS SCHLACHTROSS
DES DUKE OF WELLINGTON
IN DER SCHLACHT VON WATERLOO.

Baltimore, Maryland
Marathon Farm
Anfang September

»Entschuldige, Jessie. Ich hätte etwas unternommen, wenn ich es gewußt hätte. Ich weiß nicht was, aber irgend etwas. Hölle und Verdammnis! Ob sie mit einer Hexe im Bunde steht? Nein, beantworte das lieber nicht.«

»Wieso ist sie hier?«

Die Antwort blieb aus. Alle waren müde. Charles hatte einen Schluckauf und schrie in Abständen jämmerlich auf, während ihm die Tränen über die Wangen rollten. Anthony war weinerlich, weil er Hunger hatte. Spears nahm die Hand des Kleinen und sagte: »Du wirst jetzt genauso geduldig und ruhig sein wie deine Mama und dein Papa, Master Anthony. Wir alle sind hungrig. Wir alle sind müde. Wenn du weinst, glaubt man, du seist ein kleiner Junge. Jeder wird denken, du seist nicht älter als Master Charles.«

»Ich bin nicht Charles, aber ich bin ein kleiner Junge.«

Zur Duchess gewandt meinte Spears halblaut: »Meistens hilft es.«

»Ah, Thomas, Sie waren schneller als meine Mutter. Nun, beinahe. Hallo, Mutter. Darf ich fragen, was dich hierher geführt hat?«

Mrs. Wilhelmina Wyndham bedachte ihren Sohn nur mit einem flüchtigen Blick. Sie hatte es auf die Duchess abgese-

hen. Ihre Augen funkelten böse. »Du«, sagte sie. »Seit sieben Jahren habe ich dich nicht mehr zu Gesicht bekommen. Wenn es nach mir ginge, könnte man die Zahl verdoppeln. Zu deinem Schutz hast du wohl den gesamten Hofstaat mitgebracht? Ich muß schon sagen, Missie, den wirst du auch brauchen. Wie kannst du es wagen, nach Amerika zu kommen? In das Haus meines bedauernswerten Jungen? Und dann bringst du obendrein noch diese Göre mit. Wie oft habe ich zum Himmel gebetet, sie möge für immer verschwinden und sich hier nie mehr blicken lassen. Aber sie ist hier. Ah, zwei Kinder hast du! Die hast du nicht verdient. Der arme James hat seine Frau und sein Kind verloren. Wieso hat er euch alle mitgebracht? Ihr gehört nicht hierher. Ich bestehe darauf, daß ihr auf der Stelle geht.«
»Mutter«, sagte James so beherrscht wie möglich. »Genug. Wir alle sind erschöpft. Wir sind sechseinhalb Wochen mit dem Schiff unterwegs gewesen und wir brauchten länger als erwartet, um in das Inner Basin zu gelangen. Warum bist du hier?«
»Ich wußte, daß du kommst«, verkündete Mrs. Wyndham theatralisch und breitete die Arme aus. »Ich wußte es und bin sofort hierhergeeilt. Ich weiß, daß du mich brauchst, mein Sohn. Und wie ich sehe, brauchst du mich tatsächlich. Ich werde diese englischen Menschen entfernen. Sie gehören nicht nach Amerika.«
»Mutter«, wiederholte James und packte sie diesmal fest beim Arm. »Ich möchte, daß du uns jetzt allein läßt. Ich werde dich morgen besuchen. Thomas, begleiten Sie meine Mutter bitte zu ihrer Kutsche.«
»Aber, mein Lieber ...«
»Bis morgen, Mutter.«
Sie warf der Duchess noch einen wütenden Blick zu, musterte Marcus kurz und übersah Jessie völlig. Dann ließ sie sich von Thomas hinausbegleiten.
»Meiner Treu«, sagte die Duchess etwas verblüfft, »sehr

herzlich war diese Begrüßung nicht. Aber sie hat recht. Sieben Jahre sind tatsächlich zu wenig.«
»Das wird sich ändern«, entgegnete James. »Jessie, meine Arme, du bist ganz grün im Gesicht. Ein Nachttopf wird hier unten nicht so schnell zur Hand sein.«
»Das ist dein Verdienst, James.«
»Ich weiß«, sagte er und tätschelte ihre Wange. »Badger hatte mir fest versprochen, du würdest fett und füllig werden, aber du bist immer noch so dünn. Muß es jetzt gleich sein?«
»Bitte, beeile dich«, stieß Jessie hervor und atmete die Luft in kurzen, abgehackten Zügen ein, so wie es ihr die Duchess beigebracht hatte.
»Warte, Jessie. Du warst heute sehr tapfer. Das ist bestimmt das letzte Mal, und dann bist du nicht mehr seekrank. Da kommt Thomas mit dem Nachttopf.«
Jessie empfand es als vollkommen natürlich, sich vor den anderen zu übergeben. Sie war daran gewöhnt. Das enge Zusammenleben auf der Schonerbarke während der sechseinhalbwöchigen Überfahrt hatte die Privatsphäre der Reisenden notgedrungenermaßen eingeengt. Leider hatte Jessie in der letzten Woche besonders schwer unter dieser mit einem Brechreiz verbundenen Übelkeit gelitten. James tupfte ihr Gesicht mit einem angenehm feuchten Tuch ab, und Badger reichte ihr ein Glas Wasser.
Dann half ihr James auf die Beine und drückte sie tröstend an sich. Er lachte. »Ich werde nie vergessen, als du matt und leblos auf dem zusammengerollten Tau auf Deck lagst und sterben wolltest. Aber jetzt siehst du schon viel besser aus, sogar die Korkenzieher wippen wieder munter auf und ab. Ach, Thomas, du wirst uns beim Auspacken zur Hand gehen.«
»Männer sollte man erschießen.«
Spears ging sofort auf den Bediensteten zu und reichte dem stattlichen, schwarzhäutigen Mann die Hand. »Ich bin Mr. Spears. Sie sind Mr. Thomas?«

»Nun, Mr. Spears«, antwortete Thomas bedächtig, »eigentlich Mr. Thackery.« Dann grinste er breit und zeigte eine Reihe gleichmäßiger, schneeweißer Zähne. Maggie zwinkerte ihm zu.
Um zehn Uhr abends waren Dienstboten, Ehepaare und Kinder verköstigt und untergebracht. Leider reichten die Schlafzimmer nicht aus. Zum erstenmal seit dem Kauf von Marathon wurde James bewußt, wie heruntergekommen sein Haus tatsächlich war. Stockflecken auf den Tapeten, Mauselöcher in den Dielenbrettern, spärliches Mobilar, zerschlissene Teppiche. Er entschuldigte sich ständig bei seinen Gästen, bis die Duchess schließlich eingegriff. »Genug, James. Candlethorpe war im Vergleich hierzu nur ein kleiner Vorgeschmack. Jessie und ich werden Marathon zum prächtigsten Haus dieser Gegend machen.«
Er glaubte ihr, bis er seine Frau anblickte, die bereits im Stehen zu schlafen schien. Mit Eulenaugen starrte sie ihn an. »James, schlafe ich mit dir in deinem Zimmer? Das Bett ist doch groß genug, oder?«
»Einen anderen Platz habe ich nicht für dich. Komm, ich bringe dich zu Bett. Ja, es reicht für uns zwei.«
Sie sah James' Schlafzimmer zum erstenmal. Es war verwahrlost wie der Rest des Hauses. Die Tapete war alt und löste sich um die Fenster herum ab, wo die Feuchtigkeit eindringen konnte. Die Türen und Fensterrahmen waren in einem scheußlichen Braun gestrichen. Ein riesiges Bett mit einem Kopfteil aus Ahornholz und ein alter, schiefer Schrank, ebenfalls aus Ahornholz, möblierten das Zimmer. Ein grober, ausgeblichener Teppich in den Schattierungen von Hell- bis Dunkelbraun lag in der Mitte. Jessie war zu müde, um an der Einrichtung Anstoß zu nehmen. Regungslos, mit hängenden Armen stand sie vor James, der die Knöpfe ihres Kleides öffnete. Als sie sich in Unterrock und Strümpfen schläfrig an ihn lehnte, sagte er: »Ich werde dir ein Nachthemd besorgen.« Dann schwieg er, und seine Augen verschwammen ein wenig. »Nein, vielleicht lernst du

jetzt gleich, nackend mit mir zu schlafen. Deine Übelkeit wird nicht ewig anhalten. Spears meint, nicht länger als ein paar Wochen.« Er ließ unerwähnt, daß Caroline Nightingale, eine gute Freundin der englischen Wyndhams, bei ihrem zweiten Kind beinahe fünf Monate von ständigem Unwohlsein geplagt wurde. Nein, das brauchte Jessie nicht zu wissen.

»Ich trage immer ein Nachthemd, James. Ich dachte, dir macht es Spaß, mir das Hemd über den Kopf zu ziehen und es dann in weitem Bogen durch das Zimmer segeln zu lassen.«

»Wie du möchtest. Aber nur für heute abend? In Amerika scheine ich nicht mehr viel Wert auf Sittsamkeit zu legen.« Aus dem geöffneten Koffer fischte er ein Nachthemd heraus und warf es ihr zu. In Windeseile entkleidete er sich selbst und sprang ins Bett. »Beeil dich, Jessie. Mir ist kalt, und ich brauche dich zum Aufwärmen!«

Eigentlich war es für Anfang September ziemlich warm. Zum Glück hatte es während der Fahrt von den Pratt Street Docks nach Marathon nicht geregnet. Eine lange, heiße Fahrt, aber ohne Regen.

»Die Kinder schlafen bei Marcus und der Duchess. Verdammt! Ich hatte vergessen, wie alt und verkommen hier alles ist.«

»Halb so schlimm«, sagte Jessie schläfrig und kletterte zu ihm ins Bett. »Warte nur, bis sie die Stallungen und die Häuser deiner Leute gesehen haben. Dann werden sie verstehen, wo dein Geld geblieben ist.«

»Bist du wirklich müde, Jessie?«

Sie lag an seiner Seite mit der Hand auf seinem Herzen. »Nein, nicht richtig müde.« Aber wenn sie ehrlich war, wünschte sie sich nichts sehnlicher, als den Rest der Woche schlafend im Bett zu verbringen. Kaum hatte sie die Worte ausgesprochen, wandte er sich ihr zu und küßte ihre Schulter. »Nein«, flüsterte sie, »nein, ich bin überhaupt nicht müde.«

»Unser erstes Mal in Amerika«, sagte er eine Weile später, als er wieder sprechen konnte, und küßte sie in den Schlaf. »Du warst nicht schlecht. Ob Marcus dich schreien hörte? Wenn ja, werde ich es morgen erfahren. Schlaf gut, Jessie.«
Bis drei Uhr früh schlief sie tief und fest, dann wachte sie mit einem markerschütternden Schrei auf. Diesmal war Jessie sofort hellwach. Ihre Stirn war schweißnaß. Das Herz klopfte wie rasend, daß sie fürchtete, es würde zerspringen.
»O Gott, das war wieder Mr. Tom, James. Warum hört das nicht auf? Ich kann mich doch jetzt an alle Einzelheiten erinnern und weiß, wie sich alles zugetragen hat. Warum, zum Teufel, hört das nicht auf?«

»O je, ich glaube, mir wird wieder schlecht.«
Im Schlafzimmer war es stockfinster wie in einem Maulwurfsbau. Unten in der Diele schlug die Uhr dreimal. James rollte sich zur Bettkante, sprang aus dem Bett und raste los, um ihr gerade noch rechtzeitig den Nachttopf vorzuhalten. Er stützte sie, gab ihr einen Schluck Wasser zu trinken und wischte ihre schweißnasse Stirn ab.
»Ich verstehe nicht, warum du immer noch davon träumst, Jessie«, sagte er, als er sie in den Armen hielt. »Versuche an etwas anderes zu denken. Atme tief durch. So ist es gut, und jetzt versuche wieder zu schlafen.«
Verdammt! Jedesmal wenn er sie liebte, kehrte dieser verhaßte Traum wieder, obwohl sie jetzt den wahren Hintergrund kannte. Eigentlich wollte er am liebsten gleich morgen nach Ocracoke fahren, aber das mußte er sich aus dem Kopf schlagen. Sie waren erschöpft. Vor allem fiel es keinem im Traum ein, schon wieder an Bord eines Schiffes zu gehen. Er streichelte ihre Wangen mit den Fingerspitzen. »Es wird gleich vorbei sein, Jessie.«
»James, ich glaube, ich gehe in die Küche. Es muß doch ein Mittel geben, um diese Übelkeit loszuwerden.«
»Nein, du kennst dich noch nicht im Haus aus. Überlaß das mir.«

James ging die Treppen zum hinteren Eingang hinunter, dann über den gefliesten Korridor zur Küche. Er wußte, daß Badger sich in seinem Revier bereits häuslich eingerichtet hatte. Bestimmt hatte er etwas vorbereitet. Er dachte stets an alles.

Überrascht bemerkte er den Lichtschein unter der Küchentür. Ob das die alte Bess war, die noch zu dieser späten Stunde am Herd stand? Langsam öffnete er die Tür und lauschte.

»Ist jeder einverstanden, daß wir diesen Kurs einschlagen?« Das war Spears, natürlich. Aber was meinte er mit Kurs?

»Die alte Fregatte wird auf Jessie feuern, sobald sie begriffen hat, daß ihr geliebtes Söhnchen sie geheiratet hat«, erläuterte Sampson. »Dann bleibt natürlich nicht mehr so viel Pulver für die arme Duchess übrig.«

»Das klingt einleuchtend«, meinte Badger. »Möchten Sie noch etwas Tee, Maggie?«

»Danke, Mr. Badger. Haben Sie beruhigende Kräuter dazu verwendet?«

»Ja, ganz richtig, Maggie. Darauf werden Sie gut schlafen. Das werden wir alle. Bei Gott, Schlaf haben wir alle dringend nötig, um mit dem Berg von Problemen fertig zu werden, der uns hier erwartet.« Er gähnte verstohlen hinter der vorgehaltenen Hand.

»Stellt euch vor«, erinnerte Maggie sie und nippte an ihrer Tasse, »wir sind in den Kolonien.«

»Ja«, sagte Spears, »und es ist drei Uhr morgens, und wir haben uns hier in der Küche versammelt, um gemeinsam einen Schlachtplan zu entwerfen.«

»Und zu welchem Schluß seid ihr gekommen?« fragte James und trat in die geräumige Küche.

»Master James«, sagte Spears vorwurfsvoll und erhob sich von seinem Stuhl am Kopf des langen Tisches, »Sie sollten bei Jessie sein.«

»Ich war die ganze Zeit bei ihr, aber ihr ist übel, und ich brauche etwas, um ihren Magen zu beruhigen.«

»Ich habe hefefreies Brot gebacken.« Badger stand auf, schnitt zwei Scheiben von dem warmen Brotlaib ab und wickelte sie in eine Serviette.

»Was haben Sie beschlossen?« wiederholte James seine Frage und blickte die Runde prüfend an.

Spears, wie immer tadellos gekleidet, machte auch in einem Hausrock aus dunkelblauem Samt eine blendende Figur. Mit einer eleganten Handbewegung forderte er James zum Sitzen auf. »Master James, bitte, nehmen Sie Platz. Als wir feststellten, daß keiner von uns schlafen konnte – außer Mr. Sampson, der, wenn es sein muß, sogar in einer Ecke stehend schlafen kann – beschlossen wir, uns in der Küche zu treffen und bei einer Tasse Tee über dies und jenes zu plaudern. Wie gut, daß wir das getan haben. Im Hinblick auf Ihre Mutter haben wir einen Beschluß gefaßt.«

»Wollen Sie sie erwürgen und in den Patapsco werfen? Was werden die armen Fische dazu sagen?«

»Ein begrüßenswerter Gedanke«, mischte sich Maggie ein. »Die Fische wären allerdings zu bedauern.« Sie sah sehr aufreizend aus in ihrem pfirsichfarbenen Gebilde aus Tüll und Spitzen, das der Geliebten eines reichen Mannes Ehre gemacht hätte. Ihr rotes Haar trug sie offen. Sie war sich ihrer Reize vollkommen bewußt. »Wie kommt es, daß Sie so nett sind, Master James, und Ihre Mutter eine solche Tyrannin?«

»Das ist mir auch ein Rätsel«, sagte James, nahm Platz und ließ sich von Badger eine Tasse Tee reichen.

»Ich werde für Mr. Sampson sprechen. Ihre Mutter, Master James, wird Jessie das Leben zur Hölle machen«, erklärte Maggie. »Wir werden sie beschützen. Wenn Ihre Mutter hier zu Besuch auftaucht, wird abwechselnd einer von uns in Jessies Nähe sein, damit die alte He ..., ehm, die alte Dame ihr nicht zu sehr auf die Füße tritt.«

James blickte die drei Dienstboten, die eigentlich keine richtigen Dienstboten waren, der Reihe nach an. Ihnen war ebensoviel an Jessie wie an der Duchess, Marcus und ihm

gelegen. Dafür war er ihnen sehr dankbar. »Das Haus ist in keinem guten Zustand. Es tut mir leid, daß Sie so mangelhaft untergebracht sind, aber das Geld wurde knapp, nachdem ich angemessene Unterkünfte für meine Arbeiter bauen ließ, außerdem die Ställe, Reitplätze und Koppeln wieder instand setzen ließ.«
»Wo wohnten die Arbeiter vorher?« fragte Badger.
»Sie waren Sklaven«, antwortete James. »Sie waren alle schwarz und wurden als Eigentum betrachtet. Sie wurden mißbraucht. Ehemänner wurden von ihren Frauen getrennt, Kinder von ihren Eltern. Ich hasse die Sklaverei. Gleich nach dem Erwerb des Anwesens habe ich sie freigegeben und ihnen einen Lohn bezahlt. Sie lebten in Hütten, die sogar Ratten und Mäuse mieden. Ich wollte ihnen eine menschenwürdige Unterkunft zur Verfügung stellen und baute die Häuser.«
»Sehr gut«, bemerkte Spears. »Finden Sie nicht auch, Maggie?«
»James ist ein Mann mit Gewissen. Denken Sie daran, daß er halb Amerikaner ist und nicht durch und durch Engländer.«
»Ja, das sollte man bedenken«, bekräftigte Badger.
»Sie können darüber abstimmen, was Sie für meine bessere Hälfte halten«, meinte James scherzhaft und trank seinen Tee aus. Er nahm die eingewickelten Brotscheiben von Badger entgegen, wünschte allen eine gute Nacht und meinte im Hinausgehen: »Sie haben es nicht nur mit meiner Mutter zu tun. Jessie hat auch eine Mutter. Und die beiden sind sich spinnefeind. Meine Mutter schießt ihre Giftpfeile auch auf Jessies Mutter ab. Die beiden Damen sind übrigens aufeinander eingespielt – sie kennen sich von Kindesbeinen an.«
Die vier Getreuen starrten ihm sprachlos nach. Mit einem Lachen nickte er ihnen zu und ging zum Schlafzimmer zurück. Jessie hatte sich auf seiner Seite des Bettes zusammengerollt und atmete durch die Nase.
»Jessie erzählte mir«, erklärte Spears, nachdem James gegangen war, »daß ihr Vater ihr eine Mitgift in Aussicht ge-

stellt habe. Sie dürfte ausreichen, um dieses Haus auf Hochglanz zu bringen.«
»Haben wir jetzt zwei Mütter am Hals?« seufzte Maggie und stützte sich mit den Ellenbogen am Küchentisch ab.
»Zerbrechen Sie sich jetzt nicht Ihr hübsches Köpfchen«. beruhigte sie Spears. »Wir werden auch dieses Problem bewältigen.«
»Wie immer«, sagte Badger. »Morgen muß ich mir ein Rezept für Conch Powder besorgen.«
Der verwahrloste Zustand des im georgianischen Stil erbauten roten Backsteinhauses wurde am folgenden Morgen noch offensichtlicher, als James mit seinen Gästen im Eßzimmer Platz genommen hatte. Die Tischplatte war stumpf und rissig, die zwölf Stühle altersschwach, und ihre einst in einem kräftigen Blau gehaltenen zwölf Polsterkissen waren graublau und fleckig. Die Wände brauchten dringend einen Anstrich oder neue Tapeten. Der Teppich auf dem Fußboden war sauber, aber zerschlissen und brüchig.
James murmelte etwas verlegen, als er seiner Frau am Tisch den Stuhl zurechtrückte: »Das Haus habe ich von Boomer Bankes erworben, einem Witwer, der sich nicht um das Haus gekümmert hat. Es tut mir leid, Jessie, Duchess.«
»Ich würde sagen, wir überleben es«, meinte die Duchess und breitete in einer Ecke des Zimmers auf dem Fußboden eine Decke für den kleinen Charles aus. Dann legte sie ihn darauf und steckte ihm einen mit Zucker gefüllten Lutschbeutel in den Mund, den Old Bess vorsorglich vorbereitet hatte. Vom ersten Augenblick an hatte Old Bess den kleinen Charles in ihr Herz geschlossen. Sie himmelte ihn an und flüsterte ihm ständig selbsterfundene Kosenamen zu. Er sei das süßeste Kerlchen der Welt und seine Mama das hübscheste Goldschätzchen, das sie in ihrem Leben gesehen hätte, aber nicht ganz so hübsch wie die neue Herrin, aber trotzdem ein feines Schätzchen.
»Das Zimmer ist gut geschnitten«, bemerkte Jessie. »Die Fenster sind hoch und breit, die Aussicht wunderschön.«

»Kaum zu glauben«, meinte Thomas von der Türschwelle her, »das Haus ist wieder voller Leben. Wir freuen uns alle sehr, daß Sie jetzt unsere neue Herrin sind, Miss Jessie.«
»Danke, Thomas. O je, kann ich bitte noch eine Scheibe von diesem Brot haben, Badger?«
»Selbstverständlich, Jessie«, sagte Badger. »Mr. Thackery, würden Sie Mrs. James bitte das Brot reichen?«
Nach dem Frühstück nahm James seinen Freund zur Besichtigung der Stallungen mit. Anthony, der die beiden erwachsenen Männer an Energie und Kraft zu übertrumpfen schien, folgte ihnen dankbar. Während des Frühstücks hatte er lauthals verkündet, er könne es kaum erwarten, wenn sie gemeinsam aufbrächen, um den Schatz Blackbeards zu suchen. Die Duchess hatte ihm in ihrer ruhigen Art geantwortet: »Das ist fein, Anthony. Dann kannst du mit deinem Vater ein Schiff aussuchen.«
»Noch ein Schiff, Mama?«
»Gewiß. Auf dem Wasser können wir nicht laufen. Wir müssen wieder an Bord eines Schiffes gehen.«
Anthony war darauf verstummt. Sie alle brauchten eine Ruhepause, wenn auch nur eine kurze. Das Abenteuer, das sie erwartete, war zu aufregend.
Jessie, deren Magen sich wieder beruhigt hatte, ging mit der Duchess in den Salon.
»Also, Jessie, bevor wir weitere Pläne machen, glaube ich, daß du deine Eltern und Schwestern besuchen möchtest.«
Nicht unbedingt, dachte Jessie bei der Vorstellung, daß Glenda wieder hemmungslos auf James' Hose glotzen würde. Natürlich würde sie das jetzt nicht mehr tun, da sie verheiratet war. Oder doch?
»Auf ein Wiedersehen mit meinem Vater freue ich mich. Er hat mir sehr gefehlt.«
»Thomas schlug vor, daß du deinen Eltern eine Nachricht schickst und ihnen mitteilst, daß du mit James zum Lunch kommst. Fühlst du dich wohl genug dafür?«
»Die Übelkeit kommt und geht«, erklärte Jessie. »Im Au-

genblick geht es mir prächtig, aber das kann sich innerhalb von fünf Minuten ändern, und dann könnte ich Badgers wunderbares Brot und Old Bess' köstliche Johannisbeermarmelade wieder von mir geben.«
Die Duchess betrachtete sie prüfend. »Deine Kleidung sieht auch ein wenig mitgenommen aus. Wir werden Maggie zu Rate ziehen. Zu dritt werden wir dich gebührend herausputzen. Du wirst deinen Eltern als Herrin von Marathon entgegentreten und nicht als deren jüngste Tochter, die man herumkommandieren kann.«
»Viel wird das nicht nützen«, meinte Jessie und blickte auf den zerschlissenen Teppich.

Gegen zwei Uhr am Nachmittag fuhren James und Jessie in seiner alten Kutsche zur Warfield Farm. Die Blumen und das Laub der Bäume leuchteten in den satten Farben des Spätsommers. Die Luft war vom warmen Duft der Erde erfüllt. »Es ist schön, wieder daheim zu sein«, sagte James und ließ die Zügel leicht auf Bellinis Rücken klatschen.
»James, wird Glenda wieder auf diese bestimmte Stelle bei dir starren?«
Er lachte, und Bellini schnaubte laut durch die Nüstern. »Hoffentlich nicht, aber Glenda ist unberechenbar. Beachte es einfach nicht. Glaubst du, du wirst damit fertig werden, Liebling?«
Liebling. Das Wort, das James Wyndham an Jessie Warfield richtete, jenes Mädchen, das er vor sechs Jahren als gräßliche Göre bezeichnet hatte, klang in ihren Ohren wie Musik.
»Wirst du auch Connie Maxwell besuchen?«
Er blickte sie nicht an, sondern hielt seine Augen starr geradeaus auf Bellinis Ohren gerichtet. »Natürlich werde ich sie besuchen, um ihr von meiner Heirat zu berichten.«
»Oh.«
»Was meinst du damit? Denkst du, ich werde mit ihr schlafen? Verdammt noch mal, Jessie. Wir sind verheiratet. Zu-

fälligerweise halte ich mich an das Gelöbnis, das ich dir vor dem Altar gegeben habe. Ich werde dich nicht betrügen, und du wirst mich auch nicht betrügen. Das werde ich nicht zulassen.«

»Gut.« Mehr brachte sie nicht hervor. Ihre Augen füllten sich mit Tränen. Sie verstand sich und die Welt nicht mehr. Ihre Stimmung wechselte von einer Minute zur anderen. Sie konnte lachen und im nächsten Moment weinen wie eine unglückliche Frau. Es überstieg ihre Kräfte. Maggie hatte ihre Hand getäschtelt und gemeint, der Grund für diese unvorhersehbaren Gefühlsausbrüche wäre das Kind, das sie im Leibe trug. Aber Maggie hatte keine Kinder. Woher wollte sie das wissen?

»Gut. Dann kann es losgehen.«

Sie reckte ihr Kinn in die Höhe, und James stubste sie lachend an. »Du siehst zauberhaft aus. Dein Kleid gefällt mir. Ist es von der Duchess?«

»Ja. Maggie hat hier und da ein paar Abnäher gemacht. Sie hat auch mein Haar gewaschen. Es sieht doch nicht zu schlimm aus, oder, James?«

Diesen dummen, zweifelnden Tonfall in ihrer Stimme mochte er nicht. »Sogar die Korkenzieher sind in Habacht-Stellung gegangen«, sagte er aufmunternd. Sie sah nicht schlecht aus für eine Frau, die eine Scheibe von Badgers Brot in der Hand hielt, ein Stück davon abbiß und es wieder in ihrer Tasche verschwinden ließ. Er warf die Zügel einem Stallknecht zu, lehnte sich vor, küßte seine Frau auf den Mund und sagte ruhig: »Du bist meine Frau. Du bist jetzt nicht mehr von deiner Familie abhängig. Hast du das begriffen? Wenn wir den Familienbesuch hinter uns haben, wenn die Möbel für das Haus bestellt sind, und wenn alle wieder bereit sind, ein Schiff zu betreten, segeln wir nach Ocracoke und jagen Mr. Tom aus deinem Kopf und unser beider Leben.«

»Ja. Das hat die Duchess auch gesagt. Über meine Eltern und über Mr. Tom. Außerdem sollte ich mir vor Augen halten, daß ich eine verheiratete Frau bin, die sich nicht mehr von der Familie gängeln läßt. Sonst würde sie einen Spottvers über mich dichten, der mir nicht gefiele.«

»Achtung. Es geht los.« Er hob sie aus der Kutsche und zog sie an sich. »Oslow grinste selig wie ein Narr, als ich ihm sagte, daß wir geheiratet haben. Dein Vater wird sich genauso freuen.«

Portia Warfield schob sich an Polly vorbei, dem schwarzen Dienstmädchen mit dem Spitzenhäubchen, das ihnen die Tür geöffnet hatte. »Oh«, sagte sie, als sie ihre Tochter erblickte.

Etwas Besseres fiel ihr zur Begrüßung nicht ein, denn ihre eigenwillige Tochter hatte nichts mehr mit dem Mädchen gemeinsam, das Baltimore vor fast vier Monaten verlassen hatte. Sie sah elegant und damenhaft aus. Das paßte nicht in das Bild, das sie von ihrer Tochter hatte. Wie ungehörig!

»Ich habe von deiner heimlichen Heirat gehört, Jessie Warfield. James, deine Mutter hat mich heute morgen besucht und mir von dieser Ungeheuerlichkeit berichtet. Natürlich betrachtet sie diesen Affront aus einem anderen Blickwinkel als ich. Du gefällst mir nicht, Jessie. Du siehst nicht so aus, wie du auszusehen hast. Diese gezierte Aufmachung paßt nicht zu dir. Und diese Frisur! Lächerlich und aufgeputzt. Du wirst das alles sofort ablegen und wieder du selbst werden, und zwar auf der Stelle. Ich wünsche es so.«

»Das kann ich nicht, Mama«, sagte Jessie und schmiegte sich enger an James.

»Dürfen wir hereinkommen, Ma'am? Jessie möchte sich gern setzen. Sie hat sich noch nicht ganz von der langen, anstrengenden Überfahrt erholt.«

»Das mag sein. Die arme Glenda ist am Boden zerstört. Seit Wochen ist sie todunglücklich, und heute morgen muß sie erfahren, daß du ihr den Mann gestohlen hast, den sie heiraten wollte, Jessie. Sie ist nur noch ein Schatten ihrer selbst. Dem armen Kind ist elend zumute. Das Frühstück hat sie heute kaum angerührt.«

»Ich dachte, Mrs. Wyndham hätte euch am Vormittag besucht, um von meiner Heirat zu berichten. Doch nicht schon vor dem Frühstück?«

»Sei nicht so vorlaut, Missie. Deine arme Schwester hat letzte Nacht schlecht geschlafen. Wahrscheinlich hat ihr eine Vorahnung deinen schnöden Verrat angekündigt. Sie hat weder zum Frühstück noch zu Mittag etwas gegessen. Und dann kam James' Mutter. Du kannst dich auch setzen. Ich werde deinen armen Vater aus den Stallungen rufen lassen.«

»Stimmt etwas nicht mit Papa?« fragte Jessie ernstlich besorgt.

»Eine dumme Frage.« Mrs. Warfield rauschte aus dem Salon. James wandte sich lachend zu Jessie. »Sie gibt eine gute Vorstellung. Wie meine liebe Mutter. Laß dich dadurch nicht einschüchtern, Jessie.«

Jessie fuhr sich mit der Zunge über die Lippen. »Ich werde es versuchen«, sagte sie ernst.

»Hier, iß ein Stückchen von Badgers Brot.«

Sie aß einen Bissen und kaute noch daran, als ihr Vater mit Riesenschritten in den Salon kam. Als er die beiden sah, rief er freudig aus: »Ah, mein Junge, du hast mein Töchterchen geheiratet! Ein glücklicher Tag für mich. Jessie, du lieber Himmel, was hast du mit dir angestellt? Du siehst wie eine Prinzessin aus. Ja, tatsächlich, wie eine Prinzessin, in dem zitronengelben Kleid und mit dem feinen, gepflegten Haar. Es glänzt wunderschön. Und was für entzückende Löckchen du hast! Du bist eine Schönheit geworden.

Nur deine Mutter ist die alte geblieben. Du weißt ja, wir können ihr nichts recht machen. Mein Kind, kann ich dir einen Tee bringen lassen? Vielleicht auch etwas Gebäck?« Er wartete, bis seine Frau den Salon verlassen hatte, dann nahm er seine Tochter in die Arme, wiegte sie vergnügt hin und her und beglückwünschte seinen Schwiegersohn mit einem festen Händedruck. Er nahm die Hände des jungen Paares in die seinen. »Ihr habt mir die größte Freude mei-

nes Lebens gemacht. Auch wenn es euch beiden vielleicht noch nicht bewußt ist, aber ihr zwei seid füreinander geschaffen.«
»Ich hoffe doch, Papa, da ich ein Kind von James erwarte.«
»Was? Du bist schwanger? Jetzt? Aber ihr seid doch erst ein paar Monate verheiratet? Einen kurzen Sommer lang, nicht mehr als drei Monate, und du bist schon schwanger? Potztausend, ich werde Großvater!«
»Papa, mir wird wieder übel.«
Eine Stunde später saß Jessie neben ihrem Gemahl auf dem samtbezogenen Sofa im Salon ihrer Mutter. Ihr Haar war wieder gerichtet und das Kleid glattgestrichen. Sie war noch sehr blaß, auch nachdem sie sich in ihre Wangen gezwickt hatte, aber der Magen hatte sich wieder beruhigt. James hatte ihr Tee eingeflößt und sie mit Badgers Brot gefüttert, nachdem sie sich auf ihrem alten Bett erholt hatte.
»Wann wird mein Enkelsohn auf die Welt kommen?« fragte Mr. Warfield sofort und rieb sich die Hände. Er wirkte aufgeregter als damals, stellte seine Frau fest, als sie mit ihrem ersten Kind schwanger war. Mistkerl. Dummer alter Mann. So hätte er sich freuen sollen, wenn James ihre süße geliebte Glenda geheiratet hätte und nicht ihre ruppige Schwester.
»Wir rechnen mit April«, sagte James.
Portia Warfield starrte ihre Tochter mit einem vollkommen neuen Ausdruck an. Jessie, schwanger. Das mußte erst verdaut werden. Schweigend saß sie da. Ihr fehlten die Worte. Als sie sie nach einer Weile wiedergefunden hatte, sagte sie: »Ich bezweifle, daß es ein Enkelsohn wird, Oliver. Wenn ihr ständig übel ist, wird es wahrscheinlich ein Mädchen. Wieder eines in dieser Familie. Etwas anderes scheinen die Warfields nicht zustande zu bringen.«
James ergriff Jessies schlaff herabhängende Hand und meinte ungerührt: »Von mir aus könnten es ein halbes Dutzend Mädchen sein. Ich wäre überglücklich, wenn sie Jessies herrliches rotes Haar und ihre wunderschönen grünen Augen hätten.«

»Sie hatte vorher kein herrliches Haar«, entgegnete Mrs. Warfield. »Das ist das Haar ihrer Großmutter. Jessie ist damit genauso geschlagen wie ihre Großmutter, die diese rote Wolle wenigstens unter den verschiedensten, gräßlichen Hütchen und Kappen zu verbergen verstand.«

In diesem Augenblick kam Glenda herein. Sie sah ebenso blaß aus wie Jessie. Ihre Augen waren rot und verweint, das Kleid zerknittert. James erhob sich und lächelte sie an. Ihre Augen senkten sich sofort auf die bewußte Stelle.

Kapitel 27

James Lächeln blieb unverändert. Er hatte wohl damit gerechnet.
»Hallo, Glenda. Du siehst so bezaubernd aus wie eh und je. Wenn du erlaubst, möchte ich dich jetzt als meine frischgebackene Schwägerin begrüßen.«
Sauertöpfisch blickte Glenda von James zu Jessie und von Jessie zu James, dann seufzte sie tief und preßte mit zitternder Stimme zwischen den zusammengebissenen Zähnen hervor: »Ich wurde betrogen und in den Schmutz gezogen. Und du bist schuld, Jessie, und auch du, James. Du hast mich, die einzige Frau, die dich mit ihrer Schönheit und Anmut, ihrer Klugheit und ihrem Witz täglich erfreut hätte, verschmäht. Sieh dir an, was du dir statt dessen eingehandelt hast! Sie wird noch mehr von ihrer Sorte in die Welt setzen.«
»Wie soll ich das verstehen, Glenda, daß ich mehr von meiner Sorte in die Welt setze?«
»Du hast mir James gestohlen, du elende Verräterin! Du warst häßlich und ungelenk; eine dumme Gans warst du, die wie ein Junge aussehen wollte. Ich habe dich nie ernst genommen. Ich habe höchstens über dich und dein dümmliches Auftreten gelacht. Aber sieh dich doch jetzt an! Du hast dich verändert, und das ist nicht richtig. Ich hasse dich, Jessie. Du wirst Kinder in die Welt setzen, die so sind, wie wir dich alle kannten. Du wirst dich wieder in die alte Jessie verwandeln, und James wird dich deswegen verlassen!«
Niemand sagte etwas darauf. Mit hängenden Schultern ging Glenda zur Tür. Dort drehte sie sich um und schrie mit verzerrtem Gesicht: »Das wirst du mir noch büßen, Jessie! Du hast deine Ehre verloren und James zur Heirat gezwungen. Ja, du hast ihn verführt. Nun, die Ehe wird nicht lange hal-

ten. Warte es ab. Zum Ende der Woche wirst du ihn zu Tode langweilen, wenn nicht bereits heute abend. Kein Mann findet dich anziehend, auch wenn du dich noch so sehr herausputzt. Du willst einen Mann fesseln? Niemals! Ha, du weißt ja nicht einmal, wie man das macht!«

Oliver Warfield räusperte sich. »Meine Liebe«, sagte er zu seiner Frau, »ich bitte dich, ein ernstes Wort mit deiner Tochter zu sprechen. Ihr Benehmen ist einfach lächerlich und töricht. Wenn du die Wahrheit hören willst, so hat James ihr niemals Hoffnungen gemacht.«

»Jessie hat er ebenfalls keine Hoffnungen gemacht, aber sie ist schwanger!«

»Das ist etwas anderes«, erwiderte Oliver seelenruhig und erhob sich. »Komm jetzt, Jessie, wir wollen zu den Ställen gehen. Die Pferde werden sich über das Wiedersehen freuen. Begleitest du uns, James?«

»Oh, ja, Papa. Sehr gern. James?«

Während Jessie die Stallknechte begrüßte, die Pferde streichelte und Karotten und Zuckerstückchen verteilte, zog Oliver Warfield seinen neuen Schwiegersohn in das Büro. Er setzte sich an seinen altersschwachen Schreibtisch, holte eine Flasche Port und zwei Gläser aus einem Schubfach und schenkte ein. »Da bist du nun, mein Sohn. Ah, das hört sich gut an. Stoßen wir auf deine Heirat mit meiner besten und liebsten Tochter an.«

»Darauf trinke ich gern«, sagte James. Klingend stießen die Gläser aneinander. Die beiden Männer schwiegen eine Weile und tranken einen Schluck. James lehnte sich in dem wackligen alten Stuhl zurück. Es war der bequemste Stuhl, den er kannte.

Mit einem Schmunzeln verkündete er: »Weißt du, daß uns die englischen Wyndhams mit beiden Söhnen und vier Dienstboten hierherbegleitet haben?«

Oliver Warfield blickte ihn erschrocken an. »Sie sind alle in Marathon? Sie sind alle in diesem Haus untergebracht?«

»Leider Gottes, ja. Die Duchess, das ist die Countess of

Chase, wie du weißt, versicherte mir, daß sie volles Verständnis dafür hätte, daß ich das Geld für andere Zwecke als für die Renovierung des Hauses ausgegeben habe.«
»Ich habe dir ja immer gesagt, daß es Verschwendung war, aber bitte sehr, du wolltest nicht auf mich hören. Die Sklaven leben jetzt besser als viele andere Bürger.«
James spürte wieder den alten Ärger in sich aufsteigen, aber er hielt seinen Mund und trank statt dessen einen Schluck Portwein.
»Da wir nun mal beim Geld sind, lieber James, möchte ich auf Jessies Mitgift zu sprechen kommen.«
James rutschte unbehaglich in seinem Stuhl herum. Seine neue Rolle als Jessie Warfields Ehemann brachte ihn Oliver gegenüber in eine ungewohnte Position. Jahrelang hatten sie sich bei den Pferderennen aufs schärfste bekämpft, und jetzt sprach er über Geld, das er ihm, dem Schwiegersohn, geben wollte.
»Möchtest du noch ein Glas Port?«
»Ich glaube, das könnte ich jetzt gut vertragen«, erwiderte James und hielt ihm das Glas entgegen.
Eine Stunde später verließen Jessie und er die Warfield Farm. Auf dem Rückweg nach Marathon wollte Jessies Mund nicht stillstehen. Wie in alten Zeiten erzählte sie aufgeregt von den Pferden ihres Vaters. »Rialto wird Tinpin mühelos beim nächsten Rennen am Sonnabend schlagen. Oh, du lieber Himmel, wem soll ich nun die Daumen drücken? Darüber habe ich noch gar nicht nachgedacht!«
James räusperte sich. »Fühlst du dich wohl?«
»Himmlisch! Was soll ich nun machen, James? Und Friar Tuck und Miss Louise. Ich habe sie eigenhändig zugeritten. Sie ist jetzt fast drei und könnte beim nächsten Rennen starten. Sie ...«
»Jessie, wenn dein Vater stirbt, wird dir und mir die Warfield Farm gehören.«
Sie blickte ihn entgeistert an. »Aber er hat mir kein Wort davon gesagt. Er vermacht uns alles?«

»Nein, nicht alles. Er hat mir erzählt, daß er in den letzten Jahren geschäftlich sehr viel Glück gehabt hätte. Ich habe ihn aber nicht gefragt, wie er zu seinem Vermögen gekommen ist. Für Glenda stünde eine ansehnliche Mitgift bereit, sagte er. Er glaube nicht, daß sie ohne Mitgift einen Ehemann bekomme.«

»Aber Glenda ist schön. Sie ist nicht wie ich, und ...«

»Bist du auf Komplimente aus?«

Sie warf ihm einen nachdenklichen Blick zu. »Ich weiß, was ich bin, James.«

»Gut. Ich will, daß meine Frau weiß, daß sie bei mir an erster Stelle steht.«

»Was ist mit dem Haus? Was ist mit Mutter?«

»Sie wird bis zu ihrem Tode in dem Haus leben. Dann wird das Haus uns gehören. Aber das bringt ein Problem mit sich. Unsere Ländereien grenzen nicht aneinander. Wir können also nicht einfach die Zäune abreißen und das Land zusammenlegen.«

»Uns wird etwas einfallen«, meinte Jessie. »Laß dir deswegen keine grauen Haare wachsen, James.«

Diesen Blick in ihren Augen kannte er, jenes kurze Aufblitzen, in dem sich Kraft und Entschlossenheit bündelten. Er liebte sie dafür. Wenn ihr Sprößling sie nur nicht immer wieder durch das häufige Unwohlsein in die Knie zwang.

Mit gerunzelter Stirn blickte sie auf ihre behandschuhten Hände. »Werden wir genug Geld haben, um Marathon wiederherzurichten?«

»Ja, genug.«

Sie schenkte ihm ein zufriedenes, strahlendes Lächeln. »Gut«, sagte sie und schob ihren Arm unter den seinen. »Papa fragte mich, was ich mir wünsche, und ich sagte ihm, die Duchess und ich hätten vor, das Haus neu einzurichten. Und wenn wir es gründlich und gut machen wollen, würde es einiges kosten. Merkwürdig. Er hätte mir doch gleich sagen können, daß er uns die Farm einmal übergibt.«

»Jessie, so etwas wird unter Männern ausgehandelt. Es wundert mich, daß er mit dir über Geld gesprochen hat.«

»Er sagte sogar, daß ich das Geld verdient hätte, da ich in den vergangenen sechs Jahren sein siegreichster Jockey gewesen bin. Da konnte ich ihm nur zustimmen. Er küßte und umarmte mich. Oh, ich liebe meinen Vater über alles, James. Ich möchte, daß er niemals stirbt.«

»Wie kann eine so unangenehme Mutter eine so nette Tochter haben?«

Sie schüttete sich vor Lachen aus.

Als sie in Marathon eintrafen, fanden sie zu ihrer Erleichterung alles ruhig und friedlich vor. James' Mutter hatte sich allerdings wieder eingefunden. In leuchtend roter Seide thronte sie im Salon neben dem Grafen und machte Konversation. Die Duchess hatte sich wohl unter einem Vorwand zurückgezogen, dachte Jessie, als sie sich aufrichtete und die Schultern nach hinten streckte und an James' Seite eintrat.

»Mein Sohn«, ertönte Wilhelmina Wyndhams Stimme. Ihre ausgestreckte Hand war die unmißverständliche Aufforderung an James, sofort auf seine Mutter zuzugehen und sie mit einem Handkuß zu begrüßen.

»Mutter.« Er verbeugte sich und gab ihr einen artigen Handkuß. »Ich bin überrascht, dich hier zu sehen. Eigentlich hatte ich vor, dich zu besuchen. Hatten wir das nicht abgesprochen? Ich wollte heute bei dir vorbeikommen.«

»Ich konnte nicht warten. Es ist so lange her, daß ich dich das letzte Mal gesehen habe. Ich habe Ursula gesagt, sie solle sich noch ein Weilchen gedulden, denn ich würde heute bei dir zu abend essen. Sie und Gifford können dich ja morgen besuchen.«

Fabelhaft, einfach fabelhaft, dachte Jessie und fragte sich, wie sie den Abend mit ihrer Schwiegermutter überstehen sollte.

Als die Duchess mit königlicher Anmut in einem anliegenden, rauchfarbenen Seidenkleid den Salon betrat, begrüßte

Wilhelmina Wyndham sie mit aufgeblähter Entrüstung. »Du bist immer noch hier? Ich hatte gehofft, du hättest dich unauffällig davongemacht. Gegen deinen reizenden Mann habe ich nichts einzuwenden. Es ist nur traurig, daß ihm keine andere Wahl blieb, als dich zu heiraten. Er ist ein feiner Mensch, auch wenn er mich um das Erbe gebracht hat, was mir von rechts wegen zustand. Aber dich? Dich möchte ich hier nicht mehr sehen. Ich wünschte, du würdest im Schlaf sterben.«

Jessie schnappte nach Luft. »Was haben Sie da gesagt, Ma'am?«

»Oh, ich sagte nur, ich wünschte, die Duchess würde ein Schaf erben. Ach ja, das Leben kann sehr ungerecht sein.«

»Ganz richtig, meine Teure«, meinte die Duchess und schenkte ihr ein bezauberndes Lächeln. »Und Badger bat mich, dir zu sagen, er wünsche nichts sehnlicher, als daß das Mahl, das er für heute abend zubereitet hat, dir die Galle hochtreibt.«

»Eine Unverschämtheit! Was hat er gesagt?«

»Wieso?« fragte die Duchess unschuldig. »Badger meinte doch nur, es wäre ihm eine Freude, ein Mahl zu servieren, das uns alle erfreut.«

»Du hast dich nicht verändert«, zischte Wilhelmina, während sich ihr mächtiger Busen unter der knallroten Seide hob und senkte. »Du solltest niemanden nachäffen, der sich auf diese Dinge besser versteht als du, meine Liebe, auch wenn du eine Gräfin bist. Diesen Titel hast du nicht verdient. Du bist eine Glücksritterin, die sich einen reichen Mann geangelt hat. Das weiß jeder, sogar dein armer, unglücklicher Mann, aber trotzdem hat er dich vor sieben Jahren geheiratet.«

»Genau das dachte ich soeben«, bemerkte Marcus gelassen. »Gut beobachtet. Da ich nun mit diesem Weib verheiratet bin und sie schlecht in einen Brunnen stoßen kann, muß ich sie im Rahmen meiner bescheidenen Fähigkeiten so gut

ich kann verteidigen. Daher, meine Teure, wäre es mir ein Vergnügen, wenn du dich von einer Klippe stürzen würdest.«
»Oh, nein! Das ist doch nicht dein Ernst? Was hast du da eben gesagt?«
»Ich? Oh, ich sagte eben, es wäre mir ein Vergnügen, wenn du dich von einer Klippe stürztest.«
Mrs. Wyndham starrte ihn verblüfft an. Im Salon herrschte einen Augenblick lang Stille. Alle Augen starrten auf Marcus, der so unbehelligt aussah wie Old Bess' Tapioca Pudding. »Du hast dich nicht herausgeredet«, sagte sie schließlich. »So wird das nicht gespielt. Du darfst nicht zugeben, was du in Wahrheit gesagt hast. Du mußt ähnlich klingende Worte finden, um deine Aussage in eine Banalität zu verwandeln.«
»Wie ungeschickt von mir«, entschuldigte sich Marcus und zupfte mit Daumen und Zeigefinger einen weißen Wollfaden von seinem Ärmel.
»Ja«, meinte Wilhelmina und beugte sich zum Grafen vor, »du hättest zum Beispiel sagen können: ›Es wäre mir ein Vergnügen, wenn du deine Lippen schürztest.‹«
Marcus zog die Stirn in Falten. »Nein, das wäre doch wohl etwas zu plump, Ma'am. Ah, ich werde mir etwas überlegen. Wenn ich das Passende gefunden habe, trage ich es vor, und du kannst es beurteilen.«
»Mit Freuden«, erklärte Wilhelmina Wyndham und tätschelte Marcus' Arm. »Was für ein herrliches Material«, sagte sie kokett und machte ihm schöne Augen. »Eine traumhafte Farbe, dieses tiefe, dunkle Blau.«
Die Duchess rollte die Augen nach oben. Daß ihr Ehemann auch immer mit seinen Frechheiten davonkam!
James genoß das Geplänkel und hielt sich zurück – wenigstens wollte er das so lange, bis seine Mutter ihre Geschütze auf Jessie richtete. Und schon wandte Wilhelmina Wyndham sich dem nächsten Opfer, nämlich Jessie, zu. »Es will mir einfach nicht in den Kopf, warum dein wun-

dervoller Ehemann dich nicht verläßt. Du bist nicht für das Leben an seiner Seite geschaffen.«
»Wie bitte, Ma'am?« Jessie schielte beinahe. Der Graf lachte auf. »Sehr gut. Nur weiter so.«
»Ja, mein Junge. Das ist erst der Anfang. Also, Jessie …«
James erhob sich und lenkte damit die Aufmerksamkeit auf sich. »Mutter, darf ich deine Gedanken in eine andere Bahn lenken, in eine freundlichere vielleicht? Im April wirst du Großmutter.«
Jessie spürte die Ausläufer des gewaltigen Schocks, den diese Nachricht bei ihrer Schwiegermutter ausgelöst hatte. Einen Augenblick lang herrschte Stille. Dann zuckte Wilhelmina Wyndham zusammen und setzte ihre Giftschleuder in Gang. »So«, zischte sie und zeigte mit dem Finger auf Jessie, »du hast meinen armen Sohn verführt. Als er nach England kam, hast du ihm gesagt, daß du schwanger bist, und der arme Junge mußte dich heiraten. Ich hätte nichts einzuwenden, wenn er Glenda zur Frau genommen hätte. Sie hat die Weisheit nicht mit Löffeln gegessen und hätte sich von mir wie eine Marionette führen lassen. Ihre Mutter, eine Busenfreundin aus meiner Kindheit, ist auch so ein kleines Dummchen. Ich werde wohl nie verstehen, wie Portia eine Abscheulichkeit wie dich zur Welt bringen konnte. Daran muß ihr Mann schuld gewesen sein. Oliver war nie ganz bei der Sache. Die arme Portia grämt sich zu Tode, daß du der armen Glenda den Ehemann weggeschnappt hast, aber sie hat nicht den Mumm, dagegen einzuschreiten, statt dessen zetert sie wie ein altes Waschweib.«
»Was würdest du an ihrer Stelle tun?« fragte Marcus mit einem Blick, der jedes Frauenherz erweicht hätte.
»Tja, ich hätte dafür gesorgt, daß diese Kröte nicht mehr ihres Lebens froh wird, daß sie nach Italien reist und den Rest ihres erbärmlichen Lebens in einem Fischerdorf verbringt.«
»Aber, Ma'am«, wandte Jessie ein und hätte sich nicht allzu ungern auf den Schuhen ihrer Schwiegermutter übergeben, »ich spreche kein Italienisch.«

»Das, meine Gute, ist nicht mein Fehler. Wende dich an deine Mutter. Sie hat dir eine unzureichende Ausbildung gegeben. Mein James spricht fließend Französisch. Er liest sogar ausländische Schriftsteller.«
Bevor jemand einen Mord begehen oder in Lachen ausbrechen konnte, erhob sich James und reichte seiner Mutter die Hand. »Mutter, ich glaube, es ist Zeit, daß du nach Hause fährst. Du wirst ein anderes Mal zu uns zum Abendessen kommen. Wenn du dich nun von Marcus verabschieden würdest.«
»Du mußt noch fleißig üben«, sagte Wilhelmina zum Grafen. »Und dich, meine Teuerste«, erklärte sie drohend der Duchess, »werde ich nicht vergessen.«
»Vielen Dank.«
»Ah, Thomas, lassen Sie bitte die Kutsche meiner Mutter vorfahren. Ich werde dich hinausbegleiten, Mutter.«
»Ihr seid an allem schuld!« rief Wilhelmina Wyndham der Duchess und Jessie zu und segelte dann am Arm ihres Sohnes aus dem Salon.
Jessie blickte die Duchess an, die sich mit dem Polster eines Sesselchens beschäftigte. »Weißt du, Jessie, wir sollten morgen nach Baltimore fahren. Vielleicht finden wir dort einige brauchbare Möbelstücke. Vorher müssen wir natürlich James zu Rate ziehen.«
»Ja«, stimmte Jessie zu und sah die Duchess nachdenklich an. »So wie ich James kenne, wird er überall ein Wörtchen mitreden wollen.« Jessie seufzte. »Nicht zu fassen, wie du mit ihr umgesprungen bist, Marcus, aber sie hat es geschluckt.«
»Tja, ich bin unwiderstehlich«, antworte Marcus schlicht.
Seine Frau blickte ihn an. Ein feines Lächeln umspielte ihre Mundwinkel. »Tut mir leid, Jessie, wenn ich das sagen muß, aber Wilhelmina ist eine alte Vettel und das böseste Weib auf Gottes Erdenrund. Marcus, ich danke dir, daß du mich vor ihren schlimmsten Schlägen beschützt hast. James hingegen hält sich zurück, er greift nur ein, wenn sie dich, Jessie, ins Visier nimmt.«

»Sehr klug von ihm«, meinte Marcus. »Was bleibt ihm sonst übrig? Sie von einer Klippe stoßen?« Er lachte, stand auf und reckte seine Glieder. »Ich werde mir jetzt James' Pferde ansehen.« Er küßte seine Frau und tätschelte Jessies Wange. »Verwandte sind die Pest«, sagte er und schlenderte zur Tür hinaus.

»Seine Mutter«, erklärte die Duchess, »liebt ihn ebenfalls abgöttisch. Sie bewundert ihn, lobt seine Unschuld, seine Reinheit. Zum Glück ist sie der Meinung, daß wir zueinander passen. Ihre Enkelkinder verwöhnt sie maßlos.«

Jessie seufzte tief auf. »Kannst du dir vorstellen, daß Mrs. Wyndham meine Sprößlinge schamlos verwöhnt?«

»Ehrlich gesagt nicht.«

»Was sollen wir machen, Duchess? Schließlich ist sie seine Mutter.«

»Armer James.«

Kapitel 28

James war so verblüfft, daß er über den dreibeinigen Schemel vor dem Lehnstuhl stolperte und um ein Haar krachend zu Boden gestürzt wäre.
Um das Gleichgewicht zu halten, mußte er heftig mit den Armen rudern. Fluchend rieb er sich das Schienbein und starrte seine Frau an. Jessie thronte im Schneidersitz in der Mitte des Ehebettes und bürstete sich gedankenverloren die roten Haare, die ihr in dichten Locken fast bis zum Nabel fielen.
Sie war splitternackt.
Viel sehen konnte er zwar nicht. Wie ein Mantel umhüllte die Haarpracht ihren weißen Körper. Erst als sie den Arm hob, konnte er durch den Lockenschleier einen Blick auf ein Stück weicher, weißer Haut knapp über ihrer linken Brust erhaschen.
James durchlief ein Schauer. Dieses Aufblitzen weißer Haut hätte jeden Mann verrückt machen können, wieviel mehr aber einen, der erst drei Monate verheiratet war und seine Frau aus Furcht, sie könne wieder Alpträume bekommen, schon seit zwei Tagen nicht mehr angerührt hatte. Es kostete James einige Mühe, sich nicht gleich auf sie zu stürzen. »Mein Gott«, sagte er heiser und trat einen Schritt näher.
»Hallo, James«, begrüßte ihn Jessie lächelnd. »Eine herrlich milde Nacht heute, findest du nicht auch?«
»Ja, darüber freue ich mich ganz besonders.« Er tat noch einen Schritt auf das Bett zu.
Sie hob eine dicke Haarsträhne von ihrem Körper ab und wickelte sich das gelockte Ende um die Finger. Ohne mit dem Bürsten aufzuhören, fragte sie: »James, könntest du

mich heute nacht lieben, wenn ich dir verspreche, nicht wieder von Mr. Tom zu träumen?«

»Ich weiß nicht«, sagte er gedehnt, »ob es gut für dich ist. Wir beide wissen um diesen unseligen Zusammenhang zwischen deiner Lust und deinen Alpträumen. Nein, ich möchte das nicht verantworten. Woher willst du wissen, daß diese Schreckensbilder nicht wiederkommen?«

Jessie gab keine Antwort. James kam noch einen Schritt näher, und noch einen. Unverwandt blickte er sie an.

»Darf ich dir das Haar bürsten?«

»Wenn du willst«, sagte sie und gab ihm die Bürste mit dem Stiel voran, als reiche sie ihm ein Florett. »Ich habe einen ziemlich starken Willen, James. Ich werde nicht mehr von ihm träumen. Und ich fordere meinen Anteil an unserem gemeinsamen Vergnügen.«

Sie saß immer noch im Schneidersitz in den Kissen. James setzte sich zu ihr auf das Bett. Eines ihrer weißen Knie berührte sein Bein. Wie leicht könnte er an ihrem Schenkel hinauffahren und seine Hand über das kleine, rote Lockenkissen legen. Eigentlich hielt ihn nichts davon ab, sie an den intimsten Stellen zu berühren, sie auf ihn einzustimmen. Vorsichtig ließ sie den Kopf auf seine Schulter sinken. Mit einem Blick auf die Fülle der leuchtend roten Locken sagte er: »Ich fände es besser, wenn du dir die Haare hochsteckst.«

Sie lachte, hob den Kopf, um ihn anzusehen, und legte ihm die Hand auf die Wange. »Seit einer Viertelstunde sitze ich nun hier und bürste mein Haar, damit es glänzt. Mir tun schon die Arme weh. Und jetzt soll ich es hochstecken, James?«

»Ja, ich möchte deinen Körper sehen. Ich wußte gar nicht, daß du so dichtes Haar hast. Man sieht ja nichts mehr von dir. Nimm es zurück und steck es dir hoch.«

»Gut. Hole mir bitte die Haarspangen von der Kommode.«

So nah war er ihrer weißen Haut, so nah ihrem Mund, ihren Schenkeln, daß er sich nicht von ihr entfernen wollte, aber dann riß er sich zusammen und brachte ihr die hölzernen Spangen. Dieses Mal blieb er kurz vor der Bettkante stehen und riß sich förmlich die Kleider vom Leib. Ungeduldig hüpfte er auf dem einen, dann auf dem anderen Bein, als er sich seiner Stiefel entledigte.

Als sein Blick wieder auf seine Frau fiel, sah er, wie sie die Arme über den Kopf hob, mit den Händen die ganze Haarpracht hochhielt, während der Rest ihres Körpers nun völlig nackt war. Er begehrte sie.

»Dein Busen ist voller geworden«, bemerkte er und trat an das Bett.

»Ja, nicht wahr«, sagte sie stolz. »Mir fällt auf, daß du sehr groß wirst, wenn du dich vor mir ausziehst, James. Sieh selbst hin. Wenn ich nicht wüßte, daß du so gut in mich hineinpaßt, würde ich vor Angst schreiend davonlaufen.«

James konnte sich kaum mehr zurückhalten. Es fehlte nicht viel, und er hätte sich auf Jessie gestürzt. Aber irgendwie brachte er es fertig, sich zu beherrschen. Er blickte auf den roten Lockentuff zwischen ihren geöffneten Schenkeln, der die Samthaut darunter verbarg und doch wie eine Einladung wirkte.

»Es stört dich doch hoffentlich nicht, daß ich überall behaart bin?«

Mit einem feinen Lächeln spielte sie mit einer Korkenzieherlocke. »O nein, James. Dein Körper gefällt mir. Ich liebe das Spiel deiner Muskeln, wenn du dich bewegst. Es macht mir Spaß, dich zu berühren, über deinen festen Bauch zu streichen, nun ja, und dann noch über andere Stellen.«

»An den männlichen Stellen?« fragte er.

»Ja«, sagte sie, »auch da.«

Ihre Brüste hoben sich, während sie das Haar aufsteckte. James schloß die Augen. Sie berührte ihn gern. Wieder durchlief ihn ein Schauer. Und es machte ihr Spaß, ihn an einer bestimmten Stelle zu berühren? Oh, sie würde ein Leben lang Zeit haben, ihn dort zu berühren, ihn zu berühren, wo immer sie wollte.

»Deine Brustwarzen sind jetzt dunkler und größer geworden, Jessie.«
»Ich wußte nicht, daß du so ein guter Beobachter bist.«
Offenbar war sie erregt. Wahrscheinlich war sie ebenso erregt wie er. Wie lange dauerte es noch, bis sie das Haar hochgesteckt hatte? »Jessie, du spielst mit mir. Wann hast du dieses Theater geplant?«
»Beim Abendessen. Mein Magen hatte sich beruhigt. Badgers geschmorte Hammelnierchen wirkten anscheinend Wunder.«
Er mußte jetzt einfach die Führung übernehmen. Er begehrte sie und würde sich nicht mehr lange beherrschen können. Ah, welche Lust er ihr bereiten würde! Der Gedanke an Mr. Tom tauchte auf, doch er verscheuchte ihn. Sie war seine Frau, und sie wollte ihn.
Niemals würde er sie im Stich lassen. Die Reise nach Ocracoke stand bevor. Es ging ihm nicht um diesen albernen Piratenschatz. Er hatte nur den einen Wunsch, daß das Grauen, das sie mit diesem Ort verband, für immer und ewig der Vergangenheit angehörte. Wenn sie die Stätte der Kindheit wiedergesehen hatte, würden die Geister, die sie peinigten, gebannt sein.
Er streckte die Hand aus und legte sie sanft auf ihren Bauch.
»Du bist das schönste weibliche Geschöpf der Erde«, sagte er ein wenig heiser. Sein warmer Atem strich über ihre Haut. Obwohl er sie kaum berührte, bäumte sie sich unwillkürlich auf.
Er lachte leise und küßte sie auf das Kissen aus roten Locken.
»James!«
»Hmmm?« meinte er, ohne den Kopf zu heben. Nein, er mußte sich zurückhalten und alles fachgerecht und ordentlich machen, schließlich sollte sie wieder den Funkenregen am Himmel sehen. Es war ihm ein Rätsel, warum er sie heute mehr als vor drei Monaten begehrte.
Wieder bäumte sie sich ihm leicht entgegen. Er spürte, wie

sich ihre Finger in sein Haar, in seine Schultern gruben, und er hörte sie flüstern: »Bitte, James, oh, bitte, bitte ...«
Ihr Körper erschauerte vor Lust, als er seine Liebkosungen fortsetzte. Ihr kleiner Sehnsuchtsschrei entlockte auch ihm ein leises Stöhnen. Er ließ nicht ab von ihr, denn er wußte, wenige Augenblicke später würde er ebenso empfinden, dann würde sie es sein, die ihm Freude bereitete und die seine Lust genoß. Zumindest hoffte er, daß Frauen auch Freude an der Lust des Mannes hatten. Bei Jessie jedenfalls schien das so zu sein.
Als sie sich ein wenig beruhigt hatte, hob er den Kopf, lächelte sie an und sagte: »Jetzt, Jessie.«
Im Nu hob er ihre Hüften hoch und kam in sie. Er wünschte, daß dieses mit Schmerzen verbundene Drängen niemals aufhören möge. Sie hob ihren Körper leicht an und schlang ihre Beine um seinen Rücken. Da war es um ihn geschehen. Er wurde ein Teil von ihr.
Fest umschlungen lagen die Liebenden nebeneinander. »Ich finde, wir sollten das jeden Abend machen«, meinte Jessie schläfrig. »Wegen meiner Alpträume hast du dich zwei Tage von mir ferngehalten. Bitte, tu das nie wieder, James. Wenn du das noch länger vorhast, bestehe ich darauf, daß wir sofort nach Ocracoke aufbrechen, obwohl wahrscheinlich keiner mit seinen Reisevorbereitungen fertig ist. Aber bald ist es soweit. Ein Piratenschatz! Juwelen, eine Truhe mit Juwelen. Und alles wird uns gehören. Wir werden so reich sein, daß wir ganz Maryland kaufen können.« Sie lachte aus vollem Halse und konnte sich gar nicht mehr beruhigen.
»So habe ich dich gerne. Wirst du immer so lachen?«
»Nichts lieber als das, James. Aber was werden unsere Mütter denken?«
»Beachte sie einfach nicht.«
»Vor deiner Mutter fürchte ich mich ein wenig. Sie sagt Unverschämtheiten, und wenn man noch einmal nachfragt, verharmlost sie die Bemerkung mit ähnlich klingenden Worten und spielt die Unschuldige.«

»Als die Duchess und Marcus noch jung verheiratet waren, hatte es meine Mutter darauf angelegt, sie mit jedem Wort zu beleidigen. Als die Duchess den Spieß umdrehte und es ihr mit gleicher Münze heimzahlte, gab sie Ruhe.« Er seufzte. Plötzlich zuckte er wie ein Jagdhund zusammen, der einen Fasan wittert. Jessies Hände glitten zärtlich über seinen Rücken und sein Gesäß.
»Ist dir klar, was du da tust?«
»Das hoffe ich doch, James. Oh, ja. Du wirst wieder ganz groß.«
»Eine Notwendigkeit, Jessie. Eine reine Notwendigkeit.«
»Soll ich dir noch ein Geheimnis verraten?«
James, der vor Erschöpfung nicht wußte, wie er genügend Luft zum Atmen bekommen sollte, starrte sie nur fassungslos an. Am liebsten wäre er über ihr zusammengesunken, aber er hielt sich wacker auf seinen Ellenbogen. Kurz zuvor hatte er sie beinahe erdrückt, aber sie hatte sich nicht beklagt. Wo war der selige, verschleierte Blick von vorhin geblieben? Mit Bedauern bemerkte er ein aufgeregtes Funkeln in ihren Augen. Frauen, dachte er kopfschüttelnd, um sich wach zu halten, sind wirklich andere Wesen als Männer. Eigentlich müßte sie ihm jetzt Zärtlichkeiten ins Ohr flüstern, ihren feuchten Leib an den seinen pressen und dann einschlafen, während in ihm langsam wieder die Leidenschaft erwachte.
Jessie aber war hellwach. Es war, als hätte ihr die Lust neue Kräfte verliehen. Wenn es nach ihm ginge, könnte er jetzt tagelang schlafen.
»Was für ein Geheimnis?« Es war ihm völlig gleichgültig. Er würde sich nicht eine Sekunde länger wach halten können. Er zog sich von ihr zurück und sank neben ihr zusammen. »Was für ein Geheimnis?« fragte er noch einmal und küßte sie. Im Halbschlaf überlegte er, wann er sich zum letzten Mal so zufrieden mit sich und der Welt gefühlt hatte. Merkwürdig, daß dieses Gefühl mit Jessie Warfield zusammenhing, der Göre von früher. Sehr merkwürdig.

»Oh, ich habe ganz vergessen, was ich dir erzählen wollte. Ich bin noch ganz zittrig.«
»Also, erzähle. Ich bin zwar halbtot, aber erzähle von diesem Geheimnis.«
»Sicherlich hast du schon einmal von den verschollenen Siedlern auf der Insel Roanoke gehört, nicht wahr?«
»Natürlich. Die Schiffe, auf denen sie dorthin gelangten, gehörten Sir Walter Raleigh. Die ganze Expedition war von ihm mitfinanziert worden. Er brachte die Siedler zu den Outer Banks, einem Riffgürtel vor der Küste von North Carolina. Bei einer kleinen Insel namens Roanoke gingen sie vor Anker. Das spielte sich im ausgehenden sechzehnten Jahrhundert ab.«
»Ja, im Jahre fünfzehnhundertsiebenundachtzig. Es waren über hundert Siedler aus England mit Frauen und Kindern. Das erste Kind, das auf amerikanischem Boden geboren wurde, war Virginia Dare, die Enkelin von John White, dem Anführer der Siedler. Als Sir Walter Raleigh Roanoke wieder verlassen mußte, wollten die Siedler, daß John White mit nach England zurückkehrte, um sicherzustellen, daß man sie nicht auf diesem Eiland vergaß, auch um ihnen Nachschub an Vorräten und Gerätschaften zu bringen. Als aber die Spanier im Jahre 1588 englische Schiffe angriffen, war es mit dem Nachschub vorbei. White gelang es erst im Jahre 1590, zur Insel zurückzukehren. Als White und seine Männer gelandet waren, war von den Siedlern keine Spur zu finden. Nicht eine Menschenseele entdeckten sie. Ein Massaker hatte es offenbar nicht gegeben, sonst hätten sie Leichenteile oder Knochen gefunden. Die Siedler waren wie vom Erdboden verschluckt. Was war mit ihnen geschehen? Das ist bis zum heutigen Tage ein Geheimnis geblieben. Viele haben versucht, es zu ergründen. Es gibt die abenteuerlichsten Theorien darüber.«
»Worauf willst du hinaus, Jessie?«
»Ich bin eine Frau, und ich habe das Geheimnis gelüftet.«
»Was?«

»Nun, ganz habe ich das Rätsel nicht gelöst, aber ich muß mich auch nicht mit wilden Vermutungen abplagen, wie die Geschichtsforscher seit dreihundert Jahren. Es gibt ein Tagebuch. Valentines Tagebuch. Das scheint der Name der Verfasserin zu sein, aber das weiß ich nicht mit Sicherheit. Sie nennt sich selbst nur einmal so.«

»Wer zum Teufel ist Valentine? Und wo hat sie diesen albernen Namen her?«

»Sie gehörte zu den Siedlern, und sie ist Blackbeards Urgroßmutter. Ja, du hast richtig gehört. Offenbar hat sie den Brauch eingeführt, die täglichen Ereignisse aufzuzeichnen. Da sie ja Blackbeards Urgroßmutter war, muß sie überlebt haben, und es liegt nahe, daß der Rest der Siedler ebenfalls am Leben geblieben ist. Wenn wir die Tagebücher auf Ocracoke gefunden haben, werde ich die Aufzeichnungen von A bis Z lesen und wissen, was aus den Siedlern geworden ist. Ich hatte Valentine jahrelang vergessen, genau wie Blackbeard.

Valentines Tagebuch wird uns bei der Schatzsuche keine große Hilfe sein, weil sie schon lange tot war, als Blackbeard zur Welt kam. Aber ich kann mir vorstellen, daß ihre Aufzeichnungen das Geheimnis um das Schicksal der englischen Siedler von Roanoke endlich lüften. Ist das nicht aufregend, James?«

»Alles Hirngespinste, Jessie. Ich glaube, die Liebe ist dir in den Kopf gestiegen. Morgen ist wieder ein Tag, und dann werden wir noch einmal darüber reden. Bitte, laß mich jetzt schlafen. Blackbeards Urgroßmutter, sagtest du? Sehr weit hergeholt. Und sie soll eine Siedlerin von Roanoke gewesen sein? Ich glaube, du hast jede Beziehung zur Wirklichkeit verloren, mein Kind. Du hast zu lange nicht mehr auf einem Pferd gesessen.« Die Antwort blieb aus.

Beinahe hätte er laut aufgelacht. Jessie schlief fest. Ihre Hände waren noch über seinem Rücken verschränkt.

In dieser Nacht träumte sie sicher nicht von Mr. Tom. James verlor darüber am nächsten Tag kein Wort, und auch

Jessie nicht. Vielleicht war dieser Spuk nun endlich vorbei. Vielleicht. James wollte jedoch ganz sichergehen. Nein, er wollte mit ihr so bald wie möglich nach Ocracoke reisen. Jessie sollte den Ort wiedersehen, wo alles geschehen war. Und dann wollte er diesen verdammten Schatz suchen, wie alle hier im Haus.

Kapitel 29

»Wir haben alles besprochen und sind zu einem Ergebnis gekommen.«

Marcus und James zeigten sich von Spears' Ankündigung nicht sonderlich überrascht.

Nur Jessie fragte: »Und wie sieht dieses Ergebnis aus?«

»Mr. Badger, würden Sie das bitte erklären?«

Badger reichte ein zweites Mal die Platte mit den Damaszener Pflaumentörtchen herum, während Sampson den Portwein kredenzte. Badger setzte sich zu der Runde an den Eßtisch, räusperte sich und sagte: »Es handelt sich um Valentine und die verschollenen Siedler von Roanoke.«

»Man stelle sich eine junge Frau vor«, erklärte Maggie und knabberte damenhaft an ihrem Törtchen, »die vor so langer Zeit gelebt hat und die uns über die Jahrhunderte hinweg schreibt. Und dann finden wir zu alledem noch heraus, daß sie die Urgroßmutter dieses gottlosen Seeräubers war.«

»Das beweist eindeutig, daß die verlorengeglaubten Siedler nicht umgekommen sind«, bemerkte Marcus. »Wenn Valentine Nachkommen hatte, und diese Nachkommen am Leben geblieben sind, dann ist denkbar, daß auch andere Siedler überlebt haben.«

Die Duchess hörte nur halb zu. Ihre Gedanken kreisten um den Lehnsessel im Salon – ein riesiges, bequemes Möbelstück, doch mit seinem abgewetzten Bezug aus dunklem Brokat eine wahre Scheußlichkeit. Als die Sprache auf Ocracoke und die verschollenen Siedler kam, wurde sie aufmerksam und fragte: »Was hat es mit dieser Valentine auf sich, Badger?«

»Jessie sagte uns, daß sie die Erinnerung an Valentines Tagebuch und Blackbeards Aufzeichnungen aus ihrem Gedächt-

nis verdrängt hatte. Old Tom hatte ihr erzählt, daß die Tagebücher seinem bösen Großvater in die Hände gefallen waren. Dieser bewahrte sie nur deshalb auf, weil er sie für eine Besonderheit hielt und weil Valentine zur Familie gehörte.«
»Ganz richtig«, erklärte Jessie. »Old Tom wollte, daß ich ihm Auszüge aus dem Tagebuch der Valentine vorlese. Daher weiß ich einiges über die Lebensweise und den Alltag der Siedler. Ich nehme an, daß Valentine am Ende ihrer Aufzeichnungen auch über das Schicksal der Siedlung berichtet hat. Vielleicht werde ich noch berühmt, wenn ich ihr Tagebuch mit meinen Anmerkungen veröffentliche.«
»Auch das haben wir erwogen, Jessie«, ließ sich Spears vernehmen. »Es ist ein weiterer anregender Gesichtspunkt. Doch zunächst zu den wichtigeren Dingen. Wir sollten eine Reise zu der Inselgruppe der Outer Banks unternehmen und uns Ocracoke etwas näher ansehen. Wenn wir die Tagebücher gefunden haben, werden wir das Versteck des Schatzes ausfindig machen können. Sie werden dann Ihre Anmerkungen dazu schreiben, und wir helfen Ihnen dabei, sie in Buchform einer breiten Leserschaft zugänglich zu machen. Ich glaube, jeder von uns freut sich auf eine neue Schiffsreise. Bis nach Ocracoke ist es ja nicht allzuweit.«
Maggie stieß einen Freudenschrei aus.
Sampson tätschelte ihre gepflegte weiße Hand.
Badger sagte: »Es sind noch vier Pflaumentörtchen übrig. Wem darf ich eines reichen?«
»Ja, wir sollten sofort aufbrechen«, meinte die Duchess und beugte sich vor, um ein Törtchen zu nehmen. »Nun«, fuhr sie nach kurzem Zögern fort, »vielleicht nicht gleich morgen, aber so bald wie möglich. Jessie und ich sollten allerdings vorher die Instandsetzung der Möbel in Auftrag geben. Bei unserer Rückkehr ist vielleicht schon vieles fertig. Ach, da fällt mir ein, jemand müßte sich um die Rosen kümmern. Ich habe bereits mit Thomas gesprochen und ihn gebeten, sich nach einem Gärtner für dich umzusehen, James. Die verwilderten Rosen tun mir in der Seele weh.«

»Keine Sorge, Duchess«, meinte Jessie. »Zum Glück bekomme ich eine Mitgift. James und ich könnten mehr als einen Gärtner einstellen. Bei deinem nächsten Besuch in Marathon wirst du hier ein Rosenparadies vorfinden.«
»James«, meldete sich Marcus jetzt mit gespielter Schüchternheit zu Wort und warf ein Auge auf das letzte Törtchen, »werden wir in dieser Runde überhaupt noch gefragt? Beschleicht dich nicht auch das Gefühl, daß wir uns ohne weiteres nach England absetzen können, ohne daß man uns hier groß vermißt? Die Damen scheinen sehr gut allein zurechtzukommen.«
»Oh, daß kein Irrtum aufkommt! Für mein Wohlbefinden ist James unerläßlich«, erklärte Jessie und lächelte zu James hinüber, der über ihre Bemerkung zu stutzen schien.
»Meine liebe Jessie, so habe ich das zwar nicht gemeint, aber eine Überlegung wäre es wert«, erwiderte Marcus mit einem anzüglichen Lächeln.
»Was soll ich machen?« fragte James verzweifelt und schnappte dem Earl das Törtchen vor der Nase weg. »Meine Frau wird vor Sehnsucht verschmachten, wenn sie ohne mich mit der Duchess auf Schatzsuche geht.«
»Wir haben nicht vor, euch auch nur eine Sekunde aus den Augen zu lassen. Zu viele Gefahren lauern auf euch«, erwiderte die Duchess und stützte die hübschen runden Ellenbogen auf das weiße Leinentischtuch.
»Wenn du den Schreiner und Tischler mit der Instandsetzung und Neuanfertigung der Möbel beauftragst, Duchess«, erklärte James, »stechen wir sofort in See. Ah, morgen abend sind wir bei den Blanchards zu einem Ball eingeladen, den sie zu Jessies und meinen Ehren geben. Bei den Blanchards hat alles angefangen. Jessie stürzte vom Baum, landete höchst zweideutig auf meinem Bauch, nachdem sie – das wollen wir nicht vergessen – Mortimer Hackey vorher in den Fuß geschossen hatte.«
»Du lieber Himmel!« rief Jessie erschrocken aus. »Glaubst du, dieser schreckliche Kerl wird auch wieder dasein?«

»Möglich«, antwortete James, streckte die Beine aus und schlug sie zufrieden übereinander, nachdem er eben das letzte Pflaumentörtchen mit Behagen vertilgt hatte. »Aber sollte er mich wieder mit diesem furchtbar drohenden Blick ansehen, dann, mein liebes Weib, kannst du ihm einen Schlag verpassen, der ihn in die Blanchardschen Rosenrabatten befördert.«
Es fiel auf, daß Jessie nicht in das allgemeine Gelächter einstimmte. Sie nickte nur feierlich. »Mein Lieber, vor Hackey brauchst du dich nicht mehr zu fürchten. Seitdem er weiß, daß ich ein guter Schütze bin, wird er eine Heidenangst vor mir haben.«
James verdrehte die Augen.
Spears sagte: »Ganz recht, Jessie.«
»Wäre es möglich, Badger, daß hier noch irgendwo ein Törtchen versteckt ist? James ist ein unhöflicher Gastgeber. Er hat sich das letzte in den Mund geschoben, bevor ich es ihm wegschnappen konnte.«
Badger blickte Marcus an, und sein Blick verriet die gleiche Zuneigung zu seinem Herren wie zu dessen Sohn Anthony. Vorsichtig lüftete er den Zipfel einer Serviette und zauberte ein letztes Törtchen hervor.

Die Blanchards, die James sehr mochten und seine Mutter verabscheuten, hießen Jessie um so herzlicher willkommen, nachdem Mrs. Blanchard festgestellt hatte, daß Jessie weder Hosen trug noch nach Stall roch. Ja, die Blanchards waren so erleichtert über Jessies veränderte Erscheinung, daß der Hausherr noch ein paar Flaschen Champagner aus dem Weinkeller holen ließ.
»Ah, James«, sagte Mr. Blanchard und rieb sich die fleischigen Hände, »was für eine prachtvolle junge Frau du hast, und dazu dieses herrliche Haar! Ist mir früher nie aufgefallen. Und ihre, hm, anderen weiblichen Attribute sind ebenfalls nicht von schlechten Eltern, das muß man wirklich sagen.«

James nahm es mit Humor auf, lächelte nur und nickte.
Gerne hätte Mrs. Blanchard ihrem Entzücken über Jessies Veränderung lautstark Ausdruck verliehen, aber sie hielt sich vor der Duchess zurück, dieser bezaubernden englischen Gräfin, die ohne weiteres eine Königin sein könnte. Donnerwetter, sie war voller Anmut und Liebreiz. Die jungen Kavaliere werden sich um den ersten Tanz mit ihr reißen. Und ihr Gemahl! Ein echter Earl. Und er war tatsächlich James' Cousin. Natürlich hatten sie von der Existenz der englischen Wyndhams gewußt, aber sie in Fleisch und Blut hier in ihrem Haus in Baltimore zu Gast zu haben, war fast mehr, als Mrs. Blanchard ertragen konnte. Die Hände vor dem ausladenden Busen verschränkt, lauschte sie verzückt der wohlklingenden Stimme der Duchess, den klar und deutlich ausgesprochenen Silben und den aristokratisch überbetonten Vokalen. Mrs. Blanchard war bis zum Bersten zufrieden, wohl wissend, daß am nächsten Morgen ganz Baltimore und Umgebung von der glanzvollen Gesellschaft und den erlauchten Gästen in ihrem Hause Kenntnis haben würde. Auf Knien würde man ihr huldigen. Und dies war auch der eigentliche Grund, weshalb sie für James und seine junge Frau diese Einladung gab.
Mrs. Blanchard betete, daß Wilhelmina Wyndham zu spät kommen möge. Ja, sie sandte sogar ein kurzes Stoßgebet gen Himmel, daß Wilhelmina sich beim Einsteigen in die Kutsche den Knöchel verstauchen, vielleicht sogar ein wenig brechen möge.
Doch ein Glück wie dieses war ihr nicht beschieden, stellte sie mit Bedauern fest, als von der Eingangstreppe her quer durch die Diele die schrille Stimme Wilhelminas erbarmungslos an ihr Ohr drang. Zu allem Übel schien sie auch noch zur gleichen Zeit wie die Warfields eingetroffen zu sein. Hoffentlich hatte der Himmel ein Nachsehen gehabt, und sie hatten Glenda zu Hause gelassen.
James war nicht im mindesten überrascht, Glenda hier zu sehen, die stocksteif an der Seite ihrer Mutter stand und

auch heute wieder ein Kleid trug, das viel zuviel Busen zeigte. Sie bot einen reizvollen Anblick, das mußte man sagen, aber nicht auf die Art, die ihn anzog, denn er hatte festgestellt, daß ihm Jessies immer besser gefiel. Er holte tief Luft, klemmte Jessies eiskalte Hand in seine Armbeuge und begrüßte Oliver, Mrs. Warfield und Glenda. Dann verstummte er für eine Weile.

»Wir sind hier nur erschienen, weil dein Vater darauf bestanden hat«, sagte Glenda mit Leichenbittermiene.

»Eigentlich ...«, erklärte Oliver gedämpft, aber doch nicht leise genug, so daß es die Umstehenden hören konnten, »eigentlich hatte ich vor, allein zu kommen. Allein hätte ich mich viel besser unterhalten.«

»Komm, Papa, wir holen uns ein Glas Champagnerpunsch.« Kurzentschlossen hakte Jessie ihren Vater unter. Gemeinsam entfernten sie sich in Richtung des Tisches, auf dem der Punsch stand. Grinsend blickte James ihr nach, dann beobachtete er, wie seine Schwiegermutter und seine Schwägerin sich vor der Duchess wie stotternde Bittsteller benahmen. Glenda versank sogar in einen Hofknicks, was die Duchess mit einem kleinen Nicken des Kopfes entgegennahm.

Bis jetzt ließ sich alles sehr gut an. Marcus besaß sogar die Größe, sich um James' Mutter zu kümmern, die nach einem kurzen Gruß an der Gastgeberin vorbei in den Salon rauschte, geradewegs auf die Duchess zu.

Geistesgegenwärtig sagte Marcus laut und deutlich zu seinem Gegenüber: »Charme ist eine sehr nützliche Eigenschaft, wenn man intelligent genug ist, um das zu erkennen, da stimmen Sie mir doch zu, Madame?«

Mit einem Ruck machte Wilhelmina in gut sechs Fuß Entfernung vor der Duchess Halt, schwenkte ihre Röcke um hundertachtzig Grad und lächelte den Earl verführerisch an. »Mein lieber Papa versicherte mir immer, ich hätte mehr Charme als alle anderen Frauen.«

Dieser Vergleich, dachte Marcus und blickte in das noch

immer schöne Gesicht, dessen Züge eine gewisse Ähnlichkeit mit James nicht verleugneten, wäre ihm nie in den Sinn gekommen. Keiner, der sie kannte, hätte dem zugestimmt.
»Ich bin sicher, meine Teure, diesen Charme wirst du heute großzügig versprühen. Falls es nicht der Fall ist, könnte ich mich gezwungen sehen, jegliche Konversation mit dir einzustellen.«
Wilhelmina war wie vor den Kopf gestoßen, denn sie nahm die niederschmetternde Drohung des Earls ernst. Sie hatte die Absicht gehabt, vor ihren hier versammelten Nachbarn zu glänzen, weil sie, ausschließlich sie, mit diesem illustren Paar wirklich und wahrhaftig verwandt war, obwohl sie diese verdammte Duchess am liebsten in den Boden gerammt hätte.
»Darf ich um diesen Walzer bitten, Mylord?« fragte Wilhelmina geziert und betupfte mit den Fingerspitzen die steife, pomadisierte Locke vor ihrem Ohr.
»Sehr gerne«, erwiderte Marcus aalglatt. »Nur hat ein Gentleman leider die Pflicht, den ersten Tanz mit seiner Frau zu tanzen.«
»Du doppelzüngiger Teufel«, flüsterte die Duchess ihrem Mann zu, als er sie im Dreivierteltakt in seinen Armen herumwirbelte.
»Ich werde ernsthaft an mir zweifeln, wenn sie heute abend wieder ihre lästerliche Zunge Amok laufen läßt«, sagte er und küßte seine Frau auf ihr hübsches Ohr. Dann schwenkte er sie in weiten Kreisen herum. »Meine, hm, mehr oder weniger deutliche Drohung wäre dann wirkungslos gewesen. Bete, Duchess, daß sie nicht die Maske fallenläßt. Mein Ruf als großer Diplomat steht auf dem Spiel.« Die Duchess bemühte sich, nicht lauthals aufzulachen. Das Paar hatte nicht bemerkt, daß alle Gäste in einem Halbrund um sie herumstanden und ihnen beim Tanzen zusahen.
»Nun, ja«, äußerte sich Mrs. Blanchard in selbstgefälligem Ton, »schließlich sind sie ja fast von königlichem Geblüt,

und deshalb kann man auch mit Fug und Recht von ihnen erwarten, daß sie auch vollkommene Tänzer sind. Und grenzt dieses kleine Lächeln der Duchess nicht auch an Vollkommenheit? Ah, und was sind sie für ein wunderschönes Paar! Sie in nachtblauer Seide und er in diesem vortrefflich sitzenden schwarzen Gesellschaftsanzug. Ich würde nur zu gerne wissen, was in Wilhelmina gefahren ist. Sie hat das unverdiente Glück, mit diesen Leuten verwandt zu sein, aber sie sieht aus, als hätte sie einen Pflaumenkern verschluckt.«

»Oh, sie sieht immer aus, als wäre ihr etwas im Halse steckengeblieben«, bemerkte Mr. Blanchard trocken. »Der Earl hingegen ist ein verdammt guter Mann, auch wenn er Engländer ist. Nun ja, die Vorfahren kann man sich leider nicht aussuchen.«

Mrs. Blanchard blickte ihren Mann an, als ob er seinen Verstand verloren hätte. Sie frohlockte bei dem Gedanken, daß Wilhelmina Wyndham, aus welchem Grunde auch immer, noch keinen Ball für die englischen Aristokraten und ihre neue Schwiegertochter gegeben hatte. Dieses Privileg genoß sie nun ganz allein. Sich zum Eingang wendend hieß sie Compton Fielding und seine Mutter Eliza willkommen.

»Ah«, sagte Fielding, nachdem er seine Gastgeber begrüßt hatte, »wie ich sehe, sind James und Jessie auch hier. Ich bin höchst erfreut, daß die beiden geheiratet haben. Es kam zwar etwas überraschend, aber ich kann es nur begrüßen.«

»Auch ich war überrascht«, fügte Eliza Fielding hinzu. »Ich war immer der Meinung, für James sei sie nie mehr als eine kleine Schwester gewesen. Jessie ist ein entzückendes Wesen. Ich denke noch daran, wie ich ihr vor einigen Jahren vorschlug, sich von mir Violinstunden geben zu lassen, aber sie war ja von klein auf eine Pferdenärrin. Wie hübsch sie geworden ist.«

James und Jessie tanzten im Vergleich zu der Duchess und Marcus eher etwas verhalten. James wollte nicht, daß ihr wieder übel wurde und sie den Abend damit beenden mußte, sich im Blanchardschen Garten zu übergeben. Außerdem drängte es ihn nicht, jenen berüchtigten Baum wiederzusehen, von dem Jessie samt Zweigen und Blättern auf ihn gestürzt war.

Der Abend war bereits zur Hälfte vergangen, als James endlich Gelegenheit fand, sich mit seiner Schwester Ursula, Giff und Alice Belmonde zu unterhalten. Er begrüßte seine Schwester mit einer herzlichen Umarmung, hieb seinem Schwager auf eine seiner breiten Schultern und sagte zu Alice: »Du siehst sehr gut aus. Wie geht es dir?«

Alice blickte ihn mit einem tapferen, lieben Lächeln an. Sie habe sich sehr darüber gefreut, versicherte sie ihm, daß er Jessie geheiratet hat. »Ich muß gestehen, James«, sagte sie mit einer Handbewegung in Richtung Jessie, die sich gerade mit Compton Fielding unterhielt, »sie hat sich sehr verändert, ja, sie hat sich zu einer Schönheit entwickelt. Es ist tatsächlich erstaunlich, daß jedem von uns entging, was sich unter ihren alten Hüten verbarg. Vielleicht hat aber auch der Ring, den du ihr an den Finger gesteckt hast, dieses Wunder bewirkt.«

»Jessie ist die alte geblieben, Alice, nur das Äußere hat sich verändert. Die neue Verpackung täuscht ein wenig. Sie ist bewundernswert und einmalig.«

Alice wunderte sich, daß James Wyndham von einer Frau, in diesem Falle sogar von seiner eigenen Frau, mit so viel Stolz sprach. Jessie hatte sich sehr zu ihren Gunsten verändert, und Alice hoffte, daß sie im Herzen dieselbe geblieben war.

»Meinen Glückwunsch zu deiner Wahl, James«, sagte Giff. »Hoffentlich ist sie trotz dieser erstaunlichen Verwandlung immer noch in der Lage, einen Gaul zu reiten.«

»Stimmt es«, fragte Ursula, »daß Jessie schwanger ist? Mutter hat sich mit verkniffenen Lippen lang und breit darüber ausgelassen.«

»Ja, auch dazu könnt ihr mich beglückwünschen.«

»Du hast sie also tatsächlich um ihren guten Ruf gebracht«, meinte Alice.
»Nein, Alice, so schwanger ist Jessie nun auch wieder nicht. Sie ist erst im zweiten Monat, vermuten wir. Ich muß demnächst Dr. Hoolahan nach Marathon kommen lassen, damit er sie untersucht.«
»Oh, da kommt Nelda!« rief Alice. »Entschuldigt mich, James, Ursula. Nelda und ich sind morgen zum Tee verabredet.« Alice winkte ihnen noch kurz zu und verschwand. James blickte seine Schwester an. »Möchtest du mit mir tanzen, Ursula?«
Auf dem Tanzparkett bemühte sich James, auch sie nicht zu wild herumzuschwenken. »Ich nehme an, du wunderst dich auch, warum ich Jessie geheiratet habe. Wie es deine Art ist, bist du auch dieses Mal nicht mit der Tür ins Haus gefallen, sondern hast geduldig auf den rechten Augenblick gewartet. Du hast mehr Geduld als Hiob, Urs. Und von Mutter läßt du dich auch nicht so schnell aus der Fassung bringen. Ich hoffe nur, Giff weiß, was er an dir hat.«
»Giff ist ein kluger Mann, James. Ich glaube, das weiß er sehr wohl.« Seine Schwester blickte ihn mit einem spitzbübischen Lächeln an. »Und jetzt erzähle mir, warum du Jessie Warfield geheiratet hast, deine ständige Widersacherin auf den Rennplätzen.«
James schmunzelte. »Offen gesagt, ich habe sie geheiratet, weil ich es wollte. So einfach ist das. Sie ist ein wunderbares Mädchen, und wie du weißt, haben wir viele gemeinsame Interessen.«
»Mich stört es nicht, wenn ich nicht die ganze Wahrheit erfahre, James. Mutter allerdings hat deine Entscheidung nur schwer verdaut. Ich hoffe sehr, sie läßt ihren Unmut nicht an Jessie aus, wenn die schöne Duchess mit ihrem ebenso schönen Gemahl nach England zurückgekehrt ist.«
»Wenn sie das tut, werde ich dich zu Hilfe rufen, damit wir ihr gemeinsam den Mund stopfen.«
Bei dieser Vorstellung lachte Ursula. Es war ein tiefes, volles

Lachen, das ganz so klang wie das ihres Mannes. »Dann wünsche ich uns beiden Glück«, fügte sie hinzu, stellte sich auf die Zehenspitzen und küßte ihren Bruder auf die Wange.

»Ah«, sagte James, nachdem er sie ihrem Mann übergeben hatte.

»Compton. Kommen Sie, mein Guter, wir trinken ein Glas Cognac und unterhalten uns über Le Cid. Ich finde das Stück großartig. Sie als der Gelehrte hier können mir sicher den Hintergrund der Erzählung erklären.«

James hatte darauf bestanden, die Konversation auf französisch zu führen. »Wenn ich nicht von Zeit zu Zeit Französisch sprechen kann, verkümmern meine Sprechmuskeln«, erklärte er und lachte. Sie plauderten eine Weile angeregt über die Stücke des großen französischen Dichters. Nach einer Pause fragte James: »Oh, Compton, wissen Sie zufällig, ob unser geschätzter Magistrat Mr. Dickens bereits etwas über die Umstände herausgefunden hat, die zu Allen Belmondes Tod führten?«

Compton schüttelte den Kopf. »Nein, er tut zwar immer sehr geschäftig, aber eigentlich hat er nichts anderes im Sinn, als möglichst rasch nach Hause zu kommen, um mit seiner jungen Frau Händchen zu halten. Ich habe noch nie einen Mann gesehen, der so vernarrt war in seine Frau. Na ja, Sie hat es ja anscheinend auch ganz schön erwischt, James. Ich habe Sie und Ihre Frau heute abend beobachtet. Jessie ist sehr schön.«

»Und Sie finden, ich betrage mich ebenso närrisch wie er?« fragte James ziemlich überrascht. »Ich habe Jessie sehr gerne, und der Himmel weiß, daß ich die Freuden genieße, die einem Mann in der Ehe geboten werden.«

»Sie sind der geborene Diplomat«, meinte Compton lachend. »Wie hat Jessie das Tagebuch gefallen, das ich ihr vor ihrer Abreise nach England zum Lesen gegeben habe?«

»Hm, ja, ganz gut, glaube ich. Mit diesen Tagebüchern hat es seine Bewandtnis. Sie würden es nicht für möglich hal-

ten, welche Erinnerungen diese Lektüre bei ihr hervorgerufen hat.«
James unterbrach sich mit einem Stirnrunzeln und fuhr dann in leichterem Ton fort. »Nun ja. Wie war übrigens Ihr letzter Violinvortrag, Compton? Es tut mir leid, daß ich nicht kommen konnte.«
James hörte höflich zu, während er über die Köpfe hinweg Jessies Blick suchte. Sie unterhielt sich angeregt mit Marcus, doch sie spürte James' Blick und lächelte zurück.
Als Compton Fielding seinen ausführlichen Bericht über die musikalische Darbietung beendet hatte, kam James noch einmal auf Allen Belmonde zu sprechen. »Und Sie sagen, Gordon habe noch keine Spur und verdächtige noch niemanden?«
»Nein, soviel ich weiß, nicht.«
»Dieser Mortimer Hackey hat doch hoffentlich Alice nicht weiter belästigt, Compton?«
»Nicht, daß ich wüßte. Giff läßt sie nicht aus den Augen. Er kümmert sich um Alices Geldangelegenheiten.«
»Gut«, sagte James und fragte sich im stillen, was Mortimer wohl im Schilde führte. Männer vom Schlage Hackeys geben erfahrungsgemäß nicht so leicht auf. Diese Vermutung erwähnte er auch seinem Schwager gegenüber, als er ihn einen Augenblick allein sprechen konnte. »Sehr anständig von dir, Giff, was du da für Alice tust. In gewisser Weise fühle ich mich Alice gegenüber verantwortlich.« Er schüttelte ungläubig den Kopf. »Und dir gegenüber hat Gordon auch nichts Genaueres erwähnt?«
»Nichts im Zusammenhang mit Belmondes Tod. Eine seiner Hafenratten, wie er sie nennt, soll ihm jedoch verraten haben, daß Belmonde hinter dem Anschlag auf Jessie steckte – du weißt, damals, als man sie zu überfahren versuchte. Offenbar hatte Belmonde für diese Tat einen Kerl gedungen. Ich habe zwar keine Ahnung, was für ein Motiv er hatte, aber der Anschlag galt tatsächlich Jessie.«
James starrte Giff ungläubig an. Von diesem Vorfall hörte er

zum erstenmal. »Wie bitte? Du sagst, auf Jessie wurde ein Anschlag verübt? Jemand hat versucht, sie zu überfahren? Zum Donnerwetter, davon hat sie mir gegenüber kein Wort erwähnt!« Er wandte den Kopf und suchte mit den Augen seine Frau. Dieses Mal lächelte er nicht. Verwundert erwiderte sie seinen Blick.

»Ja, das stimmt. Ich dachte immer, du wüßtest es. Gordon war zu Ohren gekommen, daß Allen für die Tat einen Mann angeheuert hatte. Gordon hatte mich gefragt, ob ich mir vorstellen könnte, aus welchem Grund Allen ihr nach dem Leben trachten könnte – er kam erst zu mir, als ihr beide bereits nach England abgereist wart. Ich sagte ihm, ein Grund wäre vielleicht, daß sie ihn beim Pferderennen ständig abgehängt hatte. Andererseits hatte sie aber auch verhindert, das Sweet Susie den Pferdedieben in die Hände fiel. Soviel ich weiß, war er damals sehr von Jessie angetan, jedenfalls bis sie ihm nach der Auseinandersetzung in Marathon angedroht hatte, ihn windelweich zu schlagen, nachdem er auf dich losgehen wollte.«

»Das ist doch alles Unsinn! Der werde ich etwas erzählen!« rief James entrüstet und fuhr sich mit den Fingern durch das Haar. Dann drehte er sich auf dem Absatz um. »Wir unterhalten uns später noch einmal darüber, Giff.«

Warum zum Kuckuck hatte sie ihm nie etwas davon erzählt? Er türmte sich dicht vor seiner Frau auf, die ihm lächelnd mit ihren grünen Augen entgegensah, deren Farbe von ihrem glänzenden Haar und dem Goldton ihres Ballkleides noch unterstrichen wurde.

»Jessie.«

»James. Möchtest du noch einmal mit mir tanzen? Es würde mir Spaß machen, denn du bist ein sehr guter Tänzer und ...«

»Sei still. Ich will jetzt nicht mit dir tanzen, ich will dich erwürgen. Komm mit mir in den Garten hinaus.«

»O je, ist Mortimer Hackey wieder da? Leider habe ich heute keine Pistole bei mir, James. Schade. Ich habe sie vergessen. Willst du wirklich mit mir in den Garten gehen?«

Zähneknirschend packte er ihre Hand und zog sie hinter sich quer durch den Salon zu der langen Front von Flügeltüren, die zur Terrasse hinaus und hinunter in den Garten führten. »Wir bleiben hier oben. Weiß Gott, was du wieder anstellst, wenn du noch einmal in die Nähe dieses Baumes kommst.«

»Natürlich würde ich sofort hinaufklettern, damit ich wieder auf dich hinunterfallen kann. Nachdem ich jetzt weiß, was ich damals alles mit dir hätte anstellen können, würde ich liebend gerne Verschiedenes ausprobieren. Warum siehst du mich so wütend an? Was ist denn los?«

Er packte sie an den Schultern und schüttelte sie, aber nicht zu sehr, weil er nicht wollte, daß ihr wieder übel wurde. »Warum zum Teufel hast du mir nichts davon erzählt?«

»Wovon? Wovon sprichst du überhaupt, James? Ich sah dich mit Alice und Compton Fielding und Giff sprechen und einer Menge Gäste. Was meinst du damit?«

»Giff hat mir berichtet, daß Gordon Dickens, der Magistrat ...«

»Wer Gordon ist, weiß ich selbst. Er ist ein aufgeblasener Dummkopf. Sein Vater hat das Kunststück fertiggebracht, daß er zum Magistrat gewählt wurde, was wirklich ein Witz ist, und ...«

»Gordon hat von einem Spitzel erfahren, daß Allen den Mann gedungen hat, der dich überfahren sollte. Wie ist das vor sich gegangen, und wann?«

»Oh, das meinst du.« Sie hatte die Stirn, nur gleichgültig mit den Schultern zu zucken. »Das hatte ich völlig vergessen. Heute bin ich mir gar nicht so sicher, daß der Mann mich umbringen wollte. Vielleicht war er betrunken. Möglicherweise hatte er es auf Compton abgesehen. Und nun behauptest du, Allen würde hinter all dem stecken? Das erscheint mir wenig glaubhaft.«

»Was ist damals vorgefallen, Jessie?«

»Es war im vergangenen Winter, James, eigentlich Ende März. Ich ging in Gedanken versunken die Pratt Street entlang und achtete nicht auf den Verkehr, weil mir gerade Connie Maxwell begegnet war, deine Geliebte. Na ja, lassen wir das. Ich betrat also Mr. Fieldings Buchhandlung und kaufte ein Buch, und er begleitete mich bis vor die Tür auf den Gehweg hinaus. Plötzlich raste eine Kutsche, die von zwei Pferden gezogen wurde, auf mich zu. Beinahe hätte mich der Kutscher erwischt. Wenn Compton Fielding nicht gewesen wäre, stünde ich jetzt wahrscheinlich vor meinem Schöpfer.«

»Und was hat Compton gemacht?«

»Er packte mich am Hosenboden und riß mich durch die Tür in seinen Laden zurück. Der Kutscher lenkte den Wagen nur um Haaresbreite an der Ladentür vorbei. Mr. Fielding glaubte nicht, daß es Zufall war. Der Mann drosch mit der Peitsche auf das Gespann ein und war in Sekundenschnelle wieder außer Sichtweite. Ich erinnere mich noch deutlich daran, daß ich erbost war, weil er die Pferde so mißhandelt hatte. Weder Mr. Fielding noch ich haben den Mann erkannt, noch konnten wir sagen, was für Pferde es waren. Allerdings wäre Mr. Fielding nicht in der Lage, ein Pferd vom anderen zu unterscheiden. Für ihn sehen sie alle gleich aus. Leider habe ich die Pferde kaum zu Gesicht bekommen. Mindestens ein Dutzend Leute waren Zeugen dieses Vorfalls, aber keiner konnte einen brauchbaren Hinweis geben.«

»Und warum zum Teufel hat Compton mir nie etwas von dieser Sache erzählt?«

»Warum sollte er das, James? Er konnte ja nicht ahnen, daß es dich interessieren würde.«

»Das hätte er sich aber denken können! Er hätte es mir sagen müssen, verdammt noch mal! Kannst du mir den Kutscher beschreiben?«

»Nein. Mein Vater hatte einen Boten zu Gordon geschickt, der ihn zu uns auf die Farm brachte. Dann ließ

Vater mich rufen. Dieser Holzkopf Gordon nahm mich nicht für ernst und dachte wahrscheinlich, ich hätte die Geschichte nur erfunden, wenn nicht Mr. Fielding und andere Zeugen gewesen wären. Meinem Vater gegenüber tat er kund, es sei vermutlich ein Mann gewesen, den ich beim Pferderennen geschlagen hatte, und dann meinte er noch, es sei ja auch eine Ungeheuerlichkeit, wenn sich ein Mann von einem Mädchen besiegen lassen müsse.«
»Jessie, beschreibe mir den Mann, der die Kutsche lenkte.«
»Sein Gesicht war bis zu den Augen mit einem Tuch verdeckt. Die Augen waren dunkel, das weiß ich noch, und er hatte schwarze, buschige Augenbrauen. Er trug einen alten, schwarzen Hut, den er tief in die Stirn gezogen hatte und einen grauen Kutschermantel. Sonst war nichts Auffälliges an ihm.«
»Und das hast du auch Gordon erzählt?«
Sie nickte. »Allen Belmonde sollte meinen Tod gewollt haben? Das ist unmöglich. Dafür gibt es keinen Grund. Im übrigen bin ich nicht so sicher, daß der Mann es tatsächlich auf mich abgesehen hatte, eher noch auf Mr. Fielding. James, hättest du nicht Lust, mit mir ein wenig im Garten zu spazieren?«
»Wie bitte? O nein, Jessie. Ich muß mit Compton sprechen.«
Sie warf ihm einen betrübten Blick zu. »Tanzen möchtest du auch nicht mit mir?«
»Nein. Tanze mit Giff oder Marcus. Gab es noch einen weiteren Anschlag auf dich, oder war das der einzige?«
Sie schüttelte den Kopf. »Nein, mehr gab es nicht.«
James lehnte sich an die steinerne Terrassenbrüstung. »Das liegt ja auch auf der Hand, nicht wahr? Wenn Allen hinter all dem steckte, dann mußten an dem Tag, an dem er getötet wurde, die Anschläge auf dich aufhören. Denk nach, Jessie. Welchen Grund hätte Allen Belmonde haben können, dich aus der Welt zu schaffen?«
Sie konnte nur erneut den Kopf schütteln. »Ich war mit

Alice eng befreundet. Vielleicht war ihm das nicht recht, aber das ist doch kein Grund, um zum Mörder zu werden.«
»Belmonde war ein verrückter Hund.«
»Das ist richtig. Die Annahme ist aber völlig aus der Luft gegriffen, daß er mich umbringen wollte, nur weil ich ihn beim Pferderennen besiegt habe. Das tue ich seit fünf Jahren so gut wie immer. Das war nichts Neues.«
»Verdammt noch mal, du mußt etwas getan haben, was ihn dermaßen außer sich brachte, daß er dich umbringen wollte. Ich begreife das alles nicht.«
»Vielleicht hat Gordons Informant sich getäuscht. Das ist die wahrscheinlichste Erklärung.«
»Ja, mag sein. Komm, wir gehen wieder hinein. Ich möchte noch mit Compton sprechen. Ich bin sicher, alle Männer werden tanzen wollen. Du siehst zum Anbeißen aus mit dem Ansatz deines vollen Busens, der so weiß ist wie frisch gefallener Schnee, und deinen frechen Korkenzieherlocken, die jeden Mann verführen.«
»Sollte das auch für dich gelten, James?« fragte sie mit gespielter Koketterie. Er beugte sich zu ihr hinunter und küßte sie auf den Mund, dann nahm er ihr Gesicht zwischen die Hände und fuhr ihr mit dem Daumen zärtlich über die Augenbrauen. »Ich habe festgestellt, daß einige der Damen dir giftige Blicke zuwerfen, ist das nicht komisch?«
»Früher hatte ich stets mitleidige Blicke eingeheimst. Die Giftigen ziehe ich vor. Die Duchess ist schöner und vornehmer als ich. Warum ist sie nicht Zielscheibe neidischer Blicke?«
»Weil sie Engländerin ist und eine Gräfin. Sie ist hier so etwas wie ein exotischer Schmetterling. Du hingegen bist in ihren Augen Jessie Warfield, die mit struppigem, wildem Haar in ungepflegten Männerkleidern herumlief. Aber nun ist das nicht mehr der Fall, und die Leute fühlen sich verunsichert. Keiner sieht es gern, wenn sich einer seiner Mitmenschen zu seinem Vorteil verändert.« Er strich leicht über ihre Brüste, und seine Pupillen weiteten sich.

»Du magst recht haben«, seufzte sie und zupfte an einem ihrer Löckchen. »Meine Mutter meint, mit diesen Locken sähe ich aus wie ein Flittchen.«

»Deine Mutter sollte deine Schwester Glenda lieber ermahnen, bei Männern nicht immer auf diese bestimmte Stelle zu starren, bevor sie jemanden ein Flittchen nennt. Und nun laß uns rasch hineingehen, bevor meine Hand tiefer rutscht.«

Kapitel 30

Am Tag vor ihrem Aufbruch zu den Inseln war Jessies morgendliche Übelkeit plötzlich wie weggeblasen. »Es ist vorbei«, stellte sie verblüfft fest und warf einen Blick auf den Nachttopf, der ihr in den letzten Wochen so vertraut geworden war. »Ich fühle mich großartig.«

»Gott sei Dank«, sagte James. »Du bist mager und so leicht geworden, daß ich dich mit einer Hand hochheben könnte. Ich möchte etwas mehr Fleisch auf deinen Rippen sehen.«

»Dein Wunsch wird bald in Erfüllung gehen«, erwiderte sie lachend und schlang die Arme um ihn. »Ich bin so aufgeregt«, sagte sie. »Wir werden den Schatz finden.«

James war sich dessen nicht so sicher. Schließlich war sie noch ein Kind gewesen, als ihr die Tagebücher in die Hände gefallen waren. Würde sie sich heute noch erinnern können, wo sie sie damals versteckt hatte? Und wer konnte sagen, ob nicht in all den Jahren bereits ein anderer daraufgestoßen war? Immer wieder waren orkanartige Stürme über die Inseln gefegt. Der Strand und wahrscheinlich auch der gesamte Landstreifen zwischen Meer und Sund waren bestimmt mehrfach überflutet worden. Vielleicht hatten die Wellen sogar einen Teil des Strandes und damit auch die Tagebücher ins Meer hinausgeschwemmt.

Die Wahrscheinlichkeit, die Tagebücher zu finden, war nicht sehr hoch. Alle dachten das im stillen, aber keiner sprach es laut aus.

Als sie am Abend beisammensaßen, ergriff Jessie die Gelegenheit, ihnen von Ocracoke zu erzählen. »Für euch Engländer sollte ich wohl etwas weiter ausholen. Ihr lebt in einem Land, wo alles wohlgeordnet ist. Jeder weiß, wo er bestimmte Dinge kaufen oder bekommen kann. Auf den Inseln der Outer Banks hingegen gibt es so gut wie nichts. Der Inselgürtel ist wie eine Perlenschnur der Festlandküste von North Carolina vorgelagert und schützt sie vor dem offenen Meer. Wild und kahl ist es hier. Der Ort Ocracoke läßt sich kaum mit einem englischen Dorf vergleichen. Etwa dreihundertfünfzig Seelen leben in diesem Ort. Die meisten sind Lotsen und Fischer.«

»Was sind Lotsen?« wollte Anthony wissen. Mit seinen neugierigen blauen Augen und dem nachtschwarzen Haar ähnelte er sehr seinem Vater.

»Die Insel Ocracoke liegt am äußersten Ende der Inselkette. Mit dem Boot nimmt man am besten die südliche Route und segelt in die schmale Bucht von Ocracoke hinein. Für die gefährliche Fahrt durch den Pamlico-Sund heuern die Schiffer Lotsen an, da Strömungen und Gezeiten fast immer widrig sind. Sandbänke tauchen plötzlich auf, wo kaum einer mit ihnen gerechnet hätte. Das einzige, worauf man sich wirklich verlassen kann, ist die ständige Veränderung. Nur die Lotsen von Ocracoke kennen jede Strömung und jede neue Sandbank. Es wäre töricht, die Durchfahrt allein zu versuchen.

Einen Hyde-Park gibt es da nicht. Das Land ist wild und karg, da die Inseln ständig den Naturgewalten ausgeliefert sind. Auch die Menschen, die hier leben, sind rauh und zäh. Ich möchte euch schon einmal vorwarnen. Es wird nicht einfach werden. Ich glaube nicht, daß wir mit viel Unterstützung rechnen können. Mag sein, daß wir ein, zwei Männer und vielleicht eine Frau für die grobe Hausarbeit anheuern können, aber ihr solltet darauf gefaßt sein, daß unsere Reise alles andere ist als ein kleiner Ausflug nach Brighton zur Besichtigung des Regentenpavillons. Im Dorf selbst allerdings herrscht Leben. Dort gibt es eine Methodistenkirche und ein paar kleine Gemischtwarenläden, die vom Fingerhut bis zum Waschbrett so ziemlich alles führen, aber natürlich keine Luxuswaren, wie ihr sie gewohnt seid. Die Einwohner ernähren sich hauptsächlich von Fisch, und sie bereiten daraus die köstlichsten Gerichte. Zum Beispiel den Knurrhahn, der dir gut schmecken wird, Anthony. In Butter gebraten ist er ein Gedicht.«

»Auch der Mullet, eine hier heimische Meeräschenart, ist nicht zu verachten, Jessie«, mischte sich Badger ein. »Ich habe mir bereits einige Rezepte für die Zubereitung von Fischgerichten besorgt.«

»Auch den Schweinsfisch«, fügte Spears hinzu, »sollte man trotz seines unpassenden Names unbedingt versuchen.«

»Mein Lieblingsfisch ist der Trommelfisch«, meinte Jessie und fuhr sich mit der Zunge über die Lippen. »Nun aber wieder zu Ocracoke. Auf manche Segnung der Zivilisation werdet ihr zwar verzichten müssen, das Meer jedoch ist wunderschön, die Luft weich und klar, und die Sonne wird noch warm genug sein. Ihr werdet einen kleinen Eindruck bekommen, wie die Welt vor tausend Jahren ausgesehen hat. Ein weiterer Vorteil ist, daß die Zeit der Herbststürme noch nicht begonnen hat.«

Spears räusperte sich. »Das haben wir alles schon einmal durchgesprochen«, warf er ein, »und wir können uns einigermaßen gut vorstellen, was uns erwartet. Maggie und ich haben uns mit dem Buchhändler Mr. Compton Fielding über Ocracoke und seine Umgebung unterhalten. Er hat uns einen Stapel von Abhandlungen zu diesem Thema gegeben, die wir alle studiert haben. Wir wissen sehr wohl, daß sich diese Reise mit einer Fahrt zum Mond vergleichen läßt. Wir sind aber der Meinung, daß ein Quentchen Primitivität dem Leben die richtige Würze geben kann. Wir werden nicht umkommen, weil wir die Feinbäckerei in der Howard Street vermissen, der Hauptstraße des Dorfes, wie uns Mr. Fielding berichtete.«

Badger fügte hinzu: »Deshalb nehmen wir ausreichend Vorräte mit für mindestens zwei Wochen, vor allem Gemüse und Obst. Seine Lordschaft kann Jagd auf das heimische Niederwild machen, das reichlich vorhanden ist, wie ich gehört habe. Olivia wird uns begleiten, damit sie sich um Master Charles kümmert. Und Old Bess kommt zu meiner Unterstützung als Haushaltshilfe mit. Master James ist einverstanden, daß Gypsom ebenfalls zu unserem kleinen Tross gehört. Er wird die Pferde betreuen und sich anderweitig nützlich machen. Nur keine Sorge, wir haben an alles gedacht.«

»Wir wissen bereits, wie man ein Lagerfeuer macht«, erklärte Sampson, »für den Fall, daß sich das Haus, das uns auf der Insel erwartet, als unbewohnbar herausstellt. Wir sind bestens vorbereitet, auch für ein paar Regentage.«

Nach kurzem Räuspern sagte die Duchess mit ihrer heiteren, ruhigen Stimme: »Maggie, Jessie und ich haben uns schlichte Kleidung nähen lassen und uns zum Schutz vor der Sonne am Meer eigens Häubchen beschafft. Widerstandsfähiges Schuhwerk wird unumgänglich sein. Anthony und sein Vater werden hirschlederne Anzüge tragen. Vielleicht auch einen Hut nach Art der Trapper mit einem Eichhornfell. Ich bin sicher, jeder hat seinen Teil zur Reisevorbereitung beigetragen.«

Jessie warf ihrem Mann einen Blick zu. »Und was hast du unternommen, James?«

»Ich habe deinen Vater gebeten, sich während unserer Abwesenheit um Marathon zu kümmern. Oslow wird mir das zwar gehörig übelnehmen, da er sonst immer die Aufsicht führt, wenn ich in England bin, aber dein Vater hatte dermaßen auf mich eingeredet, daß ich nachgab.«

»Ganz so unwirtlich und primitiv ist Ocracoke nun auch nicht«, warf Jessie ein. »Straßen gibt es schon – na ja, sagen wir, ausgefahrene Wagenspuren – und eine Menge Häuser. Sie sind klein und aus Holz gebaut. Ich hoffe, es wird euch dort so gut gefallen wie mir.«

An Bord eines kleinen Klippers von der Paxton Werft stachen sie in See. Mit den blankpolierten Deckplanken und dem geringen Tiefgang war der kleine Segelkreuzer das schnellste Schiff, auf dem Jessie jemals gefahren war. Vor Dankbarkeit über die immer noch ruhige See breitete Kapitän Markly jeden Morgen die gespreizten Hände über den Wellen aus und betete jeden Abend, bevor er in seine Koje kroch, daß es so bleiben möge. Auch seine Passagiere forderte er auf, es ihm gleichzutun. Es war ein Ritual, das vor allem Anthony begeisterte. Wie Kapitän Markly übte er sich fleißig im Fingerspreizen. Sein Vater konnte sich allerdings nicht die Bemerkung verkneifen, daß Anthonys Gebete wegen des Trauerrandes unter seinen Nägeln wahrscheinlich erheblich an Wirksamkeit einbüßten.

An einem hellen sonnigen Morgen zeigte er ihnen Teachs Hole – die Untiefe, durch die der berüchtigte Pirat Blackbeard nach seiner Begnadigung durch die britische Krone sein Schiff ins Trockendock auf die Insel brachte. Er langweilte sich so sehr auf Ocracoke, daß er wieder vorbeikommende Schiffe ausplünderte – sowie das Felseneiland Springers Point. »Hier«, sagte der Kapitän und deutete auf einen Felsvorsprung, »wird nächstes Jahr ein Leuchtturm errichtet, denn allzu viele Schiffe und Seeleute gehen Jahr für Jahr verloren, wenn die Stürme einsetzen. Anthony, hast du heute schon gebetet?«

»Ich habe mir sogar die Fingernägel geschrubbt«, verkündete Anthony stolz.

Das warme Wetter hielt an. Die Luft war erfüllt vom salzigen Duft des Meeres. Ständig kreischende Möwen folgten dem Schiff und gut ein halbes Dutzend Kormorane, die sich während der Dauer der Überfahrt nach Ocracoke an den Bug des Schiffes hefteten. Kapitän Markly sann über die Frage nach, ob die Zahl der Kormorane darauf schließen ließ, daß ein schwerer Sturm im Anzug war, und hielt für diesen Fall ein zusätzliches Nachmittagsgebet für angebracht. Seine Besorgnis dauerte an, bis er feststellen mußte, daß Anthony allmorgendlich das vom Frühstück übriggebliebene Brot an die Vögel verfütterte. Die sechs Mitglieder

der Besatzung kicherten hinter vorgehaltener Hand, zumal sie mitbekommen hatten, wie der Kapitän eines Nachmittags ein Gebet an die Kormorane gerichtet hatte.
Drei Tage nach der Ankerlichtung in Baltimore passierten sie die Insel Portsmouth und segelten in die Bucht von Ocracoke. Wie Jessie erklärte, war auf älteren Karten zwischen den Inseln Ocracoke und Hatters Island noch eine Wasserstraße eingezeichnet, die nach einem schweren Hurrikan irgendwann im siebzehnten Jahrhundert mit Sand zugeschwemmt wurde, so daß nichts mehr davon übrigblieb. Das kleine Dorf Ocracoke beeindruckte die englischen Reisenden mehr, als sie dachten, denn sie hatten eigentlich nichts weiter erwartet als zerfallene Hütten aus Holz und verwitterte Planen. Zu Jessie gewandt meinte Spears: »Sie haben ein wenig übertrieben, Jessie. Dies ist ja ein geradezu blühender Ort. Sehen Sie doch die vielen Fischerkähne und die sorgfältig geflickten Netze, die dort drüben zum Trocknen aufgehängt sind.«
Die kleine Hafenanlage bestand aus drei Docks in solider Holzkonstruktion. Die Häuser standen nicht eng beieinander, sondern auf gepflegten Grundstücken, die mit Zwergeichen oder Zedern bewachsen waren, wobei einige der kleinen Anwesen fast an den Wassersaum der Bucht angrenzten. Kapitän Markly hatte erklärt, daß das Wasser in der schmalen Bucht ziemlich tief sei, weshalb sie mit dem Boot auch beinahe bis an das Ende dieses Meeresarms hatten vorstoßen können. Ein ideales Versteck für Seeräuber und sonstiges Gesindel, meinte er und lachte. »Inzwischen ist die Gegend hier allerdings längst von diesen Halunken gesäubert worden«, versicherte er den Damen. »Die Gebete der Inselbewohner und die englische Marine haben sie in die Flucht geschlagen.«
Es ist ein Jammer, daß es heutzutage keine aufregenden Abenteuer mehr gibt«, meinte Maggie und warf dem Kapitän einen Blick zu, der ihm eine Gänsehaut über den Rücken jagte. Markly hatte bereits mit dem Gedanken ge-

spielt, einige Wochen mit den Passagieren auf Ocracoke zu bleiben und nicht wie geplant mit einer Ladung Tabakblätter nach Puerto Rico weiterzusegeln. Pflicht und Beruf konnten einem Mann leider gelegentlich einen Strich durch die Rechnung machen.

»Vielleicht ist hier alles eine Spur zu ungeschliffen, wie Jessie uns berichtet hat«, mischte sich Badger in das Gespräch, »aber Mr. Spears hat ganz recht. Schaut euch nur das geschäftige Treiben an. Einsam und trostlos ist es hier nicht gerade.«

»Dort drüben gibt es mehrere kleine Läden«, erklärte Jessie und deutete auf eine unbefestigte Dorfstraße. »Einer davon gehört einem gewissen Mr. Gaskill. Bei ihm kauften meine Eltern ein, als ich hier mit ihnen als kleines Mädchen meine Ferien verbrachte.«

Wie damals stand Mr. Gaskill auch jetzt noch in seinem Laden und verkaufte vom Fingerhut bis zum Waschbrett alles, genau wie Jesse es berichtet hatte, und noch einiges mehr, wie Hafer für die Pferde und Netze für die Fischer. »Guck einer an!« rief der graubärtige alte Mann und strahlte Jessie an, »bist du nicht die kleine Jessie Warfield? Ja! Du bist es tatsächlich! So 'ne niedliche kleine Deern warst du damals. Dein Vadder geht's gut?«

Andere Ocracoker kamen in den Laden, und Jessie fand sich bald umringt von den Jacksons, den Fulchers und Styrons. Alle äußerten sich erstaunt darüber, wie groß sie geworden war. Verstohlen musterten die Inselbewohner die Reisegruppe, trauten sich aber kaum, ein Wort an die Engländer zu richten.

Mr. Gaskills Sohn Timmy bot sich an, die Reisenden und ihr Gepäck mit seinem Wagen zu Oliver Warfields Haus zu bringen, das sich an der zum offenen Meer gelegenen Seite der Insel befand.

Theodore Burrus, einem jungen Mann in Jessies Alter, fielen fast die Augen aus dem Kopf, als er die Duchess und Maggie erblickte. Für Jessie hatte er lediglich ein angedeutetes Winken übrig, denn sie trug wieder ihre weiten Hosen, Lederstiefel und ein Flanellhemd mit einer Lederweste darüber. Allerdings kam es Jessie vor, als heimste Spears die meisten bewundernden Blicke ein, denn er sah in seiner gebieterischen Würde wie ein Mann von königlichem Geblüt aus, der seine Günstlinge um sich geschart hatte. Seine Haltung war so untadelig wie seine Beinkleider. Mit dem Rock aus schwarzem Tuch und der Krawatte aus blendend weißer Seide bot er einen höchst beeindruckenden Anblick.

Einer der Einheimischen setzte zu einer Verbeugung an, besann sich dann doch noch rechtzeitig eines Besseren, drehte den Kopf zur Seite und spuckte verlegen auf den Boden.

»Ein Pferd wäre mir lieber«, sagte Marcus mit einem Blick auf den schmalen Planwagen, in dem sie alle zusammengepfercht nebeneinander sitzen würden.

»Wir werden schon zurechtkommen«, meinte Spears aufmunternd, als sein Herr auf den Wagen kletterte und Charles übernahm, den Sampson ihm entgegenreichte.

»Zu Papas Haus ist es nur eine Meile«, sagte Jessie, während James die gutmütige graue Stute, die sich mit dem Gewicht des Wagens sichtlich schwertat, mit Peitschenknallen antrieb. »Es liegt an der Meerseite. Papa wollte ein wenig abseits sein von den übrigen Dorfbewohnern. Dieses Haus war sein Refugium vor der Welt, sagte er immer.«

Am Ende des Dorfes wurde die unbefestigte Straße immer schmaler. Kurz zuvor mußte ein Gewitterschauer heruntergegangen sein, denn die Fahrspuren standen voller Wasser.

»Ich komme mir vor wie in einer anderen Welt«, meinte die Duchess. Tief atmete sie die salzige Luft ein und blickte den Möwen, Seeschwalben und Austernfischern nach. »Was für ein Vogel ist das, Jessie?«

»Welcher? Oh, das ist ein weißer Ibis. Seht ihr den roten Schnabel und den roten Kopf? Das ist seine Abwehr-

haltung. Er möchte nicht, daß wir näher kommen. Hinter diesem breiten Streifen Strandhafer befindet sich ein Sumpf.«
»Eine so unwirtliche Gegend wie diese hätte ich mir in meiner kühnsten Phantasie nicht vorstellen können«, sagte Maggie und zog sich das Häubchen tiefer in die Stirn. »Wie leicht kann sich eine Lady den Teint verderben bei diesem starken Sonnenlicht und der salzhaltigen Luft.«
Das Haus, vor dem James den Wagen anhielt, war aus Holz gebaut. Es sah grau und ziemlich verwittert aus, eigentlich so, wie sich die Ankömmlinge die Häuser von Ocracoke vorgestellt hatten. Über dem Tor hing ein Schild mit verblichener, kaum leserlicher Aufschrift. »Wie heruntergekommen alles ist«, bemerkte Jessie halblaut und blickte auf das hüfthohe Unkraut. Mehrere Fensterscheiben waren zerbrochen. Im Vorgarten stand eine knorrige Zwergeiche. »Das Hausmeisterehepaar heißt Potter. Warum ist der Rasen nicht gemäht, und warum liegen hier so viele Bretter herum?« fragte Jessie entsetzt. »Nachdem ich das schwere Fieber überstanden hatte, wollte Papa nie wieder hierherkommen. Die Potters sollten das Anwesen in Schuß halten. Papa schickt ihnen regelmäßig Geld für Pflege und Instandhaltung.«
»Anscheinend«, ergriff Marcus das Wort und hob zum Schutz gegen die brennende Mittagssonne die Hand an die Augenbrauen, »haben sich die Potters mit dem Geld deines Vaters aus dem Staub gemacht.«
»Aber warum hat mir keiner im Dorf etwas davon gesagt?« fragte Jessie, den Tränen nahe.
»Wollen wir keine Zeit vertrödeln«, sagte Spears und stieg leichtfüßig über einen Haufen loser Bretter hinweg, die von einer verfallenen Zisterne stammten. »Betrachten wir die Seeluft als äußerst kräftigend und das Haus als eine Herausforderung. Wir sind auf alles vorbereitet.«
Charles fing an zu weinen, während Anthony herumrannte und alles gleichzeitig sehen wollte. Spears rief ihn schließ-

lich zur Ordnung, worauf Anthony, sehr zum Mißfallen seines Vaters, sofort gehorchte.

Als Jessie im Haus von Zimmer zu Zimmer ging, schossen ihr die Tränen in die Augen. »Früher war es so schön, und seht es euch jetzt an! Es ist völlig heruntergekommen. Überall riecht es nach Moder und anderen Sachen, die ich lieber nicht näher erklären möchte. Warum hat mir keiner gesagt, was geschehen ist? Sicherlich wußten meine Eltern und Geschwister, daß die Potters sich davongemacht haben. Sie müssen es gewußt haben. Warum hat mir keiner ein Wort davon gesagt?«

»Das läßt sich nun nicht mehr ändern«, versuchte Spears sie zu beruhigen. »Old Bess steht schon zur Arbeit bereit, und wir werden alle mithelfen. Zerbrechen Sie sich jetzt nicht den Kopf. Morgen werden wir uns im Dorf umhören. Sicherlich gibt es eine Erklärung für alles. Jetzt müssen Sie sich ausruhen, Jessie.«

Das war nicht möglich. Alle krempelten die Ärmel hoch, schrubbten und putzten bis zur Erschöpfung. Am Abend war Badgers Mahlzeit höchst willkommen. Es gab frischgefangenen Austernfisch. Mrs. Gaskill hatte diesen stattlichen Fisch für sie gebraten. Badger verfeinerte ihn mit kleingeschnittenen Schalotten und Weißwein und reichte dazu in Butter geschwenkte Petersilienkartoffeln, frische Erbsen aus Mrs. Gaskills Garten. Als Nachspeise servierte er einen Früchtekuchen. Die Mahlzeit wurde im Eßzimmer eingenommen, wobei Sampson trocken bemerkte, daß die Potters den Eßtisch wahrscheinlich nur deshalb nicht mitgenommen hatten, weil er ihnen zu schwer war. Daß nicht genügend Stühle für alle vorhanden waren, störte keinen. Natürlich fehlte es auch an Betten, aber Maggie und Bess hatten vorgesorgt und eine Truhe mit Decken und Bettwäsche mitgebracht. Besänftigt durch Badgers köstliches Mahl erklärte man sich bereit, ein wenig zusammenzurücken, und so fanden in den vier kleinen Schlafzimmern alle irgendwie Platz.

»Morgen früh gehen wir zum Strand und graben Mr. Toss' Tagebücher aus. Dann werden wir wissen, was geschehen ist.«

»Und dann wirst du endlich keine Alpträume mehr haben.«

Kapitel 31

BLACKBEARDS VIERZEHNTE UND LETZTE FRAU WAR »EIN LIEBLICHES JUNGES DING VON ZWÖLF LENZEN.«

Der nächste Morgen war sonnig und warm. Rasch hatten sie sich angekleidet und gefrühstückt, denn heute wollten sie an den Strand gehen, um nach den Tagebüchern zu suchen.

Jessie trug wieder ihre Hose – heute schien sie ihr in der Taille noch etwas knapper als gestern –, dazu alte Stiefel, ein abgetragenes Hemd und den abscheulichsten Hut, den James je zu Gesicht bekommen hatte.

Der Wagen brachte sie zu dem nur eine knappe Meile vom Haus gelegenen Strand. Während der Fahrt schrie und bettelte Anthony so lange, bis Marcus den Kopf seines Sohnes in die Armbeuge klemmte und ihm den Schopf rieb. »Hör auf, wie ein Wilder zu brüllen, sonst kriegen wir es noch mit deiner Mutter zu tun. Ist ja gut, du darfst im Wasser waten, wenn wir am Strand sind, aber du mußt mir versprechen, daß du dir die Hosenbeine hochkrempelst und Schuhe und Strümpfe an einer Stelle ablegst, wo sie die Brandung nicht erreichen kann.«

»Ja, Master Anthony«, ließ sich Spears mit seiner tiefen, ruhigen Stimme vernehmen. »Du wirst dein Temperament zügeln und dich angemessen verhalten. Wenn du tiefer als bis zu den Knien ins Wasser gehst, werde ich über die

Maßen ungehalten sein, und ich könnte dann deinem Papa gegenüber eine Andeutung machen, daß ...«
»Ich schwöre, ich werde achtgeben, Spears, und nicht ins Wasser gehen. Das schwöre ich.«
»Seine Beteuerungen klingen ähnlich überzeugend wie Eure, Mylord«, sagte Spears an den Earl gewandt.
»Anthony wird sich von den Wellen fernhalten, bis wir Jessies Tagebücher gefunden haben«, erklärte die Duchess und strich ihrerseits ihrem Sohn besänftigend über das Haar.
»Hier!« schrie Jessie plötzlich. »Genau hier ist es. Halten Sie den Wagen an, Sampson.«
Die zerfallene Hütte von Old Tom stand nicht mehr. Nur noch eine Art Veranda war übriggeblieben. Das kleine Holzhaus war völlig zerfallen. Langes Dünengras sproß aus den Ritzen der vermoderten Bretter und Balken. Die vielen Stürme hatten der baufälligen Hütte offenbar den Rest gegeben.
»Hier soll Old Tom gewohnt haben?« fragte Spears ein wenig ungläubig.
»Haben Sie vielleicht ein Anwesen wie Chase Park erwartet?« fragte James und stieß Spears mit dem Arm an, worauf der Diener sich langsam umwandte und James so erstaunt anblickte, als sähe er ihn zum erstenmal. Es war eine Geste wie zwischen Freunden gewesen und nicht wie vom Herrn zum Diener. James schmunzelte nur und nickte.
»Ich finde es erstaunlich, daß überhaupt noch etwas da ist«, sagte Jessie und schob mit dem Fuß einige Bretter weg. »Aber das ist nicht so wichtig.«
»Nein, wirklich nicht«, stimmt James ihr zu. »Entscheidend ist, daß wir die Stelle überhaupt gefunden haben. Entschuldigt uns einen Moment. Wir wollen nur nachsehen, ob wir in den Überresten noch irgend etwas entdecken können.«
Hand in Hand näherten sie sich dem Bretterhaufen. Ein Teil der Hauswand stand noch. Zwischen den verwitterten Balken auf dem Boden hatte sich Sand angesiedelt. Hier gab es

keinen Schmerz mehr, keine Furcht; das Schreckliche war längst Vergangenheit. Alles war so friedlich wie der weite blaue Himmel über ihnen.

»Hier ist nichts mehr übriggeblieben.« Jessie blickte sich suchend um. »Nur eine Strandkrabbe, die sich vor uns in Sicherheit bringt.«

»Wollen wir uns jetzt auf die Suche nach den Tagebüchern machen, Jessie?«

»O ja. Hier können wir ja doch nichts mehr ausrichten, James. Überhaupt nichts mehr.«

»Ausgezeichnet.«

Da stand nun die kleine Schar am Strand und blickte forschend übers Wasser hinaus, dann nach Norden und Süden. Vereinzelte Büschel von Dünengras hielten den Sand mit ihren Wurzeln fest. Seine langen Halme wogten im Wind. Wellenförmige Sanddünen erstreckten sich, soweit das Auge reichte. Im gleichmäßigen Rhythmus rauschte die Brandung, und die Sonne strahlte so hell, daß die Wellenspitzen wie kleine Sterne glitzerten. Hungrige Möwen umflogen sie und protestierten laut kreischend, weil hier nichts Eßbares zu ergattern war. Dann ließen sie von ihnen ab und segelten auf der Suche nach Nahrung zum offenen Meer hinaus. Die Luft war frisch, aber es war nicht kalt.

»Freiwillig würde ich nicht ins Wasser gehen, trotz der warmen Sonne«, verkündete Maggie und preßte die Arme an ihren Körper.

»Wo können sie nur sein, Jessie?« fragte James, den plötzlich die Lust überkam, die Stiefel auszuziehen und den warmen Sand zwischen den Zehen zu spüren.

»Laß mich nachdenken«, meinte sie und ging langsam auf das Wasser zu, das gut dreißig Fuß von Toms Hütte entfernt war. »Ich weiß noch, daß ich die Tagebücher in Wachstuch einwickelte und das Bündel dann unter einer Zwergeiche vergrub, die hier am Strand wuchs. Das war vor zehn Jahren. Der Baum wird seither ein gutes Stück gewachsen sein.

Wenn ich von hier geradeaus auf die Vorderfront von Mr. Toms Hütte blicke und den Kopf ein wenig nach rechts drehe, dann ... Da ist sie! Da ist die Eiche. Meine Güte, seht doch mal, wie knorrig und verwachsen sie ist. Aber sie steht noch da, Gott sei Dank!«

Jessie rannte zum Baum. Anthony folgte ihr auf den Fersen und schrie lauter als die schwarzen Scherenschnäbel über ihren Köpfen.

Das ist zu einfach, dachte James voller Zweifel. Viel zu einfach. Der Baum sah tatsächlich recht merkwürdig aus. Die starken Seewinde hatten den Stamm mehrfach um scine Achse gedreht und fast bis auf den Boden landeinwärts gedrückt. Die Äste waren knotig und voller Beulen, der Stamm teilweise hohl. Noch nie hatte James einen derart verkrüppelten Baum gesehen.

»Holen Sie den Spaten, Sampson«, rief James und lief zu Jessie, die sich bereits hingekniet hatte und mit den Händen ein Loch in den Sand grub. Daneben hockte Anthony. Er buddelte wie ein kleiner Maulwurf und warf eine Handvoll nach der anderen über die Schulter. Ein dunkler, blauschimmernder Taschenkrebs nahm vor den herabrieselnden Sandkörnern Reißaus. Seeschwalben und Sturmtaucher, die auf Beute hofften, setzten kreisend zum Landeanflug an. Die Möwen wurden zutraulicher, einige trippelten auf Jessies grabende Hände zu, traten aber sofort wieder den Rückzug an bei Anthonys aufgeregtem Gebrüll, als er mit den Fingern auf eine Baumwurzel stieß.

»Papa!«

»Langsam, Anthony«, ermahnte ihn Jessie und zog seine Hand weg. »Wir wollen den Baum nicht beschädigen. Grabe vorsichtig um die Wurzel herum. Ja, genau so.«

Doch die Suche war vergebens. Eine Viertelstunde später standen sie im Kreis um die knorrige Eiche herum, die sich jetzt stolz und trutzig vor ihnen erhob wie eine von einem Burggraben umgebene Festung.

Jessie schüttelte den Kopf. »Tiefer hätte ich damals auch nicht graben können. Wo mögen sie nur sein?«

James legte ihr den Arm um die Schultern und zog sie an sich. »Das war vor zehn Jahren, Jessie. Du hast mir selbst oft erzählt, wie sich die Landschaft auf dieser Insel verändern kann. Zehn Jahre sind eine lange Zeit, und inzwischen sind mehrere Stürme über die Inseln gefegt.«

»Wirklich sehr schade«, sagte Maggie, deren rote Haarpracht im Sonnenlicht glänzte, während der Wind ihre Röcke aufblähte. »Jessie, eine von Ihren Locken hat sich unter dem Hemdkragen verfangen. Ja, ziehen Sie sie hervor und lassen Sie sie im Wind flattern. Das sieht hübscher aus.«

Anthony seufzte aus tiefster Seele. »Ich hatte mich so auf den Schatz gefreut, Jessie. Kannst du dir nicht vorstellen, wo Blackbeard den Schatz versteckt haben könnte? Dann brauchen wir die Tagebücher doch nicht.«

»Bedaure, Anthony, ich habe nicht die geringste Ahnung.«

»Der erste Schatz in meinem Leben, und ich finde ihn nicht«, sagte der Kleine betrübt, ließ den Sand durch die Finger rinnen und schickte sich an, Schuhe und Strümpfe auszuziehen.

Schließlich meldete sich Sampson zu Wort. »Für mich, Jessie, sieht dieser Baum aus, als stamme er mit seinen knotigen Verwachsungen aus einem Zauberwald. Diese Eiche hat etwas Verwunschenes. Betrachten Sie diese gewaltige Ausbuchtung hier. Sonderbar. Wie ein Greis mit einem riesigen Kropf.«

Jessie runzelte die Stirn, machte einen Schritt nach vorn und strich mit den Händen über eine besonders pralle Rundung am Stamm. »Manchmal kommt es vor«, sagte sie nachdenklich, als ihre Augen plötzlich aufleuchteten, »daß der Sturm das Wasser mit voller Wucht gegen die Bäume peitscht und der Stamm am Fuße der Wurzeln aufplatzt. Nun stellt euch folgendes vor: Man hätte in der Nähe des Stammes ein Bündel im Sand vergraben. Es könnte dann in einer Spalte im Stamm hinaufgeschwemmt worden und dort steckengeblieben sein. Und von Jahr zu Jahr wuchs das Bündel mit dem Baum in die Höhe.«

»Du meinst«, folgerte James erstaunt, »unter diesem merkwürdigen Buckel hier könnten die in Wachstuch gehüllten Tagebücher stecken? Sie sind mit dem Baum in die Höhe gewachsen?«

»Warum nicht?« entgegnete Jessie. »O je, ich fürchte, wir werden den Baum opfern müssen.«

»Ich hole eine Axt«, rief Anthony und rannte zum Wagen zurück.

Ein weißer Ibis, dessen Beine und Schnabel rot wie die untergehende Sonne leuchteten, stand nur wenige Fuß von ihnen entfernt und sah beim Fällen des Baumes zu.

»Du lieber Himmel«, sagte Jessie, »ich habe ein schlechtes Gewissen, daß wir das hier tun.«

Die alte Eiche brach in zwei Hälften auseinander. Anthony tippelte aufgeregt hin und her und quiekte. »Schau nur, Papa, er ist innen ganz hohl.«

James grinste Jessie an. »Anscheinend kommen diese Tagebücher jetzt tatsächlich zum Vorschein. Ich bin neugierig, ob du mit deiner Theorie recht hattest, Jessie.«

Vorsichtig steckte Jessie eine Hand in die Höhlung des aufgespaltenen Stammes. Zuerst fühlte sie nur schuppige Wölbungen, scharfe Splitter und eine schwammige Masse, über deren Zusammensetzung sie lieber nichts wissen wollte. Dann stießen ihre Finger plötzlich auf glattes Tuch. Wachstuch. Sie konnte nur stumm zu James hinaufblicken und nicken. »Ich kann es noch gar nicht fassen«, brachte sie schließlich heiser hervor. »Ich versuche es herauszuziehen, aber es hängt fest.«

Schließlich gelang es James, das Bündel aus dem Baumstamm zu ziehen. Wie ein wertvolles Geschenk hielt er es auf den ausgestreckten Händen. Das Wachstuch löste sich in Fetzen ab. Fünf Bücher kamen zutage. Sie schienen nicht im besten Zustand, aber auch nicht völlig zerstört zu sein.

»Hurra!« stieß Anthony hervor.
»Jessie, das sind also Blackbeards Tagebücher?«
»Ja, diese beiden hat er eigenhändig verfaßt. Und diese zwei stammen von seinem Enkel, Samuel Teach, dem Vater von Mr. Tom. Und dieses hier, das ganz alte, ziemlich vergilbte, das hat Valentine geschrieben.«
»Eines verstehe ich nicht, Jessie«, sagte die Duchess und strich sich eine Haarsträhne aus dem Gesicht. »Wenn doch der Enkel im Besitz des Tagebuchs seines Großvaters war, warum hat er den Schatz nicht selbst gehoben? Und was war mit Blackbeards Sohn? Warum hat er sich nicht auf die Suche gemacht?«
»Wahrscheinlich«, meinte Maracus, »wurden Sohn und Enkel aus Blackbeards Anweisungen nicht schlau.«
Badger vermutete folgendes: »Ich möchte wetten, daß sowohl der Sohn als auch der Enkel am Galgen endeten, bevor sie sich auf die Schatzsuche begeben konnten. Nichtsnutzige Schurken schienen sie ja beide gewesen zu sein.«
»Ja, ganz recht, und Red Eye Crimson wie Mr. Tom, Blackbeards Urenkel, waren auch nicht viel besser.«
Nur mit Mühe gelang es Anthony, einigermaßen still zu sitzen, während James den Wagen zum Haus zurücklenkte. Die aufgeregte Schar der Schatzsucher versammelte sich in dem kleinen Salon. Jessie ließ sich auf dem zerschlissenen Teppich nieder und breitete die Tagebücher vor sich aus. Badger brachte den Tee herein, den Old Bess inzwischen zubereitet hatte.
»Es ist mir ein Rätsel«, bemerkte Marcus, »weshalb Blackbeards Sohn oder sein Enkel den Schatz nicht ausgegraben haben. O je, wahrscheinlich gab es keinen Schatz. Das wird die Erklärung sein.« Er hielt inne. Jessie fuchtelte wild mit einer Hand in der Luft herum.
»Jetzt fällt es mir wieder ein. Mr. Tom erwähnte einmal, daß Blackbeards Sohn nicht auf Schatzsuche gehen konnte, weil die Briten ihn gefangennahmen, als er die Tagebücher seines Vaters entdeckt hatte. Ihm blieb eben noch Zeit, sie sei-

nem Sohn, Samuel Teach, dem Vater von Old Tom, zuzustecken. Badger hatte also recht. Warum Samuel Teach den Schatz nicht fand, weiß ich auch nicht, aber wir werden es erfahren, wenn wir seine Aufzeichnungen lesen.«

»Und Red Eye Crimson?« fragte James. »Was ist aus ihm geworden, Jessie? Hast du mir nicht erzählt, er sitze im Gefängnis?«

»Ja, es hieß, er würde nicht vor seinem neunzigsten Lebensjahr entlassen werden. Darüber war ich sehr erleichtert.«

»Nehmen wir an«, schlug James vor und streichelte ihre Hand, »er sei aus dem Gefängnis ausgebrochen, und Red Eye Crimson brachte Allen Belmonde um, als er herausfand, daß Allen dich töten wollte. Vielleicht war er dein Retter, aber zugleich auch dein erbitterter Verfolger, und du hattest nur Glück, daß er dich nie allein antraf. Dann gingst du nach England und seit deiner Rückkehr nach Baltimore bist du ständig von Menschen umgeben gewesen.«

Jessie schauderte. »Ich denke nur ungern an die Nacht zurück, als Red Eye Crimson mir auflauerte. Er war zu allem entschlossen und wollte mich zwingen, ihn zum Versteck der Tagebücher zu führen. Ich glaube, ich habe ein Riesenglück gehabt.«

»Wenn James recht hat«, sagte Marcus, »würde das bedeuten, daß Red Eye Crimson immer noch herumschleicht. Vielleicht verfolgte er uns bis auf Ocracoke, um herauszufinden, was wir vorhaben.«

»Wir werden auf der Hut sein«, sagte James. »Haben wir eine Pistole dabei?«

Spears meinte schlicht: »Selbstverständlich. Ich würde mich nie ohne ausreichenden Schutz in ein fremdes Land begeben. Wenn Ihr Euch erinnert, Mylord, hatte ich auch in Paris eine Pistole bei mir, als wir Euch dazu ermuntern wollten, die Duchess zu ehelichen. Ah, das waren noch Zeiten.«

Spears räusperte sich und blickte zu Jessies Erstaunen leicht verlegen in die Runde. »Ich werde sie sofort holen. Aber das wird nicht genügen, fürchte ich. Wir sollten uns alle be-

waffnen. Könnten wir uns im Dorf Feuerwaffen besorgen, Jessie?«
Sie nickte beklommen. Sie hatte das Gefühl, als drehe sich die Erdkugel plötzlich in die entgegengesetzte Richtung. Red Eye Crimson hatte Allen Belmonde getötet, weil er wußte, daß er ihr nach dem Leben trachtete? Das klang ziemlich weit hergeholt. Überhaupt, weshalb sollte Allen ihren Tod gewollt haben? Schließlich erklärte sie: »Mr. Styron besitzt eine sehr schöne Waffensammlung. Wenn er uns keine Waffen verkaufen will, dann wird er uns sicher einige leihen.«
»Ausgezeichnet. Damit wären wir gegen einen möglichen Überfall von Red Eye Crimson gerüstet.«
»Ja«, antwortete Jessie und holte tief Luft. »Und jetzt widmen wir uns den Tagebüchern. Ich finde, es ist höchste Zeit, meint ihr nicht auch? Also, seid ihr alle bereit?«

Kapitel 32

»Schade«, sagte Jessie nach der Lektüre. »Hier enden die Aufzeichnungen. Leider kein Wort über die bösen Engländer oder den zur Neige gehenden Rumvorrat, ganz zu schweigen über den Ort, an dem Blackbeard seinen Schatz versteckt haben könnte.
Er scheint tatsächlich vierzehn Frauen gehabt zu haben. Seine letzte bezeichnet er als – wartet, ich lese es euch vor – ›ein lieblich junges Ding von zwölf Lenzen. Sie heißt Valentine, grad wie meine Urgroßmutter. Deswegen habe ich sie auch genommen. Hoffentlich ist sie nicht zu jung, um mir ein Kindlein zu schenken. Ich mag die kleinen Bälger. Geben einem das Gefühl, unsterblich zu sein, auch wenn man schon in der Hölle schmort und mit dem Deibel Karten klopft.‹«
Verwundert blickte Jessie auf. »Valentine ist kein gewöhnlicher Name. Das gibt mir zu denken. Ich habe James schon einmal von einer anderen Valentine erzählt, die in Sir Walter Raleighs Kolonie auf Roanoke Island lebte. Das war die Siedlung, die zwischen 1578 und 1590 spurlos von der Bildfläche verschwand. Was da geschah, weiß niemand, aber wir werden es herausbekommen.«
Jessie hielt Valentines Tagebuch hoch. »Aus diesen Aufzeichnungen werden wir nicht nur erfahren, was aus Valentine geworden ist, sondern auch alles über das Schicksal der anderen Auswanderer.« Sie legte das Tagebuch in den Schoß. »Wißt ihr, was ich glaube? Ich glaube, daß Blackbeards letzte Frau, diese zweite Valentine, die Urgroßmutter von Old Tom war. Das wäre doch möglich, nicht wahr?«
»Damit schließt sich offenbar der Kreis,« sagte Marcus.
»Bei all diesen ›Ur-‹ und ›Urur-‹« bemerkte Badger, »da

muß einem ja das Gehirn durchbrennen. Also gut, Jessie. Die erste Valentine, die von Roanoke Island, war Blackbeards Urgroßmutter. Die zweite Valentine war die Urgroßmutter von Old Tom, und Blackbeard wiederum war der Urgroßvater von Old Tom, richtig oder falsch?«

»Ja, genauso war es.«

»Das ist alles schön und gut«, wandte Marcus ein, »aber Maggie und ich wollen endlich wissen, wo der verdammte Schatz steckt. Blackbeard, dieser Schurke, erwähnt ihn mit keiner Silbe.«

»Vielleicht erfahren wir mehr über das Schicksal von Blackbeards Braut Valentine, diesem armen jungen Ding, wenn wir das Tagebuch von Blackbeards Enkel lesen«, warf Spears ein. Er beugte sich vor und tätschelte Jessies Schulter. »Sie dürfen die Hoffnung nicht aufgeben, Jessie.«

Breitbeinig, die kleinen Arme vor der Brust verschränkt, tat nun auch Anthony seine Meinung kund. »Wir haben drei Tagebücher, aber gelesen haben wir nur das, das Blackbeard geschrieben hat. Ich finde, wir sollten jetzt lesen, was der Enkel geschrieben hat. Vielleicht war ja seine Großmutter Valentine, die Frau von Blackbeard, noch am Leben und hat ihm vom Schatz erzählt. Wir geben nicht auf, bis wir jedes Wort gelesen haben.«

»Du hast recht, Anthony«, pflichtete James dem kleinen Naseweis bei, aber es klang nicht sehr überzeugt.

»Dieser Seeräuber war ein ziemlich schlauer Bursche«, meinte Badger und schüttelte bedächtig den ergrauten Kopf. »Zu meiner geistigen Anregung werde ich für das Mittagessen einen Fisch braten, den die Einheimischen Schweinskopf nennen. Er ist übrigens recht schön anzusehen mit den sechs schwarzen Streifen auf jeder Seite. Ich habe sie gezählt. Gypsom hat ihn heute früh bei den Pfählen am Anlegesteg gefangen. Gute zwölf Pfund bringt dieser Prachtkerl auf die Waage. Ja, ich werde diesen Fisch in einem Sud dünsten und als Beilage die zarten grünen Erbsen reichen, die Bess heute morgen von Mrs. Fulcher gekauft

hat. Die liebe alte Dame bestand darauf, daß Bess ihren Apfelmost probiert, und als Bess nach Hause kam, hatte sie ein ziemlich dämliches Grinsen im Gesicht.«
Badger verschwand in der Küche des Warfieldschen Hauses, die in einem schlechten Zustand und spärlich ausgerüstet war. Jessie fragte sich, wie er es fertigbrachte, trotzdem die köstlichsten Menüs zu zaubern.

Nach dem Abendessen versammelte sich die Schar der Schatzsucher wieder im Salon. Old Bess und Gypsom waren auch dabei. »Warum denn nicht?« hatte Marcus gefragt. »Sie gehören genauso dazu wie wir.«
»Heute abend«, verkündete James, »lesen wir die beiden Tagebücher, die Blackbeards Enkel, Samuel Teach, verfaßt hat. Das Buch der ersten Valentine legen wir erst einmal beiseite.«
Anthony, Sampson und Maggie bildeten eine Gruppe. Plötzlich zerriß ein spitzer Schrei aus Anthonys Kehle die Stille des Leseabends. Maggie stieß ihn in die Seite und lachte. »Los, Anthony, lies vor, was wir gefunden haben.«
»Hör zu, Papa«, sagte Anthony und nahm das Buch vorsichtig aus Maggies Händen, »was der Großvater von Old Tom, Samuel Teach, schreibt. ›Ich glaube, meine Großmutter, die alte Valentine, ist nicht ganz richtig im Kopf. Heute faselte sie etwas von einem goldenen Halsband, das ihr angeblich ihr lieber Mann Edward geschenkt hat ...‹ – Edward Teach nämlich, der Seeräuber Blackbeard.« Jedes Wort nach Schuljungenart einzeln betonend fuhr Anthony fort: »Und weiter schreibt Samuel, daß er genau wiedergeben will, was sie erzählt hat, weil man ja nie wissen kann, wozu das mal gut sein könne.
›... Er ging in die Nacht hinaus, eine stürmische Nacht, in der die Wellen an die schwarzen Felsen der Bucht klatschten, und der Regen auf die sturmgebeugten Bäume prasselte. Ich blieb mit dreien seiner Männer zurück in der alten Felsenburg, in der es selbst bei größter Hitze immer kalt

und feucht ist. Schon oft wollte ich mir ein Herz fassen, ihm das zu sagen, aber natürlich habe ich es dann doch nicht gewagt. Ah, es war eine schlimme Nacht. Warum er nicht einen seiner Männer hinausschickte, wenn es was zu erledigen gab, fragte ich ihn, aber er befahl mir nur, ihm den Rum anzuwärmen, nicht zu heiß, sondern gerade so, wie er ihn mochte. Als er zurückkam, sah er gar schrecklich aus. Sein schwarzer Bart war zerzaust und naß. Von den Kleidern tropfte Wasser. Sie dampften, als er sich an den Kamin setzte. Die schwarzen Stulpenstiefel waren schlammverschmiert, stanken furchtbar und quietschten vor Nässe. Ich reichte ihm den Rum. Er kippte ihn hinunter und grinste mich an. Dann zog er eine lange goldene Kette unter seinem Hemd hervor. Er stieß ein schauriges Gelächter aus und schlang sie mir ein-, zwei-, dreimal um den Hals. Die Kette war fast so schwer wie ich selbst. Ich wäre beinah in die Knie gegangen. Das ist gut, dachte ich, und schenkte ihm noch mehr Rum ein. Er trank den Becher mit einem Schluck aus, rülpste und sagte, jetzt würde er Feuer speien. Dann zog er eine zweite Halskette unter dem Hemd hervor. Diese war mit bunten Steinen besetzt. Die weißen waren klar wie Eis, die roten dunkel und geheimnisvoll, und die blauen blauer als der schönste Sommerhimmel. Auch einige grüne Steine waren in der Kette, aber die leuchteten nicht so schön wie die anderen. Mit seiner schmutzigen, schwieligen Pratze tätschelte er meine Wange und erzählte mir, daß er die Halsbänder in einer kleinen Truhe gefunden habe, die neben einem sinkenden Schiff auf den Wellen tanzte.

Ich nickte ernst, glaubte ihm aber kein Wort. Seine Seele ist so schwarz wie die Piratenflagge auf der Revenge. Ich habe immer gewußt, daß er irgendwo einen Schatz versteckt hatte, und dies war nun der Beweis. Der Schatz war hier auf Ocracoke. Er war nur eine Dreiviertelstunde lang von der Burg weggewesen. Wie gut, daß ich darauf geachtet hatte. Seine Stiefel waren über und über mit Morast bedeckt. Ich will den Schatz. Den habe ich mir verdient. Mein Pa hat

mich an diesen Schurken verkauft. Gottlob, den Schatz habe ich mir verdient.
... In dieser Nacht feierte ich meinen dreizehnten Geburtstag. Bald darauf, kaum einen Monat später, wurde der gottlose Kerl von unzähligen Schüssen und Messerstichen durchlöchert, danach hieb ihm der englische Leutnant den Kopf ab, band ihn an den Bugspriet seines Schiffes und segelte mit ihm davon. Ich blieb mit deinem Pa schwanger zurück. Schon früh zeigte sich, was für ein mißratener Bursche dein Vater war. Deshalb hatte ich mir geschworen, ihm kein Sterbenswörtchen von den Halsbändern zu erzählen. Bald darauf verließ auch er mich und kehrte erst nach Jahren zurück. Er brachte dich, Samuel, in mein Haus. Die Halsketten hatte ich auseinandergenommen und Stück für Stück verkauft. Ich konnte gut davon leben. Dein Vater fragte mich immer wieder, wovon ich mir ein so schönes Haus mit Dienstboten leisten könne. Ich sagte ihm, ich sei eine Hure. Das wollte er gerne glauben, der Lump. Samuel, es gibt einen Schatz. Du bist nicht auf den Kopf gefallen. Bevor ich sterbe, mußt du den Schatz finden, Samuel.‹«
Maggie fügte mit heiserer Stimme hinzu: »Samuel schreibt, daß sie seiner Meinung nach nicht mehr zurechnungsfähig war, allerdings hatte er tatsächlich einige unglaublich wertvolle Steine gesehen. Er ist überzeugt, daß es diese Juwelen gegeben hat, glaubt aber nicht, daß sie aus einem Schatz stammen, den Blackbeard angeblich versteckt hat. Er sagt, seine Großmutter sei alt und leide an Gehirnerweichung. Gern würde er sich die restlichen Steine aneignen. Wenn sie gestorben sei, würde er nach ihnen suchen. Solange sie lebe, würde er seine alte Großmutter nicht verlassen, das schulde er ihr, weil sie ihn bei sich aufgenommen und gut behandelt hatte. Außerdem verdanke er ihr seine Bildung, da sie eigens für ihn einen Hauslehrer eingestellt hatte.«
»Das konnten sie sich mit den Steinen aus dem Halsband leisten«, erklärte die Duchess ruhig.
»Was für eine reizende Familie«, meinte James.

»Samuel ist der Vater von Old Tom«, sagte Jessie. »Und Old Tom gehörte ja auch zu dieser feinen Familie, James.« Sie schauderte, als die Erinnerung an den schrecklichen Tag plötzlich mit scharfer Deutlichkeit zurückkehrte. James zog sie an sich und küßte sie auf die Wange.
Anthony hob den Kopf. Die blauen Augen blitzten vor Aufregung. Er sah aus, als wolle er gleich bis an die Decke springen. »Wir wissen jetzt, daß es einen Schatz gibt. Ganz sicher wissen wir das.«
»Blackbeards Frau«, meinte Jessie gedehnt, »die zwölfjährige Valentine, erhielt zwei wertvolle Ketten aus seinem Schatz. Sie war eine gute Beobachterin. Das Versteck befindet sich eine Dreiviertelstunde von der Burg entfernt, vielleicht nicht einmal so weit, falls Blackbeard die Schatztruhe, oder was immer, ausgraben mußte, um die Ketten zu holen.«
»Wo liegt diese verdammte Burg?« fragte Sampson ungeduldig, während er Badger beim Servieren des Tees half. Anschließend reichte er sogar Badgers vielgerühmten Zitronenkuchen herum.
»Davon ist nur noch eine Ruine übriggeblieben«, erklärte Jessie. »Als Kinder stöberten wir oft in den alten Mauern herum. Schon damals lag nur noch ein Haufen Steine herum. Manche glauben, es habe nie eine Burg gegeben. Wer weiß? Sollte es wirklich dieses Gemäuer gegeben haben, dann ließen die Ocracoker nichts von der Burg stehen, was nicht niet- und nagelfest war. Ich kenne die Stelle, wo sie sich früher befunden haben soll. Aber was hilft uns das jetzt? Eine Dreiviertelstunde von der Burg entfernt? In welche Richtung?«
James, der mit geschlossenen Augen den köstlichen Kuchen genossen hatte, räusperte sich und sagte: »An jenem bewußten Abend hatte es offenbar geregnet. Seine Stiefel waren schlammig. Von der ehemaligen Burg aus müssen wir in einem Umkreis von einer Dreiviertelstunde alles absuchen.«
»Ganz richtig«, stimmte ihm Marcus zu. »Im Umkreis von

einer Dreiviertelstunde landet man fast überall unweigerlich im Wasser, aber wenn wir Glück haben, großes Glück, finden wir dort etwas.«
»Wir sollten jetzt mit der Lektüre fortfahren«, meinte Maggie und warf einen begehrlichen Blick auf das letzte Stückchen Kuchen, schüttelte dann aber den Lockenschopf. »Wenn wir nicht fündig werden, suchen wir in unmittelbarer Nähe der Burg weiter.«
»Die Dorfbewohner werden uns bestimmt für verrückt halten«, meinte James und sah seine Frau schmunzelnd an. »Könnt ihr euch vorstellen, wie wir von der Ruine aus strahlenförmig ausschwärmen?«

Im alten Haus herrschte Stille. Kein Dielenbrett knarrte mehr, denn alle waren zu Bett gegangen und schliefen fest. James hoffte dies, denn er zweifelte nicht daran, daß auch der kleinste Laut, den er oder Jessie machten, in jedem Winkel zu hören sein würde. Sie lag auf dem Rücken. Das weiße Batistnachthemd war mit einer pfirsichfarbenen Seidenschleife züchtig am Hals geschlossen und reichte ihr bis zu den Zehenspitzen. Er mußte sich zusammenreißen, um die Schleife nicht aufzuziehen.
»Marcus hat recht«, sagte sie ruhig. »Wenn man die Burgruine in einem Radius von einer Dreiviertelstunde umrundet, landet man fast unweigerlich im Meer oder im Sund von Pamlico.«
Er stützte sich auf die Ellenbogen und blickte sie an. »Die Nacht ist mondhell.«
»Was meinst du damit? Oh! Jetzt verstehe ich, James. Ich sehe den Übermut in deinen Augen.«
»Das ist kein Übermut, das ist reine Lust.«
Leicht strich sie mit den Fingern über seine Wange. »Ich weiß nicht, warum ich es dir bis jetzt noch nicht gesagt habe, daß ich dich liebe. Jetzt sage ich es dir. Ich liebe dich, James. Ich habe dich mein Leben lang geliebt, zumindest seit meinem vierzehnten Lebensjahr.«

Ein beklemmendes Gefühl stieg in ihm auf. Er bekam Angst. Richtige Angst. Liebe? Natürlich mochte er sie. Er genoß ihren Körper, ihre Leidenschaft. Ihre Fröhlichkeit wirkte ansteckend auf ihn. Er hatte sie wirklich sehr gern. Aber Liebe?

Sie lächelte noch immer, aber im silbernen Licht des Mondes, der seine milden Strahlen durch die Fenster schickte, entdeckte er die Traurigkeit in ihren Augen. »Es macht ja nichts«, sagte sie tapfer, und er wußte, daß sie log. »Ich bekomme so viel Liebe, daß ich sie weiterschenken kann. Aber unser Kind wirst du doch liebhaben, nicht wahr, James? Auch wenn es mein Kind ist?«

»Rede keinen Unsinn, Jessie. Ich habe dich gern. Sehr gern. Du bist meine Frau. Es ist nur …«

»Ich weiß. Dir kommt es hauptsächlich darauf an, daß wir beide Pferde lieben, das stimmt doch, nicht wahr? Ich weiß nicht, ob ich Kinder liebe oder nicht, aber ob ich will oder nicht, ich bin doch dazu verpflichtet, unser Kind zu lieben, oder?«

»Das steht außer Frage. Du wirst eine wunderbare Mutter sein.«

»Und du, James?«

»Ich werde der beste Vater sein, den du dir wünschen kannst, das verspreche ich dir. Aber nun zu etwas anderem, Jessie. Ich hoffe doch, daß in diesem verflixten alten Haus alles schläft. Wenn du mir versprichst, nicht laut zu schreien, möchte ich jetzt zärtlich zu dir sein.« Er strich leicht über ihre Brüste. »Tun sie dir weh?«

»Ja, aber du bist ein rücksichtsvoller Liebhaber.« Sie schloß die Augen, als seine Hand unter ihrem Batisthemd langsam über ihren Körper strich. Leise meinte sie: »Ich glaube nicht, daß Marcus und die Duchess schon schlafen. Du hättest den Blick sehen sollen, den er ihr heute abend im Salon zuwarf.«

»Marcus hat leider Pech, hast du das vergessen? Anthony schläft bei ihm im Zimmer.« Zärtlich fuhr er mit der Hand-

fläche über ihren Bauch. Die leichte Wölbung war schon deutlich zu spüren. Da drin war sein Kind.
»Nein. Anthony schläft bei Badger und Spears. Charles schläft bei Maggie und Sampson.«
James lachte so laut, daß er sich einen Zipfel des Bettuches in den Mund stopfen mußte. Als er wieder zu Atem gekommen war, sagte er: »Eine Frau wie die Duchess wird Marcus ungern auch nur einen Tag lang in Ruhe lassen, geschweige denn zwei Tage.«
»Ich bedaure, daß ich nicht so schön bin wie sie, James. Ich bin leider nur ich.«
»Möchtest du jetzt Komplimente hören, Jessie? Wenn das so ist, dann fängst du das höchst ungeschickt an. Damit erweckst du höchstens mein Mitleid. Sei jetzt still.« Er beugte sich über sie und küßte sie auf die Nasenspitze. Sie hatte die Augen geöffnet und schielte, als sie auf seinen Mund blickte. Wieder mußte er lachen und wollte gar nicht aufhören. Sie balgten miteinander, purzelten im Bett herum. Ihre Küsse landeten an den komischsten Stellen. Sie alberten herum, bis Jessies Hand sich plötzlich um ihn schloß, und er zu lachen vergaß – alles vergaß, Blackbeards Schatz wie seinen eigenen Namen. Er stöhnte, fühlte ihren warmen Atem auf seinem Bauch. Es war fast unerträglich, und doch hoffte er, sie würde nicht aufhören. Als er tief und hart in sie eindrang, stöhnte sie und bog sich zu ihm auf. »Du bist herrlich, James. Küsse mich.« Und dann tauchten sie beide in das berauschende Feuerwerk der Leidenschaft ein.
Es dauerte eine Weile, bevor er wieder sprechen konnte. »Jessie, du hast mich fast umgebracht.
»Wenn du lieb zu mir bist«, flüsterte sie und küßte seine schweißbedeckte Schulter, »dann werde ich später noch einmal versuchen, dich umzubringen.«
»Du sagtest vorhin, du liebst mich seit deinem vierzehnten Lebensjahr, aber du hast mich beschimpft, warst kratzbürstig zu mir und hast mich mit der Reitpeitsche geschlagen,

wenn ich dir auf der Rennbahn zu nahe kam. Das kann man doch wohl kaum Liebe nennen.«
»Wahrscheinlich war das mein Balzverhalten«, beschwichtigte sie und biß ihm lachend in die Schulter. »Offenbar fiel mir damals nichts anderes ein. Du hieltst mich immer für eine gräßliche Göre, die man mitleidig und von oben herab betrachtete. Wahrscheinlich hättest du mir manchmal am liebsten eine Tracht Prügel verpaßt. All das konnte ich kaum ertragen. Ich mußte dich einfach herausfordern, um dich bis zur Weißglut zu reizen.«
»Das ist dir oft genug gelungen«, gab er lachend zu. »Und am besten gelang dir das damals, als du vom Heuboden im Stall deines Vaters fielst und in einer Futterkrippe landetest. Mit Gurkenbrei im Gesicht. Nach ungefähr drei Monaten habe ich dich dann geheiratet.«
»Glaube mir, es war nicht meine Absicht, durch die Stalldecke zu stürzen und kläglich vor deinen Stiefeln zu landen.« Sie lachte und versetzte ihm einen übermütigen Hieb auf den Bauch. Dann senkte sie den Kopf und küßte die mißhandelte Stelle.
»Jessie, du solltest dir gut überlegen, was du hier tust.«
Seine Worte waren nur noch ein Krächzen. Unbeirrt suchten Jessies Lippen ihr Ziel. »Oh, ich weiß immer, was ich tue, wenn ich dich liebe, James.« Ihr Mund war warm und weich.
In dieser Nacht hatte sie keine Alpträume, und James erwähnte es am nächsten Morgen. »Mir war klar, daß sich deine Alpträume in nichts auflösen würden, wenn du den Ort des Schreckens mit den Augen einer Erwachsenen sehen würdest. Und ich habe mich nicht getäuscht.« Er lächelte sie ein wenig einfältig an, küßte ihre Stirn und verließ, ein Duchess-Liedchen pfeifend, das Schlafzimmer.
»Ja«, sprach sie in das leere Zimmer hinein, »er hat tatsächlich recht behalten.«

Kapitel 33

Mutig war der Mann,
der als erster wagte,
Austern zu essen.

– Jonathan Swift –

Im Laufe des Vormittags sank die allgemeine gute Laune jedoch auf den Nullpunkt. Buchstabe für Buchstabe hatten sie Samuel Teachs Tagebuchaufzeichnungen ein zweites Mal durchgelesen.

»Nichts«, sagte Marcus enttäuscht. »Hölle und Verdammnis, nichts, außer daß mich sein Geschreibsel zu Tode gelangweilt hat.«

»Dieser verflixte Galgenvogel«, pflichtete Jessie ihm bei. »Über den Schatz hat er kein Sterbenswort mehr verloren. Er müßte doch danach gesucht haben.«

»Offenbar nicht«, meinte die Duchess seufzend und klopfte Charles sanft auf den Rücken. Brav machte der Kleine sein Bäuerchen und wurde gebührend dafür gelobt.

»Also bleibt uns nur noch die Burgruine«, erklärte James. »Ein ziemlich vager Ansatzpunkt. So gut wie aussichtslos, wenn ihr mich fragt.«

Sogar Anthonys Mütchen war gesunken.

»Vergessen wir doch die ganze Angelegenheit für eine Weile und gehen an den Strand,« schlug Badger vor.

Und so machten sich alle auf den Weg.

Es war ein sonniger Tag, wenn auch ein wenig kühl, was aber Anthony nicht davon abhielt, wie ein übermütiges Füllen am Wasser entlangzulaufen und vor Freude aufzukreischen, wenn eine Welle an sein Knie schwappte. Die

Duchess hatte sich zum Schutz gegen die Sonne in den Schatten einer einzeln stehenden Zwergeiche gesetzt. Badger hatte Limonade und frischgebackenen Kümmelkuchen in einem Picknickkorb mitgebracht, und alle rätselten, wann er wohl die Zeit zum Backen gefunden habe, doch nicht etwa mitten in der Nacht?
Die Männer hatten die Hosenbeine hochgekrempelt und tobten nicht weniger ausgelassen wie Anthony am Strand herum. Sie bewarfen einander mit Kieselsteinen, rannten, hüpften und kugelten sich im Sand.
»Wie ungerecht«, schmollte Jessie. Sie zog die Knie an und schlang die Arme um die Beine. »Früher, als kleines Mädchen, tobte ich hier auch so herum. Damit ist jetzt erst einmal Schluß. Ich habe Angst, das Kind könnte dabei Schaden nehmen.«
»Männer«, bemerkte Maggie, »werden nie erwachsen.«
»Ja, und es macht ihnen Spaß. Würden Sie nicht auch gerne nach Herzenslust in die Wellen springen, Krabbensuchen und sich wie die anderen im warmen Sand kugeln?«
Maggie schüttelte sich nur, ohne ihr eine Antwort zu geben, und strich sich eine widerspenstige rote Locke aus der Stirn, die in der leichten Meeresbrise flatterte.
Lachend meinte die Duchess: »Ich würde gerne am Strand entlanglaufen. Es ist wunderschön hier, ganz anders als bei uns in England.« Sie hob Klein Charles hoch, der gerade sein Schläfchen beendet hatte und gähnte. Sie drückte ihn an sich und versicherte ihm, daß er ja schon ein so großer Junge sei und daß er wunderschön gähnen könne. Dann setzte sie ihn auf eine Decke und sah zu, wie er in den Sand krabbelte. »Oh!« rief sie und kroch ihm nach. »Ich hätte mir ja denken können, daß ich nach seinem Schläfchen genügend Bewegung bekomme.«
»Mein lieber Sampson hat eine Idee«, platzte Maggie heraus, winkte aber sofort wieder ab, als bedaure sie die Worte bereits.

»Was ist, Maggie?« fragte Jessie. »Was für eine Idee hat Sampson?«
»Ich soll noch nichts sagen, weil er noch einmal darüber nachdenken muß. Auf jeden Fall ist er schrecklich klug. Er meint, daß der Hinweis zum Versteck des Schatzes im Tagebuch der ersten Valentine zu finden sein müßte, also in dem Tagebuch, das wir noch nicht gelesen haben.«
»Wie soll das angehen?« fragte die Duchess und versuchte, Charles vom Sand auf die Decke zurückzuziehen. »Die erste Valentine war doch die Urgroßmutter von Blackbeard.«
»Sampson vermutet, daß sie ihrem Urenkel vielleicht einen Tip gegeben hat, wo er seine Beute sicher und unauffällig vergraben kann«, erklärte Maggie in ihrer schlichten Art, »– ohne zu ahnen, daß daraus einmal das Versteck des Schatzes werden sollte, nach dem wir jetzt suchen. Jedenfalls könnte sie eine Stelle genannt haben, wo man etwas vergraben konnte. Jessie, Sie erzählten doch, daß die erste Valentine zu den Siedlern von Roanoke gehörte und daß die Siedler mit dem dort lebenden Indianerstamm weiterzogen. Vielleicht sind diese Indianer auch auf diese Insel gekommen? Das wäre doch denkbar, oder?«
»Ja«, sagte Jessie nachdenklich und beobachtete Charles, der beim Spielen im Sand eine kleine blaue Krabbe aufgestöbert hatte, die jetzt eilig davonkroch. »Und Valentine hätte auch hier, auf diesem Fleckchen Erde, gewesen sein können. Das ist nicht so unwahrscheinlich.« Jessie sprang auf. Sie starrte zu Maggie und zur Duchess hinunter, ohne sie wirklich zu sehen. »Ja, das ist mehr als wahrscheinlich.« Plötzlich rannte sie los, den Strand entlang, wo die Männer sich gegenseitig mit nassem Sand bewarfen und dazu aus voller Kehle die frechen Gassenhauer der Duchess sangen. Sie rief ihnen entgegen: »Sampson ist brillant! Kommt alle her, wir haben viel zu tun. Jetzt gilt es einen Schatz zu heben!«

Da dieser glänzende Vorschlag von Sampson kam, erhielt er auch den ehrenvollen Auftrag, die verblichene und krakelige Schrift zu entziffern, die die erste Valentine im sechzehnten Jahrhundert zu Papier gebracht hatte. Eine Weile las er schweigend, dann hob er den Kopf und las den gespannten Zuhörern laut vor: »›Jetzt sind wir fast schon einen Monat lang bei den Croatoan-Indianern. Ohne ihre Hilfe hätten wir nicht überlebt. Unsere Vorräte waren zur Neige gegangen, und viele von uns waren schwer erkrankt. Die Indianer halfen uns, unsere Habe zusammenzupacken. Dann führten sie uns in ihr Dorf. Sie behandelten unsere Kranken mit heimischen Kräutern und geheimnisvollen Arzneien. Fast alle wurden wieder gesund.

... Manatoa ist mein Freund. Heute nahm er mich mit zum Fischen in der schmalen Wasserstraße am äußersten Ende der Inselkette. Als er genügend Fische gefangen hatte, ruderten wir weiter durch den schmalen Kanal, dessen Ufer dicht mit Pappeln bewachsen sind. Inmitten eines Wäldchens liegt eine kleine Anhöhe, die die Bäume überragt. Dann öffnet sich das Gewässer zu einer größeren Bucht. Er sagte, von hier aus könne man das Festland sehen, aber nicht mehr das offene Meer. Die schmale Wasserstraße habe es vor zwanzig Jahren noch nicht gegeben, erklärte er. Hier verändere sich alles ständig.‹«

»Glaubt ihr, er meint Teach's Hole?« fragte die Duchess und zog Charles das Fäustchen aus dem Mund.

»Ja, wahrscheinlich«, antwortete Jessie. »Die Leute erzählen, daß sich die Landschaft hier sehr verändert habe. Heute wachsen hier nur noch wenige Pappeln, auch die kleine Anhöhe ist verschwunden.«

»›... Manatoa berichtete mir, daß sogar Sanddünen über Nacht verschwinden können. Er sagte, der Sturm könne Inseln in zwei Hälften spalten oder den Meeresarm zwischen zwei Inseln mit Sand überschwemmen. Größere Baumbestände würden entwurzelt und ins Meer geschwemmt. Er meinte, hier würde er nie etwas in der Erde vergraben, weil es dort nicht bleiben würde. Daran solle ich stets denken.

... Manatoa zeigte mir heute eine der vielen Stellen sumpfigen Marschlandes und erklärte, ich solle nie einen Fuß hineinsetzen, auch nicht die Hand in das trübe Wasser stecken, auch nicht bei Flut. Er sagte, unter der Oberfläche lauerten Schlangen, und sie könnten mich beißen, und dann müßte ich sterben. Er sagte, es gäbe einen Sumpf, der besonders gefährlich sei. Eines Tages rannte einer seiner Stammesbrüder aufgeregt auf den Dorfplatz und rief alle zusammen. Der Sumpf sei ausgetrocknet, schrie er. Das war noch nie vorgekommen. Bei allen anderen Sümpfen war das Wasser bei Ebbe oftmals abgelaufen, aber bei diesem Sumpf noch nie. Man hatte bisher immer geglaubt, der Sumpf würde von einer unterirdischen Quelle gespeist, aber so genau wußte das keiner. Manatoa erzählte mir, daß alle hingegangen seien, um sich das anzusehen. In dem schwarzen Schlamm ringelten sich Schlangen und Würmer. Dicke Schichten schleimiger Algen waren aufgetaucht, die fürchterlich stanken. Niemand konnte sagen, ob das ein Wunder oder ein böses Zeichen war. Einer von Manatoas Freunden watete in den graugrünen Schlick hinein und stieß auf einen Haufen großer Steine, die sich vom Grunde des Sumpflochs auftürmten und teilweise aus dem Schlamm herausragten. Sie waren auffallend rund. Er erschrak gewaltig. Außer mir erzählte er es niemandem. Er hatte Angst, es seinen Stammesbrüdern zu erzählen, die ihn wegen seines törichten Verhaltens gerügt oder gar verstoßen hätten, wenn es doch ein böses Vorzeichen gewesen wäre. Manatoa sagte mir, daß die Steine fest und groß waren und sich auch beim größten Sturm nicht von der Stelle rühren würden. Er meinte, sie hätten schon lange auf dem Grund des Sumpfes gelegen. Wenn sie bisher nicht verschwunden seien, würden sie wohl ewig dort liegen bleiben. Er sagte, die Steine wären wahrscheinlich das einzige, was von diesen Inseln übrigbleiben würde.«

»Ich frage mich, was für Steine das waren«, murmelte James nachdenklich.
»Die Überreste von Blackbeards Burgruine bestehen aus Kalkgestein, das aus einem Steinbruch vom Festland in der Nähe von Charleston stammt. Das habe ich aus einem Gespräch zwischen Mr. Gaskill und Mr. Burrus erfahren. Aber ich habe keine Ahnung, woher die Steine aus diesem Sumpfloch kommen. Rund sollen sie sein? Wie merkwürdig.«
»Merkwürdig finde ich das nicht«, warf Marcus ein und wischte einen nicht vorhandenen Fussel vom Ärmel. Dann grinste er wie ein Seeräuber ohne Augenklappe und sprang mit ausgebreiteten Armen auf. »Ballaststeine, Jessie. Das müssen Ballaststeine sein.«
»Große Steine also. Zum Beispiel die Steine, auf denen Blackbeard und seine Matrosen im Schiffsbauch saßen, während sie sich aus Tollerei von Schwefeldämpfen einräuchern ließen«, erklärte Badger. »Du lieber Himmel!«
»Damit hat Valentine ihrem Urenkel Blackbeard den entscheidenden Tip gegeben. Damit wußte er, wo er seine Beute verstecken konnte. Das war der einzige Ort, der gegen den Treibsand und die Stürme gefeit war«, sagte Sampson. »Grundgütiger Himmel, das ist einfach phantastisch!«
»Und darauf bist nur du gekommen, mein großer Meister«, erklärte Maggie voller Stolz. Sie nahm seine Hand und küßte jeden Finger einzeln. »Du bist herrlich.« Anthony zog eine angewiderte Grimasse. Charles, der zahnte, kaute auf seinem Fäustchen herum und sabberte furchtbar.
»Jessie«, ließ sich James mit würdiger Pastorenstimme vernehmen, obwohl seine Finger mit dem Spitzenbesatz ihres Ärmels spielten, »wo liegt denn nun eigentlich dieser Sumpf?«
Im Licht der Dämmerung standen die drei Pfadfinder am Rande des sumpfigen Marschlandes und starrten auf die große, dunkle Fläche hinaus. Um keine Aufmerksamkeit zu

erregen, war man übereingekommen, daß nur drei von ihnen an dieser Expedition teilnehmen sollten. Ungern hätten sie sich von den Leuten aus Ocracoke nach dem Grund ihres Treibens fragen lassen. Pfadfinder James, Jessie und Badger standen also vor dem Sumpfland, das ungefähr eine halbe Meile vom Dorf entfernt an der Wattseite der Insel lag. Ein dunkler Spiegel brackigen Wassers lag darüber, bei dessen Anblick Jessie sich schüttelte.

»Es sieht unheimlich aus«, meinte sie.

»Und es stinkt in der Tat zum Himmel«, fügte Badger hinzu und nickte. In die Hocke gehend sah er sich die reglose Wasseroberfläche genauer an. Plötzlich lief ein Zittern über den Wasserspiegel, und der Kopf einer Cottonmouth, einer giftigen Sumpfschlange, tauchte vor seiner Nase auf. Erschrocken setzte sich Badger auf den Hosenboden und japste nach Luft.

»Wie hat Blackbeard es nur fertiggebracht, die beiden Halsketten für Valentine aus diesem Teufelsmoor zu holen?« fragte Jessie.

»Er wird sie doch nicht mit bloßen Händen herausgefischt haben?«

»Nein«, antwortete James, während er Badgers Hand packte und ihn hochzog.

»Wahrscheinlich nahm er irgendein Gerät zur Hilfe – vielleicht eine Stange mit einer Art Schaufel oder Haken am Ende.«

»Mr. Sampson scheint mit seiner Vermutung recht zu haben«, bemerkte Badger, »daß sich der Schatz zum Schutz gegen das salzige Sumpfwasser in einem Metallbehälter befinden muß. Er nimmt an, daß der Metallbehälter mit einer Kette an den Ballaststeinen befestigt ist.«

»Ja«, meinte James. »Dieser Meinung sind Jessie und ich auch. Wir sollten wieder herkommen, wenn Ebbe ist. Inzwischen versuchen wir eine Stange aufzutreiben, die dazu taugt, einen schweren Gegenstand zu bergen.«

»Ein Anfang wäre jedenfalls gemacht«, sagte Jessie zufrie-

den und schmiegte sich an die Seite ihres Mannes, während sie zum Haus der Warfields zurückgingen, das ihr in diesem Augenblick nicht mehr so völlig heruntergekommen erschien. »Es ist alles so aufregend.«
»Fast so aufregend wie die Tatsache, daß du mein Kind unter deinem Herzen trägst«, sagte er schmunzelnd. Mit einem zufriedenen Blick auf den frisch gemähten Rasen, die offenstehende Eingangstür, die wie eine freundliche Einladung wirkte, meinte er: »Ich stelle mir vor, daß dein Vater gerne einmal wieder hierherkommen würde. In seiner Art ist das Haus sehr schön und wirklich etwas Besonderes, finde ich.«
»Und am Strand entlangzureiten wäre auch sehr schön«, fügte sie träumerisch hinzu. »Und in deiner Begleitung wäre es noch viel schöner.«
»Das hoffe ich doch. Das müssen wir bald tun, bevor du zu sehr an Umfang zunimmst und dich nicht mehr hinter mir festhalten kannst. Ich möchte nicht, daß du vom Pferd fällst.«
Lachend knuffte sie ihn in die Seite. Gemeinsam schritten sie ins Haus, wo ihnen der köstliche Duft von Badgers neuester Kreation entgegenströmte. Austern mit Rosmarin und Zwiebeln in Weißwein.
»Ich hoffe, er weiß, was er uns damit antut.«
James klang nicht sehr begeistert.
»Austern! Diese glitschigen, unansehnlichen Dinger. Welcher vernünftige Mensch würde so etwas in den Mund nehmen?«
Aber alle taten es. Während Jessie und Spears sich nicht gerade darum rissen, ließen Marcus und James sich lange und breit darüber aus, wie angenehm sie einem durch den Gaumen rutschten. Austern, so entschied die Mehrzahl der Tischgenossen, waren so übel nicht – vorausgesetzt, verkündete Spears, ein Mr. Badger hatte sie zubereitet.
Als Jessie am nächsten Morgen erwachte, fühlte sie sich

voller Tatendrang. Der erste, den sie antraf, war Badger, der leise vor sich hinfluchend aus der Küche kam.
»Was ist los, Badger?«
»Ich habe meinen besten Kochlöffel zerbrochen. Jetzt bin ich auf dem Wege zu Mr. Gaskill. Mal sehen, ob ich in seinem Kramladen etwas Brauchbares finde.«
»Lassen Sie mich das für Sie erledigen. Soviel ich weiß, wollten Sie doch mit dem Grafen die Stange basteln.«
Sichtlich erleichtert nickte Badger und entfernte sich in Richtung des verwilderten Gärtchens hinter dem Haus, wo sich die Herren versammelt hatten. Jeder hatte ein anderes Werkzeug in der Hand, jeder eine andere Idee im Kopf. Sie hörte, wie Marcus ärgerlich aufbegehrte. »Verdammt noch mal, Spears, haben Sie Stroh im Kopf? Diese Zinken sind zu schwach. Die Stange wird uns abbrechen.«
Jessie versuchte sich Gehör zu verschaffen. »Warum gehen nicht schon einmal zwei von euch Männern zum Sumpf und probieren aus, wie lang die Stange sein muß. Noch besser wären vielleicht zwei, weil das die Hebelwirkung verdoppeln würde.«
Statt einer Antwort erntete sie nur unwilliges Gebrummel. Heimlich schüttelte sie den Kopf und grinste in sich hinein wie ein ungezogenes Kind, das man zum wiederholten Male beim Marmeladenaschen erwischt hatte.
»Männer«, meinte Maggie nachsichtig, die hinter Jessie aufgetaucht war. »Ihr Vorschlag hat Hand und Fuß. Aber die Herren der Schöpfung müssen ja daran herummäkeln, weil von ihnen selbst keiner darauf gekommen ist.«
»Aber sie werden doch hoffentlich auf meinen Vorschlag eingehen?«
»Ich denke schon«, meinte Maggie. »Ihre Frisur ist etwas aus der Fasson geraten, Jessie. Halten Sie einen Augenblick still. Bitte, denken Sie stets daran, die Haare wieder in Ordnung zu bringen, nachdem James Sie in den Arm genommen hat. Er ist wohl recht stürmisch, nicht? Wie schön.«
Zehn Minuten später spannte Jessie ihren Sonnenschirm

auf, da die Morgensonne schon ziemlich stark brannte, und machte sich auf den Weg ins Dorf, das eine knappe Meile vom Haus entfernt war. Gut gelaunt summte sie vor sich hin, denn bald würden sie wisssen, ob der alte Blackbeard tatsächlich einen Schatz in den Sumpf versenkt hatte. Sie hoffte es, ja, sie hoffte es sehr.

Unterwegs sang sie das Duchess-Lied über die Mißstände in der Marine Ihrer Majestät. Schlechte Verpflegung und Skorbut machten den armen Seeleuten zu schaffen. Alle sangen dieses Lied, hatte Marcus ihr erzählt, nur die Beamten des Außenministeriums haßten es. Auf diese Weise wurden sie schließlich gezwungen, Zitronen an Bord ihrer Schiffe zu liefern, was ein hübsches Sümmchen kostete. Mit einem breiten Grinsen bemerkte Marcus, daß seine Frau wohl so etwas wie eine Volksaufwieglerin sei.

Überrascht blickte sie auf, als Compton Fielding, der Eigentümer der Buchhandlung in Baltimore, ihr plötzlich in den Weg trat.

»Mr. Fielding! Welch eine Überraschung! Was führt Sie hierher nach Ocracoke?«

Lächelnd bot er ihr seinen Arm. »Ich verbringe hier eine Woche wohlverdienter Sommerfrische«, erklärte er. »Darf ich Sie zum Dorf begleiten, Jessie? Ich war gerade unterwegs zu Ihnen und James. Und hier treffe ich Sie gänzlich unvermutet.«

Sie nahm seinen Arm und lächelte ihn an.

»Ihr scheint mit James sehr glücklich zu sein«, bemerkte er bedächtig wie ein Mann, der zwei Rechnungen bezahlen muß, aber das Geld nur für eine hat. »Das überrascht mich doch, denn Sie beide waren ja früher wie Katz und Hund. Das hatte mich doch sehr amüsiert. Um die Wahrheit zu sagen«, fuhr er fort und blickte dem Flug der Seeschwalbe nach, die über ihren Köpfen Kreise zog, »eine Zeitlang dachte ich, Sie wären eine jener sonderbaren Weibspersonen, die die griechische Dichterin Sappho so preist.«

»Wer war denn diese Sappho? Ein Tagebuch hat sie wohl

nicht verfaßt, sonst hätten Sie es mir sicherlich zum Lesen gegeben. Ich habe noch nie von ihr gehört.«
»Das glaube ich gerne. Sie sind aus den Kolonien und ein Frauenzimmer und obendrein auch noch eine Pferdenärrin. Woher sollten Sie also wissen, daß vor vielen Jahrhunderten Frauen ihre Liebe füreinander verherrlicht haben. Sappho lebte im sechsten vorchristlichen Jahrhundert auf einer Insel namens Lesbos, auf der es der Überlieferung nach nur Frauen gab. Fragmente ihrer Dichtkunst sind uns bis heute erhalten geblieben, leidenschaftliches Gefasel, nicht Gedichte, wie eine normale Frau sie schreiben würde. Schauen Sie nicht so dumm drein, Jessie. Wir sprechen nicht nur von der geistigen Liebe, wie sie eine Tochter ihrer Mutter, eine Schwester ihrer Schwester entgegenbringt, sondern von der fleischlichen Liebe zwischen zwei Frauen, die sich küssen und liebkosen.«
Jessie fühlte, wie sie blaß wurde. Sie wußte, Mr. Fielding versuchte sie aus der Fassung zu bringen, aber sie hatte keine Ahnung, weshalb. »Ich verstehe Sie nicht«, meinte sie zögernd. »Warum erzählen Sie mir diese Dinge?«
»Nun, meine liebe Jessie, endlich habe ich dich. Und ich habe auch nicht vor, dich wieder laufen zu lassen, bis ich meinen Anteil an Blackbeards Schatz erhalten habe. Nicht alles. O nein – wahrscheinlich könnte ich nicht alles ausgeben, aber einen guten Teil davon, genügend, um mich in Europa niederzulassen und für den Rest meines Lebens wie ein Fürst zu leben.«
Jessie stockte der Atem. Ungläubig starrte sie Compton Fielding an. Sie hatte ihn immer sehr nett gefunden, hatte stundenlang in seinem Buchladen geschmökert, und nachdem sie festgestellt hatte, daß James öfters dorthin ging, war ihr jede Gelegenheit recht gewesen, um dort aufzukreuzen und ihn zu treffen. Mr. Fielding war immer freundlich zu ihr gewesen, hatte sie nie von oben herab behandelt, hatte ihr Bücher geliehen – vor allem Tagebücher, ja, das fiel ihr jetzt wieder ein. »Sie können mich nicht entführen, Mr.

Fielding. Wir befinden uns auf Ocracoke. Hier gibt es keinen Ort, an dem Sie mich verstecken können. Weshalb sollten Sie mich auch entführen? Was soll der Unsinn mit Blackbeards Schatz?« Noch ehe sie das letzte Wort ausgesprochen hatte, riß sie sich von ihm los und machte auf dem Absatz kehrt. Die Röcke raffend, rannte sie zurück zum Haus ihrer Eltern.

Kapitel 34

Jessies Kondition war zwar ausgezeichnet, aber die Röcke verhedderten sich beim Laufen. Sie kam aus dem Tritt und stolperte. Sie verwünschte sich selbst, daß sie Maggies Rat befolgt und statt der Hosen ein Kleid angezogen hatte. Mit wenigen Schritten holte er sie ein. Brutal fiel er sie von hinten an und stieß sie vornüber. Sie stürzte, rang nach Luft. Ihre Knie waren aufgeschlagen und schmerzten. Plötzlich bekam sie Angst, große Angst. Aber sie hatte ja selbst schuld. Warum hatte sie sich auch allein auf den Weg gemacht und sich nicht vorher überlegt, wie gefährlich das sein könnte? Alle waren so mit dem Schatz beschäftigt gewesen, daß keiner an Böses gedacht hatte, auch Badger nicht, geschweige denn sie selbst.

»Was wollen Sie von mir?«

Er riß sie hoch, packte ihr Kinn und drehte den Kopf zu sich herum. Dann schlug er mit der flachen Hand links und rechts in ihr Gesicht. »Du wirst mir nicht mehr entwischen, Jessie, sonst erwürge ich dich auf der Stelle. Ich habe nichts zu verlieren, daß du das nur weißt.«

Sie nickte langsam. Während ihre Gedanken wie wild rasten, versuchte sie sich über ihre Lage klarzuwerden und zu begreifen, worum es ging …

»Komm mit mir. Meine kleine Laube wird dir gefallen. Ich habe sie vor zwei Tagen eingerichtet. Gott sei Dank haben die Herbststürme noch nicht eingesetzt. Ich habe genaue Erkundigungen über die Outer Banks eingeholt, bevor ich hierhergesegelt bin. Schließlich wollte ich nicht, daß mein Boot auf eine dieser tückischen Sandbänke aufläuft und ich womöglich absaufe.«

»Die Stürme können jederzeit einsetzen.«

»Mag schon sein, aber nicht in den nächsten Tagen. Das spüre ich vorher in allen Knochen. Mein Schicksal hat sich endlich zum Besseren gewendet.«

Ihr blieb keine Wahl, sie mußte ihm folgen, zum Dorf hinaus in Richtung Meeresufer. In nüchternem Ton stellte er fest: »Ja, lange Zeit hielt ich dich für eine, die Frauen liebt. Von Männern ist ja eher bekannt, daß sie zur Liebe für ihresgleichen entbrennen. Bei Frauen ist gleichgeschlechtliche Liebe seltener. Ich habe dich beobachtet und war mir ziemlich sicher. Du mußtest ja immer die Männer nachäffen, Hosen tragen und lächerliche alte Hüte, und wie unordentlich dein Haar immer war, und dann dieser Zopf! Ja, ich dachte immer, die muß eine Schülerin der Sappho sein.

Das ist auch der Grund, Jessie, warum Allen Belmonde dir nach dem Leben trachtete.«

Daß zwei Frauen einander so küssen könnten, wie James und sie sich küßten, wäre Jessie nie in den Sinn gekommen, und sie starrte ihn nur kopfschüttelnd an. »Allen Belmonde? Habe ich Sie richtig verstanden? Ich weiß nicht, wovon Sie sprechen.«

Er schlug nach einer dicken Fliege und meinte: »Das hat er mir gesagt, bevor ich ihn umbrachte – natürlich tat ich das ungern. Ich mußte ihn zuerst zum Reden bringen. Er wollte dich töten, weil er glaubte, Alice würde sich von ihm scheiden lassen, um mit dir zusammenzuleben, um deine Geliebte zu werden. Eine Aussicht, die ihn nicht so sehr störte, wenn er sich nicht in einer ziemlich ausweglosen Lage befunden hätte, meine Liebe. Er konnte es sich nicht leisten, auf ihr Geld zu verzichten. Eine Scheidung hätte ihn zum armen Mann gemacht. Ihr Vater, der kein Dummkopf war, hatte für diesen Fall vorgesorgt. Allen mußte sich immer wieder erniedrigen und um jeden Penny betteln, um seine Spielschulden bezahlen zu können. Deshalb wollte er dich aus der Welt schaffen. Du wirst dich erinnern, daß ich dich gerade noch vor der heranrollenden Kutsche wegziehen konnte. Ich habe dir das Leben gerettet. Es war reiner Zufall, aber ich bin froh, daß ich rechtzeitig zur Stelle war. Damals wußte ich schon, daß ich dich brauchen würde. Als ich dann herausgefunden hatte, daß Allen Belmonde hinter dem Anschlag steckte, mußte ich ihn aus dem Wege räumen. Ich brauchte dich lebend, und so habe ich ihn, wenn auch ungern, getötet. Und dich habe ich gerettet. Dafür solltest du mir dankbar sein.«

»Danke, Mr. Fielding.« Sie hatte immer noch nicht völlig begriffen. »Ich verstehe das alles nicht.«

»Komischerweise hatte Allen recht behalten. Seine Frau hatte tatsächlich die Absicht, sich von ihm scheiden zu lassen, aber nicht deinetwegen. Alice liebte nicht dich, sondern deine Schwester. Die beiden werden ihren Spaß miteinander haben, wenn der alte Bramen abgekratzt ist.«

»Nelda? Nelda und eine Anhängerin dieser Sappho?«

»Oh, ja, sicher. Ich kann mir vorstellen, daß sie und Alice nach New York ziehen werden, um dem Skandal zu entgehen, den ihre Verbindung zweifellos in Baltimore auslösen würde. Aber das ist nicht das Entscheidende. Bramen wird ein Testament gemacht haben, das Nelda als wohlversorgte Witwe zurückläßt. Den beiden wird es nicht schlechtgehen. Ich wollte nur, daß du weißt, wie hoch du in meiner Schuld stehst, Jessie. Du schuldest mir einen Teil des Schatzes, weil ich dich vor Allen beschützt habe.«

»Wie sind Sie auf den Piraten Blackbeard gekommen? Erst seit wenigen Monaten erinnere ich mich wieder an Mr.Tom und seine Tagebücher.«

»Hier biegen wir ein, meine Liebe, ja, hier in dieses Wäldchen. Die Zwergeichen stehen hier so dicht, daß man durch ihr Blätterdach vor Wind und Sonne geschützt ist. Ah, wie häßlich diese Bäume sind, nicht wahr? So verwachsen, verkrümmt und knorrig wie eine Versammlung buckliger alter Frauen.«

»Mich erinnern sie eher an alte Männer.«

»Komm hier herein, Jessie.«

Sie folgte seinem Befehl, denn immer noch wußte sie nicht,

was hier eigentlich geschah. Nur soviel schien sicher: Er war froh, endlich einen Menschen gefunden zu haben, dem er von seinen Schandtaten erzählen konnte. Offensichtlich war er auch noch stolz darauf. Sie fühlte, daß er Mühe hatte, seine Erregung zu zügeln. Glücklich und froh war sie von zu Hause weggegangen, und in welcher Lage befand sie sich jetzt? In der Hand eines Mörders. Was sollte sie tun?

»Setz dich, Jessie. Wie gefällt dir mein kleines Refugium? Siehst du, wie geschickt ich die Zweige verflochten habe, damit sie ein Dach bilden? Geregnet hat es bisher noch nicht, und so weiß ich nicht, ob das Dach auch dichthalten wird. Aber vorerst ist es hier sehr gemütlich. Auch in der Nacht wird es nicht allzu kalt. Ja, setz dich, dann erzähle ich dir den Rest der Geschichte. Wir haben viel Zeit. Ich werde James erst im Laufe des Tages eine Nachricht schicken. Zuerst soll er deine Abwesenheit bemerken und sich tüchtig Sorgen machen.«

Seine Fingerspitzen berührten leicht ihre Wange. Sie zuckte zurück, die Augen starr vor Entsetzen.

»Nein, ich werde dich nicht vergewaltigen. Wenn ich dich jetzt allerdings nach dieser gelungenen Verwandlung betrachte, wundert es mich, wie blind ich früher gewesen bin. Meine Mutter schrieb mir eine ausgezeichnete Beobachtungsgabe zu, aber in deinem Fall hat sie mich im Stich gelassen. Und jetzt hast du ein Kind im Bauch, das Kind von James. Wer hätte je gedacht, daß James überhaupt Lust haben würde, mit dir ins Bett zu gehen? Nun gut, es ist geschehen und jetzt auch nicht weiter wichtig. Erinnerst du dich übrigens noch an Red Eye Crimson?«

Verwundert blickte sie ihn an. »Was wissen Sie über Red Eye? Oh, Gott, und wir dachten, er sei derjenige, vor dem ich mich hüten müsse. Ich erinnere mich jetzt wieder genau an ihn, an jene Nacht, als er versuchte, mich aus Papas Haus zu entführen. Mein Mops hätte mich damals gerettet, berichtete mir Papa später. Red Eye Crimson würde ins Gefängnis kommen und die Strafe bis zu seinem neunzigsten Lebensjahr absitzen.«

»Oliver Warfield hat sich geirrt. Red Eye Crimson schneite eines schönen Tages in meinen Laden. Das war im vergangenen Dezember. Er sagte, er suche Tagebücher, die Tagebücher des Piraten Blackbeard. Ob ich die wohl hätte, fragte er. Leider nicht, antwortete ich.

Bisher hatte ich nicht für möglich gehalten, daß dieser ungehobelte Kerl des Schreibens und Lesens mächtig gewesen war und Tagebuch führte. Aber die Frage ließ mich nicht ruhen, warum diese Jammergestalt Red Eye Crimson näheres über Blackbeard wissen wollte. Ich machte ihn betrunken. Im Rausch erzählte er mir, wie er und Tom Teach – du nennst ihn Mr. Tom – sich als Partner zusammengetan hatten. Er sollte Tom hier auf Ocracoke treffen. Sie wollten ihre Tagebücher mitbringen, sie gründlich lesen, und dann, eins, zwei, drei, würden sie den Schatz heben. Red Eye besaß zwar Blackbeards letztes Tagebuch, aber ohne die anderen nützte es ihm wenig. Er war überzeugt, daß Blackbeard ein ausgekochter Schurke gewesen war und daß sein Tagebuch vor versteckten Hinweisen nur so wimmelte. Deshalb wollte er Tom auch nicht umbringen, bevor er nicht den Schatz gefunden hatte. Als er schließlich hier angekommen war, so erzählte er mir mit tränenerstickter Stimme, mußte er feststellen, daß du Tom erschlagen hattest – er hatte beobachtet, wie du dich aus seiner Hütte davonschlichst. Allerdings scheint er übersehen zu haben, daß du die Tagebücher vergrubst. Du hast sie doch vergraben, nicht wahr, Jessie?«

»Ja. Und vor zwei Tagen haben wir sie wiedergefunden.«

»Ja, ich weiß. Ich habe euch nicht aus den Augen gelassen und auf meine Chance gewartet. Was für ein Glück, daß die Bücher in den hohlen Stamm gespült wurden. Wirklich großes Glück. Aber zurück zu Red Eye. Er schlich dir nach und versuchte noch in der selben Nacht, dich zu ermorden. Aber du bist ihm entwischt. Und dann hast du alles vergessen, durch die Krankheit. Kinder haben eine erstaunliche Fähigkeit, sich selbst zu schützen. Es war alles so schrecklich für dich gewesen, daß du es einfach vergessen mußtest. Der arme Red Eye landete aber schließlich wieder im Gefängnis. Allerdings gelang es ihm auszubrechen und nach Baltimore zurückzukehren, in der Hoffnung, dich dort in seine Gewalt zu bekommen. Ich hielt es für das beste, gemeinsame Sache mit ihm zu machen. Deshalb versteckte ich ihn in meinem Haus in der Powell Street. Meine Mutter schickte ich zu einer Verwandten nach Philadelphia. Alles verlief nach Plan, bis Allen ins Spiel kam. Mir war natürlich nicht entgangen, daß du dich weder an Old Tom noch Blackbeard mitsamt den Tagebüchern erinnertest. Deshalb sagte ich Red Eye einfach, daß die Zeit noch nicht reif sei. Ich machte ihm klar, er würde nichts davon haben, wenn er dich entführte, weil du dich an nichts mehr erinnern könntest. Aber ich würde versuchen, deinem Gedächtnis wieder auf die Sprünge zu helfen. Aus diesem Grunde gab ich dir all die vielen Tagebücher zu lesen, Jessie. Sie stammten aus Blackbeards Zeit. Jetzt wirst du auch verstehen, warum ich dich immer wieder ausfragte, vor allem nach deiner Kindheit in Ocracoke.«

Nun fiel es Jessie wie Schuppen von den Augen. In den letzten Monaten vor ihrer Flucht nach England hatte er ihr immer wieder Tagebücher gegeben; viele davon mindestens zweihundert Jahre alt, und mit ihr darüber gesprochen. Manchmal hatte er ihr auch bemerkenswerte Ereignisse daraus vorgelesen. Dies hatte er nur getan, um die Erinnerung an jenen schrecklichen Tag wieder wachzurufen. »Ja«, entgegnete sie, »Sie wollten immer, daß ich Ihre Tagebücher lese. Und ich habe nie einen Verdacht geschöpft. Warum sollte ich auch? Manchmal erschienen mir die Ereignisse jener Nacht in schrecklichen Alpträumen, aber ich wußte sie nicht zu deuten und hatte sie meistens schon beim Frühstück wieder vergessen. Erst als ich in England war, kam mir die volle Erinnerung zurück. Bei einem Sturz schlug ich mit dem Kopf auf, und als ich zu Bewußtsein kam, war plötzlich alles wieder da.«

»Ja, auch das weiß ich. Die schöne Maggie Sampson hat mir davon berichtet. Ihr habe ich auch einiges über den Mann entlocken können, der dich mit der Kutsche überfahren wollte. Eine entzückende Person, eure Maggie. Es war nicht so leicht, mich zurückzuhalten, nachdem du mit James hier eingetroffen bist. Ich war sehr aufgeregt. Die Ereignisse waren bereits ins Rollen gekommen. Red Eye hatte ich bereits aus dem Wege geräumt. Dieser einfältige Tropf war zu einer Gefahr geworden. Ständig lag er mir ihm Ohr, es sei ein Fehler gewesen, die Sache hinauszuschieben. Er hätte dich entführen und dich so lange prügeln sollen, bis dir auch die kleinste Einzelheit wieder eingefallen wäre. Wie du siehst, habe ich dich auch davor bewahrt, Jessie. Ja, ich habe ihn umgebracht, und das war gut so, denn ich konnte Blackbeards letztes Tagebuch lesen. Darin schrieb er, daß der entscheidende Hinweis für das Versteck des Schatzes im Tagebuch seiner Urgroßmutter zu finden sei. Wenn ich mich recht erinnere, waren dies seine Worte: ›In einem tiefen Schlund verborgen liegt mein Schatz, sicher und auf ewig.‹ Du kannst dir nicht vorstellen, wie lange ich über diesen Hinweis nachgedacht habe. Leider fand ich keine Lösung. Was ich also unbedingt haben mußte, war das Tagebuch von Blackbeards Urgroßmutter. Die Tagebücher aus Blackbeards Hand waren unwichtig. Old Tom muß ein rechter Dummkopf gewesen sein. Aber du hast dir mit deinen Engländern einen eigenen Reim darauf gemacht, auch ohne Blackbeards Andeutung, nicht wahr?«

Sie nickte. Es gab keinen Grund, jetzt noch zu lügen. Es würde ihr auch nichts nützen. »Blackbeards Hilfe brauchten wir nicht. Seine Urgroßmutter hieß Valentine, das haben wir herausgefunden. Alles ergab sich aus Valentines Tagebuch. Werden Sie mich jetzt töten, Mr. Fielding?«

»Das habe ich nicht vor, solange du mir keine Veranlassung dazu gibst.«

»Bestimmt nicht. Gehen Sie zu James und sagen Sie ihm das, was Sie mir erzählt haben. Er wird Ihnen Ihren Anteil am Schatz geben, davon bin ich überzeugt. James wird den Schatz mit Ihnen teilen.«
»Dir scheint er also nicht gleichgültig zu sein, was, Jessie? Leider pfeifen es die Spatzen von den Dächern, daß dein Gemahl dich nicht liebt, obwohl du dich zu einer wahren Schönheit entwickelt hast. Er mußte dich heiraten, weil er dich verführte.«
Sie schluckte. »Das mag sein, aber James ist ein Ehrenmann. Er wird euch einen Teil des Schatzes geben, um mich zurückzubekommen.«
»Das werden wir in Kürze sehen, meine Kleine. Ich denke noch darüber nach. Die Dinge gewinnen an Klarheit, wenn ich sie mit dir bespreche. Möchtest du noch mehr wissen, Jessie?«
»Wieso kommen Sie zu der Annahme, Nelda sei eine Anhängerin dieser Sappho aus dem alten Griechenland? Woher wissen Sie, daß sie und Alice Belmonde sich auf diese Weise lieben?«
»Ich habe sie zusammen gesehen«, antwortete er schlicht. »Ich stattete der lieben Alice einen Besuch ab, um ihr mein Beileid auszusprechen – ich hatte sie zutiefst bedauert, weil sie mit Allen, diesem elenden Schuft, verheiratet war. Ich traf erst zu später Stunde bei ihr ein. Mehrere Kutschen standen bereits vor ihrem Haus. Ich wartete draußen. Schließlich blieb nur noch eine einzige Kutsche vor dem Haus übrig. Ich fragte mich, warum der letzte Besucher noch nicht gegangen war. Plötzlich kam mir der Gedanke, Alice könne eine durchtriebene Frau sein und einen heimlichen Geliebten haben, der jetzt bei ihr war. Ich schlich also zum Fenster und spähte hinein. Und da sah ich, wie Alice und deine Schwester sich umarmten, nicht aus Trauer und Mitgefühl, Jessie, sondern voller Leidenschaft. Ich war völlig überrascht, aber ich muß zugeben, es brachte auch mein Blut in Wallung. Das war völlig neu für mich. Seither stelle

ich mir in meiner Phantasie oft zwei ineinander verliebte Frauen vor. Nun ja, spielt jetzt keine Rolle. Jedenfalls habe ich es so herausbekommen.«

Wie ein Donnerschlag traf Jessie die Erkenntnis, daß er es sich nicht leisten konnte, sie am Leben zu lassen. Sie wußte zu viel. Er hatte bereits zwei Menschenleben auf dem Gewissen. Er hätte ihr nie davon erzählt, wenn er vorgehabt hätte, sie laufen zu lassen. Und was war mit James? Oh, Gott, sie mußte James schützen! Fielding würde keine Bedenken haben, James umzubringen. Auch die anderen waren nicht vor diesem Wahnsinnigen sicher. Und sie mußte ihr ungeborenes Kind schützen. Unwillkürlich legte sie die Hände schützend auf ihre Leibesmitte.

»Mußt du austreten? Soviel ich weiß, müssen schwangere Frauen das öfters tun. Aber dann begleite ich dich, Jessie. Ich möchte dich nicht eine Sekunde aus den Augen lassen. Ich verspreche dir, ich werde wegsehen.«

Tatsächlich hatte sie das Bedürfnis. Sie zwang sich, es gleich hinter sich zu bringen, obwohl sie wußte, daß er nur drei Schritte hinter ihr stand. Doch er schien Wort zu halten – wenigstens bildete sie sich das ein. Anschließend führte er sie zu der kleinen, selbstgebauten Laube zurück.

Das Schweigen zwischen ihnen dauerte nun schon eine Ewigkeit. Sie hatte Angst, mehr Angst als sie jemals in ihrem Leben gehabt hatte. Die Angst schlich sich an sie heran, nahm langsam von ihr Besitz und durchdrang sie. Es war kein plötzliches Erschrecken, das einem in die Glieder fuhr, nein, diese Angst lähmte sie, lullte sie ein und verleitete sie dazu, die Wahrheit weit von sich zu schieben. Langsam rannen die Stunden dahin, bis die Zeit aufgebraucht war und er sie umbringen würde. Sie und ihr Kind. Was sollte sie tun? Da kam ihr ein rettender Einfall. »Sie sind doch Gelehrter«, sagte sie. »Ich weiß, was aus den verschollenen Siedlern der Kolonie auf Roanoke Island geworden ist.«

Seine blaßgrauen Augen blitzten auf. Unruhig fuhr er sich

mit der Zunge über die Lippen, dann schien er sich wieder in der Gewalt zu haben. Er lachte. »Großer Gott, seit zweihundert Jahren rätselt man über den Verbleib der Siedler. Niemand weiß, was da geschah. Es gibt die wildesten Vermutungen.« Er lachte wieder. »Ich halte es für ausgeschlossen, daß du auch nur das Geringste darüber weißt.«

»Da muß ich Sie enttäuschen. Valentine, Blackbeards Urgroßmutter, war nicht irgend jemand, müssen Sie wissen. Sie gehörte zu den Siedlern von Roanoke Island. Das hat sie alles in ihrem Tagebuch niedergeschrieben, und ich habe es gelesen.«

»Eine Frau von Roanoke Island soll Blackbeards Vorfahren ausgebrütet haben? Also, das wäre tatsächlich erstaunlich. Und Valentine hieß sie? Seltsamer Name für ein Mädchen, das aus England stammt.«

»Ich weiß auch, was aus ihr geworden ist und den restlichen Siedlern. Und Sie möchten das doch gerne wissen – das sehe ich Ihren Augen an.«

Er grinste. »Oh, Jessie, du bist wirklich ein kluges Mädchen. Natürlich wüßte ich das gerne. Aber wenn ich durch den Schatz reich geworden bin, dann kümmert mich dieser Unsinn einen Dreck.« Er seufzte tief, lehnte sich mit dem Rücken an den knorrigen Stamm einer Zwergeiche und verschränkte die Hände vor dem Bauch.

Aber Jessie ließ nicht locker. »Die Siedler waren dem Hungertod nah. Eine Seuche wütete unter ihnen. Sie glaubten, sie seien zum Sterben verdammt.«

Sein Kopf reckte sich nach vorn. Wißbegierde blitzte aus seinen zu Schlitzen verengten Augen. Aber mehr kam nicht über Jessies Lippen.

Man merkte ihm eine gewisse Unruhe an, aber er zwang sich kühl und beherrscht zu bleiben. »In dem Bündel dort drüben ist etwas zu essen. Ich bin hungrig, und du wirst es auch sein. James hat dich inzwischen sicherlich schon vermißt und sich zum Dorf aufgemacht, um nach dir zu for-

schen. Dann wird er bald feststellen, daß du verschwunden bist. Gib mir etwas zu essen, Jessie.«
»Ja, wie Sie wünschen«, sagte sie artig und ergriff das Heft eines ziemlich stumpfen Messers.
»Wenn du glaubst, du kannst mich erstechen, bist du im Irrtum. Ich ramme dir sofort das Messer in deinen prallen Bauch, und dann werden wir ja sehen, was aus dir und deinem Bankert wird.«
Sie brachte keinen Bissen hinunter, nicht einmal ein Stück des gebratenen Fisches. Sie betete, er möge sich auf einen Handel einlassen, wenn sie ihm dafür von Roanoke erzählte. Offensichtlich hatte sie seine Neugier geweckt. Sie mußte sich noch etwas einfallen lassen. Um so überraschter war sie, als er eine Weile später sagte: »Ich weiß selbst, was aus den Siedlern geworden ist. Gebildete Menschen wissen das. Man hat festgestellt, daß im äußersten Westen Virginias Indianer leben, die blaue Augen und helle Haut haben.«
»Da sind Sie aber auf der falschen Fährte, Mr. Fielding«, nahm Jessie ihm das Wort.
»Nun, mag sein, vor allem, wenn diese Valentine tatsächlich die Urgroßmutter des Piraten Blackbeard war. Er stammte also aus England. Nun gut, dann bleibt der Werdegang der Siedler eben ein Rätsel.«
Er sah hungrig aus, und sie wußte, nicht Nahrung war es, wonach ihm gelüstete, sondern Wissen. Sie schüttelte den Kopf. Mehr würde sie ihm nicht erzählen. Schließlich sagte er: »Ich schlage vor, wir machen ein Spiel. Ich stelle dir Fragen über die Siedler, und du antwortest.«
»Nein, das werde ich nicht tun, jedenfalls nicht, bis Sie mir versprochen haben, daß Sie James und meinem Kind nichts antun werden.«
Er hielt ihr seine Faust unter die Nase, doch er lächelte dabei.

Kapitel 35

Um dem Angriff auszuweichen, ließ sie sich zur Seite fallen, die Arme fest um den Bauch gepreßt. Aber er machte keine Anstalten, sie zu schlagen. Er lachte nur.

»Ich erfahre sowieso bald alles über Valentine und die verschollenen Siedler«, sagte er. »Setz dich wieder auf, Jessie. Ich wollte nur sehen, ob du auch glaubst, daß ich es ernst meine. Es ist gut, daß du das begriffen hast und daß du offenbar auch an das Kind in deinem Leib denkst. Um so eher wirst du mit mir zusammenarbeiten.«

»Was haben Sie vor?« fragte sie, während sie sich aufrichtete, den Rücken an den rauhen Baumstamm lehnte und die Arme vor der Brust verschränkte. Das Herz klopfte ihr so sehr, daß sie meinte, er müsse es hören.

»Das habe ich dir bereits erklärt. Wir werden …« Er hielt inne, als aus nächster Nähe eine Stimme zu ihnen drang.

»Miss Jessie? Wo sind Sie, Miss Jessie?«

»Ein Wort, und ich bringe ihn um.«

Sie zweifelte nicht an seiner Absicht. Es war Gypsom. Nicht ein Laut kam über Jessies Lippen. Aber es war vergebens.

Gypsom stolperte in die kleine Lichtung. Wie angewurzelt blieb er stehen und starrte auf Jessie und Mr. Fielding, der ihm den schwarzen Lauf einer Pistole entgegenhielt.

Stotternd brachte Gypsom hervor: »Miss Jessie, ich hab gesehen, wie Sie mit diesem Mann in den Wald gegangen sind. Haben Sie dabei vielleicht Ihre Haube verloren?«

»Hast du deine Haube absichtlich fallen lassen, Jessie?«

»Nein«, entgegnete sie fest und hoffte inständig, es klänge überzeugend. »Es ist gut, Gypsom.«

»Gar nichts ist gut, Gypsom.« Mr. Fieldings Stimme klang

sehr freundlich. »Miss Jessie wollte meine hübsche kleine Laube begutachten. Nimm doch Platz. Du bist einer von James' Stallburschen, richtig? Und du hast ein gutes Händchen mit Pferden, richtig? Wir bekommen Zuwachs. Was meinst du, soll ich ihn gleich umlegen oder ihn zu James schicken, damit unser Vorhaben Gestalt annimmt?«

»Schicken Sie ihn zu James. Verschont Gypsom. Bitte.«

»Eigentlich wollte ich ein paar Zeilen schreiben, aber jetzt halte ich es doch für besser, dich als Boten zu verwenden, Gypsom. Allerdings weißt du jetzt, wo sie sich aufhält. Das ist nicht gut.«

»Warum müssen Sie mich überhaupt verstecken? Nehmen Sie mich doch einfach zu der Stelle mit, wo der Schatz liegt. Gypsom könnte James ebenfalls dort hinbringen. Sie könnten sich Ihren Teil des Schatzes holen und uns dann in Frieden lassen.«

»So wie du das sagst, klingt es sehr einfach, liebes Kind. Ich sehe das nicht so. Nun gut. Gypsom, höre mir aufmerksam zu, denn das Leben deiner Herrin hängt davon ab, wie genau du meine Anweisungen befolgst.«

Fünf Minuten später kroch Gypsom unter den tiefhängenden Ästen der Zwergeiche heraus und verschwand aus Jessies Blickfeld.

»Und jetzt, meine liebe Jessie, kannst du mich zu dem Versteck des Schatzes führen.«

»Compton Fielding? Der Buchhändler? Der gelehrte Mann, der Violine spielt, mit dem ich mich fließend Französisch unterhalten kann? Jener Compton Fielding?«

»Ja, Sir, Mr. James. Erst hat er es sich ja lange überlegt, aber dann hat er mich doch zu Ihnen zurückgeschickt und mich nicht umgebracht. War ich froh.«

James, dem es im Augenblick sehr gelegen kam, daß keiner von den anderen in der Nähe war und er unter vier Augen mit ihm reden konnte, meinte nachdenklich: »Wir sollen also mit den Stangen zum Sumpf gehen. Er wartet dort mit

Jessie auf uns. Dann sollen wir versuchen, den Schatz zu heben. Er nimmt sich, was er haben will, und verschwindet damit und läßt uns ein für allemal in Ruhe.«
»Richtig, Mr. James. Er sagte, ich soll Ihnen sagen, wieviel Sie ihm verdanken, weil er doch Miss Jessie zweimal das Leben gerettet hat. Mr. James?«
»Ja?«
»Ich glaube, er mag Sie, aber trauen tu' ich ihm nicht. Mit seinem Kopf stimmt was nicht.« Gypsom tippte sich mit dem Finger an die Stirn und verdrehte die Augen.
»Aber Jessie ist nichts geschehen? Sie ist wohlauf? Sind Sie sicher?«
Sie hatte furchtbar ausgesehen, aber Gypsom wollte seinen Herren mit weiteren Sorgen verschonen, deshalb beeilte er sich zu versichern: »Es geht ihr gut, Mr. James, wirklich gut.«
»Fein, dann machen wir uns sofort auf den Weg, Gypsom. Kein Wort zu den anderen.«
Bevor er das Haus verließ, steckte James noch rasch eine kleine Taschenpistole in den Stiefelschaft. Mehr konnte er im Augenblick nicht tun. Zum Glück begegnete er keiner Menschenseele, so daß er unbehelligt und ohne sein Vorhaben erklären zu müssen, das Anwesen verlassen konnte. Nur ungern ließ er seine Freunde unbenachrichtigt zurück, aber es schien ihm das Beste zu sein. Jessies Leben stand auf dem Spiel und das Leben seines Kindes. James hatte schon mehrmals in seinem Leben erfahren, was Angst bedeutete, aber diese tödliche Furcht wie jetzt hatte er noch nie erlebt. Sollte Compton Fielding doch den ganzen Schatz allein nach Hause tragen. Was scherte ihn der Plunder? Wichtig allein war Jessie. Sie besaß den Mut und die Ausdauer und Furchtlosigkeit seiner besten Vollblüter, aber genau das war es, was ihm bange machte. Hoffentlich versuchte sie nicht, Compton Fielding zu entkommen. Ja, er mußte sogar damit rechnen, daß sie auf ihn losging. Bei dieser Vorstellung stockte ihm das Blut in den Adern.

Während er an Gypsoms Seite die Dorfstraße entlangging, in der Hand eine der langen Stangen, traf es ihn wie ein Blitz aus heiterem Himmel. Ob er es wollte oder nicht, er mußte sich eingestehen, daß er sich ein Leben ohne sie nicht mehr vorstellen konnte. Das Leben ging seltsame Wege. Es störte ihn nicht, aber, was er auf den Tod nicht leiden konnte, war, wenn er die Dinge nicht mehr im Griff hatte, wie jetzt.
»Hallo, Master James. Gypsom hat Sie tatsächlich mitgebracht. Ich habe Sie kommen sehen. Diese kleine Düne hier ist sehr von Vorteil – so konnte ich von weitem feststellen, ob Sie allein kommen. Klugerweise haben Sie das auch getan. Das hat Jessie und Ihnen das Leben gerettet.«
Mit einem Blick auf Jessie sagte James: »Ist dir nichts geschehen? Geht es dir gut?«
»Mir fehlt nichts, James.«
»Gut. Nun hören Sie zu, Mr. Fielding. Von mir aus können Sie den ganzen Piratenschatz haben. Ich lege nicht den geringsten Wert darauf. Sie sollten sich allerdings seelisch darauf einstellen, daß es diesen Schatz nicht mehr gibt. Im Laufe von zweihundert Jahren geschieht so mancherlei. Auch wenn eine Schatztruhe mit einer Kette an Ballaststeinen befestigt ist, könnte die Kette gerissen und die Truhe gesunken sein. Vielleicht haben andere vor uns den Schatz bereits gehoben. Oder er hatte sich niemals hier befunden. Sie sehen, es gibt die verschiedensten Möglichkeiten.«
»Das werden wir ja bald wissen. Sie werden sich jetzt sofort mit Gypsom an die Arbeit machen und mit den Stangen den Sumpf absuchen, aber ich warne Sie, James. Ich werde Jessie töten, wenn Sie versuchen, mich hereinzulegen. Ich habe nichts zu verlieren, vergessen Sie das nicht.«
»Ich werde lediglich feststellen, ob sich im Sumpf ein Schatz befindet oder nicht«, sagte James trocken. »Wenn ja, dann bedienen Sie sich und verschwinden!«
»Sie haben mich nicht enttäuscht. Sie sind der vernünftige Mann, für den ich Sie gehalten habe. Auch wenn Sie noch sehr jung sind, wissen Sie Ihren Verstand zu gebrauchen

und sind nicht so hitzköpfig wie Jessie hier. Holen Sie mir den Schatz herauf, James.«
James packte die lange Stange mit der Schaufel am Ende und tauchte sie in den braunen, stinkenden Schlamm. Nach einigen Versuchen stieß er auch auf den ersten Ballaststein. »Hier gibt es tatsächlich Steine.« Er stocherte um einen Stein herum, dann um den nächsten. Wahllos aufeinandergeschichtet lagen sie am Grunde des Sumpfes. Es war schwer festzustellen, ob er sie alle abgetastet hatte. Allmählich sank ihm der Mut, denn Compton Fielding schien ungeduldig zu werden und zu glauben, James wolle ihn an der Nase herumführen. »Hoppla!« rief James. »Ich glaube, ich bin auf etwas gestoßen. Ja, es scheint eine Kette zu sein, die um einen der Steine herumläuft.« So wie die Schatzsucher es sich vorgestellt hatten, war es auch. Er betete, daß die Kette nicht reißen möge, daß ihre Glieder unverwüstlich seien wie der Leibhaftige. Er hoffte, daß ihr weder die Gezeiten, noch die Stürme etwas anhaben konnten, die ständig über das Eiland hinwegfegten und das Land binnen weniger Stunden völlig verwandelten.
»James? Sind Sie fündig geworden?«
»Ja, es sieht ganz so aus«, sagte James. Vor Erleichterung und Freude hätte er am liebsten geschrien. »Hier herüber, Gypsom. Helfen Sie mir mit der zweiten Stange. Falls tatsächlich eine Metallkiste an der Kette hängt, wird sie sehr schwer sein. Hoffentlich sind die Stangen stark genug.«
Sie bohrten die Stangen in den Morast. In James keimte der Verdacht, daß Blackbeard, dieser Schurke, vielleicht einfach zum Scherz Ketten um die Steine gewickelt haben könnte. Aber dann stieß seine Stange plötzlich auf glattes Metall. Blackbeards Schatztruhe! »Ich habe sie!«
Es war ein langwieriges, mühevolles Unternehmen. Jetzt hieß es, die Schaufeln unter die Truhe zu bekommen und sie langsam zu heben und zu beten, daß die Stangen dem Gewicht der metallenen Truhe und dem darauf lastenden Schlick standhielten. Besser wäre es gewesen, zuerst die

Kette unter den Steinen hervorzuziehen, aber das wagte James nicht. Wenn ihnen die Truhe jetzt von den Schaufeln rutschte, dann würde der Schatz bis zur Mitte der Weltkugel sinken. Langsam, ganz langsam hievten sie die Truhe nach oben. Sie war schwerer als das Pferd, das einmal während eines Vier-Meilen-Rennens auf James gestürzt war. Dabei konnte er noch von Glück reden, denn er kam mit ein paar Rippenbrüchen davon. Aber jetzt brauchte er nicht nur Glück, sondern auch Gottes Hilfe. Sein und Jessies Leben und das des ungeborenen Kindes standen auf dem Spiel.

Plötzlich glitt Gypsom aus. Die Truhe rutschte James von der Schaufel und sackte in den Schlamm zurück. James stieß einen fürchterlichen Fluch aus und drehte sich um. »Warten Sie, Mr. Fielding, wir versuchen es ein zweites Mal. Hier Gypsom, ich fühle etwas. Ja, die Kette ist mindestens dreifach um Stein gewickelt. Das gibt uns genügend Spielraum, um sie an die Oberfläche zu ziehen.«

»Oh, Sie wären beinahe gestürzt, mein armer James? Nein, das war der arme Gypsom. Hast du Angst?« Compton Fielding hob die Pistole, zielte sorgfältig und schoß. Gypsom machte einen Satz rückwärts, als die Kugel genau vor seinen Zehen in den Boden einschlug, daß der Schlamm nur so aufspritzte. Mit den Armen rudernd fiel er in den Morast. Er schrie auf, dann schlug der graubraune Brei über seinem Kopf zusammen.

»Hol Sie der Henker, Compton!« James gelang es in letzter Sekunde, den Arm seines Stallknechtes zu packen und ihn mit einem Ruck aus dem Sumpf zu ziehen. »Ohne ihn kann ich den Schatz nicht heben, Sie verdammter Narr!«

Mit hängenden Schultern stand Gypsom vor ihm, von Kopf bis Fuß schlammbedeckt. Er zitterte am ganzen Körper. »In dem Sumpfloch sind Hunderte von Schlangen, Mr. James«, flüsterte er schlotternd. »Schlangen. Eine hat sich um meinen Arm gewickelt. O Gott, o Gott!«

»Das soll dir eine Lehre sein. Paß das nächste Mal besser

auf, Gypsom, sonst verliere ich die Geduld. Ich könnte James daran hindern, dich herauszuziehen.«
»Wenn Sie einen von uns umbringen,« erklärte James nach außen hin kalt, während er innerlich vor Wut kochte, »dann können Sie Ihren verdammten Schatz nicht bergen. Dazu braucht es zwei kräftige Männer.«
»Dann werde ich Jessie fesseln und selbst anpacken. Also, keine Mätzchen mehr. An die Arbeit, los! Ich will endlich haben, was mir zusteht.«
Während James sich mit der Bergung des Schatzes plagte, mußte er mitanhören, wie Compton ständig auf Jessie einredete und ihr damit drohte, der geliebte Ehemann hätte bald eine Frau ohne Kopf, wenn er den Schatz noch einmal losließ. Ja, er würde ihr mit der Waffe das Gehirn wegpusten. Fast außer sich vor Wut warf James einen Blick zu Gypsom hinüber, der einen mit der dunklen, stinkenden Schlammsicht auf Kleidung und Haut das Fürchten lehren konnte. James kannte ihn seit vielen Jahren, aber noch nie hatte er diese kühne Entschlossenheit im Gesicht des jungen Mannes gesehen. Gypsom dachte nicht daran, sich unterkriegen zu lassen. Weiß Gott, ein Kämpfer war Gypsom schon immer gewesen, lange noch bevor James in freigekauft hatte. James wollte auf keinen Fall, daß ihm auch nur ein Haar gekrümmt würde.
Ein zweites Mal durfte ihnen die Truhe nicht mehr abrutschen. Nach vielen vergeblichen Versuchen gelang es James endlich, die Kette freizubekommen.
Mit betont ruhiger Stimme fragte er: »Hat die Truhe Griffe, Gypsom? Kann man das feststellen?«
»Ich weiß nicht genau, Mr. James. Ich trau mich nicht nach dem Griff zu tasten, am Ende fällt mir noch meine Seite von der Kiste runter. Das kann ich nicht, Mr. James. Sonst gibt der dort seinen zweiten Schuß ab, und ich falle wieder in diesen schwarzen Schlund.«
»Das war das Wort, das Blackbeard gebrauchte«, sagte Fielding. »›Tief in einem Schlund‹, schrieb er. Das ist zwar ein

Hinweis, aber er ist wertlos, wenn man den Zusammenhang nicht kennt. James, haben Sie die Truhe endlich oben?« Bei diesen Worten zerrte er Jessie hinter sich her bis an den Rand des Sumpfes. Der Boden unter ihren Füßen war weich, der Gestank von verwesten Pflanzen, Kleintieren und Sumpfgasen fast unerträglich. Sie war so verängstigt, daß ihr nicht einmal übel wurde.
»Die drei Reihen Ketten haben wir jetzt vom Stein gelöst. Die Kette müßte jetzt genügend Spiel haben, daß wir die Kiste an die Oberfläche ziehen können. Hoffentlich gelingt es uns. Geben Sie uns noch etwas Zeit, Fielding, und achten Sie um Himmels willen darauf, daß Jessie nicht in den Sumpf fällt.«
»Keine Angst, James, ich lasse sie nicht los. Ich beglückwünsche Sie zu Ihren guten Nerven. Sie verstehen die Dinge richtig einzuschätzen. Später, wenn die Angelegenheit nach meinen Wünschen verlaufen ist, erzähle ich Ihnen alles.«
Endlich! Endlich hatten sie es geschafft. Die Truhe hatte die Oberfläche durchbrochen. Mit einem satten, schmatzenden Geräusch ließ sich auf den festen Boden ziehen. Eine Weile stand James stumm und regungslos da und starrte auf den Fund. Er konnte einfach noch nicht glauben, daß der Schatz tatsächlich existierte. »Gott sei Dank«, brachte er schließlich hervor, »endlich haben wir ihn heraufgeholt.«
»Ausgezeichnet«, japste Fielding. Er war so erregt, daß er kaum atmen konnte. Auch er starrte lange ungläubig auf die schlammbedeckte Metalltruhe. Das Schloß schien noch unversehrt zu sein. »Mein, sie ist mein. Endlich, endlich habe ich, wofür ich jahrelang gearbeitet habe.«
»Nicht eine Sekunde haben Sie dafür gearbeitet!« rief Jessie entrüstet. »Sie haben ihn nicht verdient.« James hätte ihr am liebsten einen Socken in den Mund gestopft.
»Im Augenblick ist das auch völlig unwichtig«, warf er rasch ein. »Die Truhe gehört Ihnen, Fielding, das heißt, wenn es uns gelingt, sie zu öffnen.«

James tastete nach einem der verschmutzten, verrosteten Griffe an der Seite und zog sie noch ein Stück weiter auf das feuchte Gras. Die Truhe hatte eine stattliche Größe.
»Oh, nein!« schrie Compton Fielding und fuchtelte wild mit seiner Pistole herum. »Verdammt! Sehen Sie sich das an. Sie ist völlig durchlöchert. Aber sie ist aus Metall, wie kann sie da Löcher haben?«
Compton Fielding stieß Jessie rücksichtslos weg. Mit einem Schmerzenslaut fiel sie neben ihm auf die Knie. Dann zerrte er mit fliegenden Händen an dem eisernen Riegel an der Vorderseite der Truhe herum. Als er sie nicht aufbekam, trat er einen Schritt zurück und feuerte mit der Pistole darauf. Das Schloß zerbarst. Metallsplitter flogen durch die Luft und versanken mit glucksendem Geräusch im Sumpf.
Mit einem Kichern öffnete er den Deckel. »Mein Gott, es ist alles voller Schlamm. Aber seht nur, darunter sind Juwelen und Münzen. Gottlob sind sie nicht aus den dämlichen Löchern herausgefallen. Verrosten konnte ja nichts! Das sind meine Juwelen.« Er ließ die Pistole fallen und griff mit beiden Armen in die Truhe.
Plötzlich schrie er entsetzt auf.
Den Oberkörper über die Öffnung gebeugt, die Arme immer noch in die schlammverklebten Juwelen und Münzen getaucht, kniete er vor der Truhe. Da schoß aus dem Inneren eine Sumpfschlange, eine Cottonmouth, hervor, das häßlichste Reptil, das Gottes Schöpfung hervorgebracht hatte. Der Leib war so dick wie eines Mannes Hals. Der Schlund ihres weitaufgerissenen Rachens so fahl wie die Farbe verdorbenen, madenbefallenen Fleisches. Eine Perlenkette hing ihr zu beiden Seiten des Mauls herunter wie das Zaumzeug eines Pferdes, dessen Zügel man schleifen läßt. Die Schlange starrte Compton Fielding mit bösen Augen an. Im Bruchteil einer Sekunde schnellte sie seinen Arm hinauf und hieb ihre Giftzähne tief in seinen Hemdsärmel. Ein zweites Reptil steckte den Kopf aus der Truhe. Aus seinem weitgeöffneten Maul baumelte eine Kette aus Smarag-

den. Die Steine waren vom giftigen Speichel so blankgeputzt, daß ihr Grün satt aufleuchtete. Die zweite Schlange wand sich langsam gleitend um Compton Fieldings Arm, als bewege sie sich kaum. Ebenso langsam weitete sie das Maul, spuckte die Smaragde aus und ließ ihre Giftzähne tief in seinen Handrücken dringen.

»Compton, ziehen Sie die Arme aus der verdammten Kiste! Schnell! So hören Sie doch!«

Compton Fielding schrie wie am Spieß, aber er rührte sich nicht. Er schien wie erstarrt und zu nichts anderem fähig, als jämmerlich zu schreien. Jetzt tauchte noch eine dritte Schlange auf. Sie schlüpfte aus einem der Löcher an der Truhenseite, wand sich Comptons Brustkorb hinauf, schlängelte sich unter seinen Arm, als habe sie sich diese weiche Stelle eigens ausgesucht. Sie biß ihn dreimal in die Achselhöhle, bevor sie wieder von ihm abließ und in der Truhe verschwand.

Das Opfer schrie erneut auf. Immer noch rührte der Mann sich nicht. Konnte oder wollte er nicht? James war ratlos. Er brüllte ihn an, aber es half nichts. Dann riß James Jessie weg, als sich eine der Schlangen auf sie zubewegte, das Maul weit offen. Jessie hinter sich herziehend trat James einen Schritt zurück. Da wurde ihm bewußte, daß sich alles in Sekundenschnelle abgespielt hatte. Ihm war es wie eine Ewigkeit erschienen.

»Laufen Sie weg, verdammt noch mal, Compton! Weg von der Truhe!«

Compton Fielding drehte den Kopf so weit, daß er James ansehen konnte. Mit leiser Stimme sagte er: »Das kann ich nicht. Sehen Sie nur hin, James. Sie haben sich durch die Truhe gefressen, weil sie den Schatz wollten. Wie die Schlange mit der Perlenschnur im Maul. Sie hat die Perlen nicht einmal ausgespuckt, als sie zubiß. Oh, Gott! Es sind so viele.« Aus der Tiefe der Truhe erschienen noch zwei weitere Schlangen. Diese hatten keine Juwelen im Maul. Sie krochen so langsam hervor, als seien sie nicht am Geschehen beteiligt. Sie ließen sich Zeit, als sie ihr Opfer in Arme und Hals bissen und machten gemächlich wieder kehrt. Kleinere Schlangen schlängelten sich über den Truhenrand ins Freie auf das feuchte Gras und krochen von da aus wieder in den Sumpf zurück.

Wie ein Wahnsinniger hatte James in der Zwischenzeit nach Fieldings Pistole gesucht. Da fiel ihm ein, daß in seinem Stiefelschacht seine eigene Waffe steckte. Verärgert darüber, daß er nicht früher daran gedacht hatte, zog er die Waffe und feuerte. Eine der Schlangen wand sich immer noch um Fieldings Arm. Erschrocken sank sie zurück und verschwand wieder in der Truhe. In ohnmächtiger Wut schoß James ein zweites Mal, wohl wissend, daß diese Kugel nichts auszurichten vermochte. Warum in drei Teufels Namen beugte sich Fielding weiter über die Truhe?

Die Schlangen würden ihn noch bei lebendigem Leibe fressen. Eine geraume Zeit lang hatte er keinen Laut mehr von sich gegeben, nicht einmal einen Seufzer. Er kniete unbeweglich vor dieser verfluchten Kiste, die Arme immer noch in ihr Inneres getaucht, und ließ es zu, daß die Biester ihn zu Tode bissen.

»Gypsom, bringen Sie Jessie von hier weg. Vielleicht kommen noch mehr Schlangen heraus.«

»Das werde *ich* machen«, ertönte Badgers tiefer Baß aus dem Buschwerk.

»Ja, James, wir sind alle hier«, sagte Marcus. »Wir sahen dich mit Gypsom und den Stangen bewaffnet das Haus verlassen. Was diesen Kerl hier angeht, der ist so gut wie tot. Wer zum Teufel ist das?«

»Ich glaube, ein Schurke wie er ist uns noch nie im Leben begegnet«, meinte die Duchess, aber sie kam nicht näher. »Ich hasse Schlangen. Oh, Gott, wie gräßlich sie sind. Bitte, seht euch vor.«

»Was sollen wir mit diesem Mann machen?« fragte Spears. »Auch in finde Schlangen hassenswert, Duchess.«

»Ich bin nur froh, daß Maggie nicht hier ist«, bemerkte

Sampson. »Der Anblick dieser abstoßenden Kreaturen hätte sie womöglich zu Tode erschreckt.«

»Aus dem Weg, James«, ordnete Marcus an. »Mal sehen, ob ich nicht mit dem Rest der Schlangen aufräumen kann.« Er gab zwei Schüsse aus seiner Pistole ab, dann nickte er Spears zu, der seinerseits zwei Kugeln abfeuerte.

James wartete. Als keine Bewegung, kein wellenförmiges Aufwerfen unter dem schlammigen Haufen aus Juwelen und Münzen zu entdecken war, gelang es ihm schließlich, Compton Fielding von der Truhe wegzuziehen. Sein Gesicht hatte die Farbe dieser scheußlichen Schlangenmäuler angenommen. Ein ekelerregendes, krankes Weiß.

»Compton?«

»Ja, James«, antwortete er kaum hörbar. »Ich kann Sie nicht mehr sehen, aber ich höre Sie. Wo ist Jessie?«

»Ich bin hier.«

»Erzähle mir bitte, was aus den Siedlern von Roanoke Island geworden ist.«

»Sie zogen mit den Croatoan-Indianern weg, als sie krank und am Verhungern waren. Die Indianer päppelten sie auf. Wahrscheinlich spielten sie sich dann wieder wie die Herren auf, obwohl die Indianer sie gerettet hatten. Zur Vergeltung verkauften die Indianer sie an die Spanier. Valentine wurde nach Spanien verschleppt. Jahre später gelangte sie nach England und heiratete einen Kaufmann aus Bristol. Über das Schicksal der anderen Siedler ist nichts Genaues bekannt. Es ist anzunehmen, daß die meisten von ihnen in Spanien blieben.«

»Danke«, krächzte Compton. »James, vielleicht erzählen Sie meiner Mutter besser nicht, daß ich Allen Belmonde ermordet habe. Sie mochte ihn, obwohl er ein schlechter Mensch war, aber das wußte keiner außer mir.«

»Von mir wird sie nichts erfahren«, versicherte James.

»Danke.« Es war mehr ein Röcheln als ein Wort. Compton Fielding bäumte sich auf und sank still in sich zusammen.

Eine Cottonmouth schlängelte sich am Rande des Sumpfes entlang und glitt unerwartet schnell durch das nasse Gras. Sie hatte eine Perlenkette im Maul, deren Enden sie hinter sich herschleifte.
»Er ist tot«, sagte James. »Und alles wegen dieses verdammten Schatzes.«
»Was sollen wir mit dem Schatz machen?« fragte Jessie und blickte angewidert auf die Truhe. Sie hatte kaum den Satz beendet, als wieder eine Schlange aus dem Inneren der Truhe auftauchte. Eine Handvoll Goldmünzen glitt von beiden Seiten ihres mächtigen Schädels herunter.
Sampson hob seine Pistole und schoß. Der Schlangenkörper sackte in sich zusammen.
»Es ist furchtbar, James, einfach furchtbar«, hauchte Jessie und konnte den Blick nicht von der Truhe wenden. »Wer weiß, wieviel Blut an diesen Juwelen und Münzen klebt, die Blackbeard gestohlen hat, um seine Schatztruhe zu füllen. Ich kann den Gedanken daran nicht ertragen.«
»Ja, es ist furchtbar«, stimmte ihr James zu und blickte zuerst Spears, dann Badger, dann Sampson und schließlich Marcus und die Duchess an. Fast unmerklich nickten alle.
»Sollen der Sumpf und die Schlangenbrut sie wiederhaben«, verkündete die Duchess. »Laßt sie zur Hölle hinabsinken.«
James und Gypsom versetzten der Truhe einen kräftigen Stoß mit den Stiefelspitzen. Sie rutschte in den dunklen Sumpf zurück und versank langsam.
Träge stiegen große Blasen an der breiigen Oberfläche auf und zerplatzten. Keiner sagte ein Wort. Stumm standen sie am Rande des Sumpfes, bis seine Oberfläche unbeweglich und glatt vor ihnen lag.
Gypsom unterbrach als erster das Schweigen. »Mich schüttelt es. Gott, o Gott, ich hab' immer gemeint, ich möchte reich werden, aber nicht auf diese Weise, Mr. James. Nicht auf diese Weise.«
Plötzlich bückte sich die Duchess und hob etwas aus dem Gras auf. »Seht mal her«, rief sie. Ohne lange zu zögern

wischte sie den Gegenstand an ihrem Rock ab. Es war ein Halsband, ein wunderschönes goldenes Schmuckstück. Die Mitte zierte ein riesiger Rubin, so tiefrot wie ein Wintersonnenuntergang auf den Inseln der Outer Banks. Die Duchess hielt ihn in die Höhe. »Seht her«, sagte sie. »Es ist ein Schwan.«
Sie reichte das Geschmeide an James weiter, der es drehte und wendete und voller Bewunderung betrachtete. Der klare Rubin lag warm in seiner Hand. »Hier ist etwas eingraviert.« Er hielt den Schmuck näher an die Augen, um die Schrift zu entziffern.
»Was steht darauf?« fragte Jessie.
»Hier steht: Valentine Swann 1718 Edward Teach.«
Stumm blickten sie einander an.

Kapitel 36

Auf welches Pferd soll ich setzen?
Sie sehen alle gleich aus.

– anonym –

»Lauf, Jigg! Du schaffst es, lauf Junge!« Jessie beugte sich vor, um besser verfolgen zu können, wie ihr geliebtes Rennpferd das Feld hinter sich ließ und die Führung übernahm.
»Das finde ich sehr unpassend, Jessie«, unterbrach ihre Schwiegermutter sie laut genug, daß es die Umstehenden trotz der Anfeuerungsrufe hören konnten. »Du bist jetzt eine Wyndham und keine Warfield. Jigg ist das Pferd deines Vaters.«
»Ach du meine Güte, das wird ein Kopf-an-Kopf-Rennen! Nur eine Viertelmeile. Lauf, Console! Los! Lauf, lauf! Ja, Console, du schaffst es!«
Verärgert blickte Oliver Warfield sie an und zog sie am Ärmel. »Erst feuerst du Jigg an und jetzt einen von den Wyndham-Gäulen. Auf welcher Seite stehst du eigentlich, Jessie?«
»Du lieber Himmel! Na los, ihr beiden, lauft! Schneller Jig! Gut so, Console, du schaffst es. Ja, du schaffst es!«
James, der Console ritt, fiel zurück. Die anderen Jockeys waren im Vorteil, sie waren leicht wie die Federn, würde James nach dem Rennen fluchend kundtun. Aber er gab nicht auf, sondern preßte den Oberkörper so flach wie möglich an den Rücken seines Tieres und legte die Arme fest um seinen Hals.

Jessie hielt es nicht auf ihrem Sitz. Lauthals schrie sie: »James, du schaffst es! Gib Console die Absätze in die Flanken. Das braucht er!«
Und Console bekam zwei scharfe Tritte in die Seiten. Er schoß voran wie eine Kanonenkugel, sehr zur Überraschung der gut zweihundert Zuschauer, von denen die meisten gegen ihn gewettet hatten. James war einfach zu schwer, um ein schnelles Rennen wie dieses gewinnen zu können. Seine Freunde freuten sich jedes Mal, wenn er mitritt, denn dann konnten sie getrost gegen ihn wetten.
Heute aber war er der Sieger, und das nur, weil er das Pferd in die Flanken getreten hatte. Jessie war jedenfalls dieser Überzeugung. Mit einer guten Länge Vorsprung vor Jigg aus dem Warfield-Gestüt flog Console über die Ziellinie. Schweißüberströmt und breit grinsend wie ein Sünder unter Puritanern sprang James aus dem Sattel, reichte Oslow die Zügel und schritt, ganz der siegreiche Held, auf seine Frau zu, die, weiß wie ein Laken, mit entsetztem Gesichtsausdruck vor ihm stand.
»Was zum Donnerwetter ist in dich gefahren? Ich habe deinen Zuruf gehört und Console auf deinen Rat hin ein paar Stupser in die Flanken gegeben. Und es hat ja auch gewirkt, nicht wahr?« Er drückte ihr einen Kuß auf und preßte sie an sich, bis ihr die Luft wegblieb. Dann drehte er sich zu ihrem Vater um. »Nun, Oliver, ich glaube, wenn die Marathon-Pferde heute auch noch die nächsten drei Rennen gewinnen, darf ich doch damit rechnen, daß du mit einer großen Flasche Champagner unter dem Arm zu mir nach Hause kommst und dich vor mir, dem Sieger, verbeugst. Auch vor Jessie könntest du das tun. Sie ist die Gemahlin des Siegers.«
Jessie zupfte ihn am Ärmel.
James drehte sich zu seinem Pferd um, das noch immer schwer schnaubte, aber man merkte ihm seinen Stolz an. »Seht ihn euch an. Er hat ein Herz aus Stahl. Jessie hatte recht – was Console brauchte, war tatsächlich ein kleiner

Tritt mit dem Stiefelabsatz. Er hätte mich beinahe abgeworfen, als er mit einem gewaltigen Satz nach vorne preschte.« James rieb sich die Hände. Die Freude über seinen unerwarteten Sieg stand ihm im Gesicht geschrieben. Er legte sich gerade eine kleine Rede zurecht. Sein Pferd sei nun einmal fabelhaft, und Oliver müsse sich mit seinem Schicksal abfinden und sich besser gleich einen Vorrat an Champagner anlegen, um für James' nächsten Sieg gewappnet zu sein. James wollte gerade den Mund aufmachen, als Jessie ihn erneut am Ärmel zupfte. Lächelnd drehte er sich um. »Was ist, Liebling? Du willst sicherlich den Sieger küssen?«

Mit klarer Stimme, jedes Wort einzeln betonend, sagte Jessie: »James, ich glaube, unser Kind kommt.«

Ungläubig starrte James sie an. »Nein, Jessie, das kann nicht sein. Es soll doch erst nächste Woche so weit sein, weißt du das nicht mehr? Du hast mir gesagt, die Abwechslung auf dem Rennplatz würde dir guttun. Beim Anfeuern der Pferde bekämst du frische Luft in die Lungen. Nein, du täuschst dich bestimmt. Habe ich nicht auch deutlich gehört, wie du das Pferd deines Vaters angefeuert hast, oder? Aber nein, das würdest du nie tun.«

»Doch. Doch, das hat sie«, teilte ihm seine Mutter mit. »Aber ich habe sie sofort zur Vernunft gebracht.«

Plötzlich schnappte Jessie nach Luft und schlang die Arme um den dicken Bauch.

»Oh, Gott!« rief Oliver Warfield. »James, tu doch etwas. Sie kann doch nicht hier auf dem Rennplatz mein erstes Enkelkind zur Welt bringen. Zum Donnerwetter! Was hast du mit meinem kleinen Mädchen gemacht?«

James hätte schon gewußt, was zu tun gewesen wäre, aber er durfte es nicht. Kaum hatte er Jessie zu Hause in Marathon auf das große Bett gelegt, als Dr. Hoolahan einschritt. Mit einer freundlichen, aber bestimmten Geste wollte er James aus dem Zimmer weisen. »Du bist kein Arzt, sondern

der Ehemann. Du hast hier nichts verloren. Verschwinde.«
Aber Jessie, deren Lippen bereits trocken und aufgesprungen waren von all den Schreien, die sie nicht mehr zurückhalten konnte, flüsterte: »James, bleib bei mir. Du hast mir versprochen, du würdest immer auf mich aufpassen, und jetzt brauche ich dich.«
James warf Dr. Hoolahan einen triumphierenden Blick zu und setzte sich zu seiner Frau auf die Bettkante. »Es wird nicht lange dauern, Jessie. Halte nur fest meine Hand, wenn die nächste Wehe kommt. Es ist bald überstanden, das schwöre ich dir. Ja, ich weiß das.«
»Woher zum Teufel willst du wissen, wie lange die Geburt dauert, James?« schnauzte ihn Dr. Hoolahan an und blickte auf. »Du hast keine Ahnung davon. Na ja, wahrscheinlich hast du ab und zu einer Stute beigestanden, wenn sie ein Fohlen bekam, aber das hier ist etwas anderes. Hier bin ich zuständig. Es ist Jessies erstes Kind. Sicherlich wird es länger als zwanzig Minuten dauern. Wahrscheinlich dauert es Stunden, vielleicht sogar Tage. Ich habe sogar einmal einen Fall erlebt, wo sich ein Kind vier Tage Zeit gelassen hat.«
Jessie stöhnte auf.
»Hör damit auf, verdammt noch mal!« herrschte James den Arzt an. »Du kannst einen ja zu Tode erschrecken. Mach' weiter mit dem, was hier deine Aufgabe ist. Und du, Jessie, hörst nicht auf ihn. Höre auf mich. Ich bin dein Mann, und ich weiß, wovon ich rede. Darcy ist gut im Zusammennähen von Platzwunden und Rissen, aber allwissend ist er auch nicht. Er macht sich nur wichtig mit dem Kind, das vier Tage brauchte. Bei dir wird es ganz flottgehen. Ehe du dich versiehst, wird es vorüber sein.«
»Hrrmph«, meinte Darcy Hoolahan.
»Oh, wie ich das hasse«, sagte Jessie und schloß die Augen, als sie Dr. Hoolahans Hände zwischen ihren Beinen und auf ihrem Bauch fühlte. Ein Schmerz durchfuhr sie, und jetzt wäre es ihr völlig gleichgültig gewesen, wenn die gesamte

Einwohnerschaft von Baltimore sich in ihrem Schlafzimmer versammelt hätte, so entsetzlich, so unvorstellbar heftig war dieser Schmerz. Die Wehe drohte sie zu zerreißen. Vier Tage? Nein, das war unmöglich. Kein menschliches Wesen könnte diese Qual vier Tage lang aushalten. »Das überlebe ich nicht, James«, stieß sie keuchend zwischen zusammengebissenen Zähnen hervor. »Meine Mama hat mir nie gesagt, daß es so schrecklich sein wird. Es ist schlimmer als schrecklich. Ich wünschte mir, du wärst an meiner Stelle. Warum, zum Teufel, kannst du mir das nicht abnehmen?«
Dr. Hoolahan, der zwischen ihren Beinen stand, gab ein verächtliches Schnauben von sich. »James würde das nicht ertragen, Jessie. Schon nach der ersten Wehe wäre er ein jammerndes Häuflein Elend. Frauen halten viel mehr aus. Denkt nur an das Wunder der Schöpfung. Wie weise hat es Gott gefügt, daß die Frauen das Gefäß sind, aus dem die Erben wachsen. Du bist gesegnet, Jessie, denke daran und du, James ...«
Sie schrie auf und wäre beinahe aus dem Bett gefallen.
»Halt jetzt deinen verdammten Mund, Darcy«, sagte James ziemlich laut. »Nein, nicht du, Jessie. Schrei du nur so laut, wie du willst. Du machst das sehr gut. Wie oft kommen die Wehen jetzt, Darcy?«
»Die Abstände werden kürzer. Ich muß mich jetzt um andere Dinge kümmern, James. Ich habe nicht darauf geachtet. Wenn du es so genau wissen willst, dann schau auf die Uhr.«
»Du hast es gleich geschafft, Liebes«, tröstete James sie. »Gleich. So ist es gut, presse so stark du kannst.«
Zu Dr. Hoolahans größter Verwunderung, der sich ein leichtes Bedauern beimischte, schenkte Jessie in genau zwanzig Minuten einem gesunden Jungen das Leben.
»Ich kann es nicht glauben«, sagte Dr. Hoolahan und hielt den brüllenden Säugling an den Fersen hoch und gab ihm einen hörbaren Klaps auf das kleine Hinterteil. Sofort folgte ein Protestschrei, und James und Jessie mußten lächeln.

»Das war nicht vorauszusehen, Jessie. Für das erste Kind eine Rekordzeit. Ich werde einen Bericht darüber an die medizinischen Journale schicken. Natürlich werden alle denken, ich lüge, um mir in Fachkreisen einen Namen zu machen. Jessie, würdest du bezeugen, daß dein Kind innerhalb von zwanzig Minuten geboren wurde, falls man mir nicht glauben sollte?«

»Ich glaube nicht, daß ich das möchte, Darcy«, antwortete Jessie und blickte den nackten Erdenbürger an, den der Arzt unbeteiligt im Arm hielt. »Das heißt, falls es dir nichts ausmacht.«

»Na gut, dann eben nicht«, sagte Dr. Hoolahan mit einem Blick auf das Kind, das wieder zu brüllen anfing.

»Er hört sich an wie du, James«, sagte Jessie.

»Und ich dachte, ich höre deine Stimme, Jessie.«

»Für mich«, meinte Dr. Hoolahan, während er das Baby wusch und in ein weiches Tuch wickelte, »klingt das eher nach James' Mutter.«

Die frischgebackenen Eltern stöhnten leise.

Eine Stunde später lag Jessie mit gebürstetem Haar und einem frischen, weißen Spitzennachthemd im Bett. Der Säugling schlief in einer Wiege neben ihrem Bett. Sie sah zu, wie James seinen winzigen Sohn liebevoll betrachtete, sich zu ihm hinunterbeugte und ihm einen Kuß auf das Stirnchen hauchte. Mit strahlendem Lächeln blickte er Jessie an. »Du hast es geschafft. Bravo. In knapp zwanzig Minuten. Einen Augenblick lang dachte ich, Darcy kämen die Tränen, aber als ich ihm klarmachte, daß er gerade Zeuge eines neuen Rekordes geworden war, hellte sich seine Miene wieder auf. Wenn du dich kräftiger fühlst, soll ich dich fragen, ob du nicht noch einmal über seine Bitte nachdenken möchtest. Ich fürchte, er meint es ernst. Er würde es sicher genießen, dich seinen Kollegen vorzuführen.« James schüttelte lachend den Kopf. »Ich riet ihm, er solle seinen Erfolg begießen und sich betrinken.« Dann beugte er sich zu seiner Frau hinunter und küßte sie auf den Mund. Für seinen Geschmack war sie immer noch etwas zu blaß. Er setzte sich zu ihr, nahm ihre Hand in seine und sagte: »Ich wollte es dir vorhin schon sagen. Jessie, ich liebe dich.«

»Mir tut alles weh«, sagte sie, ohne ihn anzusehen.

»Ja, aber das vergeht wieder. Es ist ohne Dammriß abgegangen, und das ist gut. Ich bin so stolz auf dich. Und ich liebe dich. Das ist mir nun seit geraumer Zeit bewußt, seit Gypsom mir sagte, daß Compton Fielding dich in seiner Gewalt hätte. Da wurde mir klar, daß ich dich liebe, daß ich es nicht ertragen könnte, dich zu verlieren.«

»Das sagst du nur, weil ich dir soeben einen Sohn geboren habe. Jeder Mann möchte einen Sohn haben, auch wenn er es nicht zugibt. Das hat in dir ein Gefühl der Dankbarkeit ausgelöst.«

»Woher hast du diese Weisheit?«

Sie hatte den Anstand, rot zu werden, aber sie sah ihn immer noch nicht an. »Von deiner Mutter.«

Er klatschte sich an die Stirn. »Ich liebe dich. Ich liebe dich. Ich liebe unseren Sohn. Eine Tochter würde ich genauso lieben. Seit wann glaubst du, was meine Mutter sagt?«

Sie machte ein nachdenkliches Gesicht, während sie mit der Hand seinen Arm hinaufstrich, über seinen Hals, zu seiner Wange.

»Das war das erste und das letzte Mal. Ich schwöre es.«

»Na hoffentlich.«

»Er ist das Ebenbild seines Vaters«, verkündete Wilhelmina Wyndham der im Salon versammelten Gesellschaft, während sie auf ihren eine Woche alten Enkelsohn hinabblickte. »Sein edles Kinn könnte von Apollo sein.«

»Ich finde, er ähnelt meiner kleinen Jessie«, fiel ihr Portia Warfield ins Wort. »Seht nur diese grünen Augen und das süße kleine Grübchen. Jessie hatte auch so ein freches Grübchen, aber das verschwand wieder, als sie fünf wurde.«

»Grübchen können doch nicht einfach verschwinden,

meine liebe Portia«, belehrte sie Wilhelmina. »Sie wird nie ein Grübchen gehabt haben. Aber mein James, der hatte ein Grübchen. Oh, und die Augenfarbe kann sich noch ändern, aber nicht bei meinem entzückenden Enkelsohn. Er wird grüne Augen haben wie James. Seine Augen haben ein viel tieferes Grün als Jessies Augen. Ja, er wird genau die Augen von James haben. Ja, er ist ganz mein James.«

James blickte von seiner Mutter zu seiner Schwiegermutter und meinte: »Ich finde, er sieht eher aus wie Bellini als junges Fohlen.« Er schüttelte sich vor Lachen, während die beiden Großmütter sich empört zu ihm umdrehten. »Bellini war auch feucht und fast kahl, als er auf die Welt kam, aber er hatte das niedlichste Mäulchen, das man sich vorstellen kann. Und er zeigte mir auch dauernd seine Zunge, die fast handtellergroß war. Ja, mein Sohn ist ganz der Bellini.«

»James, das ist ja lächerlich«, schalt ihn seine Mutter. »Du wirst sofort aufhören, solche Vergleiche anzustellen.«

»Ja, James, dies ist mein Enkel. Er ist einfach vollkommen.«

»Wartet nur, bis er zu brüllen anfängt. Ihr werdet euch dann die Ohren zuhalten und fluchtartig den Raum verlassen.«

Jessie, die gerade zur Tür hereingekommen war, lachte die im Salon versammelte Runde an. »Gleich wird er verkünden, daß er hungrig ist.«

Alle blickten auf das kleine Bündel in James' Armen.

Und kaum eine Minute später ließ Taylor James Warfield Wyndham einen Schrei vom Stapel, der das Kristall auf dem Kaminsims zum Klirren brachte.

Dezember 1825
York, England

PFERDERENNEN VON YORK – DER TAG, AN DEM JESSIE WYNDHAM ALLE SCHLUG.

Sehr schnell hatte Jessie begriffen, daß die neben ihr reitenden Jockeys anscheinend Anweisung hatten, sie vor der Konkurrenz der anderen Gestüte zu schützen. Ihr erster Impuls war gewesen, sie sich mit den deftigen Flüchen, die sie in den Stallungen ihres Vaters als Kind aufgeschnappt hatte, vom Halse zu schaffen, aber dann lachte sie nur. Na schön, dachte sie, sollen sie nur versuchen, mir zu folgen. Sie rammte die Stiefelabsätze in Dorsetts Flanken und schoß voran. Der Wind zerrte an ihren Haaren. Sie fühlte, wie ihr Gesicht brannte. Hunderte Kilo Pferdemasse stampften unter ihr, und sie genoß es. O Gott, wie hatte sie die Rennen vermißt. In wenigen Minuten hatte sie die Reitergarde abgehängt. Aus dem Augenwinkel heraus konnte sie die verzerrte Miene des Reiters sehen, der neben ihr auf gleicher Höhe ritt. Kein männlicher Jockey, der auf sich hielt, konnte zulassen, daß eine Frau das Rennen machte. Aber im Bruchteil einer Sekunde hatte sie auch ihn abgehängt und lachte, als Dorsett mit geblähten Nüstern und erhobenem Kopf über die Ziellinie flog. Die anderen Reiter nahmen sie und ihr Pferd in die Mitte, schleuderten ihre Kappen in die Luft und stimmten ein wildes Jubelgeschrei an. Mit wütenden Schritten marschierte James auf sie zu. War er denn blind? Nicht einen Wimpernschlag lang war sie in Gefahr gewesen. Außerdem hätte sie das Foul eines Geg ners zu verhindern gewußt, dazu war sie selbst eine viel zu geschickte Reiterin.

»Jessie, was in drei Teufels Namen machst du da?« Er faßte sie um die Taille und hob sie aus dem Sattel. »Schau dich nur an, deine Locken sind zerzaust, und wieder dieser scheußliche Hut! Wie ein Lumpenmädchen siehst du aus. Ich muß mir ernsthaft überlegen, was ich mit dir mache. Hölle und Verdammnis!«

»Wie wäre es, wenn du die Siegerin küßtest, James?«

Er sah sie an, löste eine Haarsträhne, die sich um ihren Hals gewickelt hatte, und trat einen Schritt zurück. »Gott gebe mir Geduld«, sagte er und blickte in gespielter Verzweiflung zum Himmel. Dann riß er sich die Reitkappe vom Kopf, warf sie in die Luft und schrie: »Gebe der Himmel, daß unser Sohn ein so ausgezeichneter Reiter wird wie seine Mutter!«

»Hört, hört«, sagte die Duchess. »Das hast du schön gesagt, James.«

»Aber wenn wir allein sind, dann bringe ich dich um«, erklärte er finster. »Du warst sogar schneller als deine Beschützer. Alle hast du abgehängt. Sie mußten deinen Staub schlucken. Auf deine Sicherheit hast du keinen Pfifferling gegeben. Du ...« Er sah sie an. In diesem Blick spiegelte sich sein Herz. »Du warst einfach großartig, Jessie Wyndham.« Dann nahm er seinen Sohn Taylor, den Spears im reichte. »Sage mir«, fragte er den Kleinen, der sich an seinen Hals schmiegte, »soll ich deine Mutter verhauen?«

Der dreijährige Taylor krähte mit lauter, klarer Stimme: »Meine Mama hat mir gesagt, daß sie die beste Reiterin der Welt ist. Und mein Großpapa hat gesagt, das ist wahr. Sie hat gesagt, daß du auch ganz gut bist, Papa, aber du bist ein bißchen zu dick. Und sie hofft, daß sie nie so dick wird wie du.«

James stöhnte und zog Jessie an sich. »Gegen euch beide habe ich ja nicht viel auszurichten.«

Sie wandte ihm ihr glühendes Gesicht zu. »Ist das Leben nicht herrlich, James?«

»Ja, mein Liebes«, antwortete er leise und küßte sie. Um sie herum wurden Hurra-Rufe laut. Taylor stieß einen Jubelschrei aus, der seinen Vater fast umgeworfen hätte.

»Dr. Hoolahan hatte recht, James«, sagte Jessie. »Er hat die Lungen deiner Mutter, und sie werden von Jahr zu Jahr kräftiger.«

Epilog

Marcus Wyndham, der Earl of Chase, wurde nicht nur Vater von vier Kindern (alle von der Duchess), sondern auch Mitglied des Oberhauses unter der Regierung von Lord Melbourne. Im Jahre 1837 ernannte ihn Königin Victoria von England zu einem ihrer Berater. Wie es hieß, hätte sie ihn geheiratet, wenn er noch frei gewesen wäre, weil er »ein schrecklich gutaussehender Mann mit einer schrecklich scharfen Zunge« war. Humorvolle Bemerkungen wie diese hörte man später nie wieder von ihr.

Die Duchess, die Countess of Chase, wurde wegen ihrer kleinen, ins Ohr gehenden Liedchen, die mit zeitkritischem Spott gewürzt waren, über die Grenzen Englands hinaus berühmt. Allerdings ging das Gerücht, Königin Victoria habe sich darüber beklagt, daß »einige der Verse sehr ›zum Vulgären‹ neigten«, worauf ein Journalist in einem reichlich frechen Artikel mit dem Ratschlag widersprach, »dann trällert sie nicht, Eure Majestät, sondern überlaßt dies Euren Höflingen.« Noch heute gehört ihr berühmter »Seemannssong« zu den beliebtesten Trinkliedern der englischen Marine.

Im Jahre 1837 heiratete Anthony Godwyn Ruthven Wyndham, Viscount Radcliffe und ältester Sohn von Marcus und der Duchess, Cecilia Derwent Nightingale, die älteste

Tochter von North und Caroline Nightingale, deren wilde Streiche Anthony fast ebenso in Bann hielten wie sie ihre Eltern erzürnten. Es gelang dem Earl of Chase, Königin Victoria zu überreden, die Patenschaft bei seinem Enkel, Marcus James Bentford Wyndham, zu übernehmen, der 1838 das Licht der Welt erblickte.
Charles, der zweite Sohn von Marcus und der Duchess, heiratete eine russische Gräfin – deren Mutter Engländerin war – und zog nach St. Petersburg, um aber bereits nach dem ersten russischen Winter wieder nach England zurückzukehren. Charles wurde später britischer Gesandter in Rußland, obwohl er den Posten vorher zweimal ausgeschlagen hatte. »Nicht einmal die heißen Küsse meiner Gemahlin vermögen mich in dieser Kälte zu wärmen«, soll er gesagt haben. Seine Gemahlin, Marianna Shelley Petrovinka Wyndham, sang die Lieder ihrer Schwiegermutter mit ihrem prächtigen Sopran in allen Salons und schrieb nach 1860 obendrein noch zwei erfolgreiche Liebesromane.

Unterstützt von Rafael und Victoria Carstairs verhalfen North und Caroline Nightingale, Viscount und Viscountess Chilton, dem Zinnabbau im Norden Cornwalls zu neuer Blüte. Fünf Kinder wurden ihnen in Cornwall geboren, alle rechte Teufelsbraten. Ihre älteste Tochter Cecilia sei die schlimmste, seufzte der Vater manchmal verzweifelt. Ihre beiden blauäugigen jüngeren Töchter heirateten ein Zwillingspaar von Kautschukbaronen aus New York und siedelten im Jahre 1846 dorthin um. Norths und Carolines Söhne, Edmund und Alexander, wurden erstaunlicherweise beide Pastoren, nachdem sie vorher ein wildes, ausschweifendes Leben geführt hatten, wie ihr Vater jedesmals kopfschüttelnd bemerkte, wenn er zuhörte, wie seine Söhne von der Kanzel herab ihre Schäflein zur Tugend mahnten.
Einmal im Jahr wanderte North mit seinen Hunden durch das Moor. Er wollte sich immer wieder daran erinnern, wie warm es ihm im Herzen wurde, wenn ihn bei seiner Rück-

kehr das fröhliche Lachen seiner Frau erwartete. Owen Ffalkes heiratete Miss Mary Patricia. Sein Adoptivsohn Owen wurde ein berühmter Geigenvirtuose und Komponist und zog nach Prag. Seine erste Sonate widmete er seiner Mutter Alice, die bei seiner Geburt gestorben war. Mr. Ffalkes lebte in Honeymead Manor, bis ihn seine treuergebene Gattin eines Tages im Spätherbst tot in einem Graben fand. Man munkelte, er sei im Suff gestürzt. Keiner fragte sie Näheres.

Caroline hörte nie auf zu lachen. Ihre beiden wohlgeratenen Söhne versuchten Cornwall zu bevölkern, hieß es, als ihr vierzehntes Enkelkind geboren wurde.

Wie Proserpina zwischen Ober- und Unterwelt pendelte, so lebten James und Jessie, die amerikanischen Wyndhams, sechs Monate des Jahres in Marathon bei Baltimore und sechs Monate in Candlethorpe in Yorkshire. Sie hatten drei Kinder. Taylor, der älteste Sohn, war ebenso pferdenärrisch wie seine Eltern. Im Jahre 1844 heiratete er Marielle Elizabeth Wyndham, seine um sechzehn Monate jüngere Cousine ersten Grades, und meinte kurz nach der Hochzeit: »Ich kenne sie ja nun schon, seit ich eineinhalb Jahre alt bin. Da kann ich ebensogut bei ihr bleiben und zuschauen, wie sie sich weiterentwickelt.« Und beide entwickelten sich prächtig weiter. Marielle fühlte sich mehr zu den Amerikanern hingezogen als zu den Engländern. Nur die beiden Sprachen brachte sie ständig durcheinander.

James und Jessie erwähnten nur selten den Schatz des Piraten Blackbeard, aber im Sommer verbrachten sie oft einige Tage im Warfieldschen Haus auf Ocracoke. Auf ungesattelten Pferden ritten sie am Strand entlang, und Jessies Rotschopf flatterte wie immer wild im Wind. Wie angekündigt veröffentlichte sie eine Abhandlung über die »Verschollenen Siedler von Roanoke«, die aber keine große Leserschaft fand. Man beschuldigte sie sogar, Valentines Tagebuch gefälscht zu haben, und auch noch schlecht, da man ihr als Frau nicht zutraute, eine gekonnte Fälschung zustande zu bringen. Wilhelmina Wyndham schikanierte ihre Enkelkinder bis zum Tag, an dem sie das Zeitliche segnete und ihren gerechten Frieden fand. Alle Verwandten hofften, es möge auch wirklich ein gerechter Friede sein. Was Alice Belmonde und Nelda, Bramen Carlyles Witwe, anging, so hatte Compton Fielding recht behalten. Nach dem Tode ihres Mannes im Jahre 1824 zog Nelda mit Alice nach New York, wo sie einen berühmten literarischen Salon führten. Jessie vererbte das Schwanenhalsband ihrer ältesten Tochter. Es befindet sich noch heute im Besitz der Familie Wyndham, trotz der ungeheuer hohen Summen, die Sammler immer wieder dafür boten.

Spears und Badger blieben bei Marcus und der Duchess, wurden Taufpaten von allen Wyndhamschen Nachkommen, den amerikanischen wie den englischen. Mindestens vier Wochen im Jahr verbrachten sie regelmäßig bei den amerikanischen Wyndhams in Baltimore. Spears überzeugte Marcus mit den Worten: »Mr. Badger und ich wissen, was unsere Pflicht ist. Ja, es macht uns sogar Freude, James und Jessie bei der Erziehung ihrer Kinder zu unterstützen.« Marcus, der die Abwesenheit der beiden stets klaglos hinnahm, verfaßte die wichtigsten Reden für das Oberhaus jedoch immer erst, wenn Spears wieder im Hause war und ihm eine kleine Hilfestellung geben konnte. Badger soll sogar einmal für Präsident Andrew Jackson gekocht haben.

Auch Sampson und Maggie blieben im Hause Wyndham. Im Jahre 1825 brachte Maggie Damon Arthur Lancelot Sampson zur Welt. Damon wurde einer der berühmtesten Londoner Bühnenschauspieler des neunzehnten Jahrhunderts und feierte seine größten Erfolge mit den Rollen des Othello, Hamlet und Shylock. Er war außergewöhnlich gutaussehend, charmant und geistreich, doch heiratete er nie. Er verdanke alles seiner schönen Mutter, sagte er immer, die »ihre eigene Karriere als Schauspielerin den Pflich-

ten und Freuden der Mutterschaft geopfert habe.« Keiner wollte ihm da widersprechen.
Wyndhams und Nightingales gibt es überall. Vielleicht ist einer von ihnen Ihr Nachbar.

HEYNE BÜCHER

Susan Johnson

»Susan Johnson ist eine der besten. Ihre Romane sprühen vor Sinnlichkeit und Leidenschaft.«

ROMANTIC TIMES

04/175

Sünden der Leidenschaft
04/175

Flehende Leidenschaft
04/186

Heyne-Taschenbücher